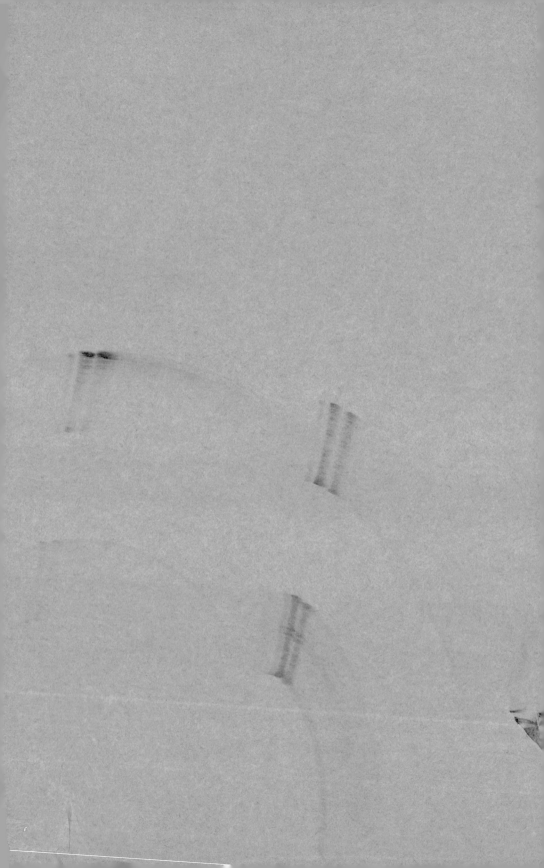

陈平原 夏晓虹 编

清末民初小说理论资料

北京大学出版社

图书在版编目(CIP)数据

清末民初小说理论资料/陈平原,夏晓虹编.—北京:北京大学出版社,2021.9
(博雅文渊阁)
ISBN 978-7-301-32387-8

Ⅰ.①清… Ⅱ.①陈…②夏… Ⅲ.①小说理论—汇编—中国—清后期—民国 Ⅳ.①I207.41

中国版本图书馆 CIP 数据核字(2021)第 158170 号

书　　名	清末民初小说理论资料 QINGMO MINCHU XIAOSHUO LILUN ZILIAO
著作责任者	陈平原　夏晓虹　编
责任编辑	张文礼　张凤珠
标准书号	ISBN 978-7-301-32387-8
出版发行	北京大学出版社
地　　址	北京市海淀区成府路 205 号　100871
网　　址	http://www.pup.cn　新浪微博:@北京大学出版社
电子信箱	pkuwsz@126.com
电　　话	邮购部 010-62752015　发行部 010-62750672 编辑部 010-62767315
印　刷　者	北京中科印刷有限公司
经　销　者	新华书店
	965 毫米×1300 毫米　16 开本　38.5 印张　612 千字 2021 年 9 月第 1 版　2021 年 9 月第 1 次印刷
定　　价	148.00 元

未经许可,不得以任何方式复制或抄袭本书之部分或全部内容。
版权所有,侵权必究
举报电话:010-62752024　电子信箱:fd@pup.pku.edu.cn
图书如有印装质量问题,请与出版部联系,电话:010-62756370

目 录

前　言 …………………………………………… 陈平原(1)
凡　例 …………………………………………………… (15)

1897 年

本馆附印说部缘起 ………………………… (几道、别士)(19)
变法通议·论幼学(节录) ……………………… 梁启超(29)
《日本书目志》识语(节录) …………………… 康有为(29)
小说 …………………………………………… 邱炜萲(30)
梁山泊 ………………………………………… 邱炜萲(31)
金圣叹批小说说 ……………………………… 邱炜萲(31)

1898 年

译印政治小说序 ………………………………… 任公(39)

1899 年

饮冰室自由书(一则) …………………………… 任公(43)
《巴黎茶花女遗事》小引 ……………………… 冷红生(43)

1900 年

《中东大战演义》自序 ………………………… 洪兴全(47)

1901 年

《译林》序 ……………………………………… 林纾(51)
《黑奴吁天录》例言 …………………………… 林纾(52)
《黑奴吁天录》跋 ……………………………… 林纾(52)

《茶花女遗事》 …………………………………… 邱炜萲(53)
小说与民智关系 …………………………………… 邱炜萲(55)
小说之势力 ………………………………………… 衡南劫火仙(56)

1902 年

论小说与群治之关系 ……………………………… （饮冰）(59)
《新中国未来记》绪言 …………………………… 饮冰室主人(62)
《新中国未来记》第三回总批 …………………… 平等阁主人(64)
《新小说》第一号 ………………………………… (64)
《世界末日记》译后语 …………………………… 饮冰(65)
中国唯一之文学报《新小说》 …………………… 新小说报社(66)
《十五小豪杰》译后语（选录） ………………… 少年中国之少年(71)
金陵卖书记（节录） ……………………………… 公奴(72)
《鲁宾孙漂流记》译者识语 ……………………… (73)

1903 年

《月界旅行》辨言 ………………………………… （周树人）(77)
本馆编印《绣像小说》缘起 ……………………… 商务印书馆主人(78)
《官场现形记》叙 ………………………………… 茂苑惜秋生(79)
《官场现形记》叙 ………………………………… (81)
小说原理 …………………………………………… 别士(82)
论文学上小说之位置 ……………………………… 楚卿(87)
小说丛话（节录） ………………………………… 饮冰等(90)
《万国演义》序 …………………………………… 高尚缙(110)
《万国演义》序 …………………………………… 沈惟贤(111)
《空中飞艇》弁言 ………………………………… 海天独啸子(112)
《斯巴达之魂》弁言 ……………………………… 自树(114)
《自由结婚》弁言 ………………………………… 自由花(114)
《毒蛇圈》译者识语 ……………………………… 知新室主人(116)

1904 年

《毒蛇圈》评语(选录) …………………… 趼廛主人(119)
《红楼梦》评论 …………………………… 王国维(119)
读《黑奴吁天录》 ………………………… 灵石(137)
《中国现在记》楔子 ……………………… 李伯元(139)
《小仙源》凡例 …………………………… (139)
《歇洛克复生侦探案》弁言 ……………… 周桂生(140)
《埃司兰情侠传》叙 ……………………… 涛园居士(141)
《女狱花》叙 ……………………………… 俞佩兰(142)
《利俾瑟战血余腥记》叙 ………………… 林纾(143)
《英国诗人吟边燕语》序 ………………… 林纾(144)
《新新小说》叙例 ………………………… 侠民(145)
《中国兴亡梦》自叙 ……………………… 侠民(146)
《侠客谈》叙言 …………………………… 冷血(147)
《世界奇谈》叙言 ………………………… 冷血(148)
《菲猎滨外史》自叙 ……………………… 侠民(149)
《新新小说》特白 ………………………… (150)
《女娲石》叙 ……………………………… 卧虎浪士(150)
《女娲石》凡例 …………………………… 海天独啸子(151)

1905 年

《黄绣球》评语(选录) …………………… 二我(155)
论白话小说 ………………………………… 姚鹏图(156)
《苦社会》序 ……………………………… 漱石生(158)
《仇史》凡例八条 ………………………… 痛哭生第二(158)
《迦茵小传》小引 ………………………… 林纾(159)
《英孝子火山报仇录》序 ………………… 林纾(160)
《美洲童子万里寻亲记》序 ……………… 林纾(161)
《斐洲烟水愁城录》序 …………………… 林纾(162)

《鬼山狼侠传》叙 ………………………………………… 林纾（163）
《撒克逊劫后英雄略》序 ………………………………… 林纾（165）
《鲁滨孙漂流记》序 ……………………………………… 林纾（166）
《电术奇谈》附记 ………………………………… 我佛山人（168）
《神女再世奇缘》自序 …………………………………… 周树奎（168）
《京华艳史》第一回（节录） ………………………… 中原浪子（169）
论小说与社会之关系 ………………………………………………（170）
论写情小说于新社会之关系 ……………………………… 松岑（173）
谨告小说林社最近之趣意 ………………………………… 小说林社（175）
《母夜叉》闲评八则（选录） ………………………………………（176）

1906 年

《孤儿记》绪言 …………………………………………… 平云（181）
《孤儿记》凡例 …………………………………………… 平云（182）
《孤儿记》缘起 …………………………………………… 平云（182）
《孤儿记》识语 …………………………………………… 平云（183）
《洪罕女郎传》序 ………………………………………… 林纾（183）
《洪罕女郎传》跋语 ……………………………………… 林纾（185）
《红礁画桨录》序 ………………………………………… 林纾（186）
《红礁画桨录》译余剩语 ………………………………… 林纾（187）
《雾中人》叙 ……………………………………………… 林纾（188）
《月月小说》序 ………………………………………（吴沃尧）（189）
《两晋演义》序 …………………………………… 我佛山人（192）
历史小说总序 …………………………………………… 吴沃尧（193）
《恨海》 …………………………………………………… 新庵（194）
《预备立宪》弁言 ………………………………………… 偈（195）
《月月小说》叙 …………………………………………… 罗辀重（196）
《月月小说》发刊词 ……………………………………… 陆绍明（196）
《小说闲评》叙 …………………………………………… 寅半生（201）
《新世界小说社报》发刊辞 …………………………………………（202）

论小说之教育 …………………………………………… (205)
论科学之发达可以辟旧小说之荒谬思想 ……………… (206)
《小说七日报》发刊词 ………………………………… (209)
《中国侦探案》弁言 ………………………… 中国老少年(210)
《中国侦探案》凡例 ………………………………吴趼人(213)
《天足引》白话小说序例 ……………………… 程宗启(214)
《泡影录》弁言 ………………………………… 儒冠和尚(214)
《闺中剑》弁言 ………………………………… 亚东破佛(215)
《闺中剑》评语 ……………………………………… 荫庵(216)
读《闺中剑》书后 ……………………………… 儒冠和尚(217)
《刺客谈》叙 ………………………………… 新中国之废物(217)
校正《刺客谈》小说引言 ………………………… 南营蛮子(218)
《补译华生包探案》序 ……………………… 商务印书馆主人(218)
《老残游记》自叙 ……………………………… 鸿都百炼生(219)

1907 年

《老残游记》二集自叙 ………………………… 鸿都百炼生(223)
《(中外)小说林》之趣旨 ……………………………… (224)
文风之变迁与小说将来之位置 ……………………… 老棣(224)
义侠小说与艳情小说具输灌社会感情之速力 ………… 伯(227)
学校教育当以小说为钥智之利导 ……………………… 耀(229)
中国小说家向多托言鬼神最阻人群慧力之进步 ……… 棠(232)
小说之功用比报纸之影响为更普及 ………………… 亚荛(234)
小说种类之区别实足移易社会之灵魂 ………………… 棣(236)
小说之支配于世界上纯以情理之真趣为观感 ……… 伯耀(239)
竞立社刊行《小说月报》宗旨说 …………………… 竹泉生(242)
论小说之势力及其影响 ……………………………… 陶祐曾(243)
读《迦因小传》两译本书后 ………………………… 寅半生(245)
《红星佚史》序 ………………………………………… 周逴(247)
《小说林》发刊词 ……………………………………… 摩西(249)

《小说林》缘起 ································· 觉我(251)
募集小说 ··································· 小说林社(253)
《第一百十三案》赘语(节录) ······················ 觉我(253)
小说小话(选录) ································· 蛮(254)
觚庵漫笔(选录) ······························· 觚庵(262)
绍介新书《福尔摩斯再生后之探案第十一、十二、十三》········ (266)
《新庵谐译》··································· 紫英(267)
《胡宝玉》····································· 新庵(268)
天笑启事 ····································· 天笑(269)
《解颐语》叙言 ································· 采庵(269)
《海底漫游记》································· 新庵(270)
杂说 ·· 趼(271)
《上海游骖录》识语 ··························· 我佛山人(273)
《剖心记》凡例 ······························ 我佛山人(273)
《劫余灰》第一回(节录) ······················ 我佛山人(274)
《云南野乘》附白 ······························· 趼(275)
论小说与改良社会之关系 ······················· 天僇生(276)
中国历代小说史论 ····························· 天僇生(277)
《爱国二童子传》达旨(节录) ····················· 林纾(280)
《剑底鸳鸯》序 ································· 林纾(282)
《孝女耐儿传》序 ······························· 林纾(284)
读新小说法 ······································ (285)
中国小说大家施耐庵传 ···························· (291)
《廿载繁华梦》序 ····························· 曼殊庵主(295)

1908 年

淫词惑世与艳情感人之界线 ······················· 光翟(299)
学堂宜推广以小说为教书 ························· 老棣(301)
小说发达足以增长人群学问之进步 ··················· 耀公(303)
改良剧本与改良小说关系于社会之重轻 ··············· 棣(305)

普及乡间教化宜倡办演讲小说会	耀公	(307)
小说风尚之进步以翻译说部为风气之先	世	(310)
小说与风俗之关系	耀公	(312)
著《水浒传》之施耐庵与施耐庵之著《水浒传》		(315)
曲本小说与白话小说之宜于普通社会	老伯	(317)
余之小说观	觉我	(320)
《丁未年小说界发行书目调查表》引言	觉我	(326)
《月月小说》跋	邯郸道人	(326)
论看《月月小说》的益处	报癖	(327)
征文广告	《月月小说》编译部	(331)
中国三大家小说论赞	天僇生	(332)
《块肉余生述》前编序	林纾	(334)
《块肉余生述》续编识语	林纾	(335)
《歇洛克奇案开场》叙	陈熙绩	(335)
《歇洛克奇案开场》序	林纾	(336)
《髯刺客传》序	林纾	(337)
《西利亚郡主别传》附记	林纾	(338)
《贼史》序	林纾	(338)
《不如归》序	林纾	(339)
铁瓮烬余(选录)	铁	(340)
《后官场现形记》序	冷泉亭长	(341)
《新评水浒传》叙	燕南尚生	(342)
《小额》序	杨曼青	(343)
《小额》序	德洵	(344)
《九尾狐》序	灵岩山樵	(345)
《洪秀全演义》序	章炳麟	(346)
《洪秀全演义》自序	黄小配	(347)
《洪秀全演义》例言	黄小配	(348)
《新小说丛》祝词	林文聪	(351)
《客云庐小说话》序	邱菽园	(354)

1909 年

《彗星夺婿录》序 ································· 林纾(357)
《冰雪因缘》序 ··································· 林纾(357)
《扬子江小说报》发刊辞 ··························· 报癖(358)
《域外小说集》序言 ····························· (周树人)(360)
《域外小说集》略例 ····························· (周树人)(360)
《域外小说集》杂识(节录) ······················· (周树人)(361)
《红泪影》序 ····································· 披发生(362)
《新纪元》第一回(节录) ····················· 碧荷馆主人(363)

1910 年

《最近社会龌龊史》序 ··························· 我佛山人(367)
《新上海》自序 ··································· 陆士谔(368)
《新上海》序 ····································· 李友琴(369)
《新上海》评语 ··································· 李友琴(370)

1911 年

《二十年目睹之怪现状》总评 ························· (373)
小说丛话 ··· 侗生(373)
小说新语 ····································· (狄平子)(376)
创办大声小说社缘起 ································ (378)

1912 年

《古小说钩沉》序 ································· 周作人(383)
《血花一幕——革命外史之一》后记 ················· 焦木(383)
说小说 ··· 管达如(384)

1913 年

《离恨天》译余剩语(节录) ······················· 林纾(401)

《践卓翁小说》自序 ·· 践卓翁(402)
《剑腥录》序 ·· 冷红生(403)
《新说书》序例 ·· 孙毓修(404)
《九十三年》评语 ·· 东亚病夫(405)
《小说月报》特别广告 ·· 小说月报社(406)
征求短篇小说 ··· 小说月报社(406)
《怀旧》附志 ·· 焦木(407)
《小说丛考》序言 ·· 琐尾生(407)
《小说丛考》赘言 ·· (恽铁樵)(408)
英国十七世纪间之小说家 ····································· 孙毓修(409)
司各德、迭更斯二家之批评 ··································· 孙毓修(413)
霍桑(节录) ·· 孙毓修(417)
神怪小说之著者及其杰作(节录) ······························ 孙毓修(418)

1914年

二万镑之奇赌(节录) ·· 孙毓修(421)
小说丛话(选录) ·· 梦生(421)
《中华小说界》发刊词 ·· 瓶庵(423)
小说丛话 ··· 成之(424)
论艳情小说 ··· 程公达(463)
《小说旬报》宣言 ·· 羽白(464)
小说与社会 ··· 启明(465)
《炭画》序 ·· 周作人(466)
《礼拜六》出版赘言 ·· 钝根(466)
《金陵秋》缘起 ·· 冷红生(467)
《匕首》弁言 ·· 半(468)
《小说丛报》发刊词 ·· 徐枕亚(469)
《红楼梦》索隐提要(节录) ···································· 王梦阮(469)
《孽冤镜》序 ·· 徐枕亚(471)
《孽冤镜》自序 ·· 吴双热(472)

《茜窗泪影》序 ································· 徐枕亚(473)
《茜窗泪影》序 ································· 徐天啸(474)
《铁冷碎墨》序 ································· 徐枕亚(475)
《铁冷碎墨》序 ································· 陈梅溪(476)
《红粉劫》序 ··································· 顾靖夷(477)
《红粉劫》评语 ································· 矍红女史(477)
《玉梨魂》序 ····································· 双热(479)
《小说丛刊》序 ··································· 钝根(480)
编辑余谈 ··· (铁樵)(481)
列《石头记》于子部说 ··························· 陈蜕庵(482)
《鸳湖潮》序 ····································· 澹盦(483)
《鸳湖潮》评语(选录) ························· 矍红女史(484)
《贾玉怨》序 ······························· 海绮楼主人(484)
《贾玉怨》评语(选录) ························· 矍红女史(486)
《旧小说》叙 ····································· 吴曾祺(487)

1915年

《小说海》发刊词 ································· 宇澄(491)
告小说家 ··· 梁启超(492)
《劫外昙花》序 ··································· 林纾(493)
《小说大观》宣言短引 ··························· 天笑生(494)
《小说大观》例言 ······························· (包天笑)(495)
《小说新报》发刊词 ······························ 李定夷(496)
人人必读之小说《雪鸿泪史》 ······················· (496)
谈瀛室随笔·《官场现形记》之著作者 ··············· (497)
《枕亚浪墨》序 ··································· 吴双热(498)
《广陵潮》弁言 ····································· 老谈(499)
答刘幼新论言情小说书 ····························· 铁樵(499)
小说家言 ··· 吴曰法(501)
《小说家言》编辑后记 ····························· 铁樵(504)

月刊小说平议	新庼(504)
《作者七人》序	铁樵(508)
论言情小说撰不如译	铁樵(509)
致《小说月报》编者书(节录)	许与澄(513)
《松冈小史》序	吴虞(515)
读《松冈小史》所感	安素(517)
《绛纱记》序	独秀(519)
《游侠外史》叙言	蔡达(520)
《红楼梦》新评(节录)	季新(521)

1916 年

《石头记》索隐(节录)	蔡元培(525)
《福尔摩斯侦探案全集》跋	半侬(526)
《鹰梯小豪杰》叙	林纾(529)
践卓翁曰(节录)	林纾(530)
《雪鸿泪史》自序	徐枕亚(531)
《雪鸿泪史》例言	徐枕亚(532)
《雪鸿泪史》序	徐天啸(532)
《双鬟记》小序	俞天愤(533)
《双鬟记》跋	姚民哀(535)
《新华春梦记》序	吴敬恒(536)
《双枰记》叙	燕子山僧(537)
《双枰记》识语	烂柯山人(538)
《小说名画大观》序	周瘦鹃(538)
关于小说文体的通信(节录)	陈光辉、树珏(539)
再答某君书(节录)	树珏(542)
《梼杌萃编》序	忏绮词人(544)

附　录

《昕夕闲谈》小叙	蠡勺居士(549)

忘山庐日记(节录) ………………………………… 孙宝瑄(550)
致饮冰主人手札(节录) …………………………… 布袋和尚(553)

1897—1916 年中国小说理论资料编目 …… 陈平原、夏晓虹　编(554)

前 言

一

戊戌变法在把康、梁等维新派志士推上政治舞台的同时,也把"新小说"推上文学舞台。"小说界革命"的口号,虽然直到1902年才由梁启超在《论小说与群治之关系》一文中正式提出来,但戊戌前后文学界对西洋小说的介绍、对小说社会价值的强调,以及对别具特色的"新小说"的呼唤,都是"小说界革命"的前奏。1902年《新小说》杂志的创刊,为"新小说"的创作和理论探讨提供了重要阵地。此后,刊载和出版"新小说"的刊物和书局不断涌现,"小说界革命"大放光明,终于在中国小说史上揭开新的一页,成为20世纪中国小说的真正起点。

"小说界革命"的口号,是维新派为配合其改良群治的政治运动而提出的;但其基本主张适逢其时,很快打破了政治上党派的局限,得到文学界有识之士的广泛欢迎。因此,政治倾向很不相同的"新小说"理论家,在关于小说的功能及表现特征等理论主张上,并不曾势不两立。当然,这不等于说小说理论界没有争论、一团和气,而是指小说理论的发展已经在某种程度上独立运行,并非简单的只是政治斗争或党派利益的工具。硬要在这一批理论家中划分革命派、改良派和保守派,显然是不科学的。我们实在难以把改良派的梁启超的文学主张和革命派的黄小配的文学主张截然对立起来。即使不从政治观念而是从文学理想入手来划分流派,同样可能碰到难以克服的障碍:这批理论家并没有自觉的流派意识,甚至很少有独立的理论旗帜。因此,只能从整体上把握这一代人的理论主张。

《新小说》杂志辟"论说"栏,"论文学上小说之价值,社会上小说之势力,东西各国小说学进化之历史及小说家之功德,中国小说界革命之必要及其方法等"①。此后小说理论界的发展,大致不出此一范围,只是论述更为精细,且侧重点略有转移罢了。第一阶段(1897—1906)主要从"社会上小说之势力",推及"中国小说界革命之必要";第二阶段(1907—1911)涉及"文学上小说之价值",对小说界革命的"方法"作进一步的探讨;第三阶段(1912—1916)开始研究"东西各国小说学进化之历史",减少前期那种泛论中外信口雌黄的毛病。当然,这只是就大趋势而言,具体作家具体论点多有交叉。

可以这样说,这二十年的小说理论既丰富又贫瘠。说它"丰富",是因为提出了许多有意义的新命题;说它"贫瘠",是因为这些新命题大都没能很好地展开论证,只是停留在直观感受和常识表述阶段。这不是一堆金子,而是一堆金沙子;可以沙中淘金,可是得费很大力气——在这些粗糙的论述中发现某些精彩的论题和新奇的设想,既是有趣的探险,又是相当艰苦的劳动。即使是选入本集中的文章,也大都只是在一大堆重复无数遍的陈言中夹杂着几句颇具真知灼见的妙语。可也正是这些芜杂浅陋但孕育蕴含着无限生机的小说论,在某种程度上昭示着20世纪中国小说的发展方向,当然也表明观念变革的艰难。

作为20世纪中国小说的前驱,"新小说"不可避免地带有明显的过渡性质。同样,"新小说"理论既是中国古典小说理论的终结,也是中国现代小说理论的开端。这里既有正在逝去的长夜的阴影,又有即将到来的黎明的晨曦。从命题本身到论证方法乃至理论成果,这一时期的小说论无不体现其新旧交替的特性。有新人与旧人之间的直接对抗,但更多的是论者本身就充满"新—旧"的矛盾。

小说理论界的新旧交叉与新旧交替,很大程度上是中国古典小说理论体系与西方近代小说理论体系之间的矛盾与争斗。虽然西方小说理论还没有较系统地介绍到中国来,但某些概念范畴以及某些表现技法却已随着西方小说的翻译介绍而逐步为中国读者所理解、接受,有的甚至已经进入小说批评领域。比如梁启超关于"写实派小说"与"理想

---

① 新小说报社:《中国唯一之文学报〈新小说〉》,《新民丛报》十四号,1902年。

派小说"的区分①,俞明震(觚庵)关于"记叙派"小说与"描写派"小说的论述②,还有若干小说体裁、小说形态的理论构想,都明显突破金圣叹、张竹坡等评点派理论家的小说批评范式。但在具体小说的批评中,又仍然充斥着大量"字有字法,句有句法,章有章法,部有部法"之类的传统腔调。这与五四作家接受西洋小说"情节、性格、背景"三分法而展开的一系列论述有很大差别。

不只是所使用的理论框架新旧杂糅,而且所使用的论述方法也是半新不旧。跟中国传统小说批评家一样,"新小说"理论家大都习惯于采用序跋、评语、随感,乃至颇有新意的"小说丛话"和"发刊词"等形式,随感性地发表关于小说的理论见解。主要着眼点仍然是具体作家作品的评论,当然也偶尔引申出某些理论问题,但限于体式,难得深入探讨。值得注意的是,这一时期也出现了一些比较系统地探讨小说原理的文章。梁启超分析小说支配人道的"四种力"③,夏曾佑(别士)论述"作小说有五难"④,狄葆贤(楚卿)用"五种对待"来界定小说的特质与作用⑤,都有一定的理论深度。到了管达如的《说小说》、吕思勉(成之)的《小说丛话》,已经明显借鉴西方小说理论,试图系统阐明小说的基本性质和具体特征,建立完整的"小说学"了。

不管是继承传统,还是借鉴西方,是随感式的序跋,还是条理化的论文,"新小说"理论作为小说界革命的直接产物,自觉地服务于文学运动,贴紧小说创作实践,其主要价值不在于纯理论意义,而在于促进了中国小说从古典形态向现代形态的过渡。也就是说,其实践性远远超过其理论性。只有把这些粗浅的小说论还原到20世纪初中国小说大转变期的文学潮流中,才能理解其真正的价值。

---

① 饮冰:《论小说与群治之关系》,《新小说》第一号,1902年。
② 觚庵:《觚庵漫笔》,《月月小说》第一年第八号,1907年。
③ 饮冰:《论小说与群治之关系》,《新小说》第一号,1902年。
④ 别士:《小说原理》,《绣像小说》第三期,1903年。
⑤ 楚卿:《论文学上小说之位置》,《新小说》第七号,1903年。

二

"欲改良群治,必自小说界革命始;欲新民,必自新小说始"①——这是整个小说界革命的理论前提。从"小说有不可思议之力支配人道"这一现象出发,"新小说"理论家在两个层面上展开论述:一是对"旧小说"诲淫诲盗的批判,一是对"新小说"觉世新民的赞赏。而这一切,实际上都根源于传统的小说关乎世道人心的古训。只不过如今有了"欧美、东瀛"借政治小说变革现实改良群治的"经验",小说从不入流的小道一跃而为最上乘的文学。观念转了个一百八十度的大弯,可思维方法和审美趣味并没改变。梁启超提高小说地位的理论主张并没碰到特别大的阻力,真可谓登高一呼应者云集。除了说是顺应时势外,更重要的恐怕是小说应有益于世道人心这一口号带有明显的传统文学观念的印记,容易为社会各方所接受。这就难怪后来者不管其政治倾向、艺术趣味如何,大都喜欢接过这一口号发挥一通。清末民初的小说论文中,几乎有一半是喋喋不休地谈论这一"翻新的老调"的。凭借政治的力量,把小说从"小道"提升为"大道",这里并没有什么理论价值,可很有实践意义。就是这么一个不伦不类的口号,直接促成了清末民初小说界的繁荣,并间接引发出一系列很有意义的理论问题。

首先,什么是小说的功能?认准小说有益于改良群治,把小说作为政治革命的工具,那么最实用的小说类型自然是"借以吐露其所怀抱之政治思想"的政治小说②;最有效的技法是把小说当论文写,引入大量科学、法律、军事、政治问题和术语;而最佳的效果是成为思想启蒙的"教科书"。这是一条顺理成章的思路,"新小说"理论家正是这么走过来的。可这种理想的"新小说"很快就面临读者趣味的严峻挑战。书商说它"开口便见喉咙",卖不出去③;作家说它"议论多而事实少,不合

---

① 饮冰:《论小说与群治之关系》,《新小说》第一号,1902 年。
② 新小说报社:《中国唯一之文学报〈新小说〉》,《新民丛报》十四号,1902 年。
③ 公奴:《金陵卖书记》,开明书店 1902 年版。

小说体裁"①。要求读者"读小说如读经史",立意不可谓不高,只是严重脱离一般读者的阅读趣味,把小说推上了危险的悬崖。既要保持教诲色彩,又要增强可读性,"新小说"自我调整的结果,是由"教科书"变为"镜子"。还是讲故事,但并非为故事而讲故事,而是为教诲而讲故事。最时髦的成语是"燃犀铸鼎",要求读者在鉴赏故事的愉悦中自省自悟。

有人强调:"小说者,文学之倾于美的方面之一种也",反对把小说写成"无价值之讲义、不规则之格言"②;也有人主张:读者读小说是"消闲助兴为主",作家应努力突出小说的娱乐性,使其"一编在手,万虑都忘"③。但这两种声音在整个文学潮流中显得过于单薄。"为艺术而艺术",因时势艰难,作家、读者皆无此心思;"为娱乐而艺术",则因传统心态的束缚,而为作家、读者所耻于承认。

实际上辛亥革命后不少作家早已不再为教诲而写作,可每当需要表态的时候,作家、理论家都不肯丢下这块"金字招牌",似乎这是保证小说和小说家价值的护身符,说到底还是不肯承认小说作为艺术的独立价值。作为理论思考,片面强调小说的教诲作用无疑是个很大的缺陷。但只要把作家的创作实践和理论表述对照起来(这一时期的小说家往往也是批评家),就不难发现一个有趣的现象:两者并不同步。倒不一定是作家—理论家有意作伪,而是艺术直觉走在观念思维前面。或者说,活跃的创作实践早已突破了理论家小心翼翼设置的范式。不是没有人意识到这一点——这从不少理论文章的欲言又止、"犹抱琵琶半遮面"中可以猜出,只是文学观念的全面变革要到五四作家手里才真正完成,历史注定了这代理论家只能如此地提出问题、解答问题。

跟小说的教诲—娱乐作用密切关联的,是如何看待小说的雅与俗。康有为设想的"'六经'不能教,当以小说教之;正史不能入,当以小说

---

① 俞佩兰:《〈女狱花〉叙》,泉唐罗氏藏板,1904年。
② 摩西:《〈小说林〉发刊词》,《小说林》第一期,1907年。
③ 钝根:《〈礼拜六〉出版赘言》,《礼拜六》第一期,1914年。

人之;语录不能喻,当以小说喻之;律例不能治,当以小说治之",是以"仅识字之人"为读者对象的①。小说作为通俗教育工具的性质规定了小说只能是通俗的艺术。而这,跟"小说为文学之最上乘"的口号必然存在着矛盾。倘若是"通俗的文学",面对文学趣味低下的"粗人",自然是越浅白易懂越好,只求把它作为运送启蒙思想的载体,不必问小说自身的价值;倘若是"最上乘的文学",自然是以文学修养较高的"文人"为读者对象,除了表达新思想新感情,还有个小说自身艺术上是否精美的问题,单是"浅白易懂"无论如何是不能令人满意的。按徐念慈的统计,当年买"新小说"的,"百分之九十,出于旧学界而输入新学说者"②。也就是说,"新小说"的主要读者是有文化的"文人",而不是仅识字的"粗人"。"拟想读者"与"实际读者"的巨大区别,逼得作家、理论家在"雅—俗"之间做重新思考和选择。所谓"俗"而有"味"③,所谓"小说"变"大说"④,都是在看到"拟想读者"与"实际读者"的距离后所作的自我调整。但论者并没有真正从理论上解决"雅—俗"之争,而只是想用互相调和的办法绕开它。这是个困惑着整个20世纪中国小说家的难题。政治与艺术、通俗与高雅、粗人与文人、觉世与传世,一系列的问题,互相关联互相牵制,非这一代理论家所能解答。但是,问题被正确地提了出来。

三

"小说界革命"是从翻译、介绍西洋小说起步的,"新小说"理论家面临的第一个课题,自然也就是如何理解、评价西洋小说。

中国知识分子对西方的理解,从机器军舰,到声光电化,再到法律政治,甲午战争后才全面涉及西方文化。在这股方兴未艾的"西化"热潮中,西洋小说的翻译介绍得到广泛的欢迎,很少直接的反对派。各种

---

① 康有为:《〈日本书目志〉识语》,《日本书目志》,上海大同译书局,1987年。
② 觉我:《余之小说观》,《小说林》第十期,1908年。
③ 宇澄:《〈小说海〉发刊词》,《小说海》第一卷第一号,1915年。
④ 铁樵:《编辑余谈》,《小说月报》第五卷第一号,1914年。

杂志、书局纷纷刊载、出版翻译小说,以至竟有不少作家假译本之名而创作(有政治上的原因,也有纯为增加销路)。尽管不断有人呼吁加强创作,但读者、作家、评论家似乎都对译作更感兴趣。总观这二十年的小说界状况,译作在数量上明显压过了创作。

  对翻译小说的欢迎,只是中国人接受西洋小说的最表面层次的表现,更重要的是中国读者到底从哪个角度来接受西洋小说。最常见的说法是读西洋小说可考异国风情,鉴其政教得失。表面上只是堂而皇之引述古老的诗教说,可实际上蕴藏着一种偏见:对西洋小说艺术价值的怀疑。谁也不会否认西洋小说对中国读者的吸引力,理论家们于是或则比较中西小说的表现特征,论证"吾国小说之价值,真过于西洋万万也"[①];或则把西洋小说的价值局限在认识世界、教育民众范围内。在这种情况下,林纾提出"西人文体,何乃甚类我史迁也"[②],并从古文家眼光再三肯定西洋小说技巧,甚至在自己的创作实践和文论著作中模仿运用、引申发挥,无疑是朝前迈进了一大步。林纾的"以中化西",不乏因误解而造成的笑话;而经过周桂笙、徐念慈,到恽铁樵、孙毓修,中国小说批评家对西方小说的了解逐步深入,不但肯定了西洋小说独立的艺术价值,而且明确主张以西洋小说来改造中国小说。

  跟对西洋小说的价值判断的转移相关联,译文风格也在不断变化。早期的译作,颇有人名、地名、故事情节全都中国化,甚至连原作者都一笔抹杀,只当作中国人的创作的(时至辛亥革命后,包天笑的不少译作仍标为创作)。即使注明原作者和译者,也多为主观随意性很大的"译述",而不是严格意义上的"翻译"。除了译者外语水平和读者欣赏口味的限制外,这种"歪译"很大原因是译者并不尊重敬佩原作的表现技巧,自认窜改之处"似更优于原文也"[③]。早期的"直译"(实为"硬译")之作,确有佶屈聱牙的毛病,不如顺畅的"译述"受欢迎;可这种"顺畅"是以牺牲西洋小说的特征为代价的。徐念慈、吴梼等人已开始认真的

---

① 《小说丛话》中侠人语,刊《新小说》第十三号,1905年。
② 林纾:《〈斐洲烟水愁城录〉序》,《斐洲烟水愁城录》,商务印书馆,1905年。
③ 少年中国之少年:《〈十五小豪杰〉译后语》,《新民丛报》第二号,1902年。

"对译",但只有到鲁迅才真正为"直译"正名:"迻译亦期弗失文情",目的是"异域文术新宗,自此始入华土"①。坚持"直译",才能真正做到"以西化中"——用西洋小说来改造中国小说,而不是"以中化西"——用中国小说来误解西洋小说。关于"直译""意译""译述""歪译"之争,五四作家还将进一步深入展开,这里只是开了个头。

不管是"译述"还是"直译",毕竟或多或少对传播西洋小说起了积极作用。但西洋小说也有高低之分,清末民初翻译家到底选择了哪些小说家哪些小说类型,这种选择几乎规定了中国读者对西洋小说的理解。清末四大小说杂志,有三个在创刊号的封面刊登西洋小说家照片,当然有作为旗帜的味道。《新小说》选了托尔斯泰,《小说林》选了雨果,《月月小说》选了哈葛德。实际上真正为这个时代的读者所接受的,不是托尔斯泰,也不是雨果,而是哈葛德。麦孟华说得对,"往往有甲国最著名之小说,译入乙国,殊不能觉其妙"②。雨果、托尔斯泰之所以不如哈葛德受欢迎(清末民初,柯南道尔的小说翻译介绍进来的最多,其次就是哈葛德),很大原因取决于中国读者旧的审美趣味——善于鉴赏情节而不是心理描写或氛围渲染。

小说家的选择与小说类型的选择有联系又有区别,前者往往带有一点偶然性(如因喜欢柯南道尔的侦探小说,连带他的历史小说也一块翻译过来),后者更能说明文学思潮的发展。1899年素隐书屋将《巴黎茶花女遗事》和《华生包探案》合刊时,大概并没意识到这两者在艺术风格上的绝大差异。两部小说同样大受中国读者欢迎,可《巴黎茶花女遗事》只是引进了一个哀艳的故事——中国作家有意识地模仿其表现技巧,要到十多年后徐枕亚创作《玉梨魂》时才开始;而《华生包探案》则引进了一种文学类型——侦探小说。对于中国作家来说,西洋的言情小说、社会小说可以鉴赏,但不必模仿,中国有的是此类佳作(谁说《红楼梦》不是言情小说的佳品,《金瓶梅》不是社会小说的杰作?);唯有政治小说、科学小说、侦探小说为我所无,需要积极引进。

---

① 周树人:《〈域外小说集〉序言》,《域外小说集》第一册,日本东京版,1909年。
② 《小说丛话》中蜕庵语,刊《新小说》第七号,1903年。

"新小说"理论家花了很大力气介绍这三种文学类型,不只是划定表现范围,更注意到了各自独特的表现技巧,如强调政治小说的以政论入小说①、侦探小说的"一起之突兀"②以及科学小说的"经以科学,纬以人情"③。这种文学类型的界定与分析,没有多大的理论价值,但却直接影响于创作界,催生出一批中国的政治小说、侦探小说和科学小说;更重要的是,促成这三种文学类型的表现技法渗入各种小说类型(如言情小说、社会小说),革新了中国小说的叙事模式。

西洋小说的翻译介绍,为理论家的思考提供了另一个参照系,使他们得以在中西小说的比较中更深入地了解小说作为一门艺术所可能具备的潜在能量以及艺术创新的无限可能性。这对于小说理论建设来说无疑是至关重要的。尽管由于理论思维能力的限制以及对中西小说历史的茫然,这种"比较"常有痴人说梦不着边际的弊病;但用西方小说眼光反观传统或用传统诗文小说笔法来解读西方小说技巧,两者互为因果循环往复,不断推进了文学运动的深入以及小说理论的成熟。从简单的比附(如《水浒传》是社会主义小说、《红泪影》又名《外国红楼梦》),到较为精确的分析(如林纾评论狄更斯小说、孙毓修介绍欧美小说家和小说类型),理论家在比较、研究西洋小说和中国古典小说的异同中不断拓展理论视野,得出一些有益的结论,如小说应注重"内面之事情"④、应表现"下等社会家常之事"⑤,等等,这对改变中国读者的审美趣味无疑起了一定作用。

四

制约着20世纪中国小说发展的"政治与艺术""俗与雅"这两对矛

---

① 参阅任公:《译印政治小说序》,《清议报》第一册,1898年;吴趼人:《〈上海游骖录〉自跋》,《月月小说》第八号,1907年。
② 参阅少年中国之少年:《〈十五小豪杰〉译后语》,《新民丛报》第二号,1902年;知新室主人:《〈毒蛇圈〉译者识语》,《新小说》第八号,1903年。
③ 周树人:《〈月界旅行〉辨言》,《月界旅行》,日本东京进化社,1903年。
④ 《小说丛话》中瑸斋语,刊《新小说》第七号,1903年。
⑤ 林纾:《〈孝女耐儿传〉序》,《孝女耐儿传》,商务印书馆,1907年。

盾,在这一时期关于小说文体的争论中也得到充分体现。表面上,小说文体之争只是白话文运动在小说界的合理展开,可实际上它面临的问题更为复杂。

1903年梁启超就说过:"文学之进化有一大关键,即由古语之文学,变为俗语之文学是也。各国文学史之开展,靡不循此轨道。"①这只是讲大趋势,具体落实到特定历史时期特定艺术形式,事情就没那么简单。有一点很可能使文学史家感到困惑:这一时期政治上倾向革命、文学上主张革新而且艺术趣味较高的作家,好多反而采用文言写作;而创作态度不大严肃、以牟利为主要目的而且艺术趣味不高的作家,倒是基本采用白话写作。单是描述从文言向白话转化这一"进化的轨道",并没有把握到这一时期文体争论的关键,而且可能引出一些草率的判断。

在中国古代,白话小说和文言小说各有各的表现天地,各有各的作者队伍,也各有各的读者群。可以说两者各领风骚,并行不悖,并没有发生直接冲突,理论界也没有细辨两者的高低异同。因为在中国古代文人眼中,章回小说和笔记小说是两种不同的文类,没什么可争可比的。西洋小说以及小说观念的输入,逼使作家和理论家站在一个新的角度来思考小说文体。既然过去以为分属不同系统的白话小说和文言小说同为小说文类,那么就有个如何调适这两者距离的问题。用文言写长篇小说,中国古代文人虽偶有试验,但只有从林纾译《巴黎茶花女遗事》起,文言长篇小说才蔚为奇观。用白话写短篇小说,"三言二拍"后虽屡有传人,可都不成气候,而1906年后,"新小说"家则颇有致力于写作白话短篇小说者。不只是体裁之间的互相影响,表现技巧也互相借鉴,其时白话小说与文言小说的区别,基本上已从文类转为文体。同一个小说杂志,既刊白话小说,也刊文言小说;同一部外国小说,既有白话译本,也有文言译本;同一位小说家,既用白话写作,也用文言写作——一时间颇有白话、文言和平共处自由竞争的味道。可很快地争正统、品高低的意识开始萌现,理论界于是出现裂痕。

从启蒙教育的目的出发,面对不懂"之乎者也"的"粗人",当然是

---

① 《小说丛话》中饮冰语,刊《新小说》第七号,1903年。

通俗易懂的白话小说更为启蒙者所关注。提倡白话小说者贴近谋求政治变革的时代主潮,且跟白话文运动趋向一致,因而声势浩大。"以俗言道俗情者,正格也。"①无论从普通读者的接受能力、从小说的娱乐功能,还是从中国长篇小说注重叙事的传统,显然都是白话小说更理直气壮些。可单从不利于通俗教育这个角度来攻击文言小说,无论如何不能服众,正如恽铁樵所再三强调的,小说有独立之文学价值,并非只是通俗教育的手段。在提倡文言小说者看来,若着眼于小说语言的审美功能,则文言优于白话;至于老百姓看不懂,那只能怨中国教育水平低下,而不应该由此而怀疑文言小说的价值。因而,尽管白话文运动日见发展,提倡白话小说者也日见增多,可文言小说不但没有销声匿迹,反而大行其时,甚至可以说揭开了文言小说发展史上最后但也是最辉煌的一页。

这是中国小说史上的一个"谜"。"新小说"理论家并没有为我们揭开谜底,不过从其只言片语中,可以揣摩出当年作家的创作心态,在某种程度上接近谜底。所谓"小说界革命",是以革"诲淫诲盗"的旧小说的命为己任的。而影响民心"诲淫诲盗"的旧小说,是指以白话写作的章回小说,而不是以文言写作的笔记小说——那对老百姓并没多大影响。既然自觉以章回小说为批判对象,那么对章回小说使用的文体反感,这完全可以理解。只是要影响民心改良群治,就不能不使用粗人看得懂听得进的"白话"。因而,当年提倡白话小说者,未必真的看重"白话"小说。这也可以理解早期"新小说"的"白话"为什么竟是如此浅陋粗糙,作家很可能写作时对小说文体漠不关心。另外,小说既然成了最上乘的文学,不再只是茶余酒后的消遣品,而是可能成为"经国之大业,不朽之盛事",值得作家苦心经营;而所谓"苦心经营",很可能就是把"小道"的小说当"大道"的文章做——这是由这代人的知识结构决定的。对这些正在转变中的"士大夫"来说,"俗"比"雅"难,用白话远不如文言顺手。当他们正儿八经地强调、追求小说的艺术价值时,用文言写作更合乎他们的趣味和天性。更何况文人舞文弄墨的积习、

---

① 吴曰法:《小说家言》,《小说月报》第六卷第六号,1915年。

"青年好绮语"的通病,使他们更倾向于"优雅"的文言而远离"粗鄙"的白话。这里还必须考虑到当年购买、阅读"新小说"者大都是"出于旧学界而输入新学说者",他们对"古朴顽艳""苍劲瘦硬"的笔墨的激赏,无疑也会影响作家的文体选择。

当然,更根本的是中国古代语言、文字长期分离造成的巨大裂缝,把这代作家逼到两难的窘境。从理论上讲,白话小说更符合文学发展趋向,可白话的浅白却又限制了现代思想的传播以及现代人感情的表达。梁启超是主张以白话取代文言的,可在翻译《十五小豪杰》时,却只能采用浅白的文言,原因是白话未能达意。① 鲁迅译《月界旅行》也是"初拟译以俗语",后嫌其冗繁无味而只好"参用文言"②。作为自我封闭的书面语,文言有它难以克服的弊病:艰涩、僵化、远离生活现实,但它的雅驯、含蓄、合文法、有韵味,却又是生动而粗糙的白话所缺乏的。早期比较讲究文体美的翻译家埋怨白话无法传神达意,因而转用文言,不是没有一定道理的。不过,白话文运动的发展,使越来越多的理论家意识到中国文学语言变革的大趋势,因而出现不少调和白话与文言的主张。有主张以白话为主体,渗入文言的句法、词汇使之规范化,力争"俗不伤雅""俗而有味"者;也有主张古文去真难解者使之浅,采用新词使之新者。立足点不同,但希望白话与文言互相改造互相补充却是一致的。至于在这种小说文体的改造过程中,如何在官话(普通话)中调入方言,或者干脆创作方言小说;如何在文言小说中又派生出八股文、骈偶文和古文三派,以及这三派的消长起伏,更使这场小说文体之争显得纷纭复杂丰富多彩。

在文、白之争背后还有一股新的力量在崛起,那就是梁启超提倡的取法东洋的"新名词",以及鲁迅、周作人主张借直译输入的西洋句法文法。"别具一种姿态"的译文体小说,其时已经开始悄悄流行,以至吴趼人戏作"欲令读者疑我为译本"的《预备立宪》③。不过理论家对

---

① 少年中国之少年:《〈十五小豪杰〉译后语》,《新民丛报》第二号,1902年。
② 周树人:《〈月界旅行〉辨言》,《月界旅行》,日本东京进化社,1903年。
③ 偈:《〈预备立宪〉弁言》,《月月小说》第一年第二号,1906年。

于西洋文法输入对中国小说文体即将产生的深刻影响并没有预见到,很少就此展开论述。

小说文体的讨论,涉及小说语言的美学功能问题,弥补了白话文运动忽视日常语言与文学语言的区别、只从启蒙教育立论的缺陷。但小说文体是20世纪中国小说的一大问题,"新小说"理论家对此只是有所关注,进一步的论述发挥则有待于五四乃至新时期的小说家、理论家。不过应当承认,"新小说"家的理论和实践,初步选择了一种调入方言土语、文言韵语乃至新名词新文法的崭新的"白话文",作为20世纪中国小说的主要文体。

抓住这一时期小说理论发展的几个主要特点稍加论述,目的是给一般读者提供一点阅读线索。至于见仁见智,尽可百家争鸣,好在资料俱在。至于编辑方面具体事宜,请参阅《凡例》,这里不赘。

陈平原
1988年3月于北京大学

凡 例

一、本书所录新小说资料,起 1897 年,终 1916 年。

二、收录范围包括论文、序跋、发刊词、杂评、笔记、广告、书信等,并有个别作品的片段及评语,凡能反映此一时期小说创作面貌及小说观念的变化的,均予选录。

三、选录重点,一是与此一时期重要的作家、作品有关的材料;二是小说杂志发刊词;三是对西方小说的介绍及对传统小说的重估。但因条件所限,仍有个别重要文章未能收入。

四、此时期小说作者、论者,大都注重于小说开通民智、改良社会的功效,论旨大体接近;而此时期小说艺术形式与技巧的演变,虽不自觉,但更可注意。故本书着力搜集后一方面材料,以供研究者采览。

五、所录材料去取比例,大致前较繁,后较简。以其时间在前,论者不多,弥足重视;时间渐后,人能言之,选择宜精。

六、凡原文有明显错字处,已径行改正。另有拟改之字,则加〔〕标出;拟增之字,加( )标出。全部选文皆改用新式标点。

七、署名以初次刊出时为准;原作未署名者,凡已为学术界考知之人,则代为填补,并加( )以示区别。

八、另有若干早于 1897 年或当时未发表文字,因能见其时小说思想发展之一斑,故编入附录。

九、书末录有《1897—1916 年中国小说理论资料编目》,虽不完备,尚可供研究者检索、参考。

1897 年

本馆附印说部缘起

(几道、别士)

今使执途人而问之曰："而知曹操乎？而知刘备乎？而知阿斗乎？而知诸葛亮乎？"必佥对曰："知之。"又问之曰："而知宋江乎？而知吴用乎？而知武松乎？武大郎乎？潘金莲乎？杨雄、石秀乎？"必佥对曰："知之。"更问之曰："而知唐明皇乎？杨贵妃乎？而知张生乎？莺莺乎？而知柳梦梅乎？杜丽娘乎？"必又共应曰："知之。"又问以曹操、刘备、阿斗、诸葛亮为何如人，则将应之曰："曹操奸臣，诸葛亮忠臣，刘备英主，阿斗昏君。"问以宋江、吴用、武松、武大郎、潘金莲、杨雄、石秀为何如人，则将应之曰："宋江大王，吴用军师，武松好汉，武大郎懦夫，潘金莲淫妇人，杨雄、石秀、潘巧云之徒，则事等于武松、潘金莲，而又大不同。"至问以唐明皇、杨贵妃、张生、莺莺、柳梦梅、杜丽娘为何如人，则又无不以"佳人才子"对。至"佳人才子"之行事品目，则或以为是，或以为非，尤为江湖名士与村学究所聚讼，哓哓然千载不可休者也。数千百年之事，胡、越、秦、楚悬隔千里，而又若存若亡、杳冥不可知之人，皎皎乎若亲至其人之庭，亲炙其为人，而更目睹其生平前后数十年之事者，盖莫不然。

昔孔子弹琴，见文王之容，夜梦则见周公；隋智者亦亲见灵山一会，俨然未散。凡此神迹，说者以为圣贤之学，时量既破，不复成古今，故古人皆可见而恒在也。此说云云，疑信者半。异哉！何观于贩夫市贾、田夫野老、妇人孺子之类，指天画地，演说古今，喜则涎流吻外，怒则植发如竿，悲与怨则俯首顿足，泣浪浪下沾衣襟，其精神意态，若俱有尼山、天台之能事也。是可怪矣！是可怪矣！

闻之师曰：地球之博，八九万里；古今之长，迎之不见其首，随之不见其尾，浑芒无本剽。自提符尼安，以放哀卢维恩，其横目戴发圆颅方趾称为人者，若统稽其数，则为十、为百、为千、为万、为亿兆、为恒河沙，乃至算数譬喻所不能尽,莫不仰而见光,俯而见土,生不知其所自来,去不知其何往也。人生于世,固若是之芒乎! 及其姓氏称于人口,臧否善恶见知于同时,而同时之人援为口实,如此者盖百不一二。不然,则生则称,没则已焉。求其人已往,其名不湮没,里居姓氏载在图书,博雅之士,专门之业,笃志稽古,钩沉考佚,或时时一及之,能及此者,此其人亦远矣,如此者又百无一二。若夫声音笑貌性情心术,千古之后,万里之外,风靡六合,智愚贤不肖罔不习知之而熟道之,则亿兆人中之一二人矣。与此数者,必其人有过人之行,偏胜独长之处,而使天下之人怪叹骇汗,怨慕流连,不能自止者,而后此一人者之性情心术声音笑貌,乃能常留于亿兆人之脑气筋中而传而益远,久而不淡也。

抑又闻之:凡为人类,无论亚洲、欧洲、美洲、非洲之地,石刀、铜刀、铁刀之期,支那、蒙古、西米底、丢度尼之种,求其本原之地,莫不有一公性情焉。此公性情者,原出于天,流为种智。儒、墨、佛、耶、回之教,凭此而出兴;君主、民主、君民并主之政,由此而建立。故政与教者,并公性情之所生,而非能生夫公性情也。何谓公性情?一曰英雄,一曰男女。

何谓英雄? 最古之时,人处于山林箐泽,豺虎之与游,鸱鸢之与栖,未有衣裳,未有宫室,未有城郭,更未有所谓纲常政典。凡其自毁齿至于白首,终其百年之身,所目注心营,劳苦险难,几死而后得之者,其间大事,不过与禽兽争饮食,与禽兽争居处而已。然而,人无天然之利器以自卫:以言乎目,不如鸲鹆、鹰隼;以言乎耳,不如狐狸、蝙蝠;以言乎鼻,不如犬;推之爪牙之利,远逊于狮虎;皮骨之坚,不及乎犀象;回翔进止,从容如意,不如飞鸟之属;不饮不食,长生伏蛰,不如众凉血之类。凡此诸端,悉不若彼,而欲于彼中分其余沥,践其余地,草间偷活,聊息须臾,吾知其难矣。更何望其烈山焚泽,驱除攘剔,使瞳能舒敛者、爪能伸缩者,舌有倒刺者、长角如兵者,足能践雪者,能数月不食者,一举九千里者,与夫伏者、钻者、援者、奔者、诙诡之种,殊能之性,若斯之伦,初则奔走窜逸,遁匿恐后,继则俯首帖耳,扶犁服轭,任重致远,鞭棰鼎镬,莫不惟命是从,而芒芒一大行星,遂为人之私产哉?

吾人于是考僵石之层,验山林之迹,视古初所传之器物,读初有文字之遗书,而知古人之所以胜庶物而得以自存者,一在于能合群,二在于能假器。蚂蚁有群,蜜蜂有群,鸦鹊雁鹜有群,海狗有群,野豕有群,山羊有群,象有群,猴有群,凡其群之部勒、条教愈分明者,则其族愈强,而其种之传愈远。既有群,必有一群之长。一群之长,必其智慧血气之冠乎一群者也;君主之始也。而人之合群,则尤大于众物,其合群所推之长,必即其始为假器之人。请举中国之古书明之。

始为网罟,以佃以渔,于是乎有包牺氏之王天下。斫木为耜,揉木为耒,始为交易,于是乎有神农氏之王天下。始为礼乐文章,垂衣而治,仍不外假器也,而器稍进繁矣,于是乎有黄帝、尧、舜之王天下。推之刳木为舟,剡木为楫;服牛乘马,引重致远;重门击柝,以待暴客;断木为杵,掘地为臼;弦木为弧,剡木为矢;作为宫室,上栋下宇,以待风雨;作为棺椁封树,丧葬祭之礼,与夫丧葬祭之礼之等;作为书契,铭之金石竹素:凡创一艺,成一器,为古人之所无,而后人所不能不有者,则其人皆尊为圣人,而立为天子。大《易》所载,孔子所述,凡在儒者,谅不能为之诬。其他《山海经》《穆天子传》《墨子》书、屈原赋等古术之书,印度、希腊、波斯、阿剌伯等殊方之说,证之吾说,大略相同。观圣王之迹,可以知古人之自处矣,物竞是也。

比而观之,最朔之时,灌莽未辟,深昧不可测,禽蹄鸟迹,交于中国。于是乎有豪杰之士,析木以为棰,摩石以为刃,以战胜于狰狞骇跳之伦,得以食其肉而衣其皮,昔之为害者,今转而为利,而天下重赖英雄矣。及其继,林莽渐开,川原日辟,人之游踪日以远,涉大河,逾雪山,遍及旱海之外,万山之内,而人与人之从古不相见者,至此而相见。衣冠不同,言语不通,而各行其所志,则必有争。于是乎有英雄起,铸金石以为锋刃,合弦羽胶漆以为弓矢,教之击刺射御,教之坐作进止,使夫异族之民,非臣仆而为吾役,即远徙而不敢与吾争利,而天下益知重英雄矣。洎乎民智开,教化进,大地之众,彬彬相见,斯时之人,固无禽兽之足虑,即生番、黑人低种之氓,其渐灭夷迟,降为臣仆,不复齿人之数,亦数千年于此矣。惟此文明之种与文明之种相持不下,日以心竞,而欲定存亡于上帝之前,则其局愈大,其机愈微,其心愈挚,而豪杰愈为天下家国所不可一日无。

由前之说,则自洪荒之世,未有文字之先,各种之民,由中亚细亚之大平原初分支而未再合之时。其时无书也。下观石史,旁推生物,可知其时之民所为之事,并居此界。

由继之说,则从中古之世起,至前二百年止。征之我国,则黄帝北逐荤粥,暨虞、夏之有苗,殷、周之狁,汉之匈奴,魏、晋之鲜卑、乌桓、氐、羌,南北朝之突厥、蠕蠕,唐之吐蕃、回纥,宋之契丹、女真、蒙古,元人威加亚细亚全洲,各种之民,无有敌者,而见阻于日耳曼之种。考之外域,则初见于希腊与秃累之争,再见于以色列人与厄日多之争,三见于尼布甲尼撒与埃及、犹太、亚述之争,四见于波斯与巴比伦、狄撒之争,五见于希利尼人与波斯之争,六见于马基顿与希腊、波斯、印度之争,七见于罗马与非尼基之争,八见于德意志种与罗马之争,九见于沙兰生人与欧洲诸种之争,十见于特穆津与中亚细亚并欧东诸国之争,十一见于撒马儿罕与突厥之争,十二见于突厥与东罗马之争。夫醉饱之怨,目怒之仇,伏尸一人,流血五步,聚一城、一邑、一国之众,历一月、一年或十年之期,此并微事不数矣;数其荦荦大者,而夥颐沈沈,多至于此。相持至数十百年,地之绵亘数千里,为此而死者其人至数兆;其甚者,一种之人,建国千年,视乎一战以为存灭:机深祸惨,莫过于斯,未尝不叹人之所为若是其大而烈也。及深观万变,蔽以一辞,不过即上所云,人之游踪日以远,此种之人与彼种之人相见,各争其利,则其事必出于相灭,而后可以自存耳。此则从有文字以来,至前二三百年,其间之民,所为之事,约居此界。

由后之说,则自倍根创学、欧人进化以来,于是人之为物,其聪明智虑,始得显明其在万物之上,而最初所行生番野人之性情风气,昔之视为只此一途、别无他说者,至此始渐悟其非而去之。盖人于是始知有生人之乐矣,亦几几乎太平之治,文明之化,无所谓争矣,即无所用英雄矣。虽然,太平之治,文明之化,若有教门之谬论不复兴,格致之学问不中止,而又无恒星光变、彗星过界、地心火灭、养气用尽诸变以阻之,则千年之后,其庶几乎?若夫今日,格致之理虽启,而未尽明也;榛狉之族虽衰,而未尽灭也。开化之民,合五洲计之,则为数甚少也。地利之所生,人工之所造,资本之所出,若全地之人,皆欲遂其生,而又使将来之孳息,各遂其生,则此数不能给也。天下之民,风化不齐。最下之人,野蛮如虎兕,不可教训,不知话言,如此者不能不御之以锋刃。稍次之民,则昏昏如家蓄之禽兽,驯良固其分,而奔蹄泛驾,或时时一见之,如此者不能不驭之以羁勒。半开化之国,稍有学问之民,习俗未尽,政体未善,往往以兼人之国,夺人之利,以为得计者,既与此国并列于世,则不能不待之以海陆之军,持之以飞钳钩楔之术,如此则必有争。盖去太平之世尚远也。百余年来,大彼得、华盛顿、拿破仑奋匹夫,建大业,固以兵得天下矣;其后有若南北花旗之战,俄、土之战,普、法之战,器械之精,士卒之练,攻战之惨,胜负之速,皆为古之所无。然此犹白种与白种战耳。而白种之人,又于其间西驱红种而得其地,北开悉毕尔,东略亚细亚,南据阿非利加、五印度,东南踪迹遍于各岛,以及澳洲,凡夫地球所载横目之民,无不识有欧罗巴之人,而推白种为诸种之冠。虽曰文治,抑亦未尝不由师武臣力也。至于路得之改教,倍根之叛古,歌白尼之明地学,奈端之详力理,达尔文之考生物,皆开辟鸿濛,流益后世,视拿破仑、华盛顿为更进一解矣。盖血气之世界,已变为脑气之世界矣,所谓天衍自然之运也。由吾生之前数百年,至吾生之后数百年,大约并居此界。

嗟乎! 上帝既生人,而又使人不能无五官四体之欲,又使其所欲者必假物而后成,而物又常不给于用,遂使此无边之土,无边之时,无边之众,各领略其无边之苦。咄哉! 上帝何其多事乎? 往者不可作,来者茫茫无终极,但见大瀛之内,血气所同,各有其所谓英雄,各有其英雄所谓之事业。其人若生,小则为帝王,大则为教主,使天下之民,身心归命,不敢自私,其人已往,则金石以象之,竹素以纪之,歌舞以陈之,其身心归命、不敢自私者,犹其人之生也。

英雄之为人所不能忘,既已若此,若夫男女之感,若绝无与乎英雄。然而其事实与英雄相倚以俱生,而动浪万殊,深根亡极,则更较英雄而过之。

当其由火轮、风轮、金轮而有植物、动物之初,其始分身而已;至于莓苔,遂以稍繁;至有桃、李、梅、杏,而植物之官品大成。植物传种之法,由于交媾:或则树各为雌雄,其雄树之粉,飞著于雌树,而雌树以实;或则于一花中自具雌雄,花须之粉为雄,花蒂之瓣为雌,须之黄粉落著花蒂,而树以实。再变而为兔葵、星鱼、海胆、海参、海蛰、海菌、海梳,以至诸凉血、圆节之类,而动物雌雄之界渐明,彼此相待之法亦以渐显。圆节之类,雌为最贵,雄者次之,而又有不雌不雄之一类,蜂与蚁是矣。方蜂之成窠,蚁之成穴,雌者为王,一巢只一枚,不能有二,二则必分争。雄者数稍多,均饱食无事,与雌者交而已。不雌不雄者数至多,亦至贱,为兵、为工,皆其所执。凉血之类,觉识最微,尚未闻有部勒之法,故亦不知其雌雄相待之礼。热血中能飞类往往各有其偶,雌雄各一,不相携贰,其道平等,颇为文明。热血之哺乳类,则其性与人近,大率以力为尊,故雄率贵而雌率贱,有一雄而制数十雌,生杀惟所命者,哥栗、拉倭兰、乌丹是矣。

泊乎衍哺乳之一种而有人。人者,哺乳类中今日之至繁者也,然而其初,则与猿狙为至近。非洲黑种之氓,美洲红色之种,澳洲马来细,与夫中国之苗、蛮、獞、黎诸族,獉狉相承,去猴未远,大都男尊女卑,男役女若役牲畜,其酋恒蓄姬妾数十人,等威之别,当夕之规,至繁且密,彼固自以为天秩天叙也。盖未开化之人,例如此矣。

中古之时,基督之徒,起于西极,凡其宗旨,姑不深言,而其一男只可娶一女之条,不得不谓为人之进境。至于浮屠之说,分为四教,其大乘不复言此,小乘言此,而有天人之别,人则始于郁单越,种种差别,制各不同,要皆为千年以后之事,而非今人脑气所能思。吾党所能思者,独往事耳。

间尝发陈编,考前事,见夫兴亡之迹,波滪云涌,而交柯乱叶,试讨其源:大都女子败之,英雄成之;英雄败之,女子成之;英雄副之,女子主之;英雄主之,女子副之。事莫难于取人之天下,而黄帝、颛顼、帝喾、尧、舜、禹、汤、文、武、高、光以至列朝之令主,莫不以得内助而兴;祸莫惨于失天下于人,而桀、纣、幽、厉、哀、平以及后世乱亡之主,又莫不以眷一女子,因而不恤其国,不恤其家,其卒也不恤其身。中国之事,人知之矣,请言西史。

西之学始于希腊。希腊之和美尔有书曰:海王尼利亚斯有五十女,皆美,而德梯司称最。德梯司嫁德沙利王子,名佩理亚。方其嫁时,海王会诸神,云车风马,恍惚毕集。有女神名伊栗斯,司人间反目之事,因其不吉,未为邀致。而此神遂怒,现身于座而谓众曰:"吾有金苹果,惟天下之最美者受之。"有三女神最美：第一额拉，乃太岁后；第二雅典，主智慧文明；第三阿勿洛的帝，主因缘。各自负，争苹果不能决。乃相与谋曰："盍就人间之美丈夫所断之？"乃同适秃累，见其王子巴黎斯。王子方牧羊，三女仙人金谓之曰："若认我为至美，我即以我所握之福赐之。"巴黎斯之意，天下之福，莫得美妇若也，即认阿勿洛的帝为最美。阿勿洛的帝遂默导以往希腊。斯巴打王美那拉斯之后希利拿者，国色也，以神之佑，见巴黎斯而悦之，与之逃归。希人恶之，倾国以伐秃累，索希利拿。其时军中，攸利时以谋著，亚气黎以勇著，与秃累血战十年，而亚气黎为巴黎斯所射死。巴黎斯既射死亚气黎之后，复为非洛特毒箭所伤。此是神箭，无人能医，惟巴黎斯前妻名婴讷尼者能医之。但巴黎斯既得希利拿之后，遂逐前妻。前妻恨之，不复与药，而巴黎斯死于伊打山，即往之牧羊处。牧人用希礼作木塔，烧巴黎斯尸。婴讷尼见之，亦自投火山，与之同死。其后，以攸利时计，秃累终破，迎希利拿归，而用兵已十年矣。

  欧洲上下千古之局，关键于罗马；前后三雄之际，又罗马之关键也。昔埃及女王克里倭巴土拉，生于汉地节元年，为前王多禄某女，姱容修态，冠绝古今，而读书浩博，通七国语言，于斐洛素非为尤邃。甘露三年，多禄某死，克里倭与其弟亦名多禄某者同嗣位，为共和治。至黄龙元年，为其弟所逐。克里倭求纳于罗马皇恺撒，于是罗马胜埃及，杀多禄某，复与其幼弟为共和治。继复往罗马，与恺撒共居。初元五年，罗马人布鲁达杀恺撒，克里倭惧祸返埃及。而恺撒旧臣安敦尼伏尸誓众，竟报恺撒之仇，杀布鲁达。于时，罗马人不更立专王，分国政为三部，号鼎足治。而安敦尼主东方安息、条支各土事。克里倭奔之，由海道往安息，楼船千艘，所费巨万。安敦尼落磊喜功名，一见克里倭而悦之，为去其故妻阿太维亚。妻弟兴兵伐安敦尼，而安息与埃及连兵拒之，然终为妻弟所败。克里倭走埃及，安敦尼从之，中途讹传克里倭死，安敦尼自杀，克里倭闻之，亦自杀。至奥古士多兴，罗马又为帝政。

  其在中国也若此，其在西方也若彼，非常之原，俟其一决。安危系于千古，并千夫之命，不能为之谋；汗青之简，矇瞍之讴，千载留遗，不能为之讳。而枢机之发，常在于衽席之间，燕闲之地，无古今中外一也。

而况于匹夫匹妇,不得其意,缠绵怨慕,与天无极,诚贯金石,言动鬼神,方其极愚,又岂不肖之名、杀身之患所能可阻者哉?甚哉!男女之情,盖几几乎为礼乐文章之本,岂直词赋之宗已也。观乎电气为万物之根源,而电气可见之性情,则同类相拒,异类相吸,为其公例。相拒之理,其英雄之根耶!相吸之理,其男女之根耶!此理幽深,无从定论。论其必然之势,则可以二言断之曰:非有英雄之性,不能争存;非有男女之性,不能传种也。六合之大,万物之繁,其间境界,难以智测,其亦有勿具此二性者乎?则吾虽不敢知,然可决此物之不足以存于世;即幸而暂存,而亦不能传至今也。夫若此,此其所以斯世之物之无不具此性,岂偶然哉!

明乎此理,则于斯二者之间,有人作为可骇可愕可泣可歌之事,其震动于一时,而流传于后世,亦至常之理,而无足怪矣。不宁惟是。谓英雄必传于世,则古来之英雄何限?谓男女之事之艳异者必传于世,则古来缠绵悱恻之事亦何限?茫茫大宙,有人以来,二百万年,其事夥矣,其人多矣,而何以惟曹、刘、崔、张等之独传,而且传之若是其博而大也?

生平孤露,早迫饥驱。尝溯长江,观六代之故都,北至长城,西度函关,观秦、汉、唐之遗迹,凭吊其兴亡;而岁时伏腊,乡邻赛社,萍踪絮迹,偶然相值,未尝不游于其市,讯其风俗,而恍然于中原教化之所以成也。

何以言之?古人死矣,古之人与其不可传者俱死矣。色不接于目,声不接于耳,衣裳杖履不接于吾手足,然则何以知有古之人?古之人则未有文字之前赖语言,既有文字之后赖文字矣。举古人之事,载之文字,谓之书。书之为国教所出者,谓之经;书之实欲创教而其教不行者,谓之子;书之出于后人,一偏一曲,偶有所托,不必当于道,过而存之,谓之集:此三者,皆言理之书,而事实则涉及焉。书之纪人事者,谓之史;书之纪人事而不必果有此事者,谓之稗史:此二者,并纪事之书,而难言之理则隐寓焉。此书之大凡也。

然则,古之人恃何种书而传乎?古之人莫不传,而纪事之书为甲。然而同一纪事之书,而传之易不易,则各有故焉,不能强也。

书中所用之语言文字,必为此种人所行用,则其书易传。其语言文字为此族人所不行者,则其书不传。此一也。

即此语言文字为本种所通行矣,而今世之俗,出于口之语言,与载之纸之语言,其语言大不同。若其书之所陈,与口说之语言相近者,则其书易传;若其书与口说之语言相远者,则其书不传。故书传之界之大小,即以其与口说之语言相去之远近为比例。此二也。

即其书载之文字之语言,与宣之口舌之语言弥相近矣,而语言之例,又大不同:有用简法之语言,有用繁法之语言。简法之语言,以一语而括数事,故读其书者,先见其语,而此中之层累曲折,必用心力以体会之,而后能得其故。繁法之语言,则衍一事为数十语,或至百语千语,微细纤末,罗列秩然,读其书者,一望之顷,即恍然若亲见其事者然。故读简法之语言,则目力逸而心力劳;读繁法之语言,则目力劳而心力逸。而人之畏劳其心力也,甚于畏劳其目力。何以证之?譬如有一景于此,或绘之于画,或演之于说,吾知人必乐观其画,甚于乐观其说。盖说虽曲肖详尽,犹必稍历于脑,而后得此景,不若画之一览即知为更易也。惟欲传一事,始末甚长,画断不能绘至无穷之幅;而且事之情状,反复幽隐,倏忽万变,又断非画所能传乎,故说仍不能废,而繁言亦如画焉。若然,则繁法之语言易传,简法之语言难传。此三也。

即用繁语观之,不劳心矣,而所言之事,有相习不相习。天下之民,其心能作无限曲折,而至极远之限者恒少;狃于目前,稍远即不解者恒多。若其所言,其界极远,其理极深,其科条又极繁,加以其中所用之器物,所习之礼仪,所言之义理,所成之风俗,所争之得失,举为平时耳目所未及而心力所未到,则必厌而去之;必其所言服物器用,威仪进止,人心风俗,成败荣辱,俱为其身所曾历,即未历而尚有可以仰测之阶者,则欣然乐矣。故言日习之事者易传,而言不习之事者不易传。此其四也。

事相习矣,天下之事变万端,人心之所期,与世浪之所成,恒不能相合。人有好善恶不善之心,故于忠臣、孝子、义夫、烈女、通贤、高士,莫不望其身膺多福,富贵以没世;其于神奸、巨蠹、乱臣、贼子,无不望其疧膺显戮,无所逃于天地之间。而上帝之心,往往不可测。奸雄得志,贵为天子,富有四海,穷凶极丑,晏然以终;仁人志士,椎心泣血,负重吞污,图其所志,或一击而不中,或没世而无闻,死灰不燃,忍而终古。若斯之伦,古今百亿。此则为人所无可如何,而每不乐谈其事。若其事为人心所虚构,则善者必昌,不善者必亡;即稍存实事,略作依违,亦必嬉笑怒骂,托迹鬼神。天下之快,莫快于斯,人同此心,书行自远。故书之言实事者不易传,而书之言虚事者易传。此其五也。

据此观之,其具五不易传之故者,国史是矣,今所称之"二十四史"俱是也;其具有五易传之故者,稗史小说是矣,所谓《三国演义》《水浒传》《长生殿》《西厢》"四梦"之类是也。曹、刘、诸葛,传于罗贯中之演义,而不传于陈寿之志。宋、吴、杨、武,传于施耐庵之《水浒传》,而不传于《宋史》。玄宗、杨妃,传于洪昉思之《长生殿传奇》,而不传于新旧两《唐书》。推之张生、双文、梦梅、丽娘,或则依托姓名,或则附会事实,凿空而出,称心而言,更能曲合乎人心者也。

夫说部之兴,其入人之深,行世之远,几几出于经史上,而天下之人心风俗,遂不免为说部之所持。《三国演义》者,志兵谋也,而世之言兵者有取焉。《水浒传》者,志盗也,而萑蒲狐父之豪,往往标之以为宗旨。《西厢记》、"临川四梦",言情也,则更为专一之士、怀春之女所涵泳寻绎。夫古人之为小说,或各有精微之旨,寄于言外,而深隐难求;浅学之人,沦胥若此,盖天下不胜其说部之毒,而其益难言矣。

本馆同志,知其若此,且闻欧、美、东瀛,其开化之时,往往得小说之助。是以不惮辛勤,广为采辑,附纸分送。或译诸大瀛之外,或扶其孤本之微。文章事实,万有不同,不能预拟;而本原之地,宗旨所存,则在乎使民开化。自以为亦愚公之一畚、精卫之一石也。

抑又闻之:有人身所作之史,有人心所构之史,而今日人心之营构,即为他日人身之所作。则小说者又为正史之根矣。若因其虚而薄之,则古之号为经史者,岂尽实哉!岂尽实哉!

《国闻报》光绪二十三年(1897年)
十月十六日至十一月十八日

变法通议·论幼学(节录)

梁启超

　　五曰说部书。古人文字与语言合,今人文字与语言离,其利病既缕言之矣。今人出话,皆用今语,而下笔必效古言,故妇孺农氓,靡不以读书为难事,而《水浒》《三国》《红楼》之类,读者反多于六经(寓华西人亦读《三国演义》最多,以其易解也)。夫小说一家,《汉志》列于九流,古之士夫,未或轻之。宋贤语录,满纸"恁地""这个",匪直不事修饰,抑亦有微意存焉。日本创伊吕波等四十六字母,别以平假名、片假名,操其土语以辅汉文,故识字、读书、阅报之人日多焉。今即未能如是,但使专用今之俗语,有音有字者以著一书,则解者必多,而读者当亦愈夥。自后世学子,务文采而弃实学,莫肯辱身降志,弄此楮墨,而小有才之人,因而游戏恣肆以出之,诲盗诲淫,不出二者,故天下之风气,鱼烂于此间而莫或知,非细故也。今宜专用俚语,广著群书:上之可以借阐圣教,下之可以杂述史事,近之可以激发国耻,远之可以旁及彝情,乃至宦途丑态,试场恶趣,鸦片顽癖,缠足虐刑,皆可穷极异形,振厉末俗。其为补益,岂有量耶!

《时务报》第十八册(1897 年)

《日本书目志》识语(节录)

康有为

　　(卷十)……四曰幼学小说。吾问上海点石者曰:"何书宜售也?"曰:"'书''经'不如八股,八股不如小说。"宋开此体,通于俚俗,故天下读小说者最多也。启童蒙之知识,引之以正道,俾其欢欣乐读,莫小说若也。……

　　(卷十四)易逮于民治,善入于愚俗,可增七略为八、四部为五,蔚为大国,直隶王风者,今日急务,其小说乎!仅识字之人,有不读"经",无有不读小说者。故"六经"不能教,当以小说教之;正史不能入,当以小说入之;语录不能喻,当以小说喻之;律例不能治,当以小说治之。天下通人少而愚人多,深于文学之人少,而粗识之、无之人多。"六经"虽美,不通其义,不识其字,则如明珠夜投,按剑而怒矣。孔子失马,子贡求之不得,圉人求之而得。岂子贡之智不若圉人哉?物各有群,人各有等。以龙伯大人与僬侥语,则不闻也。今中国识字人寡,深通文学之人尤寡,经义史故,亟宜译小说而讲通之。泰西尤隆小说学哉!日人尚未及是,其《通俗教育记》《通俗政治记》亦其意矣。其怀思奥说,若《佛国不思议》《未来之面》《未来之商》《世界未来记》《全世界一大奇书》《世界大演说会》《大通世界》《月世界一周》《新日本》《新太平记》《南海之激浪》,皆足以发皇心思焉。日人通好于唐时,故文学制度皆唐时风。小说之秾丽怪奇,盖亦唐人说部之余波,要可考其治化风俗焉。

1897年上海大同译书局版《日本书目志》

小　说

邱炜萲

　　本朝小说,何止数百家。纪实研理者,当以冯班《钝吟杂录》、王士祯《居易录》、阮葵生《茶余客话》、王应奎《柳南随笔》、法式善《槐厅载笔》《清秘述闻》、童翼驹《墨海人民录》、梁绍壬《两般秋雨盦随笔》为优。谈狐说鬼者,自以纪昀《阅微草堂五种》为第一,蒲松龄《聊斋志异》次之,沈起凤《谐铎》又次之。言情道俗者,则以《红楼梦》为最,此外若《儿女英雄传》《花月痕》等作,皆能自出机杼,不依傍他人篱下。

　　小说家言,必以纪实研理,足资考核为正宗。其余谈狐说鬼,言情道俗,不过取备消闲,犹贤博弈而已,固未可与纪实研理者絜长而较短也。以其为小说之支流,遂亦赘述于后。

1897年刊本《菽园赘谈》

梁山泊

邱炜萲

诗文虽小道，小说盖小之又小者也。然自有章法，有主脑在。否则，满屋散钱，从何串起，读者亦觉茫无头绪，未终卷而思睡矣。即如《红楼梦》以绛珠还泪为主脑，故黛玉之死，宝玉一痴而不醒，从此出家收场，无事《红楼梦》后梦也。《西厢记》以白马解围为主脑，故夫人拷艳，红娘直认而不讳，从此名义已定，无事再续《西厢》也。《水浒》主脑在于收结三十六人，故以梁山泊惊恶梦，戛然而止，意在于著书，故可止而止，不在于群盗。故凭空而起者，亦无端而息，所谓以不了了之也。此是著书体例，非示人以破绽。后人不察，纷纷蛇足，几何不令读者齿冷！

1897年刊本《菽园赘谈》

金圣叹批小说说

邱炜萲

人观圣叹所批过小说，莫不服其畸才，诧为灵鬼转世。其实圣叹所批过之小说，恰是有限。今最流传者，一部施耐庵七十回《水浒传》，一部王实甫、关汉卿正续《西厢记》，此外无有也。人见圣叹尝题《水浒传》为"第五才子书"，《西厢记》为"第六才子书"，可巧又遇见圣叹之取茂苑毛氏所批《三国志演义》一种，题曰"第一才子书"，遂恍惚误以《三国志演义》亦谓为圣叹所批矣。不但将原书各卷毛氏题名看不明白，连简端之圣叹序文，所以倾倒于毛子者，亦未及一为寓目矣，岂不可笑！抑知圣叹所自称其品定之才子书六者，一《庄子》也；二屈《骚》也；三（司）马《史记》也；四杜律诗也；而五之以施《水浒》；六之以王《西厢》，与《三国志演义》初并不相关涉。后见毛氏批了一部现成好笔墨，讶为突出己上，爱之羡之，至不忍释，遂暂舍其平日首选《庄子》之正论，而急急以"第一才子书"之嘉名径相转赠，此见于圣叹撰《三国志演义序》中者，明明可考，殆一时兴到语也，岂真《骚》《史》、杜诗反不若小小说部演义，而甘为之下哉！后来坊间因仍《三国志演义》为"第一才子书"，而凑出《好逑传》《平山冷燕》《白圭志》《花笺记》各下乘陋劣小说，硬加分贴为"第二才子书""第三才子书"，以下除却五才《水浒》，六才《西厢》，还依圣叹旧号外，一直排下，到第十才子，无理取闹。设圣叹见之，当自悔不该为作俑之始，使毛、施、关、王四位真才子共起"何曾比余于是"之叹也。

《东周列国演义》，荟萃《左传》《国策》《史记》原文而成，故词华古茂，足供俭腹之掇拾。《三国志演义》多本陈寿志书、裴松之补注、习凿齿《春秋》而出，故书法微显，颇与世道为关系。《三国志演义》尤好纵谈兵略，不厌权谋，笔致雪亮，引针伏线，起落分明，以视《东周列国演义》文尚繁缛奇倔，宜于学子，不宜于武夫、商人之披寻者，迥不侔矣。按国朝康熙朝，尝有诏饬印《三国志演义》一千部，颁赐满州、蒙古诸路统兵将帅，以当兵书。又闻日本国前未明治维新变法之时，亦尝以为兵书。究之，此两大部小说，均不知撰人名氏，是一憾事，只知有评者之人而已。《列国》是白下蔡元放手批，《三国》是茂苑毛序始手批。同一批评小说，金圣叹之名，则里巷皆知，蔡、毛两君反无知者，徒于纸角一露姓名而已，何有幸有不幸耶！

尝谓天苟假圣叹以百岁之寿，将《西游记》《红楼梦》《牡丹亭》三部妙文一一加以批评，如《水浒》《西厢》例然，岂非一大快事！

施耐庵苦心孤诣，前无古人，撰出一部七十回《水浒传》，须历元朝至国初，良久良久，而后获圣叹其人，为之批窾道窍，有盛必传，且于原有语病处，则诿为今本之讹，别托为"见诸古本"云云以修削之。圣叹真解爱才，耐庵堪当知己矣。《西厢》虽同出元人，究系何家手笔，迄无定论。而总之，言王实甫、关汉卿两者为多。圣叹则指为王实父作，必有所考，后人因此遂疑续后四出为关汉卿所作。《水浒》亦有续后，别名《征四寇》，乃罗贯中作，圣叹毅然删之，不少顾惜。《西厢》续后，固明知其陋,独不删离,惟于批评语中示轩轾而已。圣叹论文,细入毫芒,一删一否,而岂妄哉!

圣叹通彻三教书,无所用心,至托小说以见意,句评节评,多聪明解事语,总评全序,多妙悟见道语;又是词章惯家,故出语辄沁人心脾。此才何可多得?古之贺季真、林和靖、徐文长、邝谌若一流人物也!

圣叹屡称其友王斫山,而王斫山传,此圣叹之多情笃旧也。姜西溟太史恒言:"吾辈人人有集,宜互相附见姓名于其集中,他日一友堪传,而众友幸传矣。"旨哉言乎!即如尤西堂太史全集中之汤子卿谋其人,苟非西堂尽力为之收拾,彻底表彰,他人之才过卿谋,而寂寂无称者,不知凡几辈耳。吾今更有触及圣叹一事。夫西堂之才,孰与圣叹妙?即至阿好,当不敢谓西堂优于圣叹。西堂才子,圣叹才子;西堂名士,圣叹名士;西堂胜代遗逸,圣叹胜代遗逸;西堂以诸生誉满国门,圣叹以诸生称遍天下。而其后西堂以戏作《西厢》八股,便传禁中,天子宣取其全集;偶然下第,怀愤谱《钧天乐》曲本,圣颜喜怒,且为转移。真才子,老名士,亲受两朝玉音宠锡。以一穷走朔方、老就丞倅之人,忽而廷推剡荐,上试明光,膺录馆职,与修明史,继李西涯之后,成前朝新乐府,为一代作家,其遭际亦极文士之隆矣。北辙南辕,扬铃分道,后此之圣叹,长年困青毡,对佛火,参禅挥麈,领略道人况味。达官贵人,同学交旧,远见而却避曰:"是狂生,不可近。"征辟无闻,出游无赀。积年成世,呕心耗血,所评赞选辑之《庄》《骚》、马、杜各手稿,无力自锓,尘封连屋,身后随风散灭;惟五、六两才子小说,以其可以销售渔利,始得书贾出赀任刊,然垄断者他人,著书者作嫁,取办救贫之一策而已。余外则两三篇社课八股文,亦为揣摩家作福,于自己正经学问名誉上,不曾增得些须荣光。苟非顺治辛丑岁,为邑人公义,上评墨吏,激昂就死,无识者不几何以一轻薄文士了之耶!越今盖棺二百数十年矣,《尤西堂全集》,编藏书目录者,久共列入词章专家;而圣叹遗书,不幸无传,传者只此小说批评,均以无用置之,小技鄙之,经史子集,无类可从。一得一失,何相去之远甚乎!抑吾又闻南皮张香涛(之洞)辑《輏轩语》《书目问答》,以诰诸生学者,论及圣叹金氏,尤肆诋諆,消为粗人,讥其不学,视之若乌头巴豆,误服必病,务禁人不可近而后已。审其意,则无非曰:"凡为圣叹一派习气,皆小说批评语一派气习也。小说批评语,不可以为考据,不可以为词章,不可以为义理。君子出辞,须远鄙倍,甚至不可以为立谈,凡恶之避之是也。"余谓张说其间亦有不尽然者。今夫考据、词章、小说三者,本不相师,稍知学问门径者自能言之。若词章之古文,尤最忌小说语气。有志为学者沟之洫之,胸中自有经界,本无烦于告语。若其天资特拔,意理深造,每因相反之道,而得相成,则亦有之矣。方将放其才力,以纵横出入于杂家之文,而汇川涵海吾学,虽日读小说,庸何伤?彼又胡然而禁之耶?若夫义理所宗,见仁见智,就浅就深,更不限以文言。《诗》称三百,乐道性情,必取土风,远不具论;宋人讲学,濂洛大儒,语录陈陈,方言日给,何哉其所谓鄙倍?然自顷云云,犹悉就通俗小说立论。因圣叹之批评演义小说,遂为其溯源耳。大抵宋、元时始有演义小说之书,昉于取便雅俗,即古传奇中科白一体,演而长之。其义通俗,其名或又称"平话"。后人目平话为大书,而判传奇为小书,所以济文言之穷,即说即喻,捷于驷舌矣。其初当无一创念须加以评之批之者。明末山人名士,得有钟伯敬、李卓吾辈,竞为批评小说之举,而其时即有说平话大书之柳敬亭一流人物,传声摹神,独开生面,千古小说之灵机,至是乃大畅焉。盖说平话大书之人,既自置其身于小说之中,随意调侃,旁若无人,借杯在手,积块在胸,东方曼倩为不死矣。于是小说中之能事极畅,小说中之旧套亦穷。于此而喜读小说之人出焉。物外生情,人外有我,非空非色,众妙之门,小说之当有批者一;部居充栋,杂然目炫,提要钩玄,取便来者,小说之当有批者二;谈之津津,其甘如肉,此称彼赞,清言亦留,小说之当有批者三;顶礼龙经,迦音赞叹,好色恶臭,人之恒情,小说之当有批者四。偻指计之,更仆难终,其详虽无可考,要惟古无而今有。盖以小说之有批评,诚起于明季之年,时当小说风尚为极盛,一倡于好事者之为,而正合于人心之不容已。是天地间一种诙谐至趣文字,虽曰小道,不可废也,特圣叹集其大成耳。前乎圣叹者,不能压其才;后乎圣叹者,不能掩其美。批小说之文原不自圣叹创,批小说之派却又自圣叹开也。圣叹顾何负其才,圣叹复何负于众,而张氏反以小说批评一派小之耶!不知此乃圣叹之绝技令能,后世才人倾心服善者以此。

1898 年

译印政治小说序

任 公

政治小说之体,自泰西人始也。凡人之情,莫不惮庄严而喜谐谑,故听古乐,则惟恐卧,听郑、卫之音,则靡靡而忘倦焉。此实有生之大例,虽圣人无可如何者也。善为教者,则因人之情而利导之,故或出之以滑稽,或托之于寓言。孟子有好货好色之喻,屈平有美人芳草之辞,寓讽谏于诙谐,发忠爱于馨艳,其移人之深,视庄言危论,往往有过,殊未可以劝百讽一而轻薄之也。中土小说,虽列之于九流,然自《虞初》以来,佳制盖鲜,述英雄则规画《水浒》,道男女则步武《红楼》,综其大较,不出诲盗诲淫两端。陈陈相因,涂涂递附,故大方之家,每不屑道焉。虽然,人情厌庄喜谐之大例,既已如彼矣。彼夫缀学之子,黉塾之暇,其手《红楼》而口《水浒》,终不可禁;且从而禁之,孰若从而导之?善夫南海先生之言也,曰:"仅识字之人,有不读经,无有不读小说者。故六经不能教,当以小说教之;正史不能入,当以小说入之;语录不能谕,当以小说谕之;律例不能治,当以小说治之。天下通人少而愚人多,深于文学之人少,而粗识之无之人多。六经虽美,不通其义,不识其字,则如明珠夜投,按剑而怒矣。孔子失马,子贡求之不得,圉人求之而得。岂子贡之智,不若圉人哉?物各有群,人各有等,以龙伯大人与僬侥语,则不闻也。今中国识字人寡,深通文学之人尤寡。"然则小说学之在中国,殆"可增七略而为八,蔚四部而为五"者矣。在昔欧洲各国变革之始,其魁儒硕学,仁人志士,往往以其身之所经历,及胸中所怀,政治之议论,一寄之于小说。于是彼中缀学之子,黉塾之暇,手之口之,下而兵丁、而市侩、而农氓、而工匠、而车夫马卒、而妇女、而童孺,靡不手之口之。往往每一书出,而全国之议论为之一变。彼美、英、德、法、奥、意、日本各国政界之日进,则政治小说,为功最高焉。英名士某君曰:"小说为国民之魂。"岂不然哉!岂不然哉!今特采外国名儒所撰述,而有关切于今日中国时局者,次第译之,附于报末,爱国之士,或庶览焉。

《清议报》第一册(1898年)

1899 年

饮冰室自由书(一则)

任 公

于日本维新之运有大功者,小说亦其一端也。明治十五、六年间,民权自由之声,遍满国中。于是西洋小说中,言法国、罗马革命之事者,陆续译出,有题为《自由》者,有题为《自由之灯》者,次第登于新报中。自是译泰西小说者日新月盛。其最著者则织田纯一郎氏之《花柳春话》,关直彦氏之《春莺啭》,藤田鸣鹤氏之《系思谈》《春窗绮话》《梅蕾余薰》《经世伟观》等。其原书多英国近代历史小说家之作也。翻译既盛,而政治小说之著述亦渐起,如柴东海之《佳人奇遇》,末广铁肠之《花间莺》《雪中梅》,藤田鸣鹤之《文明东渐史》,矢野龙溪之《经国美谈》(矢野氏今为中国公使,日本文学界之泰斗,进步党之魁杰也)等。著书之人,皆一时之大政论家,寄托书中之人物,以写自己之政见,固不得专以小说目之。而其浸润于国民脑质,最有效力者,则《经国美谈》《佳人奇遇》两书为最云。呜呼!吾安所得如施耐庵其人者,日夕促膝对坐,相与指天画地,雌黄今古,吐纳欧亚,出其胸中所怀魄礌磅礴、错综繁杂者,而一一熔铸之,以质于天下健者哉!

《清议报》第二十六册(1899年)

《巴黎茶花女遗事》小引

冷红生

晓斋主人归自巴黎,与冷红生谈巴黎小说家均出自名手。生请述之。主人因道,仲马父子文字,于巴黎最知名,《茶花女马克格尼尔遗事》尤为小仲马极笔。暇辄述以授冷红生,冷红生涉笔记之。

1899年福州畏庐藏板《巴黎茶花女遗事》

1900 年

《中东大战演义》自序

洪兴全

从来创说者,事贵出乎实,不宜尽出于虚,然实之中虚亦不可无者也。苟事事皆实,则必出于平庸,无以动诙谐者一时之听;苟事事皆虚,则必过于诞妄,无以服稽古者之心。是以余之创说也,虚实而兼用焉。至于中日之战,天妆台畏敌之羞,刘公岛献船之丑,马关订约,台澎割地,种种实事,若尽将其详而遍载之,则国人必以我为受敌人之贿,以扬中国之耻;若明知其实,竟舍而不登,则人又或以我为畏官吏之势,而效金人之缄口。呜呼!然则创说之实,亦戛戛乎难之矣!至若刘大帅之威,邓管带之忠,左夫人之节,宋宫保之勇,生番主之横,及其余所载刘将军用智取胜,桦山氏遣使诈降等事,余亦不保其必无齐东野人之言。既知其为齐东野人之言,又何必连番细写?盖知其为齐东野人之言者余也,非读者也。然事既有闻于前,凡有一点能为中国掩羞者,无论事之是否出于虚,犹欲刊载留存于后,此我国臣民之常情也。故事有时虽出于虚,亦不容不载。余之创是说,实无谬妄之言,唯有闻一件记一件,得一说载一说,虚则作实之,实则作虚之,虚虚实实,任教稽古者诙谐者互相执博,余亦不问也。谨志数言,以白吾志。

1900年香港中华印务总局版《中东大战演义》

1901 年

《译林》序

林 纾

今欲与人斗游,将驯习水性而后试之耶?抑摄衣入水,谓波浪之险,可以不学而狎试之,冀有万一之胜耶?不善弹而求鸮炙,不设机而思熊白,其愚与此埒耳。亚之不足抗欧,正以欧人日励于学,亚则昏昏沉沉,转以欧之所学为淫奇而不之许,又漫与之角,自以为可胜。此所谓不习水而斗游者尔。吾谓欲开民智,必立学堂;学堂功缓,不如立会演说;演说又不易举,终之唯有译书。顾译书之难,余知之最深。昔巴黎有汪勒谛者,在天主教汹涌之日,立说辟之,其书凡数十卷,多以小说启发民智。至今巴黎言正学者,宗汪勒谛也,而卷帙繁富,万不能译。光绪戊戌,余友郑叔恭,就巴黎代购得《拿破仑第一全传》二册,又法人所译《俾斯麦全传》一册。《拿破仑传》有图数帙,中绘万骑屏息阵前,怒马飞立,朱披带剑,神采雄毅者,拿破仑第一誓师图也。吾想其图如此,其文字必英隽魁杰,当不后于马迁之纪项羽。而问之余友魏君、高君、王君,均谢非史才,不敢任译书,最后询之法人迈达君,亦逊让未遑。余究其难译之故,则云:外国史录,多引用古籍,又必兼综各国语言文字而后得之。余乃请魏君、王君,撮二传之大略,编为大事记二册,存其轶事,以新吾亚之耳目。时余方客杭州,与二君别,此议遂辍。其经余渲染成书者,只《茶花女遗事》二卷而已。乌乎!今日神京不守,二圣西行,此吾曹衔羞蒙耻,呼天抢地之日,即尽译西人之书,岂足为补?虽然,大涧垂枯,而泉眼未涸,吾不敢不导之;燎原垂灭,而星火犹爝,吾不能不然之。近者,及门林生长民,盛称其友褚君,及林、徐、陈、金数君,咸有志于此,广译东西之书,以饷士林。余老矣,不图十余年莫竟之志,今竟得之于此。数君者,慷侠俊爽,均后来之秀。译著果成,余将掬壑雷亭下一溜清溪,洗我老眼,尽昼夜读之为快耳。光绪庚子冬至节,六桥补柳翁林纾琴南甫序于湖上望瀛楼。

《译林》第一期(1901 年)

《黑奴吁天录》例言

林　纾

一、是书专叙黑奴,中虽杂收他事,宗旨必与黑奴有关者,始行着笔。

一、是书以"吁天"名者,非代黑奴吁也。书叙奴之苦役,语必呼"天",因用以为名,犹明季六君子《碧血录》之类。

一、是书为美人著。美人信教至笃,语多以教为宗。顾译者非教中人,特不能不为传述,识者谅之。

一、是书系小说一派,然吾华丁此时会,正可引为殷鉴。且证诸咇噜华人及近日华工之受虐,将来黄种苦况,正难逆料。冀观者勿以稗官荒唐视之,幸甚!

一、是书描写白人役奴情状,似全无心肝者。实则彼中仇视异种,如波兰、埃及、印度,惨状或不止此。徐俟觅得此种纪录,再译以为是书之左证。

一、是书开场、伏脉、接笋、结穴,处处均得古文家义法。可知中西文法,有不同而同者。译者就其原文,易以华语,所冀有志西学者,勿遽贬西书,谓其文境不如中国也。

一、书中歌曲六七首,存其旨而易其辞,本意并不亡失,非译者凭空虚构。证以原文,识者必能辨之。

一、是书言教门事孔多,悉经魏君节去其原文稍烦琐者。本以取便观者,幸勿以割裂为责。

1901年武林魏氏藏板《黑奴吁天录》

《黑奴吁天录》跋

林　纾

斯土活,美洲女士也。卷首署名不以女士加其顶者,以西俗男女并重,且彼原书亦不自列为女士,唯跋尾见之,故仍而不改。斯氏自云:是书多出诸一身之闻见,本事七八,演者二三耳。卷中士女名多假托,实则具有其人。余与魏君同译是书,非巧于叙悲以博阅者无端之眼泪,特为奴之势逼及吾种,不能不为大众一号。近年美洲厉禁华工,水步设为木栅,聚数百远来之华人,栅而钥之,一礼拜始释,其一二人或逾越两礼拜仍弗释者,此即吾书中所指之奴栅也。向来文明之国,无发私人函,今彼人于华人之函,无不遍发。有书及"美国"二字,加犯国讳,捕逐驱斥,不遗余力。则谓吾华有国度耶?无国度耶?观哲而治与友书,意谓无国之人,虽文明者亦施我以野蛮之礼,则异日吾华为奴张本,不即基于此乎?若夫日本,亦同一黄种耳,美人以检疫故,辱及其国之命妇,日人大忿,争之美廷,又自立会与抗。勇哉日人也!若吾华有司,又乌知有自己国民无罪,为人囚辱而瘐死耶?上下之情,判若楚越,国威之削,又何待言!今当变政之始,而吾书适成,人人既蠲弃故纸,勤求新学,则吾书虽俚浅,亦足为振作志气,爱国保种之一助。海内有识君子,或不斥为过当之言乎?辛丑九月,林纾识于湖上望瀛楼。

1901年武林魏氏藏板《黑奴吁天录》

《茶花女遗事》

邱炜萲

大小仲马者,法国巴黎京城之擅名小说手也,而小仲马笔尤驾其父大仲马上。所著凡十余种,风行欧洲,不胫而走。有《茶花女遗事》一册,情书也。中纪名妓马克与律学生亚猛影事。则皆马克死后,亚猛追念前尘,不能自遣,口述于小仲马而请之记者,故其事尤详。马克生时,喜撚茶花,故称马克为茶花女也。末附茶花女临殁扶病日记数页。时与亚猛判别久矣,悽恻之情,不忍久读。而小仲马铺叙合离,溯回前后,传神绘影,如遇两人于纸上,能令人之意也消。中国近有译者,署名冷红生笔,以华文之典料,写欧人之性情,曲曲以赴,煞费匠心,好语穿珠,哀感顽艳，读者但见马克之花魂，亚猛之泪渍，小仲马之文心，冷红生之笔意，一时都活，为之欲叹观止。黄懿臣为余言，此书实出吾闽林琴南先生所手译，其题曰"冷红生"者，盖不欲人知其名，而讬为别号以掩真，犹夫前日撰《闽中新乐府》，署名"畏庐子"之意也。余既知译者之为先生，宜其有是灵妙之笔，自负夙所倾倒者不虚矣。

先生闽县人，原名群玉，早举贤书，时名藉甚，与陈弢庵阁学（宝琛）、谢枚如阁读（章铤）、张蘩钧京卿（亨嘉）、郑苏龛观察（孝胥）诸公以词章古学相切砺，屡试春闱不第，尝呈礼部，改名纾。最后讲时务经济之学，尽购中国所有东、西洋译本读之，提要钩元而会其通，为省中各后起英隽所矜式。吾闽讲西学者，有严又陵观察（复），译著英儒赫胥黎氏《天演论》，称中国第一手。然严先生幼通西文，从西师，专西籍且数十年，无怪其登峰造极。若林先生固于西文未尝从事，惟玩索译本，默印心中，暇复昵近省中船政学堂学生及西儒之谙华语者，与之质西书疑义，而其所得力，以视泛涉西文辈，高出万万。观此，并可愧胶庠旧学者之故步自封者矣。间出绪余，直抒胸臆，如《闽中新乐府》一书，养蒙者所宜奉为金科玉律。余已为之翻印，赠贻岛客，复采其专辟乡里陋俗之数题，载入《五百石洞天挥麈》。又闻先生宿昔持论，谓欲开中国之民智，道在多译有关政治思想之小说始，故尝与通译友人魏君、王君，取法皇拿破仑第一、德相俾士麦克全传属稿，草创未定，而《茶花女遗事》反于无意中得先成书，非先生志也（按魏、王两君通法文，以上所言《拿破仑》《俾士麦克》《茶花女》之原书，则皆法文云）。然余曩曾得见《时务报》译《滑震笔记》《长生术》，皆冗沓无味；而《求是报》《菊花》小说有味矣，惜报中辍，小说未完。开卷悁悁，无以慰馋眼。年来忽获《茶花女遗事》，如饥得食，读之数反，泪莹然凝栏干。每于高楼独立，昂首四顾，觉情世界铸出情人，而天地无情，偏令好儿女以有情老，独令遗此情根，引起普天下各种情种，不知情生文耶，文生情耶？直如成连先生刺舟竟去时之善移我情矣。甚矣！言情小说之亦不易为也（按唐时方言，呼女之美者为"茶"，故元遗山句："学念新诗似小茶。"附志于此，以当诗料）。

1901年刊本《挥麈拾遗》

小说与民智关系

邱炜萲

同年闽清黄黻臣孝廉(乃裳),手所自译《大美国史略》(原书为美国蔚利高著)赠余,余既服其留心异国之政体民志,有足为吾华他山之助者。然士夫一变,即可至道,琴瑟不调,更张而理,有其质也。所难俟者,风气未通,苟有设施,未免群起沮滞,所谓非常之源,黎民惧焉。故谋开凡民智慧,比转移士夫观听,须加什佰力量。其要领一在多译浅白读本,以资各州县城乡小馆塾,一在多译政治小说,以引彼农工商贩新思想。如东瀛柴四郎氏(前任农商部侍郎)、矢野文雄氏(前任出使中国大臣)近著《佳人奇遇》《经国美谈》两小说之类,皆于政治界上新思想极有关涉,而词意尤浅白易晓。吾华旅东文士,已有译出,吾尚恨其已译者之只此而足,未能大集同志,广译多类,以速吾国人求新之程度耳。夫小说有绝大隐力焉。即以吾华旧俗论,余向谓自《西厢记》出,而世慕为偷情私合之才子佳人多;自《水浒传》出,而世慕为杀人寻仇之英雄好汉多;自《三国演义》出,而世慕为拜盟歃血之兄弟,斩木揭竿之军机多。是以对下等人说法,法语巽语,毋宁广为传奇小说语。巍巍武庙,奕奕文昌,稽其出典,多沿小说,而黎民信之,士夫忽之,祀典从之,朝廷信之,肇端甚微,终成铁案。若今年庚子五、六月拳党之事,牵动国政,及于外交,其始举国骚然,神怪之说,支离莫究,尤《西游记》《封神传》绝大隐力之发见矣。而其弊足以毒害吾国家,可不慎哉!吾闻东、西洋诸国之视小说,与吾华异,吾华通人素轻此学,而外国非通人不敢著小说。故一种小说,即有一种之宗旨,能与政体民志息息相通;次则开学智,祛弊俗;又次亦不失为记实历,洽旧闻,而毋为虚侨浮伪之习,附会不经之谈可必也。其声价亦视吾华相去千倍。英国有皮根氏者(旧任内阁),小说名家也,尝著某帙(今日本人有译之,题以汉文,即名为《燕代鸣翁》者是也),纸贵一时,其原稿之值实由一大报馆以一万金镑向之购得(外国书坊有出版专利,不许他处翻印之法律也)。其他名家类此者,亦时而有。寻常新著小说,每国年以数千种计云。观此而外国民智之盛,已可想见。吾华纵未骤几乎此,然欲谋开吾民之智慧,诚不可不于此加之意也。

1901年刊本《挥麈拾遗》

小说之势力

衡南劫火仙

已故前英国内阁皮根之《燕代鸣翁》(小说名)一集,其原稿之值,获一万镑。法国《朝露楼报》,发行之数,殆及百万册,然其发行之流滞,则恒视其所刊登之小说为如何。此亦足以验泰西诵读小说之风盛于时矣。夫以《封神》《西游》之离奇逼人,《三国传》之荒谬无据,尚足使百世之下,作历史观之,推崇其人,脍炙其事;且不独孚信于人民,即朝廷亦著为典则,以崇祀之;不独国内如之,即旅居异域者亦如之。吁!亦奇矣。小说家势力之牢固雄大,盖无足以拟之者已。

欧美之小说,多系公卿硕儒,察天下之大势,洞人类之赜理,潜推往古,豫揣将来,然后抒一己之见,著而为书,用以醒齐民之耳目,励众庶之心志。或对人群之积弊而下砭,或为国家之危险而立鉴,然其立意,则莫不在益国利民,使勃勃欲腾之生气,常涵养于人间世而已。至吾邦之小说,则大反是。其立意则在消闲,故含政治之思想者稀如麟角,甚至遍卷淫词罗列,视之刺目者。盖著者多系市井无赖辈,固无足怪焉耳。小说界之腐坏,至今日而极矣。夫小说为振民智之一巨端,立意既歧,则为害深,是不可不知也。

《清议报》第六十八册(1901年)

1902 年

论小说与群治之关系

(饮 冰)

欲新一国之民,不可不先新一国之小说。故欲新道德,必新小说;欲新宗教,必新小说;欲新政治,必新小说;欲新风俗,必新小说;欲新学艺,必新小说;乃至欲新人心、欲新人格,必新小说。何以故?小说有不可思议之力支配人道故。

吾今且发一问:人类之普通性,何以嗜他书不如其嗜小说?答者必曰:以其浅而易解故,以其乐而多趣故。是固然;虽然,未足以尽其情也。文之浅而易解者,不必小说;寻常妇孺之函札,官样之文牍,亦非有艰深难读者存也,顾谁则嗜之?不宁唯是。彼高才赡学之士,能读《坟》《典》《索》《邱》,能注虫鱼草木,彼其视渊古之文,与平易之文,应无所择,而何以独嗜小说?是第一说有所未尽也。小说之以赏心乐事为目的者固多,然此等顾不甚为世所重;其最受欢迎者,则必其可惊可愕可悲可感,读之而生出无量噩梦、抹出无量眼泪者也。夫使以欲乐故而嗜此此也,而何为偏取此反比例之物而自苦也?是第二说有所未尽也。吾冥思之,穷鞫之,殆有两因:凡人之性,常非能以现境界而自满足者也。而此蠢蠢躯壳,其所能触能受之境界,又顽狭短局而至有限也。故常欲于其直接以触以受之外,而间接有所触有所受,所谓身外之身,世界外之世界也。此等识想,不独利根众生有之,即钝根众生亦有焉。而导其根器使日趋于钝、日趋于利者,其力量无大于小说。小说者,常导人游于他境界,而变换其常触常受之空气者也。此其一。人之恒情,于其所怀抱之想象,所经阅之境界,往往有行之不知、习矣不察者;无论为哀为乐、为怨为怒、为恋为骇、为忧为惭,常若知其然而不知其所以然。欲摹写其情状,而心不能自喻,口不能自宣,笔不能自传。有人焉和盘托出,彻底而发露之,则拍案叫绝曰:"善哉善哉,如是如是。"所谓"夫子言之,于我心有戚戚焉"。感人之深,莫此为甚。此其二。此二者实文章之真谛,笔舌之能事。苟能批此窾、导此窍,则无论为何等之文,皆足以移人;而诸文之中能极其妙而神其技者,莫小说若。故曰小说为文学之最上乘也。由前之说,则理想派小说尚焉;由后之说,则写实派小说尚焉。小说种目虽多,未有能出此两派范围外者也。

抑小说之支配人道也,复有四种力:一曰熏。熏也者,如入云烟中而为其所烘,如近墨朱处而为其所染。《楞伽经》所谓"迷智为识,转识成智"者,皆恃此力。人之读一小说也,不知不觉之间,而眼识为之迷漾,而脑筋为之摇飏,而神经为之营注;今日变一二焉,明日变一二焉;刹那刹那,相断相续;久之而此小说之境界,遂入其灵台而据之,成为一特别之原质之种子。有此种子故,他日又更有所触所受者,旦旦而熏之,种子愈盛,而又以之熏他人,故此种子遂可以遍世界。一切器世间有情世间之所以成所以住,皆此为因缘也。而小说则巍巍焉具此威德以操纵众生者也。二曰浸。熏以空间言,故其力之大小,存其界之广狭;浸以时间言,故其力之大小,存其界之长短。浸也者,入而与之俱化者也。人之读一小说也,往往既终卷后数日或数旬而终不能释然。读《红楼》竟者必有余恋有余悲,读《水浒》竟者必有余快有余怒。何也?浸之力使然也。等是佳作也,而其卷帙愈繁事实愈多者,则其浸人也亦愈甚;如酒焉,作十日饮,则作百日醉。我佛从菩提树下起,便说偌大一部《华严》,正以此也。三曰刺。刺也者,刺激之义也。熏浸之力利用渐,刺之力利用顿;熏浸之力在使感受者不觉,刺之力在使感受者骤觉。刺也者,能使人于一刹那顷,忽起异感而不能自制者也。我本蔼然和也,乃读林冲雪天三限,武松飞云浦厄,何以忽然发指?我本愉然乐也,乃读晴雯出大观园,黛玉死潇湘馆,何以忽然泪流?我本肃然庄也,乃读实甫之《琴心》《酬简》,东塘之《眠香》《访翠》,何以忽然情动?若是者,皆所谓刺激也。大抵脑筋愈敏之人,则其受刺激力也愈速且剧。而要之必以其书所含刺激力之大小为比例。禅宗之一棒一喝,皆利用此刺激力以度人者也。此力之为用也,文字不如语言。然语言力所被不能广不能久也,于是不得不乞灵于文字。在文字中,则文言不如其俗语,庄论不如其寓言。故具此力最大者,非小说末由。四曰提。前三者之力,自外而灌之使入;提之力,自内而脱之使出,实佛法之最上乘也。

凡读小说者,必常若自化其身焉,入于书中,而为其书之主人翁。读《野叟曝言》者必自拟文素臣,读《石头记》者必自拟贾宝玉,读《花月痕》者必自拟韩荷生若韦痴珠,读《梁山泊》者,必自拟黑旋风若花和尚。虽读者自辩其无是心焉,吾不信也。夫既化其身以入书中矣,则当其读此书时,此身已非我有,截然去此界以入于彼界,所谓华严楼阁,帝网重重,一毛孔中万亿莲花,一弹指顷百千浩劫,文字移人,至此而极。然则吾书中主人翁而华盛顿,则读者将化身为华盛顿,主人翁而拿破仑,则读者将化身为拿破仑;主人翁而释迦、孔子,则读者将化身为释迦、孔子,有断然也。度世之不二法门,岂有过此?此四力者,可以卢牟一世,亭毒群伦,教主之所以能立教门,政治家所以能组织政党,莫不赖是。文家能得其一,则为文豪;能兼其四,则为文圣。有此四力而用之于善,则可以福亿兆人;有此四力而用之于恶,则可以毒万千载。而此四力所最易寄者惟小说。可爱哉小说!可畏哉小说!

　　小说之为体其易入人也既如彼,其为用之易感人也又如此,故人类之普通性,嗜他文终不如其嗜小说,此殆心理学自然之作用,非人力之所得而易也。此天下万国凡有血气者莫不皆然,非直吾赤县神州之民也。夫既已嗜之矣,且遍嗜之矣,则小说之在一群也,既已如空气如菽粟,欲避不得避,欲屏不得屏,而日日相与呼吸之餐嚼之矣。于此其空气而苟含有秽质也,其菽粟而苟含有毒性也,则其人之食息于此间者,必憔悴,必萎病,必惨死,必堕落,此不待蓍龟而决也。于此而不洁净其空气,不别择其菽粟,则虽日饵以参苓,日施以刀圭,而此群中人之老病死苦,终不可得救。知此义,则吾中国群治腐败之总根原,可以识矣。吾中国人状元宰相之思想何自来乎?小说也。吾中国人佳人才子之思想何自来乎?小说也。吾中国人江湖盗贼之思想何自来乎?小说也。吾中国人妖巫狐兔〔鬼〕之思想何自来乎?小说也。若是者,岂尝有人焉提其耳而诲之,传诸钵而授之也?而下自屠爨贩卒、妪娃童稚,上至大人先生、高才硕学,凡此诸思想必居一于是,莫或使之,若或使之,盖百数十种小说之力,直接间接以毒人,如此其甚也(即有不好读小说者,而此等小说,既已渐渍社会,成为风气。其未出胎也,固已承此遗传焉;其既入世也,又复受此感染焉。虽有贤智,亦不能自拔。故谓之间接)。今我国民惑堪舆,惑相命,惑卜筮,惑祈禳,因风水而阻止铁路、阻止开矿,争坟墓而阖族械斗杀人如草,因迎神赛会而岁耗百万金钱、废时生事、消耗国力者,曰惟小说之故。今我国民慕科第若膻,趋爵禄若鹜,奴颜婢膝,寡廉鲜耻,惟思以十年萤雪、暮夜苞苴,易其归骄妻妾、武断乡曲一日之快,遂至名节大防,扫地以尽者,曰惟小说之故。今我国民轻弃信义,权谋诡诈,云〔翻〕雨覆,苛刻凉薄,驯至尽人皆机心,举国皆荆棘者,曰惟小说之故。今我国民轻薄无行,沉溺声色,绻恋床笫,缠绵歌泣于春花秋月,销磨其少壮活泼之气,青年子弟,自十五岁至三十岁,惟以多情多感多愁多病为一大事业,儿女情多,风云气少,甚者为伤风败俗之行,毒遍社会,曰惟小说之故。今我国民绿林豪杰,遍地皆是,日日有桃园之拜,处处为梁山之盟,所谓"大碗酒,大块肉,分秤称金银,论套穿衣服"等思想,充塞于下等社会之脑中,遂成为哥老、大刀等会,卒至有如义和拳者起,沦陷京国,启召外戎,曰惟小说之故。呜呼!小说之陷溺人群,乃至如是,乃至如是!大圣鸿哲数万言谆悔之而不足者,华士坊贾一二书败坏之而有余。斯事既愈为大雅君子所不屑道,则愈不得不专归于华士坊贾之手。而其性质其位置,又如空气然,如菽粟然,为一社会中不可得避不可得屏之物,于是华士坊贾,遂至握一国之主权而操纵之矣。呜呼!使长此而终古也,则吾国前途,尚可问耶,尚可问耶!故今日欲改良群治,必自小说界革命始;欲新民,必自新小说始。

《新小说》第一号(1902年)

《新中国未来记》绪言

饮冰室主人

一、余欲著此书,五年于兹矣,顾卒不能成一字。况年来身兼数役,日无寸暇,更安能以余力及此。顾确信此类之书,于中国前途,大有裨助,夙夜志此不衰。既念欲俟全书卒业,始公诸世,恐更阅数年,杀青无日,不如限以报章,用自鞭策,得寸得尺,聊胜于无。《新小说》之出,其发愿专为此编也。

一、兹编之作,专欲发表区区政见,以就正于爱国达识之君子。编中寓言,颇费覃思,不敢草草。但此不过臆见所偶及,一人之私言耳,非信其必可行也。国家、人群,皆为有机体之物,其现象日日变化,虽有管、葛,亦不能以今年料明年之事,况于数十年后乎!况末学寡识如余者乎!但提出种种问题一研究之,广征海内达人意见,未始无小补,区区之意,实在于是。读者诸君如鉴微诚,望必毋吝教言,常惠驳义,则鄙人此书,不为虚作焉耳。

一、人之见地,随学而进,因时而移,即如鄙人自审十年来之宗旨议论,已不知变化流转几许次矣。此编月出一册,册仅数回,非亘数年,不能卒业,则前后意见,矛盾者宁知多少。况以寡才而好事之身,非能屏除百务,潜心治此。计每月为此书属稿者,不过两三日,虽复殚虑,岂能完善。故结构之必凌乱,发言之常矛盾,自知其决不能免也。故名之曰"稿本",此后随时订改,兼得名流驳正,或冀体段稍完,再写定本耳。

一、此编今初成两三回,一覆读之,似说部非说部,似稗(稗)史非稗(稗)史,似论著非论著,不知成何种文体,自顾良自失笑。虽然,既欲发表政见,商榷国计,则其体自不能不与寻常说部稍殊。编中往往多载法律、章程、演说、论文等,连篇累牍,毫无趣味,知无以餍读者之望矣,愿以报中他种之有滋味者偿之。其有不喜政谈者乎,则以兹覆瓿焉可也。

一、编中于现在时流,绝不关涉,诚以他日救此一方民者,必当赖将来无名之英雄也。楼阁华严,毫无染著,读者幸勿比例揣测,谓此事为某人写照,此名为某人化身,致生种种党同伐异意见。

一、此编于广东特详者,非有所私于广东也。今日中国方合群共保之不足,而岂容复有某乡某邑之见存?顾尔尔者,吾本粤人,知粤事较悉,言其条理,可以讹谬较少,故凡语及地方自治等事,悉偏趋此点。因此之故,故书中人物,亦不免多派以粤籍,相因之势使然也。不然,宁不知吾粤之无人哉!读者幸谅此意,毋哂其为夜郎。

《新小说》第一号(1902 年)

《新中国未来记》第三回总批

平等阁主人

拿着一个问题,引着一条直线,驳来驳去,彼此往复到四十四次,合成一万六千余言,文章能事,至是而极。中国前此惟《盐铁论》一书,稍有此种体段。但彼书往往不跟着本题,动辄支横到别处;此篇却是始终跟定一个主脑,绝无枝蔓之词。彼书主客所据,都不是真正的学理,全属意气用事,以辩服人;此篇却无一句陈言,无一字强词,壁垒精严,笔墨酣舞。生平读作者之文多矣,此篇不独空前之作,只恐初写《兰亭》,此后亦是可一不再了。

此篇辩论四十余段。每读一段,辄觉其议论已圆满精确,颠扑不破,万无可以再驳之理;及看下一段,忽又觉得别有天地;看至段末,又是颠扑不破,万难再驳了。段段皆是如此,便似游奇山水一般,所谓"山穷水尽疑无路,柳暗花明又一村"犹不足以喻其万一也。非才大如海,安能有此笔力?然仅恃文才,亦断不能得此,盖由字字根于学理,据于时局,胸中万千海岳,磅礴郁积,奔赴笔下故也。文至此,观止矣!虽有他篇,吾不敢请矣。

此篇论题,虽仅在革命论、非革命论两大端,但所征引者皆属政治上、生计上、历史上最新最确之学理。若潜心理会得透,又岂徒有益于政论而已。吾愿爱国志士,书万本、读万遍也!

《新小说》第二号(1902年)

《新小说》第一号

小说为文学之最上乘,近世学于域外者,多能言之。但我中国此风未盛,大雅君子犹吐弃不屑厝意。此编实可称空前之作也。但此编结构之难,有视寻常说部数倍者。盖今日提倡小说之目的,务以振国民精神,开国民智识,非前此诲盗诲淫诸作可比。必须具一副热肠,一副净眼,然后其言有裨于用。名为小说,实则当以藏山之文、经世之笔行之。其难一也。小说之作,以感人为主,若用著书演说窠臼,则虽有精理名言,使人厌厌欲睡,曾何足贵?故新小说之意境,与旧小说之体裁,往往不能相容。其难二也。一部小说数十回,其全体结构,首尾相应,煞费苦心,故前此作者,往往几经易稿,始得一称意之作。今依报章体例,月出一回,无从颠倒损益,艰于出色。其难三也。寻常小说一部中,最为精采者,亦不过十数回,其余虽稍间以懈笔,读者亦无暇苛责。此编既按月续出,虽一回不能苟简,稍有弱点,即全书皆为减色。其难四也。寻常小说,篇首数回,每用淡笔晦笔,为下文作势。此编若用此例,则令读者彷惶于五里雾中,毫无趣味,故不得不于发端处,刻意求工。其难五也。此五难非亲历其中甘苦者,殆难共喻。此编自著本居十之七,译本仅十之三。其自著本,处处皆有寄托,全为开导中国文明进步起见。至其风格笔调,却又与《水浒》《红楼》不相上下。其余各小篇,亦趣味盎然,谈言微中,茶前酒后,最助谈兴。卷末附《爱国歌》《出军歌》诸章,大可为学校乐奏之用。其广告有云:务求不损祖国文学之名誉。诚哉其然也!惟中有文言、俗语互杂处,是其所短。然中国各省语言不能一致,而著者又非出自一省之人,此亦无可如何耳。

《新民丛报》第二十号(1902年)

《世界末日记》译后语

饮 冰

译者曰:此法国著名文家兼天文学者佛林玛利安君所著之《地球末日记》也,以科学上最精确之学理,与哲学上最高尚之思想,组织以成此文,实近世一大奇著也。问者曰:"吾子初为《小说报》,不务鼓荡国民之功名心、进取心,而顾取此天地间第一悲惨杀风景之文,著诸第一号,何也?"应之曰:"不然。我佛从菩提树下起,为大菩萨说华严,一切声闻、凡夫,如聋如哑,谓佛入定。何以故?缘未熟故。吾之译此文,以语菩萨,非以语凡夫、语声闻也。"谛听谛听!善男子,善女子,一切皆死,而独有不死者存。一切皆死,而卿等贪著爱恋瞋怒猜忌争夺胡为者?独有不死者存,而卿等畏惧恐怖胡为者?证得此义,请读《小说报》。而不然者,拉杂之,摧烧之。

《新小说》第一号(1902 年)

中国唯一之文学报《新小说》

新小说报社

小说之道感人深矣。泰西论文学者必以小说首屈一指,岂不以此种文体曲折透达,淋漓尽致,描人群之情状,批天地之窾奥,有非寻常文家所能及者耶!中国自先秦以前,斯道既邕,《汉书·艺文志》已列小说家于九流;但汉唐以后,学者拘文牵义,困于破碎之训诂,骛于玄渺之心性,而于人情事理切实之迹,毫不措意,于是反鄙小说为不足道。夫人之好读小说,过于他书,性使然矣。小说既终不可废,而所谓好学深思之士君子,吐弃不肯从事,则儇薄无行者,从而篡其统,于是小说家言遂至毒天下。中国人心风俗之败坏,未始不坐是。本社同人恫焉,是用因势而利导之,取方领矩步之徒所不屑道者,集精力而从事焉。班孟坚不云乎:"闾里小知者之所及,亦使缀而不忘,如或一言可采,此亦刍荛狂夫之议也。"其诸新世界之青年,亦在所不弃欤?条例如下:

一、本报宗旨,专在借小说家言,以发起国民政治思想,激励其爱国精神。一切淫猥鄙野之言,有伤德育者,在所必摈。

一、本报所登载各篇,著、译各半,但一切精心结构,务求不损中国文学之名誉。

一、本报文言、俗语参用;其俗语之中,官话与粤语参用;但其书既用某体者,则全部一律。

一、本报所登各书,其属长篇者,每号或登一回二三回不等。惟必每号全回完结,非如前者《清议报》登《佳人奇遇》之例,将就钉装,语气未完,戛然中止也。

本报之内容如下:

一、图画

专搜罗东西古今英雄、名士、美人之影像,按期登载,以资观感。其风景画,则专采名胜、地方趣味浓深者,及历史上有关系者登之。而每篇小说中,亦常插入最精致之绣像绘画,其画皆由著译者意匠结构,托名手写之。

二、论说

本报论说,专属于小说之范围,大指欲为中国说部创一新境界,如论文学上小说之价值,社会上小说之势力,东西各国小说学进化之历史及小说家之功德,中国小说界革命之必要及其方法等,题尚夥,多不能豫定。

三、历史小说

历史小说者,专以历史上事实为材料,而用演义体叙述之。盖读正史则易生厌,读演义则易生感。征诸陈寿之《三国志》与坊间通行之《三国演义》,其比较厘然矣。故本社同志,宁注精力于演义,以恢奇俶诡之笔,代庄严典重之文。兹将拟著译之目列下:

一、《罗马史演义》

此书乃翻译西人某氏所著。罗马为古代世界文明之中心点,有王政时代,有贵族政时代,有共和政时代,有帝政时代。其全盛也,事事足为后世法;其就衰也,事事足为后世戒。有大政治家,有大宗教家,有大文学家,有空前绝后之豪杰,有震今铄古之美人,盖历史之最有趣味者,莫罗马史若也。此书原本在欧洲既重版十四次,今特译之,以饷同好。

一、《十九世纪演义》

欲知今日各文明国之所以成立,莫要于读十九世纪史矣。此书乃采集当代大史家之著述数十种熔铸而成:起维也纳会议,迄义和团事变,其中五大洲各国之大事一一详载,精神活现。

一、《自由钟》

此书即美国独立史演义也。因美人初起义时,于费特费府建一独立阁,上悬大钟,有大事则撞之,以召集国民公议焉,故取以为名。首叙英人虐政,次叙八年血战,末叙联邦立宪。读之使人爱国自立之念油然而生。

一、《洪水祸》

此书即法国大革命演义也。昔法王路易第十四临终之言曰:"朕死后大洪水将来。"故取以为名。此书初叙革命前太平歌舞、骄奢满盈之象,及当时官吏贵族之横暴,民间风俗之腐败;次叙革命时代空前绝后之惨剧,使人股栗;而以拿破仑撼天动地之霸业终焉。其中以极浅显之笔,发明卢梭、孟德斯鸠诸哲之学理,尤足发人深省。

一、《东欧女豪杰》

此书专叙俄罗斯民党之事实,以女豪杰威拉、苏菲亚、叶些三人为中心点,将一切运动之历史,皆纳入其中。盖爱国美人之多,未有及俄罗斯者也。其中事迹出没变化,悲壮淋漓,无一不出人意想之外。以最爱自由之人,而生于专制最烈之国,流万数千志士之血,以求易将来之幸福,至今未成,而其志不衰,其势且日增月盛,有加无已。中国爱国之士,各宜奉此为枕中鸿秘者也。

一、《亚历山大外传》

一、《华盛顿外传》

一、《拿破仑外传》

一、《俾斯麦外传》

一、《西乡隆盛外传》

四、政治小说

政治小说者,著者欲借以吐露其所怀抱之政治思想也。其立论皆以中国为主,事实全由于幻想。其书皆出于自著,书目如下:

一、《新中国未来记》

此书起笔于义和团事变,叙至今后五十年止。全用幻梦倒影之法,而叙述皆用史笔,一若实有其人,实有其事者然,令读者置身其间,不复觉其为寓言也。其结构,先于南方有一省独立,举国豪杰同心协助之,建设共和立宪完全之政府,与全球各国结平等之约,通商修好。数年之后,各省皆应之,群起独立,为共和政府者四五。复以诸豪杰之尽瘁,合为一联邦大共和国。东三省亦改为一立宪君主国,未几亦加入联邦。举国国民,戮力一心,从事于殖产兴业,文学之盛,国力之富,冠绝全球。寻以西藏、蒙古主权问题与俄罗斯开战端,用外交手段联结英、美、日三国,大破俄军。复有民间志士,以私人资格暗助俄罗斯虚无党,覆其专制政府。最后因英、美、荷兰诸国殖民地虐待黄人问题,几酿成人种战争,欧美各国合纵以谋我,黄种诸国连横以应之,中国为主盟,协同日本、非律宾等国,互整军备。战端将破裂,匈加利人出而调停,其事乃解。卒在中国京师开一万国平和会议,中国宰相为议长,议定黄白两种人权利平等、互相亲睦种种条款,而此书亦以结局焉。

一、《旧中国未来记》

此书体例亦与前同。惟叙述不变之中国,写其将来之惨状。各强国初时利用北京政府及各省大吏为傀儡,剥夺全国民权利无所不至,人民皆伺外国一颦一笑,为其奴隶犹不足以谋生;卒至暴动屡起。外国人借口平乱,行瓜分政策;各国复互相纷争,各驱中国人从事军役,自斗以糜烂。卒经五十年后,始有大革命军起,仅保障一两省,以为恢复之基。是此书之内容也。

一、《新桃源》(一名《海外新中国》)

此书专为发明地方自治之制度,以补《新中国未来记》所未及。其结构设为二百年前,有中国一大族民,不堪虐政,相率航海,遁于一大荒岛,孳衍发达,至今日而内地始有与之交通者。其制度一如欧美第一等文明国,且有其善而无其弊焉。其人又不忘祖国,卒助内地志士奏维新之伟业,将其法制一切移植于父母之邦。是此书之内容也。

五、哲理科学小说

专借小说以发明哲学及格致学,其取材皆出于译本:

一、《共和国》 希腊大哲柏拉图著

一、《华严界》 英国德麻摩里著

一、《新社会》 日本矢野文雄著

一、《世界未来记》 法国埃留著

一、《月世界一周》

一、《空中旅行》

一、《海底旅行》

六、军事小说

专以养成国民尚武精神为主,其取材皆出于译本。(题未定)

七、冒险小说

如《鲁敏逊漂流记》之流,以激励国民远游冒险精神为主。(题未定)

八、探侦小说

探侦小说,其奇情怪想,往往出人意表。前《时务报》曾译数段,不过尝鼎一脔耳。本报更博采西国最新奇之本而译之。(题未定)

九、写情小说

人类有公性情二:一曰英雄,二曰男女。情之为物,固天地间一要素矣。本报窃附《国风》之义,不废《关雎》之乱,但意必蕴藉,言必雅驯。(题未定)

十、语怪小说

妖怪学为哲理之一科,好学深思之士,喜研究焉。西人谈空说有之书,汗牛充栋,几等中国,取其尤新奇可诧者译之,亦研究魂学之一助也。

十一、劄记体小说

如《聊斋》《阅微草堂》之类,随意杂录。

十二、传奇体小说

本社员有深通此道、酷嗜此业者一二人,欲继索士比亚、福禄特尔之风,为中国剧坛起革命军,其结构词藻决不在《新罗马传奇》下也。(题未定)

十三、世界名人逸事

体例略如《世说新语》,但常有长篇巨制。大率刺取古今中外豪杰之轶事,足以廉顽立懦者最而录之,于青年立志最有神助。

十四、新乐府

本报全编皆文学科所属也，故文苑一门，视寻常报章应有特色。专取泰西史事或现今风俗可法可戒者，用白香山《秦中》《乐府》、尤西堂《明史乐府》之例，长言永叹之，以资观感。

十五、粤讴及广东戏本

此门专为广东人而设，纯用粤语。

其余或有应增之门类随时补入。

一、以上各门不能每册具备，但每册最少必在八门以上。

一、定价零售每册四角，定阅全年十二册者定价四元，定阅半年六册者定价二元二角，邮费另加，惟皆须依日本银折交。

一、代派至十份以上者，照例提二成为酬劳。

一、定阅全年半年者，必须先将报费清交，乃为作实；否则一概不寄，决弗徇情。

一、海内外各都会市镇，凡代派《新民丛报》之处，皆有本报寄售，欲阅者请各就近挂号。

一、本报第一号定于中历九月十五日发行，欲先睹为快者，请预订挂号通知。

横滨山下町百五十二番新小说报社
《新民丛报》十四号（1902 年）

《十五小豪杰》译后语（选录）

少年中国之少年

（第一回）此书为法国人焦士威尔奴所著，原名《两年间学校暑假》。英人某译为英文，日本大文家森田思轩，又由英文译为日本文，名曰《十五少年》，此编由日本文重译者也。

英译自序云：用英人体裁，译意不译词，惟自信于原文无毫厘之误。日本森田氏自序亦云：易以日本格调，然丝毫不失原意，今吾此译，又纯以中国说部体段代之,然自信不负森田。果尔,则此编虽令焦士威尔奴复读之,当不谓其唐突西子耶。

森田译本共分十五回,此编因登录报中,每次一回,故割裂回数,约倍原译。然按之中国说部体制,觉割裂停逗处,似更优于原文也。

此书寄思深微,结构宏伟,读者观全豹后,自信余言之不妄。观其一起之突兀,使人堕五里雾中,茫不知其来由,此亦可见(泰)西文字气魄雄厚处。

《新民丛报》第二号(1902年)

(第四回)本书原拟依《水浒》《红楼》等书体裁,纯用俗话,但翻译之时,甚为困难。参用文言,劳半功倍。计前数回文体,每点钟仅能译千字,此次则译二千五百字。译者贪省时日,只得文俗并用。明知体例不符,俟全书杀青时,再改定耳。但因此亦可见语言、文字分离,为中国文学最不便之一端,而文界革命非易言也。

《新民丛报》第六号(1902年)

金陵卖书记(节录)

公 奴

小说书亦不销者,于小说体裁多不合也。不失诸直,即失诸略;不失诸高,即失诸粗;笔墨不足副其宗旨,读者不能得小说之乐趣也。即有极力为典雅之文者,要于词章之学,相去尚远,涂泽满纸,只觉可厌,不足动人也。今新小说界中若《黑奴吁天录》,若《新民报》之《十五小豪杰》,吾可以百口保其必销;《经国美谈》次之。然龙溪固小说家之雄,如所撰《浮城物语》者,得词章家以译之,必有伟观。

以小说开民智,巧术也,奇功也,要其笔墨决不同寻常。常法以庄,小说以谐;常法以正,小说以奇;常法以直,小说以曲;常法则正襟危坐,直指是非,小说则变幻百出,令人得言外之意;常法如严父明师之训,小说加密友贤妻之劝。得此旨,始可以言小说。今之为小说者,俗语所谓开口便见喉咙,又安能动人?

吾于小说,不能不为贤者责矣。小说之妙处,须含词章之精神。所谓词章者,非排偶四六之谓。中外之妙文,皆妙于形容之法;形容之法莫备于词章,而需用此法最多者莫如小说。巴黎,文词之渊薮也,其大文豪皆以戏曲著;坪内雄藏,为日本维新后之词宗,而以《春也》著。比来海内诸同志,力矫厥弊,皆以排浮华、崇实学为宗旨,故寻常通问函件,或且不甚了了,而词章一学,行且绝响。然果无此学,究不能显难显之情。饮冰室主人之文笔,夙为海内所叹服矣,然吾得而断之曰:实惟得力于词章,故诸同志不欲为小说则已,如欲为之,勿薄词章也。

1902年开明书店版《金陵卖书记》

《鲁宾孙漂流记》译者识语

著者德富(Defoe),英国伦敦人,生于一千六百六十一年。德氏自二十二岁始发愤著书,及其死时,共著书二百五十巨册。其最有大名者,即《鲁宾孙漂流记》也。当一千七百零四年,英国有一水手名 Alexander Selkirk 舍尔克,在 Juan Fernondez 真福兰得海岛为船主所弃,独居孤岛者四年,后乃得乘经过此岛之船以达英伦。此事大动英伦之人心,传为美谭。德氏乃著此书,而假名为鲁宾孙。出版之后,一时纸贵,爱读者至今不衰焉。原书全为鲁宾孙自叙之语,盖日记体例也,与中国小说体例全然不同。若改为中国小说体例,则费事而且无味。中国事事物物皆当革新,小说何独不然! 故仍原书日记体例译之。

《大陆报》第一卷第一号(1902年)

1903 年

《月界旅行》辨言

(周树人)

  在昔人智未辟,天然擅权,积山长波,皆足为阻。递有刳木剡木之智,乃胎交通;而桨而帆,日益衍进。惟遥望重洋,水天相接,则犹魄悸体栗,谢不敏也。既而驱铁使汽,车舰风驰,人治日张,天行自逊,五州同室,交贻文明,以成今日之世界。然造化不仁,限制是乐,山水之险,虽失其力,复有吸力空气,束缚群生,使难越雷池一步,以与诸星球人类相交际。沉沦黑狱,耳窒目矇,夔以相欺,日颂至德,斯固造物所乐,而人类所羞者矣。然人类者,有希望进步之生物也,故其一部分,略得光明,犹不知餍,发大希望,思斥吸力,胜空气,泠然神行,无有障碍。若培伦氏,实以其尚武之精神,写此希望之进化者也。凡事以理想为因,实行为果,既莳厥种,乃亦有秋。尔后殖民星球,旅行月界,虽贩夫稚子,必然夷然视之,习不为诧。据理以推,有固然也。如是,则虽地球之大同可期,而星球之战祸又起。呜呼!琼孙之"福地",弥尔之"乐园",遍觅尘球,竟成幻想;冥冥黄族,可以兴矣。

  培伦者,名查理士,美国硕儒也。学术既覃,理想复富。默揣世界将来之进步,独抒奇想,托之说部。经以科学,纬以人情。离合悲欢,谈故涉险,均综错其中。间杂讥弹,亦复谭言微中。十九世纪时之说月界者,允以是为巨擘矣。然因比事属词,必洽学理,非徒摭山川动植,侈为诡辩者比。故当觥觥大谈之际,或不免微露遁词,人智有涯,天则甚奥,无如何也。至小说家积习,多借女性之魔力,以增读者之美感,此书独借三雄,自成组织,绝无一女子厕足其间,而仍光怪陆离,不感寂寞,尤为超俗。

  盖胪陈科学,常人厌之,阅不终篇,辄欲睡去,强人所难,势必然矣。惟假小说之能力,被优孟之衣冠,则虽析理谭玄,亦能浸淫脑筋,不生厌倦。彼纤儿俗子,《山海经》《三国志》诸书,未尝梦见,而亦能津津然识长股、奇肱之域,道周郎、葛亮之名者,实《镜花缘》及《三国演义》之赐也。故掇取学理，去庄而谐，使读者触目会心，不劳思索，则必能于不知不觉间，获一斑之智识，破遗传之迷信，改良思想，补助文明，势力之伟，有如此者！我国说部，若言情谈故刺时志怪者，架栋汗牛，而独于科学小说，乃如麟角。智识荒隘，此实一端。故苟欲弥今日译界之缺点，导中国人群以进行，必自科学小说始。

《月界旅行》原书，为日本井上勤氏译本，凡二十八章，例若杂记。今截长补短，得十四回。初拟译以俗语，稍逸读者之思索，然纯用俗语，复嫌冗繁，因参用文言，以省篇页。其措词无味，不适于我国人者，删易少许。体杂言庞之讥，知难幸免。书名原属《自地球至月球在九十七小时二十分间》意，今亦简略之曰《月界旅行》。癸卯新秋，译者识于日本古江户之旅舍。

1903年日本东京进化社版《月界旅行》

（原署"中国教育普及社译印"）

本馆编印《绣像小说》缘起

商务印书馆主人

欧美化民，多由小说；搏桑崛起，推波助澜。其从事于此者，率皆名公巨卿，魁儒硕彦，察天下之大势，洞人类之颐理，潜推万古，豫揣将来，然后抒一己之见，著而为书，以醒齐民之耳目，或对人群之积弊而下砭，或为国家之危险而立鉴，揆其立意，无一非裨国利民。支那建国最古，作者如林，然非怪谬荒诞之言，即记污秽邪淫之事；求其稍裨于国、稍利于民者，几几乎百不获一。夫今乐忘倦，人情皆同，说书唱歌，感化尤易。本馆有鉴于此，于是纠合同志，首辑此编。远摭泰西之良规，近挹海东之余韵，或手著、或译本，随时甄录，月出两期，借思开化夫下愚，遑计贻讥于大雅。呜呼！庚子一役，近事堪稽，爱国君子，倘或引为同调，畅此宗风，则请以此编为之嚆矢。著者虽为执鞭，亦忻慕焉。

《绣像小说》第一期（1903年）

《官场现形记》叙

茂苑惜秋生

官之位高矣,官之名贵矣,官之权大矣,官之威重矣,五尺童子,皆能知之。古之人,士农工商,分为四民,各事其事,各业其业,上无所扰,下无所事。其后选举之法兴,则登进之途杂。士废其读,农废其耕,工废其技,商废其业,皆注意于官之一字。盖官者,有士农工商之利,而无士农工商之劳者也。天下爱之至深者,谋之必善;慕之至切者,求之必工。于是乎有脂韦滑稽者,有夤缘奔竞者,而官之流品,已极紊乱。限资之例,始于汉代,定以十算,乃得为吏。开捐纳之先路,导输助之滥觞;所谓"衣食足而知荣辱"者,直是欺人之谈。归罪孝成,无逃天地。夫振饥出粟,犹是游侠之风,助边输财,不遗忠爱之末。乃至行博弈之道,掷为孤注;操贩鬻之行,居为奇货:其情可想,其理可推矣。沿至于今,变本加厉:凶年饥馑,旱干水溢,皆得援救助之例,邀奖励之恩;而所谓官者,乃日出而未有穷期,不至充塞宇宙不止。朝廷颁汰淘之法,定澄叙之方,天子寄其耳目于督抚,督抚寄其耳目于司道,上下蒙蔽,一如故旧。尤其甚者,假手宵小,授意私人,因苞苴而通融,缘贿赂而解释,是欲除弊而转滋之弊也,乌乎可?且昔亦尝见夫官矣:送迎之外无治绩,供张之外无材能;忍饥渴,冒寒暑,行香则天明而往,禀见则日昃而归,卒不知其何所为而来,亦卒不知其何所为而去。袁随园之言曰:"当其杂坐戏谑、欠伸假寐之时,即乡城老幼毁肢折体而待诉之时也。当其修垣辕、治供具之时,即胥吏舞文匿案而逞权之时也。"怵目惕心,无过于此。而所谓官者,方鸣其得意,视为荣宠。其为民作父母耶?抑为督抚作奴耶?试取问之,当亦哑然失笑矣。不宁惟是。田野不辟,讼狱不理,则置诸不问;应酬或缺,孝敬或少,则与之为难:大府以此责下吏,下吏以此待大府。《论语》曰:"上有好者,下必有甚焉者矣。"《易》曰:"上行下效,捷于影响。"执是言也,官之所以为官者,殆可想象得之。暴秦之立法也,并禁腹诽;有宋之覆国也,以废清议。若官者,辅天子则不足,厌百姓则有余。以其位之高,以其名之贵,以其权之大,以其威之重,有语其后者,刑罚出之,有诮其旁者,拘系随之。明达之士,岂故为寒蝉仗马哉?慑之于心,故慎之于口耳。其意若曰:"是固可以贾祸者。我既不系社稷之轻重,亦无关朝廷之安危。官虽苛暴,而无与我之身家;官虽贪黩,而无与我之赀产。则亦听之而已矣,又何必拂其心而撄其怒乎?"于是官之气愈张,官之焰愈烈。羊狠狼贪之技,他人所不忍出者,而官出之;蝇营狗苟之行,他人所不屑为者,而官为之。下至声色货利,则嗜若性命;般乐饮酒,则视为故常。观其外,俪规而错矩;观其内,逾闲而荡检。种种荒谬,种种乖戾,虽罄纸墨不能书也。得失重,则妒忌之心生;倾轧甚,则睚眦之怨起。古之人以讲学而分门户,以固位而立党援,比比然也;而官则或因调换而龃龉,或因委署而龌龊,所谓投骨于地,犬必争之者,是也。其柔而害物者,且出全力以搏之,设深心以陷之,攻击过于勇夫,蹈袭逾于强敌,宜其知己知彼,百战百胜矣;而终不免于报复者。子舆氏曰:"杀人父者,人亦杀其父;杀人兄者,人亦杀其兄。"《战国策》曰:"螳螂捕蝉,不知黄雀之在其后。"即此类也。天下可恶者莫若盗贼,然盗贼处暂而官处常;天下可恨者莫若仇雠,然仇雠在明而官在暗。吾不知设官分职之始,亦尝计及乎此耶?抑官之性有异于人之性,故有以致于此耶?国衰而官强,国贫而官富。孝弟忠信之旧,败于官之身;礼义廉耻之遗,坏于官之手。而官之所以为人诟病,为人轻亵者,盖非一朝一夕之故,其所由来者渐矣。南亭亭长有东方之谐谑,与淳于之滑稽,又熟知夫官之齷齪卑鄙之要凡,昏聩糊涂之大旨。欲提其耳,则彼方如巢、许之掩之而走;欲唾其面,则彼又如师德之使其自干。因喟然叹曰:"昔严介溪敬礼能作古文之人。人或讶之。介溪愀然曰:'我辈他日定评,在其笔下。'是知古今来大奸大恶,天变不足畏,人言不足恤,而惟窃窃焉以身后为忧,是何故哉?盖犹未忘'耻'之一字也。佛家之论因果,曰过去,曰未来,曰现在。过去之耻,固若存而若亡;未来之耻,亦可有而可无;而现在之耻,则未有不思浣濯之以涤其污,弥缝之以泯其迹者。且夫训教者,父兄之任也;规箴者,朋友之道也;讽谏者,臣子之义也;献进者,矇瞽之分也。我之于官,既无统属,亦鲜关系,惟有以含蓄蕴酿存其忠厚,以酣畅淋漓阐其隐微,则庶几近矣。"穷年累月,殚精竭神,成书一帙,名曰《官场现形记》。立体仿诸稗野,则无钩章棘句之嫌;纪事出以方言,则无佶屈聱牙之苦。开卷一过,凡神禹所不能铸之于鼎,温峤所不能烛之以犀者,无不毕备。曹孟德得陈琳檄而愈头风,杜子美对《张良传》而浮大白,读是编者,知必有同情者已。光绪癸卯中秋后五日,茂苑惜秋生。

1903年世界繁华报馆版《官场现形记》

《官场现形记》叙

昔孔子作《春秋》而乱臣贼子惧,孔子曰:"知我者,其惟《春秋》乎!罪我者,其惟《春秋》乎!"大圣人以教世为心,固不避宵小辈大奸慝之仇之也,而壹意孤行,为若辈绘影绘声,定一不磨之铁案;不但今日读之,奉为千秋公论,即若辈当日读之,亦色然神惊,而私心沮丧也。呜呼!文字之感人也深矣,而今日继起者果谁乎?老友南亭亭长乃近有《官场现形记》之著,加颊上之添毫,纤悉毕露;如地狱之变相,丑态百出。每出一纸,见者拍案叫绝。熟于世故者皆曰:"是非过来人不能道其只字。"而长于钻营者则曰:"是皆吾辈之先导师。""知者见知,仁者见仁","入鲍鱼之肆,而不自知其臭",其斯之谓乎!夫今日者,人心已死,公道久绝。廉耻之亡于中国官场者,不知几何岁月。而一举一动,皆丧其羞恶之心,几视天下卑污苟贱之事,为分所应为。宠禄过当,邪所自来,竟以之兴废立篡窃之祸矣。戊戌、庚子之间,天地晦黑,觉罗不亡,殆如一线。而吾辈不畏强御,不避斧钺,笔伐口诛,大声疾呼,卒伸大义于天下,使若辈凛乎不敢犯清议。虽谓《春秋》之力至今存可也,而谁谓草茅之士不可以救天下哉?《官场现形记》一书者,新学家所谓若辈之内容,而论世者所谓若辈之实据也。仆尝出入卑鄙龌龊之场,往来奔竞夤缘之地,耳之所触,目之所炫,五花八门,光怪万状,觉世间变幻之态,无有过于中国官场者。而口呐呐不能道,笔蕾蕾若钝椎,胸际秽恶,腕底牢骚,尝苦一部廿四史不知从何处说起。今日读南亭之《官场现形记》,不觉喜曰:是不啻吾意中所出。吾一生欢乐愉快事,无有过于此时者,盖吾辈嫉恶之性,有同然者也。嗟嗟!神禹铸鼎,魑魅夜哭;温峤燃犀,魍魉避影。中国官场久为全球各国不齿于人类,而若辈穷奇浑沌,跳舞拍张,方且谓行莫予泥,令莫予违,一若睥睨自得也者。而不意有一救世佛焉,为之放大千之光,摄世界之影,使一般之蠕蠕而动、蠢蠢以争者,咸毕现于菩提镜中,此若辈意料所不到者也。然而存之万世之下,安知不作今日之《春秋》观?而今日之知我罪我,则我又何所计及乎?是为叙。

1903年世界繁华报馆版《官场现形记》
(原作未署名,后有署作者为"忧患余生"者)

小说原理

别 士

人之处事,有有所为而为之事,有无所为而为之事。有所为而为之事,非其所乐为也,特非此不足以致其乐为者,不得不勉强而为之;无所为而为之事,则本之于天性,不待告教而为者也。故有明知某事之当为,而因循不果,明知某事之不可为,而陷溺不返者,多矣。读书为万事中之一,亦有有所为而读者,有无所为而读者。有所为而读者,如宗教、道德、科学诸书是,其书读之不足以自娱,其所以读之者,为其于生平之品行、智慧、名誉、利养,大有关系,有志之士,乃不得不为此嚼蜡集蓼之事(注:亦有成嗜好者,殆习惯使然,非天性也)。无所为而读者,如一切章回、散段、院本、传奇诸小说是,其书往往为长吏之所毁禁,父兄之所呵责,道学先生之所指斥,读之绝无可图,而适可以得谤,而方百计以觅得之,山程水驿,茶余饭罢,亦几几非此不足以自遣。浸假而毁禁、呵责、指斥人之长吏、父兄、道学先生,亦无不对人则斥之,独处则玩之。是真于饮食、男女、声色、狗马之外,一可嗜好之物也。然而此习则无人不然,其理则无人能解。今为条析其理,未能尽也,以为解人嗜小说之故之发轫云尔。

人生既具灵明,其心中常有意念,展转相生,如画如话,自瘄彻瘵,未曾暂止。内材如此,而又常乐有外境焉,以雠对之。其雠对之法,粗者为游,精者为谈,较游与谈更精者为读。

今将陈于纸上之物,为人所乐玩者,第其可乐之甲乙:

看画最乐;

看小说其次;

读史又次;

读科学书更次;

读古奥之经文最苦。此除别具特性、苦乐异人者外,常情莫不皆然。试观其所以不同之故,即可知人心之公理。盖人心之所乐者有二:

甲曰:不费心思。

乙曰:时刻变换。

人所乐者肉身之实事,而非乐此缥缈之空谈也。惟有时不得实事,使听其空谈而如见实事焉,人亦乐于就之。惟人生所历之境,至实亦至琐。如举一书房言之,有种种玩好、种种书籍、种种文具,以及几案毯屦等等,其琐甚矣。若一厨房,则琐更甚。故举似者必与之相副,而后能使闻者如在目前。加在目前之事,以画为最,去亲历一等耳,其次莫如小说。且世间有不能画之事,而无不能言之事,故小说虽稍晦于画,而其广过之。史亦与小说同体,所以觉其不若小说可爱者,因实有之事常平淡,诳设之事常秾艳,人心去平淡而即秾艳,亦其公理,此史之处于不能不负者也。且史文简素,万难详尽,必读者设身处地,以意历之,始得其状,尤费心思。如《水浒》武大郎一传,叙西门庆、潘金莲等事,初非有奇事新理,不过就寻常日用琐屑叙来,与人人胸中之情理相印合,故自来言文章者推为绝作。若以武大入《唐书》《宋史》列传中叙之,只有"妻潘通于西门庆,同谋杀大"二句耳,观者之孰乐孰不乐,可知也。科学书与经典,更无此事,所以为下。总而言之,除画为不思而得外,小说者,以详尽之笔,写已知之理者也(如说某人插翅上天,其翅也、天也、飞也,皆其已知者也;而相缀连者,则新事也),故最逸。史者,以简略之笔,写已知之理者也,故次之。科学书者,以详尽之笔,写未知之理者也,故难焉。经文者,以简略之笔,写未知之理者也,故最难。而读书之劳逸厘然矣(解甲款)。

人使终日常为一事,则无论如何可乐之事,亦生厌苦,故必求刻刻转换之境以娱之。然人自幼至老,生平所历,亦何非刻刻转换之境哉? 徒以其境之转换也,常有切身之大利害,事前事后,常有无限之恐惧忧患以随之,其乐遂为其苦所掩也。故不得不求不切于身之刻刻转换之境以娱之,打牌、观剧、谈天、游山,皆是矣。然此四者必身与境适相凑合,始能有之;若外境不副,则事中止焉。于是乎小说遂为独一无二可娱之具。一榻之上,一灯之下,茶具前陈,杯酒未罄,而天地间之君子、小人、鬼神、花鸟杂遝而过吾之目,真可谓取之不费,用之不匮者矣。故画,有所穷者也;史,平直者也;科学颇新奇,而非尽人所解者也;经文皆忧患之言,谋乐更无取焉者也。而小说之为人所乐,遂可与饮食、男女鼎足而三(解乙款)。

人所以乐观小说之故既明,则作小说当如何下笔亦可识。盖作小说有五难:

一、写小人易,写君子难。人之用意,必就己所住之本位以为推,人多中材,仰而测之,以度君子,未必即得君子之品性;俯而察之,以烛小人,未有不见小人之肺腑也。试观《三国志演义》,竭力写一关羽,及适成一骄矜灭裂之人;又欲竭力写一诸葛亮,乃适成一刻薄轻狡之人。《儒林外史》,竭力写一虞博士,及适成一迂阔枯寂之人。而各书之写小人,无不栩栩欲活。此君子难写、小人易写之征也。是以作《金瓶梅》《红楼梦》与《海上花》之前三十回者,皆立意不写君子。若必欲写,则写野蛮之君子尚易,如《水浒》之写武松、鲁达是,而文明之君子,则无写法矣。

二、写小事易,写大事难。小事如吃酒、旅行、奸盗之类,大事如废立、打仗之类。大抵吾人于小事之经历多,而于大事之经历少。《金瓶梅》《红楼梦》均不写大事,《水浒》后半部写之,惟二〔三〕打祝家庄事,能使数十百人,一时并见于纸上,几非《左传》《史记》所能及,余无足观。《三国演义》《列国演义》,专写大事,遂令人不可向迩矣。

三、写贫贱易,写富贵难。此因发愤著书者,以贫士为多,非过来人不能道也。观《石头记》自明。

四、写实事易,写假事难。金圣叹云:最难写打虎、偷汉。今观《水浒》写潘金莲、潘巧云之偷汉,均极工;而武松、李逵之打虎,均不甚工。李逵打虎,只是持刀蛮杀,固无足论;武松打虎,以一手按虎之头于地,一手握拳击杀之。夫虎为食肉类动物,腰长而软,若人力按其头,彼之四爪,均可上攫,与牛不同也。若不信,可以一猫为虎之代表,以武松打虎之方法打之,则其事之能不能自见矣。盖虎本无可打之理,故无论如何写之,皆不工也。打虎如此,鬼神可知(注:《水浒》写宋江遇玄女事,实是宋江说谎,均极工)。

五、叙实事易,叙议论难。以大段议论羼入叙事之中,最为讨厌。读正史纪传者,无不知之矣。若以此习加之小说,尤为不宜。有时不得不作,则必设法将议论之痕迹灭去始可。如《水浒》吴用说三阮撞筹,《海上花》黄二姐说罗子富,均有大段议论者。然三阮传中,必时时插入吃酒、烹鱼、撑船等事;黄二姐传中,必时时插入点烟灯、吃水烟、叫管家等事。其法是将实景点入,则议论均成画意矣。不然,刺刺不休,竟成一《经世文编》面目,岂不令人喷饭?

作小说者,不可不知此五难而先避之。吾谓今日欲作小说,莫如将此生数十年所亲见、亲闻之实事,略加点化,即可成一绝妙小说。然可以牟利而不可以导世。若欲为社会起见则甚难。盖不能不写一第一流之君子,是犯第一忌;此君子必与国家之大事有关系,是犯第二忌;谋大事者必牵涉富贵人,是犯第三忌;其事必为虚构,是犯第四忌;又不能无议论,是犯第五忌。五忌俱犯,而欲求其工,是犹航断港绝潢而至于海也。

曲本、弹词之类,亦摄于小说之中,其实与小说之渊源甚异。小说始见于《汉艺文志》,书虽散佚,以魏、晋间之小说例之,想亦收拾遗文,隐喻托讽,不指一人一事言之,皆子史之支流也。唐人《霍小玉传》《刘无双传》《步非烟传》等篇,始就一人一事,纡徐委备,详其始末,然未有章回也。章回始见于《宣和遗事》,由《宣和遗事》而衍出者为《水浒传》(注:元人曲有《水浒记》二卷,未知与传孰先),由《水浒传》而衍出者为《金瓶梅》,由《金瓶梅》而衍出者为《石头记》,于是六艺附庸,蔚为大国,小说遂为国文之一大支矣。弹词原于乐章,由乐章而有词曲,由词曲而有元、明人诸杂剧,如《元人百种曲》、汲古阁所刊《六十种曲》之类。此种专为演剧而设,然犹病其文理太深,不能普及。至本朝乃有一种,虽用生、旦、净、丑之号,而曲无牌名,仅求顺口,如《珍珠塔》《双珠凤》之类,此等专为唱书而设。再后则略去生、旦、净、丑之名,而其唱专用七字为句,如《玉钏缘》《再生缘》之类。此种因脱去演剧、唱书之范围,可以逍遥不制,故常有数十万言之作,而其用则专以备闺人之潜玩。乐章至此,遂与小说合流,所分者一有韵、一无韵而已。

此种小说,流布深远,无乎不至,其力殆出六艺九流上。而其为书,则尽蹈前所云小说五弊:所写主书之生、旦,必为至好之人,是写君子也;必有平番、救主等事,是写大事也;必中状元、拜相封王,是写富贵也;必有骊山老母、太白金星,是写虚无也;惟议论可无耳。犯此诸病,而仍能如此之普及,非上文所设之例,有时不信也;因此辈文理不深,阅历甚浅,若观佳制,往往难喻,费心则厌,此读书之公例,故遂弃彼而就此。作此等书之人,既欲适神经最简者之目,而又须多其转换,则书中升沉离合之迹,皆成无因之果,不造骊山老母、太白金星以关键之不能,此皆事之不得不然者也。使以粗浅之笔,写真实之理,渐渐引人入胜,彼妇人与下等人,必更爱于平日所读诞妄之书矣。

综而观之,中国人之思想嗜好,本为二派:一则学士大夫,一则妇女与粗人。故中国之小说,亦分二派:一以应学士大夫之用;一以应妇女与粗人之用。体裁各异,而原理则同。今值学界展宽(注:西学流入),士夫正日不暇给之时,不必再以小说耗其目力。惟妇女与粗人,无书可读,欲求输入文化,除小说更无他途。其穷乡僻壤之酬神演剧,北方之打鼓书,江南之唱文书,均与小说同科者。先使小说改良,而后此诸物,一例均改。必使深闺之戏谑,劳侣之耶禺,均与作者之心,入而俱化。而后有妇人以为男子之后劲,有苦力者以助士君子之实力,而不拨乱世致太平者,无是理也。至于小说与社会之关系,诸贤言之详矣,不著于篇。

《绣像小说》第三期(1903年)

论文学上小说之位置

楚 卿

吾昔见东西各国之论文学家者,必以小说家居第一,吾骇焉。吾昔见日人有著《世界百杰传》者,以施耐庵与释迦、孔子、华盛顿、拿破仑并列,吾骇焉。吾昔见日本诸学校之文学科,有所谓《水浒传》讲义、《西厢记》讲义者,吾益骇焉。继而思之,何骇之与有?小说者,实文学之最上乘也。世界而无文学则已耳,国民而无文学思想则已耳,苟其有之,则小说家之位置,顾可等闲视哉!

小说为文学之最上乘,亦有说乎?曰:彼其二种德、四种力,足以支配人道左右群治者,时贤既言之矣;至以文学之眼观察之,则其妙谛,犹不止此。凡文章常有两种对待之性质,苟得其一而善用之,则皆可以成佳文。何谓对待之性质?一曰简与繁对待,二曰古与今对待,三曰蓄与泄对待,四曰雅与俗对待,五曰实与虚对待。而两者往往不可得兼。于前五端既用其一,则不可不兼用其余四,于后五端亦然。而所谓良小说者,即禀后五端之菁英以鸣于文坛者也。故取天下古今种种文体而中分之,小说占其位置之一半,自余诸种,仅合占其位置之一半。伟哉小说!

请言繁简:寻常文字以十语可了者,自能文者为之,则或括而短之至一语焉,或引而长之至千百语焉,二者皆妙文,而一以应于所适为能事。昔欧阳庐陵尝偕数友行市中,见有马驰掷于路,冲突行人,至有死者,全市鼎沸。庐陵与友归,相约同记其事。诸友记者,或累数十言,或累数百言,视庐陵所记,则仅有"逸马杀人于道"六字。此括十语为一语之说也。佛经说法,每一陈设,每一结集,动辄瑰纬连犿,绵亘数卷,言大必极之须弥铁围五大部洲三千小千中千大千世界,言小必极之芥子牛尘羊尘兔尘微尘,言数必极之恒河〔沙〕数阿僧祇无量数不可思议不可识不可极。既畅以正文,复申以颂偈。此衍十语为千百语之说也。

二者皆文章之极轨也。然在传世之文,则与其繁也,毋宁其简;在觉世之文,则与其简也,毋宁其繁。同一义也,而纵说之、横说之,推波而助澜之,穷其形焉,尽其神焉,则有令读者目骇神夺、魂醉魄迷,历历然、沉沉然,与之相引、与之相移者矣。是则小说之能事也。

请言古今:凡人情每乐其所近,读二十四史者,好《史》《汉》不如其好《明史》也,读泰西史者,好希腊、罗马史不如其好十九世纪史也:近使然也。时有三界,曰过去,曰现在,曰未来。人之能游魂想于未来界者,必其脑力至敏者也;能游魂想于过去界者,亦必其脑力甚强者也。故有第一等悟性乃乐未来,有第一等记性乃乐过去。若夫寻常人,则皆住现在、受现在、感现在、识现在、想现在、行现在、乐现在者也。故以过去、未来导人,不如以现在导人。佛之所以现种种身说法,为此而已。小说者,专取目前人人共解之理,人人习闻之事,而挑剔之、指点之者也。惟其为习闻之事也故易记,惟其为共解之理也故易悟。故读他书如战,读小说如游;读他书如算,读小说如语;读他书如书,读小说如画;读他书如作客,读小说如家居;读他书如访新知,读小说如逢故人。人之好战、好算、好书、好作客、好新知者,固有之矣,然总不如彼更端者之为甚也。故好战、算、书、作客、新知之人,未有不兼好游、语、画、家居、故人者;而好游、好语、好画、好家居、好故人之人,容有不好战、不好算、不好书、不好作客、不好新知者。古文之不如今文,亦以其普及之性质,一有限一无限而已。

请言蓄泄:观陂塘与观瀑布孰乐?观冬树与观春花孰乐?观入定之僧衲与观歌舞之美人孰乐?彼其中虽亦或有甚美者存,而会心固已在远矣。何也?淋漓则尽致,局促则寡惊,常人之情也。文学之中,诗词等韵文,最以蓄为贵者也。然真能解诗词之趣味者,能有几人?小说则与诗词正成反比例者也。抑蓄泄与繁简每相待,然繁简以客观言,蓄泄以主观言,故有叙述累千万言而仍含蓄不尽者,亦有点逗仅一二语而已发泄无遗者。泄之为用,如扁鹊所谓见垣一方人,洞悉五脏症结;如温峤然犀,罔两魑魅,无复遁形。而此术惟小说家最优占之。小说者,社会之 X 光线也。

请言雅俗:饮冰室主人常语余:俗语文体之流行,实文学进步之最大关键也。各国皆尔，吾中国亦应有然。近今欧美各国学校，倡议废希腊、罗马文者日盛，即如日本，近今著述，亦以言文一致体为能事，诚以文之作用，非以为玩器，以为菽粟也。昔有金石家宴客，出其商彝、夏鼎、周敦、汉爵以盛酒食，卒乃主客皆患河鱼疾者浃旬，美则美也，如不适何？故俗语文体之嬗进，实淘汰、优胜之势所不能避也。中国文字衍形不衍声，故言文分离，此俗语文体进步之一障碍，而即社会进步之一障碍也。为今之计，能造出最适之新字，使言文一致者上也；即未能，亦必言文参半焉。此类之文，舍小说外无有也。且中国今日，各省方言不同，于民族统一之精神，亦一阻力，而因其势以利导之，尤不能不用各省之方言，以开各省之民智。如今者《海上花》之用吴语，《粤讴》之用粤语；特惜其内容之劝百讽一耳。苟能反其术而用之，则其助社会改良者，功岂浅鲜也？十年以来，前此所谓古文、骈文家数者，既已屏息于文界矣，若能百尺竿头，更进一步，剥去铅华，专以俗语提倡一世，则后此祖国思想言论之突飞，殆未可量。而此大业必自小说家成之。

请言虚实：文之至实者莫如小说，文之至虚者亦莫如小说。而小说之能事，即于是乎在。夫人之恒情，常不以现历有限之境界自满足，而欲游于他界，此公例也。欲游他界，其自动者有二：曰想，曰梦。其他动者有四：曰听讲，曰观剧，曰看画，曰读书。然想也者，非尽人而能者也；梦者也，无自主之权者也；听讲与观剧，又必有所待于人，可以乐群，不可以娱独也。其可以自随者，莫如书、画。然径尺之影，一览无余，画之缺点一；但有形式，而无精神，画之缺点二。故能有书焉，导人于他境界，以其至虚，行其至实，则感人之深，岂有过此？小说者，实举想也、梦也、讲也、剧也、画也，合一炉而冶之者也。

由此观之，文学上小说之位置，可以见矣。吾以为今日中国之文界，得百司马子长、班孟坚，不如得一施耐庵、金圣叹；得百李太白、杜少陵，不如得一汤临川、孔云亭。吾言虽过，吾愿无尽。

《新小说》第七号（1903年）

小说丛话(节录)

饮冰等

谈话体之文学尚矣。此体近二三百年来益发达,即最干燥之考据学、金石学,往往用此体出之,趣味转增焉。至如诗话、文话、词话等,更汗牛充栋矣。乃至四六话、制义话、楹联话,亦有作者。人人知其无用,然犹有一过目之价值,不可诬也。惟小说尚阙如,虽由学士大夫鄙弃不道,抑亦此学幼稚之征证也。余今春航海时,箧中挟《桃花扇》一部,借以消遣,偶有所触,缀笔记十余条。一昨平子、蜕庵、璱斋、慧庵、均历、曼殊集余所,出示之,佥曰:"是小说丛话也,亦中国前此未有之作。盍多为数十条,成一帙焉?"谈次,因相与纵论小说,各述其所心得之微言大义,无一不足解颐者。余曰:"各笔之,便一帙。"众曰:"善。"遂命纸笔,一夕而得百数十条,畀新小说社次第刊之。此后有所发明,赓续当未已也。抑海内有同嗜者,东鳞西爪,时以相贻,亦谈兴之一助欤?编次不有体例,惟著者之名分注焉,无责任之责任,亦各负之也。癸卯初腊,饮冰识。

饮冰:

文学之进化有一大关键,即由古语之文学,变为俗语之文学是也。各国文学史之开展,靡不循此轨道。中国先秦之文,殆皆用俗语,观《公羊传》《楚辞》《墨子》《庄子》,其间各国方言错出者不少,可为左证。故先秦文界之光明,数千年称最焉。寻常论者,多谓宋、元以降,为中国文学退化时代。余曰不然。夫六朝之文,靡靡不足道矣。即如唐代,韩、柳诸贤,自谓起八代之衰,要其文能在文学史上有价值者几何?昌黎谓非三代、两汉之书不敢观,余以为此即其受病之源也。自宋以后,实为祖国文学之大进化。何以故?俗语文学大发达故。宋后俗语文学有两大派,其一则儒家、禅家之语录,其二则小说也。小说者,决非以古语之文体而能工者也。本朝以来,考据学盛,俗语文体,生一顿挫,第一派又中绝矣。苟欲思想之普及,则此体非徒小说家当采用而已,凡百文章,莫不有然。虽然,自语言文字,相去愈远,今欲为此,诚非易易。吾曾试验,吾最知之。

慧庵:

各国文学史,皆以小说占一大部分,且其发达甚早。而吾国独不尔。此其故虽由俗语文体之不发达,然尚有一原因焉。吾国之思潮,本分南、北两大宗,而秦汉以后,北宗殆占全胜。北宗者,主严正实行者也。北宗胜而小说见蔑弃亦宜。试读先秦南方诸书,如《离骚》,如《南华》,皆饶有小说趣味者也,惜乎其遂中绝也。至元代所以勃兴之原因,则吾犹未能言之。

平子:

夏穗卿著《小说原理》,谓今日学界展宽,士夫正日不暇给之时,不必再以小说,耗其目力;著小说之目的,惟在开导妇女与粗人而已。此其论甚正,然亦未尽然。今日之士夫,其能食学界展宽之利者,究十不得一,即微小说,其自力亦耗于他途而已;能得佳小说以饷彼辈,其功力尚过于译书作报万万也。且美妙之小说,必非妇女粗人所喜读,观《水浒》之与《三国》,《红楼》之与《封神》,其孰受欢迎孰否,可以见矣。故今日欲以佳小说饷士夫以外之社会,实难之又难者也。且小说之效力,必不仅及于妇女与粗人,若英之索士比亚,法之福禄特尔,以及俄罗斯虚无党诸前辈,其小说所收之结果,仍以上流社会为多。西人谓文学、美术两者,能导国民之品格、之理想,使日迁于高尚。穗卿所谓看画、看小说最乐,正含此理,此当指一般社会而言者也。夫欲导国民于高尚,则其小说不可以不高尚。必限于士夫以外之社会,则求高尚之小说亦难矣。

蜕庵:

小说之妙,在取寻常社会上习闻习见、人人能解之事理,淋漓摹写之,而挑逗默化之,故必读者入其境界愈深,然后其受感刺也愈剧。未到上海者而与之读《海上花》,未到北京者而与之读《品花宝鉴》,虽有趣味,其亦仅矣。故往往有甲国最著名之小说,译入乙国,殊不能觉其妙。如英国的士黎里、法国嚣俄、俄国托尔斯泰,其最精心结撰之作,自中国人视之,皆隔靴搔痒者也。日本之《雪中梅》《花间莺》,当初出时,号称名作,噪动全国,及今已无过问,盖当时议院政治初行,此等书即以匡其敝者也。今中国亦有译之者,则如嚼蜡焉尔。凡著译小说者,不可不审此理。

饮冰:

天津《国闻报》初出时,有一雄文,曰《本馆附印小说缘起》,殆万余言,实成于几道与别士二人之手。余当时狂爱之,后竟不克裒集。惟记其中有两大段,谓人类之公性情,一曰英雄,二曰男女,故一切小说,不能脱离此二性,可谓批却导窾者矣。然吾以为人类于重英雄、爱男女之外,尚有一附属性焉,曰畏鬼神。以此三者,可以该尽中国之小说矣。若以泰西说部文学之进化,几合一切理想而冶之,又非此三者所能限耳。《国闻报》论说栏登此文,凡十余日,读者方日日引领以待其所附印者,而始终竟未附一回,亦可称文坛一逸话。

璱斋:

英国大文豪佐治宾哈威云:"小说之程度愈高,则写内面之事情愈多,写外面之生活愈少,故观其书中两者分量之比例,而书之价值,可得而定矣。"可谓知言。持此以料拣中国小说,则惟《红楼梦》得其一二耳,余皆不足语于是也。

《新小说》第七号(1903年)

平子:

小说与经传有互相补救之功用。故凡东西之圣人,东西之才子,怀悲悯、抱冤愤,于是著为经传,发为诗骚,或托之寓言,或寄之词曲,其用心不同,其能移易人心,改良社会,则一也。然经传等书,能令人起敬心,人人非乐就之也。有师友之督率,父兄之诱掖,不能不循之。其入人也逆,国人之能得其益者十仅二三。至于听歌观剧,则无论老稚男女,人人乐就之。倘因此而利导之,使人喜,使人悲,使人歌,使人哭,其中心也深,其刺脑也疾。举凡社会上下一切人等,无不乐于遵循,而甘受其利者也。其入人也顺,国人之得其益者十有八九。故一国之中,不可不生圣人,亦不可不生才子。

《金瓶梅》一书,作者抱无穷冤抑,无限深痛,而又处黑暗之时代,无可与言,无从发泄,不得已藉小说以鸣之。其描写当时之社会情状,略见一斑。然与《水浒传》不同:《水浒》多正笔,《金瓶》多侧笔;《水浒》多明写,《金瓶》多暗刺;《水浒》多快语,《金瓶》多痛语;《水浒》明白畅快,《金瓶》隐抑悽恻;《水浒》抱奇愤,《金瓶》抱奇冤。处境不同,故下笔亦不同。且其中短简小曲,往往隽韵绝伦,有非宋词、元曲所能及者,又可征当时小人女子之情状,人心思想之程度,真正一社会小说,不得以淫书目之。

《聊斋》文笔,多摹仿古人,其体裁多取法《唐代丛书》中诸传记,诚为精品。然虽脍炙一时,究不得谓之才子书,以其非别开生面者也。……

金圣叹定六才子书:一、《离骚经》,二、《南华经》,三、《史记》,四、《杜诗》,五、《水浒传》,六、《西厢记》。所谓才子者,谓其自成一家言,别开生面,不傍人门户,而又别于圣贤书者也。圣叹满腹不平之气,于《水浒》《西厢》二书之批语中,可略见一斑。今人误以《三国演义》为第一才子,又谬托为圣叹所批,士大夫亦往往多信之,诚不解也。

圣叹乃一热心愤世流血奇男子也。然余于圣叹有三恨焉:一恨圣叹不生于今日,俾得读西哲诸书,得见近时世界之现状,则不知圣叹又作何等感情。二恨圣叹未曾自著一小说,倘有之,必能与《水浒》《西厢》相埒。三恨《红楼梦》《茶花女》二书,出现太迟,未能得圣叹之批评。

曼殊:

《水浒》《红楼》两书,其在我国小说界中,位置当在第一级,殆为世人所同认矣。然于二者之中评先后,吾固甲《水浒》而乙《红楼》也。凡小说之最忌者曰重复,而最难者曰不重复,两书皆无此病矣。唯《红楼》所叙之人物甚复杂,有男女老少贵贱媸妍之别,流品既异,则其言语、举动、事业,自有不同,故不重复也尚易。若《水浒》,则一百零八条好汉,有一百零五条乃男子也,其身份同是莽男儿,等也;其事业同是强盗,等也;其年纪同是壮年,等也,故不重复也最难。

凡著小说者,于作回目时,不宜草率。回目之工拙,于全书之价值,与读者之感情,最有关系。若《二勇少年》之目录,则内容虽佳极,亦失色矣。吾见小说中,其回目之最佳者,莫如《金瓶梅》。

《金瓶梅》之声价,当不下于《水浒》《红楼》,此论小说者所评为淫书之祖宗者也。余昔读之,尽数卷犹觉毫无趣味,心窃惑之。后乃改其法,认为一种社会之书以读之,始知盛名之下,必无虚也。凡读淫书者,莫不全副精神,贯注于写淫之处,此外则随手披阅,不大留意,此殆读者之普通性矣。至于《金瓶梅》,吾固不能谓为非淫书,然其奥妙,绝非在写淫之笔。盖此书的是描写下等妇人社会之书也。试观书中之人物,一启口,则下等妇人之言论也;一举足,则下等妇人之行动也。虽装束模仿上流,其下等如故也;供给拟于贵族,其下等如故也。若作者之宗旨在于写淫,又何必取此粗贱之材料哉?论者谓《红楼梦》全脱胎于《金瓶梅》,乃《金瓶梅》之倒影云,当是的论。若其回目与题词,真佳绝矣。

中国小说,欲选其贯彻始终,绝无懈笔者,殆不可多得。然有时全部结构虽不甚佳,而书中之一部分,真能迈前哲而法后世者,当亦不可诬也。吾见《儿女英雄传》,其下半部之腐弊,读者多恨之,若前半部,其结构真佳绝矣。其书中主人翁之名,至第八回乃出,已难极矣;然所出者犹是其假名也,其真名直至第二十回始发现焉。若此数回中,所叙之事不及主人之身份焉,则无论矣;或偶及之,然不过如昙花一现,转瞬复藏而不露焉,则无论矣;然《儿女英雄传》之前八回,乃书中主人之正传也,且以彼一人而贯彻八回者也。作了一番惊天动地之大事业,而姓名不露,非神笔其能若是乎?

浴血生:

窃尝谓小说之功亦伟矣。夫人有过,庄言以责之,不如微言以刺之;微言以刺之,不如婉言以讽之;婉言以讽之,不如妙譬以喻之;而小说昔,皆具此能力者也。故用小说,以规人过,是上上乘也(按:昔已有用之者,如《琵琶记》是也)。

小说能导人游于他境界,固也;然我以为能导人游于他境界者,必著者之先自游于他境界者也。昔赵松雪画马,常闭户不令人见。一日其夫人窃窥之,则松雪两手距地,昂头四顾,俨然一马矣,故能以画马名于世。作小说者亦犹是。有人焉悄思冥索,设身处地,想象其身段,描摹其口吻,淋漓尽致,务使毕肖,则吾敢断言曰:"若而人者,亦必以小说名于世。"……

《新小说》第八号(1903年)

平子:

《红楼梦》一书,系愤满人之作,作者真有心人也。著如此之大书一部,而专论满人之事,可知其意矣。其第七回便写一焦大醉骂,语语痛快。焦大必是写一汉人,为开国元勋者也,但不知所指何人耳。按第七回:"尤氏道:'因他从小儿跟着太爷出过三、四回兵,从死人堆里,把太爷背了出来得了命;自己挨着饿,却偷了东西给主子吃;两日没水,得了半碗水,给主子喝,他自己喝马溺。不过仗着这些功劳情分,有祖宗时,都另眼相待。"以上等句,作者决非无因而出。倘非有所愤,尤氏何必追叙其许多大功,曰:"把太爷背了出来得了命。"可知无焦大则不但无此富贵,则亦无此人家。既叙其如此之大功,而又加以"不过仗着"四字,何其牵强?又观焦大所写云:"欺软怕硬,有好差使,派了别人(必是督抚海关等缺)。二十年头里的焦大爷,眼里有谁?别说你们这一把子的杂种们。你们作官儿享荣华、受富贵。你祖宗九死一生,挣下这个家业。到如今不报我的恩,反和我充起主子来了!"字字是血,语语是泪,故屡次禁售此书,盖满人有见于此也。今人无不读此书,而均毫无感触,而专以情书目之,不亦误乎?

《红楼梦》之佳处,在处处描摹,恰肖其人。作者又最工诗词,然其中如柳絮、白海棠、菊花等作,皆恰如小儿女之口吻,将笔墨放平,不肯作过高之语,正是其最佳处。其中丫环作诗,如描写香菱咏月,刻画入神,毫无痕迹,不似《野叟曝言》,群妍联吟,便令读者皮肤起栗。怡红在园中与姊妹联咏诸章,往往平庸,盖实存不欲压倒诸姊妹之意;其在外间之作,有绝佳者,如《滴不尽相思血泪》一曲,诚绝唱也。曲云:"滴不尽相思血泪抛红豆,开不完春柳春花满画楼,睡不稳纱窗风雨黄昏后,忘不了新愁与旧愁。咽不下玉粒金波噎满喉,照不尽菱花镜里形容瘦,展不开的眉头,捱不明的更漏。呀!恰便似遮不住的青山隐隐,流不断的绿水悠悠。"

今日欲改良社会,必先改良歌曲;改良歌曲,必先改良小说,诚不易之论。盖小说(传奇等皆在内)与歌曲相辅而行者也。夫社会之风俗人情、语言好恶,一切皆时时递变。而歌曲者乃人情之自然流露,以表其思慕痛楚、悲欢爱憎。然闻悲歌则哀,闻欢歌则喜,是又最能更改人之性情,移易世之风俗。故必得因地因时,准社会之风俗人情、语言好恶,而亦悉更变之,则社会之受益者自不少。上古之小说、歌曲无论矣。然自周以来,其与小说、歌曲最相近者,则莫如三百之诗。由诗而递变为汉之歌谣,为唐之乐府,为宋词,为元曲,为明代之昆腔(昆腔为魏良辅所更定,魏为昆山人也,故有此名)。自明末至今三百年来,朝野雅俗,莫不爱之,莫不能之。至近今三十年间,此调暂绝。盖社会每经数百年之久,其言语必已有许多不同之处,其不经常用之语,便觉其非太高尚,则过雅典,俗人不能解,自觉嚼然无味。故自上古至今数千年来之音乐,未有至五百年而不更变者,职此故世。然昆曲废而京调、二簧、山陕梆子出而代之,风靡一世。其言辞鄙陋,其事迹荒谬,其所本之小说传记,亦毫无意义,徒以声音取悦于人,而无益于世道人心,是则世无有心人出而更变之之过也。故孔子当日之删《诗》,即是改良小说,即是改良歌曲,即是改良社会。然则以《诗》为小说之祖可也,以孔子为小说家之祖可也。

《新小说》第九号(1904年)

曼殊:

泰西之小说,书中之人物常少;中国之小说,书中之人物常多。泰西之小说,所叙者多为一二人之历史;中国之小说,所叙者多为一种社会之历史(此就佳本而论,非普通论也)。昔尝思之,以为社会愈文明,则个人之事业愈繁赜;愈野蛮,则愈简单。如叙野蛮人之历史,吾知其必无接电报、发电话、寄像片之事也。故能以一二人之历史敷衍成书者,其必为文明无疑矣。初欲持此论以薄祖国之小说,由今思之,乃大谬不然。吾祖国之政治法律,虽多不如人,至于文学与理想,吾雅不欲以彼族加吾华胄也。盖吾国之小说,多追述往事;泰西之小说,多描写今人。其文野之分,乃书中材料之范围,非文学之范围也。若夫以书中之内容论,则《西厢》等书,最与泰西近。

《新小说》第十一号(1904年)

侠人:

吾国之小说,莫奇于《红楼梦》,可谓之政治小说,可谓之伦理小说,可谓之社会小说,可谓之哲学小说、道德小说。何谓之政治小说?于其叙元妃归省也,则曰:"当初既把我送到那不得见人的去处。"于其叙元妃之疾也,则曰:"反不如寻常贫贱人家,娘儿兄妹可常在一块儿。"(原书读后,词句已忘,一时案头又无此书可以对证,故皆约举其词,非原文也,读者谅之。下同此)而其归省一回,题曰"天伦乐",使人读之,萧然飒然,若凄风苦雨,起于纸上,适与其标名三字反对(《红楼梦》标题最不苟,有正、反二种,如《苦绛珠魂归离恨天》,其正标名也;《贤袭人娇嗔箴宝玉》《贤宝钗小惠全大体》,其反标名也。此类甚多,不遑枚举;余可类推)。绝不及皇家一语,而隐然有一专制君主之威,在其言外,使人读之而自喻。而其曲曰:"喜荣华正好,恨无常又到,眼睁睁把万事全抛,荡悠悠芳魂消耗。望家乡路远山高,故此向爹娘梦里相寻告:儿命已入黄泉,天伦呵须要退步抽身早。"大观园全局之盛衰,实与元妃相终始。读此曲,则咨嗟累欷于人事之不常,其意已隐然言外矣。此其关系于政治上者也。曰:"宝玉只好与姐姐妹妹在一处。"曰:"于父亲伯叔都不过为圣贤教训,不得已而敬之。"曰:"我又没个亲姊妹,虽有几个,你难道不晓得我是隔母的?"(宝玉对黛玉语)而书中两陈纲常大义,一出于宝钗之口,一出于探春之口,言外皆有老大不然在。中国数千年来家族之制,与宗教密切相附,而一种不完之伦理,乃为鬼为蜮于青天白日之间,日受其酷毒而莫敢道。凡此所陈,皆吾国士大夫所日受其神秘的刺冲,虽终身引而置之他一社会之中,远离吾国社会种种名誉生命之禁网,而万万不敢道,且万万无此思想者也。而著者独毅然而道之,此其关于伦理学上者也。《红楼梦》一书,贾宝玉其代表人也,而其言曰:"贾宝玉视世间一切男子,皆恶浊之物,以为天下灵气,悉钟于女子。"言之不足至于再三则何也?曰:此真著者疾末世之不仁,而为此言以寓其生平种种之隐痛者也。凡一社会,不进则退。中国社会数千年来,退化之迹昭然,故一社会中种种恶业,无不毕具。而为男子者,日与社会相接触,同化其恶风自易;女子则幸以数千年来权利之衰落,闭置不出,无由与男子之恶业相熏染。虽别造成一卑鄙龌龊、绝无高尚纯洁的思想之女子社会,而其犹有良心,以视男子之胥戕胥贼,日演杀机,天理亡而人欲肆者,其相去尤千万也。此真著者疾末世之不仁,而为此以寓其种种隐痛之第一伤心泣血语也。而读者不知,乃群然以淫书目之。呜呼!岂真嗜腐鼠者之不可以翔青云邪!何沉溺之深,加之以当头棒喝而不悟也?然吾辈虽解此义,试设身处地,置我于《红楼梦》未著、此语未出现以前,欲造一简单直捷之语,以写社会之恶态,而警笑训诫之,欲如是语之奇而赅,真穷我脑筋不知所措矣。且中国之社会,无一人而不苦者也。置身其间,日受其惨,往往躬受之而躬不能道之。今读《红楼梦》十二曲中,凡写一人,必具一人之苦处,梦寐者以为褒某人,贬某人,不知自著者大智大慧、大慈大悲之眼观之,直无一人而不可怜,无一事而不可叹,悲天悯人而已,何褒贬之有焉?此其关于社会上者也。而其尤难者,则在以哲学排旧道德。孟子曰性善,荀子曰性恶,此争辩二千年不能明。吾以为性决非恶者,特今日而言性善则又不可。何则?未至于太平之世,率性而行,动生抵触,于是别设一道德学以范围之。故违性之物也,而在文明未达极点之时,则不可不谓之善。然人性又自然之物也,终不能屈杞柳为杯棬,于是有触即发,往往与道德相冲突。而世之谈道德学者,诵其成文,昧其原理。且所谓道德学者,不能离社会而孤行也,往往与其群之旧俗相比附。于是因此而社会之惨苦壁垒,反因之而益坚。而自然之性,又惯趋权利,而与其为害之物相抵触,于是纷乱之迹,终不可绝。而道德之势力,入人已深,几以为天然不可逾之制,乃相率而加其轶于外者以"大逆不道"之名。凡开辟以来,合尘寰之纷扰,殆皆可以是名之,固非特中国为然也。吾无以名之,名之曰"人性与世界之抵触"。此义在中国罔或知之,唯老、庄实宣其蕴,而拘墟之俗士,反群起而议之。不知谓其说之不可行则可,谓其理之不可存则不能也。今观《红楼梦》开宗明义第一折曲,曰:"开辟鸿濛,谁为情种?都只为风月情浓。"其后又曰:"擅风情,秉月貌,便是败家的根本。"曰"情种",曰"败家的根本",凡道德学一切所禁事之代表也。曰"风月情浓",曰"擅风情,秉月貌",人性之代表也。谁为情种?只以风月情浓故。败家根本,只以擅风情、秉月貌故。然则谁为败道德之事?曰人性故。欲除情种,除非去风月之浓情而后可;欲毋败家,除非去风情月貌而后可。然则欲毋败道德,亦除非去人性而后可。夫无人性,复何道德之与有?且道德者所以利民。今乃至戕贼人性以为之,为是乎?为非乎?不待辨而明矣。此等精锐严格之论理,实举道德学最后之奥援,最坚之壁垒,一拳捶碎之,一脚踢翻之,使上穷碧落下黄泉,而更无余地以自处者也。非有甚深微妙之哲学,未有能道其只字者也。然是固可以为道德学咎乎?曰:不可。彼在彼时,固不得不尔也。且世变亦繁矣,后之视今,犹今之视昔。《红楼梦》者,不能预烛将来之世变,犹创道德学者,不能预烛《红楼梦》时之世变也。特数千年无一人修改之,则大滞社会之进化耳。而奈何中国二千年竟无一人焉敢昌言修改之哉!而曹雪芹独毅然言之而不疑,此真使我五体投地,更无言思拟议之可云者也。此实其以大哲学家之眼识,摧陷廓清旧道德之功之尤伟者也。而世之人顾群然曰"淫书、淫书"。呜呼!戴绿眼镜者,所见物一切皆绿;戴黄眼镜者,所见物一切皆黄。一切物果绿乎哉?果黄乎哉?《红楼梦》非淫书,读者适自成其为淫人而已。

《新小说》第十二号(1904年)

侠人:

余不通西文,未能读西人所著小说,仅据一二译出之本读之。窃谓西人所著小说若更有佳者,为吾译界所未传播,则吾不敢言;若其所谓最佳者,亦不过类此,则吾国小说之价值,真过于西洋万万也。试比较其短长如左:

一、西洋小说分类甚精,中国则不然,仅可约举为英雄、儿女、鬼神三大派,然一书中仍相混杂。此中国之所短一。

一、中国小说每一书中所列之人,所叙之事,其种类必甚多,而能合为一炉而冶之。除一二主人翁外,其余诸人,仍各有特色。其实所谓主人翁者,不过自章法上云之而已。西洋则不然,一书仅叙一事,一线到底。凡一种小说,仅叙一种人物,写情则叙痴儿女,军事则叙大军人,冒险则叙探险家,其余虽有陪衬,几无颜色矣。此中国小说之所长一。

一、中国小说,卷帙必繁重,读之使人愈味愈厚,愈入愈深。西洋小说则不然,名著如《鲁敏孙漂流记》《茶花女遗事》等,亦仅一小册子,视中国小说不及十分之一。故读惯中国小说者,使之读西洋小说,无论如何奇妙,终觉其索然易尽。吾谓小说具有一最大神力,曰迷。读之使人化身入其中,悲愉喜乐,则书中人之悲愉喜乐也;云为动作,则书中人之云为动作也。而此力之大小,于卷帙之繁简,实重有关系焉。此中国小说之所长二。

一、中国小说起局必平正,而其后则愈出愈奇。西洋小说起局必奇突,而以后则渐行渐弛。大抵中国小说,不徒以局势疑阵见长,其深味在事之始末,人之风采,文笔之生动也。西洋小说专取中国之所弃,亦未始非文学中一特别境界,而已低一着矣。此中国小说之所长者三。

唯侦探一门,为西洋小说家专长。中国叙此等事,往往凿空不近人情,且亦无此层出不穷境界,真瞠乎其后矣。

或曰:西洋小说尚有一特色,则科学小说是也。中国向无此种,安得谓其胜于西洋乎?应之曰:此乃中国科学不兴之咎,不当在小说界中论胜负。若以中国大小说家之笔叙科学,吾知其佳必远过于西洋。且小说者一种之文学也。文学之性,宜于凌虚,不宜于征实,故科学小说,终不得在小说界中占第一席。且中国如《镜花缘》《荡寇志》之备载异闻,《西游记》之暗证医理,亦不可谓非科学小说也。特惜《镜花缘》《荡寇志》去实用太远,而《西游记》又太蒙头盖面而已。然谓我先民之无此思想,固重诬也。

准是以谈,而西洋之所长一,中国之所长三。然中国之所以有三长,正以其有此一短。故合观之,而西洋之所长,终不足以赎其所短;中国之所短,终不足以病其所长。吾祖国之文学,在五洲万国中,真可以自豪也。

孔子曰:"我欲托之于空言,不如见之于行事之深切著明也。"吾谓此言实为小说道破其特别优胜之处者也,孟子曰:"闻伯夷之风者,顽夫廉,懦夫有立志;闻柳下惠之风者,鄙夫宽,薄夫敦。"凡人之性质,无所观感,则兴起也难;苟有一人焉,一事焉,立其前而树之鹄,则望风而趋之。小说者实具有此种神力以操纵人类者也。夫人之稍有所思想者，莫不欲以其道移易天下，顾谈理则能明者少，而指事则能解者多。今明著一事焉以为之型，明立一人焉以为之式，则吾之思想，可瞬息而普及于最下等之人，是实改良社会之一最妙法门也。且孔子之所谓见诸行事者，不过就鲁史之成局，加之以褒贬而已。材料之如何，固系于历史上之人物，非吾之所得自由者也。小说则不然，吾有如何之理想，则造如何之人物以发明之，彻底自由，表里无碍，真无一人能稍掣我之肘者也。若是乎由古经以至《春秋》，不可不谓之文体一进化；由《春秋》以至小说，又不可谓之非文体一进化。使孔子生于今日，吾知其必不作《春秋》，必作一最良之小说，以鞭辟人类也。不宁惟是，使周、秦诸子而悉生于今日，吾知其必不垂空言以诏后之人，而咸当本其学术，作一小说以播其思想，殖其势力于社会，断可知也。若是乎语孔子与施耐庵、曹雪芹之学术行谊，则二人固万不敢几；若语《春秋》与《红楼梦》《水浒》之体裁，则文界进化，其阶级固历历不可诬也。

　　小说之所以有势力于社会者，又有一焉，曰坚人之自信力。凡人立于一社会，未有不有其自信力以与社会相对抗者也。然众寡之势不敌，故苟非鸿哲殊勇，往往有其力而守之不坚，久之且消磨焉、沦胥焉，以至于同尽。夫此力之所以日澌灭者，以舍我之外，皆无如是之人也。苟环顾同群而有一人焉，与吾同此心，同此理，则欣然把臂入林矣，其道且终身守之而不易矣。子曰："德不孤，必有邻。"盖谓此也。古人所以独抗其志，逖然不与俗偶者，虽无并世之俦，而终必有一人焉，先我而立于简册之上，职是故也。小说作，而为撰一现社会所亟需而未有之人物以示之，于是向之怀此思想而不敢自坚者，乃一旦以之自信矣。苟不知历史之人，将认其人为真有；苟知有历史之人，亦认其书之著者，为并世旷世心同理同相感之人也。于是此种人之自信力，遂因之益坚，始然而蓄之于心，继焉而见之于事。苟有流于豪暴者，人訾其强横无理，彼固以鲁智深、武二哥自居也。苟有溺于床笫者，人訾其缠绵无志，彼固以林黛玉、贾宝玉自居也。既引一书中之人为同情之友矣，则世人虽如何非毁之、忠告之，其言终不能入，其心终不可动。有时以父母师长之力强禁之，禁其身不能禁其心也。舍其近而昵其远，弃其实而丽于虚，虽曰为常人之所骇乎,然水流湿,火就燥,云从龙,风从虎,物各从其类也。此固心理问题,而非算术问题也。故为小说者,以理想始,以实事终,以我之理想始,以人之实事终。

不宁惟是,小说者固应于社会之热毒,而施以清凉散者也。凡人在社会中所日受惨毒而觉其最苦者二:一曰无知我之人,一曰无怜我之人。苟有一人焉,于我躬所被之惨毒,悉知悉见,而其于评论也,又确能为我辩护,而明著加惨毒于我者之非,则望之如慈父母、良师友不啻矣,以为穷途所归命矣。且又不必其侃侃而陈之,明目张胆以为我之强援也,但使其言在此而意在彼,虽昌言之不敢,而悱恻沉挚,往往于言外之意,表我同情,则或因彼之知我而怜我也,而因曲谅其不敢言之心,因彼之知我者以知彼,且因知彼者以怜彼,而相结之情乃益固。故有暴君酷吏之专制,而《水浒》现焉;有男女婚姻之不自由,而《红楼梦》出焉。虽峨冠博带之硕儒,号为生今之世、反古之道,守经而不敢易者,往往口非梁山,而心固右之,笔排宝、黛,而躬或蹈之。此无他,人心之所同受其惨毒者,往往思求怜我知我之人,著者之哀哀长号,以求社会之同情,固犹读者欲迎著者之心也。故一良小说之出世也,其势力殆如水银泻地,无孔不入,日月有明,容光必照。使人无论何时何地,而留有一小说焉以监督之而慰藉之,此其力真慈父母、良师友之所不能有,而大小说家之所独擅者也。此无他,圣经贤传之所不能诏,而小说诏之,稗官史籍之所不能载,而小说家载之;诗歌词曲之所不能达,而小说达之;则其受人之欢迎,安得不如泥犁狱中之一光明线也? 其有一种之特别势力也,以其为一种之特别文学也。

曼殊:

小说者"今社会"之见本也。无论何种小说,其思想总不能出当时社会之范围,此殆如形之于模,影之于物矣。虽证诸他邦,亦罔不如是。即如所谓某某未来记、某星想游记之类,在外国近时之小说界中,此等书殆不少,骤见之,莫不以为此中所言,乃世界外之世界也,脱离今时社会之范围者也。及细读之,只见其所持以别善恶、决是非者,皆今人之思想也。岂今人之思想,遂可以为善恶是非之绳墨乎? 遂可以为世界进步之极轨乎? 毋亦以作者为今人已耳。如《聊斋》之□□,以丑者占全社会之上流,而美者下之。观其表面,似出乎今社会之范围矣。虽然,该作者并未尝表同情于彼族也,其意只有代某生抱不平,且借此以讥小人在位之意而已,总不能出乎世俗之思想也。近来新学界中之小说家,每见其所以歌颂其前辈之功德者,辄曰:"有导人游于他境界之能力。"然不知其先辈从未有一人能自游于他界者也,岂吾人之根性太棉薄,尝为今社会所囿,而不能解脱乎?虽然,苟著者非如此,则其所著亦必不能得社会之欢迎也。今之痛祖国社会之腐败者,每归罪于吾国无佳小说,其果今之恶社会为劣小说之果乎,抑劣社会为恶小说之因乎?

欲觇一国之风俗,及国民之程度,与夫社会风潮之所趋,莫确于小说。盖小说者,乃民族最精确、最公平之调查录也。吾尝读吾国之小说,吾每见其写妇人眼里之美男儿,必曰"面如冠玉,唇若涂脂",此殆小说家之万口同声者也。吾国民之以文弱闻,于此可见矣。吾尝读德国之小说,吾每见其写妇人眼里之美男儿,辄曰"须发蒙茸,金钮闪烁"。盖金钮云者,乃军人之服式也。观于此,则其国民之尚武精神可见矣。此非徒德国为然也,凡欧洲各国,"金钮"两字,几成为美少年之代名词矣。盖彼族妇女之所最爱而以为最美观者,乃服金钮之男儿也。噫!民族之强弱,岂无因欤!寄语同胞中之欲改良社会之有心人,苟能于妇人之爱憎处以转移之,其力量之大,较于每日下一明诏,且以富贵导其前,鼎镬随其后,殆尤过之。

"天下无无妇人之小说",此乃小说家之格言,然亦小说之公例也。故虽粗豪如《水浒》,作者犹不能不斜插潘金莲、潘巧云之两大段以符此公例。即一百零八人之团体中,亦不能无扈、顾、孙之三人。吾初不信此公例,吾以为此不过作者迎合时流,欲其书之广销而已,决非无妇人必不能得佳构也。其后闻侦探家之言曰:"凡奇案必与妇人有关涉。"乃始知小说之不能离妇人,实公例也。盖侦探所查之案情,实事也;才子所作之小说,理想也。实事者,天演也;理想者,人演也。理想常在实事之范围内,是则理想亦等于实事也。故案之奇者即小说之佳本也,不奇者即凡本也。以论理学演之,则天下之小说,有有妇人之凡本,然必无无妇人之佳本也。

定一：

小说与戏曲有直接之关系。小说者虚拟者也，戏曲者实行者也。中国小说之范围，大都不出语怪、海淫、海盗之三项外，故所演戏曲亦不出此三项。欲改良戏曲，请先改良小说。

吾喜读泰西小说，吾尤喜泰西之侦探小说。千变万化，骇人听闻，皆出人意外者。且侦探之资格，亦颇难造成。有作侦探之学问，有作侦探之性质，有作侦探之能力，三者具始完全，缺一不可也。故泰西人靡不重视之。俄国侦探最著名于世界。然吾甚惜中国罕有此种人、此种书。无已，则莫若以《包公案》为中国一之唯侦探小说也。除包公外，吾尚忆曾闻言，昔程明道先生将摄某县篆，时某县已有罪犯数人，是非莫辨。明道遂设宴饮众囚，饮毕，众皆去，惟一囚不去。明道曰："汝必真犯也。"囚曰："何故知之？"明道曰："杀人者皆以左手持刀，今汝执箸亦以左手，可见汝常杀人，习惯而成自然耳。"囚始认之，案遂破。即此一端，可见作侦探心思之深微莫测，无孔不入矣。若程明道先生者，即谓为中国之一侦探也，谁曰不宜？

小说者诚社会上之有力人也，读之改变人之性质。非独泰西有读小说而自杀之事，我中国亦然。吾前闻人言，有读《封神传》而仿其飞行空中之本领，竟作堕楼人，又有读《西厢记》而恋莺莺之貌，欲步张生之举，寤寐求之，梦中遂大声疾呼"莺莺"不绝，后以病故。物必有偶，有泰西人读之自杀，必有泰东人读之堕楼、病故。吾故曰"社会上有力人也"。吾中国若有政治小说，插以高尚之思想，则以之转移风俗，改良社会，亦不难矣。

《新小说》第十三号（1905年）

定一：

中国无科学小说，惟《镜花缘》一书足以当之。其中所载医方，皆发人之所未发，屡试屡效，浙人沈氏所刊《经验方》一书，多采之。以吾度之，著者欲以之传于后世，不作俗医为秘方之举，故列入小说。小说有医方，自《镜花缘》始。以小说之医方施人而足见效，尤为亘古所未有也。虽然，著者岂仅精于医理而已耳，且能除海盗海淫之习惯性，则又不啻足为中国之科学小说,且实中国一切小说之铮铮者也。至其叙唐敖、林之洋、多九公周游列国,则多以《山海经》为本。中国人世界主义之智识素浅,固不足责。其述当时才女,字字飞跃纸上,使后世女子,可以闻鸡起舞,提倡女权,不遗余力。若嘲世骂俗之快文,可为社会一切之圭臬者,更指不胜屈。由是言之,著者实一非常人也,用心之苦,可慨已,惜其名不彰。

或问于予曰:"有说部书名《水浒》者,人以为萑苻宵小传奇之作,吾以为此即独立自强而倡民主、民权之萌芽也。何以言之? 其书中云,旗上书'替天行道',又书于其堂曰'忠义堂',以是言之耳。虽然,欲倡民主,何以不言'替民行道'也?"不知"民,天之子也",故《书》曰:"天听自我民听,天视自我民视。"《水浒》诸豪,其亦知此理乎! 或又曰:"替天行道,则吾既得闻命矣;叛宋而自立,岂得谓之忠乎? 不忠矣,岂得谓之义乎?"虽然,君知其一,不知其二。有忠君者,有忠民者。忠君者据乱之时代也,忠民者大同之时代也。忠其君而不忠其民,又岂得谓之忠乎? 吾观《水浒》诸豪,尚不拘于世俗,而独倡民主、民权之萌芽,使后世倡其说者,可援《水浒》以为证,岂不谓之智乎? 吾特悲世之不明斯义,污为大逆不道。噫! 诚草泽之不若也(是段系辛丑作)。

施耐庵之著《水浒》,实具有二种主义。一即上所言者,一因外族阑入中原,痛切陆沉之祸,借宋江之事,而演为一百零八人。以雄大笔,作壮伟文,鼓吹武德,提振侠风,以为排外之起点。叙之过激,故不悟者,误用为作强盗之雏形,使世人谓为诲盗之书,实《水浒》之不幸耳。

挽近士人皆知小说为改良社会之不二法门,自《新小说》出,而复有《新新小说》踵起,今复有《小说林》之设。故沪滨所发行者,前后不下数百种。然译述者又占多数,若出自著撰者,则以《自由结婚》及《女娲石》二书,吾尤好之。前者以嘲世为主义,固多趣味;而后者以暗杀为目的,尤有精神。中国之小说皆能如是,则中国之社会必日益进步矣。其书均未竟,使阅者未能窥全豹。吾愿二书续编早出现,吾尤愿中国之小说家早出现。吾将拭目以俟,翘足以待焉。

中国小说,起于宋朝,因太平无事,日进一佳话,其性质原为娱乐计,故致为君子所轻视,良有以也。今日改良小说,必先更其目的,以为社会圭臬,为旨方妙。抑又思之,中国小说之不发达,犹有一因,即喜录陈言,故看一二部,其他可类推,以至终无进步,可慨可慨! 然补救之方,必自输入政治小说、侦探小说、科学小说始。盖中国小说中,全无此三者性质,而此三者,尤为小说全体之关键也。若以西例律我国小说,实仅可谓有历史小说而已。即或有之,然其性质多不完全。写情小说,中国虽多,乏点亦多。至若哲理小说,我国尤罕。吾意以为哲理小说实与科学小说相转移,互有关系:科学明,哲理必明;科学小说多,哲理小说亦随之而夥。故中国小说界,仅有《水浒》《西厢》《红楼》《桃花扇》等一二书执牛耳,实小说界之大不幸也。自今以往,必须以普及一法,始可以去人人轻视小说之心(中国小说非单简的,所长实在此处)。

《水浒》一书,为中国小说中铮铮者,遗武侠之模范,使社会受其余赐,实施耐庵之功也。金圣叹加以评语,合二人全副精神,所以妙极。圣叹谓从《史记》出来,且多胜《史记》处,此论极是。又谓太史公因一肚皮宿怨发挥出来,故作《史记》,而施耐庵是无事心闲,吾意为不然。凡作一书能惊天动地,必为有意识的,而非无意识的。既谓史公为有意识的,故《史记》方妙;今《水浒》且有胜过《史记》者,而云耐庵为无意识的,龟毛兔角,其谁信之? 世之以诲盗书视《水浒》,其必为无意识的。圣叹乃是聪明人,未有不知此理;所以不说明,欲使后人猜猜。后人都泛泛看了,岂不是辜负《水浒》?

《水浒》可做文法教科书读。就金圣叹所言,即有十五法:(一)倒插法,(二)夹叙法,(三)草蛇灰线法,(四)大落墨法,(五)绵针泥刺法,(六)背面铺粉法,(七)弄引法,(八)獭尾法,(九)正犯法,(十)略犯法,(十一)极不省法,(十二)极省法,(十三)欲合故纵法,(十四)横云断山法,(十五)鸾胶续弦法。溯其本原,都因是顺着笔性去削高补低都由我。若无圣叹之读法评语,则读《水浒》毕竟是吃苦事;圣叹若都说明,则《水浒》亦是没味书。吾劝世人勿徒记忆事实,则庶几可以看《水浒》。

《新小说》第十五号(1905 年)

浴血生：

中国女子，卑弱至极，志士痛之。近顷著书以提倡女权为言者充栋，顾前数十年，谁敢先此发难？而《镜花缘》独能决突藩篱，为女子一吐郁勃，滔滔狂澜，屹立孤柱，我不知作者当具何等魄力。惟其思想，则仍根于状元宰相之陈腐旧套，未免憾事。然必执此以咎前数十年之作者，固苛论也。

社会小说，愈含蓄而愈有味。读《儒林外史》者，盖无不叹其用笔之妙，如神禹铸鼎，魑魅罔两，莫遁其形，然而作者固未尝落一字褒贬也。今之社会小说夥矣，有同病焉，病在于尽。

中国人之好鬼神，殆其天性，故语怪小说，势力每居优胜。如荒诞无稽之《封神榜》，语其文，无足取也；征其义，又无足取也。彼果以何价值，以何魔力，而能于此数百年之小说中，占一位置耶？

《新小说》第十七号（1905 年）

趼：

吾自出里门后，虽未能遍游各处，然久居上海，于各地之风土人情，皆得而习闻之。吾之所闻，以淫风著者，十恒七八。惟吾粤几不知有"淫风"二字。偶有不贞者，则不复齿于人类。初不解吾粤何以独得此良风俗也，继思之，此亦小说家之伟功。弹词曲本之类，粤人谓之"木鱼书"。此等"木鱼书"，虽皆附会无稽之作，要其大旨，无一非陈说忠孝节义者，甚至演一妓女故事，亦必言其殉情人以死。其他如义仆代主受戮，孝女卖身代父赎罪等事，开卷皆是，无处蔑有，而又必得一极良之结局。妇人女子，习看此等书，遂暗受其教育，风俗亦因之以良也。惜乎此等"木鱼书"，限于方言，不能远播耳。

理想为实行之母，斯言信哉！周桂生屡为余言，"《封神榜》之千里眼、顺风耳，即今之测远镜、电话机；《西游记》之哪吒风火轮，即今之自行车"云云。近闻西人之研究催眠术者，谓术空精时，可以役使魂灵，魂行之速，与电等云。果尔，则孙行者之筋斗云，一翻身可达十万八千里者，实为之母矣。我为之母，而西人为子。谓他人父，谓他人母，固可耻，此谓他人子，毋亦赧颜乎？

近日忽有人创说,蒲留仙实一大排外家,专讲民族主义者。谓《聊斋》一书,所记之狐,均指满人而言,以"狐""胡"同音也,故所载淫乱之事出于狐,祸祟之事出于狐,无非其寓言云云。若然,则纪晓岚之《阅微草堂笔记》所载之狐,多盘踞官署者,尤当作寓言观矣。

《新小说》第十九号(1905 年)

知新主人:

吾尝自谓平生最好读小说,然自束发至今,二十年来所读中国小说,合笔记、演义、传奇、弹词,一切计之,亦不过二百余种,近时新译新著小说,亦百余种。外国小说,吾只通英、法二国之文,他国未及知也。统计自购,及与友人交换者,所见亦不过各三百余种。所读美国小说,亦不下二百种。其余短篇之散见诸杂志日报中者,亦数百种。盖都不过千有余种耳。夫中外小说,日新月异,浩如烟海。以吾二十年中所睹,仅得此区区者,顾欲评骘优劣,判别高下,不其难哉?吾友徐子敬吾,尝遍读近时新著新译各小说,每谓读中国小说,如游西式花园,一入门,则园中全景,尽在目前矣;读外国小说,如游中国名园,非遍历其境,不能领略个中况味也。盖以中国小说,往往开宗明义,先定宗旨,或叙明主人翁来历,使阅者不必遍读其书,已能料其事迹之半,而外国小说,则往往一个闷葫芦,曲曲折折,直须阅至末页,方能打破也。吾友吕庐子,阅中外小说甚夥,亦谓外国小说,虽极冗长者,往往一个海底翻身,不至终篇,不能知其究竟;中国从无此等章法,虽有疑团,数回之后,亦必叙明其故,而使数回以后,另起波澜云云。二子之言如此,吾谓此亦但就普通者言之耳。吾辈智力薄弱,囿于见闻,既未能遍搜天下小说而毕读之,又何敢信口雌黄,妄加褒贬,贻盲人评古之诮?总之,吾国小说,劣者固多,佳者亦不少,与外国相角逐,则比例多寡,万不逮一。至谓无一二绝作,以与他国相颉颃,则岂敢言(中国小说之佳者,外国已皆有译本,他日当必有判别而等第之者)?虽然,以吾鄙见所及,则中国小说,不如外国(此外国专指欧美中之文明者而言,以下仿此)之处,有数事焉:

一曰:身分。外国小说中,无论一极下流之人,而举动一切,身分自在,总不失其国民之资格。中国小说,欲著一人之恶,则酣畅淋漓,不留余地,一种卑鄙龌龊之状态,虽鼠窃狗盗所不肯为者,而学士大夫,转安之若素。此岂小说家描写逼真之过欤?要亦士大夫不自爱惜身分,有以使之然也。故他日小说,有改良之日乎?则吾社会必进一步矣。然吾尤望能造时势之英雄,亟作高尚小说以去社会之腐败也。盖社会与小说,实相为因果者也。必先有高尚之社会,而后有高尚之小说;亦必先有高尚之小说,而后有高尚之社会。

一曰:辱骂。外国小说中,从未见有辱骂之辞,非谓文明国中,能绝口不骂人也,特无形之笔墨者耳。故偶有不能免者,亦讳写全句,但用首尾二字母而已,例如(d-d)之类。若吾国小说中,则无论上中下三等社会,举各自有其骂人之辞,大书特书,恬不为怪,此亦社会不良之故。然自有小说为之著述传布,而国中肆口谩骂者乃滋众,且有故效小说中之口吻者矣。

一曰:诲淫。外国风俗,极尊重女权,而妇女之教育,亦极发达,殆无一人不能看报阅书者。故男子视女子,几等诸神明,而一切书中,皆不敢著一秽亵之语,惟恐为妇女所见也。中国女子,殆视为男子之普通玩具,品骘群芳,风流自命者,无论矣。名门弱息,巨室娇娃之惨遭诬蔑、任情颠倒者,更仆难终。淫情浪态,摹写万状,令人不堪卒读。种种荡检逾闲之事,皆由此而生。故识字妇女,相戒不阅小说,而智慧日锢,其患岂可胜言?呜呼!后有作者,幸毋覆辙相寻哉!

一曰:公德。外国人极重公德,到处不渝,虽至不堪之人,必无敢有心败坏之者。吾国旧小说界,几不辨此为何物,偶有一二人,作一二事,便颂之为仁人,为义士矣。

一曰:图画。外国小说中,图画极精,而且极多,往往一短篇中,附图至十余幅。中国虽有绣像小说,惜画法至旧,较之彼用摄影法者,不可同日而语。近年各大丛报,及《新小说》中之插画,亦甚美善。特尚未能以图画与文字夹杂刊印耳。

此外如官吏之到处骚扰,狱囚之暗无天日,亦吾国小说中之专有品哉。

《新小说》第二十号(1905年)

《万国演义》序

高尚缙

自隋以来史志,以小说家列于子部。其为体也,或纵或横,寓言十九,可以资谈噱,不可为典要。然以隋、唐志所载仅数十部,宋《中兴志》乃至二百三十二家,千九百余卷,不知古之闻人,何乐辍其高文典册,而以翰墨为游戏也?其至于今,则《广记》《稗海》之属,庋之高阁,而偏嗜所谓章回小说,凡数十百种,种各数十百卷。其诲淫诲盗及怪及戏,卑卑无足论已。或依傍正史,撰为演义,亦且点缀不根之谈,崇饰过情之誉,既误来学,又以自秽其书。夫乡曲之徒,不学无术,浸灌于诐邪之议,发生其佚荡之心,其贻害最烈;若能诱之正觉,先入为主,相渐相溃,与之俱化,其收效甚神:二者之间,孰得孰失,于小说乎卜之。彼虽小道,其于学界之相系,顾不重哉!

自顷海内宏达,相与论东西洋历史,于种族之竞争,政艺之兴革,三致意焉。然儒风始变,译述未宏,或粗举大略,或域于专门。有人焉,甄综条贯,上自太古,下迄近世纪,属词比事,成一家言,岂非瑰异巨观哉!

余则以学界之进化,在初级之开明。必有浅显易能〔解〕之词,使童稚可通,新奇易悦之事,使乡曲能记;先启其轨,然后偕之大道,先引其绪,然后索之专家:其惟演义乎!

辛、壬之际,与沈君师徐综论斯旨,若合符契。乃相与裒集诸书,挈其要领,汰其繁冗,张君仲清为之述草,师徐修饰润色之。及稘而毕,将锓之版,因念余与师徐兢兢商订之志,欲为学科达目的,非欲于小说界争上乘也,故述其梗概如此。贵池高尚缙识。

1903年作新社版《万国演义》

《万国演义》序

沈惟贤

今学者当务之急，曰中国古近史，曰泰东西古近史。自迁、固以降，暨乎圣朝，载籍尤博，搢绅先生能言之。若乃赤县神州之外，我中国历史目之为"四裔"，于其风俗政教，得诸重译，参以荒渺不经之谈。及国朝徐继畬、魏源氏译述《瀛海志略》《海国图志》，乃始罗略东西洋欧、美诸国，虽有疏阙，然大辂椎轮之功，不可泯也。海禁既启，舌人交错，于是有西教士译本，有和文译本。或详于地志而短于事实，或备于工艺而略于政宪，虽有涑水之才，欲网罗散失，以为"泰东西通鉴"，未之或逮也。

然今学界日新，志士发愤，咸欲纵观欧、亚大势，考其政教代兴之机，富强竞争之界，即黉塾之师，用以发明事理，启牖来学，亦于是乎汲汲焉。盖自朝旨设学堂，改科举法，以中学为体，西学为用，士于其夙习者或姑置之，新奇可悦者勃然趋之矣。

然而，译本丛杂，抉择綦难，宗旨或乖，流弊滋大。不揣固陋，欲甄采诸书，厘订先后，都为一编。既病操觚未能，亦虑取材不逮。夫定是非之衡，争通塞之故者，莫先于蒙学；养蒙正俗，兴起其感心，通达其智力者，莫捷于小说。故疏次年纪，联缀事类，以属张氏茂炯演说成帙，余复为之删订润色焉。溯自地质物迹之始，至于五洲剖别，泰东西诸国以次递兴；下迄十九世纪，先后五千年种族之盛衰，政体之同异，宗教之迭嬗，艺学之改良，崖略粗具。文贵征实，不蕲于振奇，所以愧文士子虚乌有之习也；义则尊王，无取乎诡激，所以矫野史嬉笑怒骂之作也。凡为六十五卷，五十万言。贵池高君笏堂，今之明达君子，既与商正略例，乃举以致诸剞劂氏。世之作者，幸鉴其苦心焉。

光绪二十九年三月，华亭沈惟贤识。

1903年作新社版《万国演义》

《空中飞艇》弁言

海天独啸子

小说之益

小说之益于国家、社会者有二：一政治小说，一工艺实业小说。人人能读之，亦人人喜读之。其中刺激甚大，感动甚深，渐而智识发达，扩充其范围，无难演诸实事。使以一科学书，强执人研究之，必不济矣。此小说之所以长也。我国今日，输入西欧之学潮，新书新籍，翻译印刷者，汗牛充栋。苟欲其事半功倍，全国普及乎？请自科学小说始。

小说之于社会国家

小说者自然感情之发泄，一关于地理位置，一关于风俗习惯者也。如古代希腊、罗马，富于文学之思想，其间名家，至今尤脍炙人口。今之世，小说著作，以法兰西为盛。法俗风逸淫靡，小说家善道儿女事，识者谓于此观国风焉。我国国于东亚大陆，土地膏腴，山河秀灵，国民对此自然美丽之感情，形诸诗歌，形诸小说，形诸绘画者，莫不雅驯文华，极一时之盛。数千年来，文人学士，沉溺于中，流而不返，而政治之基，亦以之脆。识者谓之右文之国。观其沿革，良有以也。

我国小说之力

我国说部多名家，绮丽缠绵，盛矣！观止矣！然作者好道风流，说鬼神，势力所及，几为社会之主动力，虽三尺童子，心目中皆濡染之。故其风俗，人人皆以名士自命，人人皆以风雅自命。妇人女子，慕名女美人故事，莫不有模效之心焉。至其崇信鬼神之风潮，几于脑光印烙，牢不可破。民间爆发者辈，亦皆假此为利器，振臂一呼，四处皆应，如先时之红莲、白莲，近时之义和团，皆职是也。虽然，居蒙昧时代，得此一伸民气,亦良佳。今者世界文明,光焰万丈,此等网罗,允宜打破,则小说之改革尚焉。顾虽言改革矣,毋如我国民,自欧势拦入,政府窘迫,一蹶再蹶而后,相顾失措,四望徬徨之时,脑筋之影泡顿渴。此时正宜慎选其材料,改换其方略,以注射之,使其新知新识,焕然充发,则小说之急于改革尤尚焉。日本维新之先,小说中首译《经国美谈》等一二书,非无故也。

是书之特色

是书为日本押川春浪君所著,以高尚之理想,科学之观察,二者合而成之。一名曰《日欧竞争》。著者为日本小说名家,久为学界所欢迎。其间思想陆离,层层变化,说情说景,宛然逼真,读之者无不拍案叫绝,盖小说书中卓绝之珍本也。飞行之艇,虽为优孟之言,而其实固意中事。吾尝评我国小说,至所谓"封神""唐传"野陋不堪之书,叹曰:不可及也。我国理学道学者流,安能思想自由若此?今且为常事矣。飞艇亦然。今世纪已为汽电渡移之时代,安知异日所谓兵舰者,皆弃而不用,较国之势力,数飞艇以对乎?又安知异日所谓飞艇者,皆嫌其硕大滞濡,而另有他物以胜之乎?理想者非空物也。

译述之方法

是书原本为二厚帙,本卷名曰《空中飞艇》,续卷名曰《续空中飞艇》。今易之为三卷:一上卷,二中卷,三下卷。卷中多日本俗语,今代以我国文话。凡删者删之,益者益之,窜易者窜易之,务使合于我国民之思想习惯,大致则仍其旧。至其体例,因日本小说,与我国大异,今勉以传记体代之。若夫谬误之处,则俟我国达者勉赐裨正,所厚幸也。

海天独啸子译并弁于篇端

1903年明权社版《空中飞艇》

《斯巴达之魂》弁言

自　树

西历纪元前四百八十年,波斯王泽耳士大举侵希腊。斯巴达王黎河尼佗将市民三百,同盟军数千,扼温泉门(德尔摩比勒)。敌由间道至。斯巴达将士殊死战,全军歼焉。兵气萧森,鬼雄昼啸,迨浦累皆之役,大仇斯复,迄今读史,犹懔懔有生气也。我今掇其逸事,贻我青年。呜呼!世有不甘自下于巾帼之男子乎?必有掷笔而起者矣。译者无文,不足模拟其万一。噫,吾辱读者,吾辱斯巴达之魂!

《浙江潮》第五期(1903年)

《自由结婚》弁言

自由花

此书原名 Free Marriage,犹太老人 Vancouver 先生所著。余往岁初识先生于瑞西。先生自号亡国遗民,常悒郁不乐。一日问余:"译 Vancouver 以华文,当作何字?"余戏以"万古恨"对。先生曰:"此真不愧吾名也。"由是朝夕过从,情意日笃。为余纵谈天下事,累日不倦,而一念及祖国沦亡,辄悲不自胜,且曰:"败军之将,不足言勇。设吾言令欧美人闻之,适足以见笑而自玷耳。虽然,三折肱可为良医,在君等当以同病见怜也。倘一得之愚,赖君以传,使天下后世,知亡国之民,犹有救世之志,则老夫虽死亦无憾矣。"余感而哀之,时录其所言,邮寄欧西各埠华文报馆。而先生又有此书之作,稿未脱,即以相示。余且读且译,半阅月,第一编成。呜呼!不知山径之崎岖者,不知坦途之易;不知大海之洪波者,不知池沼之安;不知奴隶之苦者,亦不能知自由之乐。余去国以来,读欧美小说无虑数十百种,求其结构之奇幻,言词之沉痛,足与此犹太老人之书媲美者,诚不易得也。

全书以男女两少年为主,约分三期:首期以儿女之天性,观察社会之腐败;次期以学生之资格,振刷学界之精神;末期以英雄之本领,建立国家之大业。无一事不惊心怵目,无一语不可泣可歌,关于政治者十之七,关于道德教育者十之三,而一贯之佳人才子之情。今名政治小说,就其所侧重者言也。

著者天涯沦落,无国可归,学问文章,得自异域。此书系英文,而人地名半属犹太原音原义。若按字直译,殊觉烦冗,故往往随意删减,使就简短,以便记忆。区区苦衷,阅者谅之。

书中最足感人之处,辄就谫陋所及,批注简端。又原书所引犹太故实,时或易以中事,意在使阅者易晓,非敢揭己表高也。

圈点多随意无定例,惟其性质,可约分为三:

　　明义◎●

　　评文○、

　　醒目△▲

统观全书,用意平常,措词俚俗,意在使人人通晓,易于观感。此著者之苦衷,亦译者所取法,大雅君子,幸勿哂之。

此书第一回即犹太老人及余之历史,体例离奇,几令阅者疑团莫释,此固由译者之不能文饰,亦西书之性质有以异于华书也。原著无序,此即为序。阅者试读第一回之末数语,可以知其故矣。

第一回所载之历史,多系实事。译者不敏,过蒙犹太老人推许,愧悚无似,译竟覆阅,怩忸不能自安。屡欲振笔为之窜改一二,然以老人之盛意,不敢有违。通人达士,得毋嗤其太狂乎!译者髫龄去国,疏于国学。又习闻故老之言,卑视华文小说。《新小说》报未出以前,中国说部之书,概未寓目。今乃冒昧译此,深用自惭。邦人君子,倘不余弃,幸赐教言。又余最爱诗歌,而下笔甚苦,拉杂不能成章。倘蒙惠以鸿篇,尤所深感,重印时谨当插入,以志高谊。

惠书书面可如下式:

```
        Miss Liberty Flower
        367 Gaumonne Street
        Geneva N. E.
        Switzerland
```

癸卯六月十五日，译者识于瑞西日内瓦府震旦自由寓。

1903年自由社版《自由结婚》

《毒蛇圈》译者识语

知新室主人

译者曰：我国小说体裁，往往先将书中主人翁之姓氏、来历，叙述一番，然后详其事迹于后；或亦有用楔子、引子、词章、言论之属，以为之冠者，盖非如是则无下手处矣。陈陈相因，几于千篇一律，当为读者所共知。此篇为法国小说巨子鲍福所著。其起笔处即就父母〔女〕问答之词，凭空落墨，恍如奇峰突兀，从天外飞来，又如燃放花炮，火星乱起。然细察之，皆有条理。自非能手，不敢出此。虽然，此亦欧西小说家之常态耳。爰照译之，以介绍于吾国小说界中，幸弗以不健全讥之。

《新小说》第八号(1903年)

1904 年

《毒蛇圈》评语(选录)

趼廛主人

(第三回)以下无叙事处,所有问答仅别以界线,不赘明某某道。虽是西文如此,亦省笔之一法也。

中间处处用科译〔诨〕语,亦非赘笔也。以全回均似闲文,无甚出入,恐阅者生厌,故不得不插入科译〔诨〕,以醒眼目。此为小说家不二法门。西文原本,不如是也。

《新小说》第九号(1904年)

(第九回)后半回妙儿思念瑞福一段文字,为原著所无。窃以为上文写瑞福处处牵念女儿,如此之殷且挚,此处若不略写妙儿之思念父亲,则以"慈""孝"两字相衡,未免似有缺点。且近时专主破坏秩序,讲家庭革命者,日见其众。此等伦常之蟊贼,不可以不有以纠正之。特商于译者,插入此段。虽然,原著虽缺此点,而在妙儿当夜,吾知其断不缺此思想也。故虽杜撰,亦非蛇足。

《新小说》第十二号(1904年)

《红楼梦》评论

王国维

第一章 人生及美术之概观

老子曰:"人之大患,在我有身。"庄子曰:"大块载我以形,劳我以生。"忧患与劳苦之与生相对待也久矣。夫生者,人人之所欲;忧患与劳苦者,人人之所恶也。然则,讵不人人欲其所恶而恶其所欲欤?将其所恶者固不能不欲，而其所欲者终非可欲之物欤？人有生矣，则思所以奉其生。饥而欲食，渴而欲饮，寒而欲衣，露处而欲宫室，此皆所以维持一人之生活者也。然一人之生，少则数十年，多则百年而止耳。而吾人欲生之心，必以是为不足。于是于数十百年之生活外，更进而图永远之生活时，则有牝牡之欲，家室之累；进而育子女矣，则有保抱扶持饮食教诲之责，婚嫁之务。百年之间，早作而夕思，穷老而不知所终，问有出于此保存自己及种姓之生活之外者乎？无有也。百年之后，观吾人之成绩，其有逾于此保存自己及种姓之生活之外者乎？无有也。又人人知侵害自己及种姓之生活者之非一端也，于是相集而成一群，相约束而立一国，择其贤且智者以为之君，为之立法律以治之，建学校以教之，为之警察以防内奸，为之陆海军以御外患，使人人各遂其生活之欲而不相侵害；凡此皆欲生之心之所为也。夫人之于生活也，欲之如此其切也，用力如此其勤也，设计如此其周且至也，固亦有其真可欲者存欤？吾人之忧患劳苦，固亦有所以偿之者欤？则吾人不得不就生活之本质，熟思而审考之也。

　　生活之本质何？"欲"而已矣。欲之为性无厌，而其原生于不足。不足之状态，"苦痛"是也。既偿一欲，则此欲以终。然欲之被偿者一，而不偿者什佰；一欲既终，他欲随之。故究竟之慰藉，终不可得也。即使吾人之欲悉偿，而更无所欲之对象，倦厌之情，即起而乘之。于是吾人自己之生活，若负之而不胜其重。故人生者如钟表之摆，实往复于苦痛与倦厌之间者也。夫倦厌固可视为苦痛之一种。有能除去此二者，吾人谓之曰"快乐"。然当其求快乐也，吾人于固有之苦痛外，又不得不加以努力，而努力亦苦痛之一也。且快乐之后，其感苦痛也弥深。故苦痛而无回复之快乐者有之矣，未有快乐而不先之或继之以苦痛者也。又此苦痛与世界之文化俱增，而不由之而减。何则？文化愈进，其知识弥广，其所欲弥多，又其感苦痛亦弥甚故也。然则人生之所欲，既无以逾于生活，而生活之性质，又不外乎苦痛，故"欲"与"生活"与"苦痛"，三者一而已矣。

　　吾人生活之性质，既如斯矣，故吾人之知识，遂无往而不与生活之欲相关系，即与吾人之利害相关系。就其实而言之，则知识者，固生于此欲,而示此欲以我与外界之关系,使之趋利而避害者也。常人之知识,止知我与物之关系,易言以明之,止知物之与我相关系者;而于此物中,又不过知其与我相关系之部分而已。及人知渐进,于是始知欲知此物与我之关系,不可不研究此物与彼物之关系。知愈大者,其研究愈远焉。自是而生各种之科学,如欲知空间之一部之与我相关系者,不可不知空间全体之关系,于是几何学兴焉(按:西洋几何学 Geometry 之本义,系量地之意,可知古代视为应用之科学,而不视为纯粹之科学也)。欲知力之一部之与我相关系者,不可不知力之全体之关系,于是力学兴焉。吾人既知一物之全体之关系,又知此物与彼物之全体之关系,而立一法则焉以应用之,于是物之现于吾前者,其与我之关系,及其与他物之关系,粲然陈于目前而无所遁。夫然后吾人得以利用此物,有其利而无其害,以使吾人生活之欲,增进于无穷。此科学之功效也。故科学上之成功,虽若层楼杰观,高严巨丽,然其基础则筑乎生活之欲之上,与政治上之系统,立于生活之欲之上无以异。然则吾人理论与实际之二方面,皆此生活之欲之结果也。

由是观之,吾人之知识与实践之二方面,无往而不与生活之欲相关系,即与苦痛相关系。有兹一物焉,使吾人超然于利害之外,而忘物与我之关系。此时也,吾人之心无希望,无恐怖,非复"欲"之我,而但"知"之我也。此犹积阴弥月,而旭日杲杲也;犹覆舟大海之中,浮沉上下,而飘著于故乡之海岸也;犹阵云惨淡,而插翅之天使,赍平和之福音而来者也;犹鱼之脱于罾网,鸟之自樊笼出,而游于山林江海也。然物之能使吾人超然于利害之外者,必其物之于吾人无利害之关系而后可;易言以明之,必其物非实物而后可。然则,非美术何足以当之乎?夫自然界之物,无不与吾人有利害之关系;纵非直接,亦必间接相关系者也。苟吾人而能忘物与我之关系而观物,则夫自然界之山明水媚,鸟飞花落,固无往而非华胥之国,极乐之土也。岂独自然界而已?人类之言语动作,悲欢啼笑,孰非美之对象乎?然此物既与吾人有利害之关系,而吾人欲强离其关系而观之,自非天才,岂易及此?于是天才者出,以其所观于自然人生中者复现之于美术中,而使中智以下之人,亦因其物之与己无关系,而超然于利害之外。是故观物无方,因人而变:濠上之鱼,世之刊《左传》《国语》《国策》、秦、汉、唐、宋古文读本,皆有评语,凡文章之筋节处,得批评而愈妙,众人习见之矣。圣叹自述其所批《庄》《骚》、马、杜、《水浒》《西厢》六种才子书,俱用一副手眼读来批出,知音者咸加首肯,独奈何于专评古文者不讥,而兼评小说者遂讥之乎! 小说言纵俚质,然为中人以下说法,使之家喻户晓,非小说不行,诗书六艺之外,所不可少者,其惟小说乎! 且天地间有那一种文字,便有那一种评赞。刘勰《雕龙》,陆机《文赋》,钟嵘、司空图之品诗,韩愈、欧阳修之论文,宋、明人之诗话、四六话,本朝人之词话,楹联话,下至试帖、制艺,共仿丛话之刻,大卷白折,亦有干禄之书。小说而有批评,传奇而标读法,金圣叹之志,殆犹夫人之志耳,乃竟以此名家,则圣叹之才过人,信也。

吾友卅十六梅花馆主人,尝与愚言:"《西厢》之妙未过《牡丹亭》《桃花扇》《长生殿》,若其谬处,吾弗信也。"愚骤聆之,不得其解,继而释然。盖《西厢》之谬,全在有此副好笔墨,何题不可为,何必于崔、郑二人已为枯骨夫妻,爰复重翻旧案,加以恶声耶? 若《牡丹亭》宾白虽不及《西厢》之跳脱变换,而词曲之清新韶丽,殆不歉之。《桃花扇》则取其情节确实,描写淋漓,语语沉著,为一代兴亡所系,词曲稍涉铺排,要不没其风骨。《长生殿》意存敦厚,力据上游,已是可取;其数十折中,只摘其最缠绵恳挚者诵之,辄令人欲唤奈何,一往情深而不可遏。故与其进也,苟以《桃花》《长生》之真情,俪之《牡丹》之艳曲,何必《西厢》始为知音乎? 惜也圣叹不存,未能一进而请益之。

圣叹批《西厢》,只讲文情,不讲曲谱。原本词曲,经其点窜删改,就已范围,偶为注出者,十不一二。圣叹亦自云: 只许文人咏读,不许狂且演扮。诚能如是,凡读者自皆聪明解事人,玩赏王、关妙文,不泥崔、张成案,宜为圣叹之所乐许。吾人所见小说,自以曹雪芹《红楼梦》位置为"第一才子书"为最的论。此书在圣叹时尚未出世,故圣叹不得见之,否则,何有于《三国志演义》? 彼《三国志演义》者,《西游记》其伯仲之间者也。

1897年刊本《菽园赘谈》

苦痛,是尤欲航断港而至海,入幽谷而求明,岂徒无益,而又增之。则岂不以其不能使人忘生活之欲,及此欲与物之关系,而反鼓舞之也哉!眩惑之与优美及壮美相反对,其故实存于此。

今既述人生与美术之概略如左。吾人且持此标准,以观我国之美术。而美术中以诗歌、戏曲、小说为其顶点,以其目的在描写人生故。吾人于是得一绝大著作曰《红楼梦》。

第二章 《红楼梦》之精神

衰伽尔之诗曰:

> Ye wise men, highly, deeply learned,
> Who think it out and know,
> How, when and where do all things pair?
> Why do they kiss and love?
> Ye men of lofty wisdom, say
> What happened to me then,
> Search out and tell me where, how, when,
> And why it happened thus.

嗟汝哲人,靡所不知,靡所不学,既深且跻。粲粲生物,罔不匹俦,各唶厥唇,而相厥攸。匪汝哲人,孰知其故?自何时始,来自何处?嗟汝哲人,渊渊其知。相彼百昌,奚而熙熙?愿言哲人,诏余其故。自何时始,来自何处?(译文)

衰伽尔之问题,人人所有之问题,而人人未解决之大问题也。人有恒言曰:"饮食男女,人之大欲存焉。"然人七日不食则死,一日不再食则饥。若男女之欲,则于一人之生活上,宁有害无利者也,而吾人之欲之也如此,何哉?吾人自少壮以后,其过半之光阴,过半之事业,所计画所勤勤者为何事?汉之成、哀,曷为而丧其生?殷辛、周幽,曷为而亡其国?励精如唐玄宗,英武如后唐庄宗,曷为而不善其终?且人生苟为数十年之生活计,则其维持此生活,亦易易耳,曷为而其忧劳之度,倍蓰而未有已?记曰:"人不婚宦,情欲失半。"人苟能解此问题,则于人生之知识,思过半矣。而蚩蚩者乃日用而不知,岂不可哀也欤!其自哲学上解此问题者,则二千年间,仅有叔本华之男女之爱之形而上学耳。诗歌小说之描写此事者,通古今东西,殆不能悉数,然能解决之者鲜矣。《红楼梦》一书,非徒提出此问题,又解决之者也。彼于开卷即下男女之爱之神话的解释。其叙此书之主人公贾宝玉之来历曰:

> 却说女娲氏炼石补天之时,于大荒山无稽崖,炼成高十二丈、见方二十四丈大的顽石三万六千五百零一块。那娲皇只用了三万六千五百块,单单剩下一块未用,弃在青埂峰下。谁知此石自经锻炼之后,灵性已通,自去自来,可大可小。因见众石俱得补天,独自己无才,不得入选,遂自怨自艾,日夜悲哀。(第一回)

此可知生活之欲之先人生而存在,而人生不过此欲之发现也。此可知吾人之堕落,由吾人之所欲,而意志自由之罪恶也。夫顽钝者既不幸而为此石矣,又幸而不见用,则何不游于广漠之野,无何有之乡,以自适其适,而必欲入此忧患劳苦之世界?不可谓非此石之大误也。但此一念之误,而遂造出十九年之历史,与百二十回之事实,与茫茫大士、渺渺真人何与?又于第百十七回中,述宝玉与和尚之谈论曰:

> "弟子请问师父,可是从太虚幻境而来?"那和尚道:"什么幻境!不过是来处来,去处去罢了。我是送还你的玉来的。我且问你,那玉是从那里来的?"宝玉一时对答不来。那和尚笑道:"你的来路还不知,便来问我!"宝玉本来颖悟,又经点化,早把红尘看破,只是自己的底里未知;一闻那僧问起玉来,好象当头一棒,便说:"你也不用银子了,我把那玉还你罢。"那僧笑道:"早该还我了!"

所谓"自己的底里未知"者,未知其生活乃自己之一念之误,而此念之所自造也。及一闻和尚之言,始知此不幸之生活,由自己之所欲;而其拒绝之也,亦不得由自己,是以有还玉之言。所谓玉者,不过生活之欲之代表而已矣。故携入红尘者,非彼二人之所为,顽石自己而已;引登彼岸者,亦非二人之力,顽石自己而已。此岂独宝玉一人然哉?人类之堕落与解脱,亦视其意志而已。而此生活之意志,其于永远之生活,比个人之生活为尤切;易言以明之,则男女之欲,尤强于饮食之欲。何则?前者无尽的,后者有限的也;前者形而上的,后者形而下的也。又如上章所说生活之于苦痛,二者一而非二,而苦痛之度,与主张生活之欲之度为比例。是故前者之苦痛,尤倍蓰于后者之苦痛。而《红楼梦》一书,实示此生活此苦痛之由于自造,又示其解脱之道不可不由自己求之者也。

而解脱之道,存于出世,而不存于自杀。出世者,拒绝一切生活之欲者也。彼知生活之无所逃于苦痛,而求入于无生之域。当其终也,恒干虽存,固已形如槁木,而心如死灰矣。若生活之欲如故,但不满于现在之生活,而求主张之于异日,则死于此者,固不得不复生于彼,而苦海之流,又将与生活之欲而无穷。故金钏之堕井也,司棋之触墙也,尤三姐、潘又安之自刎也,非解脱也,求偿其欲而不得者也。彼等之所不欲者,其特别之生活,而对生活之为物,则固欲之而不疑也。故此书中真正之解脱,仅贾宝玉、惜春、紫鹃三人耳。而柳湘莲之入道,有似潘又安;芳官之出家,略同于金钏。故苟有生活之欲存乎,则虽出世而无与于解脱;苟无此欲,则自杀亦未始非解脱之一者也。如鸳鸯之死,彼固有不得已之境遇在;不然,则惜春、紫鹃之事,固亦其所优为者也。

而解脱之中,又自有二种之别:一存于观他人之苦痛,一存于觉自己之苦痛。然前者之解脱,唯非常之人为能,其高百倍于后者,而其难亦百倍。但由其成功观之,则二者一也。通常之人,其解脱由于苦痛之阅历,而不由于苦痛之知识。唯非常之人,由非常之知力,而洞观宇宙人生之本质,始知生活与苦痛之不能相离,由是求绝其生活之欲,而得解脱之道。然于解脱之途中,彼之生活之欲,犹时时起而与之相抗,而生种种之幻影。所谓恶魔者,不过此等幻影之人物化而已矣。故通常之解脱,存于自己之苦痛,彼之生活之欲,因不得其满足而愈烈,又因愈烈而愈不得其满足,如此循环,而陷于失望之境遇,遂悟宇宙人生之真相,遽而求其息肩之所。彼全变其气质,而超出乎苦乐之外,举昔之所执著者,一旦而舍之。彼以生活为炉,苦痛为炭,而铸其解脱之鼎。彼以疲于生活之欲故,故其生活之欲,不能复起而为之幻影。此通常之人解脱之状态也。前者之解脱如惜春、紫鹃;后者之解脱如宝玉。前者之解脱,超自然的也,神明的也;后者之解脱,自然的也,人类的也。前者之解脱,宗教的也;后者美术的也。前者平和的也;后者悲感的也,壮美的也,故文学的也,诗歌的也,小说的也。此《红楼梦》之主人公所以非惜春、紫鹃,而为贾宝玉者也。

呜呼!宇宙一生活之欲而已。而此生活之欲之罪过,即以生活之苦痛罚之:此即宇宙之永远的正义也。自犯罪,自加罚,自忏悔,自解脱。美术之务,在描写人生之苦痛与其解脱之道,而使吾侪冯生之徒,于此桎梏之世界中,离此生活之欲之争斗,而得其暂时之平和,此一切美术之目的也。夫欧洲近世之文学中,所以推格代之《法斯德》为第一者,以其描写博士法斯德之苦痛,及其解脱之途径,最为精切故也。若《红楼梦》之写宝玉,又岂有以异于彼乎?彼于缠陷最深之中,而已伏解脱之种子:故听《寄生草》之曲,而悟立足之境;读《胠箧》之篇,而作焚花散麝之想。所以未能者,则以黛玉尚在耳。至黛玉死而其志渐决,然尚屡失于宝钗,几败于五儿,屡蹶屡振,而终获最后之胜利。读者观自九十八回以至百二十回之事实,其解脱之行程,精进之历史,明了真切何如哉!且法斯德之苦痛,天才之苦痛;宝玉之苦痛,人人所有之苦痛也。其存于人之根柢者为独深,而其希救济也为尤切。作者一一掇拾而发挥之,我辈之读此书者,宜如何表满足感谢之意哉!而吾人于作者之姓名,尚有未确实之知识,岂徒吾侪寡学之羞,亦足以见二百余年来吾人之祖先,对此宇宙之大著述,如何冷淡遇之也。谁使此大著述之作者,不敢自署其名?此可知此书之精神,大背于吾国人之性质,及吾人之沉溺于生活之欲,而乏美术之知识,有如此也。然则予之为此论,亦自知有罪也夫!

第三章 《红楼梦》之美学上之价值

如上章之说,吾国人之精神,世间的也,乐天的也,故代表其精神之戏曲小说,无往而不著此乐天之色彩:始于悲者终于欢,始于离者终于合,始于困者终于亨;非是而欲餍阅者之心,难矣。若《牡丹亭》之返魂,《长生殿》之重圆,其最著之一例也。《西厢记》之以惊梦终也,未成之作也,此书若成,吾乌知其不为《续西厢》之浅陋也?有《水浒传》矣,曷为而又有《荡寇志》？有《桃花扇》矣,曷为而又有《南桃花扇》？有《红楼梦》矣,彼《红楼复梦》《补红楼梦》《续红楼梦》者,曷为而作也？又曷为而有反对《红楼梦》之《儿女英雄传》？故吾国之文学中,其具厌世解脱之精神者,仅有《桃花扇》与《红楼梦》耳。而《桃花扇》之解脱,非真解脱也:沧桑之变,目击之而身历之,不能自悟,而悟于张道士之一言;且以历数千里,冒不测之险,投缧绁之中,所索之女子,才得一面,而以道士之言,一朝而舍之,自非三尺童子,其谁信之哉？故《桃花扇》之解脱,他律的也;而《红楼梦》之解脱,自律的也。且《桃花扇》之作者,但借侯、李之事,以写故国之戚,而非以描写人生为事。故《桃花扇》,政治的也,国民的也,历史的也;《红楼梦》,哲学的也,宇宙的也,文学的也。此《红楼梦》之所以大背于吾国人之精神,而其价值亦即存乎此。彼《南桃花扇》《红楼复梦》等,正代表吾国人乐天之精神者也。

《红楼梦》一书,与一切喜剧相反,彻头彻尾之悲剧也。其大宗旨如上章之所述,读者既知之矣。除主人公不计外,凡此书中之人有与生活之欲相关系者,无不与苦痛相终始,以视宝琴、岫烟、李纹、李绮等,若藐姑射神人,夐乎不可及矣。夫此数人者,曷尝无生活之欲,曷尝无苦痛？而书中既不及写其生活之欲,则其苦痛自不得而写之;足以见二者如骖之靳,而永远的正义,无往不逞其权力也。又吾国之文学,以挟乐天的精神故,故往往说诗歌的正义,善人必令其终,而恶人必罹其罚:此亦吾国戏曲小说之特质也。《红楼梦》则不然:赵姨、凤姐之死,非鬼神之罚,彼良心自己之苦痛也。若李纨之受封,彼于《红楼梦》十四曲中,固已明说之曰:

〔晚韶华〕镜里恩情,更那堪梦里功名！那美韶华去之何迅。再休题绣帐鸳衾;只这戴珠冠,披凤袄,也抵不了无常性命。虽说是人生莫受老来贫,也须要阴骘积儿孙。气昂昂头戴簪缨,光灿灿胸悬金印,威赫赫爵禄高登,昏惨惨黄泉路近。问古来将相可还存？也只是虚名儿与后人钦敬。(第五回)

此足以知其非诗歌的正义,而既有世界人生以上,无非永远的正义之所统辖也。故曰《红楼梦》一书,彻头彻尾的悲剧也。

由叔本华之说,悲剧之中,又有三种之别:第一种之悲剧,由极恶之人,极其所有之能力,以交构之者。第二种,由于盲目的运命者。第三种之悲剧,由于剧中之人物之位置及关系而不得不然者;非必有蛇蝎之性质,与意外之变故也,但由普通之人物,普通之境遇,逼之不得不如是;彼等明知其害,交施之而交受之,各加以力而各不任其咎,此种悲剧,其感人贤于前二者远甚。何则?彼示人生最大之不幸,非例外之事,而人生之所固有故也。若前二种之悲剧,吾人对蛇蝎之人物,与盲目之命运,未尝不悚然战栗;然以其罕见之故,犹幸吾生之可以免,而不必求息肩之地也。但在第三种,则见此非常之势力,足以破坏人生之福祉者,无时而不可坠于吾前;且此等惨酷之行,不但时时可受诸己,而或可以加诸人;躬丁其酷,而无不平之可鸣;此可谓天下之至惨也。若《红楼梦》,则正第三种之悲剧也。兹就宝玉、黛玉之事言之:贾母爱宝钗之婉嫕,而惩黛玉之孤僻,又信金玉之邪说,而思压宝玉之病;王夫人固亲于薛氏;凤姐以持家之故,忌黛玉之才而虞其不便于己也;袭人惩尤二姐、香菱之事,闻黛玉"不是东风压西风,就是西风压东风"之语,(第八十一回)惧祸之及,而自同于凤姐,亦自然之势也。宝玉之于黛玉,信誓旦旦,而不能言之于最爱之之祖母,则普通之道德使然;况黛玉一女子哉!由此种种原因,而金玉以之合,木石以之离,又岂有蛇蝎之人物,非常之变故,行于其间哉?不过通常之道德,通常之人情,通常之境遇为之而已。由此观之,《红楼梦》者,可谓悲剧中之悲剧也。

由此之故,此书中壮美之部分较多于优美之部分,而眩惑之原质殆绝焉。作者于开卷即申明之曰:

> 更有一种风月笔墨,其淫秽污臭,最易坏人子弟。至于才子佳人等书,则又开口文君,满篇子建,千部一腔,千人一面,且终不能不涉淫滥。在作者不过欲写出自己两首情诗艳赋来,故假捏出男女二人名姓,又必旁添一小人拨乱其间,如戏中小丑一般。(此又上节所言之一证)

兹举其最壮美者之一例,即宝玉与黛玉最后之相见一节曰:

> 那黛玉听着傻大姐说宝玉娶宝钗的话,此时心里竟是油儿

酱儿糖儿醋儿倒在一处的一般,甜苦酸咸,竟说不上什么味儿来了。……自己转身,要回潇湘馆去,那身子竟有千百斤重的,两只脚却象踏着棉花一般,早已软了。只得一步一步慢慢的走将下来。走了半天,还没到沁芳桥畔,脚下愈加软了,走的慢,且又迷迷痴痴,信着脚从那边绕过来,更添了两箭地路。这时刚到沁芳桥畔,却又不知不觉的顺着堤往回里走起来。紫鹃取了绢子来,却不见黛玉。正在那里看时,只见黛玉颜色雪白,身子恍恍荡荡的,眼睛也直直的,在那里东转西转,……只得赶过来轻轻的问道:"姑娘怎么又回去?是要往那里去?"黛玉也只模糊听见,随口答道:"我问问宝玉去。"……紫鹃只得搀他进去。那黛玉却又奇怪了,这时不似先前那样软了,也不用紫鹃打帘子,自己掀起帘子进来。……见宝玉在那里坐着,也不起来让坐,只瞧着嘻嘻的呆笑。黛玉自己坐下,却也瞧着宝玉笑。两个也不问好,也不说话,也无推让,只管对着脸呆笑起来。忽然听着黛玉说道:"宝玉,你为什么病了?"宝玉笑道:"我为林姑娘病了。"袭人、紫鹃两个,吓得面目改色,连忙用言语来岔。两个却又不答言,仍旧呆笑起来。……紫鹃搀起黛玉,那黛玉也就站起来,瞧着宝玉,只管笑,只管点头儿。紫鹃又催道:"姑娘回家去歇歇罢!"黛玉道:"可不是,我这就是回去的时候儿了!"说着,便回身笑着出来了,仍旧不用丫头们搀扶,自己却走得比往常飞快。(第九十六回)

如此之文,此书中随处有之,其动吾人之感情何如!凡稍有审美的嗜好者,无人不经验之也。

《红楼梦》之为悲剧也如此。昔雅里大德勒于《诗论》中,谓悲剧者,所以感发人之情绪而高上之,殊如恐惧与悲悯之二者,为悲剧中固有之物,由此感发,而人之精神于焉洗涤。故其目的,伦理学上之目的也。叔本华置诗歌于美术之顶点,又置悲剧于诗歌之顶点;而于悲剧之中,又特重第三种,以其示人生之真相,又示解脱之不可已故。故美学上最终之目的,与伦理学上最终之目的合。由是,《红楼梦》之美学上之价值,亦与其伦理学上之价值相联络也。

第四章 《红楼梦》之伦理学上之价值

自上章观之，《红楼梦》者，悲剧中之悲剧也。其美学上之价值，即存乎此。然使无伦理学上之价值以继之，则其于美术上之价值，尚未可知也。今使为宝玉者，于黛玉既死之后，或感愤而自杀，或放废以终其身，则虽谓此书一无价值可也。何则？欲达解脱之域者，固不可不尝人世之忧患；然所贵乎忧患者，以其为解脱之手段故，非重忧患自身之价值也。今使人日日居忧患、言忧患，而无希求解脱之勇气，则天国与地狱，彼两失之；其所领之境界，除阴云蔽天，沮洳弥望外，固无所获焉。黄仲则《绮怀》诗曰：

如此星辰非昨夜，为谁风露立中宵？

又其卒章曰：

结束铅华归少作，屏除丝竹入中年；茫茫来日愁如海，寄语羲和快着鞭。

其一例也。《红楼梦》则不然，其精神之存于解脱，如前二章所说，兹固不俟喋喋也。

然则解脱者，果足为伦理学上最高之理想否乎？自通常之道德观之，夫人知其不可也。夫宝玉者，固世俗所谓绝父子、弃人伦、不忠不孝之罪人也。然自太虚中有今日之世界，自世界中有今日之人类，乃不得不有普通之道德以为人类之法则。顺之者安，逆之者危；顺之者存，逆之者亡。于今日之人类中，吾固不能不认普通之道德之价值也。然所以有世界人生者，果有合理的根据欤？抑出于盲目的动作，而别无意义存乎其间欤？使世界人生之存在，而有合理的根据，则人生中所有普通之道德，谓之绝对的道德可也。然吾人从各方面观之，则世界人生之所以存在，实由吾人类之祖先一时之误谬。诗人之所悲歌，哲学者之所瞑想，与夫古代诸国民之传说，若出一揆。若第二章所引《红楼梦》第一回之神话的解释，亦于无意识中暗示此理，较之《创世记》所述人类犯罪之历史，尤为有味者也。夫人之有生，既为鼻祖之误谬矣，则夫吾人之同胞，凡为此鼻祖之子孙者，苟有一人焉，未入解脱之域，则鼻祖之罪,终无时而赎,而一时之误谬,反覆至数千万年而未有已也。则夫绝弃人伦如宝玉其人者,自普通之道德言之,固无所辞其不忠不孝之罪;若开天眼而观之,则彼固可谓干父之蛊者也。知祖父之误谬,而不忍反覆之以重其罪,顾得谓之不孝哉?然则宝玉"一子出家,七祖升天"之说,诚有见乎所谓孝者在此不在彼,非徒自辩护而已。

然则,举世界之人类,而尽入于解脱之域,则所谓宇宙者,不诚无物也欤?然有无之说,盖难言之矣。夫以人生之无常,而知识之不可恃,安知吾人之所谓有非所谓真有者乎?则自其反面言之,又安知吾人之所谓无非所谓真无者乎?即真无矣,而使吾人自空乏与满足、希望与恐怖之中出,而获永远息肩之所,不犹愈于世之所谓有者乎!然则吾人之畏无也,与小儿之畏暗黑何以异?自已解脱者观之,安知解脱之后,山川之美,日月之华,不有过于今日之世界者乎?读《飞鸟各投林》之曲,所谓"一片白茫茫大地真干净"者,有欤,无欤,吾人且勿问,但立乎今日之人生而观之,彼诚有味乎其言之也。

难者又曰:人苟无生,则宇宙间最可宝贵之美术,不亦废欤?曰:美术之价值,对现在之世界人生而起者,非有绝对的价值也,其材料取诸人生,其理想亦视人生之缺陷逼仄,而趋于其反对之方面。如此之美术,唯于如此之世界、如此之人生中,始有价值耳。今设有人焉,自无始以来,无生死,无苦乐,无人世之挂碍,而唯有永远之知识,则吾人所宝为无上之美术,自彼视之,不过蛙鸣蝉噪而已。何则?美术上之理想,固彼之所自有,而其材料,又彼之所未尝经验故也。又设有人焉,备尝人世之苦痛,而已入于解脱之域,则美术之于彼也,亦无价值。何则?美术之价值,存于使人离生活之欲,而入于纯粹之知识。彼既无生活之欲矣,而复进之以美术,是犹馈壮夫以药石,多见其不知量而已矣。然而超今日之世界人生以外者,于美术之存亡,固自可不必问也。

夫然,故世界之大宗教,如印度之婆罗门教及佛教,希伯来之基督教,皆以解脱为唯一之宗旨。哲学家如古代希腊之柏拉图,近世德意志之叔本华,其最高之理想,亦存于解脱。殊如叔本华之说,由其深邃之知识论、伟大之形而上学出,一扫宗教之神话的面具,而易以名学之论法,其真挚之感情,与巧妙之文字,又足以济之,故其说精密确实,非如古代之宗教及哲学说,徒属想象而已。然事不厌其求详,姑以生平可疑者商榷焉。夫由叔氏之哲学说,则一切人类及万物之根本一也,故充叔氏拒绝意志之说,非一切人类及万物各拒绝其生活之意志,则一人之意志亦不得而拒绝。何则?生活之意志之存于我者,不过其一最小部分,而其大部分之存于一切人类及万物者,皆与我之意志同。而此物我之差别,仅由于吾人知力之形式,故离此知力之形式,而反其根本而观之,则一切人类及万物之意,皆我之意志也。然则拒绝吾一人之意志,而姝姝自悦曰"解脱",是何异决蹄踤之水,而注之沟壑,而曰天下皆得平土而居之哉!佛之言曰:"若不尽度众生,誓不成佛。"其言犹若有能之而不欲之意。然自吾人观之,此岂徒能之而不欲哉,将毋欲之而不能也!故如叔本华之言一人之解脱,而未言世界之解脱,实与其意志同一之说,不能两立者也。叔氏于无意识中亦触此疑问,故于其《意志及观念之世界》之第四编之末,力护其说曰:

  人之意志,于男女之欲,其发现也为最著。故完全之贞操乃拒绝意志,即解脱之第一步也。夫自然中之法则,固自最确实者。使人人而行此格言,则人类之灭绝,自可立而待。至人类以降之动物,其解脱与堕落,亦当视人类以为准。吠陀之经典曰:"一切众生之待圣人,如饥儿之待慈父母也。"基督教中亦有此思想。珊列休斯于其《人持一切物归于上帝》之小诗中曰:"嗟汝万物灵,有生皆爱汝。总总环汝旁,如儿索母乳,携之适天国,惟汝力是怙!"德意志之神秘学者马斯太哀克赫德亦云:"《约翰福音》云:余之离世界也,将引万物而与我俱。基督岂欺我哉!夫善人,固将持万物而归之于上帝,即其所从出之本者也。今夫一切生物,皆为人而造,又各自相为用;牛羊之于水草,鱼之于水,鸟之于空气,野兽之于林莽皆是也。一切生物皆上帝所造,以供善人之用,而善人携之以归上帝。"彼意盖谓人之所以有用动物之权利者,实以能救济之之故也。

  于佛教之经典中亦说明此真理,方佛之尚为菩提萨埵也,自王宫逸出而入深林时,彼策其马而歌曰:"汝久疲于生死兮,今将息此任载。负余躬以退举兮,继今日而无再。苟彼岸其余达矣,余将

徘徊以汝待。"(《佛国记》)此之谓也。(英译《意志及观念之世界》第一册第四百九十二页)

然叔氏之说,徒引据经典,非有理论的根据也。试问释迦示寂以后,基督尸十字架以来,人类及万物之欲生奚若?其痛苦又奚若?吾知其不异于昔也。然则所谓持万物而归之上帝者,其尚有所待欤?抑徒沾沾自喜之说,而不能见诸实事者欤?果如后说,则释迦、基督自身之解脱与否,亦尚在不可知之数也。往者作一律曰:

生平颇忆挈卢敖,东过蓬莱浴海涛。何处云中闻犬吠,至今湖畔尚鸟号。人间地狱真无间,死后泥洹枉自豪。终古众生无度日,世尊只合老尘嚣。

何则?小宇宙之解脱,视大宇宙之解脱以为准故也。赫尔德曼人类涅槃之说,所以起而补叔氏之缺点者以此。要之,解脱之足以为伦理学上最高之理想与否,实存于解脱之可能与否。若夫普通之论难,则固如楚楚蜉蝣,不足以撼十围之大树也。

今使解脱之事,终不可能,然一切伦理学上之理想,果皆可能也欤?今夫与此无生主义相反者,生生主义也。夫世界有限,而生人无穷;以无穷之人,生有限之世界,必有不得遂其生者矣。世界之内,有一人不得遂其生者,固生生主义之理想之所不许也。故由生生主义之理想,则欲使世界生活之量,达于极大限,则人人生活之度,不得不达于极小限。盖度与量二者,实为一精密之反比例,所谓最大多数之最大福祉者,亦仅归于伦理学者之梦想而已。夫以极大之生活量,而居于极小之生活度,则生活之意志之拒绝也奚若?此生生主义与无生主义相同之点也。苟无此理想,则世界之内,弱之肉,强之食,一任诸天然之法则耳,奚以伦理为哉?然世人日言生生主义,而此理想之达于何时,则尚在不可知之数。要之理想者,可近而不可即,亦终古不过一理想而已矣。人知无生主义之理想之不可能,而自忘其主义之理想之何若,此则大不可解脱者也。

夫如是,则《红楼梦》之以解脱为理想者,果可菲薄也欤?夫以人生忧患之如彼,而劳苦之如此,苟有血气者,未有不渴慕救济者也;不求之于实行,犹将求之于美术。独《红楼梦》者,同时与吾人以二者之救济。人而自绝于救济则已耳;不然,则对此宇宙之大著述,宜如何企踵而欢迎之也!

第五章 余 论

自我朝考证之学盛行,而读小说者,亦以考证之眼读之。于是评《红楼梦》者,纷然索此书中之主人公之为谁,此又甚不可解者也。夫美术之所写者,非个人之性质,而人类全体之性质也。惟美术之特质,贵具体而不贵抽象。于是举人类全体之性质,置诸个人之名字之下,譬诸"副墨之子""洛诵之孙",亦随吾人之所好名之而已。善于观物者,能就个人之事实,而发见人类全体之性质;今对人类之全体,而必规规焉求个人以实之,人之知力相越,岂不远哉!故《红楼梦》之主人公,谓之贾宝玉可,谓之"子虚""乌有先生"可,即谓之纳兰容若,谓之曹雪芹,亦无不可也。

综观评此书者之说,约有二种:一谓述他人之事,一谓作者自写其生平也。第一说中,大抵以贾宝玉为即纳兰性德。其说要非无所本。案性德《饮水诗集》《别意》六首之三曰:"独拥余香冷不胜,残更数尽思腾腾,今宵便有随风梦,知在红楼第几层?"又《饮水词》中《于中好》一阕云:"绪如丝睡不成,那堪孤枕梦边城。因听紫塞三更雨,却忆红楼半夜灯。"又《减字木兰花》一阕咏新月云:"莫教星替,守取团圆终必遂。此夜红楼,天上人间一样愁。""红楼"之字凡三见,而云"梦红楼"者一。又其亡妇忌日作《金缕曲》一阕,其首三句云:"此恨何时已,滴空阶寒更雨歇,葬花天气。""葬花"二字,始出于此。然则《饮水集》与《红楼梦》之间,稍有文字之关系,世人以宝玉为即纳兰侍卫者,殆由于此。然诗人与小说家之用语,其偶合者固不少。苟执此例以求《红楼梦》之主人公,吾恐其可以傅合者,断不止容若一人而已。若夫作者之姓名(遍考各书,未见曹雪芹何名),与作书之年月,其为读此书者所当知,似更比主人公之姓名为尤要。顾无一人为之考证者,此则大不可解者也。

至谓《红楼梦》一书,为作者自道其生平者,其说本于此书第一回

"竟不如我亲见亲闻的几个女子"一语。信如此说,则唐旦之《天国喜剧》,可谓无独有偶者矣。然所谓亲见亲闻者,亦可自旁观者之口言之,未必躬为剧中之人物。如谓书中种种境界,种种人物,非局中人不能道,则是《水浒传》之作者,必为大盗,《三国演义》之作者,必为兵家,此又大不然之说也。且此问题,实与美术之渊源之问题相关系。如谓美术上之事,非局中人不能道,则其渊源必全存于经验而后可。夫美术之源,出于先天,抑由于经验,此西洋美学上至大之问题也。叔本华之论此问题也,最为透辟。兹援其说,以结此论。其言(此论本为绘画及雕刻发,然可通之于诗歌小说)曰:

> 人类之美之产于自然中者,必由下文解释之:即意志于其客观化之最高级(人类)中,由自己之力与种种之情况,而打胜下级(自然力)之抵抗,以占领其物质。且意志之发现于高等之阶级也,其形式必复杂:即以一树言之,乃无数之细胞,合而成一系统者也。其阶级愈高,其结合愈复。人类之身体,乃最复杂之系统也,各部分各有一特别之生活:其对全体也,则为隶属;其互相对也,则为同僚,互相调合,以为其全体之说明:不能增也,不能减也。能如此者,则谓之美,此自然中不得多见者也。顾美之自然中如此,于美术中则何如?或有以美术家为模仿自然者,然彼苟无美之预想存于经验之前,则安从取自然中完全之物而模仿之,又以之与不完全者相区别哉?且自然亦安得时时生一人焉,于其各部分皆完全无缺哉?或又谓美术家必先于人之肢体中,观美丽之各部分,而由之以构成美丽之全体。此又大愚不灵之说也。即令如此,彼又何自知美丽之在此部分而非彼部分哉?故美之知识,断非自经验的得之,即非后天的,而常为先天的;即不然,亦必其一部分常为先天的也。吾人于观人类之美后,始认其美;但在真正之美术家,其认识之也,极其明速之度,而其表出之也,胜乎自然之为。此由吾人之自身即意志,而于此所判断及发见者,乃意志于最高级之完全之客观化也。唯如是,吾人斯得有美之预想。而在真正之天才,于美之预想外,更伴以非常之巧力。彼于特别之物中,认全体之理念,遂解自然之嗫嚅之言语而代言之;即以自然所百计而不能产出之

美,现之于绘画及雕刻中,而若语自然曰:"此即汝之所欲言而不得者也。"苟有判断之能力者,必将应之曰"是"。唯如是,故希腊之天才,能发见人类之美之形式,而永为万世雕刻家之模范。唯如是,故吾人对自然于特别之境遇中所偶然成功者,而得认其美。此美之预想,乃自先天中所知者,即理想的也,比其现于美术也,则为实际的。何则?此与后天中所与之自然物相合故也。如此,美术家先天中有美之预想,而批评家于后天中认识之,此由美术家及批评家乃自然之自身之一部,而意志于此客观化者也。哀姆攀独克尔曰:"同者唯同者知之。"故唯自然能知自然,唯自然能言自然,则美术家有自然之美之预想,固自不足怪也。

芝诺芬述苏格拉底之言曰:"希腊人之发见人类之美之理想也,由于经验。即集合种种美丽之部分,而于此发见一膝,于彼发见一臂。"此大谬之说也。不幸而此说又蔓延于诗歌中。即以狭斯丕尔言之,谓其戏曲中所描写之种种之人物,乃其一生之经验中所观察者,而极其全力以模写之者也。然诗人由人性之预想而作戏曲小说,与美术家之由美之预想而作绘画及雕刻无以异。唯两者于其创造之途中,必须有经验以为之补助。夫然,故其先天中所已知者,得唤起而入于明晰之意识,而后表出之事,乃可得而能也。(叔氏《意志及观念之世界》第一册第二百八十五至八十九页)

由此观之,则谓《红楼梦》中所有种种之人物,种种之境遇,必本于作者之经验,则雕刻与绘画家之写人之美也,必此取一膝,彼取一臂而后可。其是与非,不待知者而决矣。读者苟玩前数章之说,而知《红楼梦》之精神,与其美学、伦理学上之价值,则此种议论,自可不生。苟知美术之大有造于人生,而《红楼梦》自足为我国美术上之唯一大著述,则其作者之姓名,与其著书之年月,固当为唯一考证之题目。而我国人之所聚讼者,乃不在此而在彼;此足以见吾国人之对此书之兴味之所在,自在彼而不在此也。故为破其惑如此。

《教育世界》七十六号至七十八号、八十号至八十一号(1904年)

读《黑奴吁天录》

灵 石

《黑奴吁天录》者,美国女士斯土活所著,而闽县林琴南纾、仁和魏充叔易两先生所译者也。前后四卷,分四十二章,计华文十四万言。两人且泣且译,且译且泣,盖非仅悲黑人之苦况,实悲我四百兆黄人将为黑人续耳。且黄人之祸,不必待诸将来,而美国之禁止华工,各国之虐待华人,已见诸实事者,无异黑人,且较诸黑人而尤剧,则他日之苦况,其可设想耶?

灵石欲买此书而未遂,至高时若处借得焉。挟归于灯下读之,涕泪汍澜,不可仰视,孱弱之躯,不觉精神为之一振。且读且泣,且泣且读,穷三鼓不能成寐。噫!此书不过据斯土活一人之见闻,掇拾数事,贯串成书。其叙黑人之苦况,不过若神龙之一爪耳。

全球人之受制于白人,若波兰,若印度,若缅甸,若越南,若澳大利亚洲,若南洋群岛,若太平洋、大西洋群岛,无一而非黑人类乎?则此书不独为黑人全种之代表,并可为全地球国之受制于异种人之代表也。我黄人读之,岂仅为沉醉梦中之一警钟已耶?

白人之狂者,堂皇演说,欲地球尽归白人为主,别种人于家畜上别制贵重之名以名之,而屏诸人类之外;或他种人皆称人,位于畜之上。白人则别立贵重名目,以高据于人类之上。嗟乎!白人假文明之名,行野蛮之实,真乃惨无人理矣。虽然,国必自伐,而后人伐之。已不自立,于人乎何尤?

嗟乎!黑人岂真贱种,根性恶劣,无有灵魂者乎?若哲而治海雷之坚忍果决,智勇双全;意里思之明婉淑顺,临危不乱;汤姆之忠悫诚恳,专心守道;凯雪之机警善谋;及姆之孝;小海雷之慧:即求之白人,亦可称为翘楚者矣。嗟乎!黑人国亡家破,贩卖异洲,沈幽于黑暗地狱之底,犹能不甘澌灭,出万死不顾一生之计,以还我自由之权,率我独立之性,而且欲缔造黑人巩固之国家,为文明之魁杰,为大同之元首。呜呼!黑人之志气不其伟欤?黑人之思想不其大欤?

嗟乎!我黄种国权衰落亦云至矣。四百余州之土,尽在列强之势力范围,四万万之同胞,已隶白人之奴隶册籍。我黄人不必远征法、美之革命与独立,与日本之维新,即下而等诸黑人,能师其渴想自由之操,则乘时借势,一转移间,而为全球之望国矣。

虽然,我闻之出洋华人,因无国而爱国之念愈切(中国国权隳坏,出洋人民,无人保护,西人诮之为无籍者,犹云无国也。所得权利,比诸黑人,瞠乎其后)。若内地,则同胞心目中,依然大一统之旧观,国家思想,甚为淡薄。说者谓爱力出于压力,无压力则爱力不生。嗟乎!我中国所受之压力,亦云至矣,而尚嫌其太小耶?此实我中国一紧急重大之问题也。

我读《吁天录》,以我同胞之未至黑人之地位,我为同胞喜。我读《吁天录》,以我同胞国家思想淡薄,故恐终不免黑人之地位,我愈为同胞危。我读《吁天录》,证之以檀香山烧埠记,证之以美洲、澳洲禁止华人之新例,证之以东三省,证之以联军入京,证之以旅顺、大连、威海、胶州、广湾、九龙之旧状,我愈信同胞蒙昧涣散,不能团结之,终为黑人续,我不觉为同胞心碎。

我读《吁天录》,以哭黑人之泪哭我黄人,以黑人已往之境,哭我黄人之现在,我欲黄人家家置一《吁天录》。我愿读《吁天录》者,人人发儿女之悲啼,洒英雄之热泪。我愿书场、茶肆演小说以谋生者,亦奉此《吁天录》,竭其平生之长,以摹绘其酸楚之情状,残酷之手段,以唤醒我国民。我欲求海上名画师,将四十二章各绘一图,我愿以粗拙之笔,图系一诗,以与《聊斋志异》争声价,庶妇孺贪观,易投俗好。我愿善男子、善女人,分送善书,劝人为善者,广购此书,以代《果报录》《太上感应篇》《敬灶全书》《科场志异》之用,则度人度己,功德无量矣。

《觉民》第八期(1904年)

《中国现在记》楔子

李伯元

哈哈！列位看官，你可晓得现在中国到了什么时候了？一个人说道："中国上下相蒙，内外隔绝，武以弓刀为重，文以帖括见长，原是个极腐败不堪的！"在下答道："成事不说，既往不咎，这是过去之中国，你说他做甚？"又一个人说道："中国兴学通商，整军经武，照此下去，不难凌轹万国，雄视九州。"在下又答道："成效无期，河清难俟，这是未来之中国，我等他不及。"那两个人一齐说道："这又不是，那又不是，依你看了来，中国将无一而可的了。"在下道："不然，不然！你我生今之时，处今之世，前不见古人，后不见来者，独立苍茫，怆然涕下。过去之中国，既不敢存鄙弃之心；未来之中国，亦岂绝无期望之念？但是穷而在下，权不我操，虽抱着拨乱反正之心，与那论世知人之识，也不过空口说白话，谁来睬我？谁来理我？则何如消除世虑，爱惜精神，每逢酒后茶余，闲暇无事，走到瓜棚底下，与二三村老，指天画地，说古论今，把我生平耳所闻，目所见，世路上怪怪奇奇之事，一一说与他们知道。他们虽是乡愚，久而久之，亦渐渐的心领神会，都道原来现在的事不过如此。"我又怕事情多了，容易忘记，幸而在下还认得几个字，于是又一一的笔之于书，以为将来消遣之助。咳！虽如此说，古今来稗官野史，很有些与人心世道，息息相通，在下又何敢妄自菲薄？佛说云："欲知来世因，今生作者是。"这便是做书人的微旨了。诸公不厌烦琐，听在下慢慢道来。

1904年6月12日《时报》

《小仙源》凡例

一、是书为泰西有名小说，原著系德文，作者为瑞士文学家，兴至命笔，无意饷世，后其子为付剞劂，一时风动，所之欢迎，历经重译，戈特尔芬美兰女史复参酌损益，以示来者。

一、是书于纤悉之事，纪载颇详，足见西人强毅果敢，勇往不挠，造次颠沛无稍出入，可为学子德育之训迪。

一、当时列国殖民政策，尚未盛行，作者著此，殆以鼓动国民，使之加意。今日欧洲各国，殖民政策，炳耀寰区，著是书者，殆亦与有力也。

一、穿凿附会病不信，拘文牵义病不达，译者于是书虽微有改窜，然要以无惭信达为归，博雅君子尚其惊之。

一、原书并无节目，译者自加编次，仿章回体而出以文言，固知不合小说之正格也。

《绣像小说》第十六期(1904年)

《歇洛克复生侦探案》弁言

周桂生

泰西之以小说名家者，肩背相望，所出版亦月异而岁不同。其间若写情小说之绮腻风流，科学小说之发明真理，理想小说之寄托遥深，侦探小说之机警活泼，偶一披览，如入山阴道上，目不暇给。

吾国视泰西，风俗既殊，嗜好亦别。故小说家之趋向，迥不相侔。尤以侦探小说，为吾国所绝乏，不能不让彼独步。盖吾国刑律讼狱，大异泰西各国，侦探之说，实未尝梦见。互市以来，外人伸张治外法权于租界，设立警察，亦有包探名目，然学无专门，徒为狐鼠城社。会审之案，又复瞻徇顾忌，加以时间有限，研究无心。至于内地谳案，动以刑求，暗无天日者，更不必论。如是，复安用侦探之劳其心血哉！至若泰西各国，最尊人权，涉讼者例得请人为辩护，故苟非证据确凿，不能妄入人罪。此侦探学之作用所由广也。而其人又皆深思好学之士，非徒以盗窃充捕役，无赖当公差者，所可同日语。用能迭破奇案，诡秘神妙，不可思议，偶有记载，传诵一时，侦探小说即缘之而起。

英国呵尔唔斯歇洛克者,近世之侦探名家也。所破各案,往往令人惊骇错愕,目眩心悸。其友滑震,偶记一二事,晨甫脱稿,夕遍欧美,大有洛阳纸贵之概。故其国小说大家,陶高能氏,益附会其说,迭著侦探小说,托为滑震笔记,盛传于世。盖非尔,则不能有亲历其境之妙也。吾国若时务报馆张氏所译者尚矣。厥后续译者,如《华生包探案》等,亦即"滑震笔记"耳。嗣自歇洛克逝世后,虽奇案累累,而他人无复有如歇氏之苦心思索,默运脑髓以破之者,而陶氏亦几有搁笔之叹。于是创为歇洛克复生之说,藉假盛名,实其记载,成书若干,欧美各国,风行迨遍。

走,不揣谫陋,愿以此歇氏复生后之包探案,介绍于吾国小说界中。至于《滑震笔记》原书,虽几经续译,而未尽者尚多。自顾不才,未敢妄为貂续也。左篇稿脱,乃弁数语于简端。甲辰中秋,上海知新室主周桂生氏。

《新民丛报》五十五号(1904年)

《埃司兰情侠传》叙

涛园居士

余友林畏庐征君,治《史记》《汉书》廿五年,文长于叙悲,巧曲哀梗。人所莫言,言而莫尽者,征君则皆言,而皆尽之矣。余读其文,似得力于马第伯《封禅仪记》,及班书《赵皇后传》,故奥折简古至此。征君昔曾译《茶花女遗事》,严几道以为支那浪子之魂,咸为所荡。而征君自言,则谓茶花女用心,盖如古之龙比抵死不变,议论颇奇诡骇众。癸卯之秋,余朝京师,征君复出此卷见示。中以桓桓武概之爱力克,乃为情所胄,至于坠涧以死,离奇变幻,与中国小说之界截然不犯。征君语予:哈葛得者,英之孤愤人也,恶白种之霸驳,伪为王道愚世,凡所诩勇略,均托诸炮火之厉烈,以矜武能,殊非真勇者也。故哈氏之书,全取斐洲冰洲之勇士,状彼骁烈,以抒其郁伊不平之概。而今日开化诸君子读之,则必斥为野蛮之陈迹耳。余曰:欧洲百余年来,进化日速,实不测其涯涘。然彼中剧场,则多演罗马故事,至购取古器物图画,凡亚刺伯、西西里、希腊之一笺一素一盂一爵,恒不惜数十万金得之,盖其嗜古之心,有匪言所详者。此书撷拾古冰洲事,宁在所怪?且予每见富贵故家,必多嗜古物。彼西人富强之基久立,故乐取野蛮时代之轶事,用娱其心,犹之显宦大老与后生款语,必喜述其微时落寞之状,语固谦质,心实骄裕。然则哈氏之书,讵尽关孤愤哉?征君笑曰:涛园居士知言者也,趣予即书其上。

1904年刊本《埃司兰情侠传》

《女狱花》叙

俞佩兰

中国旧时之小说,有章回体,有传奇体,有弹词体,有志传体,朋兴焱起,云蔚霞蒸,可谓盛矣。若论其思想,则状元宰相也,牛鬼蛇神也,而讥弹时事,阐明哲理者盖鲜矣。至于创女权、劝女学者,好比六月之霜,三秋之燕焉。近时之小说,思想可谓有进步矣,然议论多而事实少,不合小说体裁,文人学士鄙之夷之。且讲女权、女学之小说,亦有硕果晨星之叹。甚矣作小说之难也,作女界小说之尤难也。西湖女士王妙如君,以咏絮之才,生花之笔,菩萨之心肠,豪杰之手段,而成此《女狱花》一部,非但思想之新奇,体裁之完备,且殷殷提倡女界革命之事,先从破坏,后归建立。呜呼!沧海中之慈航耶?地狱中之明灯耶?吾愿同胞姐妹香花迎奉之。惜天不永其年,中途夭折,不能竟其振兴女界之大愿力。然理想者,事实之母也。后之人读其书,感慨兴起,将黑暗女界放大光明,则食果应推女士之赐矣。钱塘俞佩兰叙。

1904年泉唐罗氏藏板《女狱花》

《利俾瑟战血余腥记》叙

林　纾

　　余历观中史所记战事,但状军师之摅略,形胜之利便,与夫胜负之大势而已,未有赡叙卒伍生死饥疲之态,及劳人思妇怨旷之情者,盖史例至严,不能间涉于此。虽开宝诗人多塞下诸作,亦仅托诸感讽、写其骚愁,且未历行间,虽空构其众,终莫能肖。至《嘉定屠城记》《扬州十日记》,于乱离之惨,屠夷之酷,纤悉可云备著。然《嘉定》一记,貌为高古,叙事颠倒错出,读者几于寻条失枝。余恒谓是记笔墨颇类江邻几。江氏身负重名,为欧公所赏,而其文字读之令人烦懑。然则小说一道,又似宜有别才也。是书为法人阿猛查登述一步卒约瑟之言成书,英人达尔康译之。余时方译洛加德所著《拿破仑全传》,叹其自墨斯科一衄,四十万人同瘗沙碛,元气凋丧,后此兵势因以不振。顾本传叙波奈巴兵略甚详。然十余年困顿兵间,以孤军挑群雄,人民必不堪命。然传为正史之体,必不能苛碎描写士卒冤穷之状,至可惜也。癸卯秋节月中,与吴航曾又固谈拿破仑轶事,谓法民当此时代,殆一兵劫之世界。又固因出此本,言是中详叙拿破仑自墨斯科败后,募兵苦战利俾瑟逮于滑铁卢。中间以老鳖约瑟为纲,参以其妻格西林之恋别,俄、普、奥、瑞之合兵,法军之死战,兵间尺寸之事,无不周悉。又固以余喜小说家言,前此所译《茶花女遗事》《黑奴吁天录》《伊索寓言》,颇风行海内,又固因逐字逐句口译而出,请余述之,凡八万余言。既脱稿,侯官严君潜见而叹曰:是中败状,均吾所尝亲历而遍试之者,真传信之书也。方联军入据析津、义和团日夜鏖扑,飞弹蚩然过于屋上。余伏败屋中,苦不得饮,夜分冒险出汲,水上人膏厚钱许,饮之腥秽,顾盛渴中亦莫为恤,此一端已肖卷中所纪矣。余曰:嗟夫! 法国文明,虽卒徒亦工纪述;而吾华乱中笔墨,虽求如《嘉定》《扬州》之记,亦不可复得矣。是书果能遍使吾华之人读之,则军行实状,已洞然胸中,进退作止,均有程限,快枪急弹之中,应抵应避,咸蓄成算,或不至于触敌即馁,见危辄奔,则是书用代兵书读之,亦奚不可者?又固、君潜咸以为然。因取所论,弁诸简端。光绪二十九年九月,闽县林纾叙。

1904年商务印书馆版《利俾瑟战血余腥记》

《英国诗人吟边燕语》序

林　纾

　　欧人之倾我国也,必曰:识见局,思想旧,泥古骇今,好言神怪,因之日就沦弱,渐即颓运。而吾国少年强济之士,遂一力求新,丑诋其故老,放弃其前载,惟新之从。余谓从之诚是也,顾必谓西人之凤行凤言,悉新于中国者,则亦誉人增其义、毁人益其恶耳。英文家之哈葛得,诗家之莎士比,非文明大国英特之士耶?顾吾尝译哈氏之书矣,禁蛇役鬼,累累而见。莎氏之诗,直抗吾国之杜甫,乃立义遣词,往往托象于神怪。西人而果文明,则宜焚弃禁绝,不令浍世知识。然证以吾之所闻,彼中名辈,耽莎氏之诗者,家弦户诵,而又不已,则付之梨园,用为院本。士女联襼而听,欷歔感涕,竟无一斥为思想之旧,而怒其好言神怪者,又何以故?夫彝鼎樽罍,古绿斑驳,且复累重,此至不适于用者也。而名阀望胄,毋吝千金,必欲得而陈之。亦以罗绮纨豢,生事所宜有者,已备足而无所顾恋;于是追躅古踪,用以自博其趣。此东坡所谓"久餍膏粱,反思螺蛤"者也。盖政教两事,与文章无属。政教既美,宜泽以文章;文章徒美,无益于政教。故西人惟政教是务,赡国利兵,外侮不乘,始以余闲用文章家娱悦其心目。虽哈氏、莎氏,思想之旧,神怪之托,而文明之士,坦然不以为病也。余老矣,既无哈、莎之通涉,特喜译哈、莎之书。挚友仁和魏君春叔,年少英博,淹通西文,长沙张尚书既领译事于京师,余与魏君适厕译席。魏君口述,余则叙致为文章。计二年以来,予二人所分译者,得三四种,《拿破仑本纪》为最巨本,秋初可以毕业矣。夜中余闲,魏君偶举莎士比笔记一二则,余就灯起草,积二十日书成,其文均莎诗之纪事也。嗟夫！英人固以新为政者也，而不废莎氏之诗。余今译《莎诗纪事》，或不为吾国新学家之所屏乎？《莎诗纪事》，传本至夥，互校颇有同异，且有去取。此本所收，仅二十则，余一一制为新名，以标其目。光绪三十年五月，闽县林纾序。

1904年商务印书馆版《英国诗人吟边燕语》

《新新小说》叙例

侠 民

小说有支配社会之能力，近世学者论之綦详，比年以来，亦稍知所趋重矣。故欲新社会，必先新小说；欲社会之日新，必小说之日新。小说新新无已，社会之革变无已，事物进化之公例，不其然欤？向顷所谓新者，曾几何时，皆土鸡瓦狗视之；而现顷代起之新，自后人视之，亦将如今之视昔也。使无规顷之新，则向顷之新，或五十步而止矣；使无后来之新，则现顷之新，或百步而止矣。吾非敢谓《新新小说》之果有以优于去岁出现之《新小说》也，吾惟望是编乙册之新于甲，丙册之新于乙；吾更望继是编而起者之尤有以新之也，则其有裨于人群岂浅鲜哉！条例如下：

（一）本报纯用小说家言，演任侠好义、忠群爱国之旨，意在浸润兼及，以一变旧社会腐败堕落之风俗习惯。

（二）本报文言、俚语兼用，但某种既用某体，则全编一律。

（三）本报或著或编，文笔务求疏畅，结构务求新奇，于悲快淋漓之中，描摹尽致，俾阅者可歌可泣，有心身易地之观。

（四）本报每期所刊，译著参半，至多不出七种，以免门类繁夥，东鳞西爪，令阅者有久待之憾。

（五）本报每月刊印一次，以月之初一日发行。

《大陆报》第二卷第五号（1904年）

《中国兴亡梦》自叙

侠　民

世事一梦幻也,人生与忧患俱来。攘攘熙熙,营营扰扰,若者为事业?若者为名誉?要之不过作暂时之消遣计耳。

痛哉!希望既绝之人,其无聊为尤甚。使不善自消遣,其走热之极端,或至发狂;其走冷之极端,或至厌世。吾惕之!吾惕之!吾尝自惜,吾百求其消遣之法而未之得。

围棋一消遣法也,而吾短于智,战辄败。饮酒一消遣法也,而吾狭于量,未沾唇,先醉倒。弹琴一消遣法也,而吾无静心。蹴球一消遣法也,而吾无好身手。蒲樗、叶子,吾厌其俗;吟诗、拍曲,吾厌其苦;昆腔、二簧、弋调、粤讴,吾厌其嚣;泼墨写生,作擘窠大字,吾厌其以玩好小技,常为人欺。走日本,游箱根,过印度,访佛迹,泛舟西湖,观瀑庐山,此高人韵士功成名就者之所谓消遣者矣,自问无此幸福;昼驰骏马,驾七香车,夜拥妖姬,列华筵,管弦嗷嘈,箸下千金,此时髦英俊牺牲国民者之所谓消遣者矣,自问无此能力。凡是云云,皆非所论于吾之消遣也。

吾恨不得炻弹,贯南北极,毁灭地球,一泄种种不平;又惜无风马云车,飞渡别一星球,吸新空气,以洗所沾染之龌龊习惯而恣吾乐也。

蒙西子以不洁,饰无盐以假面:有强权,无公理;有好恶,无是非;有私便宜,无公利益;有假声誉,无真价值。宇宙之大,人事之赜,几不见有一当意事,即不足求一消遣法。吾其终于发狂、终于厌世乎?形固可使如槁木,心固可使如死灰乎?虽然,诚槁木矣,仍有形也;诚死灰矣,仍有心也。即散为微尘,为阿屯,为不可思议之莫破,仍当著此世界,不能脱离以去。徬徨长夜中,吾不能无思,不能无动。无已,其惟以发狂而消遣吾之发狂,厌世而消遣吾之厌世矣!吾其热欤?吾欲饮冰。吾其冷欤?吾欲蒙裘。境随心造,象以境变,此中消息,利根众生自得之。

惟其如是,故宗教家有躯壳世界,有灵魂世界。吾求消遣于吾灵魂世界足矣。故时而造一甘境,则有余乐;时而造一苦境,则有余哀;时而造一爱境,则有余恋;时而造一怒境,则有余愤。时而作痛快想,则游侠之念生;时而作勇敢想,则敌忾之念生;时而作得意想,则觉高兴;时而作失意想,则觉颓唐。波谲云诡,百变千奇,吾乌知梦想之为实事,实事之为梦想也?吾之据以为消遣则一也。

具此魔力,而发表之,舍小说其奚择?舍著小说其又奚择?吾脑灵之所迷离,为若干事;吾梦魂之所颠倒,为若干事。过屠门而大嚼,虽不得肉,聊复快意。吾落笔时之忽乐忽哀忽恋忽愤忽痛快忽勇敢忽高兴忽颓唐者,未识读吾书者之亦乐亦哀亦恋亦愤亦痛快亦勇敢亦高兴亦颓唐否也。吾国人之至今日,其不处于希望之绝境者,盖亦几希。吾之以为乐也,必有与吾同其乐者;吾之以为哀也,必有与吾同其哀者;吾之以为恋、以为愤也,必有与吾同其恋、同其愤者;吾之以为痛快、为勇敢、为高兴、为颓唐也,必有与吾同其痛快、其勇敢、其高兴、其颓唐者。吾以是为消遣,又焉敢不举而献之吾同病者之前,而消遣其同病耶!世其有不发狂、不厌世者乎?则此编原狂夫之呓语也。若云商榷政见,或激发民气,此乃近时新学家之门面语,著者盖自等于优俳之流,敬谢不敏。著者志。

《新新小说》第一号(1904 年)

《侠客谈》叙言

冷　血

《侠客谈》无小说价值!

《侠客谈》之命意,无小说价值。何则?甚浅近。

《侠客谈》之立局,无小说价值。何则?甚率直,无趣味。

《侠客谈》之转折,无小说价值;《侠客谈》之文字,无小说价值。何则? 甚生硬,无韵,不文不俗,故《侠客谈》全无小说价值。

虽然,作《侠客谈》者亦甚悍过,亦有数言,以明阅《侠客谈》之价值,非好事者无阅我《侠客谈》之价值。

非初通文理略解人事之十四五岁少年,无阅我《侠客谈》之价值。

非有侠客思想者,无阅我《侠客谈》之价值。

非有侠客性情者,无阅我《侠客谈》之价值。

非好阅《游侠传》者,无阅我《侠客谈》之价值。

然则《侠客谈》必无一人过问。

虽然,作《侠客谈》者,亦不为无意。

《侠客谈》之作,为改良人心、社会之腐败也,故其种类不一。《侠客谈》之作,为少年而作也。少年之耐性短,故其篇短;少年之文艺浅,见解浅,故其义、其文浅;少年之通方言者少,故不用俗语;少年之读古书者少,故不用典语。

或曰:此乃作者文过之谈。

谈者记

《新新小说》第一号(1904年)

《世界奇谈》叙言

冷 血

春风,一境也;秋雨,一境也。山清水秀,一境也;波涛汹涌,一境也。朝起闻鲜花,一境也;夜半看大火,一境也。与妻子同饮,一境也;与兵卒共冒霜雪,一境也。坐安乐椅,一境也;行崎岖山道,一境也。窗头弄猫,一境也;山间猎猛虎,一境也。听莺啼燕语,一境也;被人呼叱,一境也。作娇婿,一境也;坐黑牢暗狱,一境也。读《红楼梦》,一境也;读《水浒》,一境也。读《西厢》,一境也;读《西游记》,一境也。读《茶花女遗事》,一境也;读《包探案》,一境也。天下之境无尽止,天下之好探境者亦无尽止。我愿共搜索世界之奇境异境,以与天下好探新境者共领略。我乃采译《世界奇谈》。

谈者记

《新新小说》第一号(1904年)

《菲猎滨外史》自叙

侠　民

　　菲猎滨人,为近顷亡国健者。其一轭于西,再轭于美,频年血战,两当强大国之冲,内颠多年之异族政府,外抗甘言之野心劲敌,弹丸黑子,志不稍屈,力竭势穷,愿举全岛为焦土,遂使"菲猎滨"三字之价值,辉耀于全世界,固一时之雄杰哉！虽顿遭挫折,然其民族之强武,学艺之精邃,文明程度,已彬彬乎达于共和自治之域;其视吾东方病夫,任人宰割,犹复谓他人父,忝颜事仇者,固未可同日语也。居尝钦其侠勇,又以同病之故,感念益深。比时东西报纸,争纪其事;余方奔走黄海间,颇复有所闻睹。胜败荣辱,每视所传述以为欣戚,有不知其然者;少年热血,恒思有以助之,而力不逮为恨。激励之余,遂有庚子。飘蓬以来,亦尝晤其亡客,得闻二三豪杰之轶事矣。酒酣耳热,往事如梦,既念逝者,行亦自悲,盖不禁其涕之何从也。东鳞西爪,每思贡诸社会,终以未得精确之考证,道听途说,转恐贻讥大雅。且以谫陋如余,又何敢厕诸作者之林,以重诬吾国之文学界耶？乃久之而声光戢然。余怀所欲陈者,又十倍于囊时。偾辕驽马,触境堪伤。失望之余,而崇拜歆羡之心,因以转炽。如痒在背,不搔不得;如鲠在喉,不吐不快。溽暑休假,辄与同学数君子,就树阴深处,解襟当风,一话其事。齐东之言,固亦足以消永昼也。夜阑不寐,以小说体逐晚记之。信笔写去,是泪是墨,是人是我,模糊影响,即著者亦不暇自辨。若必征诸文献,绳其愆缪,则一代历史家之责任,非所论于稗官者矣。甲辰仲夏著者识。

《新新小说》第一号(1904年)

《新新小说》特白

本报发始,不过为一二友人戏作。后为见者怂恿,因以付刊,故一切定名等类,皆近游戏。现虽仍旧不背此义,然自本期始,已筹足资本,认定辑员,按期印行,不再稍误。且本报拟定以十二期为一结束,十二期中,必将期中所出各书,先后出毕,至十二期后,乃再出他书。又以十二期为一主义,如此期内,则以侠客为主义,故期中每册,皆以侠客为主,而以他类为附;至十二期后,乃再行他主义。凡此数语,皆当预告,以代信誓。

《新新小说》第三号(1904年)

《女娲石》叙

卧虎浪士

海天独啸子以学期试验之暇,谓我曰:余将作一小说,名之曰《女娲石》,君以为何如?余曰:请道其故。海天独啸子曰:我国小说,汗牛充栋,而其尤者,莫如《水浒传》《红楼梦》二书。《红楼》善道儿女事,而婉转悱恻,柔人肝肠。读其书者,非入于厌世,即入于乐天,几将曰英雄气短,儿女情长矣。是书也,余不取之。《水浒》以武侠胜,于我国民气,大有关系,今社会中,尚有余赐焉。然于妇女界,尚有余憾。我国山河秀丽,富于柔美之观,人民思想,多以妇女为中心。故社会改革,以男子难,而以妇女易。妇女一变,而全国皆变矣。虽然,欲求妇女之改革,则不得不输其武侠之思想,增其最新之智识。此二者皆小说操其能事,而以戏曲歌本为之后殿,庶几其普及乎?今我之小说,对于我国之妇女者有二,对于世界者有二:

一、我国妇女富于想象力、富于感化力。

一、我国上等社会女权最重。

是二者皆于国民有绝大之关系。今我国女学未兴,家庭腐败,凡百男子,皆为之钳制,为之束缚。即其显者言之,今之梗阻废科举,必欲复八股者,皆强半妇女之感念也。此等波及于政治界者,何可胜数？外则如改易服制,我国所万不能。其不能之故,则又妇女握其权也。况乎家庭教育不兴,未来之腐败国民,又制造于妇女之手。此其间非荡扫而廓清之,我国进化之前途可想象乎？对于世界者何？曰：

今世界之教育经济,皆女子占其优势。各国妇女势力,方膨胀于政治界,而我国之太太小姐,此时亦不可不出现于世。

各国革命变法,皆有妇女一席。我国今日,亦不可不有阴性之干预。

是二者,则以世界之观感,而密接于我国家。我国今日之国民,方为幼稚时代；则我国今日之国女,亦不得不为诞生时代。诞生之,阿保之,壮大而成立之,则又女教育家、小说家操其能事也。余曰：善。可谓先获我心矣。愿闻君想象中之小说,趋向之迹。海天独啸子曰：是亦难言。余将欲遍搜妇女之人材,如英俊者、武俊者、伶俐者、诙谐者、文学者、教育者撮而成之,为意泡中之一女子国。余曰：善,善。甫瞬十日,遂手甲卷以示余。余阅之,抚掌大笑曰：我等须眉为之丧气矣。乃稍一批评,并志弁言于卷端。

1904年东亚编辑局版《女娲石》

《女娲石》凡例

海天独啸子

一、近来改革之初,我国志士,皆以小说为社会之药石。故近日所出小说颇多,皆傅以伟大国民之新思想。但其中稍有缺憾者,则其论议多而事实少也。是篇力反其弊,凡于议论,务求简当,庶使阅者诸君,不致生厌。

一、小说欲其普及,必不得不用官话演之。鄙人生长边陲,半多方语。虽力加效颦,终有夹杂支离之所,幸阅者谅之。

一、鄙人生性愚鲁,不学无术,一切书籍,瞠目未睹。或其中所用理想,太属荒唐;所演事实,强半谬戾,幸阅者诸君纠正之。

一、我国古来小说,多有名家,但其经营之日必久,致志之力必专。鄙人以学期试验之暇,勉加从事,其疵戾之多,自不言而喻,幸阅者原谅。

一、此书题目太大,卷帙必多,今以甲卷先行出版,以后出书,陆续印刷,以供阅者。

1904年东亚编辑局版《女娲石》

1905 年

《黄绣球》评语(选录)

二 我

(第一回)论小说位置家之言曰:小说者,觉世之文也,宁繁无简;又小说有熏、浸、刺、提四诀。作者本此意以述之,期乎不背其说。合全书观之,当亦可以支配人道,使阅者豁目爽心。

(第二回)凡结撰理想小说,与专就一人已有之事迹演成者不同。已有之事迹,或以简括胜,必须开头一二回便写正文。凭空结撰者,则须曲折而赴,取势于前,不可入手发泄尽净。且即叙已有之事迹,入手便说尽者,亦无意味,非必上乘之法也。

作小说以一人代数人说话,得神最难,接缝斗笋尤难。必处处起一开头,则断续不成法,即不然,处处费力着迹,亦不成文。此作铺叙之间,要皆脉接筋连,一无娇〔矫〕强。

(第四回)长篇中每着一二筋节语,即是关合全书大旨,与全书所注点者。其余关合上文、涵蓄下文之处,亦当于筋节求之,勿草草看过。

《新小说》第十五号(1905年)

(第十一回)作文不喜平,作演义何莫不然?然使支节太多,便苦头绪繁重,顾此失彼,罣一漏万,非脱笋,即断气。此则回峦叠峰,邱壑环生,不露峥嵘之形,而自尽曲折之妙。故书至第十一回,尚未入正文蹊径,却处处蓄有正文形势。此岂乱堆石子者所能?

《新小说》第十八号(1905年)

论白话小说

姚鹏图

比年以来，各省渐设官报，而各种报章，尚不能一一发达，谅以阅报者少，开办不易，进步遂迟。唯白话报则各省颇有增设者，虽或作或辍，而风气丕变，已有端倪。此固有心兴国者，所当引以为喜也。诚以白话报之足以动人，犹之小说。《四库》著录各书，说部所载甚夥，从来遗闻逸事，正史所不载者，往往赖小说而存。盖体非严整，则著书者易于为功；言杂庄谐，则读书者乐于终卷。此即今通俗史之权舆也。《唐代丛书》，皆唐人小说；《说郛》，多宋、元人小说；《昭代丛书》、别集，多国朝人小说。文人学士，茶畔酒余，手执一编，凭几披阅，既征故事，复资谈嚄〔噱〕，流被甚广，家有一编，由来久矣。至如《三国衍〔演〕义》，则意在尊王；《东周列国志》，则檃括史事；其余作者如《儒林外史》之描写文人，《镜花缘》则颇传经术，皆各有所长，艺林久重。然则小说一门，除海盗海淫诸书，必宜禁绝，余固人世间大有益之文字，士君子之所当研究者也。今者变易其体而为报，长篇短简，随著随刊，既省笔墨之劳，又节刊印之资，而阅者又无不易终篇之憾，其法最善，其效易著。盖小说至今日，虽不能与西国颉颃，然就中国而论，果已渐放光明，为前人所不及料者也。今日之白话报，即所谓通俗文，而小说家之流也，其为启迪之关键，果已为国人所公认。上海各报林立，而《申报》为最先。自有《申报》以来，市肆之佣夥，多于执业之暇，手执一纸读之。中国就贾之童，大都识字无多，文义未达。得《申报》而读之，日积月累，文义自然粗通，其高者兼可稍知世界各国之近事。乡曲士人，未必能举世界各国之名号；而上海商店佣夥，则类能言之，不诧为海外奇谈。是读《申报》之效，远胜于《神童诗》《百家姓》及高等汉文诸书，已有明验。是以《申报》之腐败，虽亦见讥于士林，而各埠商家，既震于老大报馆之声名，又中于一成不易之锢习，阅之者尚多，销路至今未减。平心而论，不得谓

《申报》之无益于启蒙也。然《申报》文例，却非白话，不过浅近易解耳。凡文义稍高之人，授以纯全白话之书，转不如文话之易阅。鄙人近年为人捉刀，作开会演说、启蒙讲义，皆用白话体裁，下笔之难，百倍于文话。其初每倩人执笔，而口授之，久之乃能搦管自书。然总不如文话之简捷易明，往往累牍连篇，笔不及挥，不过抵文话数十字、数句之用。固自以为文人结习过深，断不可据一人之私见，以议白话之短长也。尝闻日本盛倡言文一致之议，其风甚炽。偶从彼中学人论之，问以言文一致之法，从何入手，则曰："第一须统一语言，乃能立改良文字之基础。"问以改良文字当如何，曰："以浅近易晓为目的。"问以语言何能统一，曰："变易不可训诂之下等方言，使之入于高等，略如中国之官话，日本之东京话，便能渐归一致。吾国二十年前之言语，与今日大异，今所用乃改良之语言。昔时萨摩人不能与东京人对谈，今已无语言不通之弊，唯音稍异耳。"予乃谓之曰："如君言则言文一致者，乃文字改为浅近，言语改为高等，以两相凑合；非强以未经改良之语言，即用为文字也。"曰："君诚解人哉！两人交好，必此往而彼来。若一来而一不往，则为天下必无之理，安能冀其意气之吻合哉！若贵国人之主张白话者，直废弃文字而已。文字者，事物之记号，政治、实业之关键也。今欲废弃文字而专重白话，吾恐未受白话之益，先被废弃文字之害，如之何其可哉！"又曰："语言之改良，第一须人之识字，乃能日趋于高等之程度。若识字之人数，不能加增，则虽有通俗文，依然如瞽人之辨色，何能收效耶？"予闻其言，为之大悟，因著此篇，以告当世，倘亦有采于刍荛。

  去年某君赴日本，于南中觅一译人，年五十余，旅居大阪者二十年，归国亦二十年矣。及至长崎，则不能与日人通款曲；至东京，更不能传译。尝怪其东语虽非高等，何竟不能相通至此。今以日人之论证之，乃知日本之言语，近已大变，宜乎离彼二十年之南人，不能胜舌人之任也。附记于此，以为言语必可改良之一证。

《广益丛报》第六十五号（1905 年）

《苦社会》序

漱石生

小说之作,不难于详叙事实,难于感发人心;不难于感发人心,难于使感发之人读其书不啻身历其境,亲见夫抑郁不平之事,流离无告之人,而为之掩卷长思,废书浩叹者也。是则此《苦社会》一书可以传矣。夫是书作于旅美华工,以旅美之人述旅美之事,固宜情真语切,纸上跃然,非凭空结撰者比。故书都四十八回,而自二十回以后,几乎有字皆泪,有泪皆血,令人不忍卒读而又不可不读。良以稍有血气,皆爱同胞,今同胞为贫所累,谋食重洋,即使宾至如归,已有家室仳离之慨,况复惨苦万状,禁虐百端,思归则游子无从,欲留则楚囚饮泣。此中进退维谷,在作者当有无量难言之隐,始经笔之于书,以为后来之华工告,而更为欲来之华工警,是诚人人不忍卒读之书,而又人人不可不读之书也。书既成,航海递华,痛其含毫邈然时,不知挥尽几升血泪也。因为著书者序其大旨如此。光绪乙巳七月漱石生序。

1905 年申报馆版《苦社会》

《仇史》凡例八条

痛哭生第二

一、是书专欲使我四万万同胞洞悉前明亡国之惨状,充溢其排外思想,复我三百馀年之大仇,故名曰《仇史》。

一、是书乃继《痛史》而作。我佛山人之著《痛史》,伸庄论,寓微言,盖欲我民族引古鉴今,为间接之感触。乌乎!今祸亟矣,眉睫之间,断非间接之激刺所能奏效。故鄙人焦思苦虑,振笔直书,极力描写本族之丧心病狂与异族之野蛮狂悖。言者无罪,闻者可兴。其或能成《自由魂》《革命军》之价值欤？是则鄙人与阅者诸君所同深望也。

一、是书以明神宗万历年间，汉奸范文程投满起，至永历帝二十二年，台湾郑克塽降清止，为汉族死生存亡、颠扑起灭之一大惨剧。

一、是书之作，悉根据参考于万季野《明史稿》《明季稗史》《荆驼逸史》《永历实录》《南都新录》《胜朝遗事》《清史纪略》《清秘史》诸书，间有附会，仍重借题发挥，于本来面目，毫末无损，阅者谅之。

一、鄙人江海奔驰，茫无定所，而且末学浅识，人微言轻，其能供阅者之目与否，故不暇顾，惟动此善念，不敢不言。或议论，或文辞，或钞录原篇，或另出己意，未遑详注，阅者巨眼，自能明辨也。

一、是书中涉于诗歌、言论、章奏、书牍等件，皆另行提出，低二格写录，以使阅者易于醒目，不致生厌。

一、鄙人孤陋寡闻，精神有限，恐多挂漏，未及周知。如阅者诸君，熟于明季逸事，能不时惠函告我，尤为感谢之至（惠函即请寄交本社通讯处代收）。

一、是书命题既大，卷帙必多，全书告成，未敢尅以时日，惟当陆续印出，以餍阅者之望耳。

《醒狮》第一期(1905 年)

《迦茵小传》小引

林　纾

余客杭州时，即得海上蟠溪子所译《迦茵小传》，译笔丽赡，雅有辞况。迨来京师，再购而读之，有天笑生一序，悲健作楚声，此《汉书·扬雄传》所谓"抗词幽说，闲意眇旨"者也。书佚其前半篇，至以为憾。甲辰岁译哈葛德所著《埃司兰情侠传》及《金塔剖尸记》二书，则《迦茵全传》赫然在《哈氏丛书》中也，即欲邮致蟠溪子，请足成之，顾莫审所在。魏子冲叔告余曰："小说固小道，而西人通称之曰文家，为品最贵，如福禄特尔、司各德、洛加德及仲马父子，均用此名世，未尝用外号自隐。蟠溪子通赡如此,至令人莫详其里居姓氏,殊可惜也。"因请余补译其书。嗟夫!向秀犹生,郭象岂容窜稿;崔灏在上,李白奚用题诗!特哈书精美无伦,不忍听其沦没,遂以七旬之力译成,都十三万二千言;于蟠溪子原译,一字未敢轻犯,示不掠美也。佛头著粪,狗尾续貂。想二君都在英年,当不嗤老朽之妄诞也。畏庐林纾书于京师春觉斋。

1905 年商务印书馆版《迦茵小传》

《英孝子火山报仇录》序

林 纾

吾先哲有言,圣人人伦之至也。林纾曰:人伦之至归圣人,安得言一圣人外无人伦?宋儒严中外畛域,几秘惜伦理为儒者之私产。其貌为儒者,则曰:"欧人多无父,恒不孝于其亲。"辗转而讹,几以欧洲为不父之国。间有不率子弟,稍行其自由于父母教诲之下,冒言学自西人,乃益证实其事。于是吾国父兄,始疾首痛心于西学,谓吾子弟宁不学,不可令其不子。五伦者,吾中国独秉之懿好,不与万国共也,则学西学者,宜皆屏诸名教外矣。呜呼!何所见之不广耶?彼国果无父母,何久不闻有商臣元凶劭之事?吾国果自束于名教,何以《春秋》之书弑者踵接?须知孝子与叛子,实杂生于世界,不能右中而左外也。今西学流布中国,不复周遍,正以吾国父兄斥其人为无父,并以其学为不孝之学,故勋阀子弟,有终身不近西学,宁钻求于故纸者。顾勋阀子弟为仕至速,秉政亦至易。若秉政者斥西学,西学又乌能昌!余非西学人也,甚悯宗国之蹙;独念小说一道,尚足感人。及既得此书,乃大欣悦,谓足以告吾国之父兄矣。

书言孝子复仇,百死无惮,其志可哀,其事可传,其行尤可用为子弟之鉴。盖人莫不冒利而怖死。孝子已拥资累巨万,则尽弃弗恤,再厄于水,两厄于刀,瘟疫拷掠,靡所不尝,势皆可死,而坚持母仇必复之志。又幸皆不死,仇卒以复。此又颜习斋之所不及矣。事迹繁重,吾序不能备举。今但问世之君子:吾身重耶？吾亲重耶？吾宁忘仇而享素封正耶？因复仇而弃其资产正耶？则将曰:亲重，报仇正。然则有是二者，足为名教中人，可无怫于伦理矣！则将曰然。然则此事出之西人，西人为有父矣，西人不尽不孝矣，西学可以学矣。呜乎！封一隅之见，以沾沾者概五洲万国，则盲论者之言也。虽然，吾译是书，吾意宁止在是哉！忠孝之道一也。知行孝而复母仇，则必知矢忠以报国耻。若云天下孝子之母，皆当遇不幸之事，吾望其斤斤于复仇，以增广国史孝义之传，为吾国光，则吾书不既偾乎？盖愿世士图雪国耻，一如孝子汤麦司之图报亲仇者，则吾中国人为有志矣！大清皇帝光绪三十一年四月，闽县林纾畏庐父序于都下望瀛楼。

1905年商务印书馆版《英孝子火山报仇录》

《美洲童子万里寻亲记》序

林　纾

宋朱寿昌去官寻母，苏诗纪之，顾朱氏不自为记也。明周蓼洲之公子奔其父难，记则门客为之，公子亦未尝自记。则《万里寻亲记》为余所见者，仅瞿、翁两孝子而已。然入于青年诸君之目中，则颇斥其陈腐，以一时议论方欲废黜三纲，夷君臣，平父子，广其自由之涂辙。意君暴则弗臣，父虐则不子。嗟夫！汤、武之伐桀、纣，余闻之矣；若虞舜、伯奇，在势宜怼其父母，余胡为未之前闻？顾犹曰支那野蛮之俗，故贤子恒为虐亲所制。西人一及胜冠之后，则父母无权焉，似乎为子者均足以时自远其亲。而余挚友长乐高子益而谦，孝友人也，曾问学于巴黎之女士。迨子益归，而女士贻书子益，言父母皆老，待养其身，势不能事人，将以弹琴、授书活其父母；父母亡，则身沦弃为女冠耳。余闻之恻然，将编为传奇，歌咏其事。旋膺家难，久不填词，笔墨都废。洎来京师，忽得此卷，盖美洲十一龄童子，孺慕其亲，出百死奔赴亲侧。余初怪骇，以为非欧、美人，以欧、美人人文明，不应念其父子如是之切。既复私叹父子天性,中西初不能异,特欲废黜父子之伦者自立异耳。天下之理,愚骏者恒听率狡黠者之号令。彼狡一号于众曰:泰西之俗,虽父子亦有权限,虐父不能制仁子,吾支那人一师之则自由矣。嗟夫!大杖则逃,中国圣人固未尝许人之虐子也。且父子之间不责善,何尝无自由之权?若必以仇视父母为自由,吾决泰西之俗万万不如是也。余老而弗慧,日益顽固,然每闻青年人论变法,未尝不低首称善。惟云父子可以无恩,则决然不敢附和,故于此篇译成,发愤一罄其积。光绪三十年七月既望,闽县林纾畏庐序于京师寓楼。

1905年商务印书馆版《美洲童子万里寻亲记》

《斐洲烟水愁城录》序

林 纾

陶潜恶刘寄奴之将篡晋,乃有《桃花源》之作,尽人均知其为寓言也。而余独怪宋之王明清作《投辖录》,谓祥符中,真宗皇帝招群臣入别殿假山下小洞中,忽而天宇豁然,千峰百嶂,杂花流水,与二道士款洽欢宴而出。明清且自云闻诸欧阳文忠。文忠生平颇不言神仙事,而明清何为有此语?然则尤寓言中之无谓者耳。余四十以前,颇喜读书,凡唐宋小说家,无不搜括,非病沿习,即近荒渺,遂置勿阅。近年与曾、魏二生相聚京师,乃得稍谈欧西小说家言,随笔译述,日或五六千言,二年之间,不期成书已近二十余种。是译又《哈氏丛书》中之一也。

哈氏所遭蹇涩,往往为伤心哀感之词以写其悲。又好言亡国事,令观者无欢。此篇则易其体为探险派,言穷斐洲之北,出火山穴底,得白种人部落,其迹亦桃源类也。复盛写女王妒状,遂兆兵戈,语极诙谲。且因游历斐洲之故,取洛巴革为导引之人。书中语语写洛巴革之勇,实则语语自描白种人之智。书与《鬼山狼侠传》似联非联,斩然复立一境界,然处处无不以洛巴革为针线也。

余译既,叹曰:西人文体,何乃甚类我史迁也!史迁传大宛,其中杂沓十余国,而归氏本乃联而为一贯而下。归氏为有明文章巨子,明于体例,何以不分别部落,以清眉目,乃合诸传为一传?不知文章之道,凡长篇巨制,苟得一贯串精意,即无虑委散。《大宛传》固极绵褫,然前半用博望侯为之引线,随处均着一张骞,则随处均联络。至半道张骞卒,则直接入汗血马。可见汉之通大宛诸国,一意专在马;而绵褫之局,又用马以联络矣。哈氏此书,写白人一身胆勇,百险无惮,而与野蛮拼命之事,则仍委之黑人,白人则居中调度之,可谓自占胜著矣。然观其着眼,必描写洛巴革为全篇之枢纽,此即史迁联络法也。文心萧闲,不至张皇无措,斯真能为文章矣!至所云从火山之底复辟世界,事之荒怪,尤奇于陶潜及王明清所记者。顾西人之书,必稍有根据,始肯立言。其书言苏伟地之立国,谓昔有十族人出探天下之新地,均亡而不返,谓此新世界即属十族人之苗裔,又谓为波斯人云云,则又近我中国徐市楼船之说矣。

综而言之,欧人志在维新,非新不学,即区区小说之微,亦必从新世界中着想,斥去陈旧不言。若吾辈酸腐,嗜古如命,终身又安知有新理耶?书成,仍循探险小说例,名之曰《烟水愁城录》。愁城者,书中所有者也,较之桃源及别殿之洞天,盖别开一境界矣。

光绪三十一年七月六夕,闽县畏庐林纾序于京师望瀛楼。

1905年商务印书馆版《斐洲烟水愁城录》

《鬼山狼侠传》叙

林 纾

畏庐曰:余前译《孝子火山报仇录》,自以为于社会至有益也。若是书奇谲不伦,大弗类于今日之社会,译之又似无益。不知世界中事,轻重恒相资为用。极柔,无济也,然善用之,则足以药刚;过刚,取祸也,然善用之,又足以振柔。此书多虐贼事,然盗侠气概,吾民苟用以御外侮,则于社会又未尝无益,且足以印证古今之风俗。宋孟珙《蒙鞑备录》曰：凡占吉凶，每用羊胛骨。而是书中言神巫占卜，则亦用牛骨也。文惟简《虏廷事实》曰：富贵之家，人有亡者，取其肠胃，实以热盐，而是书言腌尸，亦用盐也。其尤奇者，苏噜杀人之烈，乃一一如《蜀碧》之记张献忠。查革自戕其子，则与《汉书·孝成赵皇后传》中所记，又无异也。余最服班孟坚记赵昭仪，以绿绨方底，取牛官令舍妇人新产儿。凡两戮儿，一写绿绨方底，一写绿囊书，曲折幽闷，为好手稗官百摹不能一及。今此书写魔波存儿事，情事亦至曲折，余间以《汉书》法写之，虽不及孟坚之高简劲折，而吾力亦用是罢矣。凡以上所言，均非是书精神所在。是书精神，在狼侠洛巴革。洛巴革者，终始独立，不因人以苟生者也。大凡野蛮之国，不具奴性，即具贼性。奴性者，大酋一斥以死，则顿首俯伏，哀鸣如牛狗，既不得生，始匍匐就刑，至于凌践蹴踏，惨无人理，亦甘受之，此奴性然也。至于贼性，则无论势力不敌，亦必起角，百死无馁，千败无怯，必复其自由而后已。虽贼性至厉，然用以振作积弱之社会，颇足鼓动其死气。故西人说部，舍言情外，探险及尚武两门，有曾偏右奴性之人否？明知不驯于法，足以兆乱，然横刀盘马，气概凛烈，读之未有不动色者。吾国《水浒》之流传，至今不能漫灭，亦以尚武精神足以振作凡陋。须知人心忍辱之事，极与恒性相戾。苏味道、娄师德，中国至下之奴才也，火气全泯，槁然如死人无论矣。若恒人者，明知力不能抗无道，然遇能抗无道之人，未尝不大喜；特畏死之心胜，故不敢出身与校。其败类之人，则茹柔吐刚，往往侵蚀稚脆，以自鸣其勇。如今日畏外人而欺压良善者是矣。脱令枭侠之士，学识交臻，知顺逆，明强弱，人人以国耻争，不以私愤争，宁谓具贼性者之无用耶？若夫安于奴，习于奴，恢恢若无气者，吾其何取于是？则谓是书之仍有益于今日之社会可也。闽县林纾叙。

1905 年商务印书馆版《鬼山狼侠传》

《撒克逊劫后英雄略》序

林　纾

伍昭扆太守至京师,访余于春觉斋,相见道故,纵谈英伦文家,则盛推司各德,以为可侪吾国之史迁。顾司氏出语隽妙,凡史莫之或逮矣。余适译述此篇,即司氏书也,故叩太守以所云隽妙者安指。太守曰:"吾稔读《吕贝珈传》,中叙壳漫黑司得善射,乃高于养叔,吾已摭拾其事入英文课本矣。"余大笑,立检此稿示太守,自侈与太守见合。太守亦大喜,翻叩余以是书隽妙所在,趣余述之。余曰:"纾不通西文,然每听述者叙传中事,往往于伏线接笋变调过脉处,大类吾古文家言。若但以是书论,盖有数妙:古人为书,能积至十二万言之多,则其日月必绵久,事实必繁夥,人物必层出;乃此篇为人不过十五,为日同之,而变幻离合,令读者若历十余稔之久,此一妙也。吾闽有苏三其人者,能为盲弹词,于广场中,以相者囊琵琶至,词中遇越人则越语,吴人、楚人则又变为吴、楚语。无论晋、豫、燕、齐,一一皆肖,听者倾靡。此书亦然,述英雄语,肖英雄也;述盗贼语,肖盗贼也;述顽固语,肖顽固也。虽每人出话,恒至千数百言,人亦无病其累复者,此又一妙也。书中主义,与天主教人为难,描写太姆不拉壮士,英姿飒爽,所向无敌,顾见色即靡,遇财而涎,攻剽椎埋,靡所不有;其雅有文采者,又谲容诡笑,以媚妇人;穷其丑态,至于无可托足,此又一妙也。《汉书·东方曼倩传》叙曼倩对侏儒语及拔剑割肉事,孟坚文章,火色浓于史公,在余守旧人眼中观之,似西文必无是诙诡矣。顾司氏述弄儿汪霸,往往以简语泄天趣,令人捧腹;文心之幻,不亚孟坚,此又一妙也。且犹太人之见唾于欧人久矣,狗斥而奴践之,吮其财而尽其家,欧人顾乃不怜,转以为天道公理之应尔。然国家有急,又往往假资于其族,春温秋肃之容,于假资还资时,斗变其气候。犹太人之寓欧,较幕乌为危,顾乃知有家,而不知有国,抱金自殉,至死不知国为何物。此书果令黄种人读之,亦足生其畏惕之心,此又一妙也。包本王裔之于拿破仑,漆身吞炭,百死无恤,又日为秦廷之哭;英、俄怜之,挟以普、奥之怒,因得复辟。虽为祚弗修,其复仇念国之心,可取也。今书中叙撒克逊王孙,乃嗜炙慕色,形如土偶,遂令垂老亡国之英雄,激发其哀厉之音,愚智互形,妍媸对待,令人悲笑交作,此又一妙也。吕贝珈者,犹太女郎也,洞明大义,垂青英雄,又能以坚果之力,峻斥豪暴,在犹太中,未必果有其人。然司氏既恶天主教人,特高犹太人以摧践之,文心奇幻,此又一妙也。华德马者,合贾充、成济为一手者也,其劝喻诸将,虽有狡诈者,亦将为之动容。天下以义感人,人固易动,从未闻用篡窃之语宣之广众,竟似节节可听者;则司氏词令之美,吾不测其所至矣,此又一妙也。"综此数妙,太守乃大曩余论。惜余年已五十有四,不能抱书从学生之后,请业于西师之门;凡诸译著,均恃耳而屏目,则真吾生之大不幸矣。西国文章大老,在法吾知仲马父子,在英吾知司各德、哈葛德两先生;而司氏之书,涂术尤别。顾以中西文异,虽欲私淑,亦莫得所从。嗟夫!青年学生,安可不以余老悖为鉴哉!

　　光绪三十一年七月六夕,闽县林纾畏庐甫叙于春觉斋。

1905年商务印书馆版《撒克逊劫后英雄略》

《鲁滨孙漂流记》序

林　纾

　　吾国圣人,以中庸立人之极。于是训者,以中为不偏,以庸为不易。不偏云者,凡过中失正,皆偏也。不易云者,夷犹巧避,皆易也。据义而争,当义而发,抱义而死,中也,亦庸也。若夫洞洞属属,自恤其命,无所可否,日对妻子娱乐,处人未尝有过,是云中庸,特中人之中,庸人之庸耳。英国鲁滨孙者,惟不为中人之中,庸人之庸,故单舸猝出,侮狎风涛,濒绝地而处,独行独坐,兼羲、轩、巢、燧诸氏之所为而为之,独居二十七年始返,其事盖亘古所不经见者也。然其父之诏之也,则固愿其为中人之中,庸人之庸。而鲁滨孙乃大悖其旨,而成此奇诡之事业,因之天下探险之夫,几以性命与鲨鳄狎,则皆鲁滨孙有以启之耳。然吾观鲁滨孙氏之宗旨,初亦无他,特好为浪游。迨从死中得生,岛居萧寥,与人境隔,乃稍稍入宗教思想,忽大悟天意有属,因之历历作学人语。然鲁滨孙氏初非有学,亦阅历所得,稍近于学者也。余读之,益悟制寂与御穷之道矣。制寂以心,御穷以力,人初以身犯寂,必焦蹶恼恐,凄然无所投附,非寂之能生此状也。后望无冀,前望无助,长日悾动,患与死濒,若囚之初待决然者。顾死因知决日之必至,则转坦易,而泽其容;正以无冀无助,内宁其心,安死而心转得此须斯之宅,气机发充,故容泽耳。鲁滨孙之困于死岸,初亦劳扰不可终日,既知助穷援绝,极其劳扰,亦无成功,乃敛其畏死之心,附丽于宗教。心既宅矣,遂大出其力,以自治其生。须知生人之心,有所寄则浸忘其忧。鲁滨孙日寓心于锹锄斧斤之间,夜复寓心于宗教,节节磨治,久且便帖,故发言多平恕。此讵有学问匡迪,使之平恕耶?严寂之中,无可自慰,遂择其不如我者,以自尊其我。天下人人无不有好高之心,抑人以自高,则高者慰矣。自外闻之,似喜其能降抑以为平恕,实则非平恕也,无聊反本之言也。迨二十七年后,鲁滨孙归英,散财发粟,赒赡亲故,未尝靳惜,部署家政,动合天理,较其父当日命彼为中庸者,若大进焉。盖其父之言,望子之保有其产,犹吾国宦途之秘诀,所谓"不求有功,但求无过"者也。鲁滨孙功既成矣,又所阅所历,极人世不堪之遇,因之益知人情之不可处于不堪之遇中,故每事称情而施,则真得其中与庸矣。至书中多宗教家言,似译者亦稍稍输心于彼教,然实非是。译书非著书比也。著作之家,可以抒吾所见,乘虚逐微,靡所不可;若译书,则述其已成之事迹,焉能参以己见?彼书有宗教言,吾既译之,又胡能讳避而铲鉏之?故一一如其所言。而吾友曾幼固宗巩亦以为然。幼固自少学水师业,习海事,故海行甚悉,且云探险之书,此为第一。各家叙跋无数,实为欧人家弦户诵之书,哲学家尤动必引据之者也。尚有续篇二卷,拟春初译之,今先书其缘起于此。大清光绪三十一年十月,闽县林纾畏庐父叙于京师望瀛楼。

1905年商务印书馆版《鲁滨孙漂流记》

《电术奇谈》附记

我佛山人

此书原译,仅得六回,且是文言。兹剖为二十四回,改用俗话,冀免翻译痕迹。

原书人名地名,皆系以和文谐西音,经译者一律改过。凡人名皆改为中国习见之人名字眼,地名皆借用中国地名,俾读者可省脑力,以免艰于记忆之苦。好在小说重关目,不重名词也。

书中间有议论谐谑等,均为衍义者插入,为原译所无。衍义者拟借此以助阅者之兴味,勿讥为蛇足也。

《新小说》第十八号(1905 年)

《神女再世奇缘》自序

周树奎

《神女再世奇缘》,即《长生术》之后传也。《长生术》前传,原书凡二十有八章,为英国文学巨子解佳所著。盖自托为何礼、立我二人之游记,而解氏自集其成云。此篇以小说为体,而淹有众长,盖实兼探险游记、理想、科学、地理诸门,而组织一气者也。出版后,大受欢迎,翻译者至八国之多,一时东西各国,风行殆遍。以是天下之人,几无不知有此书者,夫亦可以想见其价值矣。吾国译本,见戊戌《昌言报》中,为今驻韩公使、湘乡曾敬诒京卿广铨之手笔。书中所述种种怪诞不经之说,读之令人惊心怵目,骇魄动神,故乍睹之,罔不诧为虚妄。然而作者匠心独运,别具慧眼,亦有寓言八九,超凡绝俗,与禅理相表里者,而与近世科学,最有关系焉(《西游记》一书,作者之理想亦未尝不高,惜乎后人不竞,科学不明,故不能一一见诸实事耳。然西人所制之物,多有与之暗合者矣。如电话机之为顺风耳,望远镜之为千里眼,脚踏车之为风火轮之类,不胜枚举)。西儒有言曰:"朝为理想,夕成实事。"盖天下事,必先有理想,而后乃有实事焉。故彼泰西之科学家,至有取此种理想小说,以为研究实事之问题资料者,其重视之,亦可想矣。至在吾国,则此篇为译者早年之作,故译笔疏略,犹不逮原文之半;其意亦但以寻常小说目之,故国人亦但觉光怪陆离,奇幻悦目而已,鲜有措意于其命意者焉。虽然,吾国之事,大抵如此,不足怪也。如列子御风,发明可谓古矣。今外国已有空中飞艇之制,而回视吾国,则瞠乎未之有闻。科学不明,格致不讲,宜乎儒者于本国经史之外,几不复知有学矣。后之学者,其于科学,幸加之意焉(科学 Science 在西国与文学并重)。

至于《长生术》后传所述,则为神女复生以后之事,警幻奇特,较前传有过之,而无不及。盖神女临终,本有"朕貌虽变,瞬息即复美观。我必复生,我不诳汝"诸言世,今此卷即本其意,命之曰《神女再世奇缘》。按原书自出现以来,欧美各国,莫不争相购读,缮译恐后,诚近今最有价值之文字也。下走受读之余,虽略能得其精妙处,然自顾谫陋,辄不敢率尔操觚,自附译人之列。吾友同里吕子有斐,自瓮城旅次,遗书促译,至再至三,以为各国皆有译本,吾国不可独无。而南海吴君跰人,方自济南返沪,亦殷殷以译小说相属。于是辞不获已,妄为貂续。顾既草著者之小传,兼述前传之大略,乃复为书数语,弁诸卷首,诚以欲读此后篇者,不可不先知此事之缘始,及著者之历史也。压线之暇,匆匆草成,遗漏疏忽,或所不免。所望有道君子,匡而正之,幸孰甚焉!

甲辰除夕,上海周树奎桂笙甫书于知新室。

《新小说》第二十二号(1905年)

《京华艳史》第一回(节录)

中原浪子

……一部书甚长,慢慢说来,且说他首页的《序例》。

他说道，小说之有益于世道人心，是要将现在时势局面、人情风俗一切种种实在坏处一一演说出来，叫人家看得可耻可笑。又将我脑中见得到的道理，比现在时局高尚点子的，敷衍出来，叫人家看得可羡可慕。中间又要设出许多奇奇怪怪变化出没的局面，叫人家看得可惊可喜。还有许多妙处，许多难处，实在比正经著作难多了。

他说道，因此之故，所以有好些外国小说，不合中国人好尚的，不必翻译。新鲜名字，犹宜少用做中国小说。更不可当一篇政治策论读，开口见喉咙。

他说道，因此之故，要是有人肯进入中国一切种种的社会里头，将他一切种种的坏处，考查得逼真逼现，演说得可耻可笑，这人便是一尊救苦救难大慈大悲的活菩萨。因为菩萨法眼，无所不知也。

他说道，此书不过一生的小说著作里头起笔。这部小说，也不是那些什么科学小说、政治小说、侦探小说、军人小说之类，粗看起来，竟是一部嫖经，或是官场现形记，或是百美图说；仔细看起来，可以当中国现在北京秘史读。

《新新小说》第五号（1905年）

论小说与社会之关系

自小说有开通风气之说，而人遂无复敢有非小说者。

虽然，我今欲问小说果何为而能开通风气乎？解之者曰：小说之入人也易，故人咸乐观之；乐观之，故易传之。又曰：投其所好者，则人之听之也顺而易；拂其所不好者，则人之听之也逆而难。小说者，人人所共好者也，故易投之。然则我请为之申其意曰：小说之能开通风气者，有决不可少之原质二：其一曰有味，其一曰有益。有味而无益，则小说自小说耳，于开通风气之说无与也；有益而无味，开通风气之心，固可敬矣，而与小说本义未全也。故必有味与益二者兼俱之小说，而后始得谓之开通风气之小说，而后始得谓之与社会有关系之小说。此小说与社会关系之第一解也。

虽然,我尚欲问小说果何如而后始得谓之有味、有益乎?有味之说,解者固易:其立格也奇,其运思也巧,其遣词也绮丽明达。有益之说,论者各异矣。巧辨之士,固无一不可牵合之为有益也:记放纵之事,则曰养国民慷慨之气也;记委靡之事,则曰去国民粗暴之气也;记残酷之事,则曰恐我国民之性之不深刻也;记淫荡之事,则曰哀我国民之性之不活泼也。而其实施之于实事者,亦诚有如此者。凡有一事,正面视之而以为善者,背面观之而即以为恶。矫枉者,不能不过正;过正者,不能不有流弊。知其流弊,而用其矫正之术,是在提倡小说者之善察社会情形而已。此小说与社会关系之第二解也。

虽然,我尚欲问提倡小说者,于社会情形,如何体察之,而始得谓之善乎?我闻小说之所以有益于社会者,为其能损、益社会之过、不及,而剂之于平也。欲损、益其过、不及,当先知其过、不及。故提倡小说者之体察社会,体察社会人情之过、不及而已。知其过,而后能损;知其不及,而后能益。若不知其过、不及,而漫然损、益之,损其所不及,而益其所过,则是以水济水,以火济火,未见其益,而先蒙其害也。虽然,理更有进者。提倡小说者之当察社会之过、不及固矣,然而所谓过,所谓不及者,其端亦甚不一也。一国之中,智愚不齐,风土亦不一。甲以此为过焉者,乙或以彼为过;丙以此为不及焉者,丁或以彼为不及。民气当强也,又当静;民性当活泼也,又当有节。此非彼是,其说各执,而其理又难一矣,则惟当以国民最多之数,与乎时势最急之端,以及对于外界竞争最有用之三者,以为之准已耳。此小说与社会关系之第三解也。

知此三解,以提倡小说,小说固为开通风气之小说;不知此三解以提倡小说,小说或至为闭塞风气之小说。今者小说之出版,多于其他新书矣;爱阅小说者,亦甚于爱阅其他新书矣。小说影响之及于他日之社会,可断然言也。今日所出版之小说,果能一一有当于以上所言三解乎?窃谓今之投笔于小说界者,亦有三解在:其一固欲借此以开通风气也,其一则为名者也,其一则为利者也。夫为名为利,苟非木石,人安能免?第只为名利计,而一不为社会计,以开通风气之资,而致得闭塞风气之果,窃意提倡小说者,不能辞其咎也。心有所感,不嫌固陋,贡其所见如此,作小说与社会之关系论上。

小说与社会之有关系,前篇既略论之矣。然则当今日,而论我中国之社会,其于小说宜提倡之点,究当如何?试就我见所能及者,再略言其一二。

其一,当补助我社会智识上之缺乏。夫我社会所以沉滞而不进者,以科学上之智识,未足故也;以物质上之智识,未有经验故也。因之而安于固陋,入于迷信者,大半以此。若提倡小说者,而能含科学之思想,物质之经验,是则我社会之师也,我社会之受其益者当不浅。虽然,尤有一事。我社会之所以衰弱而无力者,以国家思想之薄弱也。以己与国家无关,国家与己无与也,故一听其腐败灭亡而无所顾。若提倡小说者,而能启发国家之思想,振作国家之精神,是亦我社会之指导者也,我社会之受其益,亦必不浅。我社会智识之缺乏,虽不一端,而今日所最宜补助者,莫如斯二者。

其一,当矫正社会性质之偏缺。夫我中国,土地不一,风俗不同,南北人之性质,判然各别。若欲矫正其偏缺,自非一端所能尽,然若论其大,实亦共本而同源。试再一一言其矫正者之所宜急,与夫性质之偏执者。其一曰深厚。夫性情之深厚,必由于智识之广博。以我社会若是之智识,而欲求其性情之深厚,不可得也。然若我国今日社会之浅薄,实有出于意料之外者:人只知有目前,而不顾日后;只知有一己,而不顾大局。此欺骗苟且之事所以日多,而人心所为不古。此恶劣之性质,宜急救药之,不然,将为夭折种族寿命之第一病根。其二曰精细。文明人之所以与非文明人相异者,文明人心思复杂,而非文明人心思简单也。白色人之所以与他色人相异者,白色人性情缜密,而他色人性情粗忽也。而我国人之粗忽性,又若天成者。不知事者,醉生梦死,知事者,奔走呼号而已;不任事者,百事不问,任事者,一发难收而已。知事者与不知事者,任事者与不任事者,至其究竟,皆不能成一事者,皆此粗忽之性,贼害之也。此恶劣之性质,又宜急救药之,不然,将为斫丧国家元气之第一病根。

更进而论之,则有二事:其一曰无复仇之风。夫复仇,天性也。孔子之教曰:君父之仇,勿与共戴天;兄弟之仇不同国。是孔教许人以复仇也。耶稣之教曰:复仇者,至公平者也。是耶教亦许人以复仇也。吴王三呼而败越,越人卧薪尝胆而沼吴。人民有复仇之精神,而后其国乃能无外侮。逆来而顺受,唾面而自干,苟无深心,徒招人侮。古人有言曰:夫人必自侮,而后人侮之。我得再进一义,以为之解曰:夫人必见侮于人而无所报,而后人得无所顾忌而争侮之。呼马应马,呼牛应牛,此我国人之普通性质也;其有不应者,亦表面上之自好者耳。此亦我社会性质之一大缺点。此恶劣之性质,亦宜急救药之,不然,将为降低人格之第一病根。其一曰无尚侠之风。夫我中国之所以腐败而各事不举者,以各种人于己所应为之事,不能尽力为之也。然又有一故,则以非己所应为之事,不肯仗义以为之也。而社会之性情,遂因之委靡而不振。譬如遇顺境,身所不能计深远、虑缜密者,人亦无有出而代为之计虑;又如遇逆境,身所不能亲为报仇者,人亦无有路见而代抱不平。夫天下之事,不过己事与人之事耳。己既不自振,人又不扶助,虽欲社会上事,有一不腐败而不可得也。此恶劣之性质,亦宜急救药之,不然,将为堕失人道之第一病根。

今使假定一事以明言之。一事之来也,其初以智识不若人故,茫然而不知之;其继一闻人发起,以性情粗忽故,轰然而交哄之;及事既入手,以谋虑不深远,故杂然而无所纪;既事稍见阻害,当事者无报复之思想,不与事者无扶助之心思,忽而中止,寂然而无闻,而其事遂长此而终右。此我社会所以每遇外事,而无一不败者也。

既论小说与社会,又于我国今日之社会,而述所见如此,作小说与社会之关系论下。

原载《时报》乙巳(1905年)五月二十七日、六月初八日,录自《东方杂志》第二卷第八期

论写情小说于新社会之关系

松 岑

伟哉!小说之有不可思议之力支配人道也。吾读今之新小说而喜,虽然,吾对今之新社会而惧。

吾欲吾同胞速出所厌恶之旧社会,而入所歆羡之新社会也,吾之心较诸译小说者而尤热。故吾读《十五小豪杰》而崇拜焉,吾安得国民人人如俄敦、武安之少年老成,冒险独立,建新共和制于南极也？吾读《少年军》而崇拜焉,吾安得国民人人如南美、意大利、法兰西童子之热心爱国,牺牲生命,百战以退虎狼之强敌也？吾读《秘密使者》而崇拜焉,吾安得国民人人如苏朗笏、那贞之勇往进取,夏理夫、傅良温之从容活泼,以探西伯利亚之军事也？吾读《八十日环游记》而崇拜焉,吾安得国民人人如福格之强忍卓绝,以二万金镑,博一千九百二十点钟行程之名誉也？吾读《海底旅行》《铁世界》而亦崇拜焉,使吾国民而皆有李梦之科学、忍毗之艺术,中国国民之伟大力可想也。吾读《东欧女豪杰》《无名之英雄》而更崇拜焉,使吾国民而皆如苏菲亚、亚晏德之奔走党事,次安、绛灵之运动革命,汉族之光复,其在拉丁、斯拉夫族之上也。吾又读《黑奴吁天录》而悲焉,谓吾国民未来之小影,恐不为哲尔治、意里赛而为汤姆也。吾又读《风洞山》(吾友吴瘿庵著,稿已写定,尚未出版)、《新罗马传奇》而泣且笑焉,谓吾国民将为第二之亡国,抑为第二之兴国,皆在不可知之数也。其他政治、外交(去年《外交报》,译英文多佳者)、法律、侦探、社会诸小说,皆必有大影响、潜势力于将来之社会无可疑焉。是故吾读今之新小说而喜,虽然,吾读今之写情小说而惧。

　　人之生而具情之根苗者,东西洋民族之所同;即情之出而占位置于文学界者,亦东西洋民族之所一致也。以两社会之隔绝反对,而乃取小说之力,与夫情之一脉,沟而通之,则文学家不能辞其责矣。吾非必谓"情"之一字,吾人不当置齿颊,彼福格、苏朗笏之艳伴,苏菲亚、绛灵之情人,固亦儿女英雄之好模范也。若乃逞一时笔墨之雄,取无数高领窄袖花冠长裙之新人物,相与歌泣于情天泪海之世界,此其价值,必为青年社会所欢迎,而其效果则不忍言矣。天下有至聪明之人,而受至强之迷信者,文明国之道德与法律是也。非独文明国然,彼观《游山》《拷火》《御碑亭》之剧本,与夫《聊斋志异》聂小倩、秋容、小谢之鬼史,或尝以见色不乱,反躬而自律焉。"南山有乌,北山张罗。""使君有妇,罗敷有夫。"凛然高义之言,其视宓妃、神女之赋,劝百而讽一者固殊矣。故吾所崇拜夫文明之小说者,正乐取夫《西厢》《红楼》《淞隐漫录》旖旎妖艳之文章,摧陷廓清,以新吾国民之脑界,而岂复可变本而加之厉也?夫新旧社会之蜕化,犹青虫之化蝶也,蝶则美矣,而青虫之蠋则甚丑。今吾国民当蜕化之际,其无以彼青虫之丑,而为社会之标本乎!曩者少年学生,粗识"自由""平等"之名词,横流滔滔,已至今日,乃复为下多少文明之确证:使男子而狎妓。则曰我亚猛着彭也,而父命可以或梗矣(《茶花女遗事》,今人谓之外国《红楼梦》);女子而怀春,则曰我迦因赫斯德也,而贞操可以立破矣(《迦因》小说,吾友包公毅译。迦因人格,向为吾所深爱,谓此半面妆文字,胜于足本。今读林译,即此下半卷内,知尚有怀孕一节。西人临文不讳,然为中国社会计,正宜从包君节去为是。此次万千感情,正读此书而起);精灵狡狯,惑媚男子,则曰我厄尔符利打也,而在此为闺女者,在彼即变名而为荡妇矣(《双线记》,一名《淡红金钢钻》)。欧化风行,如醒如寐,吾恐不数十年后,握手接吻之风,必公然施于中国之社会,而跳舞之俗且盛行,群弃职业学问而习此矣(西俗斗牌,颇通行于男女社会,此亦吾民俗所欢迎也)。吾东洋民族国粹,有大胜西人者数事:祖先之教盛行一也,降将不齿于军事二也;至男女交际之遏抑,虽非公道,今当开化之会,亦宜稍留余地,使道德法律得持其强弩之末以绳人,又安可设淫词而助之攻也!不然,而吾宁主张夫女娲之石,千年后之世界,以为打破情天、毒杀情种之助,谓须眉皆恶物,粉黛尽枯髅,不如一尘不染、六根清净之为愈也。又不然,而吾宁更遵颛顼(颛顼之教,妇人不避,男子于路者,拂之于四达之衢)、祖龙(始皇厉行男女之大防,详见会稽石刻)之遗教,厉行专制,起重黎而使绝地天之通也。呜呼!岂得已哉!

《新小说》第十七号(1905年)

谨告小说林社最近之趣意

小说林社

本社刊行各种小说,以稗官野史之记载,寓诱智革俗之深心。荷蒙海内同志推行日广,且时加箴规,以为前途发达之豫备,本社不胜感佩。惟译著纷出,非定题问,则陈陈相因,将来小说界必有黯淡无光之一日。同人惧焉。爰将已印、未印各书,重加厘订,都为十二类。其无所取意者,绝版不出。值此竞争剧烈之潮涡,窃附于寓言讽世之末座,博雅君子,或有取焉。

历史小说(志已往之事迹,作未来之模型,见智见仁,是在读者)

〔书目从略,下同〕

地理小说(北亚荒寒,南非沙漠,《广舆》所略,为广见闻)

科学小说(启智秘钥,阐理玄灯)

军事小说(尚武精神,爱国汗血,观海陆战史,奕然有生气)

侦探小说(变形易相,侦察钩稽,为小说界新输入者)

言情小说(疾风劲草,沧海巫山,世态写真,人心活剧)

国民小说(三色之旗,独立之门,洛钟其应,是在铜山之崩)

家庭小说(家庭教育,首重幼稚,卢叟柏氏,咸以小说著名教育界)

社会小说(有种种现象,成色色世界,具大魔力,超无上乘)

冒险小说(伟大国民,冒险精神,鲁敏孙欤?伋朴顿欤?雁行鼎足)

神怪小说(希腊神话,埃及圣迹,欧西古俗,以资博览)

滑稽小说(曼倩、淳于,著名昔史,诙谐谈笑,继武后尘)

1905年小说林社版《车中美人》

《母夜叉》闲评八则(选录)

一、我用白话译这部书,有两个意思:一是这种侦探小说,不拿白话去刻画他,那骨头缝里的原液,吸不出来,我的文理,毂不上那么达;一是现在的有心人,都讲着那国语统一,在这水陆没有通的时候,可就没的法子,他爱瞧这小说,好歹知道几句官话,也是国语统一的一个法门。我这部书,恭维点就是国语教科书罢。

一、这部书有四万字,照了我的意思加减的,不上二三十句。那吃紧的地方,厘毛丝忽都不去饶他,你拿原书对起来就知道。可以当作日语教程念的。

一、白话犯一个字的病就是"俗"。我手里译这部书,心里拿着两部书做蓝本:一部就是《水浒》,那一部不用说了。所以这书里骂人的话,动不动就是撮鸟,或者是鸟男女,再不就是鸟大汉,却也还俗不伤雅。又像那侦探夜里瞧见人家私会,他不耐烦,自言自语的说道:"那鸟男女想已滚在一堆,叫得亲热。我兀自在这儿扳空网,有什么鸟趣!"就拿着这样的蠢话,也觉得没有什么难听,那"俗"字差不多可以免了。

一、我译这部书,觉得那侦探不是人。为什么呢?他那眼比人又快又毒,他那耳比人又尖又长,他那手比人敏捷,他那飞毛腿比贼还要快,他那嘴不讲话,讲出来就有斤量,他那肝花肚肺,是玲珑剔透的。我中国这班又聋又瞎、拥肿不宁、茅草塞心肝的许多国民,就得给他读这种书。

一、读这种侦探书有三个境界,是人人跑不了的:第一是"咦!怎的这么样呢";第二是"哦!原来如此";第三是"咳!不差不差,定规是的"。这三种都是哲学家的派别,就是这部书的全神。有这样好书,我不译出来给国民瞧,我那懒惰的罪,真是上通于天了。

1905年小说林社版《母夜叉》

1906 年

《孤儿记》绪言

平 云

曩读屈子《天问》，见其设难立词，幽玄崇美，莫可比喻，心甚喜之，以为不亚《神曲》。及按柳州之《对》，则虽辞旨瑰丽，意气激昂，而终未能析理入微，尽发天心之隐。窃怪子厚忧患余生，才思绝俗，而尚未克及此，宁天道之信微茫而莫可浅测耶？嗣得见西哲天演之说，于是始喻其义，知人事之不齐，实为进化之由始，初无所用其叹诧呼号，为世人鸣其冤苦。盖举凡宇内万有之变迁生灭，为古今人之所欲索解而无从者，靡不可以此一理包涵之而无复余蕴。呜呼！天演之义大矣哉！然而酷亦甚矣。宇宙之无真宰，此人生苦乐，所以不得其平。而今乃复一以强弱为衡，而以竞争为纽，世界胡复有宁日！斯人苟无强力之足恃，舍死亡而外更无可言。芸芸众生，孰为庇障？何莫非孤儿之俦耶？匹夫匹妇，不能得多助于天，其殄忽以死，可无论矣。即试推之一国一群，其理亦莫不视此。弱小之国，慴于强暴，祸患频仍；而又苦于呼吁之无门，则由渐而习，戚戚之尤，乃或转为浩浩。人方称以为异，而不知积弱之民，非神明与体质并进于顽，万无能幸存于一日。此孤儿之国民所以可悲也。嗟夫！大地苍莽，末日何届！其惟与悲哀长此终古欤！即使不然，当其渐演渐进，姑无论进何所止，抑或乌托邦之可期，而人类悲哀，亦奚能绝迹于大地！即其演进所经，其骚扰至久，亦已大可叹矣！昔嚣俄有言曰："自由与健全同物。"斯言也，未能践之于今昔，宁将践之于将来乎！未可知也。呜呼！此天演之义，所以为千古之不磨，而终未能餍嚣氏之心，而塞灵均之问者也。吾记孤儿，吾意无尽；欲尽宣之，而未能达，不如且已耳。丙午闰四月，平云偶书。

1906年小说林社版《孤儿记》

《孤儿记》凡例

平 云

一、是记为感于嚣俄《哀史》而作,借设孤儿以甚言之。然世间亦未必无此等事,愿读者作一则实事观亦可。(附及)《哀史》为嚣俄名著,共五卷。其自序云:"颠蒙贫困不绝迹于世,则此种书一日不可废。"彼又尝云:"此书为全世界而作。"其主义之大如此。各国已传译殆遍,而中国尚无之。惟终当不可淹没,吾敬瓣香祝其出现耳。

一、著者久欲作是书,而终不敢下笔,逮至不可复忍而作,而视之仍毫无趣味。其故有二:一、思路窄;二、文笔劣。实则国学缺乏之故,敬敢谢罪。著者本意,欲于汉文上少加修饰,而为力所限,故多弱点。且存之,俟后日之改正。

一、是记中第十及十一两章,多采取嚣俄氏 Claude Gueux 大意。此文系嚣氏小品之一,志此以示不敢掠美,且谢唐突。

一、小说之关系于社会者最大。是记之作,有益于人心与否,所不敢知;而无有损害,则断可以自信。

一、记中间有意有未尽或费解之处,则于附录中说明之。

1906 年小说林社版《孤儿记》

《孤儿记》缘起

平 云

著者曰:吾为此书,不过驱于一时之情,初无覃识洪思磅礴胸次。或有不平于人间,因托事稗官以舒吾愤;而吾文浅陋无章,又胡足以为载?且人天之际,其理至为覃微。使浅乎言之,徒以人生之困苦为词,而不深究夫进化之至理,惟为是咄嗟叹叱,寄恨于造物之不仁,斯其言每不免陷于巨缪,而为当世学子之所笑,吾何敢焉。虽然,吾闻之:人生以苦乐为究竟,否此者皆属涂附之辞。故茫茫大地,是众生者有一日一人不得脱离苦趣,斯世界亦一日不能进于文明。固无论强权之说未能中于吾心,而亦万不能引多数幸福之言,于五十百步生分别见者也。嗟夫!一夫之呼謦,于事本无足重轻;然自达人观之,何莫非浊世迷沦之恶兆。试观东西文家之所记述,与夫古今诗人之所哀歌,其言抑何相类也。著者不敏,窃本斯感,以作是书。纵其所陈朴素断续,令人不欢,甚或犯学术上之大不慧,僸言杂出,不免为识者所谯诃,而吾书则竟如是矣。

1906 年小说林社版《孤儿记》

《孤儿记》识语

平　云

著者曰:人生异趣,而忧患同趣。世界永存,则罪恶与苦难亦未有尽也。于今所志,以同一方面而言,则孤、奴、乞、病、盗、杀,其现状既如此;以异一方面而言,而嫠孀、婢妾、娼妓,其现状又何如也!昔嚣俄作《哀史》,尝恨三大问题之难解决,曰:"一、男子以困穷而落魄;二、女子以饥饿而堕落;三、小儿以蒙昧而颠越。是三者,天下之所同痛也。我欲记之,而我无方。"虽然,才如嚣氏,可谓至矣;发其全力,著而为书,而其效亦竟何若?呜呼,是则国民心理之所关,而徒致憾于天心之偾偾者为无当也!不才如予,更复何言!予欲无言,遂阁笔。

1906 年小说林社版《孤儿记》

《洪罕女郎传》序

林　纾

昔者波斯匿王,请佛宫掖,自迎如来,时阿难执持应器,因乞食次,径历媱室,遭大幻术。摩登伽女以娑毗迦罗先梵天咒摄入媱室,媱躬抚摩,将毁戒体。于是世尊宣说神咒,敕文殊师利将咒往护,恶咒销灭。阿难顶礼悲泣,启请妙奢摩他、三摩、禅那最初方便,而楞严大定,乃为学者所闻。畏庐居士曰:嗟夫!所谓奢摩他者,寂静之义也;三摩者,观照之义也;禅那者,寂照不二之义也;此皆发心见相之根源。实则一名为相,即复非相;一名为心,即复非心。盖澄寂者,空也;摇动者,尘也。既落尘义,则念念生灭,遂成轮回。轮回之成,心自成之。且不名为心,何名为相?彼摩登伽者,又安为摩登伽?阿难之过,在以眼色为缘耳。虽然,眼色为缘者,世界中宁一摩登伽耶?一触于尘,尘尘皆摩登伽;因尘成相,相相又皆摩登伽。故眼色之缘,易生幻妄。阿难为世尊爱弟,不惮屡舒其金色臂,放其胸前卍字百千之宝光,使之得寂照之义,而十方善男子又何从得此无量之受持!居士且老,不能自造于寂照,顾尘义则微知之矣。前十年译《茶花女遗事》,去年译《迦茵小传》,今年译《洪罕女郎传》,其迹与摩登伽近。居士以无相之摩登伽坏人无数戒体,在法当入泥犁;不知居士固有辞以自辩也。世尊言晦昧为空,空晦昧中;结暗为色,色杂妄想。是何以故?弊在遗失本妙也。以众生始则迷己为物,终则认物为己,辗转而讹。然则畏庐居士所译之茶花女、迦茵、洪罕女郎,又干涉众生甚事耶?世尊之告阿难曰:认悟中迷。释者以为心镜所现,全体是心。然则五蠹万怪一摄入镜,皆足踞心之一偏;以此心裹万物,则万物均足为心之蠹。心镜一蒙,身在心中,转无以觅心之所在,则此心立化为百千万亿之摩登伽,又将化为百千万亿之茶花女、迦茵、洪罕女郎。是学者不能固其妙明心,宝其妙明性,与畏庐居士何干涉之有!须知无外道之扰,亦不足以见正法眼藏。寂照之义,何尝非心?学者之误,不误在迷,误在悟中之迷。幻妄之来,不自外来,以本有之心镜,收此五蠹万怪,使之为幻妄也。知此幻妄,即心所照,并不执此幻妄,以为别有幻妄,则立吾心于身外,能寂照矣。寂照之义,至深且奥。居士尘浊人也,胡饶舌为?居士曰:世尊鉴之,花眼相荡,结而成翳。弟子守定涅槃常住之义,花当奈何!翳当奈何!所愿读吾书者,常持此心如畏庐也。光绪三十一年十一月十五日,闽县畏庐林纾叙于京师望瀛楼。

1906年商务印书馆版《洪罕女郎传》

《洪罕女郎传》跋语

林　纾

哈葛德之为书,可二十六种。言男女事,机轴只有两法,非两女争一男者,则两男争一女。若《情侠传》《烟水愁城录》《迦茵传》,则两女争一男者也。若《蛮荒志异》,若《金塔剖尸记》,若《洪罕女郎传》,则两男争一女者也。机轴一耳,而读之使人作异观者,亦有数法。或以金宝为眼目,或以刀盾为眼目。叙文明,则必以金宝为归;叙野蛮,则以刀盾为用。舍此二者,无他法矣。然其文心之细,调度有方,非出诸空中楼阁,故思路亦因之弗窘。大抵西人之为小说,多半叙其风俗,后杂入以实事。风俗者不同者也,因其不同,而加以点染之方,出以运动之法,等一事也,赫然观听异矣。中国文章魁率,能家具百出不穷者,一惟马迁,一惟韩愈。试观马迁所作,曾有一篇自袭其窠臼否?《史记》至难着笔者,无如绛侯、曹参、灌婴、滕公、樊哙诸传。何以言之?数人战功,咸从高祖,未尝特将。每下一城,略一地,数人偕之,则传中如何分析?史公不得已,别之以先登,分之以最。每人传中,或领之以官,数之以首虏,人人之功,划然同而不同,此史公之因事设权者也。若韩愈氏者,匠心尤奇。序事之作,少于史公,而与书及赠送叙二体,则无奇不备。伏流沈沈,寻之无迹,而东云出鳞,西云露爪,不可捉扪。由其文章巧于内转,故百变不穷其技。盖着纸之先,先有伏线,故往往用绕笔醒之,此昌黎绝技也。哈氏文章,亦恒有伏线处,用法颇同于《史记》。予颇自恨不知西文,恃朋友口述,而于西人文章妙处,尤不能曲绘其状。故于讲舍中敦喻诸生,极力策勉其恣肆于西学,以彼新理,助我行文,则异日学界中定更有光明之一日。或谓西学一昌,则古文之光焰熸矣。余殊不谓然。学堂中果能将洋、汉两门,分道扬镳而指授,旧者既精,新者复熟,合中、西二文熔为一片,彼严几道先生不如是耶?译此书竟,以葡萄酒自劳,拾得故纸,拉杂书之。畏庐居士识。

1906年商务印书馆版《洪罕女郎传》

《红礁画桨录》序

林　纾

女权之倡，其为女界之益乎？畏庐曰：是中仍分淑慝。如其未有权时，不能均谓之益也。西人之论妇人，恒喻之以啤酒，其上白沫涌溃，但泡泡作声耳，其中清澄，其下始滓。白沫之涌溃，贵族命妇之侈肆，罄产恣其挥霍者也。清澄之液，则名家才媛，力以学问自见者也。滓则淫秽之行，无取焉。故欧西专使，或贵为五等，年鬓垂四十而犹鳏，即以不堪其妇之侈纵，宁鳏以静寂其身，而专于外交。吾人但仪西俗之有学，倡为女权之说，而振作睡呓，此有志君子之所为，余甚伟之；特谓女权伸而举国之妇人皆淑，则余又未敢以为是也。欧西开化几三百年，而其中犹有守旧之士，不以女权为可。若哈葛德之书，论说往往斥弃其国中之骄妇人，如书中所述婀娜利亚是也。婀娜利亚之谯让其夫，词气清鲠，不宁为贤助？顾乃恐失一身之富贵，至以下堂要胁，语语离叛，宜其夫之不能甘而有外遇也。而其外遇者，又为才媛，深于情而格于礼，爱而弗乱，情极势逼，至强死自明。以西律无兼娶之条，故至于此。此固不可为训，而哈氏亦窃窃议之，则又婚姻自由之一说误之也。呜呼！婚姻自由，仁政也。苟从之，女子终身无菀枯之叹矣。要当律之以礼。律之以礼，必先济之以学；积学而守礼，轶去者或十之二三，则亦无惜尔。古今行政之善，其中未有不滋弊者。坝以防水之出，而水之濡出者，非司闸者之责，防不胜防也。故虽有大善，必蓄微眚。西人婚姻之自由，行之亦几三百年，其中贞者固多，不衷于礼者亦屡见。谓其人贞于中国不可也；抑越礼失节，逾于中国，又不可也。惟无学而遽撤其防，无论中西，均将越礼而失节。故欲倡女权，必讲女学。凡有学之女，必能核计终身之利害，知苟且之事，无利于己，唾而不为；而其保傅又预为白其失，即所谓智育。凡有智之人，亦不必无轶防之事，然而寡矣。难者曰：君言积学者能守礼，若书中之毗亚得利斯，非积学者耶？胡为亦有苟且之行?曰:人爱其类,男女均也。以积学之女,日居荒伧中,见一通敏练达者,直同日星鸾凤之照眼,恶能弗爱?爱而至死,而终不乱,谓非以礼自律耶?文君、相如之事,人振其才,几忘其丑。文君、相如,又皆有才而积学者也。中国女权未倡之先,已复如是,矧彼中有自由之权,又安禁之?综言之:倡女权,兴女学,大纲也;轶出之事,间有也。今救国之计,亦惟急图其大者尔。若挈取细微之数,指为政体之瘢痏,而力窒其开化之源,则为不知政体者矣。余恐此书出,人将指为西俗之淫乱,而遏绝女学不讲,仍以女子无才为德者,则非畏庐之夙心矣。不可不表而出之。

1906年商务印书馆版《红礁画桨录》

《红礁画桨录》译余剩语

林　纾

方今译小说者如云而起,而自为小说者特鲜。纾日困于教务,无暇博览。昨得《孽海花》读之,乃叹为奇绝。《孽海花》非小说也,鼓荡国民英气之书也。其中描写名士之狂态,语语投我心坎。嗟夫!名士不过如此耳。特兼及俄事,则大有微旨。借彩云之轶事,名士之行踪,用以眩转时人眼光。而彩云尤此书主中之宾;但就彩云定为书中之主人翁,误矣。天下文章,无妨狡狯。发起编述二君子,吾奈何不知其名耶?

《孽海花》之外,尤有《文明小史》《官场现形记》二书,亦佳绝。天下至刻毒之笔,非至忠恳者不能出。忠恳者综览世变,怆然于心,无拳无勇,不能制小人之死命,而行其彰瘅,乃曲绘物状,用作秦台之镜。观者嬉笑,不知作此者揾几许伤心之泪而成耳。吾请天下之爱其子弟者,必令读此二书,又当一一指示其受病之处,用自鉴戒,亦反观内鉴之一助也。

委巷子弟为腐窳学究所遏抑,恒颠踬终其身,而清俊者转不得力于学究,而得力于小说。故西人小说,即奇恣荒眇,其中非寓以哲理,即参以阅历,无苟然之作。西小说之荒眇无稽,至噶利佛极矣,然其言小人国、大人国之风土,亦必兼言其政治之得失,用讽其祖国。此得谓之无关系之书乎?若《封神传》《西游记》者,则真谓之无关系矣。

余伤寿伯茀光禄之殉难于庚子,将编为《哀王孙》传奇,顾长日丹铅,无暇倚声,行思寄迹江南,商之于南中诸君子耳。林纾又识。

1906年商务印书馆版《红礁画桨录》

《雾中人》叙

林　纾

古今中外英雄之士,其造端均行劫者也。大者劫人之天下与国,次亦劫产,至无可劫,西人始创为探险之说。先以侦,后仍以劫。独劫弗行,且啸引国众以劫之。自哥伦布出,遂劫美洲,其赃获盖至巨也。若鲁滨孙者,特鼠窃之尤,身犯霜露而出,陷落于无可行窃之地,而亦得赍以归。西人遂争羡其事,奉为探险之渠魁,因之纵舟四出,吾支那之被其劫掠,未必非哥伦布、鲁滨孙之流之有以导之也。顾西人之称为英雄而实行劫者,亦不自哥伦布始。当十五世纪时,英所称为杰烈之士,如理察古利弥、何鉴士、阿森亨、阿美士者,非英雄耶?乃夷考所为,则以累劫西班牙为能事,且慷慨引导其后辈之子弟,以西土多金,宜海行攫取之,则又明明以劫掠世其家矣。今之陑我、呪我、挟我、辱我者,非犹五百年前之劫西班牙耶?然西班牙固不为强,尚幸而自立,我又如何者?美洲之失也,红人无慧,故受劫于白人。今黄人之慧,乃不后于白种,将甘为红人之逊美洲乎?余老矣,无智无勇,而又无学,不能肆力复我国仇,日苞其爱国之泪,告之学生;又不已,则肆其日力,以译小说。其于白人蚕食斐洲,累累见之译笔,非好语野蛮也。须知白人可以并吞斐洲,即可以并吞中亚。即如此书所言雾中人者,尚在于可知不可知之间,而黎恩那乃以赤玉之故,三日行瘴疠中,跨千寻之峰,踏万年之雪,冒众矢之丛,犯数百年妖鳄之吻,临百仞之渊,九死一生,一无所悔,志在得玉而后止。然其地犹有瘴也、峰也、雪也、矢也、鳄也、渊也,而西人以得宝之故,一无所惧。今吾支那则金也、银也、丝也、茶也、矿也、路也,不涉一险,不冒一镞,不犯一寒,而大利丛焉,虽西人至愚,亦断断然舍斐洲之窘且危,而即中亚之富且安矣。吾恒语学生曰:彼盗之以劫自鸣,吾不能效也,当求备盗之方。备肤箧之盗,则以刃、以枪;备灭种之盗,则以学。学盗之所学,不为盗而但备盗,而盗力穷矣。试观拿破仑之勇擅天下,追摩罗卑那度即学拿破仑兵法,以御拿破仑,拿破仑乃立蹶。彼惠灵吞亦正步武其法,不求幸胜,但务严屯,胡得不胜?此即吾所谓学盗之所学,不为盗而但备盗,而盗力穷矣。敬告诸读吾书者之青年挚爱学生,当知畏庐居士之翻此书,非羡黎恩那之得超瑛尼,正欲吾中国严防行劫及灭种者之盗也。皇帝光绪三十二年六月六日,闽县林纾叙于京师望瀛楼。

1906年商务印书馆版《雾中人》

《月月小说》序

(吴沃尧)

凡人无论为自治,为群治,必具有一种能力,而后可与言。凡人无论为营业,为言论,亦必具有一种能力,而后可与言。扩而张之,无论为政治,为军人,为立宪,为合群,亦必各有其能力焉,而后可与言。凡如是种种,皆我社会中人,日循环诵之,以为口头禅者也。然吾社会之能力若何?吾不敢知。

吾尝潜窥而默察之,见乎吾社会中具有一种特别之能力。此特别之能力,为我社会中人人之所富有,而为他种族所鲜见者。泱泱乎大哉!此能力也。使此能力而为高尚之能力也,不亦足以自豪乎?庸讵知有不能如我所欲者,其能力为何,曰:随声附和。

一言发于上,"者""者"之声哄然应下,此官场也。一群之学风,视视学者之意旨为转移,此士类也。一物足以得善价焉,群起而影射之;一艺之足以自给焉,群争而效颦之,此工若商也。若夫普通言之,则入演坛也,无论演者之宗旨为如何也,且无论于咳声唾声涕声喝喝声之中,我曾得聆演者所说为云何否也,一人拊掌,百人和之,若爆栗然。入剧场也,一折既终,曰:某名伶登场矣。幕帘乍启,无论伶之声未闻,即伶之貌亦未见也,一人喧焉,百人嚷焉,"好""好"之声,若群犬之吠影然。若是者皆胡为也?是非曲直之不辨,妍媸善恶之不分,群起而应之,吾曾百思而不得其解也。夫然,既是非曲直之不辨,妍媸善恶之不分,群起而应之,则终应之可也。乃亡何发言于上者易其人,所易之人,所发之言,绝反对于前人也,而"者""者"之声哄然应于下者如故。亡何而视学者易其人,其意旨与前人绝殊途,而学风之转移也又如响。推而至于商也工也,入演坛也,入剧场也,莫不皆然。此又吾曾百思而不得其解者也。

吾执吾笔,将编为小说,即就小说以言小说焉,可也,奈之何举社会如是种种之丑态而先表暴之?吾盖有所感焉。吾感夫饮冰子《小说与群治之关系》之说出,提倡改良小说,不数年而吾国之新著新译之小说,几于汗万牛充万栋,犹复日出不已而未有穷期也。求其所以然之故,曰:随声附和故。

或曰:是不足为病也。美之独立,法之革命,非一二人倡于前,无数人附和于后,以成此伟大之事业耶?曰:是又不然。认定其宗旨而附和之,以求公众之利益者,何可以无此附和?凭藉其宗旨以附和之,诡谋一己之私利而不顾其群者,又何可以有此附和?今夫汗万牛充万栋之新著新译之小说,其能体关系群治之意者,吾不敢谓必无;然而怪诞支离之著作,诘曲聱牙之译本,吾盖数见不鲜矣!凡如是者,他人读之不知谓之何,以吾观之,殊未足以动吾之感情也。于所谓群治之关系,杳乎其不相涉也。然而彼且嚣嚣然自鸣曰:"吾将改良社会也,吾将佐群治之进化也。"随声附和而自忘其真,抑何可笑也。

小说之与群治之关系,时彦既言之详矣。吾于群治之关系之外,复索得其特别之能力焉。一曰:足以补助记忆力也。吾国昔尚记诵,学童读书,咿唔终日,不能上口。而于俚词剧本,一读而辄能背诵之。其故何也?深奥难解之文,不如粗浅趣味之易入也。学童听讲,听经书不如听《左传》之易入也，听《左传》又不如听鼓词之易入也。无他，趣味为之也。是故中外前史，浩如烟海，号称学子者，未必都能记忆之，独至于三国史，则几于尽识字之人皆能言其大略，则《三国衍义》之功，不可泯也。虽间不免有为附会所惑者，然既能忆其梗概，无难指点而匡正之也。此其助记忆力之能力也。一曰：易输入知识也。凡人于平常待人接物间，所闻所见，必有无量之事物言论，足以为我之新知识者，然而境过辄忘，甚或有当前不觉者，惟于小说中得之，则深入脑筋而不可去。其故何也？当前之事物言论，无趣味以赞佐之也。无趣味以赞佐之，故每当前而不觉。读小说者，其专注在寻绎趣味，而新知识实即暗寓于趣味之中，故随趣味而输入之而不自觉也。小说能具此二大能力，则凡著小说者、译小说者，当如何其审慎耶！夫使读吾之小说者，记一善事焉，吾使之也；记一恶事焉，亦吾使之也。抑读吾小说者，得一善知识焉，得一恶知识焉，何莫非吾使之也。吾人丁此道德沦亡之时会，亦思所以挽此浇风耶？则当自小说始。

是故吾发大誓愿，将遍撰译历史小说，以为教科之助。历史云者，非徒记其事实之谓也，旌善惩恶之意实寓焉。旧史之繁重，读之固不易矣；而新辑教科书，又适嫌其略。吾于是欲持此小说，窃分教员一席焉。他日吾穷十年累百月而幸得杀青也，读者不终岁而可以毕业；即吾今日之月出如干页也，读者亦收月有记忆之功。是则吾不敢以雕虫小技，妄自菲薄者也。

善教育者，德育与智育本相辅，不善教育者，德育与智育转相妨。此无他，谲与正之别而已。吾既欲持此小说，以分教员之一席，则不敢不审慎以出之。历史小说而外，如社会小说，家庭小说，及科学、冒险等，或奇言之，或正言之，务使导之以入于道德范围之内。即艳情小说一种，亦必轨于正道，乃入选焉（后之投稿本社者，其注意之）。庶几借小说之趣味之感情，为德育之一助云尔。呜呼！吾有涯之生，已过半矣。负此岁月，负此精神，不能为社会尽一分之义务，徒播弄此墨床笔架，为嬉笑怒骂之文章，以供谈笑之资料，毋亦揽须眉而一恸也夫！

《月月小说》第一年第一号（1906年）

《两晋演义》序

我佛山人

自《三国演义》行世之后,历史小说,层出不穷。盖吾国文化,开通最早,开通早则事迹多。而吾国人具有一种崇拜古人之性质,崇拜古人则喜谈古事。自周、秦迄今,二千余年,历姓遭代,纷争无已,遂演出种种活剧,诚有令后人追道之,犹为之怵心胆、动魂魄者。故《三国演义》出,而脍炙人口,自士夫以至舆台,莫不人手一篇。人见其风行也,遂竞效为之,然每下愈况,动以附会为能,转使历史真相,隐而不彰;而一般无稽之言,徒乱人耳目。愚昧之人读之,互相传述,一若吾古人果有如是种种之怪谬之事也者。呜呼!自此等书出,而愚人益愚矣。吾尝默计之,自《春秋列国》,以迄《英烈传》《铁冠图》,除《列国》外,其附会者当居百分之九九。甚至借一古人之姓名,以为一书之主脑,除此主脑姓名之外,无一非附会者,如《征东传》之写薛仁贵,《万花楼》之写狄青是也。至如《封神榜》之以神怪之谈,而借历史为依附者,更无论矣。夫小说虽小道,究亦同为文字,同供流传者,其内容乃如是,纵不惧重诬古人,岂亦不畏贻误来者耶!等而上之者,如《东西汉》《东西晋》等书,似较以上云云者略善矣;顾又失于简略,殊乏意味,而复不能免蹈虚附会之谈。夫蹈虚附会,诚小说所不能免者;然既蹈虚附会矣,而仍不免失于简略无味,人亦何贵有此小说也?人亦何乐读此小说也?况其章回之分剖未明,叙事之不成片段,均失小说体裁,此尤蒙所窃不解者也。月月小说社主人,创为《月月小说》,就商于余。余向以滑稽自喜,年来更从事小说,盖改良社会之心,无一息敢自已焉。至是乃正襟以语主人曰:小说虽一家言,要其门类颇复杂,余亦不能枚举。要而言之,奇、正两端而已。余畴曩喜为奇言,盖以为正规不如谲谏、庄语不如谐词之易入也。然《月月小说》者,月月为之。使尽为诡谲之词,毋亦徒取憎于社会耳。无已,则寓教育于闲谈,使读者于消闲遣兴之中,仍可获益于消遣之际,如是者其为历史小说乎!历史小说之最足动人者,为《三国演义》,读至篇终,鲜有不怅然以不知晋以后事为憾者。吾请继《三国演义》以为《两晋演义》。虽坊间已有《东西晋》之刻,然其书不成片段,不合体裁,文人学士见之,则曰有正史在,吾何必阅此;略识之无者见之,则曰吾不解此也。是有小说如无小说。吾请更为之。以《通鉴》为线索,以《晋书》《十六国春秋》为材料,一归于正,而沃以意味,使从此而得一良小说焉。谓为小学历史教科之臂助焉可,谓为失学者补习历史之南针焉亦无不可。其对于旧有之《东西晋》也,谓余此作为改良彼作焉可,谓为余之别撰焉亦无不可。庶几不以小说家言,见诮大方,而笔墨匠亦不致笑我之浪用其资料也。主人闻而首肯。乃驰书告诸友曰:吾将一变其诙诡之方针,而为历史小说矣,爱我者乞有以教我也。旋得吾益友蒋子紫侪来函,勖我曰:撰历史小说者,当以发明正史事实为宗旨,以借古鉴今为诱导;不可过涉虚诞,与正史相刺谬,尤不可张冠李戴,以别朝之事实,牵率羼入,贻误阅者云云。末一语,盖蒋子以余所撰《痛史》而发也。余之撰《痛史》,因别有所感故尔尔。即微蒋子勉言,余且不复为,今而后尤当服膺斯言矣。操笔之始,因记之以自励。著者自序。

《月月小说》第一卷第一号(1906年)

历史小说总序

吴沃尧

秦汉以来,史册繁重,庋架盈壁,浩如烟海。遑论士子,购求匪易,即藏书之家,未必卒业。坐令前贤往行,徒饱蠹腹;古代精华,视等覆瓿,良可哀也。窃求其故,厥有六端:绪端复杂,艰于记忆,一也。文字深邃,不有笺注,苟非通才,遽难句读,二也。卷帙浩繁,望而生畏,三也。精神有限,岁月几何,穷年矻矻,卒业无期,四也。童蒙受学,仅授大略,采其粗范,遗其趣味,使自幼视之,已同嚼蜡,五也。人至通才,年已逾冠,虽欲补习,苦无时晷,六也。有此六端,吾将见此册籍之徒存而已也。虽然,其无善本以饷后学,实为其通病焉。年来吾国上下,竞言变法,百度维新。教授之术,亦采法列强;教科之书,日新月异。历史实居其一。吾曾受而读之,蒙学、中学之书,都嫌过简;至于高等大学,或且仍用旧册矣。从前所受,皆为大略,一蹴而就于繁赜,毋乃不可。况此仅就学子而言耳。失学之辈,欲事窥探,尤无善本。坐使好学之徒,因噎废食。当世君子,或宜悯之。下走学植谫陋,每思补救,而苦无善法。隐几假寐,闻窗外喁喁,窃听之,舆夫二人,对谈三国史事也。虽附会无稽者,十之五六,而正史事略,亦十得三四焉。蹶然起曰:道在是矣,此演义之功也。盖小说家言,兴趣浓厚,易于引人入胜也。是故等是魏、蜀、吴故事,而陈寿《三国志》,读之者寡;至如《三国演义》,则自士夫迄于舆台,盖靡不手一篇者矣。惜哉!历代史籍,无演义以为之辅翼也。吾于是发大誓愿,编撰历史小说,使今日读小说者,明日读正史如见故人;昨日读正史而不得入者,今日读小说而如身亲其境。小说附正史以驰乎?正史藉小说为先导乎?请俟后人定论之。而作者固不敢以雕虫小技,妄自菲薄也。握笔之始,先为之序,以望厥成。

光绪丙午八月,南海吴沃尧趼人氏撰。

《月月小说》第一年第一号(1906 年)

《恨海》

新 庵

予友南海吴君趼人,性好滑稽,雅善辞令,议论风生,滔滔不倦,每一发声,辄惊四座,往往以片辞只义,令人忍俊不禁,盖今之东方曼倩也。尤善文章,下笔千言,不假思索。君与予为莫逆交,倏忽将十年矣。予非敢阿其所好也,盖从未见君作文尝先用一纸草稿云。君性喜小说,于古今人所著译之篇,殆无所不读;而尤喜自作小说,与予有同嗜焉。君所著小说,无体不备,纸贵一时,海内君子,莫不知之,予亦不必赘陈矣。迩日广智书局,复出版一新书写情小说,题曰《恨海》,亦吴君所撰也。书分十回,都四万言,洋洋洒洒,淋漓尽致,情文兼至,蕴藉风流,笔墨之妙,无以复加。惟书中情节,哀艳非常,予尝尽半夜之力,循诵再过,而于心有戚戚焉。盖写情小说,大抵总不出"悲欢离合"四字。今是篇所述,为庚子拳乱中迁徙逃亡、散失遭难之事,荡析流离,疮痍满目,所以有悲无欢,有离无合。用情之深,所以足多者在此;写情之难,所以足多者亦在此。盖欢场之情,不特易用易见,而写之亦殊易。然如是等情,总不免近于轻薄淫邪,故写情小说,人每目之为诲淫之书者,良有以也。是书独出心裁,不落窠臼,一往情深,皆于乱离中得之。夫乱离之情,不特难有少见,而写之亦綦难。故其为情也,如松风明月,如清泉白玉,皎洁清华,温和朗润,诚为天地男女之至情哉!夫以写情之作,而以《恨海》名之,则其所解于此"情"字者,可以见矣。故自有写情小说以来,令予读之匪特不能欣欣以喜,转为悁悁以悲者,此其第一本矣。虽然,予之所以读此篇而感不绝于予心者,岂伤心人别有怀抱耶?毋亦悲吾中国风俗之不良耳!综观此事始末,皆早婚不良之结果而已。士宦温厚之家,每喜为弱小子女,早订婚媾之约,而卒乃演此悲惨之剧,不其慎欤?予愿善读书者,其各以早婚为戒,而毋再蹈此覆辙焉。然则此文也,岂得仅以写情小说目之哉!

《月月小说》第一年第三号(1906 年)

《预备立宪》弁言

偈

恒见译本小说,以吾国文字,务吻合西国文字,其词句之触于眼目者,觉别具一种姿态,而翻译之痕迹,即于此等处见之。此译事之所以难也夫。虽然,此等词句,亦颇有令人可喜者。偶戏为此篇,欲令读者疑我为译本也。呵呵!

《月月小说》第一年第二号(1906 年)

《月月小说》叙

罗辀重

吴君趼人,近世之俊人也,喜为小说,有英人苏格(始创历史小说,其描摩苏格兰人之生活最为活泼)、哈葛得(著有《哈氏丛书》)之风。其所著《痛史》及《怪现状》等作,虽有激而言,实足发人深省。今年复创选《月月小说》,其命意之新奇,措词之巧谲,足以灌输文明,洗濯蒙蔽,其影响及于他日之社会,可断然言也。夫人类之普通性质,法言难入,巽与易受,惮庄严而喜诙谐,故小说使人览之忘倦,嗜之成癖,习闻其说,久而陷溺,近朱者赤,近墨者黑,未有不染者也。中国小说,名目繁多,然自《虞初》以来,佳制盖鲜,求其有条理、有宗旨,足以转其风气者,实不多见。类皆以鄙俗之文,写浅近之事,或才子佳人,或神鬼狐怪,或绿林豪侠,大雅君子,一笑置之,庸愚之人,信以为实。盘踞脑界,小之伤风败俗,大之犯上作乱。今日社会中种种浇象,民智不开,程度不进,此亦一原因也。夫立宪之国,期于人人有自治心。何以使心能自治?则惟投其心之所喜而治之。吴君以高尚之思想、灵妙之笔锋,发为小说,虽小道,而启人智慧、移人根性,其效最捷。余乐为表彰之,冀其影响及于他日之社会,而收改良之效也。不揣固陋,弁言简端。

光绪丙午,龙城罗春驭撰并书于惜分阴室。

《月月小说》第一年第三号(1906年)

《月月小说》发刊词

陆绍明

皇古之时,刻木纪事,史之意义,具于此焉。迨后结绳(燧人氏结绳)造字(伏羲造字。谓字作于仓颉者,误。伏羲所画八卦,即为天地风雷等字),仓沮为史(仓颉沮诵改良字体,以便纪事,非造创也),事近芜杂,言不雅训,有小说野史之体。文字发达,六艺继兴,《书》《易》《礼》《乐》成于官学,《春秋》成于师学,《诗》为牺轩所采,成于私学。歌人怨女,吟于草野,则《诗》有小说野史之义;《周易》《春秋》,好言灾异,则《周易》《春秋》亦有小说野史之旨。考《汉书·艺文志》,小说家载《青史子》五十七篇。贾谊《新书·保傅篇》中,有引《青史子》之言,此为古有小说之明征。往古小说之发达,分五时代(见《画墁琐记》):一曰口耳小说之时代,虚饰之言,人各相传;二曰竹简小说之时代,各执异说,刻于竹简;三曰布帛小说之时代,书于绅带,以资悦目;四曰誊写小说之时代,奇异新语,誊写相传;五曰梨枣小说之时代,付梓问世,博价沽誉。今也说部车载斗量,汗牛充栋,似于博价沽誉时代,实为小说改良社会、开通民智之时代也。本社集语怪之家,文写花管,怀奇之客,语穿明珠,亦注意于改良社会、开通民智而已矣。此则本志发刊之旨也。本志小说之大体有二:一曰译,二曰撰。他山之玉,可以攻错,则译之不可缓者也;古人著作,义深体备,发我思想,继其绪余,则撰之有可观者也。夫往古小说,以文言为宗,考其体例,学原诸子。谓予不信,请申言之。有所谓儒家之小说,道家之小说,法家之小说,名家之小说,阴阳家之小说,杂家之小说,农家之小说,纵横家之小说,墨家之小说,兵家之小说,五音家之小说,伟哉小说,天下人何可轻视夫小说!唐代小说不一而足,李德(裕)之《次柳氏旧闻》,少涉神怪,且资劝戒。郑处诲之《明皇杂录》,其言卢怀慎好俭,家无珠玉锦绣之饰,津津不厌。张固之《幽闲鼓吹》,篇帙寥寥,而所言多开法戒,非造作虚词,无裨考证者。比下至于宋,则有钱易之《南部新书》,所记皆唐时故实,兼及五代,多采轶闻琐语,而朝章国典之因革损益,杂载其间。田况之《儒林公议》,所记建隆以迄庆历,朝廷政令,士夫言行,无不详载,亦间及五代十国时事,持论平允,不以恩怨亲疏为是非,公议之名,卓然不忝。司马光之《涑水纪闻》,杂记宋代旧事,起于太祖,迄于神宗,虽亦偶涉琐事,而国家大政为多。欧阳修之《归田录》,朝廷旧事,士夫谐谑,多所记载,自序谓以李肇《国史补》为法,而小异于肇者,不书人之过恶也。范镇之《东斋记事》,当时新法方行,而所述多祖宗美政,有鱼藻之意。刘延世之《孙公(谈)圃》,皆记闻于孙升之语,升虽列元祐党籍,而观其所论,既不满王安石,又不满苏轼,又不满程子,盖于洛、蜀二党之外,自行其意,无所偏附,则是书当为公议矣。赵令畤之《侯鲭录》,所记前辈遗事,及诗话文评,皆斐然可观。高晦叟之《珍席放谈》,于朝廷制度沿革,士夫言行得失,言之颇详。彭乘之《墨客挥犀》,皆记宋代轶事,及诗话文评。王谠之《唐语林》,所记故实,嘉言懿行,多与正史相发明。曾慥之《高斋漫录》,所述朝廷典制,及士夫言行,往往可资法戒,其品诗文供谐戏者,亦皆有理致可观。施得操之《北窗炙(輠)录》,所记皆前辈盛德,可为世法者。陈长方之《步里客谈》,所记多嘉祐以来,名臣言行,于熙宁、元丰之间,邪正是非,尤三致意焉。其论元祐党人,不皆君子,其见迥在宋人以上,其评论文章,亦多可采。叶绍翁之《四朝闻见录》,记高、孝、光、宁四朝事迹,绍翁之学,一以朱子为宗。至于元代,此类小说,亦为不乏。蒋子正之《山房随笔》,所记多宋末元初事,而叙贾似道误国始末尤详。杨瑀之《山居新语》,所记多有关政典,有裨劝戒。郑元祐之《遂昌杂录》,多记宋代轶闻,亦多忧时感事之言。逮至明代,耿定向之《先进遗风》,所录皆明代名臣言行,严操守,砺品行,端正者在所不遗,又多居家行己之事,而朝政不及焉,其意似为当时士夫讽也。由唐至明,小说近于此种者,相继相承。此为儒家之小说也。东方朔之《神异经》,文采缛丽,又其所著《海内十洲记》,好言神仙,字字脉望。道家之小说,曼倩为圭臬,而庄周为嚆矢。《南华》寄寓,实为野史之宗;东方诙谐,足辟稗官之学。一则感言身世,梦中胡蝶频来;一则隐讽奢淫,天上蟠桃可采。于是怀奇之客,继其绪余;语怪之家,效其体例。郭宪之《汉武洞冥记》,其言荒诞不可诘,其词华艳丽,亦迥异东京。秦王嘉之《拾遗记》,词条艳发,摘华掞藻。晋干宝之《搜神记》,多引古书。陶潜之《搜神后记》,文词古雅,体例严整。宋刘敬叔之《异苑》,所记皆神怪事,遣词简古,意态俱足。梁吴均之《续齐谐记》,所记异闻,恒为唐人所引用。任昉之《述异记》,好言神怪。唐薛用弱之《集异记》,涉于灵异,序述颇有文采。段成式之《酉阳杂俎》,为神怪小说之翘楚。宋徐铉之《稽神录》,所记皆唐末五代异闻。马纯之《陶朱新录》,所载皆宋时琐事,语怪者十之七八。洪迈之《夷坚支志》,

所记皆神怪之说。此为道家之小说也。有近于道家而实非道家,道家言神仙奇异,若言鬼物而又涉于因果者,则为墨家之小说(墨子明鬼,又言法律,专主因果之说)。隋颜之推之《还冤志》,精信因果。唐谷神子之《博异记》,所记皆鬼神灵迹,叙述雅瞻。宋郭彖之《睽车志》,所记皆奇异之事,取《易·睽卦》上爻载鬼一车之义为名,其书可以知矣。此墨家之小说也。唐郑綮之《三尺噱》,好言法律,往往讥古人妄行法者。宋僧文莹之《纠刑曼录》,言纣之虐政甚详,为他书所不见。此为法家之小说也。法家小说以外,又有所谓名家之小说。名与法相似。名家辨物定名,其又辨名定法。唐李肇所著《国史补》,自序谓言报应、叙鬼神、征梦卜、近帷薄则去之,纪事实、探物理、辨疑惑、示劝戒、采风俗则书之。此为名家之小说也。唐李涪之《浑仪管窥》,谈天好辨,放言阴阳。五代邱光庭之《日月球戏》,所言虚渺,非夷所思。此为阴阳家之小说也。汉刘歆之《西京杂记》,唐郑处海之《明皇杂录》,宋王巩之《甲申杂记》《随手杂录》,元郑元祐之《遂昌杂录》,皆博引杂采,搜罗宏富。若《太平广记》五百卷,《分门古今类事》二十卷,则为杂记小说之巨观者也。《太平广记》分五十五部,所采书三百四十五种,古来奇文秘笈,搜采无遗。《分门古今类事》,书分十二门,亦为采掇渊博。此为杂家之小说也。宋陶毂之《耕稼笑柄》,侈谈神农时耕稼之事。此为农家之小说也。宋彭乘所著《汉武凿空》,文采伟丽。此为兵家之小说也。宋高晦叟之《珍席放谈》,陈师道之《后山谈丛》,刘延世之《孙公谈圃》,孔平仲之《孔氏谈苑》,蔡绦之《铁围(山)丛谈》,王君玉之《国老谈苑》,王昉之《道山清话》,皆雄辩高谈,洵有可观。此为纵横家之小说也。唐崔令钦之《教坊记》,所言多丝竹歌唱之事。此为音乐家之小说也。由是观之,小说非无谓也。迨后由文言小说而流为白话小说,则不足观者多矣。非白话小说之体为不足观,中国白话小说内容足观者,盖绝无仅有也。写艳情则微言相入,花艳丹唇,美态入神,云鬓绿鬓;雕帘绣轴,挑锦停功,宝树琼轩,浣纱见影;丹莺紫蝶,雄雌同梦,东鲽西鹣,山海同盟。花笺五幅,眷天涯之美人;琼树一枝,狎兰房之伎女。写哀情则织回文之锦,目断意迷,首步摇之冠,形单影只。白石沈海,钗断琴焚,古井无波,泪干肠折。写情小说,千篇一律。此写情小说之弊也。写侠勇则红线飞来,碧髯闪去;座中壮士,嚼指断臂,帐下健儿,砍山射石;铁枪铜鼓,宝马雕弓,写一时之威,一战之勇;猿鹤虫沙,风声鹤唳,写一时之变,一日之穷。侠勇之〔小〕说,亦陈陈相因。此写侠勇小说之弊也。中国白话小说,不外乎情、勇,如历史小说亦注意于勇,诲淫小说亦注意于情,而小说之材料,往往相沿相袭,此中国白话小说之所以不发达也。又有奇者,袭其名又袭其实,自为翻陈出新之作。如邱氏著《西游记》,而后人又著《后西游记》;元人著《西厢记》,而后人又著《西厢记》;曹氏著《红楼梦》,而后人又著《红楼梦》。画虎类狗,刻鹄成鹜,诚不足观也。中国小说分两大时代:一为文言小说之时代,一为白话小说之时代。文言小说原于诸子之学,白话小说亦有诸家之学。白话小说分数家:说近考据,则为考据家之小说;言涉虚空,则为理想家之小说;好用诗词,则为词章家之小说;言近道德,则为理学家之小说;好言典故,则为文献家之小说;好言险要,则为地理家之小说;点缀写情,则为美术家之小说。白话小说亦有可观者。呜呼!为白话小说者,往往蚁视小说,而率尔为之,此白话小说之所以不足观也。本社有鉴于此,不揣固陋,刊发报章,月出一册,光诜说部。镜花水月,未免离奇,海市蜃楼,固当夸饰;托雕金饰璧之管,抒谈天雕龙之辩。知者见知,仁者见仁,知言君子,倘有取乎?

例胜班猪,义仿马龙,稗官之要,野史之宗。万言数代,一册千年,当时事业,满纸云烟。作历史小说第一。

天有飞鸢,渊有跃鱼,倏忽如矢,环转如车。事悟于脑,理见于心,味道研几,探赜钩深。作哲理小说第二。

人有敏悟,事有慧觉,非夷所思,钩心斗角。想入非非,觏不数数,有胜百智,无失千虑。作理想小说第三。

政由于习,理由于性,事有准的,人有百行。或尚于智,或崇于德,或贵于学,或尊于力。作社会小说第四。

莫著于隐,莫显于微,秘密之事,不翼而飞。幻之又幻,奇之又奇,画皮术工,用兵阵疑。作侦探小说第五。

红线之流,粉白剑青,刀光耀夜,剑气射星。儿女心肠,英雄肝胆,劳瘁不辞,经营惨淡。作侠情小说第六。

为国猿鹤,为民牺牲,福不若祸,死贤于生。头颅换金,肝脑涂地,三军夺帅,匹夫持志。作国民小说第七。

金粉销夜,莺花钱春,恨中之事,梦中之身。珠钗成云,胭脂生花,藏姬在屋,有女同车。作写情小说第八。

东方诙谐,笑骂百方,容心指摘,信口雌黄。由明为晦,由无生有,金鉴在心,词锋脱口。作滑稽小说第九。

宝马雕弓,鼓声剑光,旗欤阵欤,正正堂堂。铜鼓卧野,铁锁沈江,枪林弹雨,威猛绝双。作军事小说第十。

黄沙白草,石竭断碑,英雄豪杰,表扬为宜。独运神斧,以成心匠,抒我丽辞,言其真相。作传奇小说第十二〔一〕。

墨金笔玉,组织丛说,他若传记、劄记、短篇、杂录,则时选登载,寸锦鳞文,亦属凤毛麟角也。丙午九月,陆绍明谡。

《月月小说》第一年第三号(1906年)

《小说闲评》叙

寅半生

十年前之世界为八股世界,近则忽变为小说世界,盖昔之肆力于八股者,今则斗心角智,无不以小说家自命。于是小说之书日见其多,著小说之人日见其夥,略通虚字者无不握管而著小说。循是以往,小说之书,有不汗牛充栋者几希?顾小说若是其盛,而求一良小说足与前小说媲美者卒鲜。何则?昔之为小说者,抱才不遇,无所表见,借小说以自娱,息心静气,穷十年或数十年之力,以成一巨册,几经锻炼,几经删削,藏之名山,不敢遽出以问世,如《水浒》《红楼》等书是已。今则不然,朝脱稿而夕印行,一刹那间即已无人顾问。盖操觚之始,视为利薮,苟成一书,售诸书贾,可博数十金,于愿已足,虽明知疵累百出,亦无暇修饰。甚有草创数回即印行,此后竟不复续成者,最为可恨。虽共推文豪之饮冰室主人亦蹈此习(如《新罗马传奇》《新中国未来记》俱未成书),他何论焉。鄙人素好小说,于近时新出诸书,所见已不下百余种,求其结构谨严,可称完璧者,固非无其书,而拉杂成篇,徒耗目力,阅之生厌者,不知凡几。甚且有一书而异名者,几令购者望洋生叹,无所适从。因决意嗣后凡阅一书,必撮其纲领,纪其崖略,兴之所到,或间以己意评骘是非。随见随书,不分体类,汇为一编,颜曰《小说闲评》,以为购小说者作指南之助,云胡不可。是为叙。光绪丙午春季,寅半生识于镜秋阁。

《游戏世界》第一期(1906年)

《新世界小说社报》发刊辞

呜呼!中国教育之不普及,其所由来者渐矣。《汉志》九家,除小说家外,其余皆非妇孺所能与知之事。班氏谓其流盖出于古之稗官(如淳注引《九章》:细米为稗。王者欲知里巷风俗,故立稗官,使称说之),而且与八家鼎峙,则小说之重可知;小说视为官书,则通行于朝野可知。观于师箴矇诵,为后世盲词之滥觞,其实古之经筵,即今之盲词也。虽以君相之所讲求,亦不外妇孺所能与知之事,故君心易以启沃,而小说之为用广也。后世若《太平御览》,若《宣和遗事》,犹存稗官之意。元重词曲,至以之取士,则其宫廷之间,小说当不尽废。自明世经筵,专讲经史,于是陈义过高,获益转鲜。自此以后,小说流行之区域,盛于民间;士大夫拘文牵义,禁子弟阅看小说,陆桴亭至目为动火导欲之物。盖上不以是为重,则事不归官,而无知妄作之徒,畅所欲言,靡所顾忌,讽劝之意少,而蛊惑之意多,荒唐谬悠之词,连篇累牍,不一而足,无宗旨,无根据,而小说乃毫无价值之可言。虽然,以今日而言,小说乃绝有价值之可言。

何以言之?文化日进,思潮日高,群知小说之效果,捷于演说报章,不视为遣情之具,而视为开通民智之津梁,涵养民德之要素;故政治也,科学也,实业也,写情也,侦探也,分门别派,实为新小说之创例,此其所以绝有价值也。况言论自由,为东西文明之通例,仁者见仁,智者见智,亦华夏先哲之名言。苟知此例,则愿作小说者,不论作何种小说,愿阅小说者,亦不论阅何种小说,无不可也。同人有见于此,于是有《新世界小说》之作。盖庄言正论,不足以动人,号为读书之士,尚至束阁经史。往往有圣贤千言万语所不能入者,引一俗谚相譬解,而其人即能恍然于言下。口耳流传,经无数自然之删削,乃有此美玉精金之片词只语与经史而并存,世界不毁,则其言亦不毁。此一说也。有释奴小说之作,而后美洲大陆创开一新天地;有革命小说之作,而后欧洲政治特辟一新纪元。而以视吾国,北人之敢死喜乱,不啻活演一《水浒传》;南人之醉生梦死,不啻实做一《石头记》。小说势力之伟大,几几乎能造成世界矣。此一说也。官场之现形,奇奇怪怪;学堂之风潮,滔滔汩汩。新党之革命排满也,而继即升官发财矣;新乡愿之炫道学、倡公理也,而继即占官地、遂私计矣。人心险于山川,世路尽为荆棘,则其余之实行奸盗邪淫,与夫诈伪撞骗者,更不足论矣。耳所闻,目所见,举世皆小说之资料也。此又一说也。要而言之,小道可观,其蕴蓄于内者,有小说与世界心理之关系,哲学家之所谓内籀也;其表见于外者,有小说与世界历史风俗之关系,哲学家之所谓外籀也。请再进而备言之。

小说与世界心理之关系

夫为中国数千年之恶俗,而又最牢不可破者,则为鬼神。而鬼神之中,则又有神仙、鬼狐、道佛、妖魅之分。小说家于此,描写鬼神之情状,不啻描写吾民心理之情状。说者谓其惑根之不可拔,几几乎源于胎教。盖以吾国之迷信鬼神者,以妇女为最多,因而及于大多数之国民。近日识时君子,恒以吾国民无母教为忧;讵知其脑筋中自然而受之母教,鬼神实占其大部分,此皆言鬼神之小说为之也。顾昔日以小说而愈坚其鬼神之信,今宜即以小说而力破其鬼神之迷。不见夫通常社会中所行为,实鬼事多而人事少乎?此固无可讳者也。故欲贯输以文明之幸福,非先夺其脑筋中大部分之所据,而痛加以棒喝,以收夫廓清摧陷之功,不可得也。

其次则为男女。其为不正之男女,则必有果报;其为虽不正而可以附会今日自由结婚之男女,则必有团圆。最奇者,尚有非男非女,而亦居然有男女之事;盖以男女为其因,而万事皆从此一因而起。夸说功名,则平蛮封王,而为驸马也;艳称富贵,则考试及第,而为裔婿也。其先则无不贫困之极,其后则无不豪华之极。由是骄奢淫佚,而为纨袴,为劣绅,为势恶土豪,为败家子,皆从此派而生。使观其书者,如天花之乱坠,而目为之迷,神为之炫。此小说中普通之体例,然实即代表民俗普通之心理也。

小说与世界历史风俗之关系

观小说者,无端歌哭,无限低回,而感情最浓者,其在兴亡之际乎!借渔樵之话,挥沧桑之泪,痛定思痛,句中有句,忌讳既多,湮没遂易;其有大书特书者,出之虽后,则至可宝贵矣。中国数千年来,有君史,无民史。其关系于此种之小说,可作民史读也。夫有兴亡之事,则有一切扰乱战争之事,然其时之罹于锋镝,与其后之重见天日,必有一番舜、桀之渲染。虽其说半不足据,而当时朝廷之对待民间,为仁为暴,犹可为万一之揣测。况专制时代,凡事莫不以君主为重心,由小说而播于演剧。而演剧则更足为重心所在之证者,则俗语所谓"十出九皇帝"是也。皇帝为独一无二富贵无比之称号。其狂妄不轨之徒,窃以自娱者无论矣;即至童乳戏言,亦往往以此称号为口头禅,以自拟而聊快其无意识之歆羡。而不知扰乱之种子,即隐含于此。故兴亡俨如转烛,平添无数小说之材料。剧演则为其试马场也,平话则为其演说场也(平话俗谓之说书),而世界遂随而涌现于此时矣。

其他若官吏,若绅衿,若士庶人,合而成一大社会,分之则各有一小社会,皆依附此重心以为转移。官吏、绅衿、士庶,既随此重心为转移,则官吏、绅衿、士庶所为之事,形容其事者为世态,而态有炎凉之分;左右其事者为世情,而情有冷暖之异;皆所以点缀此世界者也。而非小说不足以传之,传之而善者以劝,恶者以惩,清者以扬,浊者以激。

总而言之,凡世界所有之事,小说中无不备有之;即世界所无之事,小说中亦无不包有之。忽而大千世界,忽而须弥世界,忽而文明世界,忽而黑暗世界,忽而强权不制世界,忽而公理大明世界:种种世界,无不可由小说造;种种世界,无不可以小说毁。过去之世界,以小说挽留之;现在之世界,以小说发表之;未来之世界,以小说唤起之。政治焉,社会焉,侦探焉,冒险焉,艳情焉,科学与理想焉,有新世界乃有新小说,有新小说乃有新世界。传播文明之利器在是,企图教育之普及在是,此《小说世界》之所以作也。大雅君子,其诸有取于斯!

《新世界小说社报》第一期(1906年)

论小说之教育

有专门之教育,有普通之教育,而总之皆于愚民无与也,则必须有至浅极易之教育。天下不能尽立学堂也,即能尽立学堂,吾知天下之人亦必不能尽入学堂。语言文字不相合,一也;碍于营生,二也;正言理说,格格而不入,三也;有窜宅其筋脑之迷信,非补习半日之功所能夺,四也;以道听涂说为习惯,见校地如囚牢,五也。然则,欲使其人不入学堂而如入学堂,使其人所居之地虽无学堂而(如)有学堂,舍小说其莫由矣。

虽然,小说流行之区域,今日非不多且广,小说组织之机关,今日非不完且备,而总之仍于愚民无与也。是何哉?是盖斗小说之心思,炫小说之文章笔力,而皆非小说之教育。小说之教育,则必须以白话。天下有不能识字之人,必无不能说话之人。出之以白话,则吾国所最难通之文理,先去障碍矣。或曰:能说话者,究未必皆能识字。然使十人之中,苟有一人识字,则其余九人即不难因此一人而知其事。况吾民恒性,每阅小说,最喜于人前讲述,则识字者固得神游之乐,不识字者亦叨耳食之功。惟自来小说,惑人者多,益人者寡,非奸盗邪淫之纵恶,即神仙鬼怪之荒唐。下流社会中,虽不能读经史等书,未有不能读小说者;即有不读小说,未有不知小说中著名之故事者;一言以蔽之曰:易于动人而已。惟其易于动人,即将其法而正用之,则昔以惑人者,今可以之益人。昔人谓吾民无知,既受二氏之毒,又受小说之毒,则吾民固素以小说为教育也。今请得而正用之,演以白话,仍以小说谋教育之普及,而谓为小说之教育,阅者盍注意焉。

一以小说改良戏剧而教育之。近者京师创演杭州旗营惠兴女士以身殉学之事,观者至哭失声。是则欲移动吾民之劣根性,莫如演各爱国、爱同胞悲壮苍凉之剧。昔拿破仑谓:"最易感人者,莫如悲剧。"诚哉是言!睹俄人分割波兰之惨,而不堕泪者,其心必石,其眼必肉。吾闻喜听戏者,地球上普通之性质也。借此性质之相同,而变易之,提倡之,士大夫指导社会之责也。

一以小说改良平话而教育之。直隶于通衢茶馆中演说时事,吾尝谓不如出之以小说,使说书者口讲指画,如见如闻,其感人为易入。明末柳敬亭辈,至与朝士相往还,知其人虽只以口技博衣食,而实隐操教育社会之权。惟其脚本不能改良,故所造于社会者,有恶果而无善果。若一旦以有益于人之事,当众演讲,而仍不改听书诸人之习惯,人见向所说者,皆不根之谈,而今则皆人生所宜必知之事,则不啻于通衢茶馆中,而立无数之学校焉,有不闻而相劝者乎?

一以小说附诸图片而教育之。其图片先举中国之恶俗,如缠足、喫烟之类,如迎神赛会、婚丧靡费之类,又如法人败于师丹,以油绘败状,激发国耻之类。有图有说,识字者可以阅看,是盖不啻缩本之戏剧焉。况演一戏剧,其价不赀,则及人尤隘;购求图片,其价甚廉,则人人得以普及乎?

不然,以国民四万万之众,而愚民居其大多数,愚民之中,无教之女子居其大多数,此固言教育者所亟宜从事,而实不知所从事者也。说者谓:二十世纪之民族,必无不学而能幸存于地球之理。然则以至浅极易小说之教育,教育吾愚民,又乌可缓哉!乌可缓哉!

《新世界小说社报》第四期(1906年)

论科学之发达可以辟旧小说之荒谬思想

主唯物论者,谓有世界而无思想;主唯心论者,谓有思想而无世界:二者相衡,后说近是。盖世界之所有者,固为思想之所能到;即世界之所无者,亦不必为思想之所不能到。故思想可以造世界,世界不可以造思想。

曷言之？世界之始辟也，准生物进化之例，最下等之动物则最初生，最高贵之动物则最后生。猿化为人，未离猿性，故原人之时代，獉獉狉狉，图腾之社会，浑浑噩噩。饥则思食，寒则思衣，健则思动，疲则思卧，以嬉以游，玩岁送日，一切器具未备也，一切制度未修也。洎乎贤智代作，殚精竭虑，兴耒耜，植桑麻，治宫室，作舟车，恶者思美，窳者思精，缺者思全，拙者思巧，而未已也。养生之事备，则卫生之事起，疾病思疗治，患难思扶持；异类相扰，同类相残，则思有以抵抗之，调和之。经数千百年之组织，递衍递进，乃始由朴而华，由简而繁，由野蛮而文明，以有此今日之世界。向使圆颅方趾之俦，长此不识不知，何思何虑，任天行以终古，则荆棘满道路，禽兽遍国中，人类之灭绝久矣，何世界之有哉？吾故曰：思想者，所以造成世界者也。

虽然，炊沙不可以成饭，磨石不可以成针。思想犹光线也。无数之光线，范以聚光镜，则汇于一点；若以粗劣之质承之，则散漫而无所归宿。科学者，思想之聚光镜也。一锅水之沸腾，经瓦特之积思，而成汽机之宏用；一苹果之堕地，经奈端之积思，而得月离之真数；一寺灯之悬摆，经加利之积思，而获时计之妙用。循公例，明界说，精诚所至，金石可开。否则，以好奇之心，发为不规则之谬想，横溢无际，泛滥无归，如我国旧小说之所演述者，诚不足当格致之士一噱也。

且夫天下事，其成也有自，其来也有渐，造何种因，结何种果，有断然者。民之初生，知识蒙稚，少见多怪，途逢橐驼，谓马肿背，世间形形色色，莫明其故，则惊谓神奇。而一切众生，又罔不贪生而恶死。圣人乃因势利导，假神道以设教，谓临之在上、质之在旁者，实操赏善罚恶之权，以警愚顽，以补政刑之所不及，而多神之教，由是浸成风俗。秦、汉而降，佛、老踵兴，凡烧丹炼汞、白日飞升之术，与夫天堂地狱、轮回果报之说，于神权专制之时代，入襞积未深之脑膜，其力自足使人信奉之、崇拜之，如一幅白缣，染以颜色，则深印不磨。而其间之影响于社会，最为酝酿深沉，具绝大之魔力者，则莫如各种小说。

闻古之王者，欲知里巷风俗，则立稗官以称说之。是小说者，纪实也。自文人好奇，喜借荒唐之事，显幽怪之情，子虚乌有，概属寓言，是以东方朔之《十洲记》，郭宪之《洞冥记》，魏伯阳之《参同契》，葛洪之

《神仙传》，干宝之《搜神记》，王嘉之《拾遗记》，类皆缒幽凿险，多不经人道之语，以惊世而骇俗。唐、宋以后，著作益多，搜奇录怪者，更不一而足。读《杜阳杂编》，则知罗浮先生之有分身术；读《幻异志》，则知殷七子之有留声法。《水浒传》之写戴宗也，则夸其两足之神行；《西游记》之演孙悟空也，则称其有七十二般变化。至于冷于冰之发掌心雷，左瘸师之作五里雾，哪吒太子之乘风火轮，土行孙之遁走地中，则见之于《绿野仙踪》及《平妖传》《封神榜》等书。离奇怪诞，莫可究诘。而豆棚聚话之村农，乡塾说书之学究，方且奉为秘本，言者凿凿，听者津津。噫！一般社会之迷信，大略可知矣。

不宁惟是。明明为天空之闪电也，而《酉阳杂俎》则以为介休王之旗旛十八叶，《述异记》则以为撞石鼓于八方之荒，而雷公电母之謷谈无论矣。明明为环绕地球之卫星也，又必虚构一广寒宫，而姮娥窃药、吴刚折桂之说，则散见于各种史矣。明明为无数恒星聚成此星团也，则称之曰"天河"，而有牵牛、织女架桥渡河之附会矣。明明为日光折入雨点，对映而成虹也，则以为龙王投水所致矣。明明为海水化汽而成雨，空气冲突而成风，则诬指为雨师所司、风伯所掌矣。明明为七十二原质以化合此肉体也，则称之为黄土抟人矣。呜呼！物理学之不明，生理学之不讲，心理学之不研究，乃长留此荒谬之思想于莽莽大地、膻膻群生间，其为进化之阻力也无疑。

虽然，立宪成而专制废，科学进而宗教衰。以彼耶、佛、回、袄各教多创立于科学未明之世，而又必归功于一尊，故万不能不借此各种谬想，以锢蔽人之聪明。彼著小说者，适堕其术中，而为各教之功臣。惟科学则与此等谬想实为大敌，实有不容并立之势。如代数式之一正一负，彼此相消，负数多者消后得负，正数多者消后得正。今试举一二事以证之：物理学家之论物质，有不相入之公性。而俗夸遁甲术者，谓人能入地奔驰。夫地面无户，地中无隧道，而曰奔驶，是两物同时并在一处，何以解于物性不相入之理？又物体之重，少于同容积之气体，则浮于空中。今俗称龙为神物，能腾行空间，往来自如。然世俗所绘龙像，则又蛇身四足，无两翼以鼓气，是龙亦筋肉体，必较重于空气，何以解于物体轻于气体则浮之理？准此推之，以真理诘幻状，以实验捣虚情，虽庄、惠之所乐也,而渔父袭之以网罟;舞雩之木,孔、曾之所憩也,而樵者继之以斤斧。若物非有形,心无所住,则虽殉财之夫,贵私之子,宁有对曹霸、韩干之马,而计驰骋之乐,见毕宏、韦偃之松,而思栋梁之用,求好逑于雅典之偶,思税驾于金字之塔者哉?故美术之为物,欲者不观,观者不欲;而艺术之美所以优于自然之美者,全存于使人易忘物我之关系也。

而美之为物有二种:一曰优美,一曰壮美。苟一物焉,与吾人无利害之关系,而吾人之观之也,不观其关系,而但观其物;或吾人之心中,无丝毫生活之欲存,而其观物也,不视为与我有关系之物,而但视为外物,则今之所观者,非昔之所观者也。此时吾心宁静之状态,名之曰"优美之情",而谓此物曰"优美"。若此物大不利于吾人,而吾人生活之意志为之破裂,因之意志遁去,而知力得为独立之作用,以深观其物,吾人谓此物曰"壮美",而谓其感情曰"壮美之情"。普通之美,皆属前种。至于地狱变相之图,决斗垂死之象,卢江小吏之诗,雁门尚书之曲,其人固氓庶之所共怜,其遇虽戾夫为之流涕,讵有子颀乐祸之心?宁无尼父反袂之戚?而吾人观之不厌千复。格代之诗曰:

> What in life doth only grieve us,
> That in art we gladly see.
> 凡人生中足以使人悲者,于美术中则吾人乐而观之。(译文)

此之谓也。此即所谓壮美之情。而其快乐存于使人忘物我之关系,则固与优美无以异也。

至美术中之与二者相反者,名之曰"眩惑"。夫优美与壮美,皆使吾人离生活之欲,而入于纯粹之知识者。若美术中而有眩惑之原质乎,则又使吾人自纯粹之知识出,而复归于生活之欲。如粔籹蜜饵,《招魂》《七发》之所陈;玉体横陈,周昉、仇英之所绘;《西厢记》之《酬柬》,《牡丹亭》之《惊梦》,伶元之传飞燕,杨慎之赝《秘辛》:徒讽一而劝百,欲止沸而益薪。所以子云有"靡靡"之诮,法秀有"绮语"之诃。虽则梦幻泡影,可作如是观,而拔舌地狱,专为斯人设者矣。故眩惑之于美,如甘之于辛,火之于水,不相并立者也。吾人欲以眩惑之快乐,医人世之举国若狂,万人同梦,而迎刃以解,涣然冰消。是故科学不发达则已,科学而发达,则一切无根据之思想,有不如风扫箨、如汤沃雪者哉?

且吾尝涉猎欧洲史,而叹如路德、如哥白尼、如达尔文、如哥仑波诸大思想家未出现以前,一黑暗之世界也;既出现之后,一光明之世界也。盖思想虽可以造世界,而世界之光明与黑暗,全视其出入于各科学为比例差。故同此思想之能力,在我国人所贻笑荒谬者,苟以科学之理求之,亦终有可达之目的。轻气球之升于空中,俨然哪吒太子之踏风火轮也;汽车之迅驶于铁轨,俨然戴宗之神行法也;侦探家之易面改装,虽家人父子不能辨认,俨然罗浮先生之分身术、孙悟空之七十二般变化也;海底旅行、地底旅行之新发明,俨然土行孙之土遁法也;记声蜡丸之转机出声,俨然殷七子之留声术也。使他日者,磁电、气候两学新理日出,则将如谭浏阳所云,减轻月球之离心力,使与地球相切近,虽明皇夜游月宫之谰言,亦将可以实行矣。科学之不可思议如此。

呜呼!读周末诸子之书,多有与今之科学暗合者。一经秦皇、汉武之排斥百家,箝制士类,而如川决防,转令一切迷罔之识,悠谬之谈,流毒于人间。然自十字军东征,亚之文明输于欧;自各国开商战于东大陆,则欧之文明复输于亚。而今而后,倘科学大进,思想自由,得以改良小说者改良风俗,则将合四万万同胞鼓舞欢欣于二十世纪之新中国也。予日望之矣。

《新世界小说社报》第二期(1906年)

《小说七日报》发刊词

值物竞之剧烈,虑炎裔之就衰,民智未开,斯文有责。明通之士,于是或著或译,作为小说,以收启迪愚氓之效,非谓嬉笑怒骂,信口雌黄,藉以拾牙余之慧,求垄断之利已也。是以泰东西说部之作,虽亦不鲜,而其所以辅教育之不及,佐兴观之感觉者,意既深而法亦易,词虽浅而用则宏。若夫累牍连篇,妨人视力,影响殊少,蛇足殊多者,盖吾未之闻。今者浏览书肆,光怪陆离,名不胜数。其内容或数十页一卷,其措词或三五字成行,繁圈密点,观者亦为之目眯而神夺。改良社会乎?输灌文明乎?诸君子若各负有重大之责任也者。不才如蒙等,亦何敢搔首弄姿,效颦越女,则此小说之发刊胡为者?况乎外物输入,内资输出,日用消费,朘削已多;学海望洋,能逢原而沦委焉,则亦已矣。牖启之道,当在彼而不在此。作为无益害有益,更相寻于无已,则此《小说七日报》之发刊,又胡为者?然而人生积日而月,积月而年。以最多数之时间,用之于真挚,以最少数之时间,用之于不真挚,夫奚足怪?凡可以开进德智,鼓舞兴趣者,以之贡献我新少年,以之活泼其新知识,又奚不可?休沐之暇,与其溺志于嬉游,曷若萦情于楮墨?与其驰骛于情想,曷若绍介以见闻?高文鸿旨,虽非可率尔操觚;绮语佻词,亦岂敢自招笔谴?取资既廉,在作者非贪泉之爽酌,在购者亦不越菜酒之杖钱。杞人忧天,愚公移山,其或有效乎?非所敢期。若责以弋名钓利,雕虫非壮夫所为,则坊间新著诸册子,方汗牛而充栋焉,为本编之解铃矣。

《小说七日报》第一期(1906年)

《中国侦探案》弁言

中国老少年

孔子曰:"三人行,必有我师焉。"以人遇人且如是,况以国遇国乎?万国交通,梯航琛赆,累绎以及,以为我资,舍短从长,吾未敢以为非也。沾沾之儒,动自称为上国,而鄙夷外人,吾嘉其志矣,而未敢韪其言也。大抵政教风俗,可以从同者,正不妨较彼我之短长,以取资之;若夫政教风俗,迥乎不同者,亦必舍己从人,何异强方为圆,强黑为白,毋乃不可乎!然而自互市以来,吾盖有所见矣。所见惟何?曰:崇拜外人也。无知之氓,市井之辈,无论矣,乃至士君子亦如是。果为吾所短而彼所长者,无论矣,而于无所短长者亦如是。甚至舍吾之长,而崇拜其所短,此吾之不得不为之一恸者也。

买办也,细崽也,舆人也,厨役也,彼其仰鼻息于外人,一食一息,皆外人之所赐也,彼之崇拜外人,不得不尔也。彼之耳,外人之言之外,无所闻也;彼之目,外人之貌之外,无所睹也。其崇拜外人,其分也,彼其于崇拜外人之外,固无所事事也。彼其于外人之外,固无可容之者也。若是者,吾怜之,吾谅之。胡为乎俨然士夫,饱经史、枕典籍者,亦甘侪于此买办、细崽、舆人、厨役之列,而相与顶礼崇拜也?虽然,就吾所言,彼族之果有长于我者,又何尝不可崇拜也!

吾怪夫今之崇拜外人者,外之矢橛为馨香,我国之芝兰为臭恶;外人之涕唾为精华,我国之血肉为糟粕;外人之贱役为神圣,我国之前哲为迂腐;任举一外人,皆尊严不可侵犯,我国之人,虽父师亦为赘疣。准是而并我国数千年之经史册籍,一切国粹,皆推倒之,必以翻译外人之文字为金科玉律。吾观于此,而得大不可解者二:

一、取吾国本有之文法,而捐弃之,以从外人也。吾尝言,吾国文字,实可以豪于五洲万国,以吾国之文字大备,为他国所不及也。彼外人文词中间用符号者,其文词不备之故也。如疑问之词,吾国有"欤""耶""哉""乎"等字,一施之于词句之间,读者自了然于心目,文字之高深者,且置之而勿用。今之士夫为译本者,必舍我国本有之文词而不用,故作为一"?"以代之。又如赞叹之词,须靡曼其声者,如"呜呼""噫""嘻""善夫""悲夫"之类,读者皆得一见而知之,即施之于一词句之间者,亦自有其神理之可见;而译者亦必舍而勿用,遂乃使"!""!!""!!!"等不可解之怪物,纵横满纸,甚至于非译本之中,亦假用之,以为不若是,不足以见其长也者。吾怒吾目视之,而眦为之裂;吾切吾齿恨之,而牙为之磨;吾抚吾剑而斫之,而不及其头颅;吾拔吾矢而射之,而不及其嗓咽。吾欲不视此辈,而吾目不肯盲;吾欲不听此辈,而吾耳不肯聋;吾欲不遇此辈,而吾之魂灵不肯死。吾奈之何!吾奈之何!

一、取与吾国政教风俗绝不相关之书而译之也。虽然,与吾政教风俗无关者,或于吾国之前途,有所希望焉,是善本也,胡可以非之?吾于是不能无所感焉。吾友周子桂笙,通英法文,能为辗转翻译,尝语余曰:"吾润笔之所入,皆举以购欧美之书,将择其善者而译之,以饷吾国。然而千百中不得一焉,吾深悔浪掷此金钱也。非西籍之尽不善也,其性质不合于吾国人也。"呜呼!今之译书者,何不皆周子若?昔者从事《字林沪报》,与张子韦之共事。张子手一西籍,余叩何书,曰:"笑柄也,亦吾国《笑林广记》类。"曰:"何不译言一二,使吾破颜?"张子为译解一篇,则殊不可笑。张子曰:"此西人之性质,所以异于吾人也,西人之读此篇,盖罔不绝倒者矣。此吾之所以屡思译之,而不敢率尔操觚者也。"呜呼!今之译书者,何不皆张子若?

文法词句,请俟世之文豪论定之,吾请言译书之种类。迩日竞尚小说矣,竞尚译本小说矣。小说之足以改良社会,时彦既言之不一言矣。然其所以能改良社会者,以其能动人感情也。吾每购读译本小说,其足以动吾之感情者,盖十不一二焉,此吾之所以咎译者也。然而今之购读译本者,其为我若,为不我若,则不得而知也。

小说之种类,曰:写情也,科学也,冒险也,游记也,其种类不一。其内容之果能合于吾国之社会与否,不能一概而论定之;其能改良吾国社会与否,尤不能一概而论定之。而诸种类之外,别有一种曰侦探小说。吾每读之,而每致疑焉,以其不能动吾之感情也。乃近日所译侦探案,不知凡几,充塞坊间,而犹有不足以应购求者之虑。彼其何必购求侦探案,则吾不知也。访诸一般读侦探案者,则曰:侦探手段之敏捷也,思想之神奇也,科学之精进也,吾国之昏官、聩官、糊涂官所梦想不到者也。吾读之,聊以快吾心。或又曰:吾国无侦探之学,无侦探之役,译此者正以输入文明。而吾国官吏徒意气用事,刑讯是尚,语以侦探,彼且瞠目结舌,不解云何。彼辈既不解读此,岂吾辈亦彼辈若耶!呜呼!公等之崇拜外人,至矣尽矣,蔑以加矣。虽然,以此种之小说,而曰欲藉以改良吾之社会,吾未见其可也。

吾读译本侦探案,吾叩之译侦探案者,知彼之所谓侦探案,非尽纪实也,理想实居多数焉。吾又间尝寻味著书者之苦境,则纪实易而理想难,纪实浅而理想深。盖纪实,叙事耳;理想则必有超轶于实事之上,出于人人意想之外者,乃足以动人。今所译之侦探案,乃如是,乃如是,公等且崇拜之,此吾不得不急辑此《中国侦探案》也。仆有目,公等亦有目;仆有神经,公等亦有神经;仆祖中国,公等未必不祖中国。请公等暂假读译本侦探案之时晷、之目力,而一试读此《中国侦探案》,而一较量之,外人可崇拜耶?祖国可崇拜耶?

吾之辑是书也，必求纪实，而绝不参以理想，非舍难而就易，舍深而就浅也。无征不信，不足以餍读者，且不足以塞崇拜外人者之口也。惟是所记者，皆官长之事，非役人之事，第其迹近于侦探耳。然则谓此书为《中国侦探案》也可，谓此书为《中国能吏传》也，亦无不可。光绪丙午孟春中国老少年识。

1906年上海广智书局版《中国侦探案》

《中国侦探案》凡例

吴趼人

一、是书之辑，或得之故老传闻，或得之近人笔记，间有佚其人名地名者，皆仍之，不为妆点，以昭核实。

一、初辑之始，本拟辑自某书者，皆于每条下注之，以避掠美之嫌。乃有从前曾见之于册籍，今已无其书，忆录之而不及其书名者，故皆置之。惟大雅君子谅焉。

一、我国迷信之习既深，借鬼神之说以破案者，盖有之矣，采辑或不免及此。然过于怪诞者，概不采录。

一、此虽稗官之类，要亦纪事之书，笔墨究宜简洁；且一部书，尤宜以一手笔墨出之。故事迹虽系采辑，而叙事之间，不全抄原本，间多点窜，且有舍其原稿而别为之者。点金成铁耶？点铁成金耶？惟读者金铁之。

一、是书所辑案，不尽为侦探所破，而要皆不离乎侦探之手段，故即命之为《中国侦探案》。谁谓我国无侦探耶？

一、所辑各书内所载事迹，或不仅如所辑者，则其前后事，皆无关于侦探，故皆不备录。

1906年上海广智书局版《中国侦探案》

《天足引》白话小说序例

程宗启

一、我这部书,是想把中国女人缠足的苦处,都慢慢的救他起来。但是女人家虽有识字的,到底文墨深的很少,故把白话编成小说。况且将来女学堂必定越开越多,女先生把这白话,说与小女学生听,格外容易懂些。就是乡村人家,照书念念,也容易懂了。所以我这部书,连每回目录都用白话的。

一、凡是做书的,多喜欢用古典,卖弄他的才学。那怕做小说,多不肯脱了这个习气。如同这部,女人缠足的古典,要拉到书里运用起来,也就不少。但是我想用白话的书,越土越好。所以除窅娘等字眼外,一概不用他。宁可人家笑我肚皮里没有货的呢。

一、做白话的书,大概多用官话。我做书的是杭州人,故官话之中,多用杭州土音。想我这部书做的很不好,能彀杭州女人家大家看看,已是侥幸万分了;若是外府外县的女人,能赏个脸儿,看我这部书,想来土音虽不同,究竟也差不多的,又何必虑他呢!

1906年上海鸿文书局版《天足引》

《泡影录》弁言

儒冠和尚

余读破佛《栖霞传》,叹其清洁高旷,遗世独立;读《琵琶湖》,叹其风流蕴藉,秀逸宜人;读《闺中剑》,叹其温厚俊丽,风范可仰;读《三家村》,叹其苍凉惨淡,悱恻绝伦。今读《泡影录》,又叹其诙谐滑稽,顽皮无比。夫然后知破佛乃一喜变相之大禅师也。破佛尝自恨为家境所累,又不得一知己者,遂致强就时尚,为糊口计,糜耗精神于小说之中。悲夫！不然，具此才识，展其抱负，所见于世，未可臆测，岂读其游戏之文也，而遂能知其人乎？丙午七月下旬，儒冠和尚书于破佛维航处。

1906年小说林社版《泡影录》

《闺中剑》弁言

亚东破佛

是书宗旨在强种。强种之道在兴学。兴学又贵于普及，以成大同之化，故托名"普如堂"。

欲求振兴，必先务本。是书所为专重德育，而注意于家庭之间，故托为"课子"。

是书注意又重在开通妇人、稚子之智识，故托为"记事小说"，以助潜移默化之力。

家庭教育非男子所及任，以其无时，不当注意，殊形琐屑，且极委曲也，故是书又侧重女学。

各种技术基于算学，故是书于技艺之学独重算术，亦务本之意也。

德性之秉赋始于胚胎，怀孕之妇所当研究而慎重者。是书既重女学，故又附及胎教之说。

胎教即性命之学之起点，其道亦与卫生之理相辅并行，因又附及卫生之学。

卫生之理与医术又相为表里，故是书所记，又转及医学。

男女饮食，人之大欲存焉，故是书亦有男女感慕之事；然必止于礼，归于正，可以观，可以兴，非寻常艳情小说之所可同日语者。

1906年小说林社版《闺中剑》

《闺中剑》评语

荫　庵

小说之叙家庭不难，而叙尚德育之家庭则甚难。叙尚德育之家庭，而又兼写艳情则更难。写艳情而不妨于德育，反能有裨益于德育，则难之又难。

是书之写艳情，既不写于风流倜傥之林霞章，及乖巧伶俐之和素玉；又不写于幽娴贞静之黄雅君，及温柔和顺之齐岱云；而独写于高旷豪快之焦竹如。遂教绮丽风光，变为西山爽气，使读者之于野草闲花，皆有匪我思存之感。则其有裨益于德育，非浅鲜矣。

或以为卓生仅感于尚武数语，遽尔以画自衒，而竹如亦遽以萧史期之，儿女感情，毋乃太易。嘻！豪杰之士，倾盖如故；男女爱慕，岂必眉挑目引，需之时日而后两意相投耶？且焦林本系姨表姐弟，非邂逅相逢者可比，又安知其平时不存深意，于今日酒后，始得睹其气度，知其高旷，而后决然信之敬之爱之慕之，不自觉其神魂颠倒之流露也？

有男女然后有夫妇父子君臣，此《关雎》所以为王化之始，是编所为写艳情于焦林者也。然恐不善读者误认为诲淫之书，故又于启英、珍华写一天然之恋爱，就便发出以德养性以性制情之妙论。破佛著书，真乃占尽地步。

以六经作文章不难，以六经作小说则甚难。以圣贤天命性道之学作小说，仍能使老妪都能解，无异乎读寻常之小说，则难之又难。"谈天""说性""论情""胎教"四篇文字，既具精微奥妙之义，又能明白晓畅，苟非学贯天人，焉得有此煌煌大著作哉！有志于六经者，虽藉此为先导可也。

又是编写焦林之艳情，不叙竹如之容貌，相慕以德不以色也。写启英之恋爱，则叙珍华之美，见色动情，本于天性，然无邪念，未为恶也。履霜坚冰，慎于几微，见智见仁，读者自取之。

男女学校,未必尽如书中所言,然其腐败者亦正不少。薰莸混淆,使资顽固者之口实,诚堪痛恨,不得因急求开通风气之故,为之曲讳也。

1906 年小说林社版《闺中剑》

读《闺中剑》书后

儒冠和尚

余读古今中外小说家言千数百种,其价值之高,文章之妙,未有如《闺中剑》一书也。古人云:诵其诗,读其书,而知其人。破佛以饥寒故,橐笔沪上,求获菽水之资,以奉其母,非欲与市侩争利,亦非欲与一孔之儒争名也。故其为是书也,将藉为开发民智、挽救时弊、保存国粹之具,不欲资为渔利之饵。而其用笔之灵捷,制局之细密,写生之工致,所谓妙手偶得,非其意之所在也。而不知者,犹以为破佛欲以此区区小说自雄也,悲夫!

1906 年小说林社版《闺中剑》

《刺客谈》叙

新中国之废物

中国刺客之风,由来已久,荆轲之流,历朝具有。或以个人之私怨,或以国事之公义;事或见于传纪,或载于小说,美其名曰侠客,佳其号曰义士;实则一言以蔽之曰刺客而已。近数十年,俄国虚无之主义,膨胀一时,大臣被刺,年有所闻,上自俄皇,下及臣僚,莫不惴惴焉以虚无党为忧。然其行事之方针,势力之广大,与吾中国之所谓刺客者,迥然不同。近数年来,此风渐输于吾国,行刺暴举,屡见不鲜。其似虚无党与否,吾不敢知,而谓其中国之刺客,则吾敢断言。爰以所闻各事,编成小说,以博诸君子消遣之助。惟其事之有关于政治与否,编者识浅见陋,不敢妄加论断。既为小说,作小说观可耳。

1906年灌文新书社版《刺客谈》

校正《刺客谈》小说引言

南营蛮子

吾友顽石,著《刺客谈》小说成,命余校正漏误。余曰:此是近年实事,海上奇闻,以悲壮之笔,写成败之感,实情实理,有事有人,在下不但耳闻,皆曾眼见。更可喜,把区区也拉上了排场,做了一个序事的脚色。惹的俺哭一回,笑一回,怒一回,骂一回,那一班看书的君子,怎晓得俺就是代表之人。右仿故明老赞礼说词,引以为序。时在丙午春三月十九日,即西历一千九百零六年四月十二号。

1906年灌文新书社版《刺客谈》

《补译华生包探案》序

商务印书馆主人

最先译包探案者,为上海《时务报》馆,即所谓《歇洛克·呵尔唔斯笔记》是也。"呵尔唔斯"即"福而摩斯","滑震"即"华生",盖译写殊耳。嗣上海启明社续译凡六则,上海文明书局复选择之凡七则,顾华生自言尝辑福生平所侦奇案多至七十件,然则此不过三分之一耳。时人多以未睹全书为憾。本馆乃先取 The Memoirs of Sherlock Holmes 中所遗六则补译之。或曰:是不过茶余酒罢遣兴之助,何裨学界,奚补译为?虽然,是固可见彼文明人之情伪。异日舟车大通,东西往来益密,未始不可资鉴戒;且引而伸之,亦可使当事者学为精审,免卤莽灭裂之害,然则又未必无益也。本馆将持此意,裒集华生所记,以赓续之。世之人,其必有韪余言者。光绪二十九年癸卯仲冬上海商务印书馆主人序。

1906年商务印书馆版《补译华生包探案》

《老残游记》自叙

鸿都百炼生

婴儿堕地,其泣也呱呱;及其老死,家人环绕,其哭也号啕。然则哭泣也者,固人之所以成始成终也。其间人品之高下,以其哭泣之多寡为衡。盖哭泣者,灵性之现象也,有一分灵性即有一分哭泣,而际遇之顺逆不与焉。马与牛,终岁勤苦,食不过刍秣,与鞭策相终始,可谓辛苦矣,然不知哭泣,灵性缺也。猿猴之为物,跳掷于深林,餍饱乎梨栗,至逸乐也,而善啼。啼者,猿猴之哭泣也。故博物家云:猿猴,动物中性最近人者。以其有灵性也。古诗云:"巴东三峡巫峡长,猿啼三声断人肠。"其感情为何如矣!灵性生感情,感情生哭泣。哭泣计有两类:一为有力类,一为无力类。痴儿騃女,失果则啼,遗簪亦泣,此为无力类之哭泣。城崩杞妇之哭,竹染湘妃之泪,此有力类之哭泣也。而有力类之哭泣又分两种:以哭泣为哭泣者,其力尚弱;不以哭泣为哭泣者,其力甚劲,其行乃弥远也。《离骚》为屈大夫之哭泣,《庄子》为蒙叟之哭泣,《史记》为太史公之哭泣,《草堂诗集》为杜工部之哭泣;李后主以词哭,八大山人以画哭,王实甫寄哭泣于《西厢》,曹雪芹寄哭泣于《红楼梦》。王之言曰:"别恨离愁,满肺腑难陶泄。除纸笔代喉舌,我千种想思向谁说?"曹之言曰:"满纸荒唐言,一把辛酸泪;都云作者痴,谁解其中意?"名其茶曰"千芳一窟",名其酒曰"万艳同杯"者:千芳一哭,万艳同悲也。吾人生今之时,有身世之感情,有家国之感情,有社会之感情,有种教之感情。其感情愈深者,其哭泣愈痛:此鸿都百炼生所以有《老残游记》之作也。棋局已残,吾人将老,欲不哭泣也得乎?吾知海内千芳,人间万艳,必有与吾同哭同悲者焉!

1906年(?)天津日日新闻版《老残游记》

1907 年

《老残游记》二集自叙

鸿都百炼生

人生如梦耳。人生果如梦乎？抑或蒙叟之寓言乎？吾不能知。趋而质诸蜉蝣子，蜉蝣子不能决。趋而质诸灵椿子，灵椿子亦不能决。还而叩之昭明，昭明曰："昨日之我如是，今日之我复如是。观我之室，一榻、一几、一席、一灯、一砚、一笔、一纸。昨日之榻、几、席、灯、砚、笔、纸若是，今日之榻、几、席、灯、砚、笔、纸仍若是，固明明有我，并有此一榻、一几、一席、一灯、一砚、一笔、一纸也。非若梦为鸟而厉乎天，觉则鸟与天俱失也；非若梦为鱼而没于渊，觉则鱼与渊俱无也，更何所谓厉与没哉？顾我之为我，实有其物；非若梦之为梦，实无其事也。然则人生如梦，固蒙叟之寓言也夫。"吾不敢决，又以质诸杳冥。杳冥曰："子昨日何为者？"对曰："晨起洒扫，午餐而夕寐，弹琴读书，晤对良朋，如是而已。"杳冥曰："前月此日，子何为者？"吾略举以对。又问："去年此月此日，子何为者？"强忆其略，遗忘过半矣。"十年前之此月此日，子何为者？"则茫茫然矣。"推之二十年前，三十年前，四、五十年前，此月此日，子何为者？"缄口结舌，无以应也。杳冥曰："前此五十年之子，固已随风驰云卷，雷奔电激以去，可知后此五十年间之子，亦必应随风驰云卷，雷奔电激以去。然则与前日之梦，昨日之梦，其人、其物、其事之同归于无者，又何以别乎？前此五十年间之日月，既已渺不知其何之，今日之子，固俨然其犹存也。以俨然犹存之子，尚不能保前此五十年间之日月，使之暂留，则后此五十年后之子，必且与物俱化，更不能保其日月之暂留，断断然矣。谓之如梦，蒙叟岂欺我哉？"夫梦之情境，虽已为幻为虚，不可复得，而叙述梦中情境之我，固俨然其犹在也。若百年后之我，且不知其归于何所，虽有此如梦之百年之情景，更无叙述此情境之我而叙述之矣！是以人生百年，比之于梦，犹觉百年更虚于梦也。呜呼！以此更虚于梦之百年，而必欲孜孜然，斤斤然，骎骎然，狺狺然，何为也哉？虽然，前此五十年间之日月，固无法使之暂留，而其五十年间，可惊、可喜、可歌、可泣之事业，固历劫而不可以忘者也。夫此如梦五十年间可惊、可喜、可歌、可泣之事，既不能忘，而此五十年间之梦，亦未尝不有可惊、可喜、可歌、可泣之事，亦同此而不忘也。同此而不忘，世间于是乎有《老残游记》二集。

1907年天津日日新闻版《老残游记》

《(中外)小说林》之趣旨

处二十世纪时代，文野过渡，其足以唤醒国魂，开通民智，诚莫小说若。本社同志，深知其理，爰拟各展所长，分门担任，组织此《小说林》，冀得登报界之舞台，稍尽启迪国民之义务。词旨以觉迷自任，谐论讽时，务令普通社会，均能领略欢迎，为文明之先导。此《小说林》开宗明义之趣旨也。有志之士，盍手一编。

《中外小说林》第一年第一期(1907年)

文风之变迁与小说将来之位置

老　棣

一代文风之宗尚，即社会知识之通塞寓焉，亦国势之强弱因之矣。浮华词藻，盛于魏晋六朝，舞文弄墨，斗丽争妍，为之风靡。然试问词章能手、诗赋大家，果有关系于社会之智识与否？此不劳蓍蔡也。庶子春华，家丞秋实，既不能增长社会之知识，即无补于国事之前途，故东晋寖衰，而有五胡之变。李唐代兴，文词体例，稍为更变，用是其国势亦稍盛于六朝。爰及赵宋，理学争鸣，兼及训诂，并为一谈，遂括文人学士之脑筋，而聚于渺冥之地，日钻研于圣经贤传，纵或有补于道德问题，然而民智难开，国势斯弱，遂启蒙古。洎夫朱明，以八股取士，腐儒只研究起承转合,脑河日窄,自不足以致开通,何足以开通社会? 民气日颓,于是乎有甲申之变。满洲入关,八股取士之制,旧习相沿,于是乎有今日列国纷乘之祸。论者以为中国古来重文轻武,国势不强,遂生外患。然统观夫历史上文学变迁之大势,则知重文者未必遽非,特以文学之体例不良,使社会知识无自而开。斯其患已不浅矣。今也西化东渐,文风亦变,朝家亦知其故,于是舍八股而取策论。要其所以终无效果者,不特策论与八股,无五十步、百步之分,实则文学之患,在夫体例不良者,其患只其一;如其用笔高冥,入理深刻,无以启发下流社会,其患尤甚。进而言之,则圣经贤传,正论庄言,此传世之文,而非觉世之书也。传世者注重道德问题。顾在今日,则区区言道德不足以救国;且以今日为知识竞争时代,则必有注重道德问题,而尤注重夫知识问题者。合上、中、下三流社会于一炉而冶之,庶足以启民智,壮民气。如是,则舍小说其曷由哉? 舍小说其曷由哉?

吾国小说发达最迟,故民智开通亦最后。彼夫晚周诸子,已隐为小说家之滥觞。惜两汉之间,文学之士,不知忖天下大势之潮流,与夫社会知识之所由进,而有以扩充之耳。胡元一代,为外族入踞版图,施耐庵、罗贯中之徒,嫉世愤时,借抒孤愤。《水浒传》之作,所以寄田横海岛、夷齐首阳之志,而发独立之思想也;《三国演义》之作,所以寓尊汉统、排窃据之微言也。吾常有言:能熟读《水浒传》与《三国演义》者,必无愚鲁之人。盖其感觉力之宏大,诚有不可思拟者。独惜吾国学究,动以《水浒传》为诲盗,甚则谓男不可看《三国》。之二说也,吾不知其命意之所在,而总陷青年子弟于无知无识之中者,此罪断不能为若辈讳也。以施、罗二杰,卓识精心,逆知数百年后之风气,其足以转移社会者,非小说不为功。乃糟粕一切文词,决然舍去,一从力于小说,则今日之借以感觉人心者,其功非浅也。所异者,往昔文人非不知小说之重要。相传如曹雪芹之于《红楼梦》,李笠翁之于《金瓶梅》,皆窃他人之名著,而署以己名。果尔,则曹、李二子,非不知嗜爱小说也。苟知所爱,而求所精,何不可以自成一家,与施、罗二杰,同为觉世之先贤? 乃二子不出于此,此则吾所大惑难解矣。然观二十年以前,凡著小说者多不署姓名。此其故,或出于所撰之书,为当朝所忌;而尤以风气未开,不知小说之如何重要,著者不过以涉笔成趣为之,又于贤传圣经,拘守绳尺,稗官野史,不列于著作之林,故反以撰小说为辱而不以为荣。坐是之故,如借水浒之片地,寄独立之遐思,而大书特书为"东都施耐庵撰"者,能有几人哉!准此,则无怪开化最早之国民,至今而知识颓然落后也。谓余不信,则除凭空结撰之小说外,试问读《东周列国演义》与读《左传》者,其开通知识,孰优孰绌?又试问读《三国演义》与读《三国志》史者,其开通知识,孰优孰绌?吾知愚者亦必曰:读《东周列国演义》,与读《三国演义》者,其知识进步为较优也。夫如此比较,已浅而易见。而小说之发达独迟者,一误于拘迂学究,一误于顽锢父兄,不以小说为坏人心术,即以为废事失时。故阅者不多,而著者因之亦少,殆有由也。迩来,风气渐变。观各国诸名小说,如美国之《英雄救世》,英国之《航海述奇》,法国之《殖民娠喻》,日本之《佳人奇遇》,德国之《宗教趣谈》,皆借小说以振国民之灵魂。甚至学校中以小说为教科书,故其民智发达,如水银泻地。自文明东渡,而吾国人亦知小说之重要,不可以等闲观也,乃易其浸淫"四书""五经"者,变而为购阅新小说,斯殆风气之变迁使然欤?惜夫前著无多,今日尚多乞灵于译本耳。观于此,又叹吾国小说发达之迟迟为可憾也。然而一代文风之所趋,当视夫社会所宗尚。则犹今视昔,以验将来,敢决自今以往,为灌贯知识计,势将敝屣群书,而小说于社会上之位置,其将为文坛盟主哉!盖知识竞争之时代,凡风气上之变迁,固有不得不然者也。

懿夫!前哲金圣叹氏,自得评阅《西厢记》而还,慨然曰:遥计一二百年之后,天下之书,皆不足读,亦既废尽矣!是言也,殆洞观夫社会知识之关系,与风气所趋之大势,眼如观火,而发此不磨之论者哉!彼夫如佛如老,以至古称经传,手其一篇,如坐深夜雾中,其闷欲死。忽有所谓小说者,如补元剂,提其精神,如显微镜,增其眼光,斯诚快事哉!而谓其知识不从此而日进焉,吾不信也。然而著小说固难,阅小说亦殊不易。著者如何起,如何结,如建屋焉,间格贵精工,如绘事焉,点染求灵妙,皆贵惨淡经营;非借拾稗史一二事,得堆满若干字为一回,其淡如水,其直加线,便可以言著小说也。阅者亦知书中如何命意:读《东周列国演义》者,当知其注意交涉辞令;读《三国演义》者,当知其寓急尊汉统、排窃据；读《水浒传》者，当知其为独立喻言；读《金瓶梅》者，当知其痛骂世态炎凉；读《红楼梦》者，当知其警惕骄奢淫佚。研究其命意之所在，而细玩其笔法之何如，如是而阅小说，庶乎可也！然吾知自今以往，著小说者与阅小说者，皆进而益精。盖愈知其重要，则愈究其优劣。当此文学变迁之时代，风气所趋，民智所系，以如荼如火之小说，际此潮流，宁有不占文坛上最优之位置者哉！是以吾同人创此《中外小说林》，著述必求其精，资料必求其富。且既精矣，既富矣，既已风行矣，而仍日事改良，以求进步者，非徒不负责任，实亦自信，本社出世，与世道殊有关系，固为目前药世之金丹，而尤为后来不可多得之活宝者欤！

《中外小说林》第一年第六期(1907年)

义侠小说与艳情小说具输灌社会感情之速力

伯

天下虽有至愚至顽之辈，手不披诗书，口不道礼义，骤语以国家之义务，忠爱之热诚，彼必将为过耳之秋风，拘身之桎梏。何人之无情，一至于此！及与之一游玩戏之场，活泼其天真，鼓荡以物力，二三父老，社前树下，为之谈旧事，讲遗闻，或叙英雄之本色，或说儿女之私情，则彼又娓娓动听，句句留心，一若尽去其顽钝之气质者。伊何故哉？无他，感情之输灌使然也。况导以小说之明白晓畅，曲折奔赴，使人之脑筋为之一开，使人之神经为之一畅哉！是故《三坟》"五经"，非不古义深奥也，诸子、列史，非不文采斑博也，而求诸普通社会，能心解而神会者，又几何哉！则诚不如小说家之鼓吹风气，良足为转移社会之导引线矣。虽然，孔教衰，微言绝，外潮起，新风动。小说时代，或章回或短构，腾现亦夥矣。然崇拜豪杰，爱慕美人，实人类原有之特性。自图腾社会进步后，人类观感，犹于须眉巾帼之伟迹，称道弗衰。则今之欲挺笔濡墨，而移易社会感情，于小说时代中别高一帜者，其惟义侠小说，与艳情小说乎！夫亦曰人情之相近者，斯其感情为较捷耳。是又读者不可不知也。

神州大地，向产英灵，不特燕赵之间，称多感慨悲歌之士已也。然中国旧史，向无义侠名。太史公编列《游侠传》，独取荆轲、聂政、朱家、郭解之徒，其大旨，以仗义报仇者近是。成败虽不足论人，然个人上之感恩知己，求其舍生敢死，关系于国家主义者，又不数睹，遂使数千年文明大陆，如东洋之武士道，能动人国家思想者，不啻流风閴〔闃〕寂焉。悲夫！圣经贤传，颓人气魄；即所谓稗官野史，又无以表彰之，又何怪哉！则虽欲不让小说为功臣不得也。毛宗冈编《三国演义》，金人瑞编《水浒传》，虽其中莽夫怪状，不无可议；而披览蜀魏之争，人知讨贼，逼上梁山之席，侠血填胸，社会之感情，有触动于不自觉者。况今日者，大地交通，殉国烈士，中西辉映。而其人其事，为小说家者，又能运以离奇之笔、传以恳挚之思，稍有价值者，社会争欢迎焉。故比年以来，风气蓬勃，轻掷头颅，以博国事者，指不胜屈。即所谓下流社会者，亦群焉知人间有羞耻事。以是为义侠小说输贯之力，盖无多让焉。

艳情小说云者，非徒美人香草，柔肝断肠，导国民于脂粉世界中，作冥思痴想之讨生活已也。彼作者，固早挟一至情之主宰，借笔墨而形容之、流露之，以寄托其固结之爱情而已。盖天下有无名之英雄，决无无情之英雄。古往今来之伟大事业，孰非本其"情"之一字造去。然则小说家之注意一女子，极写其缠绵恻怛之意者，是诚默体社会之情，而主动其无形之输灌力也。《西厢记》之传奇也，其全篇结撰，注在张生之于双文，然男才女貌一也。吾尽吾情，苦心孤诣以为之，天下事作如是观耳。降而《金瓶梅》也，《桃花影》也，人骂为诲淫之书，然苟如其情以善用之，虽家国之大，民族之繁，无不可以情通达者，即无不可以情结合者。以今日小说界上大放光明，多有借男女之浓情，曲喻英雄之怀抱者，中国近事，东、西洋译本，无以异也。又岂惟读苏菲亚、罗兰夫人遗传，始足生人爱国之心也哉！

综而言之，义侠小说也，艳情小说也，均于楮墨间喻写其忠爱之悃忱者也，而亦即与人类普通社会性情之相近者也。夫天下惟相近者，乃能相入。有所观感，则其顽性去；有所触发，则其慧根生。输灌之神速，莫有逾于此者。吾知小说愈出而愈多，则社会愈感而愈众，有谁人不可以为义侠,谁人不可以为艳情耶?顾持此立论,必有误为过于附会者;然吾又得一比例,以旁证之。吾自念束发受书,情窦亦不过初启,国事之兴亡,人事之忠佞,固未达也。俄而追随伯叔诸兄,偶游剧场上,有所谓武生焉,小武焉,所演者,则狄青大战匈奴,王允计杀董卓故事也,种族之观念,政治之意想,若悠然生焉。及再易剧本,则有若红拂女私奔者,有若关王庙赠金者,才士穷途,美人巨眼,感慨激昂之气,又奋发不自知焉。谓非贯输感情之力之确据耶!则义侠小说、艳情小说之感人,更可知矣。

昔金人瑞有言:自此以往,二百年后,凡百经书,均将消灭而无可读,惟变成一小说时代耳。呜呼!金人瑞之言,今日何其验也。此其所以然者,逆料古书糟粕,不可以为转移社会之杓柄;惟小说之鼓舞民气,足以助成新世界之开通,而大瀹其智钥耳。吾观各国之变政也,其国之文学家,多出其政治等等小说,以促其潮流,社会党交赞成而归向之,卒之潮流泛滥,培成改革政治之效果。其输灌社会之感情,不从可益信哉!吾于义侠小说、艳情小说,其信然夫!其信然夫!

《中外小说林》第一年第七期(1907年)

学校教育当以小说为钥智之利导

耀

一国有文明之教育,而人群之进化大焉;一国有普及之教育,而愚钝之慧力亦生焉。外维东西,科学完具,要其所以谋教育之普及,虽孜孜于学级程度,合体育、德育、智育三者,若一炉而共冶,而尤必汲汲于小说部之讲授者,夫岂文章游戏之消沉散闷云尔哉!一代之文学,视风气为转移。风气之所趋,总以捷于开发上、中、下流社会者,其感人为至易,则小说其近之矣。环球大地,所称为文学家者,著作如林。至其著作之为世珍者,或与岁月而俱存,或与河山而并寿。而究之心理之微,天人之奥,世之程度高者,固心领而神会;其程度低降者,或苦于抽索而不可得。是又乌足以灌钥普通人之脑想哉！学校人材之等级犹是矣，学校教育之向道犹是矣，是故圣经贤传，古史陈编，非不纯且粹也，非不精且深也；而事实之铺排，结构之曲折，思想之新奇，情词之婉挚，能令阅者心为之开，神为之旺，脑灵激发，若有所观感而不能已，则诚小说为之功臣哉！亦无怪乎东亚学者，改良教育，特注重于小说一科，而群视为钥智之导引也。有教育之责者，亦可以审矣。

十八世纪而后，欧西各教育家，热心著书，以为启迪人材计；而学校之组织，日多而月盛，即小说之著作，亦日出而月新。下迄今日，教育之发达，无俟赘言矣。而名作小说之价值大获声誉，风气磅礴，直渡太平洋而及东陆，社会欢迎，智识争长，其因果有自来也。美国之《英雄救世》也，英国之《航海述奇》也，法国之《殖民娠喻》也，日本之《佳人奇遇》也，德国之《宗教趣谭》也，诸如此类，各国学校中，无不珍璧视之，甚而奉为教科书之圭臬。尤其注意者，对于小学教育，为之导师者，更择小说而曲解善喻之，务使勃发其性真，鉴导其识力，以养成国民之人材，振起灵魂之懦气，此以知学校教育之种因所自来矣。吾闻法兰西之革命也，初由乡曲小学基其功；日本之维新也，亦原吉田松阴等导师，振励小学以为起点，是国家之所望于学校者重。而教育之为国民造就资格者，自不能不趋就文学之风气，俾借感触力，而为一般之学生，引掖其智慧之进步也。然瀹智之道，舍小说其又何从哉！

吾尝入戏场，观剧本，见座中之老老少少，男男女女，引领而俟，拭目而望。忽而忠臣孝子，思妇劳人，满目悲观，烟愁云惨，则低声叹息，暗弹指泪者有人；俄而英雄际遇，才子奇缘，泄恨报仇，喜溢眉宇。呜呼！何悲欢感召如是之神速哉！无他，事迹追原，绘情绘影，我之情电，已被他激发矣。小说之能钥人智犹是也，则教育开通之电力，又孰有妙于此者乎！虽然，吾国已前之小说，亦恒有矣。而芸芸者，沈锢如是，岂中西人格之不相若耶？不然也，吾国之坐拥皋比，好为人患者，大抵最腐败最顽固之所谓穷措大、老学究者，实为多数。其对于学生，无科学教育法。肄习也，以"四书""五经"为卒业范围；思想也，以试帖八股为功名符券。嫉视一切小说，不以为引坏心思，则以为旷碍功课，更何望其能牺牲脑力，从事于小说部中，为学生箴顽而觉悟也哉！其间有天性特别,好涉小说以为快者,而素无教育,则又学非所学。《东周列国》也,观其战阵,而不究其交涉之辞令;《三国演义》也,赏其人材,而不喻其尊汉之大义;读《水浒传》也,以为诲盗,而寄喻独立之思不知也;读《红楼梦》也,以为诲淫,而警惕骄邪之意不悟也。痛夫!以是而目小说,则小说之含冤大矣。且也,野蛮教育,糟粕小说,外人之诮我中国,为无教育之中国,斯言岂无故哉!沿至今日,而小说之发达,尚迟迟未大进步者,皆彼辈积之厉也。有学校教育之责者,如能注意于此,抑亦庶乎有所改良矣。

然或谓中国今日振兴学校,无论官立民立学堂,已遍地多有,而其学生之文明装束、翩翩柔态,招摇过市,为世诟病。现欲起衰救弊,不患智育之缺欠,而患体育、德育之薄弱。斯言诚有所见矣。然试思环球斗智,优胜劣败,所恃以救国者,惟青年学生之未来主人翁耳。智慧不长,更遑论体育、德育哉!则钥智之道,安可或昧也?负钥智能力之小说,又安可不讲也?虽然,小说为益智之母,言之详矣。然就现象而论,小说之著述,大都乞灵于译本者为多,吾国文人之苦心孤诣,负小说名誉,受欢迎于社会者,尚滥觞而未泛。则小说教育之未能普及,亦夫人知之矣。倘自今而后,学校教育,群知小说之资益,编其有密切关系于人心世道者,列为教科,使人人引进于小说之觉路,而脑海将由此而日富。吾知读政治小说,足以生其爱国心;读民族小说,足以坚其自立志;即读离奇侦探、英雄儿女诸般小说,亦足以感发其志气激昂、情义缠绵之真性。夫如是,而谓智力不从此而日高,吾不信也。

不宁唯是,吾深维吾国人,向特患无教育耳。既有教育,则小说转折之所形,即智慧转折之所到。文明日进,即体育、德育,亦未有虞其不植者也,彼教育家复何疑乎?於戏!吾国丁此时代,小说潮流之澎湃,风气正盛。今日大茁其萌芽,异日必丰其效果。著小说者,形容其笔墨,以启发人群;阅小说者,曲体其心思,以宏恢志愿。于学校植其基础,即举国受其陶镕。将来汉族江山,如荼如火,安知非由今日编辑小说鼓吹之力也哉!又安知非敝同人创办《小说林》希望之偿也哉!是为教育家言,而又不仅为教育家言也。懿夫!

《中外小说林》第一年第八期(1907年)

中国小说家向多托言鬼神最阻人群慧力之进步

棠

一代之文学,即一代之风气所关焉;一代之风气,即一代之盛衰所系焉。汉儒讲著作,而董、贾之辈,足以箴文士之浮嚣;宋儒言性理,而程、朱之徒,遂以导书生于道学。中经五代,下迄宋明,文字通灵,隐握转移社会之枢柄,信不诬矣。呜呼!文章游戏,众人盲从,即小说之撰述,何莫不然哉!且于小说之撰述,所以输灌人群之脑海者,更何莫不然哉!吾尝纵观五千年历史,见吾国人之男男女女、长长幼幼,与夫一切之愚智者,日沈晦于迷信鬼神中,初以为吾国人天赋之特性;及遍搜多数小说而读之,乃恍然于人群盲信之有由也。是岂小说之足以祟人哉!盖《八索》《九邱》《三坟》《五典》,乡愚寡学,无可感领;而小说家则陈义显浅,叙事明晰,章回曲折,起伏照应,忽然而危难交迫,忽然而欣喜旋生,善在意中,事出意外,能令读者心为之迷,目为之炫。苟为小说家者,具开通民智之思想,持救正风俗之主义,则一般之信小说、好小说者,手执一编,而被感之影响,捷于桴鼓矣。乃上下搜览,间有演义数部,稍能发挥国家之意想,寓言民族之独立者,此外无多善本焉。而其甚者,则凭空杜撰,尽托其事于鬼神之造化:穷苦也,鬼神为之穷苦;富贵也,鬼神为之富贵;危难解救也,亦鬼神为之危难解救。因是读者,将无作有,视假成真,久而久之,一副固蔽坏脑浆,安坐以听命于鬼神之祸福,而迷信神鬼之心经,愈加倍而不可解。虽有人事之慧力,将窒而锢之,遑足以求进步?呜呼!中国向来小说家之遗毒,普通社会所不免矣,宁不痛哉!

曩者游历海外,收吸文明风气。见其国之文人学士,类能本其高尚思想,发为言论,以文字之功臣,作国民之向导,而尤注意于小说一道,借为鼓吹民族之先锋队。极而学堂教育,均编订小说,以为教科。要其内容：则为政治家者，著政治小说以促宪政之潮流；为宗教家者，著宗教小说以助民教之发达；为探险家者，著探险小说以振冒险之精神。比事属辞，靡不关系于人群进化之趋向。从未有组织鬼神不经之说，以求怪幻者。有之则行文写意中，间或乞灵上帝，默喻救世主之有所爱戴，而要非如中国小说之纪实事于鬼神，大显神通也。顾中国前者鬼神〔之〕小说亦夥矣，《封神演义》也，《西游记》也，降而《聊斋志异》之短篇也，满纸皆山精石灵，幻形变相。其铺张法术也，如弄大把戏；其绘写变化也，甚于蜃楼影。离奇蛊惑，无斯须裨益于人群慧力之进步，可勿论焉。至如毛宗冈编《三国演义》，深明尊汉之理、讨贼之义矣；而独于陇上妆神一段，反以神诸葛亮者污蔑诸葛亮，使后之读《三国》者，几以诸葛亮为怪物焉。又如施耐庵编《水浒传》，隐以满腔侠气，特借水浒一隅，寄在民独立之意表，其导引民族之进步，良不少矣；而究其所谓三十六天罡、七十二地煞者，仍蹈于鬼神之臼里，使后之读《水浒》者，又以为天罡地煞之英雄，非可以人事造焉。准此以观，是鬼神之说，直昏人神志，惰人精力，又何有慧力之进步哉！此其所以然者，中国以神道设教，挟为愚民之术，而小说家又借鬼神以扬厉之。迷惑之见，深印脑筋，亦无怪中国人实事上之智慧，每比例欧美人士而反拙也。然则小说之支配于世界上，固不切且要耶？

今日者环球互市，海陆交通，文明风气，洒洒洋洋，直趋太平洋而东渡。而译本小说，如上文所谓政治、宗教、探险，种种门类，日新月异，如游山阴道上，百花群卉，目不暇给。法之福禄特尔，俄之托尔斯泰，英之昔士比亚，德之墨克，日之柴四郎，所撰各种小说取而读之，则其国其人之胜概豪情，雄心韵事，溢于言表；而读者感通之慧力，不觉眼光为之大，耳吼〔孔〕为之阔，心胆为之壮，是岂惟崇拜诸小说家叙事之新奇，推理之精微，言情之恳挚，结构跌宕之灵妙而已耶！且又不独译本之为然也，吾国近年小说家之卓有名誉者，虽不数觏，而风气丕动，波起云属，或溯历史，或纪民族，或写艳情，或述战争与近事，原其宗旨，要其目的，总以求有益于人群之进化者为近是。以视昔之详怪异者，则假神仙之幻说，证因果者，则引狐鬼之机缘，其足为人群智慧之阻力者，固不啻霄壤矣。惟其然也，故吾国近来所出小说，日见其多，而上、中、下流社会之爱读小说者,亦多能静穆其心思,领悟其旨趣,一若手不停披、目不暇瞬者。懿夫!民智洞开,光线透达。得小说而导不觉路,使平日昏瞆于鬼神祸福之瞽说,一旦了而空之,得大解脱。如小说者,其真我佛慈悲哉!

呜呼!间如斯也,扶翊民智之进步,虽欲不归功于小说之功臣,亦不可得矣。灿烂哉小说之焕彩!光明哉小说之远照!自今而往,诸小说家中,仍有胶持鬼神之见,变幻鬼神之迹,如吾言《封神演义》《西游记》及《聊斋志异》种种之荒唐无稽者乎?我同胞其谢绝之!毋使无烟毒炮、无形砒霜,以昏我脑灵,而阻碍进化之进步也。且同胞诸君,独不尝入剧场乎?无论什么剧本,凡至尽绝无聊之际,则狐鬼为之报恩,神仙为之打救焉,天下容有是理哉?小说之内容犹是也。撰小说者知所改矣,读小说者可以悟矣。

《中外小说林》第一年第九期(1907年)

小说之功用比报纸之影响为更普及

亚荛

二十世纪,社会上智识之增长,人群之进化,风俗之改良,心思之开拓,果何由而致此哉?识者必曰:功在报纸。然报纸有见闻,而鲜观感;有纪录,而鲜精详。胥天下人之耳、之目、之心而融洽之,胥天下人之耳、之目、之心而融洽其趋势,使尽于报纸而注重之。无论日报、旬报、期报、月报,非其事之足以生人感心、摄人灵魂者,过焉辄忘。故越数日,执一阅报者而问之曰:某日某报,纪何要事?彼必愕然无可对。又越数十日,执一阅报者而问之曰:某日某报,所纪之要事,其始末何若?彼亦必茫然无所对。此其咎固不在报纸,仍不得谓此人之不经心阅此报纸。报纸上有时间遇一可惊可骇可钦可敬可爱可乐之奇事怪事,阅之者虽无或遗忘,然或知其首者,尾则无闻,或知其略者,详则无闻。日日以一节一段、一时一事,以新其眼帘,更日日以百节百段、百时百事,以新其眼帘,阅者纵有心领神会之贯通,而散而无章,文而无情,安见其耳、其目、其心,经过后而尚有其地、其事、其人在也? 故报纸虽足以开拓心思,改良风俗,进化人群,增长智识,而其影响,吾谓其不若小说之普及,亦正有说。

泰西各国,以小说著名者,俄则有托尔斯泰,法则有福禄特尔,英则有昔士比亚,日则有柴四郎,德则有墨克。吾不知此数人者,方之我国之金圣叹、施耐庵、曹雪芹、蒲松龄、汤临川、孔云亭诸大家,其撰述之声价何如,结构之文字又何如。而彼此皆以小说名重于时,则其受社会上之欢迎,与其为社会上之转移,则已中西无间,实为普天下人之所公认。吾虽不敢谓吾国小说家,除施耐庵、蒲松龄辈,必无继起;吾又不敢谓外国小说家,除柴四郎、墨克辈,亦必无继起。然即若而人之见重于中外者,其影响已满振国人之耳鼓,后有作者,其开导宁有涯哉!

故即报纸与小说较,同为启迪性灵之助,而一则只言时事,一则考证古人;一则时事观摩,一则现身说法;一则得诸采访,一则按之《诗》《书》;一则令人于时局世情感事抚时,一则令人将物理人情神游目想。不外此文、此字、此心、此德,而报纸上之情,移人者短,小说上之情,移人者长;报纸耐人寻绎,而旧则厌弃;小说耐人寻绎,而旧仍喜读。如其人而为盗也者,与其说报纸而生其凛处决之刑,曷若阅《水浒》而生其怀英雄之志? 如其人而为智也者,与其阅报纸而濬其聪明之念,曷若阅《三国》而引其机警之思? 推此,则有情欲者,以《金瓶梅》范围之;有邪心者,以《会真记》救正之。味以引而弥长,情以通而遂感。其有不勃然兴起,而恍然于阅历之趋避,世态之情状者,吾不信也。

然则读报纸与读小说曷异乎? 读报纸如食百合,读小说如食瓜英;读报纸如对山妻,读小说如拥名妓;读报纸如游好山水,读小说如历五大洲;读报纸如囊萤光,读小说如照蟾魄;读报纸如观一篇八股文字,读小说如探一个全省地图。读报纸者,如世界之政治家;读小说者,如欧西之探极家。其识见不同,旨趣不同,精神不同,广狭亦不同。盖报纸只以言导人,而小说则直以身导人;报纸有监督权,足令人畏惧,小说则有兴起权,足使人涕泣。然则阅小说,不徒胜于阅报,更胜于观剧;不徒胜于观剧,且胜于读群书。

真神圣哉! 其小说也。慈悲哉! 其小说也。然小说之能事,不外道情。于己之情,体贴入微;即于人之情,包括靡尽。于一人之情,能曲以相近;即于普天下人之情,能平以相衡。其言事也,无一不以情传之;其言情也,无一不以事附之。写儿女之艳丽,着以浓情;写英雄之事业,着以豪情。故《石头》一记,无史湘云则不豪;亦犹《会真》一记,无红娘则不艳:情之所依附者然也。世人不察,每以小说为坏人心术之作。旨哉金圣叹论《西厢》之言曰:淫者见之谓之淫,贞者见之谓之贞矣。准此以观,庶几哉,其足以语小说之道乎!

夫国可灭,史不可灭。中国旧史氏之所谓史,平心而论,迨不过一皇族政治之得失林耳。社会之特征,人物之俊杰,不获附录,是不求野之遗义也。不知文章之感人,以性灵之力为最巨。小说者,陶镕人之性灵者也。凡历史、战争、艳情、怪异、诙谐、因果、侦探、传奇,语其体,则有章回、短篇、歌曲、南音、写真、白话,事愈奇则笔愈警,事愈妙则笔愈佳,事愈繁则笔愈简。其中铺排渲染,曲折回环,起伏照应,穿插线索,相承一气,使论者心目,为之爽然,神情活现,夫岂报纸区区十余门类、几篇撰述所可同日语哉!或者曰:"报章一纸风行,不胫而走。阅者频频受其激刺,日日得其新鲜,而小说则无此利便焉。"噫!为是说者,其徒知以今人法今人,而不知以今人法后人也,且更不知后人之法后人,即所以导后人以后所法之后人也;不特不知小说,且更不知与小说同其功用者也。又何怪曰人以《水浒》《西厢》为讲义,而吾国人反指二书为乱淫。然亦非谓报纸之无功也,报纸之功在一时,而小说之功则在万世。

《中外小说林》第一年第十一期(1907年)

小说种类之区别实足移易社会之灵魂

棣

晚近文学之风潮,其渐趋重于小说也尚矣。以今日为小说界逐渐发达之时代,谓时代风气足以使小说之发达也可,谓小说发达而足以转移时代之风气也,亦无不可。吾尝有言:一代文风之宗尚,视风气为变迁。古称圣贤,著书立说,今且糟粕遗经,而以为残废不合时宜。使昔之咿唔咕哗,穷年累月,而诵其诗,读其书者,其精神大半移用于搜罗说部;又使昔之视阅小说为废时失事者,今更珍重焉视小说丛为开通民智之金藏;然则风气之通塞,小说界之盛衰,有关系焉。惟其风气渐开通,故小说亦因之而发达。惟其发达也,而小说之种类日繁。虽别类分门,然其足以使人群之进化者,实各无轩轾,则今后小说对于社会收效之何如视此矣。

孩童随父兄入于演剧之场,见夫傀儡登台,忠奸贤佞,神形毕肖,为之心往神移。遇忠者爱慕之,奸者怒嫉之。演至富贵荣华,而心为之炫;唱至生离死别,而神为之酸。若见夫贪官污吏、土豪恶棍,鱼肉乡民,而含冤被害者,忽不觉悲咽之何从。一经报应不爽,则又以为天眼昭昭,而心为之大快。以观一日之剧本,而七情并用,均流露于自然者,何也?盖其随地感觉然也。又赏观绘事,阅画谱。人物则男妇之忠正贤良,奸淫邪盗,隐逸风流也,皆能摹写入神,惟妙惟肖。丹青妙笔,善则凛凛有生气焉,恶者则尽相穷形,为禹鼎温犀所不及。如是则阅之者,好恶之念悠然以兴。若风景则山川树木也,而一经描画,则峰峦秀气,江湖水景,如在目前。而阅之者性情为之旷达,襟怀为之活泼者,何也?盖其随事感觉然也。然吾则以为剧本与画谱之感觉力狭,小说之感觉力宏。衣冠人面,如现身说法,至剧本极矣,而节目细微处所不能透发者,惟小说笔墨得而透发之;刻画入细,使触景生情,至画本极矣,而人情世故上所不能毕肖者,惟小说笔墨得而毕肖之。是其感觉力之广狭殊矣。一篇在手,而千回百折,万象皆呈,则自一部而一章、一回、一节、一笔、一句、一字,皆能使有以感觉吾者,且不特观剧本与读画谱为然也,即群书亦有所逮焉。即以游侠论,使徒大书曰:"豫让刺赵襄,聂政刺侠累。"则区区二语,断不易发人观感之心。而自小说家以妙笔出之,当必究其所以刺赵襄之故,且如何漆身伏桥,如何击衣溅血,而形容惟恐不尽也;不〔当〕必究其所以刺侠累之故,且如何为友复仇,如何疾趋相府,如何划面以殁,形容惟恐不尽也。然则读义侠之书,诚不如读义侠之小说。由此而推诸艳情、地理、历史、科学、哲学、家庭、教育、社会诸小说,何独不然!准斯以谈,其感觉力之宏大,如剧本、画谱与群书,固不能望小说之肩背。即就文学之一方面观之,群书文法之疏,更不如小说文法之密。此非特小说家之思想独优也,盖其起、其结、其应、其伏、其布局、其运笔、其造句,如云锦裳焉,其剪裁针线无迹;如常山蛇焉,其首尾回环互应。不如是不足以成小说也。若此故无论义侠、艳情、历史、政治、地理、科学、哲学、家庭、教育、社会诸小说之名目纷纭,要其振阅者之心神,醒阅者之脑筋,皆能如响斯应,岂无故哉!实事小说欤,纪载缜密,加以曲折;理想小说欤,虽空中楼阁,究其调动笔兵墨将,皆能准酌诸人情世故之情理者。夫两大不外以情理为盘旋,而更从人情世故所必有者而鼓吹之,故其吸摄力皆印入社会之脑筋,而神经为之一变。是故小说种类有区别,各视其观感所就,而收效亦有区别。至其均能影响于社会上者,宁有区别哉!

《诗》以言情,《书》以言志,《礼》以言理,此书之区别也。故读书者如关羽好《春秋》,则以大义相绳;杜预好《左传》,则其豪情焕发。此读书者感觉力之区别也。然而读子而烦,读骚而闷,读史而乱,则读书诚不如其读小说矣。吾亦有言:读《水浒传》,无有不爱李逵爷爷者;读《红楼梦》,无有不爱史湘云者。非谓梁山泊如宋江、吴用,以权术用事,得一天真烂熳之李逵而始爱之也;又非谓大观园繁华奢侈,粥粥群雌,得一豪迈英爽之史湘云而始爱之也。惟其随地随事随人,而感觉力使然耳。在吾国地理、科学、哲学诸小说,自古为稀,顾如《镜花》之博,则地理、哲学与格致之影响也;《列国志》之精,中如阴符游说,则科学之滥觞也。心理学如《西游记》,义侠社会如《绿牡丹》《水浒传》,艳情如《红楼梦》,皆已无美不备矣。然吾敢信读《水浒传》者,骤生其独立不受羁压之感情,转瞬而使读《红楼梦》,必骤变其悱恻缠绵之观念。此岂吾人脑筋之无定哉?夫亦曰:随地随事之感觉力使然也。其情理印人者深,斯其易性移情者益捷。盖唯小说之种类有殊异,因而阅者脑筋之转移,亦有所殊异。使阓一炉而冶之,则所以感觉者皆同。由是而推焉,使有百《水浒传》焉,则生社会上之豪气者百倍其功;又使有百《红楼梦》焉,则生社会上之爱情者又百倍其神;更使各种小说皆日益发达焉,则凡左右人群之天君,而同时进化者,其收效益不可思拟。此吾所以日祝社会知识之进步,而先日望各种小说之发达者欤。

或曰:既云欲民智开通,莫如小说发达,则《东周列国》,实各科备焉;言政治格物者有之,纪义侠者有之,数词令者亦有之矣。此外地理、哲学如《镜花缘》,历史如《两汉》《三国》《隋唐》等演义,义侠社会如《水浒传》《绿牡丹》,艳情如《红楼梦》,小说既备,而社会智识,犹迟迟未发达者何也?则以知重小说与不重小说之故也。以美玉为名,则卞和不见信于时。是故金银珠宝只一物耳,土木瓦缶,亦一物耳,重视之则其物愈珍,其爱情亦愈挚,而脑海亦为之异。前者不知小说为何物,阅者方以为废事失时,而欲社会知识,由是进化,盖亦难矣。迩来风气渐变,皆知外国得小说之功效,且编以为教科书。吾国知之,而小说界遂寖盛焉。始也乞灵于译本,继也著作相因而发达。而试问吾国迩来社会知识之进步,较前者何如?虽其收效或不尽关夫小说,顾其影响于社会上之重大,则吾敢断言也。过此以往,小说愈发达,民智必愈开通。故曰:"日祝社会知识之进化,而先祝小说界之日形发达。"岂妄言哉!

《中外小说林》第一年第十三期(1907年)

小说之支配于世界上纯以情理之真趣为观感

伯 耀

翘文坛一帜,而以文字之功用,馈饷人世者,非惟是璀璨其笔墨,绚烂其词句而已也。史迁曰:疾没世而文采不彰焉。故文字之妙,通于鬼神;文字之功,参乎造化。而要其结构之旨归,叙述之曲折,无非本理想之精深,情韵之宛转,以转移社会之思潮,而开导人群之慧钥。然则古之所谓著作家,舍情、理二字外,固无文章也。即小说之支配于世界上,何莫不然哉!虽然,情者感人最深者也,理者晓人最切者也。以感人之深,晓人之切,而演以圆密之格局,证以显浅之事迹,导以超妙之想象,舒以清新之藻彩,小说家之能事,绰乎其有余裕矣,夫安得以群书糟粕为比例哉!此其所以然者,群书涉于虚,不如小说征诸实;群书涉于迹,不如小说会诸神;群书纯用直笔,小说则转折回环,其寄意也曲而深;群书多用简文，小说则触类引申，其取义也隐而现。人亦有言："混混世界上，与其得百司马迁，不若得一施耐庵；生百朱熹，不若生一金圣叹。"情文也，理想也，小说家之价值，如是其为世界上之所推重也。斯其所以与群书异乎！何异乎尔？则吾且抉其真趣所萦洄于读者之感情，而欢忭若不可名状者，此何故？则以读群书如念咒，读小说如看画；读群书如听音，读小说如观剧；读群书如独坐萧斋中，枯寂纳闷，读小说如游春花路上，赏玩自娱；读群书如住穷僻村落，困顿无聊，读小说如历东西球图，风气斯畅。伟矣哉！神矣哉！今之支配于世界上者，舍小说其又谁从哉！

占地球一大部分，而以文明开化自命者，我亚洲也；占亚洲一大部分，而以文章自雄者，我中国也。顾向者吾国之小说，腾现于人间世也，亦夥矣。其所谓文人学士者，日沈埋于八股诗赋，咿唔其声，呻吟其气，方贸贸然侈语人曰："小说者，小人之所说也。"故凡百小说，且束之高阁。而韶颖小子，则崇拜其神圣不可侵犯之老学究。其仇视小说，不曰"坏人心术"，则曰"废失时候"。彼又乌知小说之神髓，纯乎情理，而情理之真趣，实具观感，人类之龙象力，有如是之绝大机关、绝大解脱也哉！是故《水浒传》也，世人之视为诲盗书也；《西厢记》也，世人之视为诲淫书也。诲盗也，诲淫也，亦无怪乎父以是诫其子，师以是诫其弟，而《水浒传》也，《西厢记》也，遂因此而抱不白之冤矣。且不惟抱不白之冤也，而世界进化，亦于是一窒矣。彼苍之降生施耐庵等等也，果何如也？吾闻日本学校，有以《水浒传》《西厢记》，为说部讲义者。施耐庵诸贤，胡独见重于东洋之维新教化哉？无他，《水浒》者理想也，《西厢》者情种也。穷极其理想，善用其情种，则水浒一隅之地，谓即独立之根据可也；西厢联婚之地，谓即英雄之遇合可也。不宁惟是，《水浒》推人材渊薮，不有李逵，而理之直捷何由见？盖天真愈莽，人之观感愈深，血性使然也。《西厢》为佳人写照，不有红娘，而情之歇曲何由达？盖机致愈灵，人之观感愈挚，心蕴使然也。审如是也，天下事固勿论其远者大者，家国之治，古今之变，可以理括焉，可以情通焉，何疑乎《水浒》《西厢》，更何疑乎普通之小说？懿夫！情理之真翘，为小说家之无量作用也乎。

顾或谓"五经""列传",如此其繁博也,百家诸子,如此其丛杂也,就其真趣言之,决未有出乎情理之外者。若是乎情、理二字,似不能归功于小说;即小说之有是真趣者,亦不能专美于《水浒》《西厢》。持此立论,可谓得驳论之阐发矣。然小说之擅胜于群书,向者言之详矣。而就小说之范围,昭示情理之妙谛,则言《水浒》也,言《西厢》也,已足包括一切小说矣。彼夫《金瓶梅》《红楼梦》者,又吾国人所多认为淫书者也。读《金瓶梅》者,知花子虚之下场,而后见西门庆之结局,示淫报之会有穷期也;读《红楼梦》者,悟柳湘连之评论,而后知贾府内之糊涂,亦淫恶之终难掩迹也。使世之读小说者,持此意以悟会之、研究之,《水浒》也,《西厢》也,固准乎情,酌乎理;即降而《金瓶梅》也,《红楼梦》也,均《水浒》《西厢》等耳,又安在其为淫也!善夫!金圣叹评《西厢》之言曰:淫者见之谓之淫。斯言也,亦以谓善用其情理之正者矣。夫人能善用其情理之正,虽古之大宗教、大哲学、大英雄、大豪杰,要无非以情理为准的耳。喻之以理,则愚者亦明;动之以情,则顽者亦挚。观感之道,诚莫有捷于是者。准此以观,则小说转移世界之主动力,足以俯视丛书而有余妍,庶乎支配于世界上而不朽哉!二十世纪开幕,环海交通,小说之风涛,越太平洋而东渡。有新小说之腾播,而后有新世界之智慧。则吾辈适际潮流之冲击,思欲假文笔以写怀,托词义以陶世,小说其救病之圣药哉!小说其导光之引线哉!吾常纵观东西洋诸大著作家,如柴四郎之唤醒大和国魂也,卑相国之振起联邦政魄也,靡不发挥小说之思涛,留传小说之名誉,而其国人之珍璧遗编、山斗墨迹者,如草风之响应。何令人观感之一至于是?吾敢一言以质之曰:无他,亦情理之入人脑筋,移人神经耳。不其然者,如吾国旧日之所谓《西游记》《粉妆楼》《隋唐演义》《寡妇征西》,种种名目,其列于小说之栏者,几亦汗牛充栋矣。虽其中忠臣奇事,思妇劳人,不无缠绵可爱之处,而究之规步小说之行径,粗具小说之形式,其所展发者,本无关于人情之诚恳,与夫义理之确切。徒守离奇怪诞之议论,以畅谈锋,否则猥琐秽亵,以求快一时之意想。其淫孽子尤甚者,则又或荣幸之以男女遇合,赞美之以神仙结果。使后之读者,无所警觉,而反为之迷途。真趣既无,观感奚自?吾以是益知情、理二字,当推为小说家之唯一上乘法也。

宝贵哉！小说之声价。圆满哉！小说之效果。小说而在世界，则世界之知识输灌也易；世界而无小说，则世界之风气被动难。若是者何哉？世故之炎凉冷暖，本自无定，惟一衡以情理之真趣所发现。则世界人道，固有理与理相通、情与情相通者，即有理与情相通、情与理相通者。谁无灵魂？谁无督脉？诚能绅绎其情理之真趣，则作者之心，与读者之心，已默而化之矣。是则小说对于世界之希望，其可小觑乎！若区区词藻间，穿插之灵妙，间架之精工，描写之周到，小说之精珠固不在此也。审乎此，斯可与论小说。

《中外小说林》第一年第十五期(1907年)

竞立社刊行《小说月报》宗旨说

竹泉生

竞立社何以名？名以志也。小而立身，大而立国，卑而立言，高而立德，是则本社之求为自立而立人者也。而所以竞立之道则有三：

（甲）地球各邦，开化之早，莫如中国；而圣贤之辈出，道德之发明，亦惟我中国为最盛。数千年来，一以道德为立国之本，则道德为吾国独占优胜之国粹，固彰彰矣。苟放弃其国粹，即转瞬而不国。而考之欧美诸邦，亦未有不以道德为之基者。故本社之宗旨，首以保存国粹为第一级竞立之手段。

（乙）我中国虽曰以道德立国，而道德之衰微实已久矣，道德之不明亦已甚矣。是故二千年来宗教无尺寸之柄，佛老诸子，星相邪说，蒸蒸焉日发见于社会，而莫为之防障。圣人之道，为迂儒鄙夫所蔽塞，而莫能疏而通之，修而行之，于是乎江河日下，恶习日深，成为现在卑陋腐败、朽弱不振之老大帝国。自非痛加湔濯，相与更始，不足以言存立也。故本社之宗旨，又以革除陋习为第二级竞立之手段。

（丙）我中国之版图，亦可以谓广大矣，我中国之人民，亦可以谓众多矣。以一二人之心思材力，督治极广大之土地，化裁极众多之士庶，此实尧、舜之所难,而周、孔之所不敢任者也。况夫国家之亡,匹夫亦与有责。孰非天民?即各有天赋之主权。国之阽危,皆吾辈所当竭力肩任挽救者。虽云材力绵薄,未卜胜任与否,而要不敢以天赋之主权,委诸他人之手也。故本社之宗旨,卒以扩张民权为第三级竞立之手段。

抑本社之刊行月报也,乃立言之例也。则所以竞于立言者,又贵出言有则而可以为法,言之有文而可以行远。

或以为区区说部,何足以当立言之任?不知危言庄论,断难家喻而户晓,传布不广,乌能收时雨普及之效哉?则本社且将恃此说部而为立德之始基、为立功之向导焉矣,而于立言乎何有?

虽然,如上所言,本社所以竞立之范围,所以竞立之手段,与夫所以竞立之希望,甚远且大,而其目的之果能达到与否,则有不可得而必者。然则社员将废然而馁,而不敢遽以所以竞立之道闻诸社外矣乎?

竹泉生曰:不然。是在立志。志壹则神聚,神聚则气充,气充则有毅力,则可以任重而道远,杀身守死而不变,而吾所以竞立之希望、手段、范围,且将塞乎两间而无弗达焉。而凡社外之士,得闻吾言者,皆宜有吾之宗旨、手段、能力,而各求所以立之之道,则本社之范围之大,天下莫能载,而用馁乎?而用馁乎?

《竞立社小说月报》第一期(1907年)

论小说之势力及其影响

陶祐曾

咄!二十世纪之中心点,有一大怪物焉:不胫而走,不翼而飞,不叩而鸣;刺人脑球,惊人眼帘,畅人意界,增人智力;忽而庄,忽而谐,忽而歌,忽而哭,忽而激,忽而劝,忽而讽,忽而嘲;郁郁葱葱,兀兀矻矻;热度骤跻极点,电光万丈,魔力千钧,有无量不可思议之大势力,于文学界中放一异彩,标一特色,此何物欤?则小说是。自小说之名词出现,而膨胀东西剧烈之风潮,握揽古今利害之界线者,唯此小说;影响世界普通之好尚,变迁民族运动之方针者,亦唯此小说。小说,小说,诚文学界中之占最上乘者也。其感人也易,其入人也深,其化人也神,其及人也广。是以列强进化,多赖稗官;大陆竞争,亦由说部。然则小说界之要点与趣意,可略睹一斑矣。西哲有恒言曰:"小说者,实学术进步之导火线也,社会文明之发光线也,个人卫生之新空气也,国家发达之大基础也。"举凡宙合之事理,有为人群所未悉者,庄言以示之,不如微言以告之;微言以告之,不如婉言以明之;婉言以明之,不如妙譬以喻之;妙譬以喻之,不如幻境以悦之:而自来小说大家,皆具此能力者也。尽彼小说之义务,振彼小说之精神,必使芸芸之人群,胥含有一种粘液小说之大原质,乃得以膺小说界无形之幸福,于文学黑暗之时代,放一线之光明。可爱哉孰如小说!可畏哉孰如小说!学术固赖以进步,社会亦赖以文明,个人固赖以卫生,国家亦赖以发达。而导火线也,发光线也,新空气也,大基础也,介绍允当,诚非西哲之诬言,实环球万古,莫得而移之定论也。激昂磅礴,潮流因之大扬,而嚣俄、笠顿、托尔斯泰、福禄特尔、泪香小史、爱西古罗辈,皆感此宗风,先后迭起,不惜惮其理想,耗其心血,秃其笔管,染其素笺,一跃而登此庄严美丽之舞台中,一奋而萃此醒瞶震聋之盘涡里。事分今古,界判东西,寓言演义,开智觉迷,此小说之结构,有纵有横,有次有序,且有应尽之义务也。英雄儿女,胜败兴亡,描摩意态,不惜周详,此小说之叙事,无巨无细,维妙维肖也。词清若玉,笔大如椽,奇思妙想,掌开化权,此小说之内容,重慷慨悲歌,陆离光怪也。芸窗绣阁,游子商人,潜心探索,兴味津津,此小说之引导,宜使人展阅不倦,恍如身当其境,亲晤其人,无分乎何等社会也。噫!一小说之微,而竟有如斯之法律,以圭臬于著述界之前途,亦咄咄怪事,咄咄怪事!

  天下无不有小说之国家,亦无不有作小说之文士。吾不患作小说者无人,而特患读小说者之无人;吾不患读小说者无人,而特患爱小说者之无人。试调查吾支那之人群,对于小说界之观念;今人成人以上,智识幼稚,思想胚胎。丁斯时代,爱之尤笃,阅之未久,嗜之既深;或往往为野蛮官吏之所毁禁,顽固父兄之所诃责,道学先生之所指斥;然反动力愈涨,而原动力愈高。恋爱之性质,勃勃而莫能遏,于是多方百计以觅得之,潜访转恳以搜罗之。未得则耿耿于心胸,萦萦于梦寐;既得则茶之余,酒之后,不惜糜脑力、劳心神而探索之,研求之。至其价值之优劣,经济之低昂,固不计及也。此除别具特性、苦乐异人者外,常人之情,莫不皆然。其所以爱之之故,无他道焉,不外穷形尽相,引人入胜而已。他种文字,断难至是,断难至是。

吾今敢上一巩固完全之策,以贡献于我特别同胞之前曰:欲革新支那一切腐败之现象,盍开小说界之幕乎?欲扩张政法,必先扩张小说;欲提倡教育,必先提倡小说;欲振兴实业,必先振兴小说;欲组织军事,必先组织小说;欲改良风俗,必先改良小说。同胞注意注意!昌明暗线,诱掖国民,慎毋弁髦视之,尘羹弃之,鄙琐忽之。其旁征祖国之新谈,汇取亚、欧之历史,手著精绎,文俚并行,庶几卧倒之驯狮,奋跃雄飞于大陆;亦且半开之民族,自强独立于神州。吾请以是为热心爱国者告,又以是为主张开智者期,更以是为放弃责任者警。

《游戏世界》第十期(1907年)

读《迦因小传》两译本书后

寅半生

吾向读《迦因小传》,而深叹迦因之为人,清洁娟好,不染污浊,甘牺牲生命,以成人之美,实情界中之天仙也;吾今读《迦因小传》,而后知迦因之为人,淫贱卑鄙,不知廉耻,弃人生义务,而自殉所欢,实情界中之蟊贼也:此非吾思想之矛盾也,以所见译本之不同故也。盖自有蟠溪子译本,而迦因之身价忽登九天;亦自有林畏庐译本,而迦因之身价忽坠九渊。

何则?情者,欲之媒也;欲者,情之蠹也。知有情而不知有欲者,蟠溪子所译之迦因是也;知有情而实在乎欲者,林畏庐所译之迦因是也。他不具论,试问未嫁之女儿,遽有私孕,其人为足重乎?不足重乎?吾恐中西之俗虽不同,殆未有不以为耻者。蟠溪子不知几费踌躇,几费斟酌,始将有妊一节,为迦因隐去,而但写其深情高义,念念不忘亨利,而势又不能嫁亨利,因不惜牺牲一身,以玉成亨利,又虑无以断亨利之念,遂勉与石茂(林译本作洛克)订婚,而使亨利得专心以聚意茂(林译本作爱玛)。观其与亨利剖白数语,血泪交迸,字字沉痛,且谓与石茂名为夫妇,誓不与以一分爱情,此其心为何如心!此其语为何如语!是固情界中所独一无二者也。至于迦因与亨利,以前若何互结爱情,皆削而不书,以待读者意会。其自叙云:"残缺其上帙,而邮书欧、美名都,思补其全,卒不可得。"非真残缺焉,盖曲为迦因讳也。故又云:"迦因之原委,由后度前,思过半矣,可勿赘焉。"诚哉其可勿赘焉!不意有林畏庐者,不知与迦因何仇,凡蟠溪子所百计弥缝而曲为迦因讳者,必欲历补之以彰其丑。所叙登塔取雏,此乡里小儿女戏嬉之事,而即以为迦因与亨利结情之缘起,甚矣其不正也!至以陌路不相识之人,而与之互相偎抱,虽曰救死则然,亦复成何体统!宜乎来文杰(蟠溪子译本作李文)痛诋之曰:"此女先怂恿格雷芙(即亨利)登塔,已乃张两膊以拯其死,见者无不同声以匙其神勇,而吾则甚恨其人。"(见第九章)夫来文杰何人?迦因之父也。乃不惮尽情痛诋如是。至于卧病其家,非真卧病也,以迦因之有妊卜之,乃日恣淫乐也,观此而迦因之淫贱为何如乎!厥后与爵夫人(蟠溪子译本作林南夫人)客邸倾谈,在蟠溪子译本,则何等慷慨,何等决烈!而林本其意虽同,其语则一味辩驳。且一则曰:"怀中之儿,且蒙无父之辱。"再则曰:"未乳之儿,同付一掷。"念念及于私胎,此岂未嫁女郎对情人之母之口吻乎?而迦因竟无耻若是!试取两书互勘之,迦因之身价,孰高孰低,孰优孰劣?呜呼!迦因何幸而得蟠溪子为之讳其短而显其长,而使读《迦因小传》者,咸神往于迦因也;迦因何不幸而复得林畏庐为之暴其行而贡其丑,而使读《迦因小传》者,咸轻薄夫迦因也。世不少明眼人,当不河汉斯言。且不特迦因之身价忽高忽低有如是也,即就亨利而论,从蟠溪子译本观之。俨然一昂藏自立之男子也;而就林本观之,其始也,途遇彼美,冒险登塔,自忘生命;其对母爵夫人云:"吾恋其美,实欲媚之,故不惮险。"夫亨利何人?盖勋爵之裔也。乃一遇彼美,遽丧其品,至于卧病其家,日恣淫乐,与禽兽何异?且天性之亲,人孰无之?即甚忤逆,未有睹其父临死,而犹哓哓置辩者。乃老勋爵临终,至再至三,殷殷以迎娶爱玛为嘱;而亨利竟溺于情人,不顾父命,肆口强辩,此尚得为人子乎?是皆蟠溪子所删而不叙者也,第浑言之曰:"由后度前,思过半矣,可勿赘焉。"不解林氏何心,而必欲一一赘之!

且"传"之云者何谓乎?传其品焉,传其德焉,而使后人景仰而取法者也。虽史家贤奸并列,而非所论于小说家言。今蟠溪子所谓《迦因小传》者,传其品也,故于一切有累于品者,皆删而不书。而林氏之所谓《迦因小传》者,传其淫也,传其贱也,传其无耻也,迦因有知,又曷贵有此传哉?甚矣译书之难也!于小说且然。蟠溪子自叙有云:"念今日需译之急,而乃虚牝光阴,消磨精力于小说家言,不几令有识者齿冷乎?"自视何等欿然!而林氏则自诩译本之富,俨然以小说家自命,而所译诸书,半涉于牛鬼蛇神,于社会毫无裨益;而书中往往有"读吾书者"云云,其口吻抑何矜张乃尔!甚矣其无谓也!

或曰:"林氏虽得罪迦因,不可谓非蟠溪子之功臣焉。吾辈未见原书,不知原书之何若,凡蟠溪子所苦心孤诣而曲为迦因讳者,又孰从而知之?得林氏足本,而后蟠溪子译本之佳处彰焉,而后蟠溪子译书之苦心见焉,是不可谓非蟠溪子之功臣焉。"噫嘻!是亦一说也。

《游戏世界》第十一期(1907年)

《红星佚史》序

周 逴

罗达哈葛德、安度阑俱二氏掇四千五百年前黄金海伦事著为佚史,字曰《世界之欲》。尔时称人间尚具神性,天声神迹,往往遇之,故所述率幽闶荒唐,读之令生异感。顾事则初非始作,大半本诸鄂谟(Homer)。鄂谟者古希腊诗人也,生四千年前,著二大诗史,一曰《伊利阿德》(Iliad),纪多罗战事。初有睢眦神女曰亚理思,以当沛留斯与提谛斯婚宴不见招致,思修怨,因以一频婆果投会中,识其上曰"致最美者",海罗、雅什妮、亚孚罗大谛三神女随共争此果。神不能决,袖斯命就巴黎斯断之。巴黎斯者多罗王普利安子,方居伊陀之山视其羊群。三神女各许以酬,而巴黎斯终纳亚孚罗大谛之请,愿得美妇人,二神女由是衔多罗。未几巴黎斯游希腊,王美纳罗厚款之,后曰海伦,绝美。亚孚罗大谛为种业恋于胸,见客美之,会王他出,巴黎斯挈后奔。王归索之不听,遂大举伐多罗,海罗、雅什妮为之助,九年不下。后用伊色加健者阿迭修斯策,造大木马空其中,伏甲士百人,弃城外,复率舟师隐邻港中。多罗人意敌既去,启城出,见木马,乃拒洛公(Laocoön)之谏,舁之入城。入夜伏甲尽出,启城,舟师亦返,多罗遂下。希腊人大掠,杀普利安于袖斯神座之下。美纳罗复取海伦,将之返国,遭飓风流地中海,抵息普洛思、斐尼基、埃及诸地,已而至斯巴达,复为国王。后史氏欧黎辟提斯(Euripides)及思德息科罗(Stesichorus),则谓巴黎斯仅得海伦之形,真海伦盖已至埃及云。次曰《阿迭绥》(Odyssey),即记阿迭修斯自多罗归,途中涉险见异之事。而《红星佚史》一书,即设第三次浪游,述其终局者也。中谓健者浪游,终以见美之自相而止。而美之为相,复各随所意而现,无有定形,既遇斯生眷爱,复以是见古恶,生业障,得死亡。眷爱、业障、死亡三事,实出于一本,判而不合,罪恶以生,而为合之期则又在别一劫波,非人智所能计量。健者阿迭修斯之死正天理应然,不足罪台勒戈奴之馈矢。台勒戈奴事亦本鄂谟以后传言,非臆造也。中国近方以说部教道德为桀,举世靡然,斯书之繙,似无益于今日之群道。顾说部曼衍自诗,泰西诗多私制,主美,故能出自由之意,舒其文心。而中国则以典章视诗,演至说部,亦立劝惩为臬极,文章与教训,漫无畛畦,画最隘之界,使勿驰其神智,否者或群逼楾之。所意不同,成果斯异。然世之现为文辞者,实不外学与文二事。学以益智,文以移情。能移人情,文责以尽,他有所益,客而已。而说部者文之属也。读泰西之书,当并函泰西之意;以古目观新制,适自蔽耳。他如书中所记埃及人之习俗礼仪,古希腊人之战争服饰,亦咸本古乘。其以色列男巫,盖即摩西亚伦,见于《旧约》;所呼神名,亦当时彼国人所崇信者,具见神话中。著者之一人阑俱氏,即以神话之学,名英国近世者也。丁未二月,会稽周逴识。

1907 年商务印书馆版《红星佚史》

《小说林》发刊词

摩 西

今之时代,文明交通之时代也,抑亦小说交通之时代乎!国民自治,方在豫备期间;教育改良,未臻普及地位;科学如罗骨董,真赝杂陈;实业若掖醉人,仆立无定;独此所谓小说者,其兴也勃焉。海内文豪,既各变其索缣乞米之方针,运其高髻多脂之方略:或墨驱尻马,贡殊域之瑰闻;或笔代然犀,影拓都之现状。集葩藻春,并亢乐晓,稿墨犹滋,囊金竞贸。新闻纸报告栏中,异军特起者,小说也;四方辈致,掷作金石声,五都标悬,烁若云霞色者,小说也;竹磬南山,金高北斗,聚珍摄影,钞腕欲脱,操奇计赢,舞袖益长者,小说也;茧发学僮,蛾眉居士,上自建牙张翼之尊严,下迄雕面糊容之琐贱,视沫一卷,而不忍遽置者,小说也;小说之风行于社会者如是。狭斜抛心缔约,辄神游于亚猛、亨利之间;屠沽察睫竞才,常锐身以福尔、马丁为任;摹仿文明形式,花圈雪服,贺自由之结婚;崇拜虚无党员,炸弹快枪,惊暗杀之手段:小说之影响于社会者又如是。则虽谓吾国今日之文明,为小说之文明可也;则虽谓吾国异日政界、学界、教育界、实业界之文明,即今日小说界之文明,亦无不可也。虽然,有一蔽焉:则以昔之视小说也太轻,而今之视小说又太重也。昔之于小说也,博奕视之,俳优视之,甚且鸩毒视之,妖孽视之;言不齿于缙绅,名不列于四部(古之所谓小说家者,与今大异)。私衷酷好,而阅必背人;下笔误征,则群加嗤鄙。虽如《水浒传》《石头记》之创社会主义,阐色情哲学,托草泽以下民贼奴隶之砭(龚自珍之《尊隐》,是耐庵注脚),假兰芍以塞黍离荆棘之悲者(《石头记》成于先朝遗老之手,非曹作),亦科以诲淫诲盗之罪,谓作者已伏冥诛,绳诸戒色戒斗之年,谓阅者断非佳士。即或赏其奇诡,强作斡旋,辨忠义之真伪,区情欲之贞淫,亦不脱俗情,无当本旨(《水浒》本不讳盗,《石头》亦不讳淫。李贽、金喟强作解事,所谓买椟还珠者。《石头》诸评,更等诸郐下矣。)余可知矣。今也反是：出一小说，必自尸国民进化之功；评一小说，必大倡谣俗改良之旨。吠声四应，学步载途。以音乐舞踏〔蹈〕，抒感甄挑卓之隐衷；以磁电声光，饰牛鬼蛇神之假面。虽稗贩短章，苇茹恶札，靡不上之佳谥，弁以吴词。一若国家之法典，宗教之圣经，学校之科本，家庭社会之标准方式，无一不锡于小说者。其然，岂其然乎？夫文家所忌，莫如故为关系；心理之辟，尤在昧厥本来。然吾不问小说之效力，果足改顽固脑机而灵之，祛腐败空气而新之否也；亦不问作小说者之本心，果专为大群致公益，而非为小己谋私利，其小说之内容，果一一与标置者相雠否也；更不问评小说读小说者，果公认此小说为换骨丹，为益智粽，为金牛之宪章，为所罗门之符咒否也；请一考小说之实质。小说者，文学之倾于美的方面之一种也。宝钗罗带，非高蹈之口吻；碧云黄花，岂后乐之襟期？微论小说，文学之有高格可循者，一属于审美之情操，尚不暇求真际而择法语也。然伕之意，亦非敢谓作小说者，但当极藻绘之工，尽缠绵之致，一任事理之乖僻，风教之灭裂也。玉颅珠颔，补史氏之旧闻，气液日精，据良工所创获，未始非即物穷理之助也；不然，则有哲学、科学专书在。吁天诉虐，金山之同病堪怜，渡海寻仇，火窟之孝思不匮，固足收振耻立懦之效也；不然，则有法律、经训原文在。且彼求诚止善者，未闻以玩华绣悦之不逮，而变诚与善之目的以迁就之；则从事小说者，亦何必椎髻饰劳，黥容示节，而唐捐其本质乎？嫱、施，天下之美也，鸱夷一舸，讵非明哲？青冢一〔抔〕，不失幽芬。藉令没其倾吴宫、照汉殿之丰容，而强与孟庑齐称，娥台合传，不将疑其狂易乎？一小说也，而号于人曰：吾不屑屑为美，一秉立诚明善之宗旨，则不过一无价值之讲义、不规则之格言而已。恐阅者不免如听古乐，即作者亦未能歌舞其笔墨也。名相推崇，而实取厌薄，是吾国文明，仅于小说界稍有影响，而中道为之窒障也。此伕所以甘冒不韪而不能已于一言也。

"小说林"者，沪上黄车掌录之职志也。成立伊始，不伕曾滥充骏骨。既而兰筋狎至，花样日新，馔箸满家，倾倒全国，忽忽寒暑四易。踵"小说林"而小说者，不知几何，辔绝鞭折，卒莫之逮。尚惧夫季观之莫继，而任腴之未遍也，因缀腋集鯖，用杂志体例，月出一册，以餍四方之求,即标曰《小说林》,盖谓"小说林"之所以为《小说林》,亦犹小说之所以为小说耳。若夫立诚止善,则吾宏文馆之事,而非吾《小说林》之事矣。此其所见,不与时贤大异哉!

《小说林》第一期(1907年)

《小说林》缘起

觉　我

"小说林"之成立,既二年有五月,同志议于春正,发行《小说林月刊社报》。编译排比既竟,并嘱以言弁其首。觉我曰:伟哉!近年译籍东流,学术西化,其最歆动吾新旧社会,而无有文野智愚,咸欢迎之者,非近年所行之新小说哉?夫我国之于小说,向所视为鸩毒,悬为厉禁,不许青年子弟,稍一涉猎者也,乃一反其积习,而至于是。果有沟而通之,以圆其说者耶?抑小说之道,今昔不同,前之果足以害人,后之实无愧益世耶?岂人心之嗜好,因时因地而迁耶?抑于吾人之理性(Vernunft),果有鼓舞与感觉之价值者耶?是今日小说界所宜研究之一问题也。余不敏,尝以臆见论断之:则所谓小说者,殆合理想美学、感情美学,而居其最上乘者乎?试以美学最发达之德意志征之,黑辩尔氏(Hegel,1770—1831)于美学,持绝对观念论者也。其言曰:"艺术之圆满者,其第一义,为醇化于自然。"简言之,即满足吾人之美的欲望,而使无遗憾也。曲本中之团圆(《白兔记》《荆钗记》)、封诰(《杀狗记》)、荣归(《千金记》)、巧合(《紫箫记》)等目,触处皆是。若演义中之《野叟曝言》,其卷末之踌躇满志者,且不下数万言。要之不外使圆满,而合于理性之自然也。其征一。又曰:"事物现个性者,愈愈丰富,理想之发现,亦愈愈圆满,故美之究竟,在具象理想,不在于抽象理想。"西国小说,多述一人一事;中国小说,多述数人数事;论者谓为文野之别,余独谓不然。事迹繁,格局变,人物则忠奸贤愚并列,事迹则巧绌奇正杂陈,其首尾联络,映带起伏,非有大手笔,大结构,雄于文者,不能为此,盖深明乎具象理想之道,能使人一读再读即十读百读亦不厌也,而西籍中富此兴味者实鲜。孰优孰绌,不言可解。然所谓美之究竟,与小说固适合也。其征二。邱希孟氏(Kirchmann,1802—l884),感情美学之代表者也。其言美的快感,谓对于实体之形象而起。试睹吴用之智(《水浒》)、铁丐之真(《野叟曝言》)、数奇若韦痴珠(《花月痕》)、弄权若曹阿瞒(《三国志》)、冤狱若风波亭(《岳传》)、神通游戏如孙行者(《西游记》)、济颠僧(《济公传》)、阐事烛理若福尔摩斯、马丁休脱(《侦探案》),足令人快乐、令人轻蔑、令人苦痛尊敬,种种感情,莫不对于小说而得之。其征三。又曰:"美的概念之要素,其三为形象性。"形象者,实体之模仿也。当未开化之社会,一切神仙佛鬼怪恶魔,莫不为社会所欢迎,而受其迷惑。阿剌伯之《夜谈》,希腊之神话,《西游》《封神》之荒诞,《聊斋》《谐铎》之鬼狐,世乐道之,酒后茶余,闻者色变。及文化日进,而观《长生术》《海屋筹》之兴味,不若《茶花女》《迦因小传》之秾郁而亲切矣。一非具形象性,一具形象性,而感情因以不同也。其证四。又曰:"美之第四特性,为理想化。"理想化者,由感兴的实体,于艺术上除去无用分子,发挥其本性之谓也。小说之于日用琐事,亘数年者,未曾按日而书之,即所谓无用之分子则去之。而月球之环游,世界之末日,地心海底之旅行,日新不已,皆本科学之理想,超越自然而促其进化者也。其证五。凡此种种,为新旧社会所公认,而非余一己之私言,则其能鼓舞吾人之理性,感觉吾人之理性,夫复何疑!"小说林"之于新小说,既已译著并刊,二十余月,成书者四五十册,购者纷至,重印至四五版,而又必择尤甄录,定期刊行此月报者,殆欲神其薰、浸、刺、提(说详《新小说》一号)之用,而毋徒费时间,使嗜小说癖者之终不满意云尔。

丁未元宵后三日,东海觉我识。

《小说林》第一期(1907年)

募集小说

小说林社

本社募集各种著译家庭、社会、教育、科学、理想、侦探、军事小说,篇幅不论长短,词句不论文言、白话,格式不论章回、笔记、传奇。不当选者,可原本寄还;入选者,分别等差,润笔从丰致送:

甲等 每千字五圆

乙等 每千字三圆

丙等 每千字二圆

通信处:上海新马路福海里小说林编辑所

若非信件挂号,如有失误,本社不认其咎。

《小说林》第一期(1907年)

《第一百十三案》赘语(节录)

觉 我

侦探小说,为我国向所未有。故书一出,小说界呈异彩,欢迎之者,甲于他种。虽然,近二三年来,屡见不一见矣。夺产、争风、党会、私贩、密探,其原动力也;杀人、失金、窃物,其现象也。侦探小说数十种,无有抉此范围者。然其擅长处,在布局之曲折,探事之离奇。而其缺点,譬之构屋者,若堂、若室、若楼、若阁,非不构思巧绝,布置井然;至于室内之陈设,堂中之藻绘,敷佐之帘幕屏榻金木书画杂器,则一物无有,遑论雕镂之精粗,设色之美恶耶!故观者每一览无余,弃之不顾。质言之,即侦探小说者,于章法上占长,非于句法上占长;于形式上见优,非于精神上见优者也。善读小说者当亦韪余是言。

《小说林》第一期(1907年)

小说小话（选录）

蛮

小说之描写人物，当如镜中取影，妍媸好丑，令观者自知，最忌搀入作者论断。或如戏剧中一脚色出场，横加一段定场白，预言某某若何之善，某某若何之劣，而其人之实事，未必尽肖其言；即先后绝不矛盾，已觉叠床架屋，毫无余味。故小说虽小道，亦不容着一我之见。如《水浒》之写侠，《金瓶梅》之写淫，《红楼梦》之写艳，《儒林外史》之写社会中种种人物，并不下一前提语，而其人之性质、身份，若优若劣，虽妇孺亦能辨之，真如对镜者之无遁形也。夫镜，无我者也。

小说与时文为反比例。讲究时文者，一切书籍，皆不得观览；一切世务，皆不容预闻。至其目小说也，一若蛇蝎魔鬼之不可迩。而小说中非但不拒时文，即一切谣俗之猥琐，闺房之诟谇，樵夫牧竖之歌谚，亦与四部三藏鸿文秘典，同收笔端，以供馔箸之资料。而宇宙万有之运用于炉锤者（施耐庵《水浒记》自序，可为作小说者之标准），更无论矣。故作时文与学时文者，几于一无所知；而作小说与读小说者，几于无一不知。其不同也如此。

语云："神龙见首不见尾。"龙非无尾，一使人见，则失其神矣。此作文之秘诀也。我国小说名家，能通此旨者，如《水浒记》（耐庵本书，止于三打曾头市，余皆罗贯中所续。今通行本，则金采割裂增减施、罗两书首尾成之），如《石头记》（《石头记》原书，钞行者终于林黛玉之死，后编因触忌太多，未敢流布。曹雪芹者，织造某之子，本一失学纨袴，从都门购得前编，以重金延文士续成之，即今通行之《石头记》是也。无论书中前后优劣判然，即续成之意旨，亦表显于书中。世俗不察，漫指此书为曹氏作，而作《后红楼梦》者，且横加蛇足，尤可笑焉），如《金瓶梅》（此书相传出王世贞手，为报复严氏之《督亢图》，要无左证。书实不全，卷末建醮托生一回，荒率无致，大约即《续金瓶梅》者为之。中间亦原缺二回,见《顾曲杂言》),如《儒林外史》(编末为一伧牵连补缀而成,已见原书叙述中,兹不具论),如《儿女英雄传》(原书终于安骥简放乌里雅苏台大臣),皆不完全,非残缺也。残缺其章回,正以完全其精神也。即如王实甫之《会真记传奇》、孔云亭之《桃花扇传奇》,篇幅虽完,而意思未尽,亦深得此中三昧,是固非千篇一律之英雄封拜、儿女团圆者所能梦见也。

古来无真正完全之人格,小说虽属理想,亦自有分际,若过求完善,便属拙笔。《水浒记》之宋江、《石头记》之贾宝玉,人格虽不纯,自能生观者崇拜之心。若《野叟曝言》之文素臣,几于全知全能,正令观者味同嚼蜡,尚不如神怪小说之杨戬、孙悟空,腾拏变化,虽无理而尚有趣焉。其思想之下劣,与天花藏才子书,及各种盲辞中王孙公子名士佳人之十足装点者何异?彼《金瓶梅》主人翁之人格,可谓极下矣,而其书历今数百年,辄令人叹赏不置。此中消息,惟熟于盲、腐二史者心知之,固不能为赋六合、叹三恨者之徒言也。

《水浒》一书,纯是社会主义。其推重一百八人,可谓至矣。自有历史以来,未有以百余人组织政府,人人皆有平等之资格,而不失其秩序,人人皆有独立之才干,而不枉其委用者也。山泊一局,几于乌托邦矣。曰"忠义堂",尽己之谓忠,行而宜之之谓义,固迥异乎本书石秀所骂之奴奴,及《石头记》中怡红公子所谓浊气者之忠义也。曰"体〔替〕天行道",山泊所出死力而保护、挥多金以罗致者,固社会所欲得而馨香之、尸祝之者也;山泊所腐心切齿,而漆其首、哒其肉者,固社会所欲得而唾骂之、投畀之者也。社会之心,天心也。且更取山泊之团体,与赵氏之政府而一比较之,呼保义与道君皇帝,孰英明孰昏暗乎?智多星、小李广等,与蔡太师、童郡王、高太尉辈,孰贤孰不肖乎?花石纲、生辰纲之敛万民膏血,以资一二人之欲,与挥金如土、求贤若不及者,孰是孰非、孰得孰失乎?仁和龚自珍曰:"京师如鼠壤,则山中之壁垒坚。"即此日之现象也。耐庵痛心疾首于数千年之专制政府,而又不敢斥言之,乃借宋、元以来相传一百有八人之遗事(《水浒》以前,宋、元人传奇小说中,述梁山事者甚多),而一消其块垒,而金采乃以孙复、胡安国之徽缧加之,岂不可怪哉!

《小说林》第一期(1907年)

  勇如林、史,侠如武、鲁,谋如花、吴,艺如肖、金,将略如呼延、关胜,神奇如公孙胜、戴宗之属,皆天下才也。然皆待用于人,而非能用人者也。于此而欲求一统摄驾驭之者,若经写作豁达大度之君主,休休有容之一个〔人〕臣,则又不合分际。故耐庵尚论千古,特取史迁《游侠》中郭解一传为蓝本,而构成宋公明之历史。郭之家世无征,产不逾中人;而宋亦田舍之儿,起家刀笔,非如柴进之贵族、卢俊义之豪宗也。郭短小精悍,而宋亦一矮黑汉,非有凛凛雄姿、亭亭天表也。解亡命余生,宋亦刀头残魄,非有坊表之清节、楷模之盛誉也。而识与不识者,无不齐心崇拜而愿为之死。盖自古真英雄,自有一种不可思议之魔力,能令贲、育失其勇,仪、秦失其辩,良、平失其智,金、张、陶、顿失其富贵,而疏附先后,驱策惟命;不自见其才,而天下之人皆其才,不自见其能,而天下之人皆其能;成则为汉高帝、明太祖,不成则亦不失为一代之大侠;虽无寸土尺民,而四海归心;槁黄之匹夫,贤于衮冕之独夫万万也。故论历史之人格,当首溯郭解;而论小说之人格,当首溯宋江。史迁之进游侠,其旨趣与尊孔子无异,皆所以重人权而抑专制也。此其意惟耐庵知之,亦惟耐庵能绍述之。不幸而有奴性之公孙宏,悍然为当门之锄;又不幸而有鼠目寸光之金采,簧鼓邪说,以取好于民贼。然宏之爱书数言,尚不失为解之知己;而采则驺从前呵,但知辟人以张乘舆者之威福耳。此则地下之耐庵有知,所当笑破唇颊者也。

《小说林》第一、二期(1907年)

  《水浒》鲁智深传中,状元桥买肉,妙矣,而尚不如瓦官寺抢粥之妙也;武松传中,景阳冈打虎,奇矣,而尚不如孔家庄杀狗之奇也。何则?抑豪强,伏鸷猛,自是英雄本色,能文者尚可勉力为之;若抢粥吃狗,真无赖之尤矣。然愈无赖愈见其英雄,真匪夷所思矣,而又确为情理所有者,此所以为奇妙也。此种颊上添毫手段,惟盲史有之,史迁尚有未逮也。

历史小说,当以旧有之《三国志演义》《隋唐演义》,及新译之《金塔剖尸记》《火山报仇录》等为正格。盖历史所略者应详之,历史所详者应略之,方合小说体裁,且耸动阅者之耳目。若近人所谓历史小说者,但就书之本文,演为俗语,别无点缀斡旋处,冗长拖沓,并失全史文之真精神,与教会中所译土语之《新、旧约》无异,历史不成历史,小说不成小说。谓将供观者之记忆乎,则不如直览史文之简要也;谓将使观者易解乎,则头绪纷繁,事虽显而意仍晦也。或曰:"彼所谓演义者耳,毋苛求也。"曰:"演义者恐其义之晦塞无味,而为之点缀,为之斡旋也。兹则演词而已,演式而已,何演义之足云!"

曾见芥子园四大奇书原刻本,纸墨精良,尚其余事,卷首每回作一图,人物如生,细入毫发,远出近时点石斋石印画报上。而服饰器具,尚见汉家制度,可作博古图观,可作彼都人士诗读。

董若雨《西游补》一书,点窜《楞严》,出入《三易》,其理想如《逍遥》《齐物》,其词藻如《天问》《大招》。身丁陆沉之祸,不得已遁为诡〔诡〕诞,借孙悟空以自写其生平之历史,云谲波诡,自成一子。绅其宗旨,与木皮居士鼓词、蘖庵和尚《击筑余音》(即《万古愁》。或谓归元恭作,或谓王思任作,余曾见国初人抄本,则确出蘖庵手),异曲同工,而于《西游》原书,固毫无关涉也。其系于三调芭蕉扇后者,以火焰山寓朱明焉。俗称本朝为清唐国,故曰"新唐世界"。大禹之戮防风,始皇之逐匈奴,皆为汉种摧伏异族之代表,故欲向之乞驱山铎及治妖斩魔秘诀,以遂廓清之志。由崧溺于声色,唐、桂二藩皆制于艳妻,故托西楚霸王以隐讽之。绿珠请客,而有西施在座,讥当时号为西山饿夫、洛邑顽民者,不免与兴朝佐命往还也。西施两个丈夫之招词,其即洪辽阳之两朝行状乎? 天门不开,灵霄宝殿被人偷去,而在未来世界中,杀却百秦桧,请得一武穆。而天门大开,宝殿再造,盖不胜恢复之将来希望也。万镜楼指明代学者之门户,天字第一号为时文世界,从头风世界分出,不错乱其脑机,不能为时文,不能养成一班无眼、耳、鼻、舌、心、肺、血、气之人才也。第二号乃为古人世界,即在头风世界隔壁,盖当时积习,舍时文而从事古学者,亦近于脑病也。且古人世界,隔一未来世界,即是懵懂世界。彼敝敝然以继往开来自负者,其不懵懂也几希! 祖龙之雄才大略，犹且不免，况若辈一孔之儒乎？玉门伏道，沉沉无底，穷老尽齿钻研故纸，而妄冀身后之名，其现象亦复如是，安得无人世界中人一为之指迷哉！愁峰顶上抖毫毛，盖谓积愁如山，虽化千百万亿身，一一身出一一舌，而不可说不可说也。红线伤平日虚名之累，翠绳指兴朝文网之密，一恃其自救，一望其自毙，无可解脱中之解脱法也。新古人有内外两父，即指两朝领袖马首、巢由一辈人物。波罗密王出身火焰山，虽事涉暧昧（家父、家母、家伯一段，隐指入汉军籍），不可谓非炎汉、朱明之末裔，而忍于敌视其所生，躬戮其同种，此平西、平南诸名王，所挟以自豪，而又非新古人之仅认两父者，所能望其项背者也。遂令八部旗翻，尽掩天下之目；赤帜长偃（五色旗中独无赤旗），无复故国之遗。际此虽有三头六臂，大闹天宫之法身，亦无可措手，不得不遁入空门，觅我本师，而听虚空主人之解嘲矣。此书国初仅有传抄本，初刻于申报馆，近日翻印者，有病禅跋语，多与鄙意暗合。雨窗无事，偶与友人论及，觉其一字一意，皆无泛设，病禅惟发明其大要耳。就所记忆，拉杂征引数条，以资谈柄。若悉数举之，累百纸不能尽也。

《小说林》第二期（1907 年）

  中国历史小说，种类颇夥，几与《四库》乙部所藏相颉颃。然非失之猥滥，即出以诬谩，求其稍有特色者，百不得一二。惟感化社会之力则甚大，几成为一种通俗史学。畴人广坐，津津乐道，支离附会，十九不经。试举史文以正告之，反哗辨而不信。即士林中人，亦有据稗官为政实，而毕生不知其误者。马、班有知，得无丧气！最熟于人口者，为《三国演义》中之诸葛、关、张，其次则唐之徐敬业、薛仁贵，宋之杨业、包拯，明之刘基、海瑞，偶一征引，辄不胜其英雄崇拜之意；而对于其反对者，则指摘唾骂，不留余地。至于古来之有此人物否，人物之情事果真确否，不问也。故所是者未必皆贤，所非者未必皆不肖（如潘美、张居正，小说中辄与杞、桧等观）。即其小说之善者，亦不必尽传，而传者又不必尽善，此其中亦皆有幸不幸焉。而为之助因者，则有三事：

  一、宗教。如崇拜关羽之为无上上人物，庙社遍天下，其由历代祀典之尊崇故。

二、平话。平话别有师传秘笈，与刊行小说，互有异同。然小说须识字者能阅，平话则尽人可解。故小说如课本，说平话者，如教授员。小说得平话，而印入于社会之脑中者愈深。

三、演剧。平话仅有声而已，演剧则并有色矣。故其感动社会，加效力，尤捷于平话。演剧除院本外，若徽腔、京腔、秦腔等，皆别有专门脚本，亦小说之支流也。

《小说林》第三期（1907年）

小说感应社会之效果，殆莫过于《三国演义》一书矣。异姓联昆弟之好，辄曰"桃园"；帷幄侲俊运用之才，动言"诸葛"。此犹影响之小者也。太宗之去袁崇焕，即公瑾赚蒋干之故智（太祖一生用兵，未尝败衄。惟攻广宁不下，颇挫精锐，故切齿于袁崇焕，遗命必去之。详见《啸亭杂录》等书）。海兰察目不知书，而所向无敌，动合兵法，而自言得力于绎〔译〕本《三国演义》。左良玉之举兵南下，则柳麻子援衣带诏故事怂恿成之也。李定国与孙可望，同为张献忠义子。其初胼肝越货，所过皆屠戮，与可望无殊焉。说书人金光，以《三国演义》中诸葛、关、张之忠义相激动，遂幡然束身归明，尽忠永历，力与可望抗，又累建殊勋，使兴朝连殒名王，屡摧劲旅。日落虞渊，鲁戈独奋，为明代三百年忠臣功臣之殿，即与瞿、何二公鼎峙，亦无愧色，不可谓非演义之力焉。张献忠、李自成，及近世张格尔、洪秀全等，初起众皆乌合，羌无纪律。其后攻城略地，伏险设防，渐有机智，遂成滔天巨寇。闻其皆以《三国演义》中战案，为玉帐唯一之秘本。则此书不特为紫阳《纲目》张一帜，且有通俗伦理学、实验战术学之价值也。书中人物，最幸者莫如关壮缪，最不幸者莫如魏武帝。历稽史册，壮缪仅以勇称，亦不过贲、育、英、彭流亚耳。至于死敌手、通书史，古今名将，能此者正不乏人，非真可据以为超群绝伦也。魏武雄才大略，奄有众长，草创英雄中，亦当占上座。虽好用权谋，然从古英雄，岂有全不用权谋而成事者？况其对待屡主，始终守臣节，较之萧道成、高欢之徒，尚不失其为忠厚，无论莽、卓矣。乃自此书一行，而壮缪之人格，互相推崇极于无上，祀典方诸郊禘，荣名媲于尼山，虽由吾国崇拜英雄宗教之积习（秦汉时尊杜伯，六朝尊蒋子文,唐时尊项王、伍胥,此我国神道权位之兴替焉。自宋后特尊壮缪。以上诸人,皆有积薪之叹矣。虽方士之吕岩,释家之观自在,术数家之鬼谷子,航海家之天妃,无以尚之也),而演义亦一大主动力也。若魏武之名,则几与穷奇、梼杌、桀、纣、幽、厉,同为恶德之代表。社会月旦,凡人之奸邪诈伪阴险凶残者,辄目之为曹操。今试比人以古帝王,虽傲者谦不敢居;若称以曹操,则屠沽厮养,必怫然不受。即语以魏主之尊贵,且多才子,具文武才,亦不能动之也。文人学士,虽心知其故,而亦徇世俗之曲说,不敢稍加辨正。嘻!小说之力,有什伯千万于《春秋》之所谓华衮斧钺者,岂不异哉(今西人之居我国者,稍解中文,即争读《三国演义》,偶与论及中国英雄传记,则津津乐道者,必此书也。陈习之书,则知者鲜矣,且亦不欲知也。则《三国演义》之感应力,并及于域外矣)!

《小说林》第八、九期(1908年)

　　小说之应〔影〕响于社会,固矣,而社会风尚,实先有构成小说性质之力,二者盖互为因果也。吾国南北两部,风气犁然而异。北方各行省,地斥卤而民强悍,南人生长膏沃,体质荏弱,而习为淫靡,故南北文学,亦因之而分,而小说尤显著。北人小说,动言侠义;而出于南人者,则才子佳人之幽期密约。千篇一律,儿女英雄,各据其所融冶于社会者为影本。原其宗旨,未始非厌数千年专制政体之束缚,而欲一写其理想中之自由(侠义躬捍文网,与豪宗墨吏为仇,破政府之专制也,幽期密约,婚姻自由,破家庭之专制也)。而思力不充,更多顾忌瞻徇,其目的仍在封拜、诰赠,一若不得君主父母之许可,终不得为正当者。则又第二层之普通结习,潜驱阴率之而不复能顾其矛盾也。而阅小说者,但喜其情节之离奇,叙述之㒟妙,不知就自由之一点,引申而整理之,故其效果,属其北者徒诲盗,属于南者唯诲淫。

　　《五行志》有所谓文字之妖者,虽初民迷信之遗习,然亦颇有征验。传记所载之童谣、语谶,无论矣。小说之流行,亦有莫知其然而然,隐兆祸乱之先几者。南人本好言情小说,前十年间,忽自北省传入《三侠五义》一书,社会嗜好,为之一变。由是而有《彭公案》《施公案》《永庆升平》诸书,皆从燕、齐输入,而遂有庚子团匪之祸。

《三侠五义》一书,曲园俞氏就石玉昆本序行,易其名为《七侠五义》(书中三侠,谓南侠、北侠、双侠也。曲园因其人数为四,疑有错误,遂凑入智化等,又改小义士艾虎为小侠,而称七侠。常笑曲园赅博,而不知有三王——禹、汤、文、武亦四人,三侠盖用其例,岂非怪事)。此书人物地址称谓,多寓游戏,作者亦无一定宗旨(俗本《龙图公案》中,有五鼠闹东京一事,作者殆恶其荒陋,而另出机杼,借题发挥。章回小说家本有此一种,如元人《二郎神》杂剧,因杨戬擅作威福,比之灌口神而作。而《西游记》《封神榜》,即以灌口神为杨戬,侈叙其神通。《水浒记》有西门、潘氏通奸一段,而《金瓶梅》之百余回洋洋大篇,即从此出,皆其一例也)。然豪情壮采,可集《剑侠传》之大成,排《水浒记》之壁垒。而又有一特色,为二书所不及者,则自始至终百万余言,除梦兆冤魂以外,绝无神怪妖妄之谈(如《水浒记》,高唐州、芒砀山诸回,实耐庵败笔)。而摹写人情冷暖,世途险恶,亦曲尽其妙,不独为侠义添颊毫也。宜其为鸿儒欣赏,而刺激社会之力,至今未衰焉。

我国侠义小说,如《三侠五义传》等书,未遽出泰西侦探小说下;而书中所谓侠义者,其才智亦似非欧美侦探名家所能及。盖同一办案,其在欧美,虽极疑难,而有服色、日记、名片、足印、烟、酒、用品等可推测,有户籍、守兵、行业册等可稽查,又有种种格致、药物、器械,供其研究;警政完全,一呼可集;电车神速,百里非遥;电信电话,铁轨汽船,处处交通;越国则有交纳罪人之条约,搜牢则有羁束自由之捕符;挟法律之力,君主不能侵其权,故能操纵自如,摘奸发伏。而吾国则以上者,一切不具,仅恃脑力腕力捕风索影,而欲使鬼蜮呈形,豺狼就捕,其难易劳逸之相去,何可以道里计! 吾国民喜新厌故,轻己重人,辄崇拜欧美侦探家如神明,而置己国侠义事迹为不屑道,何不思之甚也! 或谓侠义小说之所谓侠义者,皆理想而非事实。抑知所谓福尔摩斯、聂格卡脱者,亦何尝真有其人! 况吾国之侠义事迹,亦间有事实可据,而不尽出于文人狡狯也。

语云:"南海北海,此心同,此理同。"小说为以理想整治实事之文字,虽东、西国俗攸殊,而必有相合之点。如希腊神话、阿剌伯夜谈之不经,与吾国各种神怪小说,设想正同。盖因天演程度相等,无足异者。最奇者,若《夜叉夫人》(一勋爵之妻,有贤淑名,夫忽失踪,备极哀悼,且谨严自守,人无间言。后事败,方知其与人通奸,弑夫潜埋室中),与《谋夫奇案》,如出一辙(此案各说部多记之,即伪为其夫遇祟自溺,实支解而瘗于坑下者)。《画灵》(商务书局发行)之与《鲍打滚冥画》,其术正同(《画灵》者,一画士能视及现界外事物,而鲍打滚则就地一滚,而可目睹鬼神形状而绘之)。《海外轩渠录》所载,葛利佛至大人国,为宫婢戏置裹处,如临恶溪,险丑莫状,可谓匪夷所思矣;而《无稽谰语》中,竟有一节与之暗合者。盖人心虽极变幻,更不能于感官所接触之外,别构一思想,不过取其收蓄于外界之材料,改易其形式质点,加以支配,以新一时之耳目。深察之,则朝三暮四,二五十,正无可异也。又《水浒记》智取生辰纲一事,自是耐庵虚构;而阅《三洲游记》,阿非利加野人,竟有真用此智而行劫者,岂黔种中亦有智多星欤?"

  小说固有文、俗二种,然所谓俗者,另为一种言语,未必尽是方言。至《金瓶梅》始尽用鲁语,《石头记》仿之,而尽用京语。至近日则用京语者,已为通俗小说。

《小说林》第九期(1908年)

觚庵漫笔(选录)

觚 庵

  觚庵曰:人无不喜读小说者,然善读者实鲜。余最佩圣叹先生所论读法中,有急读、缓读之二法。急读者,即自始至终,穷日夜之力,而一气读毕之。如行军然,必合其前锋、后应、左右翼、中坚,及侦探队、工程队、辎重队、卫生队,若何支配,若何调遣,若何变化,一一综核之,所以必待战事告终,始击节叹赏曰:"此良将也。"行文亦然,必合其前引、后结、中段、开合起伏,及人物、事实、境地、时间,若何铺叙,若何省略,若何配置,一一罗列之,所以必待全卷告终,始击节叹赏曰:"此良书也。"

使支支节节读之,鲜有能领悟及此者矣。是小说之所以宜急读也。缓读者,就其一章、一节、一句、一字,低徊吟讽,细心领味,使作者当日之精神脉络贯注经营,无不若烛照数计,心领神会,即此一章、一节、一句、一字,亦且击节叹赏曰:"此妙笔也。"使卤莽灭裂读之,鲜有能体会入微者矣。是小说之所以宜缓读也。作小说难,读小说亦不易。率尔操觚者,固不足入著作林;而还珠买椟,亦为作者所深痛也。

《水浒传》《儒林外史》,我国尽人皆知之良小说也。其佳处,即写社会中,殆无一完全人物。非阅历世情,冷眼旁观,不易得此真相。视寻常小说,写其主人公,必若天人者,实有圣、凡之别,不仅上、下床也。

侦探小说,东洋人所谓舶来品也,已出版者,不下数十种,而群推《福尔摩斯探案》为最佳。余谓其佳处,全在"华生笔记"四字。一案之破,动经时日,虽著名侦探家,必有疑所不当疑,为所不当为,令人阅之,索然寡欢者。作者乃从华生一边写来,只须福终日外出,已足了之。是谓善于趋避。且探案全恃理想规画,如何发纵,如何指示,一一明写于前,则虽犯人弋获,亦觉索然意尽。福案每于获犯后,详述其理想规画,则前此无益之理想,无益之规画,均可不叙,遂觉福尔摩斯若先知、若神圣矣。是谓善于铺叙。因华生本局外人,一切福之秘密,可不早宣示,绝非勉强。而华生既茫然不知,忽然罪人斯得,惊奇自出意外。截树寻根,前事必需说明,是皆由其布局之巧,有以致之,遂令读者亦为惊奇不置。余故曰"其佳处,全在'华生笔记'四字"也。

《小说林》第五期(1907 年)

军事小说与言情小说,适成一反比例:一使人气旺,一使人气短;一使人具丈夫态度,一使人深儿女心肠;一使人易怒,一使人易戚;一合于北方性质,北人固刚毅,一合于南人形状,南人本柔弱。此为二种书分优劣处。然今日读小说者,喜军事小说,远不如喜言情小说,社会趋向,于此可见。

我国小说,虽列专家,然其门类,太形狭隘。即如滑稽一种,除《太平广记》《笑林广记》《一夕话》等,杂载琐事笑话外,殊少洋洋成巨册者。且其道,仅以讽刺语妙,博人解颐而止。其影响所及,亦只造就鹦鹉名士一流人耳。近今所刊,有《哑旅行》《大除夕》《滑稽旅行》《女学生旅行记》《新法螺》五种。然《新法螺》,属于理想的科学,《大除夕》,描写欧洲政界腐败,各有趋意。惟《哑旅行》一书,实可为滑稽小说中之泰斗。隐先生之一举一动,一言一语,处处令人喷饭,处处可补游历日记之不足,不必言其所以然,而自能镂人心版,此真得小说之三昧、之神髓者。近日又有《滑稽外史》之刊,共六册,为译本中成帙最巨者,穷形尽相,恶人、善人、伪善人、贫人、富人,一一为之铸鼎象物,使魑魅罔两,不复有遁形。欧西此等小说,风行一世,有裨于社会处不少。如《孤星泪》《旅行述异》,皆同一宗旨者,但不可指为滑稽小说耳。

余谓小说可分两大派:一为记叙派,综其事实而记之,开合起伏,映带点缀,使人目不暇给,凡历史、军事、侦探、科学等小说,皆归此派。我国以《三国志》为独绝,而《秘密使者》《无名之英雄》诸书,亦会得此旨者。一为描写派,本其性情,而记其居处行止谈笑态度,使人生可敬、可爱、可怜、可憎、可恶诸感情,凡言情、社会、家庭、教育等小说,皆入此派。我国以《红楼梦》《儒林外史》为最,而《小公子》之写儿童心理,亦一特别者也。

文章有用于此则是,用于彼则非者。侦探小说,本以布局曲折见长,观于今世之欢迎《福尔摩斯侦探案》,可见一斑。林琴南先生所译各本,类皆有特色擅长处。独于《神枢鬼藏录》一书,不独因《马丁休脱侦探案》,迻译在前,因而减色;即统阅全文,亦殊未足鼓舞读者兴趣,只觉黯淡无华耳。余谓先生之文词,与此种小说,为最不相宜者。

吾闻西洋各国文化之盛,每年小说之出版,多者以千计,少者亦以数百计。吾国近年之学风,以余所见,殊觉有异。教科书、政法、实业、科学专门各书,新译者岁有增加,而购书者之总数,日益见绌,一异也。常购者,不论何种,购而庋之,究之未曾一寓目,遑论其内容美恶,二异也。小说书岁亦出百余种,而译者居十之九,著者居十之一,抑似国中社会,无有供其资料者,三异也。译者彼此重复,甚有此处出版已累月,而彼处又发行者,名称各异,黑白混淆,是真书之必须重译,而后来者果居上乘乎?实则操笔政者,卖稿以金钱为主义,买稿以得货尽义务;握财权者,类皆大腹贾人,更不问其中源委。曾无一有心者,顾及销行之有窒碍否,四异也。彼此以市道相衡,而乃揭其假面具,日号于众曰:"改良小说,改良社会。"呜呼!余欲无言。

观于今日小说界,普通之流行,吾敢谓操觚家实鲜足取者。是何故?因艰于结构经营,运思布局,则以译书为便。大著数十万言,巨且逾百万,动经岁月,而成书后,又恐无资本家,仿鸡林贾人之豪举,则以三四万言、二三万言为便。不假思索,下笔成文,十日呈功,半月成册。货之书肆,囊金而归,从此醉眠市上,歌舞花丛,不须解金貂,不患乏缠头矣。谁谓措大生计窘迫者?此所以岁出有百数也,是亦一大可异者也。

余向持一论,谓男子而鳏,不妨再娶;女子而寡,何妨重嫁?胡以妇人守节,若为天经地义,不能越此范围者然?及阅西国小说,则结婚自由,妇人再嫁,绝无社会习惯之裁判,为之一快。且亦不乏为夫守节、立志不二者,更为之一快。

《小说林》第七期(1907年)

近年小说各书,译著竞出,其中不乏名著作。所异者,于广告中,恒见大书特书,为"某某大小说家""某某大文学家"。其互相标榜,冀其书风行,以博蝇头之利者,吾无罪焉;不谓竟有自称为"大小说家",一若居之不疑、名之无愧者,岂非咄咄怪事!

圣叹之批《西厢记》也,以为此为圣叹之《西厢记》矣。近人所著,不少自作之而自批之者,是殆虑世不乏圣叹其人,或从而攘之乎?否则,胡为是汲汲也?一笑。

《小说林》第十期(1908年)

历史小说最难作,过于翔实,无以异于正史。读《东周列国志》,觉索然无味者,正以全书随事随时,摘录排比,绝无匠心经营于其间,遂不足刺激读者精神,鼓舞读者兴趣。若《三国演义》,则起伏开合,萦拂映带,虽无一事不本史乘,实无一语未经陶冶,宜其风行数百年,而妇孺皆耳熟能详也。

《三国演义》一书,其能普及于社会者,不仅文字之力。余谓得力于毛氏之批评,能使读者,不致如猪八戒之吃人参果,囫囵吞下,绝未注意于篇法、章法、句法,一也。得力于梨园子弟,如《凤仪亭》《空城计》《定军山》《火烧连营》《七擒孟获》等,著名之剧,何止数十,袍笏登场,粉墨杂演,描写忠奸,足使当场数百十人,同时感触,而增记忆,二也。得力于评话家,柳敬亭一流人,善揣摩社会心理,就书中记载,为之穷形极相,描头添足,令听者眉色飞舞,不肯间断,三也。有是三者,宜乎妇孺皆耳熟能详矣。

　　戏剧与评话,二者之有功小说,各有所长。有声有色,衣冠面目,排场节拍,皆能辅助正文,动人感情,则戏剧有特色;而嘻笑怒骂,语语松快,异于曲文声调之未尽会解,费时费钱,均极短少,茶余酒罢,偷此一刻空闲,已能自乐其乐,则评话有特色也。

《小说林》第十一期(1908年)

绍介新书《福尔摩斯再生后之探案第十一、十二、十三》

　　《歇洛克·福尔摩斯(一作呵尔唔斯)侦探案》,为英国大文学家高能·陶耳(Conon Doyle)所著,盖欧洲近世最有价值之侦探小说也。每一稿脱,各国辄翻译恐后,争相罗致。吾国译本,以曩时《时务报》张氏为最先,尔后续译者接踵而起,如《包探案》《续包探案》之类皆是也。顾原书至福尔摩斯被戕后,已戛然中止,几成绝响;讵数年以后,作者又创为再来之说,成书十三篇,合之前后诸作,无一相犯,无一雷同者。欧美各国,一时风行殆遍。吾国周君桂笙所译《福尔摩斯再来第一案》,首先出版,颇受欢迎,而续译者又踵起矣。夫译书极难,而译小说书尤难。苟非将原书之前后情形,与夫著者之本末生平,包罗胸中,而但卤莽从事,率尔操觚,即不免有直译之弊,非但令人读之,味同嚼蜡,抑且有无从索解者矣。故此等小说,在欧美各国,则妇孺皆知,在吾国则几于寂寂无闻。此其咎,必非在原著之不佳明矣,毋亦遍译之未尽合宜,故不足以动人耶? 小说林社主人,知其然也,故自第八案以后,仍倩周君桂笙,一手译述。今最后之第十一、二、三案,亦已出版,共钉一册,编首賸以译者小影一帧,益见该社精益求精,不遗余力矣。本社受而读之,觉其理想之新奇,诚有匪夷所思者,洵近今翻译小说中之不可多得者也。爰为溯其原〔缘〕起,著之于篇,以为一般爱阅佳小说者告。

《月月小说》第一年第五号(1907年)

《新庵谐译》

紫　英

　　泰西事事物物,各有本名,分门别类,不苟假借。即以小说而论,各种体裁,各有别名,不得仅以形容字别之也。譬如"短篇小说",吾国第于"小说"之上,增"短篇"二字以形容之,而西人则各类皆有专名。如Romance, Novelette, Story, Tale, Fable 等皆是也。吾友上海周子桂笙,所译之《新庵谐译》,第二卷中,则皆能兼而有之。其第一卷中之《一千零一夜》,即《亚拉伯夜谈录》也,原名为"Arabian Nights Entertainment"。此书在西国之价值,犹之吾国人之于《三国》《水浒》,故男女老小,无不读之,宜吾国人翻译者之多也。先是吾友刘志沂通守,接办上海采风报馆,聘南海吴趼人先生总司笔政。至庚子春夏间,创议附送译本小说,刘君乃访得此本,请于周子,周子慨然以义务自任。盖彼此皆至交密友,时相过从,且报中亦恒有周子译著之稿也。当时风气远不如今,各种小说,亦未盛行。周子虽公余之暇,时有译述,而书贾无过问者,故慨然允为刘君迻译此篇。惜乎是年炎威肆虐,酷暑逼人,周子乃延凉于姑苏台畔,译事遽废。自是以后,公私麇集,不遑兼顾,遂未卒业;然续译之志,未尝少怠也。亡何,上海《大陆报》小说栏中,亦译登此书矣。周子见之喜曰:"吾未竟之志,今可如愿以偿矣!"然未尽数十页,亦即中辍。又越数载,商务印书馆之《天方夜话》既出版,而全书乃始告成焉。此外如连孟青所主之《飞报》中,亦尝略译一二,不过片鳞残爪而已。是此书开译之早,允推周子为先;而综观诸作,译笔之佳,亦推周子为首,彰彰不可掩也。苍古沉郁,令人百读不厌,不特为当时译著中所罕有,即今日译述如林,亦鲜有能胜之者。至第二卷中所载诸篇,大抵为《寓言报》而译者。当时《寓言报》为吴门悦庵主人沈君习之之业,笔政亦吴君趼人所主也。会壬寅春,吴君应《汉口日报》之聘,客居无俚,乃取此书,详加编次,且为文以序之。旋付上海清华书局,遂得公之于世云。

《月月小说》第一年第五号(1907年)

《胡宝玉》

新 庵

《胡宝玉》,一名《三十年上海北里之怪历史》。此书于丙午初冬出版,颇风行一时,大有洛阳纸贵之概。作者不知何许人,亦不详其姓氏,第自署为"老上海"而已,要亦一有心人也。胡宝玉为中国近代唯一之名校书,香名鼎鼎,负盛誉者四十余年。南北诸名妓中,非无翘然特出、色艺双绝者,然对于宝玉,皆自叹弗如焉。盖宝玉不独以色胜艺胜,而其才实足以横绝一时云。此书之作,即所以传宝玉者也,故名之曰《胡宝玉》。仿《李鸿章》之例,其体裁亦取法于泰西新史。全书节目颇繁,叙述綦详,盖不仅为胡宝玉作行状而已,凡数十年来上海一切可惊可怪之事,靡不收采其中,旁征博引,具有本原,故虽谓之为上海之社会史可也。文笔亦极雄健简练,一字不苟,而且条理井然,前后一致,到底不懈,诚近今游戏文章中不可多得之大手笔也。大抵小说一道,言之无文,则事迹虽奇,一览之后,无复余蕴矣。文笔佳胜者,则自能耐人寻味,百读不厌。虽然,余反复阅之,而不觉重有感焉。盖中国自古至今,正史所载,但及国家大事而已,故说者以为不啻一姓之家谱,非过言也。至于社会中一切民情风土,与夫日行纤细之事,惟于稗官小说中,可以略见一斑。故余谓此书可当上海之社会史者此也。惟是吾国自与东西各邦通商以还,上海一埠,首当要冲,骎骎乎为全国繁盛之冠,而近人且拟之为中国文明之中心点焉。顾如此重要之地,而数十年来,其间达官、贵人、富商、巨贾之所作所为,可以昭示来兹者,乃不过如是如是。呜呼!往者已矣,来日方长,吾愿居是邦者毋再醉生梦死,使后之视今,犹今之视昔也。

《月月小说》第一年第五号(1907年)

天笑启事

天　笑

鄙人近欲调查近三年来遗闻轶事,为《碧血幕》之材料,海内外同志如能贶我异闻者,当以该书单行本及鄙人撰译各种小说相赠。开列条件如下:一、关于政治外交界者;一、关于商学实业界者;一、关于各种党派者;一、关于优伶妓女者;一、关于侦探家及剧盗巨奸者。其他凡近来有名人物之历史,及各地风俗等等,巨细无遗,精粗并蓄。倘蒙赐书,请寄上棋盘街《小说林》转交可也。

《小说林》第七期(1907年)

《解颐语》叙言

采　庵

泰西言语与文字并用,不妨杂揉,匪若中国文学之古今雅俗,界限綦严也。中国除小说外,殆鲜文言并用者。泰西则不然,即小说之体裁,亦与吾国略异。其叙述一事也,往往直录个中人对答之辞,以尽其态,口吻毕肖,举动如生,令人读之,有如闻其声、如见其人之妙,而不知皆作者之狡狯也。吾国白话小说,向不见重于社会,故载笔者无不刻意求工,欲以笔墨见长,而流弊所届,驯至相率搁笔不敢轻于操觚。坐使社会怪奇冤惨之事,人群颖异特达之才,皆湮没而弗彰,不其恫欤?然而习俗移人，贤者不免。虽余亦不免明知而故犯焉。泰西则知无不言，言无不尽，虽妇稚优为之。然同一白话，出于西文，自不觉其俚；译为华文，则未免太俗。此无他，文、言向未合并之故耳。

至若泰西，小品滑稽之谈尤多。设为白话问答之辞，形容尽致，有聊聊一二语，不叙缘起，不详究竟，而读之辄令人忍俊不禁者。语极隽妙，殊足解颐。余久思摘译如干，以示同好，顾每一握笔，辄为踌躇而止。良以他国极可笑之事，苟直译而置诸吾国人之前，窃恐未必尽解，遑论其笑矣。盖习尚不同，嗜好互异，有断非此聊聊一二语，所能通厥意旨者，固不独虑言之无文、贻讥大雅而已也。爰就原文量为变通，庶几可博读者之一粲耳。虽然，同国之人，共座谈笑，亦有能喻、不能喻者，斯则匪译者之过矣。

《月月小说》第一年第七号（1907 年）

《海底漫游记》

新　庵

近年来，吾国小说之进步，亦可谓发达矣。虽然，亦徒有虚声而已。试一按其实，未有不令人废然怅闷者。别出心裁，自著之书，市上殆难其选，除我佛山人，与南亭先生数人外，欲求理想稍新，有博人一粲之价值者，几如凤毛麟角，不可多得。即略有意义、位置妥贴者，亦不数数觏也。而新译小说，则几几乎触处皆是。然欲求美备之作，亦大难事哉！最可恨者，一般无意识之八股家，失馆之余，无以谋生，乃亦作此无聊之极思，东剿西袭，以作八股之故智，从而施之于小说，不伦不类，令人喷饭。其尤黠者，稔知译书之价，信于著述之稿也，于是闭门杜造，面壁虚构，以欺人而自欺焉。虽然，小说之道，本无一定之理。苟能虚造成篇，亦未始非理想小说。惜乎其不能也，其技不过能加入一二口旁之人名而止矣。译界诸君，亦有漫不加察，而所译之书，往往与人雷同者。书贾不予调查，贸然印行者，亦往往而有。甚至学堂生徒，不专心肄业，而私译小说者,亦不一而足。呜呼!吾国之小说,至于今日,不其盛欤?然而此等小说,谓将于世道人心,改良风俗,有几微之益,俾其能信之耶?

一昨余于坊间,获见一新小说。封面题曰《海底漫游记》,而书中则又作《投海记》,上加"最新小说"四字,其边际复书作"新闻小说"。支离至此,可谓极矣。迨细阅其内容,则竟直抄横滨《新小说》中之科学小说《海底旅行》一书。此书本为红溪生所译述,而彼书忽题曰"著作者海外山人"云。噫!异矣。其为无耻者之剽窃欺人耶?抑为书贾之改头换面耶?殊欲索解人而不得也,然二者必居一于此矣。所可笑者,彼书之后,居然亦大书特书四字:"不许翻印"。

《月月小说》第一年第七号(1907年)

杂 说

趼

吾人生于今日,当世界交通之会,所见所闻,自较前人为广。吾每见今人动辄指谪前人为谫陋者,是未尝设身处地,为前人一设想耳。风会转移,与时俱进。后生小子,其见识或较老人为多,此非后生者之具有特别聪明也,老人不幸未生于此时会也。非独后生于老人为然,即一人一身之经历亦然。十年后之理想、之见识,必较十年前为不同,此则风会转移之明征矣。今之动辄喜訾议古人者,吾未闻其自訾襁褓时之无用,抑又何也?

轻议古人固非是,动辄牵引古人之理想,以阑入今日之理想,亦非是也。吾于今人之论小说,每一见之。如《水浒传》,志盗之书也,而今人每每称其提倡平等主义。吾恐施耐庵当日,断断不能作此理想,不过彼叙此一百八人,聚义梁山泊,恰似一平等社会之现状耳。吾曾反复读之,意其为愤世之作。吾国素无言论自由之说,文字每易贾祸,故忧时愤世之心,不得不托之小说。且托之小说,亦不敢明写其事也,必委曲譬喻以为寓言,此古人著书之苦况也。《水浒传》者,一部贪官污吏传之别裁也。梁山泊一百八人,强半为在官人役,如都头也,教师也,里正也,书吏也,而一一都归结于为盗,则著者之视在官人役之为何如可知矣。而如是等等之人之所以都归结于为盗者,无非官逼之使然,则著者之视官为何如亦可知矣。吾虽雅不欲援古人之理想,以阑入今日之理想,然持此意以读《水浒传》,则谓《水浒传》为今日官吏之龟鉴也亦宜。

《镜花缘》一书,可谓之理想小说,亦可谓之科学小说。其所叙海外各国皆依据《山海经》,无异为《山海经》加一注疏。而其讽世、理想、科学等,遂借以寓于其中。吾最喜其女儿国王,强迫林之洋为妃与之缠足一段。其意若曰:汝等男子,每以女子之小足为玩具,盍一返躬为之,而亲尝其痛苦哉! 全书所载,各种艺术,又皆分配于各人,尤为得体。不似《野叟曝言》,独以一文素臣为通天本事之人,荒诞不经也。

《金瓶梅》《肉蒲团》,此著名之淫书也。然其实皆惩淫之作。此非独著者之自负如此,即善读者亦能知此意,固非余一人之私言也。顾世人每每指为淫书,官府且从而禁之,亦可见善读书者之难其人矣。推是意也,吾敢谓今之译本侦探小说,皆海盗之书。夫侦探小说,明明为惩盗之书也,顾何以谓之海盗? 夫仁者见之谓之仁,智者见之谓之智。若《金瓶梅》《肉蒲团》,淫者见之谓之淫;侦探小说,则盗者见之谓之盗耳。呜呼! 是岂独不善读书而已耶,毋亦道德缺乏之过耶! 社会如是,捉笔为小说者,当如何其慎之又慎也。

作小说令人喜易,令人悲难;令人笑易,令人哭难。吾前著《恨海》仅十日而稿脱,未尝自审一过,即持以付广智书局。出版后偶取阅之,至悲惨处,辄自堕泪,亦不解当时何以下笔也。能为其难,窃用自喜。然其中之言论理想,大都皆陈腐常谈,殊无新趣,良用自歉。所幸全书虽是写情,犹未脱道德范围,或不致为大(雅)君子所唾弃耳。

《月月小说》第一年第八号(1907年)

《上海游骖录》识语

我佛山人

各人之眼光不同,即各人之见地不同;各人之见地不同,即各人所期望于所见者不同;各人期望于所见者不同,即各人之思所以达其期望之法不同。以仆之眼,观于今日之社会,诚岌岌可危,固非急图恢复我固有之道德,不足以维持之,非徒言输入文明,即可以改良革新者也。意见所及,因以小说体,一畅言之。虽然,此特仆一人之见解耳。一人之见,必不能免于偏。海内小说家,亦有关心社会,而所见于仆不同者乎?盍亦各出其见解,演为稗官,而相与讨论社会之状况欤?著者附识。

《月月小说》第一年第八号(1907年)

《剖心记》凡例

我佛山人

一、小说每多凭空杜撰,纵有暗指时事之作,亦皆隐约其词,令读者如猜哑谜。此书著者访得当日全案底本,故其中无一事无来历,可作国朝掌故读。

一、李明府毓昌事略,已载入李次青《国朝先正事略·循良传》中,赵瓯北《檐曝杂记》亦载其事,海内当略知其梗概。惟其戚林莲峰所撰专传,未经付梓,载之尤详。加以嘉庆十六年即墨绅耆请将李明府入祀乡贤呈,于毕生事迹,载之益详尽。此书博采诸家之作,汇为一编,绝无遗漏,惟出以小说体裁,间有不得不稍变原书之说者,阅者谅之。

一、《先正事略·循良传》,载有李明府死为栖霞城隍神之说。此为旧日小说家之绝好材料,兹以语近神怪,不合于近时社会,故略去之。

一、书中所载上谕、奏折、呈词,及一切审讯、检验情形,皆录自原案底稿,无一字杜撰。间有原稿漫灭,不可辨认者,则加□□以志其阙,所以存真象也。

一、全书之线索,皆藉各犯当日供词,寻绎而出,布为起伏关键。故各犯供词,虽具载全案卷中,兹不复再录,惟仪亲王永璇一奏,为全案始末,定罪爰书,则全录之。

一、李明府为嘉庆中叶人,案既定,仁庙亲制排律三十韵以旌其忠,并敕东抚勒石墓前,以示后人。即墨去此不远,当访得此碑墨拓,及明府遗像。俟全书告竣,印单行本时,用电铜法印冠卷首,俾世人知稗官中非尽无信史也。

《竞立社小说月报》第二期(1907年)

《劫余灰》第一回(节录)

我佛山人

情,情,写情,写情。这一个"情"字,岂是容易写得出,写得完的么?还记得我从小读书时,曾经读过《中庸》。那第十二章上有两句道:"夫妇之愚,可以与知焉;及其至也,虽圣人亦有所不知焉。夫妇之不肖,可以能行焉;及其至也,虽圣人亦有所不能焉。"又有两句道:"语大,天下莫能载焉;语小,天下莫能破焉。"这一章书,本来是子思解说君子之道的说话,然而这两句,我却要借重他解说一个"情"字。大约这个"情"字,是没有一处可少的,也没有一时可离的。上自碧落之下,下自黄泉之上,无非一个大傀儡场,这牵动傀儡的总线索,便是一个"情"字。大而至于古圣人民胞物与、己饥己溺之心,小至于一事一物之嗜好,无非在一个"情"字范围之内。非独人有情,物亦有情,如犬马报主之类,自不能不说是情;甚至鸟鸣春,虫鸣秋,亦莫不是情感而然。非独动物有情,就是植物也有情。但看当春时候,草木发生,欣欣向荣,自有一种欢忻之色;到了深秋,草木黄落,也自显出一种可怜之色。如此说来,是有生机之物,莫不有情。然则我借重中庸的几句话,解说"情"字,是不错的了。但是"情"字也有各种不同之处,即如近来小说家所言,艳情、爱情、哀情、侠情之类,也不一而足。据我看去,却是痴情最多。……

……自从世风不古以来,一般佻达少年,只知道男女相悦谓之情,非独把"情"字的范围弄得狭隘了,并且把"情"字也污蔑了,也算得是"情"字的劫运。到了此时,那"情"字也变成了劫余灰了。我此时提起笔来,要抱定一个"情"字,写一部小说,就先题了个书名,叫做《劫余灰》。……

《月月小说》第一年第十号(1907 年)

《云南野乘》附白

骈

一、此书有慨于云南死绝会而作,拟取自庄蹻开辟滇地,至云南最近之情形,尽列入书内。

一、此书虽演义体裁,要皆取材于正史。除史册外,别取元人董庄愍《威楚日记》、明人杨用修《滇载记》,又程原道《绥辑暇录》《傜倮类考》《古滇风俗考》及国朝冯再来《滇考》等书,以为考证。惟苦藏书无多,海内君子有知可以取材之书者,乞有以示我,以匡不逮,曷胜希望。

一、最近之调查,至为切要。海内君子,如有所记载,可资参考者,苟能邮以见示,俾成全璧,幸甚!如欲取酬值者,亦请先行函商,当有以奉报。

著者谨白。

《月月小说》第一年第十一号(1907 年)

论小说与改良社会之关系

天僇生

友人某君,昨以《月月小说》报数册见饷。天僇生取而读之,既卒业,乃作而言曰:呜呼!小说之为道也难矣。昔欧洲十五六世纪,英帝后雅好文艺。至伊利沙白时,更筑文学之馆,凡当时之能文章者,咸不远千里致之,令诸人撰为小说戏曲,择其有益心理者,为之刊行,读者靡弗感动,而英国势遂崛起,为全球冠。夷考十五六世纪,适为吾国元、明之交,宇宙俶扰靡宁宇,礼乐沦为丘墟。暨乎有明,其压制亦与元等。贤人君子,沦而在下,既无所表白,不得不托小说以寄其意。当时所著名者,若施耐庵,若王实甫,若关汉卿,若康武功诸人,先后出世,以传奇小说为当世宗。东西同时,遥相辉映,而结果则各殊者。吾尝谓《水浒传》,则社会主义之小说也;《金瓶梅》,则极端厌世观之小说也;《红楼梦》,则社会小说也,种族小说也,哀情小说也。著诸书者,其人皆深极哀苦,有不可告人之隐,乃以委曲譬喻出之。读者不知古人用心之所在,而以海淫与盗目诸书,此不善读小说之过也。近年以来,忧时之士,以为欲救中国,当以改良社会为起点;欲改良社会,当以新著小说为前驱。此风一开,而新小说之出现者,几于汗牛充栋,而效果仍莫可一睹,此不善作小说之过也。有此二因,而吾国小说界,遂无丝毫之价值。虽然,以是咎小说,是因噎废食之道也。夫小说者,不特为改良社会、演进群治之基础,抑亦辅德育之所不迨者也。吾国民所最缺乏者,公德心耳。惟小说则能使极无公德之人,而有爱国心,有合群心,有保种心,有严师令保所不能为力,而观一弹词、读一演义,则感激流涕者。虽然,是非所望今之小说家也。今之为小说者,不惟不能补助道德,其影响所及,方且有破坏道德之惧。彼其著一书也,不曰吾如何而后惊醒国民,若何而后裨益社会,而曰:吾若何可以投时好,若何可以得重赀,存心如是,其有效益与否,弗问矣。其既发行也,广登报章,张皇告白,施施然号于人曰:内容若何完备,材料若何丰腴,文笔若何雅赡。不惜欺千人之目,以逞一己之私。为个人囊橐计,而误人岁月,费人金钱不顾矣。夫以若斯之人格,而以小说重任畀之,亦安冀有良效果哉!吾以为吾侪今日,不欲救国也,则已;今日诚欲救国,不可不自小说始,不可不自改良小说始。乌在其可以改良也?曰是有道焉。宜确定宗旨,宜划一程度,宜厘定体裁,宜选择事实之于国事有关者,而译之著之;凡一切淫冶佻巧之言黜弗庸,一切支离怪诞之言黜弗庸,一切徒耗目力、无关宏旨之言黜弗庸。知是数者,然后可以作小说。虽然,知是数者,徒为小说无益也,不可不作小说报。是何也?夫萃种种小说而栉比之,其门类多,其取材富,其收值廉。近日所出单行本,浩如烟海。其中非无佳构;然阅者因限于赀,而顾此失彼者有之;阅不数册,不愿更阅者有之;名目烦多,无人别择,不知何所适从者又有之。惟创为丛报,则以上诸弊免。且月购一册,所费甚鲜。又可随阅者性之所近,而择一以研究之。是不啻以一册而得书数十种也。吾闻海上诸君子,发大愿,合大力,既赓续此报,复求所以改良者,吾未尝不为之距跃三百,喜而不寐也。抑吾又闻今当四国协约之后,人人有亡国之惧,以图存救亡为心者,颇不一其人。夫欲救亡图存,非仅恃一二才士所能为也;必使爱国思想,普及于最大多数之国民而后可。求其能普及而收速效者,莫小说若。而该报适于是时改良,于是时出现,吾故发呓语曰:此报出现之日,即国民更生之期。吾故更为颂辞曰:《月月小说》报万岁!读《月月小说》报、著《月月小说》报者万岁!中国万岁!

《月月小说》第一年第九号(1907年)

中国历代小说史论

天僇生

天僇生既堕尘球,历寒暑二十有奇,榜其门曰"痛心之斋",铭其室曰"忧患之府",极人世所欢欣慕思之境,举不之好,而独嗜读书。举四千年之书史,发其扃读之,则亦有好有不好,而独大凑其心思智慧以读小说。既编为史,复从而论之曰:"王者之迹熄而《诗》亡,《诗》亡而后《春秋》作。"仲尼因百二十国宝书而作《春秋》,其旨隐,其词微,其大要归于惩恶而劝善。仲尼殁而微言绝,《春秋》之旨,不襮白于天下,才士悁焉忧之,而小说出。盖小说者,所以济《诗》与《春秋》之穷者也。荐绅先生,视小说若洪水猛兽,屏子弟不使观。至近世新学家,又不知前哲用心之所在,日以趋译异邦小说为事,其志非不善,而收效寡者,风俗时势有不同也。吾以为欲振兴吾国小说,不可不先知吾国小说之历史。自黄帝藏书小酉之山,是为小说之起点。此后数千年,作者代兴,其体亦屡变。晰而言之,则记事之体盛于唐。记事体者,为史家之支流,其源出于《穆天子传》《汉武帝内传》《张皇后外传》等书,至唐而后大盛。杂记之体兴于宋。宋人所著杂记小说,予生也晚,所及见者,已不下二百余种,其言皆错杂无伦序,其源出于《青史子》。于古有作者,则有若《十洲记》《拾遗记》《洞冥记》及晋之《搜神记》,皆宋人之滥觞也。戏剧之体昌于元。诗之宫谱失而后有词,词不能尽作者之意,而后有曲。元人以戏曲名者,若马致远,若贾仲明,若王实甫,若高则诚,皆江湖不得志之士,悁心于种族之祸,既无所发抒,乃不得不托浮靡之文以自见。后世诵其言,未尝不悲其志也。章回、弹词之体行于明、清。章回体以施耐庵之《水浒传》为先声,弹词体以杨升庵之《廿一史弹词》为最古。数百年来,厥体大盛,以《红楼梦》《天雨花》二书为代表。其余作者,无虑数百家,亦颇有名著云。

呜呼!观吾以上所言,则中国数千年来小说界之沿革,略尽于是矣。吾谓吾国之作小说者,皆贤人君子,穷而在下,有所不能言、不敢言,而又不忍不言者,则姑婉笃诡谲以言之。即其言以求其意之所在,然后知古先哲人之所以作小说者,盖有三因:

一曰:愤政治之压制。吾国政治,出于在上,一夫为刚,万夫为柔,务以酷烈之手段,以震荡摧锄天下之士气。士之不得志于时,而能文章者,乃著小说,以抒其愤。其大要分为二:一则述已往之成迹,若《隋唐演义》,若《列国志》诸书,言民怒之不可犯,溯国家兴亡盛衰之故,使人君知所惧;一则设为悲歌慷慨之士,穷而为寇为盗,有侠烈之行,忘一身之危,而急人之急,以愧在上位而虐下民者,若《七侠五义》《水浒传》皆其伦也。

二曰:痛社会之混浊。吾国数千年来,风俗颓败,中于人心,是非混淆,黑白易位。富且贵者,不必贤也,而若无事不可为;贫且贱者,不必不贤也,而若无事可为。举亿兆人之材力,咸戢戢于一范围之下,如羊豕然。有跅弛不羁之士,其思想,或稍出社会水平线以外者,方且为天下所非笑,而不得一伸其志以死。既无可自白,不得不假俳谐之文以寄其愤。或设为仙佛导引诸术,以鸿冥蝉蜕于尘壒之外,见浊世之不可一日居,而马致远之《岳阳楼》、汤临川之《邯郸记》出焉,其源出于屈子之《远游》。或描写社会之污秽、浊乱、贪酷、淫媒诸现状,而以刻毒之笔出之,如《金瓶梅》之写淫,《红楼梦》之写侈,《儒林外史》《梼杌闲评》之写卑劣;读诸书者,或且訾古人以淫冶轻薄导世,不知其人作此书时,皆深极哀痛、血透纸背而成者也,其源出于太史公诸传。

三曰:哀婚姻之不自由。夫男生而有室,女生而有家,人之情也。然凭一父母之命,媒妁之言,执路人而强之合,冯敬通之所悲,刘孝标之所痛。因是之故,而后帷薄间,其流弊乃不可胜言。识者忧之,于是构为小说,言男女私相慕悦,或因才而生情,或缘色而起慕,一言之诚,之死不二,片夕之契,终身靡他。其成者则享富贵,长孙子;其不成者则并命相殉,无所于悔。吾国小说以此类为最夥。老师宿儒,或以越礼呵之,然其心无非欲维风俗而归诸正,使内无怨女、外无旷夫焉已耳。

由是以言,而后吾国小说界之价值,与夫小说家之苦心,乃大白于天下。吾尝谓吾国小说,虽至鄙陋不足道,皆有深意存其间,特材力有不齐耳。近世翻译欧、美之书甚行,然著书与市稿者,大抵实行拜金主义,苟焉为之。事势既殊,体裁亦异,执他人之药方,以治己之病,其合焉者寡矣。今试问萃新小说数十种,能有一焉,如《水浒传》《三国演义》影响之大者乎?曰无有也。萃西洋小说数十种,问有一焉,能如《金瓶梅》《红楼梦》册数之众者乎?曰无有也。且西人小说所言者举一人一事,而吾国小说所言者率数人数事,此吾国小说界之足以自豪者也。

呜呼!吾国有翟铿士、托而斯太其人出现,欲以新小说为国民倡者乎,不可不自撰小说,不可不择事实之能适合于社会之情状者为之,不可不择体裁之能适宜于国民之脑性者为之。天僇生生平无他长,惟少知文学。苟幸而一日不死者,必殚精极思,著为小说,借手以救国民,为小说界中马前卒。世有知我者,其或恕我狂也。

《月月小说》第一年第十一号(1907年)

《爱国二童子传》达旨(节录)

林　纾

畏庐林纾译是书竟,焚香于几,盥涤再拜,敬告海内:

至宝至贵、亲如骨肉、尊若圣贤之青年有志学生,敬顿首顿首,述吾旨趣以告之曰:呜呼!卫国者恃兵乎?然佳兵者非祥。恃语言能外交乎?然国力荏弱,虽子产、端木赐之口,无济也。而存名失实之衣冠礼乐,节义文章,其道均不足以强国。强国者何恃?曰:恃学,恃学生,恃学生之有志于国,尤恃学生人人之精实业。

比利时之国何国耶?小类邶、鄘,而尤介于数大国之间,至今人未尝视之如波兰、如印度者,赖实业足以支柱也。实业者,人人附身之能力。国可亡而实业之附身者不可亡。虽贱如犹太之民,不恋其故墟,然多钱而善贾,竟吸取西人精髓,西人虽极鄙之,顾无如何。盖能贾亦实业也。以犹太煨烬之余灰,恃其实业,尚可幸存,矧吾中国际此群雄交猜,联鸡不能并栖之时?不于此时讲解实业,潜心图存,乃竞枵响张浮气何也!

李闯之谓其所部曰:凡守城之法,于炮火震天时尚可偷闲而睡,若万帐无声,刁斗不鸣,此时正属吃紧,万万不可懈,懈则城且立破(去其原文,存其意,而易其词)。今俄、日之事息,正所谓万帐无声时矣,在势正当吃紧,而枢府诸公,别有怀抱。吾侪小人不敢轻议,惟告我同学,告我同胞,则不妨明目张胆言之:此时断非酣睡之时。凡朝言练兵,夕言变法,皆不必切于事情;实业之不讲,则所讲皆空言耳,于事奚益?

向者八股之存,则父兄之诏其子弟,人人皆授以宰相之实业;下至三家村中学究,亦抱一宰相之教科书。其书云何?《大学》也。《大学》言修齐平治,此非宰相事乎?吾国揆席不过六人,而习其艺者至二十万万之多。今则八股之焰熸矣,而学生之所学,明白者尚留意于普通;年二十以外,则专力于法政,法政又近宰相之实业矣。试问无小人何以养君子?人人之慕为执政,其志本欲以救国,此可佳也;然则实业一道,当付之下等社会矣。西人之实业,以学问出之,吾国之实业,付之无知无识之伧荒,且目其人、其事为贱役,此大类高筑城垣,厚储兵甲,而粮储一节,初不筹及,又复奚济?须知实业者,强国之粮储也。不此之急,而以缓者为急,眼前之理,黑若黝漆矣。

……

沛那者,天下之第一仁人也。其人不必以哲学称,但能朴实诚恳,为此实业之小说。当时法人读此,人人鼓舞,既益学界,又益商界,归本则政界亦大被其益。畏庐,闽海一老学究也,少贱不齿于人,今已老,无他长,但随吾友魏生易、曾生宗巩、陈生杜蘅、李生世中之后,听其朗诵西文,译为华语,畏庐则走笔书之,亦冀以诚告海内至宝至贵、亲如骨肉、尊如圣贤之青年学生,读之以振动爱国之志气,人谓此即畏庐实业也。噫!畏庐焉有业,果能如称我之言,使海内挚爱之青年学生人人归本于实业,则畏庐赤心为国之志,微微得伸,此或可谓实业耳。谨稽首顿首,望海内青年之学生怜我老朽,哀而听之。

畏庐者,狂人也,平生倔强不屈人下,尤不甘屈诸虎视眈眈诸强邻之下。沈湘之举,吾又惜命不为,然则畏庐其长生不死矣?曰:非也。死固有时,吾但留一日之命,即一日泣血以告天下之学生,请治实业自振。更能不死者,即强支此不死期内,多译有益之书,以代弹词,为劝喻之助。虽然,吾挚爱青年之学生,尚须曲谅畏庐,不当谓畏庐强作解事,以不学之老人,喋喋作学究语。须知刍荛之献,圣人不废。吾挚爱青年之学生,亦当视我为刍荛可尔。

畏庐幼时读杨椒山年谱,则自闭空房而哭。然吾父母仁爱,兄弟和睦,所遇不如椒山之蹇,吾胡哭也?盖椒山所书,则真有令人哭者。椒山少而见屏于父兄,分家时但得米豆数斗。椒山晨起作饭后,将指一一划字米豆之上,出而行牧。有父有兄,直如孤露。后此椒山忠节,可勿待言。然其治乐时,能自购胶漆刀锯之属,躬制乐器,此亦留心实业者也。今恩忒、舒利亚兄弟,果真孤露矣,其穷困乃百倍于椒山,卒能于国力衰败之余,间关自达于祖国。试问法国此时为何时,非师丹大败之后乎?兄弟二人,沿路见法民人人皆治实业,遂亦不务宦达,一力归农。较诸吾国小说中人物,始由患难,终以得官为止境,乐一人之私利,无益于国家。若是书者,盖全副精神不悖于爱国之宗旨矣。吾述之,吾且涕泣述之。

天下爱国之道,当争有心无心,不当争有位无位。有位之爱国,其速力较平民为迅,然此亦就专制政体而言。若立宪之政体,平民一有爱国之心,及能谋所以益国者,即可立达于议院。故郡县各举代表,人为议员,正以此耳。若吾国者,但恃条陈,条陈者,大府所见而头痛者也。平心而论,所谓条陈,皆爱身图进之条陈,非爱国图强之条陈也。嗟夫!变法何年?立宪何年?上天果相吾华,河清尚有可待。然此时非吾青年有用之学生,人人先自任其实业,则万万无济。何者?学生,基也;国家,墉也。学生先为之基,基已重固,墉何由颠?所愿人人各有"国家"二字戴之脑中,则中兴尚或有冀。若高言革命,专事暗杀,但为强敌驱除而已,吾属其一一为卤?哀哉哀哉!书至此,不忍更书矣。

大清皇帝光绪三十三年六月十九日,畏庐林纾序。

1907年商务印书馆版《爱国二童子传》

《剑底鸳鸯》序

林　纾

吾华开化早,人人咸以文胜,流极所至,往往出于荏弱。泰西自希腊、罗马后,英、法二国均蛮野,尚杀戮。一千五百年前,脑门人始长英国,撒克逊种人虽退屈为齐民,而不列颠仍蕃滋内地。是三族者,均以武力相尚。即荷兰人虱于其间,强勇不逮脑门,而皆有不可猝犯之勇概。流风所被，人人尚武，能自立，故国力因以强伟。甚哉！武能之有益于民气也。而其中尤有不同于中国者，人固尚武，而恒为妇人屈，其视贵胄美人，则尊礼如天神，即躬擐甲胄，一睹玉人，无不投拜。故角力之场，必延美人临幸，胜者偶博一粲，已侈为终身之荣宠，初亦无关匹耦之望，殆风尚然也。余尝观吾乡之斗画眉者矣，编竹为巨笼，悬其牝者于笼侧，纵二牡入斗，雌者一鸣，则二雄之角愈力，竟死而犹战，其意殆求媚于雌者。今脑门之人，亦正媚雌者尔。

余翻司各德书凡三种：一为《劫后英雄略》，则爱梵阿之以勇得妻也，身被重创，仍带甲长跽花侯膝下，恭受花圜，此礼为中国四千年之所无；一为《十字军英雄记》，则卧豹将军娶英王翁主，亦九死一生，仅而得之；若此书则尤离奇，意薇芩既受休鼓拉西之聘矣，更毁婚约，以赐其侄达敏，此又中国四千年之所无者。余译此书，亦几几得罪于名教矣，然犹有辨者。达敏、意薇芩始已相爱，休鼓不审其爱而强聘之，长征巴勒士丁三年不反。二人同堡，彼此息息以礼自防，初无苟且之行。迨休鼓兵败西归，自审年老，不欲累及少艾，始毁约赐达敏。然犹百般诡试，达敏屹不为动，于是休鼓拉西疑释，知二者果以礼自防者也，遂予之。此在吾儒，必力攻以为不可。然中外异俗，不以乱始，尚可以礼终。不必踬其事，但存其文可也。晋文公之纳辰嬴，其事尤谬于此。彼怀公独非重耳之侄乎？纳嬴而杀怀，其身犹列五霸，论者胡不斥《左氏传》为乱伦之书！实则后世践文公之迹者何人？此亦吾所谓存其文不至踬其事耳。《通鉴》所以名"资治"者，美恶杂陈，俾人君用为鉴戒："鉴"者师其德，"戒"者祛其丑。至了凡、凤洲诸人，删节纲目，则但留其善而悉去其恶，转失鉴戒之意矣。以上所言，均非余译此之本意；余之译此，冀天下尚武也。书中叙加德瓦龙复故君之仇，单帔短刃，超乘而取仇头，一身见缚，凛凛不为屈。即蛮王滚温，敌槊自背贯出其胸，尚能奋巨椎而舞，屈挢之态，足以震慑万夫。究之脑门人，躬被文化而又尚武，遂轶出撒克逊不列颠之上，今日以区区三岛凌驾全球者，非此杂种人耶？故究武而暴，则当范之以文；好文而衰，则又振之以武。今日之中国，衰耗之中国也。恨余无学，不能著书以勉我国人，则但有多译西产英雄之外传，俾吾种亦去其倦敝之习，追躡于猛敌之后，老怀其以此少慰乎！

光绪三十三年八月二十日,闽县林纾畏庐父叙于春觉斋。

1907年商务印书馆版《剑底鸳鸯》

《孝女耐儿传》序

林　纾

予不审西文,其勉强厕身于译界者,恃二三君子为余口述其词,余耳受而手追之,声已笔止,日区四小时,得文字六千言。其间疵谬百出,乃蒙海内名公,不鄙秽其轻率而收之,此予之大幸也。

予尝静处一室,可经月,户外家人足音,颇能辨之了了,而余目固未之接也。今我同志数君子,偶举西士之文字示余,余虽不审西文,然日闻其口译,亦能区别其文章之流派,如辨家人之足音。其间有高厉者,清虚者,绵婉者,雄伟者,悲梗者,淫冶者,要皆归本于性情之正,彰瘅之严,此万世之公理,中外不能僭越。而独未若却而司·迭更司文字之奇特。天下文章,莫易于叙悲,其次则叙战,又次则宣述男女之情。等而上之,若忠臣、孝子、义夫、节妇,决胆溅血,生气凛然,苟以雄深雅健之笔施之,亦尚有其人。从未有刻画市井卑污龌龊之事,至于二三十万言之多,不重复,不支厉,如张明镜于空际,收纳五虫万怪,物物皆涵涤清光而出,见者如凭阑之观鱼鳖虾蟹焉;则迭更司者盖以至清之灵府,叙至浊之社会,令我增无数阅历,生无穷感喟矣。

中国说部,登峰造极者无若《石头记》。叙人间富贵,感人情盛衰,用笔缜密,著色繁丽,制局精严,观止矣。其间点染以清客,间杂以村妪,牵缀以小人,收束以败子,亦可谓善于体物;终竟雅多俗寡,人意不专属于是。若迭更司者,则扫荡名士美人之局,专为下等社会写照:奸狯驵酷,至于人意所未尝置想之局,幻为空中楼阁,使观者或笑或怒,一时颠倒,至于不能自已,则文心之邃曲宁可及耶? 余尝谓古文中叙事,惟叙家常平淡之事为最难著笔。《史记·外戚传》述窦长君之自陈,谓姊与我别逆旅中,丐沐沐我,饭我乃去。其足生人惋怆者,亦只此数语。

若《北史》所谓隋之苦桃姑者,亦正仿此;乃百摹不能遽至,正坐无史公笔才,遂不能曲绘家常之恒状。究竟史公于此等笔墨亦不多见,以史公之书,亦不专为家常之事发也。今迭更司则专意为家常之言,而又专写下等社会家常之事,用意著笔为尤难。

吾友魏春叔购得《迭更司全集》,闻其中事实,强半类此。而此书特全集中之一种,精神专注在耐儿之死。读者迹前此耐儿之奇孝,谓死时必有一番死诀悲怆之言,如余所译茶花女之日记。乃迭更司则不写耐儿,专写耐儿之大父凄恋耐儿之状,疑睡疑死,由昏愦中露出至情,则又于《茶花女日记》外别成一种写法。盖写耐儿,则嫌其近于高雅;惟写其大父一穷促无聊之愚叟,始不背其专意下等社会之宗旨:此足见迭更司之用心矣。迭更司书多,不胜译。海内诸公请少俟之,余将继续以伧荒之人,译伧荒之事,为诸公解醒醒睡可也。书竟,不禁一笑。

光绪三十三年八月十日,闽县林纾畏庐父叙于京师望瀛楼。

1907年商务印书馆版《孝女耐儿传》

读新小说法

泰西学术,有政治之哲学家,有格致之哲学家,有地理之哲学家,有历史之哲学家;而中国金圣叹氏,实小说之哲学家也。所评诸记,类例、读法数十则,善哉善哉!林氏本之以读《庄》,冯氏本之以读《左》,似乎陋矣。窃以为诸书或可无读法,小说不可无读法;小说或可无读法,新小说不可无读法。既已谓之新矣,不可不换新眼以阅之,不可不换新口以诵之,不可不换新脑筋以绣之,新灵魂以游之。读新小说,而不以读旧小说之法读,犹唐突吾新小说;读新小说而仍以读旧小说之法读,愈唐突吾新小说。然则读法之作,又乌可以已耶?惟《七发》既成,乃奏《七命》;《九歌》不作,因续《九思》。窃恐圣叹见之,必又曰:"何用作?何可作?何必作?汝偏要作,便看汝作。"

我昔怪夫旧世界反对小说之人,恶读小说,以冷落我极热闹之旧小说;我今怪夫新世界崇拜小说之人,喜读小说,以污秽我极洁净之新小说。小说固不许浅人读得耶? 不识庐山,妄喜妄恶,臧、穀亡羊,所失相伍,其弊在于不知读法。

有李卓吾而后可以读《西厢》《拜月》,有金人瑞而后可以读《西游》《水浒》,有拿破仑而后可以读布尔特奇之《英雄传》,有玛志侬而后可以读沙伯里昂之《流血记》。沉沉支那不受小说之福,而或中小说之毒,无读人耳。小说固所以激刺人之神经,挹注人之脑汁。神经不灵,脑汁不富,欲种善因,翻得恶果。其弊在于不知读法。

新小说宜作史读　《雪中梅》,日史也。《俄宫怨》,俄史也。《利俾瑟》《滑铁卢》,法史也。历史有官性,故只写表面之情状;小说无官性,故并写里面之情状。历史有国界,故只写一方面之情状;小说无国界,故并写各方面之情状。托儿女以英雄,感不平于千载。其文词则艳于史,其事实则详于史。不能读史,安能读吾新小说?

新小说宜作子读　《伊索寓言》,一庄、列之遗也。《卑娄漫言》,一邓、惠之遗也。如听口伎,声百出而不穷;如观影戏,影一瞥而即逝。必执实事以求之,则马或化人,狐方语犬,不几为三家村语乎? 文有奇而实正,理无幻而非真。不能读子,安能读吾新小说?

新小说宜作志读　读通志,人苦之;读小说,人乐之。小说虽无通志之艰深,小说却有通志之博大。读《世界末日》,胜于读《五行志》:一理想的,一非理想的也。读《环球旅行》,胜于读《舆地志》:一世界的,一非世界的也。六合以内,通志所游;六合以外,小说所游。其文浅,其旨深;其词约,其义大。不能读志,安能读吾新小说?

新小说宜作经读　唯其名耶,则经固扬雄《太玄》所不可拟,束晳"笙诗"所不可补,何况小说? 唯其实耶,则经所以正人心,小说亦所以正人心;经所以明庸德,小说亦所以明庸德。次安于蛊,《无名之英雄》可与言孝;批茶放奴,《五月花》可与言仁。新小说又欲拟经矣。不能读经,安能读吾新小说?

匪直此也。飞仁扬义,发挥道德,可作《人谱》读。割皮解肌,推阐生理,可作《内经》读。朝四暮三,慨叹社会,可作《风俗通》读。天动地岋,指陈军情,可作兵法志读。抉摘官闱秘密,可作唐宋遗事读。描摹儿女爱情,可作齐梁乐府读。鲁滨孙漂流之记,维廉滨冒险之编,可作殖民志读。大彼得遗谋之发现,俾斯麦外交之狼狈,可作国际史读。埃及之塔,奢们之洞,屼嵘所不能镌,琅环〔嬛〕所不能记,可作《金石录》读。王大侠之刀,苏非亚之弹,公孙弘失其诈,梅特涅失其奸,可作《剑客传》读。

以小说读小说,则思想所有之事,不必世界所无之事;小说又宜以非小说读。以非小说读小说,则世界所有之事,不必思想所有之事;小说又宜以非非小说读。

因其所有而有之,则万物莫不有,唯知幻观之无非实观也,方可读吾新小说。因其所有而无之,则万物莫不无,唯知实观之无非幻观也,方可读吾新小说。

文章固非吾辈所重耶?即论文章,新小说之感人也亦挚矣。以言其缮性也:常者登山陟水,如《寻亲记》,读之可令人敬;奇者万死一生,如《历险记》,读之可令人奋;平者布帛粟肉,如《小公子》,读之可令人正;幻者翻云覆雨,如《女人岛》,读之可令人淡;以《退累马克》(法国小说,费衲龙氏所著)之余波,收苏格拉底之效果,则作性理书读,又何不可?

以言其忤情也:显明如《哑旅行》,冷嘲热骂,读之可令人笑;含蓄如《赛金花》,穷形尽相,读之可令人叹;孤洁如《白云塔》,万金脱屣,读之可令人羡;委琐如《可怜娘》,一灯豆暗,读之可令人惨;以致悲慨如《新罗马》,读之可令人拔剑而舞;缠绵如《双碑记》,读之可令人停针以思;拗曲如《侦察案》,读之可令人目眩而神迷离;正大如《经国谈》,读之可令人心旷而神爽拔;惨淡如《人肉楼》,读之可令人八万四千寒毛孔,一时起粟;富丽如《繁华记》,读之可令人三百六十穷骨节,满室生春。人感文耶?文感人耶?仆尝一室一人,一灯一卷,一哭一笑,一歌一叫,而不知其何以哭,何以笑,何以歌,何以叫也。翻广长舌,醒大众生,则作《楞严经》读,又何不可?

善读之,则雅郑不异其声,堇荼不异其味。微特《三国志》可读,《桃花扇》可读,即污秽如《金瓶梅》,亦何尝不可读?微特《吁天录》可读,《美人手》可读,即荒唐如《吾妻镜》,亦何尝不可读?

不善读之,则指白可以作黑,看朱可以成碧。微特《金瓶梅》不可读,即司马子长之史、欧阳永叔之志,亦何尝可读?微特《吾妻镜》不可读,即孟德斯鸠之哲理、斯宾塞尔之学说,亦何尝可读?

穷天地,亘古今,其为人也恒河沙数。穷天地,亘古今,其为书也恒河沙数。而善读书却无几人。《阿含》四经,《华严》十论,试问是何真诠?何物恶僧,演而为暮鼓晨钟、跌坐膜拜诸恶像,唯不善读佛典故。谷神不死,流沙化胡,试问是何妙谛?何物恶道,演而为烧丹炼鼎、捏诀宣咒诸恶状,唯不善读道经故。孔、墨尚实,老、庄尚虚,试问是何哲理?何物恶儒,演而为规行矩步、孝廉方正诸恶相,唯不善读儒书故。韩、苏毗阳,欧、曾毗阴,试问是何文章?何物恶奴,演而为诗赋策论、"且夫""尝谓"诸恶拍,唯不善读汉文故。达尔文天演之祖,黑智尔唯心之宗,何学术哉?何物恶少年,演而为眼悬金镜、嘴衔雪茄、一口"阿那大""密西斯"诸恶腔,唯不善读西文故。汤临川"四梦"文,李笠翁《十种曲》,何剧本哉?何物恶伶伦,演而为胡琴咿呀、拍版咭咕一派,为皇帝坐江山诸恶调,唯不善读戏曲故。耐庵明义而作《水浒》,雨苟(法国大文豪)言情而作恋书,何文学哉?何物恶学究,演而为才子佳人,状元伯爵、一味引火导欲、诲盗诲淫诸恶骂,唯不善读新旧小说故。

无格致学不可以读吾新小说　新小说有夺瓦特之锤,以造新器者:天上可以鼓轮,海底可以放枪,上碧落而下黄泉,幻言也,见诸实事。不解此理,则读《地心旅行》,必以为土行孙复出矣;读《空中飞艇》,必以为孙悟空复出矣;读《游行月球》,必以为叶法善复出矣。惊人工为仙术,指至理作危言;恍惚迷离,无有是处,辜负吾新小说。

无警察学不可以读吾新小说　新小说有夺滑震之觚,以造新文者:量足印于鸿泥,认齿痕于苹果;境则曲而复曲,事则歧之又歧。不解此理,则睹乎尔唔斯之假面,得非谓杨戬化身乎?诵马丁休脱之奇文,得非谓张角天书乎?挟《洗冤录》,以验《眼中留影》;按《大清律》,以绳《火里罪人》:方凿圆枘,无有是处,辜负我新小说。

无生理学不可以读吾新小说　新小说有夺亚当之炉,以造新人者:发电术之奇,灵魂可盗;则陆判换心,不足奇也。抉人种之秘,怪齿顿生;则女娲抟土,不足异也。移三光,倒九泉,神乎技哉!不解此理,则求金鸡那于《本草》，比库雷唉以仲景：盲探瞎索，无有是处，辜负吾新小说。

无音律学不可以读吾新小说 新小说有夺摆伦之席，以造新曲者：一声菲立般，血海生花；半阕《玛拉顿》，芜城入梦。铜琶铁板，有此慨慷；残月晓风，无其凄楚。以平、上、去、入之音，求徒、来、米、发之谱，难矣。不解此理，别请姜白石以正《渣阿亚》之弦，寄《西江月》以填《端志安》之调（《渣阿亚》《端志安》，摆伦诗篇名）：移宫换羽，无有是处，辜负吾新小说。

无政治学不可以读吾新小说 政论有三界，而新小说亦有三界。《独立史》，言既往也；《活地狱》，言现在也；《新中国》，言未来也。以但丁之脑，写卢梭之魂，托实事于空言，心焉伤矣。不解此理，则"寡头体"，"多头体"是何名词，"山岳党""烧灰党"是何徽号，不将以新小说作《革命军》乎？如哑子之说戏文，指天划地，无有是处，辜负吾新小说。

无论理学不可以读吾新小说 论理有"真""申"（二词名见严译《名学》），而新小说亦有"真""申"。因是因非，因非因是，其真词也；非马喻马，非指喻指，其申词也。《文明小史》，其真词也；《天方夜谭》，其申词也。不解此理，则妖魔摄人以入洞，姹女遇仙而坠井，不将以新小说作《封神榜》乎？如盲人之谈骨董，惊奇道怪，无有是处，辜负吾新小说。

以论读地：其写恋爱也，宜对月读；其写高洁也，宜对雪读；其写富丽也，宜对花读；其写孤愤也，宜对酒读；其写道德也，宜整襟书斋危坐而读；其写义侠也，宜卓舟绝壁之下长啸而读；其写史乘也，宜倚红袖剪烛而同读，而决不可于市廛所会，嚣尘而瞎读；其写社会也，宜招同胞四万万人，登百尺台而宣读，而决不可于三家两舍，埋头缩颈而偷读。

以论读人：《现形记》出，可令官场读；《发财记》出，可令志士读；《叩阍记》出，可令文人读；《双碑记》出，可令倩女读；《无名英雄》出，可令卖国奴读；《秘密使者》出，可令保皇党读；《茶花女遗事》出，可令普天下善男子、善女人读；而独不许浪子读，妒妇读，囚首垢面之贩夫读，秤薪量水之富家翁读，胸罗"四书""五经"、腹饱"二十四史"之老先生读。

　　要而言之，旧小说，文学的也；新小说，以文学的而兼科学的。旧小说，常理的也；新小说，以常理的而兼哲理的。读旧小说，须具二法眼藏，一作如是，一作如彼观。吾恨不令漆园老叟凿我浑沌人，以观遍四千年来之旧小说。读新小说，须具万法眼藏，社会的作社会观，国家的作国家观，心理的作心理观，世界的作世界观。吾只得求吾佛慈悲，生万眼，生万手，生万口，以阅遍持遍读遍无量劫无量数之新小说。

　　虽然，木不能只有长松翠柏，而不有枳棘；物不能只有麒麟凤凰，而不有枭獍；人不能只有西施、南威，而不有无盐、嫫母；文不能只有韩海苏潮，而不有牛鬼蛇神。世非无托西籍以欺人，博花酒之浪费：连篇累牍，不外伯爵夫人、男爵夫人之头衔；倒箧倾筐，不外男女交合、婚姻指南之生活。言女权，必致一妻多夫；言平等，必致父不能有其子，子不能有其父。其崇拜则金钱而已，其敷衍则唾余而已，其希望则无赖少年、嗜淫大腹贾而已。读之令人头痛，读之令人发上竖，读之令人恹恹欲睡，读之令人欲呕不能，欲泻不能，其气直向下部出。梁启超见之曰：杀！杀！杀！余则曰：不必杀，不必杀。读优美小说，如登天堂一通，琼楼玉宇，固羽化而登仙；读龌龊小说，如入地狱一通，马面牛头，眼界何曾不廓？人能读优美小说，而不能读龌龊小说，如能居天堂，而不能居地狱也。仍是梁启超之不善读！仍是梁启超之不善读！

　　噫吁嘻！岂惟读之而已哉？吾将请李龟年点版，柳敬亭扣弦，以弹唱之；吾将请优孟被衣冠，亚子傅粉墨，以歌演之。岂惟演唱而已哉？吾将请昆提伦（罗马大雄辩家）登演说台以宣讲之。岂惟演说而已哉？吾将开小说学堂以教课，策其进步；吾将开小说科举以考试，定其出身。客曰："足矣！毋再混说为。此皆迂谈也，此皆妄说也，此皆痴人说梦也。汝新世界小说社中人耶？仍还汝小说社，辑小说报，以骗人去。毋再混说为！"迂与不迂，妄与不妄，痴与不痴，此大问题，请以质之读者，请以质之读《读新小说法》者。

《新世界小说社报》第六、七期（1907年）

中国小说大家施耐庵传

绪　论

庄子曰:"哀莫大于心死。"西国之人心,一死于罗马以后之宗教家,死守尊教之义,日奉其性命财产,以献于罗马之教皇。中国之人心,一死于南宋以后之理学家(与明代理学有别),死守尊皇之义,日奉其性命财产,以献于胡元之君主。斯时之民,冥冥沈沈,杀之剐之不知痛,犬之马之不知羞。于此而思有以活之之法,非有大慈悲大手笔大魔力不能。吾于西国得一人焉,以沙尔十二之传记,而活已死之人心,曰福禄特尔。吾于中国得一人焉,以宋江百八之传记,而活已死之人心,曰施耐庵。

中国小说,亦夥颐哉! 大致不外二种:曰儿女,曰英雄。而英雄小说,辄不敌儿女小说之盛,此亦社会文弱之一证。民生既已文弱矣,而犹镂月裁云,风流旖旎,充其希望,不过才子佳人成了眷属而止,何有于家国之悲,种族之惨哉? 国奢则示之以俭,国俭则示之以礼,国文弱而示之以文弱,不犹以水救水,以火救火耶? 益多而已矣。所以《牡丹亭》《西厢记》之小说愈出,而人心愈死,吾于是传施耐庵。

施耐庵之事迹

元施耐庵,东都人也。其轶事不少概见,散见于诸家著述,补苴掇拾,可以想见其为人。性好友,风晨雨夕,故人不来,辄不欢。所著书都不传,惟《水浒》行于世。相传其书成之日,拍案大叫曰:"足以亡元矣。"而耐庵之心事,于此一语,跃跃然如见焉。或云《水浒》本传罗贯中作(见国朝周亮工《书影》),或云《水浒传》宋人作(见田叔禾《西湖游览志》),或云《水浒后传》陈雁宕作(见沈登瀛《南浔备志》),具不作信。

施耐庵之戟刺

汉武佟而《内传》成,武曌淫而《秘记》作,古今小说,何莫非受异常之戟刺?其戟刺有大小,而耐庵特其大焉耳。知人论世,实有大大的戟刺二种在。

一、异族虐政　"豺狼在邑龙在野","哀哀王孙泣路隅"。睹其钩考钱谷也,恨无晁盖以劫之。睹其括马也,恨无段景住以盗之。嗟我南人(胡元虐待南人,酷于俄人之虐待犹太),辗转呻吟于胡元轭下,固已欲哭而无泪矣。虽其时何尝无反动力哉?董贤举耶,杨镇龙耶,钟明亮耶,以不忠不义之民(《水浒》提倡二字以此,圣叹批评似亦未的),而欲亡元,宜其飞蛾投火矣。"热泪百川水,愁心千叠山",耐庵之身世如此。

一、理学余毒　国破矣,家亡矣,林总如此其困苦,犬羊如此其凭陵,而士大夫犹原心于秒忽,较理于分寸,则理学之毒也。彼姚枢、许衡辈,何莫非汉人哉?而舞蹈胡廷,踽天蹐地于不公平之名分,醉生梦死于不明白之朝廷,此固林教头之所火并,李大哥之所尿溺也。《水浒》出而理学壁垒一拳洞之,快矣哉!

施耐庵之著录

圣叹评曰:"耐庵心闲无事,而作《水浒》。"此欺人语耳。耐庵纵心闲,何必作《水浒》?耐庵纵作《水浒》,何必崇拜一百零八人(如俞仲华作《荡寇志》,即未懂得耐庵心事)?余谓耐庵之宿怨,固有大于腐迁者耳。"国破山河在,城春草木深。"人生到此,悲来填膺。而又举足触网罗,张口犯刑诛,既无言论自由之权,更无出版自由之利。不观其自序耶,曰"谈不及朝廷",则其不满于胡元,而又不敢显诽也可想。曰"亦不及人过失",则其不满于时人,而又不敢明斥也可想。曰"所发之言,不求惊人,而人亦不惊,未尝不欲人解,而人卒亦不能解",则其所谈为何事,所解为何人,至于人不能惊,其可惊也又可想;至于人不能解,其难解也又可想。唯不解故不惊,唯不惊故不著录,至是而无书可作矣。耐庵悲愤而著书,必察社会之程度,国民之心理。作一书而人不能惊,则此书可烧;作一书而人不能解,则此书更可烧。至《水浒》则惊矣解矣。曰"无贤无愚,无不能读",耐庵其踌躇满志矣乎!

托事于宋,思宋也。假迹宋江,以江转掠山东,山东南北咽喉,断之可以逐元也。宋江一押司,王伦一秀才,崇拜如彼,践踏如此,则元人重吏轻儒之影也。殷天锡之横暴,柴皇孙之失所,则又瀛国公之影也。书不及叔夜平盗,假盗贼以鼓励英雄,不欲平之耳。书不及高人逸士,如《三国志》之水镜,《荡寇志》之念义,非只不敢以文弱之风相轧,亦以元多贱儒,无可模范耳。

施耐庵之思想

天纲地缊,思想乃发。不必东国圣哲果合于西国圣哲也,而自无不合,则公理为之也。请观耐庵。

一、民权之思想　民何物哉?只有服从之义务,而无抵抗之权利耶?耐庵以一"逼"字哭之。逼者,压制之极也。非逼而作盗,则罪在下;逼之而作盗,则罪在上。作盗而出于逼,则强盗莫非义士矣。且皇帝又何物耶?人皆可以为尧、舜耳。"晁盖哥哥作大宋皇帝,宋江哥哥作小宋皇帝。"此言借李逵发之。汉人臣元,何非奴才之奴才耶?"你这与奴才做奴才的奴才。"此言借石秀发之。中国之民,罔闻民约之义,发之却有耐庵。耐庵可比卢梭。

一、尚侠之思想　民风荼弱,至南宋而极点矣。耐庵慨汉人之不振,致胡马之蹂躏,刀光剑气,提倡侠风。一杀虎也,阳穀于焉扬名;一偷鸡也,梁山为之不录。非特武松、鲁达诸人,英风动山岳,高义薄云天,即水泊之喽啰,酒店之火伴,亦隐隐有侠气。则中国之武士道,发之又早有耐庵。耐庵可比西乡隆盛。

一、女权之思想　男女之最不平等惟中国,而《水浒》之巾帼,压倒须眉,女权可谓发达矣。即如潘金莲,必写其为婢女;阎婆惜,必写其为流娼;潘巧云,必写其为醮妇;托根小草,笔墨便不嫌亵。至贾氏,不过一富人之妻而已,形容即不尽致,则其重视妇女也为何如!以视花前密约,月下偷情,以红闺之淑媛,写作青楼之荡妇,其价值有判若天渊者矣。则中国之女权,发之又早有耐庵。耐庵可比达尔文。

施耐庵之效果

谁谓元亡非亡于《水浒》？韩林儿，一《水浒》之产儿也；张士诚，一《水浒》之产儿也；陈友谅，一《水浒》之产儿也；明玉珍，一《水浒》之产儿也；而朱元璋尤其著者耳。不数十年，淮南豪杰并起而亡元族矣。夫布尔特奇以四十六之英雄(布氏著《希腊罗马四十六人传》)，而产出无量劫无量数之英雄，而拿破仑为魁。耐庵以百零八之英雄，而产出无量劫无量数之英雄，而朱元璋为魁。一则挠乱法疆，一则光复汉土。耐庵之功，伟于布氏矣。

结　论

稗史氏曰：世以耐庵为诲盗，金圣叹氏又从而回护之。余以为不必回护也。耐庵固诲盗，抑知盗固当诲耶？盗而不诲，则必为张角之盗，为朱三之盗，为黄巢之盗，为李闯之盗，扰乱治平，为天下害。盗而受诲，则必为汉高祖之盗，为朱元璋之盗，为亚历山大之盗，肃清天下。李世勣曰："吾年十二三为亡赖贼"，此即未诲之盗也；"十七八为佳贼"，此即已诲之盗也。余观《水浒》之诲法，有三善焉：纯用白话，一也；范围不出下流社会，二也；主张民义，三也。昔英人杜末，愤脑门豆之横暴，痛撒克逊之摧残，摹绘英雄，传之简册，一时欧洲民气大振。耐庵犹杜氏之志也。论人必观其世。《水浒》而出于汉、唐时代，则为黄巾贼之天书，为盗者师，烧之也可。《水浒》而出于胡元时代，则为黄石公之天书，为王者师，万版之也可。"文章千古事，得失寸心知。作者皆殊列，名声岂浪垂。"耐庵著书，岂顾小儒咋舌哉？

稗史氏又曰：世传《水浒》成而耐庵盲目，以诲盗也。然则丘明作传，以尊圣而盲目耶？三家村语，本不足辨。余以为《水浒》既成，而耐庵之目亦可以盲矣。任永、冯信，有行之也，何忍见元之凶秽哉？"丈夫不虚生世间，本意灭虏收河山。"从事毛锥，而耐庵之心伤矣。

《新世界小说社报》第八期(1907年)

《廿载繁华梦》序

曼殊盦主

吾粤溯殷富者,道咸间,曰卢,曰潘,曰叶。其豪奢煊赫勿具论,但论潘氏有《海山仙馆丛书》,及所摹刻古帖,识者宝之。叶氏《风满楼帖》,亦为士林所珍贵。卢氏于搜罗文献,寂无所闻,顾尝刻《鉴史提纲》,便于初学,文锦亲为作序,则卢氏殆亦知尊儒重学者。虽皆不免于猎名乎,其文采风流,亦足尚矣。越近时有所谓南海周氏者,以海关库书起其家。初寓粤城东横街,门户乍恢宏,意气骄侈。而周实不通翰墨,通人亦不乐与之相接近。彼所居固去万寿宫弗远也,周以此意示某,嘱为撰门联。某乃愚弄之,其词曰:"宫阙近螭头。"是以周之室比诸王宫也。且句法实不可解,而周遽烂然雕刻,悬诸门首。越数日,某友晓之曰:"此联岂惟欠通,且欲控君僭拟宫阙,而勒索多金也。"周乃怵然惧,命家人立斫之以为薪,然人多寓目矣。以周比潘、卢、叶,则潘、卢、叶近文,而周鄙野也。东横街家屋被烬后,迁寓西关宝华正中约。该屋本郭氏物,而顺德黎氏折数屋以成一大屋。黎以宦闽也,售诸周氏,周又稍扩充之。虽阔八间过,然平板无曲折,入其门,一览可尽,且深不逾十二丈,以视潘、卢、叶,又何如也?河南安海,所谓伍榜三大屋者,即卢氏故址。近年来虽拆为通衢,顾改建二三间过之屋,弥望皆是,则其地之恢广殆可知。潘氏除宅子不计,海山仙馆宽逾数亩,老圃犹能道及。叶氏宅与祠连,有叶家祠之称。第十甫而外,自十六甫以至旋源桥下,皆叶氏故址也。是以房屋一端而论,又潘、卢、叶广而周隘矣。呜呼!周之繁华,岂吾粤之巨擘哉?但以官论,则周差胜。盖潘得简运司,以为殊荣,而卢、叶则不过部郎而已,未若周之由四品京堂而三品京堂也。虽然,其为南柯一梦,则彼此皆同。潘以欠饷被查抄,卢、叶亦日就零落,甚至弃其木主于社坛,放而不祀。迄今故老道其遗事,有不欷歔感喟,叹人生若梦,为欢几何者乎?彼周氏者,旋放钦差大臣,旋被参籍没。引富人覆没之历史，又有不以潘、卢、叶为比例者乎？顾潘、卢所享，约计各有五十年，潘、卢则及身而败，与周相同；叶则及其子孙，繁华乃消歇，与周小异。而计享用之久暂，则周甚暂，而潘、卢、叶差久，盖彰然明矣。此所以适成其为二十载繁华梦，而作书者于以有词也。曩有伍氏者，亦以富称，然持以与周较，则文采宫室，皆视周为胜，享用亦稍久。至今衰零者虽过半，而园囿尚有存者。惟伍氏官爵不逾布政司衔，逊于周之京卿。顾今尚可以此傲庸人也，则胜于周之参革矣。嗟夫！地球一梦境耳，人类胥傀儡耳，何有于中国？何有于中国广东之潘、卢、伍、叶及周氏？然梦中说梦，亦人所乐闻。其有于酒后，或作英雄梦，或作儿女梦，或作人间必无是事之梦，而梦境才醒之际，执此卷向昏灯读之，当有悲喜交集，而歌哭无端者。光绪丁未中秋节，曼殊庵主叙。

1907 年汉口东亚印刷局版《廿载繁华梦》

1908 年

淫词惑世与艳情感人之界线

光 翟

吾见今之所谓文人学士，其以文词售世，而希望一般社会之欢迎者，大都揣摩时尚，以求合于庸耳俗目者为多。其上者，则骈四俪六，嫣红姹紫，不惜以闺房秽语，为取媚见长之具；而其下焉者，则甚而讲嫖经，谱俚曲，以求快一时之笔趣。伤风败俗，识者消焉。及闲披稗史，搜考词章，见夫群奉为才人得意之书说者，其运笔寄意，或写名士之风流，或绘美人之婉挚；时而欢怀雅遇，性真流露于无形，时而哀感浓艳，心事发扬于不觉。夫非犹是香奁之神韵哉？而后之读者，不惟不以伤风败俗消之，且又从而神圣之、圭璧之，尊之曰某才子，重之曰某奇传。是非后人之故颠倒其识见，雌黄其品题也，夫亦曰淫词之与艳情，如工商之异曲，泾渭之殊流耳。是乌可不辨别其界线？

淫词淫画，为各国文明法律之所厉禁，盖防微杜渐之要义，当亦稍解文律者之所公认。要究其所以围范之本旨，诚惧乎淫泆之谐谑，初亦不过含沙射影，海市蜃楼，引为酒谈茶话之资柄，而其人之程度未足者，势必视空中结构，偎红傍紫，为莫大之赏心乐事，炫晕其眼帘，惊动其耳鼓，而人心之患，风俗之忧，遂大惑而不可解。呜呼！由此以往，将有误会淫词之色相，而信为艳情之极韵者。彼又乌知所谓艳情云者，无论其为国家之大事也，个人之私情也，即极之恺切其情缘，柔妮其情态，备人间不可思议之密切关系，究莫不范以用情之道，而迥非无意识之举动，可得而伦比。《诗》首《关雎》，乐而不淫，即是之谓。准此，则知淫词之与艳情，差之毫厘，谬以千里，界线之所由判也。质而言之，同一事也，穿凿其附会，与因缘其寄托，而用意为不同矣；同一书也，荡泆其文藻，与婉肖其机致，而立论又不同矣。斯二者，其表面犹是也，其精神则各有所属也，抑亦类而不类之概则矣。吾且即斯二者，分而析之，浑而言之，以为天下之调弄其文墨者告。

《玉蒲团》也,《桃花影》也,固吾国人之无男无女,无长无幼,而众口一辞,斥为淫书者也。然细审其中布局之条理,报应之结局,如西门庆、封悦生等等人格,何尝不各如其人之末路蹉跎,隐示戒惩之意?是殆不能以淫字为唯一之讥评也,亦可明矣。虽然,以淫导世,固非著书者之本心,第其书词之所铺叙,于每回中绘写妖艳之淫态,所谓无遮大会戏叔种种怪状,口所弗能道者,偏假诸笔墨,尽态极妍,使后生小子,情窦初辟之人,一寓目于其间,眉飞而色舞,心醉而神炫。以是为风情之跌宕,而不知阅者脑部中,已饱受淫孽之浸灌矣。求其神经淡定,读是书而不为所惑者,能有几人哉?故吾谓《玉蒲团》《桃花影》诸书,非不可读,而要不可决其非淫书,而信为尽人之皆可读也。举一《玉蒲团》《桃花影》,而凡比例于《玉蒲团》《桃花影》者,当莫不如是矣。此其所以异于艳情也。

至如《西厢记》者,吾国旧社会称为"六才子书"也。其内容也,张君瑞之奇遇,崔莺莺之多情,红娘之机警,可称三绝矣。然其词笔之柔媚,每一歌曲,令人魂梦欲倒,故不善读《西厢》者,亦必以淫书目之;而文人慧眼,反不以为淫书者,盖词主媚而不主庄。即其爱情之输灌,非深植情根者,固未足以体认而入微也。金人瑞批《西厢》之言曰:"淫者见之谓之淫,贞者见之谓之贞。"是《西厢》者,诚贞而不淫者也。吾闻日本小学,有以《西厢记》为教科讲义者,夫岂惟其艳词华丽可爱哉?则亦以其艳情肫挚,而足以钥人之性灵耳。此又艳情之迥与淫词相反者也。

淫词也,艳情也,其界线如此,则读书者对于斯二者之界线,亦可大白矣。然执此目的,以显示二者之区别,论理所在,既不能混淫词而以艳情珍之,亦弗能混艳情而以淫词毁之也。井蛙不可语海,夏虫不可语冰,其界线使然也。虽然,事界疑似之间,读小说者,苟未能剖白其命意之所在,不无种种之疑团。秉兰赠芍,孔子何以不删其诗?是不以为淫词,而直以艳情视之矣。本此问题,引而作一反比例:则凡有涉于艳情,如上文所言《西厢》等等演义传记,又何不可以淫词视之耶?此无他,其词之过于亵渎者,固人所共见,而亦必视其注意之主脑,而自见其果淫果艳之与否也,斯其作书之大义哉。读者愈可了然矣。

《佳人奇遇》,近世译书中之著名小说也,而论者均谓日人爱国之感情,多系乎此,岂非感人之明证欤? 其次如《茶花女》故事,亦译书之卓有名誉者也,披诵之余,一种缠绵亲爱之观念,悠然蟠结于胸次。虽读者亦不自知其何心,则其所以感人之故,诚有生发于不能已者,则虽以最淫之人,读最淫之词,当亦无此惬欤之神趣也。顾或谓《红楼梦》一书,人群中久已交口称道,评以艳情之作,谁曰不宜? 然试问宝二爷之风流裙带,如痴如醉,忘形狎处之余,一举一动之行过于情者,其去《西厢》之艳而不淫也,岂不远哉? 由此参而详之,会而通之,而吾所谓淫词之惑世,艳情之感人,在在与社会相关系,即在在与社会相转移。文字之用,风气之原矣,又岂徒助风谈、资笑柄之云尔哉? 甚矣! 界线之说之不可不辨也。吾因是深有望于小说家。

《中外小说林》第一年第十七期(1908年)

学堂宜推广以小说为教书

老 棣

吾昔闻日本学校中,有以吾国《西厢记》及《水浒传》为教科书者。吾向闻而疑之,继而知教科书之主要,非徒以范学生之性情之谓,而殆以开学生之知识之为要也。前哲孟子有言:"尽信书不如无书。"则凡足以裁成后进,而开通其脑筋,增长其识力者,无不可以为教科书矣。中国数千年来,文学家向狃于成见,自一话一言,至一字一句,皆缚束于所谓圣经贤传之范围,于是对于历史,既为纲鉴与稗野之分,对于普通著述,又别小说于群书之外。推原其故,则以上则唯崇拜君主,一切历史传记,非经一代儒臣编定,以呈诸当代君主之鉴衡,纵耳闻目击,搜罗靡遗,皆不能以正史论。曾亦知著作者忌于专制之淫威,言论间无非尊王媚上,故其纪载也,必不能囊括,唯舍其百端,取其一二。使后之学者,即读书万卷,而于本国往事,而仍多茫然不知者,以其所谓正史,只为纪月编年,尊崇君主之实录,于残刑虐政,既非隔代不敢纪传,即关夫天文、地舆、农工、商贾等学,与游侠、货殖等一技一能之事迹,其人其事,均不传焉。如是而欲扩学者之心胸,增学者之眼界,抑亦难矣。其一则唯崇拜圣贤,凡立说著书,皆墨守前代所谓大圣大贤之绳尺。晚周诸子,且多不视为贤圣之言;降如老佛,复鄙为异说;若至所谓小说,学者更以为不足道矣。曾亦知无论为群书、为小说,事既纪实,固足以广搜求;即涉夫理想,何不足以增智慧?况古称圣贤之语,谁非从理想而来?吾诚不辨谁者为正书,抑谁者为小说。实则有益于吾人智识者,无非正书也。向也八股盛行,士子之谋以取功名博科第者,固借口代圣人立言之说,非圣贤之言不敢言,一切稗官纪载,皆不能入于科岁乡、会、朝殿诸试卷之中,故薄为稗官野史,唯吐弃而不用。夫昔之士子,所以磨穿铁砚者,只为取功名博科第计耳,其于国家思想之如何而发达,人群知识之如何而增进,皆视为无足重轻;则小说之不为世重,有由然矣。今之所侈言维新者,城市一望,学堂林立,而所读之书,已未尝不今昔异殊。要之而士夫狃于旧习,动以保全国粹之说,则除寻常地理、天文、体操、音乐、洋文、国语外,总不外讲求经史,是去昔日之锢习,犹未远也,故其进步之程度,亦因之而有限。吾固非谓今日之书,殊不足读,而于助读者之脑力,畅读者之精神,增读者之识力,顾仍有间矣。彼夫东西洋诸大小说家,以飨社会而导国民,流芳千古,岂唯笔墨之离奇,字句之精工,聘材斗学而已哉?盖其令后世之学者,读其书说,即与其书说中所抱之宗旨,相随而进化者也。读政治小说者,足生其改良政治之感情;读社会小说者,足生其改良社会之雄心;读宗教小说者,足生其改良宗教之观念;读种族小说者,有以生其爱国独立之精神。其余读侦探小说生其机警,读科学小说生其慧力,有以使之然也。观此,则不特日人以吾国《西厢记》《水浒传》为教科书,实无一小说不足以为教科书者也明矣。吾尝有言:读纲鉴而至春秋时代之纪述,诚不如其读《列国演义》,读《三国志》史,诚不如其读《三国演义》;读《新、旧唐书》,更不如其读《隋唐演义》。盖一则令人奄奄欲睡,一则令人奕奕有神,而使读者开心胸,增识见,其进步当不止五十步与百步而已也。然而今之所谓学堂,乌足以语此!

　　金圣叹先生云:遥计一二百年之后,天下之书,皆不足读,皆不耐读,亦既废尽矣。居今日而证金氏之言,吾知其不虚矣。顾圣叹氏得阅

《西厢记》后而发此言,可知此后小说之支配于世界,其力量诚不可思拟也。科举废后,而《三字经》"四书""五经",殆如糟粕,则金氏之言,固已大验。然执金氏之说,则以为舍小说之外,皆不足读、不耐读,而就今日之人群进化之程度观之,又似群书虽多,亦隐有弃旧从新之势,独至小说之支配于人道者,仍未使教者读者相趋重焉。意者人群初级之进化,固未至其极乎?以今日环球斗智之时代,文学家之不能舍小说,犹武备家之不能舍枪炮。驯此以往,小说之价值,固不让昔之所谓正史与圣经贤传;即施耐庵、罗贯中、蒲松龄、曹雪芹之辈之名誉,必不让孔孟之徒。且果使风气从此阻塞,国民不欲求进步则已,国民而欲求进步,势不得不研攻小说;学堂而不求进步则已,学堂而欲求进步,又势不能不课习小说。总而言之,则觇人群进化程度之迟速,须视崇尚小说风气进步之迟速。学生少年就傅,使之增其知识,开其心胸,底于速成,则于智慧竞争时代,小说诚大关系于人群者也。故曰:学堂宜推广以小说为教科书。

《中外小说林》第一年第十八期(1908年)

小说发达足以增长人群学问之进步

耀 公

学问之道无他,亦视其智慧之所及,以实验其材力之所造而已。嗜古之儒,胶持其一孔之见,手执陈编,心游旧籍,恒嚣嚣然号于众曰:六经以外无文章,诸史以外无精华,董、贾、班、杨以后无著作。于是穷年砣砣,甚或庄重其辞,以为非三代以上之书不可读。而卒之天赋颖质者,尚不失为博学之泥儒,而其困顿弗通者,乃执拗文字,以贻世蠹。设有人焉,投以泰西译本,及吾国向来稗官演义等之著述诸小说,彼又得贸然鄙亵,不斥为荒唐之无稽,必虑为聪明之误用。呜呼!以是之眼光如豆,灵魂早已锢闭之难凿,遑足与言学问哉?是故六经非不深且奥也,诸史非不宏且邃也,董、贾、班、杨非不博且丽也,而普通社会,往往终日讲解,而曾不一得。及导以小说家之叙事曲折,用笔明畅,无论其为章回也,为短篇也,为传奇与南音班本也,其人其事,有顿令人心经开豁、脑灵苗发者。美矣哉!奇矣哉!忽何学问增长如是之速哉!吾于是益信小说之于转移社会,有特别之龙象力焉,未可为昧者道也。

古之所谓博学君子,吾弗暇论焉。则诚以今日之世界,一环球斗智之世界也,欧风美雨,天地变色。雪案萤灯,《诗》《书》粗〔糟〕粕,岂足以语大同之博览哉?古之学问也,专而严,圣经贤传范围弗敢越也;今之学问也,显而明,目想神游,见闻弗可略也。纵览地球,考求哲学,如法之福禄特尔也,俄之托尔斯泰也,英之昔士比亚也,德之卑斯墨克也,日之柴四郎也,皆世人推重之、崇拜之,而无男女,无老孺,所许为大学问者也。乃进而探求其编著,翘想其精神,则无非璀璨其小说之文笔,繁衍其小说之纪载,而卓然以大小说家名世者,用能鼓吹其国人之风气,开导其国人之神智,振作其国人之志愿。乃恍然于小说界之滥觞,因势而利导,以积成一人之学问而有余,即以输灌人群之学问而无不足。然则小说之发达,其绝大关系于人群学问之进步者,固决然而可信者也。小说之为用大矣哉!

然或谓吾国当闭关自守之时代,文化之功用,且优先于各国,即法之福禄特尔等之著名小说,向未有译本出现,以辉映吾国人之眼帘,而馈饷吾国人之脑海者,然伊古以来,吾国人以小说名世者,亦几如汗牛之充栋。如《镜花缘》之博,地理、哲学,即格致之影子也;如《三国志》之详,阴符、游说,即科学之流源也。阐心理之学,则《西游记》得其恍惚焉;纪义侠之流,则《水浒传》得其梗概焉。而艳情之作,又如《西厢》也,《红楼梦》也;武士之风,又如《说岳》也,《杨家将》也。诸如此类。虽其中用笔间架,或不无穿凿附会之痕迹,为近世哲士指摘而讥评;而其用意之关合,记事之寓言,要莫非根源于学问之讲求,而有益于人群观感之助力。特风气未开,拘守之儒,束之高阁;而一二披读者,又不善领会,只视小说为睡媒之具;此小说之功用,所以弗彰也,其亦冤矣哉!而所幸者,西风输入,文人记者,乃致力于小说世界,神明之、表彰之,以开人钝根,而生人慧力。则以是而为人群学问进步之引线,其信然乎!

此其所以然者,非小说之自能长人学问也。著小说者,既趋时势之潮流,一改从前腐旧社会之鬼神梦寐诸陈腐;则读小说者,亦将披寻其寄托之意思,而生发其无穷之颖想。无论小说之如何布局,如何归宿,如何用情,如何主义,但使心领而神会,则随时观念,即随时学问,有不啻身登剧场,移易个人性情于不觉者。推而言之,读政治小说,生其治乱的感情;读教育小说,生其道德的感情;读探险小说,生其冒险有为的感情;读义侠小说,生其豪侠奋发的感情;读一切关于普通社会开智小说,更生一切普通智识的感情。时势造小说耶?抑小说造时势耶?是二者固未可决言。而小说之进步无尽藏,亦人群学问之进步无止境,则可决言矣。金人瑞之言曰:逆料二百年后,群书无可读,且不必读,而亦已废尽,悉成为小说世界已。噫!今何验哉。吾敢一言蔽之曰:小说者,学问之渡海航也。天下惟有学问人,乃可与言小说。

《中外小说林》第二年第一期(1908年)

改良剧本与改良小说关系于社会之重轻

棣

迩来主改良剧本,以为开通民智之助力者,众口一词矣。则以愚夫愚妇目不识丁,一见夫优孟衣冠,傀儡登场,敷演其事迹,做作其色相,歌唱其神情,皆足以印其人之脑筋,而为之感动故也。孩提随其父兄入于剧场,伶人之做手如何,腔口如何,本不甚能分辨。然其装面具,饰须眉,一举一动,观者当场,无不眉飞色舞;及观剧既毕,随父兄回寓,犹津津焉谈道弗衰。较夫授以《诗》《书》,使口诵心维,其过耳目而不忘者,诚不及其观剧感情之万一也。见夫奸邪逞势也,为之欲泣;平蛮诛佞也,为之喝采。片刻间而灵魂活动,七情变用,一若为场上诸优伶之电力所吸摄而去者。诚不料易性移情,一至如是其极哉!演者唱者,一出之中,不必遂有其事迹,而殆实有其情理。有其情以为即有其事,当前即是,百感随生,而神经为之一变。是则剧本之感人,固如是其不爽也。

诚然,剧本之感人至矣。顾其能感人心,究是否有益于人心,此则吾不敢言也。其剧本与人心之关系何如,须视其剧本制造文野之何如。吾尝有言:广班之剧本,殆每况愈下,大都从野史摭拾一二,而参以因果祸福之说,串插而成。故一套中,不有困谷,必有过岭;不有抢子,必有搜宫;不有谏君,必有试妻;不有劈网巾,必有写分书:千首雷同,如出一辙。如朝臣之唱调也,写分书、打和尚、劈网巾之口白也,又如语不离宗,人人同此演唱者。若夫穿插之桥段,则中国用兵,必先败而后胜,忠臣际遇,必先屈后伸:旧之江湖十八本,与今之著名戏本,大约皆同。故夫吾粤戏本也,惟于平蛮讨外,则诚足以触发观者种族之感情;而外其有关系于民智与风气者,吾未之见也。夫以剧本之感人如是,而当此斗智时代,竟无少补于风气之进步与民智之开通,则能感与不能感人等耳。然则改良剧本之说,其影响于普通社会之前途者,固亦一最当研究之问题也。

剧本者,小说界之一部分也。剧本既当行改良,即为小说当行改良之一证。虽然,今日之所谓改良剧本,不必在夫新奇,而如神权之迷信,仙佛之因缘,鬼魔妖怪之诞幻,与种种大同小异之桥段,势不能不先去之者也。骤演唱以科学之精深,与法理之妙微,观者听者,尚如盲人夜里观花耳,无当也。但使去其锢习而导以新风,如其政治之改革,种族之分限,风俗之转移,以是为初级之改良,即足以开国民之脑慧。然持此以为第一级改良戏本,即可持此以为第一级改良小说。盖当此半开化之时代,国民之心思眼力,固宜顺其程度以致开通,即著作家宜顺其程度以为立论。然准此以观今日之新小说,固大半异夫前轨矣。特以文学之风气,因时而迁,究其间不无矫枉过正者。或文饰其词曰:吾之笔法,自成一家。否则曰:新世界之文字,固当如是。甚则满纸芜词,绝无意境开发,意则平平庸淡,而字句间或过为雕斫〔琢〕,将以是为矜奇;而一篇之中,有散漫无结束,有铺叙无主脑,有复沓无脉络,前后无起伏,穿插无回应,见事写事,七断八续。行诸戏本,必不足发听者观者之神经;行诸小说,必不能辟观者听者之脑力。如绘事焉,调墨未知,遑论下笔?如音乐焉,腔调不合,遑论高低?总而言之,则文法不协,何足以语优劣?更何足以引人入胜?如是而欲借以开通国民之知识,乌夫信也!然则所谓改良者,因〔固〕不在高奇,而在去锢习而导以新思,顺眼光以生其意境,如是而已。彼夫各国之著名小说,其具转移社会之大力者,非有他也,无中国之迷信陋习耳。改良小说乎,改良班本乎,其亦知所从事哉!

　　右之所陈,固为改良剧本、小说之要点。然今日小说界之进步虽速,究竟改良戏本者,尚视言改良小说者为尤夥也。由前之说,剧本固为小说之一部分,且串戏本者,大半跟源小说而来,而其对于社会之功用,实二而一耳。观剧者如忠奸贤佞,离合悲欢,神经既皆随时变易,观小说者亦然。若者英雄,为之爱慕;若者奸邪,为之嫉愤;若者忠良,为之钦敬。是小说与剧本,有共同之效力,即当有共同之改良明矣。顾效力同,而效力之大小不同也。观剧本者聚于一堂,而观小说者布诸四方;观剧本者在于一时,而著小说者行论百世。有著书者即有观书者;有说书者即有听书者。一书风行,无远弗届。准此则改良小说之效力,又更宏于改良班本也。更由前之说,串剧本者既大半跟源小说而来,有新小说而后有新剧本,犹有新事而后有新戏;则小说之改良,尤为首要矣。论者曰:有《水浒传》出,而元末之英雄四起;有《金瓶梅》出,而西北淫浇之风,渐知畏忌。盖其感人者深耳。今也,新风普渡,小说之价值,如骤登龙门。其进步如此,风气亦因之而渐进。是小说之至要,固今日人群所公认;从而改良,吾知有改良者必更有进步。则此后之关系于民智,其程度速率,尚不知何如也。小说日见其多,小说亦日见其重。著作者知所别择,即购阅者知所别择。改良乎!改良乎!小说家其亦知所从事哉。

《中外小说林》第二年第二期(1908年)

普及乡间教化宜倡办演讲小说会

耀　公

　　今之言改良政治、改良风俗者,叩其所以,则必曰:其惟普及教化哉!其惟普及教化哉!顾今日世界之变迁,时事之惶迫,人民智识之薄弱,一旦语以政治之如何纯备,风俗之如何敦好,虽政客在前,志士林立,亦决不能执途人而示以规则,导以思想,以克收教化普及之效果。何况穷乡僻壤之中,凿井耕田之辈,生平足不出乡里,口不读《诗》《书》,耳不闻道义,风气未开,顽固特甚;而欲摭拾几句新名词,讲论几页新书史,使乡间之人,无男无女,无长无幼,无智愚,无贤不肖,相与沐浴教化之泽,诞登教化之林,势所弗能也。此其所以然者,其智而贤者,虽亦能于所谓新名词、新书史之大旨,灌澈耳鼓,而感情寡淡,入于耳,或未会于心;而其愚不肖者,则又一字不解,心经茫然,更何以言教化之普及耶?是故"四书""五经",备述古圣先王之道德、之法制,久为乡人必读之书,而求其能解者无几人也;求其能解,而融为心理、践诸行谊者,更无几人也。则对于所谓新名词、新书史,亦如是之云尔耳。呜呼!教化普及,诚今日切要之问题矣。然简而明之,显而喻之;以事体之情节,开发其脑灵,以笔墨之精神,增长其魄力,以文词之恺挚,欣动其神经;深者深,浅者浅。以是而渝导人群,转移社会,著作之心血也,口舌之功果也。伊何术哉?伊何道哉?非演说小说,其又奚从?

顾吾思国于地球上,必有所与立。宗教者,国之所以立者也。耶也,佛也,回也,吾国人所最崇拜、最法则之孔子也,非所谓操教化之大主教家耶?耶也,佛也,回也,教化几遍天壤矣;孔也,则独吾国人奉行之,此教化之所以隘也。然虽隘也,苟奉行而笃守之,岂不甚善!乃环视吾国人,日言孔教,背而驰者,且比比也。是直失教耳!况乡间之中,农者,工者,劳动而小贩者,从三两年老学究,读一两部四子书,非不诵孔子之言,日记"子曰"二字于脑筋也;非不拜孔子之像,日挂"圣人"二字于耳根也。若是,孔子之教化,其媲美于大同之教化与否,姑勿深论,而究之求所谓宗孔教者,行孔教者,实十无二三焉。于此,欲乡间之人,渝灵魂,辟智慧,使犹耳提而面命之曰:"上论也与下论也,《大学》《中庸》之道蕴也。"吾决若而人者,将茫然若愚,甚且皇然思避矣。则何如喻以小说之理想、之思潮,晓以事迹之显明,动其向往之神趣也;感以情绪之曲折,启其翘企之悟会也。斯何故哉?经书之理道,深而奥,小说之理道,浅而微,经书之笔墨,朴而腐,小说之笔墨,巧而趣,其感人之妙,有寓于无形者。明乎此,则演说小说之捷于教化,其要务哉!吾故以为演说小说会之宜创办也。

或谓学堂者,教化之地也;开办小学者,教化普及之基也。丁今日学务振兴之会,广设公立义学小学,年八岁者,一体勒令入学,准强迫教育主义,不十年间,而教化之洋溢,将遍乡间焉。是即普及教化之文明烧点也。是说也,固无可驳诘者。然就现象计,其弱冠而后,既逾小学之年格者,果将何自而沾教化之益也?不宁惟是,乡间之中,氓之蚩蚩,日方足胝手胼之弗暇,斗米斤柴之弗遑,更何能叩小学之堂,而一领略教习之高谈雄论哉?以是而言普及,盖将收效于十年以后之好果,而非就范于当今少壮一炉之共冶也。是故演说小说会者,不必登讲堂,写黑板,若者天文,若者地理,若者修身而文学也;第当农隙闲暇之时,早晚聚集之顷,词堂庙宇,即演说之大舞台焉,树下社前,即演说之俱乐部焉。宣布小说之宗旨,叙其事不厌详也;绘演小说之神情,达其文不妨显也。虽其人口不读书,眼不识字,而小说中之如何哀感,如何激动,脑海之灌通,已不啻为小说之电力吸引矣。由此推之,演义侠小说,足以生人之奋往心;演艳情小说,足以生人之羡慕心;演探险小说,足以生人之冒险心;演民族小说,足以生人之种族心;即演一切之政治、宗教等等小说,亦足以生人一切政治、宗教心。性质也,习惯也,群书所不能化者,惟小说则引而化之,扩而充之。教化之道,在是矣!热心君子,思为乡间造福,其亦赞成之乎?如其然也,吾将拜手祝曰:二十世纪之小说世界,乃有此小说演说会,神圣哉小说!宝贵哉小说!如有起而创斯会者,吾将为乡人欢迎之,吾更望乡人乐成之。此非过诩小说之价值也。夫小说者,剧本之主动力也。小说为主动,剧本居于被动矣。吾向之与乡中二三故老、三五少年,入剧场,观剧本,见锣鼓丛中,歌舞角色,若歌、若哭、若离、若合、若悲、若欢、若荣、若郁;而所谓故老、所谓少年者,感情顿生,魂气浃洽,亦不自觉其歌焉、哭焉、离焉、合焉、悲焉、欢焉、荣焉、郁焉之动于心,形于色,是何为哉?现身说法之转移,真性有由然耳。矧夫小说者,为剧本之所从出;而演说之者,更层折而道之,变幻而出之。以言乎理,则理之明而不晦;以言乎情,则情之真而不伪。故不俟演说者之缠绵跌宕,已足感人而有余矣。吾闻日之维新也,凡小学堂中,多设说部一科,且有以吾国前辈小说家之《西厢记》传奇、《水浒》演义,编为讲义者,其亦即此意乎?准此,则乡间之普及教化,其又何难也!不然,未能普及,又安足以言小说世界?

《中外小说林》第二年第三期(1908年)

小说风尚之进步以翻译说部为风气之先

世

各国民智之进步,小说之影响于社会者巨矣。《佳人奇遇》之于政治感情,《宗教趣谭》之于宗教思想,《航海述奇》之于冒险性质,余如侦探小说之生人机警心,种族小说之生人爱国心,功效如响斯应。其关系于社会者如此,故东西洋诸大小说家,柴四郎、福禄特尔辈,至今名字灿焉,近来中国士夫,稍知小说重要者尽能言之矣。自风气渐开,一切国民知识,类皆由西方输入。夫以隔暌数万里之遥,而声气相通至如是之疾者,非必人人精西语,善西文,身历西土,考究其历史,参观其现势,而得之也;诵其诗,读其书,即足以知其大概,而观感之念悠然以生。然既非人人尽精西语,尽善西文,与尽历西土,终得如是之观感者,谓非借译本流传,交换智识,乌能有是哉?

环球中族种不同,风化殊异。今忽使内外仕途,侈谈西法,普通社会,崇拜欧化者,伊何故欤?盖犹前之说,吾知为翻译西书者之功用大矣。良以开通时代,势不能不扫除隔膜者而使之交通,知其风俗,识其礼教,明其政治之源流,与社会之性质,故译书尚焉。然吾尝有言:读群书如观星,读小说如对月;读群书如在一室,读小说如历全球。彼声光电化、政治、历史、宗教之书,可以开通上流士夫,而无补于普通社会。就灌输知识开通风气之一方面而立说,则一切群书,其功用诚不可与小说同年语也。晚近以来,莫不知小说为瀹导社会之灵符。顾其始也,以吾国人士,游历外洋,见夫各国学堂,多以小说为教科书,因之究其原,知其故,活然知小说之功用。于是择其著名小说,足为社会进化之导师者,译以行世。渐而新闻社会,踵然效之,报界由是发达,民智由是增开。成效既呈,继而思东西洋大小说家,如柴四郎、福禄特尔者,吾中国未必遂无其人,与其乞灵于译本,诚不如归而求之。而小说之风大盛。盖历史小说耶,则何国无历史?政治小说耶,则何国无政治?种族小说耶,又何国无种族?外人之可以为历史、政治、种族与种种小说者,吾中国何不可以为历史、政治、种族与种种诸小说。实事耶?理想耶?说部丛书,为吾国文学士之骋才弄墨者,今已遍于城市,故翻译小说昔为尤多,自著小说今为尤盛。翻译者如前锋,自著者如后劲,扬镳分道,其影响于社会者,殆无轩轾焉。虽此中之谁优谁劣,犹是第二问题,可弗置辨;而以小说进步为报界之进步,即以小说发达为民智之发达,吾诚不能不归功于小说,尤不能不以译本小说为开道之骅骝也。

吾国小说,至明元而大行,至清初而愈盛。昔之《齐谐志》《山海经》,奇闻夥矣;《东周》《三国》《东、西汉》《晋》《隋唐》《宋》诸演义,历史备矣。后之《水浒传》《西厢记》《红楼梦》《金瓶梅》《阅微草堂》《聊斋志异》,五光十色,美不胜收。何吾国人既知小说与社会之关系,宁不知披轶卷,搜遗篇,顾必乞灵译本,以为开通风气之先者?此非徒以中国文字艰深,无补于普通社会,转而求诸外人浅易之文法也;亦非吾国旧小说界,无一二可增人群之知识,转而求诸外人之思想也。自西风东渐以来,一切政治习尚,自顾皆成锢陋,方不得不舍此短以从彼长,则固以译书为引渡新风之始也。欲研究地理者,一身不能尽历全球,则惟读英书者如在伦敦,读法书者如在巴黎,读日书者如在东京矣;欲采观风俗者,读其国之书,如见其国之风俗矣;留心政治者,读其国之书,如见其国之政治矣。然此犹是限于一国,抑限于一时。若夫小说,则随时随地,皆可胪列靡遗,时之今昔,地之远近,包罗万状。作者或不能自知,而阅者已洞如观火,而晓然于某国某时,其地理、政治、风俗固如是也。二十年来崇拜文明,已大异于闭关时代。忽有所谓小说者,得睹其源流,观其态度,宁不心往而神移?故译本小说之功用,良亦伟矣哉!

然以吾观之,译本盛行,是为小说发达之初级时代;即民智发达,亦为初级时代。东西诸小说家,旧之柴四郎、福禄特尔辈,既不能复生;即所谓著名小说,亦陈陈相因,重翻叠译。文学士丁此潮流,又深知小说之影响于社会,固如是其巨,因之购阅者日见甚多,即著作家日见其盛。

初求进步,继求改良。欲导社会以如何效果者,即为如何之小说。就阅者之眼光,以行其笔墨,古之文字艰深者则浅之,古之寄记于仙佛神鬼者去之,以张小说之旗帜。吾敢信自今以往,译本小说之盛,后必不如前;著作小说之盛,将来必逾于往者。盖非徒与中国之施耐庵、罗贯中、曹雪芹,外国之柴四郎、福禄特尔辈,竞长争胜,盖其风气之进步使然也。嗟乎!昔之以读小说为废时失事、误人心术者;今则书肆之中,小说之销场,百倍于群书。昔之墨客文人,范围于经传,拘守夫绳尺;而今之所谓小说家者,如天马行空,隐然于文坛上独翘一帜。观阅者之所趋,而知著作之所萃。盛矣哉其小说乎!然苟非于转移社会具龙象力,于瀹智上有绝大关系者,又乌能有是!然而风尚之所由起,如译本小说者,其真社会之导师哉!一切科学、地理、种族、政治、风俗、艳情、义侠、侦探,吾国未有此瀹智灵丹者,先以译本诱其脑筋;吾国著作家于是乎观社会之现情,审风气之趋势,起而挺笔研墨以继其后。观此而知新风过渡之有由矣。

《中外小说林》第二年第四期(1908年)

小说与风俗之关系

耀　公

一国之风俗,视风气为转移;一国之风气,即视文字为趋向。西汉道隆,文风不盛,董、贾之辈,雄词彪炳,而小儒浮薄之气为之一开。下迄两晋,纤巧之儒,趋靡而斗巧,世道亦因而日就凉薄矣。有唐开科取士,习科举业者,范围于应制试帖,绳趋尺步而不知其非,虽韩退之等,文起八代之衰,风气之偷终于无补。六朝金粉,嫣红姹紫,文章根柢,扫地以尽,风俗迁变,盖有由矣。宋明大家,力挽流趋,而性理之儒,又转以义蕴微茫,桎梏伦纪,纵不至艰深以文浅陋,开后世腐儒道学之门,究之乡朴寡学之流,转视性理之言,不啻苦人之具,由是风俗之野蛮,日甚一日。其甚者,则朱熹"三纲"毒说,直流祸至今而未已。呜呼!盲儒聒说,民智愈昏。将何以变易风俗,俾普通社会,共沐浴于文明之进化哉?是故"五经"列史,非不深且醇也,诸子百家,非不渊且博也,而社会人群之脑想,曾无斯须之灵感,无男无女,浑浑噩噩;有反不如社前纲鉴,树下春秋,所谓讲古者流,或《三国》演义也,《水浒》传记也,《粉妆楼》也,《杨家将》也,与夫《今古奇观》《聊斋志异》之种种小说也,犹可以动人之脑筋,而导人于智府也。吾因持此意以论小说。

小说之命意也浅而深,其布局也宽而紧;其运笔与遣词也,则曲折而婉转;其翻空与斗笋也,则离奇而接续:鲜不谓极小说之能事。掷笔六合之中,结想五洲之外,非文义精深、文理通畅者,莫喻其微,莫窥其奥矣。然吾闻日本维新,基功小学,且多以吾国著名小说家之《水浒》传记、《西厢》演议〔义〕,为教科讲义者。此何故哉?岂非以小说之事迹,能令听者追而求;小说之情理,能令听者味而思;小说之精神,能令听者感而悟哉!吾国向之小说家,如罗贯中、施耐庵、曹雪芹、蒲松龄、金人瑞等等,其论著之遗传,馈饷后人不少矣。然其时欧西风气,尚遥隔于太平洋以西,闭关鄙塞,风气未开。故其所为小说,大为社会之欢迎,未尝不足以取裁后进;而社会风俗,终莫由改良蛮野,而同化于文明之区域者,抑又何耶?吾思之:盖非小说无文之患;而鬼神梦幻之事,及种种阴骘报应之谰言,有以惑之之患也。如是,故难享小说之大名;如罗贯中、施耐庵辈,终未得而奏转移风俗之效果。则可知小说之旨趣,固别有在也。

二十世纪开幕,为吾国小说界发达之滥觞。文明初渡,固乞灵于译本;迄于今,报界之潮流,更趋重于小说。发源沪渎,而盛于香港粤省各方面。或章回,或短篇,或箴政治之得失,或言教育之文野,或振民族之精神,或写人情之观感。核其大旨,要无非改良社会之风气,而钥导人群之智识者为近是。故小说一门,隐与报界相维系,而小说功用,遂不可思议矣。是非小说家之别具吸电力也,盖道与时为变通,风俗即随时而进化。世界荒僻之初,固无所谓风俗。溯自图腾社会,一变而为游牧社会,再变而为制造社会。至制造社会之发达,文字亦因之发达焉。降及小说之思潮澎湃,将从前风俗之如何顽固,如何迷惑,群将视小说家之言论为木铎,而旧社会上之一切《诗》《书》糟粕,直弃之如遗矣。昔金人瑞致力于批评小说,且谓逆料二百年之后,群书不可读,而将浑然变成一小说世界。由今思之,各报社之小说,日新月盛。彼阅报者,无论其为文人学士,官绅商贾,固乐阅小说如标本;降而劳动小贩者流,亦爱闻小说,借资话柄,以觇近世界之好恶。夫亦无怪民智之畅旺,虽愚夫愚妇,犹知风俗之改革也。然则小说与风俗之关系,其然乎!其然乎!

虽然,所谓小说之与风俗关系者,当就时势以立言。而风俗之转移,固于感情上有特别之引导者也。吾国之旧小说家,所著各种小说,其未能收教化社会之效者,吾前言已明言之矣。世界现象,西风输灌,人人有文明之思想,有自强之志气。鬼神也,而以为迷惑;风水也,而以为荒诞;命运也,而以为倚赖;阴骘也,而以为虚渺。而且吉凶之礼,力为撙节;醮会之耗,省作公益。风俗之美满,将由此而导其流矣。信矣乎!风俗之开明,诚小说为之导师。然于此扶翊风俗之进步,则小说之命意、之行文,更未可苟然已也。法有福禄特尔,而革命之雄潮,浩瀚而不可遏;德有卑斯墨克,而政治之理想,灌溉而不可止。其最近之见效者,则如日本之维新也,咸以为柴四郎之小说,有以鼓吹之、培成之,而大和魂、武士道,一种义侠风俗,得以享地球上伟大国民之好名誉。准此,则小说之神趣,其又何以加焉。吾谓小说与风俗相关系,虽有智者,不易吾言矣。

顾或谓风俗之大,一国之运会所关,人事之迁移所系。就小说之范围而论,纵结构极严,词义极显,对于诱掖人心之旨趣,极周浃而极灵通,一人之感动,未必一群之感动,一群之感动,更未必大群之感动也。呜!是何言也。今试于家人妇子,勖以性理之精义,语以先正之格言,吾不知其何尚茫然罔觉也;迨一与之讲论小说之事实,切言之以达其情,婉言之以畅其趣,激昂而顿挫言之,以顺其气,伸其机,有不自禁其悲欢离合之设身处地者。无他,小说家为主动,则凡读小说、听小说者,必各居于被动矣。其感化力之神也,一家如是,一国又何莫不然哉!此愈可见风俗关系之说为不谬也。著小说者以为如何?阅小说者以为何如?

《中外小说林》第二年第五期(1908年)

著《水浒传》之施耐庵与
施耐庵之著《水浒传》

金圣叹者,施耐(庵)不死之灵魂也。有施奈〔耐〕庵不可无金圣叹。彼费无量之精神心血,以成《水浒》一书;越三百余年而有金圣叹者,取而批评之、表彰之。后之读者,几知有金圣叹者多,而知有施耐庵者少。则金圣叹著矣,而施耐庵幸矣!然施耐庵不以金圣叹显,而以《水浒传》显也。嗟乎!施氏以一代文豪,屈而不伸,愤无可泄,欲仕不宜,欲隐不得,顾区区寄托于《水浒》间也,良亦苦哉!

《癸辛杂志》中,所载梁山三十六人,与《水浒传》之所载者,微有一二出入。然就此观之,可见三十六人皆有其人矣。有其人不可无其事,此《水浒传》所由作也。史亦称"宋江以三十六人横行河溯",则三十六人备矣;耐庵之必益为一百零八者,岂文人笔阵纵横,非此则不敷分布耶?吾亦谓然。盖人知施氏为一代文章巨子,曾不知施氏固一代哲学名家,逆知近代趋势之潮流,先以理想发明之。于是知枪炮弹子之利害,不可无凌振、张清也;知邮电之重要,不可无戴宗也;知舰队之关系,不可无孟康也;知海战之需才,不可无张顺也;知医学专科之必要,不可无安道全也。以如炬之眼光,洞观夫后今前古;把满胸学问,寄之于游戏文章。奈〔耐〕庵苦矣!然亦人杰矣哉!

吾读奈〔耐〕庵自叙之文,至"用违其时"之一语,吾为奈〔耐〕庵之遇悲矣。胡元一代,中原板荡,山河锦绣,已隶他人。为奈〔耐〕庵者,其忍生乎?抑忍睹乎?故其不得志于时,实不欲得志于时耳。遍地腥膻,既无可以寄身之处;区区水浒,谓如夷齐之首阳可也,即谓书中之吴用,即施奈〔耐〕庵之自行写照,亦无不可也。或曰:普天之下,莫非王土。中国既全隶于胡元,亦何争此水浒一片地耶?况夷齐耻食周粟,而首阳之岭,何非姬周之范围?奈〔耐〕庵耻食元禄,而水浒一地,何非胡元所踞有?则奈〔耐〕庵之寄托误耳。虽然,丈夫各行其志。彼田横五百,海岛羁栖,千秋后犹以义士嘉之。在海岛何莫非为秦楚所有?然而祖宗之祀不可斩,独立之念不可无。田横得海岛而栖身,奈〔耐〕庵亦得海岛而寄意,则后之奈〔耐〕庵水浒,犹前之田横海岛也。天不生耐庵于前,使或出其所学,以救赵宋之危亡;又不生耐庵于后,使亲于其身,一见朱明之光复;独会逢其适,若欲使不甘为奴隶之人,故之使不得不为奴隶。遂无可如何,空拳只手,欲伸不能;而一代之英物,乃只寄志于游戏笔墨,借以抒写其意,而终其身。吾又安能不为耐庵之遇悲哉!

日人所著《百杰图》中,耐庵寓以一小说大家,与命世之教主,如孔子、耶稣、释迦牟尼,及绝代之英雄拿破仑、华盛顿辈,并驾齐驱。奇矣!然日人之崇拜耐庵,则以小说之足以饷世界,导社会,如《水浒传》者,实有巨功焉。故其学校中,犹以《水浒传》为教科书也。特吾人之当崇拜施耐庵者,固别有在:以其著《水浒传》之心,与不得已而著《水浒》之故,固足令人凭吊欷歔者。吾固幸绝世之英物施耐庵,犹借一《水浒》以传;吾尤哀绝世之英物施奈〔耐〕庵,仅借一《水浒传》以传也。

施说之足以扶掖社会知识之进步,夫人知之。读何种之小说,即生何种之感情。《水浒传》者,理想之独立小说也。迁俦俗本,以史有称张叔夜降宋江三十六人,使平方腊之事,遂画蛇添足,其诬古人甚矣。后之著《荡寇志》者,虽颠倒其是非,而其篇首考据,则宋江等实无投降之说。是宋江等固不特非降,即奈〔耐〕庵原本,以著书适当胡元时代,固万无降理也。得则济,不得则唯有一死,此梁山诸人之志矣。故读《水浒》者,其在普通社会,莫不生其仇嫉暴官污吏,以崇拜豪杰之心,故今日"逼上梁山"之语,小儿成俗谚口头禅矣;其在上流社会,更莫不生其独立之心。观胡元踞有中国之日,蒙古势力,几遍环球。然《水浒传》出世以来,不数十年而有濠泗真人出现。及明鼎虽革,而欲起而求独立者,犹不胜书。其有功于社会固如是也。吾知中国自今而往,不可一日无《水浒》矣。吾闻施奈〔耐〕庵之著是书也,先学习人物绘事,随将梁山所谓一百零八人,绘形于室中,摹其形象,状其神情。故每写一人之举动,即肖乎其人之神气;每写一人之言语,即肖乎其人之口吻。试将全七十余卷中,掩卷而问,吾知言如何、事如何者,必知为李逵;又言如何、事如何者,必知为宋江、吴用;且言如何、事如何者,又必知为武松、鲁达、石秀。此自有小说以来,未有之能事也。而其书中叙事,不用平直,每写一事,必中途生发无数事迹以夹之。此又自有小说以来,未有之能事也。闻耐庵之成是书,烦费笔墨,计十余年。夫耐庵岂以有用之精神,穷耗于笔墨之游戏者哉?盖知小说之功用,大足以使懦立顽廉;更以奇妙之穿插,雄伟之笔墨行之,更足以印人脑际,而入人者深。因是以寄托之深意,成伟大之奇书,以作国民之先导,其以此乎?

或云:奈〔耐〕庵时有王生者,为宁陵刀笔吏,具光复之志。尝结党聚谋,以图举义。王生妻潘氏,向与本官通,欲杀王以归之也。乃泄其事于官,遂杀王。故奈〔耐〕庵书中,凡写妇人,最嫉潘氏云云。顾是说不足据也。文人之笔何施不可?每有一人,即为一人立传,以腐迁之志也。自宋江、晁盖以下,无一人不有传焉。故金圣叹有言:《水浒传》可与《史记》并读也。今之一般读者,岂不知《水浒传》起伏之精当,穿插之灵妙,笔墨之雄厚,布局之周详,纪叙之完结,与字句之细密,然以是书既成,而以《水浒》命名,曾亦知著者之用心、之密意,为如何耶?有独立之观念者,庶可以读吾施奈〔耐〕庵之《水浒传》。

《中外小说林》第二年第八期(1908年)

曲本小说与白话小说之宜于普通社会

老 伯

小说之所以能左右世界、转移风气者,果何为乎?曰为其能感人也;为其能感人,而灌输社会之智慧,枨触社会之性情,合上、下流人格于一炉而共冶之也。虽然,小说之对于社会,如何进化,亦既言之详矣;即凡社会人类之对于小说,其进化之速力,亦莫不公认之矣。今且于小说丛中,而求其最宜于普通社会之感情者,抑又致力于小说者所当研究之问题也。

同一书说也,而若者言之,能令人其娓娓而动听也;同一故事也,而若者言之,能令人其津津而有味也。是岂说书者之别有真理,论事者之别有神趣哉?无他,就其性之所近,与其情之易通,而普通社会,自然与之同化。余也,韶〔髫〕龄进学,束发授书,初不知社会主义之有何关系也。何?有诸父伯叔焉,有兄弟姊妹焉,余方步亦步,趋亦趋。至,则有所谓剧场焉。觉舞台之上,若者生,若者旦,若者老生而老旦;歌讴谱出,固无论其为二簧、为帮子也。尔时座中听者,罔不倾耳神会曰:是某书说之剧本也。不啻现身说法之引人入胜矣。又尝追逐乎游戏之场,蹋躅乎栖息之所,则社前纲鉴,树下春秋,有所谓讲古者焉。一人据案高坐,纵谈而雄辩,口语而指画,或演英雄故事,或说儿女故事。其危难也,声泪为之下;其显达也,眉目为之霁。无男无女,声入心通焉。呜呼!书说也犹是,故事也犹是,而独能使普通社会如是之观感,抑又何哉?则曲本之哀感浓艳,与白话之明白恺切,有以速其效者,而使之然也。然曲本小说、白话小说,其要矣。

曲本小说,以传奇小说为最多。《红楼梦》者,吾国小说之铮铮有名者也。然其行文也,每于点染之处,多用曲本,以实诸诗词酒令之间,而非纯用曲本之宗派也。《西厢》传记一书,纯以词曲为词料,崔莺(鸳)之写情,张君瑞之求合,红娘之撮盟,种种传神,几令读者入耳而忘倦。在吾国之旧学家者流,方群然訾议之为诲淫之书,而不知《西厢》传记,日人且有用以为小学之教科讲义者。是《西厢》不以曲本而见淫,正以曲本之言情,而愈得其用情之正者也。不然,如金人瑞者,固批评《西厢》之圣手也,其言曰:淫者见之谓之淫。得此,而《西厢》诲淫之冤可雪矣。夫《西厢》者,亦旧社会上有名之小说也。观其流传中外,爱诵不遗妇孺,其功用已可概见矣。矧丁斯世界,新闻报社,方盛涨小说之潮流,以歌谣寄易俗之思,即于小说导文明之线。吾知曲本小说,滥觞于《西厢》传记,其将由此而日新月盛,渐泛溢于普通社会,殆亦时势之所必然者矣。要而言之,小说之寄意也深,而曲本之音节动人,则无深而非浅也;小说之行文也隐,而曲本之声情感物,则无隐而非显也。深也,浅也,隐也,显也,是皆由曲本小说之能事,而智愚贤不肖,悉陶熔于口诵心维之天籁间也。此其宜于普通社会者一也。

白话小说者,则又于各体小说之外,而利用白话以为方言之引掖者也。姑无论其为章回也,为短篇也,为箴时与讽世也,要均以白话而见长矣。二十世纪开幕,为吾国小说界腾达之烧点。文人学士,虑文字因缘之未能普及也,曾组设《中国白话》,而内附小说,以谋进化。揆其内容,既非单纯小说之性质;而所演文字,又纯用正音。以吾国省界纷歧,土音各异,其曾受正音之教育者几何哉？苟如是,吾料读者囫囵莫解,转不如各随其省界,各用其土音,犹足使普通社会之了于心而了于口也。夫《三国》《水浒》,及《聊斋志异》诸书,吾国人稍经入塾肄业者,靡不交口而称道。则此小说等等,盖亦于吾国前贤著作,占有价值之名誉者也。然试问社会人群中,其能于《三国》《水浒》《聊斋》诸书,心领而神悟者,又几人哉？则何如白话小说之为愈也。小说之理境,贵涵泳而曲折,白话则显豁而展布之;小说之词笔,贵离奇而展拓也,白话则明白而晓畅之。政治也,教育也,现象社会之奇人与奇事也,就人民智识之程度,而以白话牖而觉之,上智既不以为浅率之文,亦下愚不视为高深之论。渐而化之,会而通之,其即沐浴社会、改革社会之龙象力哉! 此宜于普通社会者又其一也。

顾或谓歌曲足以移人,方言虽便于训俗,而道学之儒,文艺之士,有反而嫌其繁声,鄙为俚语者,是安足为普通社会之明证哉？况曲本之与白话,其词义之整率,既相背而驰,宜乎此或不宜乎彼,则"普通"二字,似更未可强为牵合也。恶!是何言？是未可与论小说之原理者也。小说者,现世界风气之所趋尚也。有曲本小说,则负贩之流,得以歌曲之唱情,生发思想也;有白话小说,则市井之徒,得以浅白之俚言,枨触观念也。此其所以为"普通"也。且吾尝观于报纸之用意,而得其比例近义矣。以今日西风东渐,吾国报界之发达,日益光昌。虽庄、谐两部,不废歌谣;虽论说之间,不求深刻。然则单纯小说之有取于曲本与白话者,抑亦开发社会之普通钥匙矣。究其所以然,则小说者其主动者也,而听小说、读小说者,则又感情于主动而无形被动者也。准此,作者竭主动之精神,以增长被动者之脑力,鼓吹文明,陶淑蛮野,舍曲本小说、白话小说,其又何从哉？窃愿持此以质诸论小说者。

《中外小说林》第二年第十期(1908年)

余之小说观

觉 我

昔德意志哲学家康德氏，论时势之推移也，譬之厚褥高枕，安睡于黑甜之乡，而不知外界之变动，内容之代谢，仍有一息之未尝间断者；一经有心人之警告，始不禁恍然悟而瞿然惊矣。今者亚东进化之潮流，所谓科学的、实业的、艺术的，咸骎骎乎若揭鼓而求亡子，岌岌乎若褰裳而步后尘，以希共进于文明之域；即趋于美的一方面之音乐、图画、戏剧，亦且改良之声，喧腾耳鼓，亦步亦趋，不后于所谓实业科学也。然而此中绝尘而驶者，则当以新小说为第一。

小说曷言乎新？以旧时流行之籍，其风俗习惯，不适于今社会，则新之；其记事陈义，不合于今理想，则新之；其机械变诈，钩稽报复，足以启智慧而昭惩戒焉，则新之。所以译著杂出，年以百计，与他种科学教科各书相比例，有过之而无不及。则小说者，诚有可以研究之价值，而于今日，要不容其冥冥进行，若康德氏所言之长夜漫漫，不知何时达旦者也。余不敏，尝约举数事，以为攻错；贡一得之愚，陈诸左右。

一、小说与人生

小说者，文学中之以娱乐的，促社会之发展，深性情之刺戟者也。昔冬烘头脑，恒以鸩毒莓菌视小说，而不许读书子弟，一尝其鼎，是不免失之过严；近今译籍稗贩，所谓风俗改良，国民进化，咸惟小说是赖，又不免誉之失当。余为平心论之，则小说固不足生社会，而惟有社会始成小说者也。社会之前途无他，一为势力之发展，一为欲望之膨胀。小说者，适用此二者之目的，以人生之起居动作，离合悲欢，铺张其形式，而其精神湛结处，决不能越乎此二者之范。故谓小说与人生，不能沟而分之，即谓小说与人生，不能阙其偏端，以致仅有事迹，而失其记载，为人类之大缺憾，亦无不可。

二、著作小说与翻译小说

之二者之得失,今世未定问题,而亦未曾研究之问题也。综上年所印行者计之,则著作者十不得一二,翻译者十常居八九。是必今之社会,向以塞聪蔽明,不知中国外所有之人种,所有之风俗,所有之饮食男女,所有之仪节交际,曾以犬羊鄙之,或以神圣奉之者,今得于译籍中,若亲见其美貌,若亲居于庄岳也,且得与今社会,成一比例,不觉大快。而于摹写今日家庭之状态,社会之现象,以为此固吾人耳熟能详者,奚事赘陈耶?此著作与翻译之观念有等差,遂至影响于销行有等差,而使执笔者,亦不得不搜索诸东西籍,以迎合风尚,此为原因之一。抑或译书,呈功易,卷帙简,卖价廉,与著书之经营久,笔墨繁,成本重,适成一反比例,因之舍彼取此,乐是不疲与〔欤〕?亦为原因之一。由后之说,是借不律以为米盐日用计者耳。此间不乏植一帜于文学界者,吾愿诸君之一雪其耻也。

三、小说之形式

大别之有三。其一综合各种,而以第几集第几种名之者;其一以小说之内容,而以侦探、历史、科学、言情等等名之者;其一漫画花卉人物于书画,而于本书事迹,有合有不合者。余谓第一法,本我国刊刻丛书旧例,强绝不相侔者,汇而置之一帙,已属无谓。况旧刻之丛书,搜辑遗简,合成一集,其大小长短,装潢文饰,无一不相同;其出版焉,亦无有今日出此,明日出彼者。今则反是,则第一法之不可通也。若第二法,则侦探、言情等、种种标目,似无不妥,然小说之所以耐人寻索,而助人兴味者,端在其事之变幻,其情之离奇,其人之复杂。大都一书中,有生者,有死者,有男子,有妇人,有种种色目人;其事有常者,有变者。举一端以概之,恒有失之疏略者。余于是见有以言情、侦探、冒险,名其一小说者矣,有以历史、科学、军事、地理,名其一小说者矣;及观其内容,窃恐此数者,尚不足以概之也。是则第二法之更不可通也。至第三法,以花卉人物,饰其书面,是因小说者,本重于美的一方面,用精细之画图,鲜明之刷色,增读书者之兴趣,是为东西各国所公认,无待赘论。然余谓其用意未尝不佳,惟不可无良工以继其后。今者图画之学尚未精造,印刷不尽改良,往往所绘者不堪入目。即绘事工矣,而设色之劣,红绿黑白,滥用杂施,遂使印出之品,不及儿童所玩之花纸,不能鼓兴趣,设〔适〕以增厌恶也。是则第三法之本可通,而不可不力求改良者也。余谓不能尚文,何如务实?书名为某,则亦某之而已,又何事效鏊刻鹄为哉?

四、小说之题名

不嫌其奇突而谲诡也。东西所出者,岁以千数,有短至一二字者,有多至成句者,有以人名者,有以地名者,有以一物名者,有以一事名者,有以所处之境地名者,种种方面,总以动人之注意为宗旨。今者竞尚译本,各不相侔,以致一册数译,彼此互见。如《狡狯童子》之即《黄钻石》,《寒牡丹》之即《彼得警长》,《白云塔》之即《银山女王》,《情网》之即《情海劫》,《神枢鬼藏录》之即《马丁休脱》。在译者售者,均因不及检点,以致有此骈拇枝指,而购者则蒙其欺矣。此固无善法以处之,而能免此弊病者。余谓不得已,只能改良书面、改良告白之一法耳。譬如一西译书,而于其面,书明原著者谁氏,原名为何,出版何处,皆印出原文;今名为何,译者何人。其于日报所登告白亦如之,使人一见而知,谓某书者,即原本为某,某氏之著也。至每岁之底,更联合各家,刊一书目提要,不特译书者有所稽考,即购稿者亦不至无把握,而于营业上之道德,营业上之信用,又大有裨益也。

五、小说之趋向

亦人心趋向之南针也。日本蕞尔三岛,其国民咸以武侠自命,英雄自期,故博文馆发行之押川春浪各书,若《海底军舰》,则二十二版,若《武侠之日本》,则十九版,若《新造军舰》《武侠舰队》(即本报所译之《新舞台》三)、《新日本岛等》,一书之出,争先快睹,不匝年而重版十余次矣。以少于我十倍之民族,其销书之数,千百倍于我如是,我国民之程度,文野之别,不容讳言矣。而默观年来,更有痛心者,则小说销数之类别是也。他肆我不知,即"小说林"之书计之,记侦探者最佳,约十之七八;记艳情者次之,约十之五六;记社会态度,记滑稽事实者又次之,约十之三四;而专写军事、冒险、科学、立志诸书为最下,十仅得一二也。夫侦探诸书,恒于法律有密切关系,我国民公民之资格未完备,法律之思想未普及,其乐于观侦探各书也,巧诈机械,浸淫心目间,余知其欲得善果,是必不能。艳情诸书,又于道德相维系,不执于正,则狭斜结契,有借自由为借口者矣,荡检逾闲,丧廉失耻,穷其弊,非至婚姻礼废、夫妇道苦不止。而尽国民之天职,穷水陆之险要,阐学术之精蕴,有裨于立身处世诸小说,而反忽焉。是观于此,不得不为社会之前途危矣。

《小说林》第九期(1908年)

六、文言小说与白话小说

之二者,就今日实际上观之,则文言小说之销行,较之白话小说为优。果国民国文程度之日高乎?吾知其言之不确也。吾国文字,号称难通,深明文理者,百不得一;语言风俗,百里小异,千里大异,文言白话,交受其困。若以臆说断之,似白话小说,当超过文言小说之流行。其言语则晓畅,无艰涩之联字;其意义则明白,无幽奥之隐语,宜乎不胫而走矣。而社会之现象,转出于意料外者,何哉?余约计今之购小说者,其百分之九十,出于旧学界而输入新学说者,其百分之九,出于普通之人物,其真受学校教育,而有思想、有才力、欢迎新小说者,未知满百分之一否也?所以林琴南先生,今世小说界之泰斗也,问何以崇拜之者众?则以遣词缀句,胎息史汉,其笔墨古朴顽艳,足占文学界一席而无愧色。然试问此等知音,可责诸高等小学卒业诸君乎?遑论初等。可责诸章句帖括冬烘头脑乎?遑论新学(余非谓研究新学诸君概不若冬烘头脑也,若斟酌字义、考订篇法,往往今不逮昔。即有文学彪炳者,试问果自学校中得来者否)。宜乎以中国疆土之广袤,衣冠之跄济,而所推为杰作者,其印数亦不足万,较之他国庸碌之作家,亦瞠乎后也。夫文言小说,所谓通行者既如彼,而白话小说,其不甚通行者又若是,此发行者与著译者,所均宜注意者也。

七、小说之定价

说者咸谓定价太昂,取利太厚,以致阅者裹足。吾亦非不谓然,但版权工价之贵,印刷品物之费,食用房价一切开支之巨,编译、印刷、装订、发行,经历岁月之久,其利果厚乎否耶？果厚也,何以上海为中国第一之商埠,而业书者,不论新旧,去年中曾未闻有得赢巨款者。且年中各家所刊行者,亦曾稍稍领悟矣,丁未定价与丙午定价相比,大约若五与四之比,而其销行速率,乃若二与三之比,销数总核,又若三与四之比。现象若是,欲其发达,不綦难乎？窃谓定价之多寡,与销售之迟速,最有密切关系。吾愿业此者,大贬其价值,以诱起社会之欲望。姑一试之,法果效也,则遵而行之,洵坦途哉；即不然,而积货之去,转货新者,亦未始无益也。此有资本以营商业者,所宜忖度者也。

八、小说今后之改良

其道有五：一、形式；二、体裁；三、文字；四、旨趣；五、价值。举要言之,务合于社会之心理而已。然头绪千万,更仆难悉,吾姑即社会人类而研究之。

一、学生社会。今之学生,鲜有能看小说者（指高等小学以下言）,而所出小说,实亦无一足供学生之观览。余谓今后著译家,所当留意,宜专出一种小说,足备学生之观摩。其形式,则华而近朴,冠以木刻套印之花面,面积较寻常者稍小。其体裁,则若笔记,或短篇小说；或记一事,或兼数事。其文字,则用浅近之官话,倘有难字,则加音释,偶有艰语,则加意释；全体不逾万字,辅之以木刻之图画。其旨趣,则取积极的,毋取消极的,以足鼓舞儿童之兴趣,启发儿童之智识,培养儿童之德性为主。其价值,则极廉,数不逾角。如是则足辅教育之不及,而学校中购之,平时可为讲谈用,大考可为奖赏用。想明于教育原理,而执学校之教鞭者,必乐有此小说,而赞成其此举。试合数省学校折半计之,销行之数,必将倍于今也。

一、军人社会。军人平日,非有物以刺戟激励其心志,必将坚忍、勇往、耐苦、守法诸美德,日即沦丧,而遇事张皇,临机畏葸,贻国家忧者。余谓今后著译家,所当留意,专出军人观览之小说。其形式、体裁、文字、价值,当与学生所需者,同一改良;而其旨趣,则积极、消极兼取。死敌之可荣,降敌之可耻;勇往之可贵,退缩之可鄙;机警者之生存,顽钝者之亡灭,足供军人前车之鉴、后事之师者,一一写之。如是则不啻为军队教育之补助品,而为军界之所欢迎矣。

一、实业社会。我国农工蠢蠢,识文字者,百不得一;小商贩负,奔走终日,无论矣。吾见鬈年火伴,日坐肆中,除应酬购物者外,未尝不手一卷,《三国》《水浒》《说唐》《岳传》,下及秽亵放荡诸书,以供消磨光阴之用,而新小说无与焉。盖译编,则人名地名,诘屈聱牙,不终篇而辍业;近著,则满纸新字,改良特别,欲索解而无由;转不若旧小说之合其心理。余谓今后著译家,所当留意,专出商人观览之小说。其形式,则概用薄纸,不拘石印铅印,而以中国装订;其体裁,用章回;其文字,用通俗白话,先后以四五万字为率,加入回首之绣象;其旨趣,则兼取积极与消极,略示以世界商业之关系、之趋势、之竞争、之信用诸端之不可忽;其价值廉取,数册者不逾圆。如是则渐通行于夥计朝奉间,使新拓心计,如对良朋,咸得于无意中,收其效益也。

一、女子社会。其负箧入塾,隶学生籍者,吾姑勿论。即普通闺阁,茶余饭罢,酒后灯前,若"天花藏才子书",若《天雨花》《安邦》《定国》诸志,若《玉娇梨》《双珠凤》《珍珠塔》《三笑》诸书,举其名不下数百,何一非供女界之观览者?其内容则皆才子佳人,游园赠物,卒至状元宰相,拜将封侯,以遂其富贵寿考之目的,隳志丧品,莫此为甚!然核其售数,月计有余,而小说改良后,曾无一册,合普通女子之心理,使一新耳目,足涤其旧染之污,以渐赴于文明之域者,则操觚者殊当自愧矣。余谓今后著作家,所当留意,专出女子观览之小说。其形式、体裁、文字、价值,与商人观览者略同,而加入弹词一类,诗歌、灯谜、酒令、图画、音乐趋重于美的诸事;其旨趣,则教之以治家琐务、处事大纲,巨如政治伦常,细至饮食服用,上而孝养奉亲,下若义方教子,示以陈迹,动其兴感。如是则流行于阃以内,香口诵吟,檀心倾倒,必有买丝罗以绣者矣。

是为小说之进步,而使普通社会,亦敦促而进步,则小说者,诚足占文学界之上乘。其影响之及于同胞者,将见潜蓄之势力,益益发展,将来之欲望,益益膨胀,而有毅力以赴之,耐性以守之,深情以感触之,效用日大,斯不至为正士所鄙夷,大义所排斥矣。其诸君子有意于是乎?

《小说林》第十期(1908年)

《丁未年小说界发行书目调查表》引言

觉 我

丁未岁,仆橐笔寄迹于《小说林》者,既讫一年。值此腊鼓催春,椒觞献岁,觇文艺之潮流,卜学风之趋向,其蒸然而上乎?抑靡然而下乎?以仆之谫陋,殊无能判决此问题。何也?迩来译籍风行,于小说一类,尤征发达。出版之肆,数不足十,而月稽新籍,中数越九,彬乎盛哉!然负贩之途,日形其隘;向之三月而易版者,今则迟以五月;初刊以三千者,今则减损及半。是果物力不足之影响欤?或文化进步有滞留欤?抑习久生厌,观者仅有此数,而供与求之比例,已超过绝大欤?非合多方面以觇其故,有难得其旨者。仆不才,窃附"在官言官"之例,以一人耳目所及,辑为是表;其有阙者,则随时续补,以备他年统计时,多一比较及印证云尔。戊申正月东海觉我识。

《小说林》第九期(1908年)

《月月小说》跋

邯郸道人

汪子惟父,继横滨《新小说》之后,创办《月月小说》报,海内风行,有目共鉴,惜未周稔而辍。沈君济宣,以小说关系于改良社会,爰为赓续。冷泉伏民操选政,仍延我佛山人、知新室主,综事撰译,更聘冷血、天笑、天僇诸巨手,佐其纂述。觥觥大著,炳炳文章,丁未重九之前,又发现于大千世界。原夫爱国思想,欲普及于多数之国民,其效力之速者,惟小说与戏曲,人恒能道之。自欧风东渐,蟹行蚓画之文,翻译浩如烟海,美不胜收,而阅者苦难尽备。且翻译之书,率多个人之事,更原其他国之事实,若谓能尽合吾民之知识程度,窃不敢言。《月月小说》,独倡自著,如历史,如社会,如哲理,如科学,如家庭,如教育,如情侠,如侦探,如滑稽寓言,如词曲戏剧,罗十余种,会萃一帙。且各能适阅者之性近,为启蔽之钥,为针盲之砭,谁曰不然?蒙生平无他嗜,惟好读小说。虽弃儒学贾,句稽余暑,焚膏读之。汉、魏、唐、宋之说萃,老、庄、荀、墨之寓言,每不惜金钱购得之,对之如美人,守之如性命,未尝须臾或离也。当二十世纪,为小说发明时代,杰作弘构,已如汗牛充栋。以小说附报者,比比皆是;以小说名报者,更指不胜计。若以材料丰富,完全无缺者,舍《月月小说》,更无其二。钦之敬之,谨跋数语于后。

光绪丁未,嘉平邯郸道人吕粹声敬识于申江。

《月月小说》第一年第十二号(1908年)

论看《月月小说》的益处

报癖

恭喜恭喜!列位的眼福,真是不小哩。倘没有眼福,怎么一件刮刮叫的东西,在乌托邦藏了两三个月,忽然间又钻了出来咧?小子想列位听着这几句话,必定会对着小子说道:"呔!什么喜?什么喜?什么叫做眼福?这刮刮叫的,却又是一件什么东西?你却含含糊糊,不讲个清清楚楚,一味的拍手跳脚,大惊小怪,向着我们道喜,难道喜疯了吗?"咳!列位有所不知,小子所喜的,不是别件,为的是上海《月月小说》又出了现呢。小子今年四月,曾到上海一趟。因为是他社里的一个义务记者,所以歇息了两天,就叫部人力车,往社里去瞧瞧。谁知去得不凑巧,正碰着社里起了风潮。这风潮一闹,就把个名誉很大的、销场很广的《月月小说》出至八期,便中道而止。凡是看这报的,都同声惋惜,好像失了一样宝贝一般。幸亏又出了一位热心的沈济宣先生,偏偏和几位同志筹足了赀本,把这报接着办下去。总编辑的,是冷泉伏民;总撰述的,还是我佛山人;总译述的,是知新室主人。又添聘了冷血、天笑、天僇三位赫赫有名的大文豪,把内容改的改良,照的照旧,居然又轰轰烈烈的燃起来了,教看报的如何不喜?小子如何不喜?还有一样可喜之处,这种报虽是几个读书明理人办的,却不是为着自己赚铜钱,实在是帮着列位开风气。不然,他存着整千整百的银圆,难道他自己,不会去叉麻雀,打茶围,坐马车,吃大菜,听夜戏吗?他既然慷慷慨慨,拿出来办报,可见得真是热心公益。既有这样热心,倘将来替中国办起大事,比那些自私自利的小人,自然有天渊之别。列位,你道是不是?你道可喜不可喜呢?只是喜却可喜,小子又要学那江湖上耍术法的腔调道:"呔!大人老爷们,先生学生们,太太小姐们,看得高兴的时候,也要喝几声采,帮衬帮衬才是。倘若一味的痴看,怕看完要肚子痛呢!"但这些闲话,却也不消多述。容小子把这看《月月小说》的益处,次一次二的讲来。

(一)官场中应看

小子曾听得一件笑话儿,说有年某省干旱,百姓们报了饥荒,官府听着,很筹画了一会儿,忽然对着百姓说道:"你们既没有饭吃,何不吃肉?"这话虽形容过火,却也是讥讽不谙民情的意思。这《月月小说》的宗旨,也重在通达民情,讲求利弊。所以有几种小说里头,把普通人的性情举止,好好歹歹,都极力的描摹出来,不像那一味打官话的,轻轻淡淡的说几句就罢了。大人老爷们,若遇着公事办完,被那"等因奉此"的字样,闹昏了头的时候,何妨拿起瞧瞧,既可以解解愁闷,又可以察察民情,岂不是公私两益吗?况且这报里面,还有一种《官场之秘密》,一种《后官场现形记》,和那《快升官》《平步青云》《立宪万岁》,都是专门说官场的。倘若时常去看,也好触目警心,截长补短,把地方整顿,把吏治改良,做一个爱民如子、保国如家的好官儿呢。

(二)维新党应看

中国自从戊戌变政之后,风气渐开,新党也渐渐的多了。这里头却分出几种人物,也有译书的,也有办报的,也有留学的,也有做生意的,也有充教员的,也有当学生的。党派既多,人品自杂,虽不能全行抹倒,也不能一律恭维。不过到了后来,真的还是真,假的还是假,瞒得当时,瞒不得后世,欺得自己,欺不得别人,终久是要现出本来面目的。小子特奉劝列位讲新学的朋友,既然跳到这新舞台上来,须要做轰轰烈烈的大国民,切莫做荒荒唐唐的小骗子,才能够称得新世界中的人物。试瞧这《月月小说》的《新封神传》《上海游骖录》两种,真算得照影子的两面好镜子,列位维新的朋友,倘到了得闲的时节,何不捧着这两面镜子,仔细照照自己?如果照着头面上,衣服上,有不合格式的地方,也好即时即刻,去整齐整齐,修饰修饰哩。

(三)历史家应看

近来学术昌明,这历史一科,也是很有关系的。但我国的史书,册数太多,叙事甚简,文法又过于深奥,一辈子也看不完。就是一目十行,看得很快,总不能概行记忆,一字不遗。俗话说"一部廿四史,不知从何处说起",真是不错。还有一层,本子既多,价钱必贵,贫寒无力之人,又买他不起。那外国的史书,虽然分出段落,附着图画,却也有事情杂乱,无头无尾的,一时也颇难辨清眉目。所以博通史学的人,现在很少很少了。这《月月小说》,却也注重历史,要将正史,一概演成白话,使人家一目了然,不致讨厌,因此就著出两种小说来,一种是《两晋演义》,一种是《云南野乘》,都很有意思。至于外国史的小说,却有三种:一种名《刺国敌》,是白话体的;一种名《八宝匣》,一种名《美国独立史别裁》,是记事体的。这两种虽不是白话,文法又不甚深,易得领会。列位之中,如有研究历史的,快快把这几种小说,当做参考的书,用心去看,是再好没有的。

(四)实业家应看

现在讲求农工商三门学问的,便是实业家。你看美国、比国,最重的是工艺;英国、法国,最重的是商战;俄国、奥国,最重的是农务。无论坐车瞧戏那些事,这三项人的价钱,总比别项人要少些。又听说各国赛起会来，这三项人陈列的物品，总比别项人的东西出色些。因为国家富强，都靠着他们的钩心斗角，才能够装成个锦绣的河山。如今我们中国，也渐渐知道实业的益处了，就有好些人，开什么理化社，设什么制造厂，编什么农学报，立什么商务会，总要发明新理，振兴实业。无奈这些人，初出茅庐，大半心无把握，又没有什么陈法子，去触动他的灵机，怎能妙想天开，出人头地呢？谁知《月月小说》里面的《新再生缘》《飞访木星》《伦敦新世界》，都是提倡科学的故事。列位讲求实业的，请专心去领略意义，好仿着那旧样儿，去想新鲜的法子呵！

（五）词章家应看

现今那些喜欢词章的，遇着浅浅显显的书，眼角儿瞧也不瞧，口中不住的说"无味无味"。请教他如何无味，总不过说是没什么花花绿绿的好字眼，响响亮亮的新腔调罢了。这《月月小说》里面，却有《悬罄猿》《宝带缘》《曾芳四》《风云会》四样传奇，还有《跰躄诗删剩》《四海神交集》《则山簃诗余》那些诗词，又有《黑奴报恩》《邬烈士殉路》两出戏曲，更有《贾凫西鼓词》一种弹词。这些文字，尽是音韵铿锵、扬风扢雅的。列位内中，倘是喜欢词章的，何不赶紧架着眼镜儿，跷着大腿儿，拍着巴掌儿，用龙井茶，润湿了嗓子，次一次二的，高声哼起来，比念那《白香词》《西厢记》《唐诗三百首》《廿一史弹词》，还有趣得很，还有益得多呢。

（六）妇女们应看

我中国四万万同胞，女的就占了一半。妇人家，有主持家政的权柄；女孩子，正当知识初开，更觉要紧。无奈中国的女学蒙学，太不讲究了，所以平日清闲无事的时候，想寻些玩意事儿，总离不了抹抹牌，瞧瞧戏，逛逛庙宇，谭谭家常，随外面有什么天翻地覆的事情，都一概不知道。就是有时听着些谣言，也模模糊糊，摸不着头脑。或者丈夫是个明白人，想要在地方上，创办些正经事，他不独不能帮助，反在中间作梗。这却是个什么缘故呢？因为我中国的妇女们，识字的甚少。就是略略认识几个字，也只好去念念《三元记》《二度梅》《祝英台》《雷峰塔》那些曲本。若能够看得《封神传》《捉鬼传》《西洋记》《开辟演义》《隋唐演义》等书,便算是顶有才学的了。漫说荒唐不足信,就是笔墨新奇,看了也无大益处,怎比得《月月小说》上的《醋海波》《含冤花》《乞食女儿》《弱女救兄记》,都是讲着家庭中伦理上的事咧!不如把那些无益的小说搁起,专看这《月月小说》,不独能消消闲,只怕还长得许多见识,学得许多好样呢。

还有各项人等,指头儿一时也数不清,秃笔儿一时也写不尽,总而言之,没一个不宜看《月月小说》的。大约那《少年军》,是预备给杀仇保种的人看的;那《破产》《发财秘诀》,是预备给贪财忘义的人看的;那《美人岛》《失舟得舟》,是预备给有冒险性质的人看的;那《大人国》《新镜花缘》《未来世界》《乌托邦游记》《铁窗红泪记》,是预备给有高尚理想的人看的;那《俏皮话》《西笑林》《解颐语》,是预备给诙谐百出的人看的;那《岳群》《情中情》《左右敌》《劫余灰》《柳非烟》,是预备给爱情最深的人看的;那《大改革》《玄君会》《黑籍冤魂》《特别菩萨》,是预备给痴人看的;那《盗侦探》《红痣案》《三玻璃眼》《海底沉珠》《妒妇谋夫案》《上海侦探案》《巴黎五大奇案》,是预备给警察看的。还有些"论说""讥弹""灯谜""摭报",以及"说小说""挥麈谭""札记"各种的"短篇",色色俱齐,样样有趣,如花似锦,层出不穷,难道还算不得小说报里的霸王吗?倘列位因为小子,说得这样天花乱坠,不大相信,便请平心静气,仔细去看,才知道小子这一篇话,真不是拍《月月小说》的马屁呢。

《月月小说》第二年第一期(1908年)

征文广告

《月月小说》编译部

本报除同人译著外,仍广搜海内外名家。如有思想新奇之短篇说部,愿交本社刊行者,本社当报以相当之利益。

本报注重撰述,凡有关于科学、理想、哲理、教育、政治诸小说佳稿寄交本社者,已经入选,润资从丰。

撰述长篇,以章回体每部十六回或二十回为合格。

《月月小说》第二年第三期(1908年)

中国三大家小说论赞

天僇生

茫茫宇宙,哀哀众生,其生也乌,其死也貉。于此世界中,无端而有皇王帝霸兴亡成败之业,生老病死悲欢离合之迹,智愚贤否忠佞邪正之殊。为存为殁,刹那刹那,忧苦畏怖,陷顶投踵,于此五浊世界之苦海中。呜乎!生至促也,化至速也。当乎此时,其思想有能高出社会水平线以外者,厥惟小说家。是以天僇生生平虽好读书,然不若读小说。读小说数十百种,有好有不好,其好而能至者,厥惟施耐庵、王弇州、曹雪芹三氏所著之小说。

特达之士,喆嶷之才,知人命之至速也,束身砥行,思树功伐,垂令名,劳思焦虑以赴之。其卒也,则或求之而得,则或求之而不得。至于求之而不得,见夫邪曲之害公也,顽嚚之蔽明也,忧谗畏讥,惧终其身无可表襮,乃不得已,遁而为小说。吾国数千年来,为小说者,不下数十百,求其与斯旨合者,时则有若施氏之《水浒传》。施氏少负异才,自少迄老,未获一伸其志。痛社会之黑暗,而政府之专横也,乃以一己之理想,构成此书。设言壮武慷慨之士,与俗有所迕,愤而为盗。其人类皆有非常之材,敢于复大仇,犯大难,独行其志,无所于悔。生民以来,未有以百八人组织政府,而人人平等者,有之,惟《水浒传》。使耐庵而生于欧美也,则其人之著作,当与柏拉图、巴枯宁、托尔斯太、迭盖司诸氏相抗衡。观其平等级、均财产,则社会主义之小说也;其复仇怨,贼污吏,则虚无党之小说也;其一切组织,无不完备,则政治小说也。阮小五之言曰:"若有人俄得俺时,水里水里去,火里火里去。"又曰:"英雄尽有,只是俺不曾遇着。"观乎此,则知耐庵者,不惟千古之思想家,亦千古之伤心人也。时则若王氏之《金瓶梅》。元美生长华阀,抱奇才,不可一世。乃因与杨仲芳结纳之故,致为严嵩所忌,戮及其亲,深极哀痛,无所发其愤。彼以为中国之人物、之社会,皆至污极贱,贪鄙淫秽,靡所不至其极,于是而作是书。盖其心目中,固无一人能少有价值者。彼其记西门庆,则言富人之淫恶也;记潘金莲,则伤女界之秽乱也;记花子虚、李瓶儿,则悲友道之衰微也;记宋蕙莲,则哀谗佞之为祸也;记蔡太师,则痛仕途黑暗,贿赂公行也。嗟乎!嗟乎!天下有过人之才人,遭际浊世,把弥天之怨,不得不流而为厌世主义,又从而摹绘之,使并世者之恶德,不能少自讳匿者,是则王氏著书之苦心也。轻薄小儿,以其善写淫媟也宝之,而此书遂为老师宿儒所诟病,亦不察之甚矣。时则有若曹氏之《红楼梦》。曹氏向居明相国珠邸中,时本朝甫定鼎,其不肖者,往往凭借贵族,因缘以奸利,贪侈之端,乃不可偻指数。曹氏心伤之,有所不敢言,不屑言,而又不忍不一言者,则姑诡谲游戏以言之,若有意,若无意。闻满洲某巨公,当嘉庆间,其为江西学政也,尝严禁贾人,不得售是书,犯者罚无赦。又语人曰:"《红楼梦》一书,讥刺吾满人,至于极地,吾恨之刺骨。"则此书之宗旨可知。海宁王生,常言此书为悲剧中之悲剧。于欧西而有作者,则有如仲马父子、谢来、雨苟诸人,皆以善为悲剧,声闻当世;至于头绪之繁,篇幅之富,文章之美,恐尚有未迨此书者。盖此书非苟焉所能读也,必富于厌世观者,始能读此书;必深通一切学问者,始能读此书;必富于哲理思想、种族思想者,始能读此书。世人读之而不解,解矣而不能尽作者之意,则亦犹之乎不读也。由是以观小说,至此三书,真有观止之叹矣。吾国小说,非无脍炙人口,在此三书外者。然如《三国演义》,非不竭力联贯也,而文词鄙陋不足称。如《野叟曝言》,如《西游记》,其篇幅非不富,其思想非不高也;然《野叟曝言》,事事在人意外,而此三书,则语语在人意中,至《西游记》之记事,更如于轮舟中观山水,顷刻即逝,更无复来之时。余子自郐,更不足道。今冬病居无偶,颇悉心力,加之研求。既撰编告天下,并缀述为赞,将以扬向贤之心,昭示来许。词曰:

茫茫坤舆,上黝下黙;狞飙崩疸,妖眚蔽谷。天诞魁彦,以惠亚陆;

夺帜而舞,顿豁眯目。谲谏主文,砭顽订惑;缀为赞辞,更世留瞩。昔在腐迁,传彼《游侠》;㤡㤡施公,厥绍往伐。维元之季,政以贿成;贤豪蔽时,甘污厥身。呜乎我公,古之伤心;宋郎材高,戴氏行速。武杨垩袂,摧狡维独;人式崆峒,风高代北。双眼泪尽,九阍梦悬;古有同情,洛阳少年。沛国沦驭,官与盗同;峨峨相臣,青词蔽聪。维彼元美,身逆厥殃;书以告哀,目击心伤。刻倭回奸,摹绘淫媟;物无匿形,笔可代舌。绵历千祀,炯鉴永昭;昊穿靡私,罔有遁逃。珞珞雪芹,载一抱素;八斗奇才,千秋名著。维黛之慧,维宝之痴;天乎人乎,而至于斯! 儿女情多,郎君笔媚;薛工春愁,林渍秋泪。兰露心抽,梨云梦碎;子建而还,罔可与俪。于古有作,伊惟《春秋》;实惟三公,乃承厥䍥。于何藏这? 配以玉牒。于何哭之? 洒以泪血。维山可崩,维水可竭;吾词与书,奕祀鲜灭。

《月月小说》第二年第二期(1908年)

《块肉余生述》前编序

林　纾

此书为迭更司生平第一著意之书,分前、后二篇,都二十余万言,思力至此,臻绝顶矣。古所谓锁骨观音者,以骨节钩联,皮肤腐化后,揭而举之,则全具锵然,无一屑落者。方之是书,则固赫然其为锁骨也。大抵文章开阖之法,全讲骨力气势,纵笔至于灏瀚,则往往遗落其细事繁节,无复检举,遂令观者得罅而攻。此固不为能文者之病,而精神终患弗周。迭更司他著,每到山穷水尽,辄发奇思,如孤峰突起,见者耸目。终不如此书伏脉至细,一语必寓微旨,一事必种远因。手写是间,而全局应有之人,逐处涌现,随地关合。虽偶尔一见,观者几复忘怀,而闲闲着笔间,已近拾即是,读之令人斗然记忆,循编逐节以索,又一一有是人之行踪,得是事之来源。综言之,如善奕之著子,偶然一下,不知后来咸得其用,此所以成为国手也。

施耐庵著《水浒》,从史进入手,点染数十人,咸历落有致。至于后来，则如一邱之貉，不复分疏其人，意索才尽，亦精神不能持久而周遍之故。然犹叙盗侠之事，神奸魁蠢，令人耸慑。若是书特叙家常至琐至屑无奇之事迹，自不善操笔者为之，且恹恹生人睡魔。而迭更司乃能化腐为奇，撮散作整，收五虫万怪，融汇之以精神，真特笔也。史、班叙妇人琐事，已绵细可味矣，顾无长篇可以寻绎。其长篇可以寻绎者，惟一《石头记》，然炫语富贵，叙述故家，纬之以男女之艳情，而易动目。若迭更司此书，种种描摹下等社会，虽可哕可鄙之事，一运以佳妙之笔，皆足供人喷饭，英伦半开化时民间弊俗，亦皎然揭诸眉睫之下。使吾中国人观之，但实力加以教育，则社会亦足改良，不必心醉西风，谓欧人尽胜于亚，似皆生知良能之彦，则鄙人之译是书，为不负矣。闽县林纾叙于宣南春觉斋。

1908 年商务印书馆版《块肉余生述》前编

《块肉余生述》续编识语

林　　纾

此书不难在叙事，难在叙家常之事；不难在叙家常之事，难在俗中有雅，拙而能韵，令人挹之不尽。且前后关锁，起伏照应，涓滴不漏。言哀则读者哀，言喜则读者喜，至令译者啼笑间作，竟为著者作傀儡之丝矣。近年译书四十余种，此为第一，幸海内嗜痂诸君子留意焉。译者识。

1908 年商务印书馆版《块肉余生述》后编

《歇洛克奇案开场》叙

陈熙绩

吾友林畏庐先生夙以译述泰西小说，寓其改良社会、激劝人心之雅志。自《茶花女》出，人知男女用情之宜正；自《黑奴吁天录》出，人知贵贱等级之宜平。若《战血余腥》，则示人以军国之主义；若《爱国二童子》，则示人以实业之当兴。凡此皆荦荦大者，其益可案籍稽也。其余亦一部有一部之微旨。总而言之，先生固无浪费之笔墨耳。今冬复与魏君冲叔同译是书，都三万余言，分前后篇，为章十四。既成，以授熙绩，为校雠并点定其句投。熙绩既卒读，则作而言曰：嗟乎！约佛森者，西国之越勾践、伍子胥也。流离颠越，转徙数洲，冒霜露，忍饥渴，盖几填沟壑者数矣。卒之，身可苦，名可辱，而此心耿耿，则任千劙万磨，必达其志而后已。此与卧薪尝胆者何以异？太史公曰：伍子胥刚戾忍诟能成大事，方其窘于江上道乞食，志岂尝须臾忘郢耶？吾于约佛森亦云。及其二憾，卒逢一毒其躯，一剚其腹，吾知即不遇福尔摩斯，亦必归国美洲，一暝而万世不视也。何则？积仇既复，夙愿已偿，理得心安，躯壳何恋？天特假手福尔摩斯以暴其事于当世耳。嗟乎！使吾国男子，人人皆如是坚忍沉挚，百折不挠，则何事不可成，何侮之足虑？夫人情遇险易惊，遇事辄忘，故心不愤不兴，气不激不奋。晏安之毒，何可久怀？昔法之蹶于普也，则图其败形以警全国之耳目；日之扼于俄也，则编为歌曲以震通国之精神。中国自通市以来，日滋他族，实逼处此。庚子之役，创痛极矣。熙绩时在围城，目击其变，践列之惨，盖不忍言。继自今倘有以法、日之志为志者乎？是篇虽小，亦借鉴之嚆矢也，吾愿阅之者勿作寻常之侦探谈观，而与太史公之《越世家》《伍员列传》参读之可也。是书旧有译本，然先生之译之，则自成为先生之笔墨，亦自有先生之微旨在也。熙绩故为表而出之。既以质诸先生，遂书于此以为叙。丁未冬月，愚弟陈熙绩谨识。

1908年商务印书馆版《歇洛克奇案开场》

《歇洛克奇案开场》序

林　纾

当日汪穰卿舍人为余刊《茶花女遗事》，即附入《华生包探案》，风行一时;后此续出者至于数易版,以理想之学,足发人神智耳。余曾译《神枢鬼藏录》一书,亦言包探者,顾书名不直著"包探"二字,特借用元微之《南阳郡王碑》"遂贯穿于神枢鬼藏之间"句。命名不切,宜人之不以为异。今则直标其名曰《奇案开场》,此歇洛克试手探奇者也。文先言杀人者之败露,下卷始叙其由,令读者骇其前而必绎其后,而书中故为停顿蓄积,待结穴处,始一一点清其发觉之故,令读者恍然,此顾虎头所谓"传神阿堵"也。寥寥仅三万余字,借之破睡亦佳。丁未长至节,六桥补柳翁林纾识于春觉斋。

1908年商务印书馆版《歇洛克奇案开场》

《髯刺客传》序

林　纾

作者之传刺客,非传刺客也,状拿破仑之骄也。吾译《恨绮愁罗记》,亦此君手笔,乃曲写鲁意十四骞恣专横之状,较诸明之武宗、世宗为烈。兹传之叙拿破仑轶事,骄乃更甚,至面枢近大臣及疆场师武而宣淫焉。而其所言所行,又皆《拿破仑本纪》所勿载,或且遗事传闻人口,作者摭拾成为专书,用以播拿破仑之秽迹,未可知也。顾英人之不直于拿破仑,囚其身,死其人,仍以为未足,且于其身后挈举毛细,讥嘲播弄,用快其意。平心而论,拿破仑之喜功,蔑视与国,怨毒入人亦深,固有是举。惟其大业之猝成,战功之奇伟,合欧亚英雄,实无出其右。文人虽肆其雌黄之口,竟不能令之弗传。然则此书之译,不几赘耶? 曰:非赘。汉武亦一时雄主,而私家之纪载,亦有与本纪异同者。此书殆为拿破仑之外传,其以髯刺客名篇,盖恐质言拿破仑遗事,无以餍观者之目,标目髯客,则微觉刺眼。译者亦不能不自承为狡狯也。一笑。戊申年花朝,畏庐居士林纾序于京师春觉斋。

1908年商务印书馆版《髯刺客传》

《西利亚郡主别传》附记

林　纾

是书非名家手笔,然情迹离奇已极,欲擒故纵,将成复败,几于无可措手,则又更变一局,亦足见文心矣。暑中无可排闷,魏生时来口译,日六千言,不数日成书;然急就之章,难保不无舛谬。近有海内知交投书,举鄙人谬误之处见箴,心甚感之。惟鄙人不审西文,但能笔述;即有讹错,均出不知。尚祈诸君子匡正是幸!

畏庐记

1908年商务印书馆版《西利亚郡主别传》

《贼史》序

林　纾

贼胡由有史?亦《鬼董》之例也。英伦在此百年之前,庶政之窳,直无异于中国,特水师强耳。迭更司极力抉摘下等社会之积弊,作为小说,俾政府知而改之。每书必竖一义。此书专叙积贼,而意则在于卑田院及育婴堂之不善。育婴不善,但育不教,直长养贼材;而司其事者,又实为制贼之机器。须知窃他人之物为贼,乃不知窃国家之公款亦为贼,而窃款之贼,即用为办贼之人,英之执政,转信任之,直云以巨贼笼小贼可尔。天下之事,炫于外观者,往往不得实际。穷巷之间,荒伧所萃,漫无礼防,人皆鄙之;然而豪门朱邸沉沉中逾礼犯分,有百倍于穷巷之荒伧者,乃百无一知。此则大肖英伦之强盛,几谓天下观听所在,无一不足为环球法,则非得迭更司描画其状态,人又乌知其中之尚有贼窟耶?顾英之能强,能改革而从善也。吾华从而改之,亦正易易。所恨无迭更司其人,如有能举社会中积弊著为小说,用告当事,或庶几也。呜呼!

李伯元已矣。今日健者,惟孟朴及老残二君。果能出其绪余,效吴道子之写地狱变相,社会之受益,宁有穷耶? 谨拭目俟之,稽首祝之。闽县林纾序于春觉斋。

1908年商务印书馆版《贼史》

《不如归》序

林 纾

小说之足以动人者,无若男女之情。所为悲欢者,观者亦几随之为悲欢。明知其为驾虚之谈,顾其情况逼肖,既阅犹若斤斤于心,或引以为惜且憾者。余译书近六十种,其最悲者,则《吁天录》,又次则《茶花女》,又次则是书矣。其云片冈中将,似有其人,即浪子亦确有其事。顾以为家庭之劝惩,其用意良也。且其中尚夹叙甲午战事甚详。余译既,若不胜有冤抑之情,必欲附此一伸,而质之海内君子者。威海水师之燔,朝野之议,咸咎将帅之不用命,遂致于此,固也;乃未知军港形势,首恃炮台为卫,而后港中之舟,始得其屏蔽,不为敌人所袭。当渤海战归,即毁其一二舟,舰队初未大损。乃敌军夜袭岸军,而炮台之守者先溃。即用我山台之炮,下攻港中屯聚之舟。全军陡出不意,然犹力支,以巨炮仰击,自坏其已失之台,力为朝廷保有舟师,不为不力。寻敌人以鱼雷冒死入港,碎其数舟。当时既无快船足以捕捉雷艇,又海军应备之物,节节为部议抑勒,不听备。门户既失,孤军无据,其燔宜也。或乃又谓渤海之战,师船望敌而遁,是又訾言。吾威林少谷都督战死海上,人人见之。同时殉难者,不可指数。文襄、文肃所教育之人才,至是几一空焉。余向欲著《甲午海军覆盆录》,未及竟其事。然海上之恶战,吾历历知之,顾欲言,而人亦莫信焉。今得是书,则出日本名士之手笔。其言镇、定二舰,当敌如铁山,松岛旗船,死者如积。大战竟日,而吾二舰卒获全,不毁于敌,此尚言其临敌而逃乎? 吾国史家,好放言。既胜敌矣,则必极言敌之丑敝畏葸,而吾军之杀敌致果,凛若天人,用以快。所云下马草露布者,吾又安知其露布中作何语耶?若文明之国则不然。以观战者多,防为所讥,措语不能不出于纪实。既纪实矣,则日本名士所云中国之二舰,如是能战,则非决然遁逃可知矣。果当时因大败之后,收其败余之残卒,加以豢养,俾为新卒之导,又广设水师将弁学校,以教育英隽之士,水师即未成军,而后来之秀,固人人可为水师将弁者也。须知不经败衄,亦不知军中所以致败之道。知其所以致败而更革之,仍可自立于不败。当时普、奥二国大将,皆累败于拿破仑者。维其累败,亦习知拿破仑用兵之奥妙。避其所长,攻其所短,而拿破仑败矣。果能为国,即败亦复何伤?勾践之于吴,汉高之于楚,非累败而终收一胜之效耶?方今朝议,争云立海军矣。然未育人才,但议船炮。以不习战之人,予以精炮坚舰,又何为者!所愿当事诸公,先培育人材,更积资为购船制炮之用,未为晚也。纾年已老,报国无日,故日为叫旦之鸡,冀吾同胞警醒。恒于小说序中,摅其胸臆。非敢妄肆嗥吠,尚祈鉴我血诚。光绪三十四年六月十日,闽县林纾序于望瀛楼。

1908年商务印书馆版《不如归》

铁瓮烬余(选录)

铁

南海吴趼人先生恒曰:"作小说者,下笔时常存道德思想,则不至入淫秽一流。"斯言也,小说家当奉为准绳。世风日漓,言情小说,最合时尚。每见市上号为"新小说"者,或传一歌妓,或扬人帷薄,人竞购之。自好者且资为谈助,下焉者将目为教科书矣。微论不足以改良社会,适足以败坏道德耳。呜呼!吾为此惧。

译本小说,每述兄弟姐妹结婚之事,其足以败坏道德、紊乱伦常也,尤甚。愚以为译者宜参以己见,当笔则笔,当削则削耳。

小说之风行与否,可以觇国民之程度。东海先生言,如《新舞台》

类,于日本风行最盛。其俗尚武,殆武士道之遗传性。无惑乎蕞尔三岛,雄飞于二十世纪之大舞台矣。

吾国旧小说中,人所最爱读者,莫如《红楼梦》。或喜其讽喻,或喜其恋情,文者见之谓之文,淫者见之谓之淫,在读者各具眼光耳。然吾国之世界,固俨然一红楼之梦也,奈何梦于红楼而终不觉也?悲夫!

《辽天一劫记》,吾国之绝大哀史也。昭文徐念慈先生,于昔年发起,调查参考,经营数年,赍志而殁,未著一字。尝闻古人著作,每不轻于下笔,萃毕生之精华,始成一巨制,以视当世之率尔操觚者为何如耶!是书之未成,职是故耳。惜天不假年,《广陵》绝响。否则小说中多一巨制,亦稗乘中多一野史矣。

《小说林》第十二期(1908年)

《后官场现形记》序

冷泉亭长

癸卯之春,薄游沪上,访南亭亭长于繁华报馆,一见如故,设席留宾,纵谈今古,勾留弥月,大有宾至如归之乐。南亭盖今之伤心人也,闻其倾吐,无一非疚心时事之言,莫由宣泄,不得已著为小说,慷慨激昂,排奡一世。余曾以旧作《南辕北辙录》就质,南亭拍案惊赏,随呼手民揭诸朝报。余以是录笔伐深刻,有伤风人敦厚之旨,固谢之。南亭悻悻顾余曰:"著书不显示人,何苦枉抛心力。若谓笔伐深刻,则吾所著之书不将饱尽蠹鱼耶?"余重其言,请共酌定而后刊,南亭怃然许可。是秋余西游巴蜀,殆丙午冬归来,南亭已先我西逝矣。南亭与余,同丁卯生,其次于余者,仅迟五日降耳。怀才嫉世,自唱其鸣,遂流为狂狷,卒以小说传其名。尝谓生平所著小说不下数十种,皆有尽意,惟《官场现形记》要与天地同千古。呜呼!此书撰至第五卷即获麟笔。余既托文字交于生前,继述没后之遗志,又奚敢辞!爰据近二十年来之闻见所得,笔临摹之,借镜社会,慰我故人,愿读是书者勿以词害义可也。戊申孟冬,冷泉亭长自记。

1908年小说保存会版《后官场现形记》

《新评水浒传》叙

燕南尚生

小说为输入文明利器之一,此五洲万国所公认,无庸喋喋者也。乃自译本小说行,而人之蔑视祖国小说也益甚。甲曰:"中国无好小说。"乙曰:"中国无好小说。"曰:"如《红楼梦》之诲淫,《水浒传》之诲盗。"吠影吠声,千篇一律。呜呼! 何其蔑视祖国之甚耶? 近数年来,已有为《红楼梦》讼冤者,蔑视《水浒》如昨也(《新小说》之《小说丛话》,有赞《水浒》者,只论文章,不足言赞《水浒》;《月月小说》有赞《水浒》者,又嫌其太于简略,亦不足言赞《水浒》)。噫!《水浒传》果无可取乎? 平权、自由,非欧洲方绽之花,世界竞相采取者乎? 卢梭、孟德斯鸠、拿破仑、华盛顿、克林威尔、西乡隆盛、黄宗羲、查嗣庭,非海内外之大政治家、思想家乎? 而施耐庵者,无师承、无依赖,独能发绝妙政治学于诸贤圣豪杰之先(按:施耐庵为元人,当西历一千三百年之间;孟德斯鸠生于一千六百八十九年,卢梭生于一千七百十二年,当国朝康、乾之时。民约之义,卢氏祖述姚伯兰基。姚氏生于一千五百七十七年,尚晚于施耐庵二百余年。无论交通不便,不能师之;倘交通便利,则彼等皆当祖述施耐庵矣)。恐人之不易知也,撰为通俗之小说,而谓果无可取乎? 若以《水浒传》之杀人放火为诲盗,抗官拒捕为无君;吾恐卢梭、孟德斯鸠、华盛顿、黄梨洲诸大名鼎鼎者,皆应死有余辜矣。吾故曰:《水浒传》者,祖国之第一小说也;施耐庵者,世界小说家之鼻祖也。不观其所叙之事乎? 述政界之贪酷,差役之恶横,人心之叵测,世途之险阻,则社会小说也;平等而不失泛滥,自由而各守范围,则政治小说也;石碣村之水战,清风山之陆战,虚虚实实,实实虚虚,则军事小说也;黄泥冈之金银,江州城之法场,出入飘忽,吐嘱毕肖,则侦探小说也;王进、李逵之于母,宋江之于父,鲁达、柴进之于友,武松之于兄,推之一百八人之于兄、于弟、于父、于母、于师、于友,无一不合至德要道,则伦理小说也;一切人于一切事,勇往直前,绝无畏首畏尾气象,则冒险小说也。要之,讲公德之权舆也,谈宪政之滥觞也,虽宣圣、亚圣、墨翟、耶稣、释迦、边沁、亚里士多德诸学说,亦谁有过于此者乎？惜乎继起乏人,有言而不见于行,而又横遭金人瑞小儿之厉劫,任意以文法之起承转合、理弊功效批评之,致文人学士,守唐宋八家之文,而不屑分心,贩子村人,惧不通文章,恐或误解,而不敢寓目,遂使纯重民权,发挥公理,而且表扬最早,极易动人之学说,湮没不彰,若存若亡,甘让欧西诸国,莳花而食果,金人瑞能辞其咎欤？嗟乎！施耐庵一何不幸,我全国之国民一何不幸耶？仆自初知人世,即喜观《水浒传》之戏剧,取其雄武也。八九龄时,喜观《水浒传》,取其公正也。迨成童稍知文理,知阅金批,遂以金为施之功臣,而不知已中金毒矣。年至弱冠,稍阅译本新书,而知一国家也,有专制君主国、立宪君主国、立宪民主国之分。又稍知有天赋人权、物竞天择等学说,恍然曰:《水浒》得毋非文章乎？本此以摸索之,革故鼎新,数年以来,积成批评若干条,不揣冒昧,拟以质诸同好。格于金融者又数年,今乃借同志之宏力以刷印之。适值预备立宪研究自治之时,即以贡献于新机甫动之中国。诸君阅之,以愚为施之功臣乎？以愚为施之罪人乎？则愚不敢过问矣。书成,谨记数语如此云。光绪三十四年七月之吉,燕南尚生识。

1908年保定直隶官书局版《新评水浒传》

《小额》序

杨曼青

松君友梅,编辑此书,乃数年前小额之实事也。其中头绪之纷繁,人情之冷暖,语言之问答,应酬之款式,家庭之常态,世事之虚浮,俾观者闭目一思，如身临其境，闻其声而见其人。写声绘影之妙，于斯备矣。松君初欲以文话译出，因碍于报格，不得已仍用平浅文字，登于小说一栏。每信笔一篇，无暇更计工拙。是书将次告成，松君欲重加点缀，复因阅报诸君，屡次来函诘问，必欲一窥全豹，乃草草付诸印工。非敢云以餍阅者之目，聊以报诸君早睹为快之心耳。然此书之大意，以赏善罚恶为宗旨，有皮里春秋之遗风。倘以旗人家政而目之，恐负良匠之苦心也。时光绪三十四年六月二十三日，杨曼青序于补梦斋。

1908年北京和记排印书局版《小额》

《小额》序

德　洵

丁未春，北京进化报社创立。友梅先生以博学鸿才，任该馆总务。尝与二三良友曰："比年社会之怪现象，于斯极矣。魑魅魍魉，无奇不有。势日蹙而风俗日偷，国愈危而人心愈坏，将何以与列强相颉颃哉？报社以辅助政府为天职，开通民智为宗旨。质诸兄，有何旋转之能力，定世逆之方针？捷径奚由？利器何具？"是时曼青诸先生俱在坐，因慨然曰："欲引人心之趋向，启教育之萌芽，破迷信之根株，跻进化之方域，莫小说若！莫小说若！"于是友梅先生，以报余副员，逐日笔述小说数语，穷年累日，集成一轴。书就，命予序首。鄙不学而荒，每于社会状态与进化之关系，三致意焉。今得先生全豹而读之，无任击节。观其中缀人事之直曲，叙世态之炎凉，先生非徒事酸刻也，殆有深意存焉。昔哲有言：谍史之职，在述叙国民之生活，与社会自然之事实，为比较进化之资料，以便确定其究竟法则。斯数语，可咏先生社会小说之真相矣。是为序。

时龙飞光绪三十有四年仲夏，漠南德洵少泉谨识。

1908年北京和记排印书局版《小额》

《九尾狐》序

灵岩山樵

夫以龟而比贪鄙龌龊之贵官,宜也;则以狐而比下贱卑污之淫妓,亦宜也。且龟有九尾,其异于寻常之龟也明矣,信非贵官不足以当之;狐有九尾,其异于寻常之狐也亦审矣,又非淫妓不足以当之。不然,犹是龟也,犹是狐也,为世上所恒有,何必志其异哉!惟其彼有九尾,此亦有九尾,一龟一狐,遥遥相对,此书之所以不能已于作也。开章云:九尾龟有书,九尾狐不可无书。正斯意耳。然《九尾鱼》之正文,至后集始行表出;观其前数十回,无非烘云托月,点缀成章。虽云解秽,而与书名三字,未免相离太远矣。若《九尾狐》则异是,首卷即大书特写,实言其事,以胡宝玉为主脑,纵有借宾定主之法,而无喧宾夺主之讥;绘影绘声,有香有色,笔纤而不涉于佻,事俗而无伤于雅;明白晓畅,记载周详,后先相贯,名实能孚:洵足醒世俗之庸愚,开社会之智识矣。虽然,《胡宝玉》书坊间早有刻本,奚烦主人之复用心思、重劳笔墨哉?不知前之所作者,系北里三十年之怪历史,仅窃宝玉之名,以期此书之销行,非宝玉真本也。故其中所言之事,寥寥无几,略而勿详;且用文法,满纸虚字,毋怪取厌于阅者耳!今主人有鉴于此,删文法而用白话,增历史而除芜辞;平章风月,描写烟花,方知北里胭脂,尽呈假态,能使南都金粉,悉现真形;如铸鼎之象物,若照水之犀光,惊心动目,据实定名,命名曰《九尾狐》。正不独媲美于《九尾龟》也,抑且驾而上之,为走马章台者作当头棒喝也。余故乐为之序云。

戊申九月,灵岩山樵序于春申浦上。

1908年社会小说林社版《九尾狐》初集

《洪秀全演义》序

章炳麟

演义之萌芽,盖远起于战国。今观晚周诸子说上世故事,多根本经典,而以己意饰增,或言或事,率多数倍。若《六韬》之出于太公,则演其事者也;若《素问》之托于歧伯,则演其言者也。演言者,宋、明诸儒因之为《大学衍义》;演事者,则小说家之能事。根据旧史,观其会通,察其情伪,推己意以明古人之用心,而附之以街谈巷议,亦使田家孺子知有秦汉至今帝王师相之业;不然,则中夏齐民之不知故国,将与印度同列。然则演事者虽多稗传,而存古之功亦大矣。禹山世次郎作《洪秀全演义》,盖比物斯志者也。余维满洲入踞中国全土且三百年,自郑氏亡而伪业定,其间非无故家遗民,推刃致果,然不能声罪以彰讨伐,虏未大创,旋踵即仆。微洪王则三才毁而九法致。洪王起于三七之际,建旗金田,入定南都,握图籍十二年。旗旄所至,执讯获丑,十有六省,功虽不就,亦雁行于明祖。其时朝政虽粗略未具,而人物方略多可观者。若石达开、林启荣、李秀成之徒,方之徐达、常遇春,当有过之。虏廷官书虽载,既非翔实,盗憎主人,又时以恶言相诋。近时始有搜集故事为《太平天国战史》者,文辞骏骤,庶足以发潜德之幽光,然非里巷细人所识。夫国家种族之事,闻者愈多,则兴起者愈广。诸葛武侯、岳鄂王事,牧猪奴皆知之,正赖演义为之宣昭。今闻次郎为此,其遗事既得之故老,文亦适俗。自兹以往,余知尊念洪王者,当与尊念葛、岳二公相等。昔人有言:"舜何人也?予何人也?"洪王朽矣,亦思复有洪王作也。

丙午九月,章炳麟序。

1908 年香港中国日报社版《洪秀全演义》

《洪秀全演义》自序

黄小配

余尝谓中国无史,盖谓三代直道,业荡然无存,后儒矫揉,只能为媚上之文章,而不得为史笔之传记也。当一代鼎革,必有无量英雄齐起,乃倡为成王败寇之谬说,编若者为正统,若者为僭国,若者为伪朝,吾诚不解其故。良由专制君主享无上尊荣,枭雄者辈即以元勋佐命名号,分藩食采衔爵,诱其僚属,相助相争。彼夫民族大义,民权公理,固非其所知,而后儒编修前史,皆承命于当王,遂曲笔取媚,视其版图广狭为国之正僭,视其受位久暂为君之真伪。夫三国、宋代,陈寿、司马光者,见晋武、宋太与曹操若也,则上曹下蜀,习凿齿、朱熹者,见夫晋元、宋高与刘备若也,则上蜀下曹;而求如《世家》陈涉、《本纪》项羽,殆罕觏焉。是纲也,鉴也,目也,只一朝君主之家谱耳,史云乎哉!是以英雄神圣,自古而今,其奋然举义为种族争、为国民死者,类湮没而弗彰也。藉有之矣,其不訾之为伪主与贬之为匪逆,其又几何?

吾观洪氏之起义师,不数年天下响应,发广西,趋两湖,克三吴,竟长江之极,下取闽、浙、燕、齐、晋、汴,林凤翔叱咤之所及,望者如归。其间若冯云山、钱东平之观变沉机,若李秀成、石达开之智勇器量,若陈玉成、林启荣、萧朝贵之勇毅精锐,人才彬彬,同应汉运,即汉、唐、宋、明之开国名世,宁足多乎!当其定鼎金陵,宣布新国,雅得文明风气之先。君臣则以兄弟平等,男女则以官位平权,凡举国政戎机,去专制独权,必集君臣会议。复除锢闭陋习,首与欧美大国遣使通商,文明灿物,规模大备。视泰西文明政体,又宁多让乎!惜夫天未祚汉,馑疫洊臻,而贪荣慕禄、戎同媚异之徒,又从而推之,遂所事不终,半途失败,智者方悯焉。而四十年来,书腐忘国,肆口雌黄,"发逆""洪匪"之称,犹不绝耳。殆由曾氏《大事纪》一出,取媚当王,遂忘种族。既纪事乖违,而《李秀成供状》一书,复窜改而为之黑白,遂使愤愤百年亡国之惨,起而与民请命之英雄，各国所认为独立相与遣使通商者，至本国人士独反相没而自污之，怪矣！

吾蓄虑积愤，亦既有年，童时与高曾祖父老谭论洪朝，每有所闻，辄笔记之。洎夫乙未之秋，识□山上人于羊垣某寺中，适是年广州光复党人起义，相与谈论时局，遂述及洪朝往事，如数家珍，并嘱为之书。余诺焉而叩之，则上人固洪朝侍王幕府也，积是所闻既夥。而今也文明东渡，民族主义既明，如《太平天国战史》《杨辅清福州供词》及日人《满清纪事》诸书，相继出现，益知昔之贬洪王曰"匪"曰"逆"者，皆戕同媚异、忘国颂仇之辈，又狃于成王败寇之说，故颠倒其是非，此皆媚上之文章，而非史笔之传记也。爰搜集旧闻，并师诸说及流风余韵之犹存者，悉记之，经三年而是书乃成。其中近三十万言，皆洪氏一朝之实录，即以传汉族之光荣。吾同胞观之，当知虽无老成，尚有典型，祖宗文物，犹未泯也，亦伟矣乎！

时黄帝纪元四千六百零六年季夏，禺山黄小配序。

1908年香港中国日报版《洪秀全演义》

《洪秀全演义》例言

黄小配

凡读书者，须明作此书者之用意。读孔氏书，须知其排贵族专制政体；读孟氏书，当知其排君主专制政体。故太史公愤时嫉俗，于《游侠》诸传特地着神。顾三代后作书者之眼光，孰如史迁？陈涉列为《世家》，项羽编为《本纪》，真能扫成王败寇之腐说，为英雄生色者。是书即本此意，以演洪王大事，读者不可不知。

是书有握要处，全在书法。司马光书五代事，次第书五代纪元，而各国纪元单列其下；盖彼已成独立体段，不能媚于一尊，而称为伪、为匪、为逆也。惟是书全从种族着想，故书法以天国纪元为首，与《通鉴》不同。

或谓耐庵《水浒传》独罪宋江,是歼厥渠魁之意,岂其然乎?则何以罪宋江而不罪晁盖者也?不知耐庵之罪宋江者,罪其外示谦让,内怀奸狡,图作寨主耳。若洪王,则实力从国家种族思想下手者,故是书亦与《水浒传》不同。

或问《列国志》《西游记》其题目何如?答曰:皆非好题目也。《列国》人物事体太多,笔下难于转动;《西游》又太无地脚,只是逐段捏撮出来耳。惟是书全写实事,又简而易赅;题目既好,则笔墨材料当绰有余裕。

是书有数大段足见洪朝人物之真为豪杰者:君臣以兄弟相称,则举国皆同胞,而上下皆平等也;奉教传道,有崇拜宗教之感情;开录女科,有男女平权之体段;遣使通商,有中外交通之思想;行政必行会议,有立宪议院之体裁。此等眼光,固非清国诸臣所及,亦不在欧美诸政治家及外交家之下。

是书以洪、杨二人首,然杨秀清不及也。洪王深明种族大义,奈人心锢闭,故其始只以暴官狼差为借口,直至入湖以后,人心渐开,遂伸出民族之理,一往不变。若东王杨秀清,只具一帝王思想耳。故无东王则洪朝事不易成,以其素拥巨资也;亦无东王则洪朝事不易败,以其徒觊大位也。后有作者,可为殷鉴。

或谓洪王之败,即种族复亡,一由于王位过多,已无统属。实由于所得之地,尺寸不舍,故满人能分百路游击以扰之,洪朝疲于奔命;至林凤翔殁后,遂不暇北上。此读是书者所当太息,亦此后当视为前车者也。

洪朝之败,实败于杨秀清;以其觊觎大位,遂开互杀之媒,致能员渐散。后人加以淫孽之词,谓其竞争女色所致,厚诬英雄,当下拔舌地狱。

书中李秀成是古今来第一流人物。其身历安危,民心不变,其得人也胜似武侯;出奇制胜,用兵如神,其行军也胜似韩信;几历艰劫,军粮不绝,其筹饷也胜似萧何。其优待降将,礼葬敌国亡臣,豁达大度,古未曾有,真合清国曾、左、胡、李、僧、胜诸人而不能望其肩背者也。至以一身生死,系国家存亡,则姜维、王彦章以后,惟有此公耳。

石达开自是上上人物。以一介书生,掷笔即为名将,纵横数省,当者莫撄其锋。其勇猛如是,却能雍容儒雅,诗章却敌,真有儒将风流。

林启荣自是上上人物。九江当数省之冲,独能坚守孤城,断敌国交通之路,时历数年,身经百战,矫然不移。即古之良将,何以过之!

林凤翔是上上人物。以老将神威,所向无敌,统三十六军,自扬州而山东,而安徽,而河南,而山西,而直隶,直捣北京。历古用兵,未见有如是之锐者。然卒令功败垂成,就义以殁,读者当为惜之。

演义中如《列国》《两汉》《三国》《隋唐》,人材之盛极矣。然钱江、冯云山之料敌决胜,陈玉成、李开芳、吉文元、李世贤、韦昌辉、萧朝贵之骁勇善战,黄文金之百折不回,皆一时之奇彦。人材济济,比诸前时演义中人,当有过之无不及也。然事卒不成,或亦非战之罪欤?

寻常说部,皆有全局在胸,然后借材料以实其中。如建屋焉,砖瓦木石俱备,皆循图纸间架而成。若此书,则全从实事上搬演得来。盖先留下许多事实,以成是书者,故能俯拾即是,皆成文章。

是书有详叙法。如赚杨秀清举义,当时许多曲折,自然费许多笔墨。若赚石达开举义,则一弄即成,毫不费力。盖石达开人格高出秀清之上,自然闻声相应。

是书有欲合仍离法。如卷首既写钱江,然必待洪王起后始与同军。此十数回中,应令读者想望钱先生不置。及其一出,又令读者另换一副精神。

是书上半截写洪仁发却好,后半截却不好,何也?盖仁发为受和受采之人,初时何等天真烂漫,其后殆不如矣,得毋观杨秀清之举动,有以变其心志耶?

读此书如读《三国演义》,钱江、冯云山、李秀成三人,犹武侯、徐庶、姜维也。云山早来先死,又如徐庶早来先去;钱江中来先去,如武侯中来先死;若以一身支危局,则秀成与姜维同也。观金陵之失,视绵竹之降,当同一般感情者矣。

读此书胜似读《史记》。《史记》以文运事,是书以事成文。盖以文运事,即史公高才,仍有苦处。今以事成文,到处落花流水,无不自然。

或曰:钱江与范增同乎?答曰:不同。范增不知其主,又仕非其国,复不知机。其运则同。若钱江之智、之才、之志,皆非范增所及也。

或曰:李秀成、王彦章、姜维,皆能以一身生死为一国存亡,其英雄中之同道欤?答曰:亦有不同。盖得君之专,得人之深,与其权谋,其志量,秀成之为秀成,亦非姜维、王彦章所及也。

或曰:史称坐而言能起而行者,仅得三人,曰武侯,曰王猛,曰许衡。今得钱江,共四人矣。然王猛辅胡苻,许衡辅蒙古,其见地又在武侯、钱江之下。

1908年香港中国日报社版《洪秀全演义》

《新小说丛》祝词

林文骢

吾家紫虬文学,与其友数君,合组《新小说丛》一书,予尚未寓目及之也,而知其必有以餍饫海内之人望者矣,因泚笔为之祝曰:某闻来离登得,纂齐、鲁之方言;象寄译鞮,备职方之外纪。自兹以降,《虞初周说》,黄车综其旧闻;《汉武遗事》,彤管甄其别录:莫不俪色揣称,抽秘逞妍。小山丛桂之谈,凤推《淮南鸿烈》;中郎蒯曰之喻,实为枕中秘宝:固已家握灵蛇,人吐白凤。未有识通古今,学贯中西,网罗遍于五大洲,撰述极乎九万里;语其托兴,是寄奴益智之粽,讽以微词,作仲任《潜夫》之论,如诸君所组《新小说丛》之善者也。自昔说部之流传,半属文人之好事,则有《拾遗》作记,《外传》成书,元微之《会真》含情,陆鲁望《小名》摘艳。红绡金合,田郎之跋扈依然;紫玉燕钗,李益之妒情斯在。南部烟花之录,午夜香温;北里挟斜之游,丁年梦熟。《桃花扇》里,岂有意于兴亡;《长生殿》中,拾坠欢于佳丽。甚或柯古征异,干宝搜神,支诺皋炫其怪闻,王清本恣其诞说。灵均逐客,《东皇》无续命之丝;长春幻人,《西游》岂金丹之术?留仙丽藻,多说鬼与说狐;晓岚辩才,姑妄言而妄听。下至《列国》《三国》之演义,哲理无存;《隋唐》《残唐》之赘编,秽鄙特甚;大雅之士,蹙焉悯之。凡斯下里之讴,等之自桧而已。或谓郢书善附,燕说无征,祸枣灾梨,汗牛充栋,大都蚁安槐国,虱诵阿房，纵享帬以自珍，只胡卢之依样。盖无进化开明之识，则夏虫固不足语冰；非有专科通译之才，则井蛙亦难测海。矧在今日，万国骈罗，列强虎视，而犹蹈常袭谬，荡志海淫，将何以照法炬于昏衢，轰暴雷于聋俗乎？夫抟抟大地，苍苍彼天，扰扰吾生，漫漫长夜。黄髯碧眼，隐取缔于瓜分；黑水白山，等浮踪于萍散。《霓裳》曲罢，旧内春销；《玉树》歌终，吟边句冷。皇舆败绩，痛南渡之君臣；行役劬劳，悯东周之禾黍。苍鹅出地，衅本兆于翟泉；白马清流，祸且成乎钩党。遂使国士流涕，心伤豫让之桥；酒人悲歌，目断庆卿之里。此何时哉？嘻其酷矣！而况元瑜书记，仲宣流离，岭陕愁思，滩过惶恐，并命有独摇之树，索笑无称意之花，穷愁著书，不可说也。然而自公退食，谋国是者何人；皆醉独醒，实钟情于我辈。诸君自伤身世，甘作舌人，以瑰奇屹特之资，肩起发〔废〕砭顽之职，广译善本，启迪群蒙，亮符鄙颂。然某以为小说之作，体兼雅俗，义统正变，意存规戒，笔有褒贬，所以变国俗，开民智，莫善于此，非可苟焉已也。窃不自揣，辄有所贡，幸垂察焉。慨自阁龙探险，恣舰队之东来；卢骚著书，倡民约于西陲。自是潜吹虺毒，伏厉豺牙，甚蹂躏于晋庭，受岁币于宋室。夫传檄而擒颉利，奋刀以斩郅支，在彼右人，实操胜算。今则大开海禁，渐失藩篱。苟有人焉，斗我心兵，敌彼毛瑟；孙武之智，九天而九地，孟获之服，七纵而七擒；足使生亮却步，说岳惭颜，拿波伦遂戢其野心，惠灵吞亦失其战略。斯曰御侮，其善一也。往者甲午之役，丧败实多，既利益之均沾，又缔盟而协约。夫贞德女杰，尚发愤以救亡；罗兰夫人，亦慷慨而致命。今既民权渐茁，女学将兴，岂无娘子之军，足佐壮夫之绩？况杯葛主义，实行于拒约；炸弹暗杀，激厉于舆情。将使黄衫豪客，不独成匕首之勋；红拂丽姬，并堪作同仇之侣：则又未尝不可潜消祸水，共上强台。斯曰振武，其善一也。若夫测象元模，探奇大块，刚柔轻重，既殊其习，阴阳燥湿，复异其宜。于是露纷而谒袄神，焦顶而亲梵呗；摩西十诫，呼"阿拉"以称尊，基督一神，抱救世之宏愿；类皆膺华效卑之美誉，则宗教自居，闻婴匪毒之谇声，则惨颜不怿。然而独雄众雌之俗，不徒三女为奸；蹶颐羯首之蛮，大抵肝人若脯。茵陈赴捷，唯畋猎以遂生；踢跶游居，去牛羊而弗乐。此外如冰天雪海，死谷炎荒，固难与桑港良岛、巴黎名都，较短量长，相提并论。然则跨麦哲伦之舰,不足罄其形容;乘张博望之槎,更莫窥其万一。斯曰采风,其善一也。至如理想高尚,艺术朋兴,奈端探赜于天文,哈敦研精于地质,斯宾塞阐理于人群,达尔文纵心于物竞,极之钪验精医,方维工算,磺强合化,蜾蝶效形。以至两冷相和,或成湢热,二清忽杂,乃呈浊泥,罔不思入混茫,妙参造化。是以锥刀必竞,富逾犁鞑之琛;药弹横飞,雄长屠耆之族。盖其钩深索钥,通幽诣微,罗万有于寸心,镜二仪于尺素。奚止女娲炼石,志幻于补天;鲁阳挥戈,谈空于返日?斯曰濬智,其善一也。至于身毒吉贝,墨加胡椒,薯蓣种于英伦,葡萄产于希腊,与夫忒斯玛之猜狒,澳大利之袋鼠;使犬驯鹿,交说于穷边,海豹白熊,栖息于寒带:是虽名物之纷如,亦必研求之有自。而徐松龛《瀛寰志略》,疏漏居多;魏默深《海国见闻》,搜罗未悉。今欲穷形象物,妙手写生,倘备指挥,亦供点缀。衣披毹氍,轻描绿毯之妆;杯号"留犁",沉醉白兰之酒。是则灯前遇侠,月下传娇,流目送波,添毫欲活。又况狮子虎势极猛厉,鸰首莺能作歌谣,固腾于《尔雅》之笺虫鱼,稽含之状草木。斯曰博物,其善一也。抑又闻之:钟仪君子,惟操土音;桓氏参军,乃工蛮语。然未免驮舌难知,钩唇鲜效。加以佉卢左行之字,撒逊连狄之书,以"版克"为公司,以"毗勒"为盾剂,"葛必达"为丁口之赋,"狼跋氏"是典库之名,"喝特尔斯",实廛丁之释义,"萨白锡帝",问欤助以谁知。又况"优底""公尼",印度标其树、布,"拓都""么匿",欧西言其多、寡。则虽读空四部,富有五库,亦恐路入迷阳,灯昏漆室。自非熟习希伯来文字,何以翻犹太教经;深谙拉体诺名词,未必通罗马典故。斯曰绩学,其善一也。近者邂叟记述,为西学之先河;又陵博闻,登文坛而夺席。望扶桑之灵窟,荟萃英华;得琴兰之嗣音,藻绘绚烂。斯已沾溉艺林,别开境界。而诸君翩翩绝世,槃槃大才,吹嘘芳馨,综采繁缛。日月合璧,昭云汉以为章;笙磬同音,融律吕以凑矩。士得知己,庶无憾焉。所可悼者,欧美腾踔,风潮激荡,楚歌非取乐之方,《胡笳》是销魂之曲。嗟乎!河山半壁,岂仙人劫外之棋;金粉六朝,裂王者宅中之地。健儿之躯号七尺,宁帖伏若粥雌;金石之寿不百年,忍摩挲此铜狄?固知挥毫写恨,对酒当歌,金铁皆鸣,声泪俱下,伊郁善感,非得已已。若徒摹拟闺情,掇拾里谚,既落窠臼,殊少别裁,撲厥下忱,绝非所望。呜呼!虬髯客扶余一去,谁能兴海外之龙;丁令威华表重来,我将化辽左之鹤。光绪丁未十月之望,新会林文骢撰。

《新小说丛》第一期(1908年)

《客云庐小说话》序

邱菽园

唐以后,文人始有诗话;宋、元而还,词话、四六话代有踵兴。岂唐以前文人,知文不知话耶?陆机《文赋》、刘勰《雕龙》,龙话之至精者。其时释教语录犹未盛行,文人启口,率重才语,不比唐以后人见禅宗语录,风靡一世,知话之易入人,因竞智角立,别开话之一门。夫既以文言行文,则话之名宜不归彼而归此。近代吾乡梁茞林先生,复创为《楹联话》《制艺话》等书,由是各种文体几于尽皆有话。向者吾师曾廉亭先生,独慨叹古文一道,历来无话,发愤编纂,属稿未定,便归道山,绝业无成,殊深吊悼。不佞樗栎之材,于吾师无能为役,惟恶旧喜新,愿弥古作之阙,而开今体之幕,窃有同心。志之所存,尝在小说。况迩日正应香江新小说丛社之邀,担任撰述之文,居易行素,当无多让。因以余墨日草《小说话》数则,邮付印刷人补白。或庄或谐,随得随书,集荟中西,论征今古,虽未必能惬人人之眼帘,而发表己意,于言论所有权固无督焉耳。时太岁丁未小除夕,买醉归来,剪灯漫书于新嘉坡岛上之客云庐。

《新小说丛》第二期(1908年)

1909 年

《彗星夺婿录》序

林 纾

女权之说,至今乃莫衷一是,或以为宜昌者,或以为宜抑者。如司各德诸老,则尊礼美人如天神,至于膜拜稽首,一何可笑;而佻狡之才士,则又凌践残蔑,极其丑诋然后已,如此书作者之却洛得是也。却洛得书中叙致英国之败俗,女子鼓煽男子,乃如饮糟而醉,则用心之刻毒,令人为之悚然。然而追摹下等社会之妇人,事又近实。似乎余之译此,颇觉其无为。虽然,禹鼎之铸奸,非启淫祠也,殆使人知避而已。果家庭教育息息无诡于正,正可借资是书,用为鉴戒,又何病其污秽不足以寓目。惟夺婿之事,为古今未有之创局。吾友汪穰卿,人极诙谐,偶出一语,令我喷饭。穰卿极赏吾译之《滑稽外史》,今更以是饷之,必且失声而笑,偿我向者之为穰卿喷饭也。光绪戊申八月三日,畏庐居士林纾叙于望瀛楼。

1909 年商务印书馆版《彗星夺婿录》

《冰雪因缘》序

林 纾

陶侃之应事也,木屑竹头皆资为用;郗超之论谢玄也,谓履屐之间皆得其任。二者均陈旧语,然畏庐拾之以论迭更司先生之文,正所谓木屑竹头皆有所用,而履屐之间皆得其任者也。

英文之高者曰司各得,法文之高者曰仲马,吾则皆译之矣。然司氏之文绵褫,仲氏之文疏阔,读后无复余味。独迭更司先生,临文如善奕之著子,闲闲一置,殆千旋万绕,一至旧著之地,则此著实先敌人,盖于未胚胎之前,已伏线矣。惟其伏线之微,故虽一小物一小事,译者亦无敢弃掷而删节之,防后来之笔,旋绕到此,无复叫应。冲叔初不著意,久久闻余言始觉。于是余二人口述神会,笔遂绵绵延延,至于幽渺深沉之中,觉步步咸有意境可寻。呜呼!文字至此,真足以赏心而怡神矣!左氏之文,在重复中,能不自复;马氏之文,在鸿篇巨制中,往往潜用抽换埋伏之笔而人不觉。迭更氏亦然。虽细碎芜蔓,若不可收拾,忽而井井胪列,将全章作一大收束,醒人眼目。有时随伏随醒,力所不能兼顾者,则空中传响,回光返照,手写是间,目注彼处。篇中不著其人,而其人之姓名事实时时罗列,如所罗门、倭而忒二人之常在佛罗伦司及酒德口中是也。

吾恒言《南史》易为,《北史》难工。《南史》多文人,有本事可记,故易渲染;《北史》人物多羌胡武人,间有文士,亦考订之家。乃李延寿能部署驱驾,与《南史》同工,正其于不易写生处,出写生妙手,所以为工。此书情节无多,寥寥百余语,可括东贝家事,而迭更司先生叙致至二十五万言,谈诙间出,声泪俱下。言小人则曲尽其毒螫,叙孝女则直揭其天性。至描写东贝之骄,层出不穷,恐吴道子之画地狱变相,不复能过,且状人间阘茸谄佞者,无遁情矣。呜呼!吾于先生之文,又何间焉!先生自言生平所著,以《块肉余生述》为第一;吾则云《述》中语,多先生自述身世,言第一者,私意也。以吾论之,当以此书为第一。正以不易写生处,出写生妙手耳。恨余驽朽,文字颓唐,不尽先生所长。若海内锦绣才子,能匡我不逮,大加笔削,则尤祷祀求之。光绪三十四年十一月十九日,畏庐林纾识。

1909 年商务印书馆版《冰雪因缘》

《扬子江小说报》发刊辞

报 癖

粤自三千秭乘,佐晋麈之清谭;九百虞初,继董狐之直笔。南华仙蝶,栩栩频飞;西岛蟠桃,累累可采。庄言莫能推广,小说因以萌芽。至若干宝《搜神》,《齐谐》志怪,李肇补史,邹衍谈天,输美丽之湖流,含劝惩之目的,维持社会,鼓吹文明,猗欤盛矣!洎乎近世,才人辈出,斯业愈昌,著述如云,翻译如雾。科学更加之侦探,事迹翻新;章回而副以传奇,体裁益富;莫不豪情泉涌,异想天开,力扶大雅之轮,价贵洛阳之纸者也。是以《新小说报》倡始于横滨,《绣像小说》发生于沪渎,创为杂志,聊作机关,追踪曼倩、淳于,媲美嚣俄、笠顿,每值一编披露,即邀四海欢迎,吐此荣光,应无憾事。畴料才华遭忌,遂令先后销声,难寿名山,莫偿宏愿。况复《新新小说》发行未满全年,《小说月报》出版仅终贰号,《新世界小说报》为词穷而匿影,《小说世界日报》因易主而停刊,《七日小说》久息蝉鸣,《小说世界》徒留鸿印,率似秋风落叶,浑如西峡残阳,盛举难恢,元音绝响,文风不竞,吾道堪悲;虽《月月小说》重张旗鼓于前秋,《小说林报》独写牢骚于此日,而势力究莫能膨胀,愚顽难遍下针砭。是知欲奋雄图,务必旁求臂助。嗟乎!欧风凛冽,汉水不波,美雨纵横,亚云似墨。怜三家之学究,未谙时势变迁;笑一孔之儒林,难解《典》《坟》作用。以致神州莽莽,夥醉生梦死之徒;政界昏昏,尽走肉行尸之辈。本社胡君石庵睹兹现状,时切杞忧,爰集同人,共襄伟业;挽狂澜于稗海,树新帜于汉皋,半月成编,一月出版。词清若玉,抒哭麟歌凤之怀;笔大如椽,施活虎生龙之术。悲欢并妙,巨细靡遗。统地球之是是非非,毕呈真相;据公理而褒褒贬贬,隐具婆心。吐满纸之云烟,构太空之楼阁,事分今古,界判东西。冶著译于一炉,截长补短;综庄谐于小册,取琰搜珠。在宣统开幕之年,为杂志悬弧之日。记者不敏,窃愿附同人骥尾,学步效颦;挥入木之狸尖,呕心沥血。他山有石,何妨攻错于小言;敝帚自珍,讵计遗讥于大雅?㭬木为铎,聊当洪钟。庶几酒后茶余,供诸君之快睹;从此风清月白,竭不佞之苦思。遂渐改良,殷勤从事,谨志斯时纪念,罗寰宇之鸿文;伫看异日突飞,执稗官之牛耳。敢揭其门栏于左:

  引申旨趣,阐发宗风,笔飞墨舞,裨益无穷。述论说第一。
  文兼雅俗,推陈出新,借齐东语,醒亚东民。述小说第二。
  解决是非,评量真妄,词简意赅,理直气壮。述世界批评第三。
  《风》《骚》百变,国粹一斑,随时采录,大好消闲。述文苑第四。

点睛蔽月,意在笔先,惟妙惟肖,兴味盎然。述图画第五。

善恶之师,兴亡之影,谱出新声,发人深省。述戏曲改良第六。

只谈风月,偶咏莺花,争传韵事,务屏狎邪。述花鸟录第七。

文人著述,商界行为,附诸末幅,谁曰不宜。述告白第八。

《扬子江小说报》第一期(1909年)

《域外小说集》序言

(周树人)

《域外小说集》为书,词致朴讷,不足方近世名人译本。特收录至审慎,迻译亦期弗失文情。异域文术新宗,自此始入华土。使有士卓特,不为常俗所囿,必将犁然有当于心,按邦国时期,籀读其心声,以相度神思之所在。则此虽大涛之微沤与,而性解思惟,实寓于此。中国译界,亦由是无迟莫之感矣。

己酉正月十五日。

1909年日本东京版《域外小说集》第一册

《域外小说集》略例

(周树人)

一、集中所录,以近世小品为多,后当渐及十九世纪以前名作。又以近世文潮,北欧最盛,故采译自有偏至。惟累卷既多,则以次及南欧暨泰东诸邦,使符域外一言之实。

一、装订均从新式,三面任其本然,不施切削;故虽翻阅数次绝无污染。前后篇首尾,各不相衔,他日能视其邦国古今之别,类聚成书。且纸之四周,皆极广博,故订定时亦不病隘陋。

一、人地名悉如原音,不加省节者,缘音译本以代殊域之言,留其同响;任情删易,即为不诚。故宁拂戾时人,移徙具足耳。地名无他奥谊。人名则德,法,意,英,美诸国,大氐二言,首名次氏。俄三言,首本名,次父名加子谊,次氏。二人相呼,多举上二名,曰某之子某,而不举其氏。匈加利独先氏后名,大同华土;第近时效法他国,间亦逆施。

一、！表大声,？表问难,近已习见,不俟诠释。此他有虚线以表语不尽,或语中辍。有直线以表略停顿,或在句之上下,则为用同于括弧。如"名门之儿僮——年十四五耳——亦至"者,犹云名门之儿僮亦至;而儿僮之年,乃十四五也。

一、文中典故,间以括弧注其下。此他不关鸿旨者,则与著者小传及未译原文等,并录卷末杂识中。读时幸检视之。

1909年日本东京版《域外小说集》第一册

《域外小说集》杂识(节录)

(周树人)

安特来夫

安特来夫生于一千八百七十一年。初作《默》一篇,遂有名;为俄国当世文人之著者。其文神秘幽深,自成一家。所作小品甚多,长篇有《赤咲》一卷,记俄日战争事,列国竞传译之。

迦尔洵

迦尔洵 V. Garshin 生一千八百五十五年,俄土之役,尝投军为兵,负伤而返,作《四日》及《走卒伊凡诺夫日记》。氏悲世至深,遂狂易,久之始愈,有《绛华》一篇,即自记其状。晚岁为文,尤哀而伤。今译其一,文情皆异,迥殊凡作也。八十五年忽自投阁下,遂死,年止三十。

《四日》者,俄与突厥之战,迦尔洵在军,负伤而返,此即记当时情状者也。氏深恶战争而不能救,则以身赴之。观所作《孱头》一篇,可见其意。"莆罗",突厥人称埃及农夫如是,语源出阿剌伯,此云耕田者。"巴佟",突厥官名,犹此土之总督。尔时英助突厥,故文中云,"虽当英国特制之庇波地或马梯尼铳……"

1909年日本东京版《域外小说集》第一、二册

《红泪影》序

披发生

中国小说之发达与剧曲同,皆循天演之轨线,由浑而之画,由质而之文,由简单而之复杂。考之史,优伶之起极古,春秋战国已有之。历代踵盛,至赵宋效釁人结束,遂有粉墨登场者。逮及元、明,院本大著。其发达之迹,历历可寻。维小说亦然。中古时斯风未畅,所谓小说,大抵笔记、札记之类耳。魏、晋间,虽有传体,而寥落如晨星。迨李唐有天下,长篇小说始盛行于时。读汉以下诸史艺文志可睹也。赵宋诸帝,多嗜稗官家言,官府倡之于上,士庶和之于下,于是传记之体稍微,章回之体肇兴。草创权舆,规模已备。今丛书中尚存数种,足以考见其梗概。夫小说与剧曲,实为文明之代表物,而皆发达于赵宋之代,斯亦世变之一奇矣。厥后作者浸多,流布渐广。元有《水浒传》《西游记》,明有《金瓶梅》《隔帘花影》《三国演义》,本朝有《红楼梦》《花月痕》《海上花》《儿女英雄传》《七侠五义传》,名作如林,几以附庸蔚为大国,岂非一循乎天演之自然者哉?然吾国文人之心理、之眼光,皆视小说为游戏文章,殊鲜厝意,即有奇作异制,迥越恒蹊,亦屏诸文学界外,不肯稍挂齿牙。自迩年西风输入,事事崇拜他人,即在义理词章,亦多引西哲言为典据,于是小说一科,遂巍然占文学中一重要地位。译人蝟起,新著蜂出,直推倒旧说部,入主齐盟;世之阅者,亦从风而靡,舍其旧而新是谋焉。余尝调查每年新译之小说,殆逾千种以外。呜呼!可谓盛而滥矣!独怪出版虽繁夥如斯,然大都袭用传体,其用章回体者则殊鲜。传体中固不乏佳篇,如闽县林琴南先生诸译本,匪特凌铄元、明,颉颃唐、宋,且

可上追晋、魏,为稗乘开一新纪元。若夫章回体诸译本,则文采不足以自发,篇幅既窘,笔墨尤猥,较诸《花月痕》《品花宝鉴》等作,尚有霄壤之分,更何论《红楼梦》《海上花》《水浒传》之夐绝者乎?唯昔年新小说社所刊之《东欧女杰传》,乃岭南羽衣女史手笔,摹写泰西礼俗,士女风流,纤毫毕见,其笔力足以上继古人,其才华足以惊动当世。后以女史他行,而此绝大绝奇之野乘,竟辍于半途,阅者惜之。至今数年以来,海内之士,遂无有踵女史而为之者。岂译本亦必循天演之轨线,有短篇然后有钜帙,有文言然后有白话耶?不然,何撰述者之寥寥罕觏若是也?去腊,广智主人示我以息影庐所缮之《红泪影》,属为评订。取而读之,盖言情之作,体裁则有意仿《金瓶梅》《红楼梦》二书者。虽属译本,而构境遣词,匠心独运,不啻自撰,媲之《东欧女杰传》,才力实相伯仲。尤妙在善写外邦风物,令观之者俨如神游其域,目睹其人。至于藻耀高翔,情思宛转,移步换形,引人入胜,犹其余事耳。全书洋洋洒洒,凡三十万言。精神贯注,到底不懈,洵可称力破天荒之著作。是书一出,吾知涂术既启,接踵继武,愈出愈奇,行见宏鸿谀文,与传记名家,分道而扬镳,并驾而争胜,安见译本中不有施耐庵、王凤洲、曹雪芹诸巨子挺起其间也?然则是书也,岂但一新时人之耳目,且将为新小说之先河矣。爰不辞谫陋,为之评点一过而归之,并志数言于简端,以谂将来之读者。时光绪戊申仲冬上浣之二日,岭南披发生。

1909年广智书局版《红泪影》

《新纪元》第一回(节录)

碧荷馆主人

……我国从前的小说家,只晓得把三代秦汉以下史鉴上的故事,拣了一段作为编小说的蓝本,将他来描写一番,如《列国志》《三国志》之类;否则或是把眼前的实事,变做了寓言,凭空结撰了一篇小说。从来没有把日后的事,仔细推求出来,作为小说材料的。所以不是失之附会,便是失之荒唐。只有前几年上外国人编的两部小说,一部叫作《未来之世界》,一部叫作《世界末日记》,却算得在小说里面别开生面的笔墨。编小说的意欲除去了过去、现在两层,专就未来的世界着想,撰一部理想小说。因为未来世界中一定要发达到极点的,乃是科学,所以就借这科学,做了这部小说的材料。看官,要晓得编小说的,并不是科学的专家;这部小说也不是科学讲义,虽然,就表面上看去,是个科学小说。于立言的宗旨,看官看了这部书,自然明白。

……

1909 年小说林社版《新纪元》

1910 年

《最近社会龌龊史》序

我佛山人

吾人幼而读书,长而入世,而所读之书,终不能达于用。不得已,乃思立言以自表,抑亦大可哀已。况乎所谓言者,于理学则无关于性命,于实学则无补于经济,技仅雕虫,谈恣扪虱,俯仰人前,不自颜汗。呜呼!是岂吾读书识字之初心也哉。虽然,落拓极而牢骚起,抑郁发而叱咤生,穷愁著书,宁自我始。夫呵风云,撼山岳,夺魂魄,泣鬼神,此雄夫之文也,吾病不能。至若志虫鱼,评月露,写幽恨,寄缠绵,此儿女之文也,吾又不屑。然而愤世嫉俗之念,积而愈深,即砭愚订顽之心,久而弥切,始学为嬉笑怒骂之文,窃自侪于谲谏之列。犹幸文章知己,海内有人,一纸既出,则传抄传诵者,虽经年累月,犹不以陈腐割爱,于是乎始信文字之有神也。爱我者谓另金碎玉,散置可惜,断简残编,掇拾匪易,盍为连缀之文,使见者知所宝贵,得者便于收藏,亦可借是而多作一日之遗留乎!于是始学为章回小说,计自癸卯始业,以迄于今,垂七年矣。已脱稿者,如借译稿以衍义之《电术奇谈》(见横滨《新小说》,已有单行本),如《恨海》(单行本),如《劫余灰》(见《月月小说》),皆写情小说也。如《九命奇冤》(见横滨《新小说》,已印单行本),如《发财秘诀》,如《上海游骖录》(均见《月月小说》),如《胡宝玉》(单行本),皆社会小说也。兼理想、科学、社会、政治而有之者,则为《新石头记》(前见《南方报》,近刻单行本)。其未脱稿者不与焉,短篇零拾亦不与焉。嗟夫!以二千五百余日之精神岁月,置于此詹詹小言之中,自视亦大愚已。窃幸出版以来,咸为阅者所首肯,颇不寂寞。然如是种种,皆一时兴到之作,初无容心于其间。惟《二十年目睹之怪现状》一书,部分百回,都凡五十万言,借一人为总机捩,写社会种种怪状,皆二十年前所亲见亲闻者。惨淡经营,历七年而犹未尽杀青,盖虽陆续付印,已达八十回,余二十回稿虽脱而尚待讨论也。春日初长,雨窗偶暇,检阅稿末,不结之结,二十年之事迹已终,念后乎此二十年之怪状,其甚于前二十年者,何可胜记! 既有前作,胡勿赓续? 此念才起,即觉魑魅罔两,布满目前,牛鬼蛇神,纷扰脑际,入诸记载,当成大观。于是略采近十年见闻之怪剧,支配先后,分别弃取,变易笔法(前书系自记体,此易为传体),厘定显晦,日课如干字,以与喜读吾书者,再结一翰墨因缘。

1910年上海广智书局版《最近社会龌龊史》

《新上海》自序

陆士谔

客问陆士谔:子之《新上海》,刻画魑魅,形容魍魉,穷幽极怪,披露殆尽,善则善矣,然辞多滑稽,语半诙谐,毋乃伤于佻而不足附作者之林欤? 小说之轻于世也久矣,子既欲振起之,曷不为严重庄厚之文,而仍沿儇薄轻佻之习也? 士谔曰:唯唯。客之规吾者甚善。顾主文谲谏,旨在醒迷;涉笔诙谐,岂徒骂世;第求有当,何顾体裁。抑吾闻之古人:有假难以征辞者,有方朔之《客难》,是方朔实获我心也;因讥以寓兴者,有崔实之《答讥》,是崔实实获我心也;寄旨以纬思者,有崔骃之《达旨》,是崔骃实获我心也;凭言以摅志者,有韩愈之《释言》,是韩愈实获我心也;托嘲以放意者,有扬雄之《解嘲》,是扬雄实获我心也;随戏以逞怀者,有班固之《宾戏》,是班固实获我心也。之数人者,皆含英咀华,包今统古,文成足以泣鬼,落笔足以惊神,然而务为滑稽者,有取尔也,况士谔乎! 孔子,圣人也,然而目冉父为犁牛,指宰予为朽木;仲田好勇,举暴虎以相嘲,言偃弦歌,譬割鸡以为戏。是则言中带讽,当亦圣人所不废欤! 况小说虽号开智觉民之利器,终为茶余酒后之助谈,偶尔诙谐,又奚足怪? 客默而退,士谔遂泼墨挥毫,草问答辞为《新上海》序。

宣统元年冬十二月,青浦陆士谔云翔甫序于上海客次。

1910年改良小说社版《新上海》

《新上海》序

李友琴

友琴性嗜小说，尤嗜新小说，尤嗜云翔所著之新小说。非有所私，云翔之小说，实足动我目也。余读他小说，无论其笔墨如何生动，词彩如何华丽，议论如何正大，终作小说观，不作真事观，我身终在书外，不能入乎书中。而读云翔之小说，几不知为小说，几不知为读小说，恍如身在书中，与书中之人物周旋晋接，而书中之景象，书中之事实，一一如在目前。噫嘻！何其妙也。盖云翔之用笔，与他小说异。他小说多用渲染笔墨，虽尽力铺张扬厉，观之终漠然无情。云翔独用白描笔墨，写一人必尽一人之体态、一人之口吻，且必描出其性情，描出其行景，生龙活虎，跳脱而出，此其所以事事毕真，言言尽当也。云翔在小说界推倒群侪，独标巨帜，有以夫。余读云翔新著二十三种矣，而用笔尖冷峭隽，无过此编。云翔告余曰：与其狂肆毒詈，取憎于人，孰若冷讥隐刺之犹存忠厚也。故此编于上海之社会、上海之风俗、上海之新事业、上海之新人物，以及大人先生之种种举动，虽竭力描写，淋漓尽致，而曾无片词只语，褒贬其间，俾读者自于言外得悟其意。此即史公《项羽本纪》《高祖本纪》《淮阴侯列传》诸篇遗意欤？呜呼！天高帝远，既呼吁之莫闻；水冈山罗，亦唏吁〔嘘〕之无地。尚以三寸不烂之舌，七寸无情之管，若讽若嘲，若笑若骂。铸夏禹之鼎，燃温峤之犀，魑魅罔两，毕现尺幅。言之者固无罪，闻之者其亦知戒焉否耶？

宣统元年冬十一月，镇海女士李友琴序于上海之春风学馆。

1910年改良小说社版《新上海》

《新上海》评语

李友琴

　　《新上海》分前后二编，都六十卷，二十余万言，士谔先生得意之作也。间架雄阔，结构精严，思致绝卓，而笔墨尤灵动飞舞不可方物。文势突兀，起伏有峰峦之形；奔放洄沿，有波涛之势；其渲染点缀处，亦历落有致。小说至是，叹观止矣。大抵文章能以骨力为主，而副之气势，靡有弗佳。纵笔灏瀚，一泻千里，如长江大河，浩浩汤汤，然其细流末节，或有淤寒不通，至今观者得可攻之罅，则气势足而骨力弱也。是书寓意至深，伏脉至细，手写是间，目注彼处，虽至一语之微，一事之细，无不回环呼应，首尾灵通，寻绎根源，有草蛇灰线之妙。是真圣叹所谓能以一笔作数笔者也。至其分疏诸人，又各有其声音笑貌，如施耐庵《水浒传》一百八人，乃有一百八人声口。呜呼！其骨力气势为何如，而又乌可以寻常小说目之哉！夫是书所叙，特海上琐屑无奇之事，非若豪杰盗侠神奸魁蠹之足以动人心目。使不善操笔者为之，且足生人睡魔。而士谔乃能以如椽之笔，化朽腐为神奇，使人把阅不忍释手，是其魄力真有大过人者，而岂近世小说家所可同日语哉！书中描摹上海各社会种种状态，无不唯妙唯肖。铸鼎象奸，燃犀烛怪，使五虫万怪，无所遁影。平淡无奇之事，一运以妙笔，率足令人捧腹。是真文字之光芒，而世道之功臣也。若夫词隐而意章，言简而味永，按而不断，弦外有声，《儒林外史》外，鲜足匹矣。

1910 年改良小说社版《新上海》

1911 年

《二十年目睹之怪现状》总评

全书一百八回,以省疾遭丧起,以得电奔丧止。何也?痛死者之不可复生也。死者长已矣,痛之何益?记此痛也亦何益?盖非记死者也,记此九死一生者也。意若曰:死者长已矣。吾虽九死,而幸犹留得一生。吾当爱惜此仅有之一生,以为报致我于九死者之用;且宜振奋此仅有之一生,急起直追,毋令致我于九死者之先我而死,得逃吾报也。若是乎,此书皆冤愤之言也。吾岂妄测之哉!吾曾读著者之诗矣,其咏伍员曰:"鞭尸三百仍多事,何若当年早进兵。"可以见矣。

读新著小说者,每咎其意味不及旧著之浓厚。此书所叙悲欢离合情景,及各种社会之状态,均能令读者如身入个中,窃(以)为于旧著不必多让。

新著小说,每每取其快意,振笔直书,一泻千里;至支流衍蔓时,不复知其源流所从出。散漫之病,读者议之。此书举定一人为主,如万马千军,均归一人操纵,处处有江汉朝宗之妙,遂成一团结之局。且开卷时几个重要人物,于篇终时皆一一回顾到,首尾联络,妙转如圜。行文家有神龙掉尾法,疑即学之。

1911年上海广智书局版《二十年目睹之怪现状》辛卷

小说丛话

侗 生

英人哈葛德,所著小说,不外言情,其书之结构,非二女争一男,即两男争一女,千篇一例,不避雷同;然细省其书,各有特色,无一相袭者。吾国施耐庵所著《水浒》,相类处亦夥。即以武松论,性质,似鲁智深;杀嫂,似石秀;打虎,似李逵;被诬,似林冲。然诸人自诸人,武松自武松,未尝相犯。曹雪芹所著《石头记》,所记事不出一家,书中人又半为闺秀,闺秀之结果,又非死即苦,无一美满。设他手为此,不至十回,必致重复。曹氏竟纡徐不迫,成此大文,其布局如常山率然,首尾互应,如天衣无缝,无隙可寻。尤妙者,写黛玉一身,用无数小影,黛玉与小影,固是二人,即小影与小影,亦不少复。可见山西小说家,每能于同处求异。同处能异,自是名家。盖不深思,则不得异;不苦撰,又不得异。深思而苦撰,其不为名家者几希。

近代小说家,无过林琴南、李伯元、吴趼人三君。李君不幸蚤世,成书未多;吴君成书数种后,所著多雷同,颇有江郎才尽之诮;惟林先生再接再厉,成书数十部,益进不衰,堪称是中泰斗矣。总先生所译诸书,其笔墨可分三类:《黑奴吁天录》为一类,《技击余闻》为一类,余书都为一类。一以清淡胜,一以老练胜,一以浓丽胜。一手成三种文字,皆臻极点,谓之小说界泰斗,谁曰不宜?

林先生所译名家小说,皆能不失原意,尤以欧文氏所著者,最合先生笔墨。《大食故宫余载》一书,译笔固属绝唱;《拊掌录》之《李迫入梦》一节,尤非先生莫办也。

西人所著小说虽多,巨构甚少,惟迭更司所著,多宏篇大文。余近见《块肉余生述》一书,原著固佳,译笔亦妙。书中大卫求婚一节,译者能曲传原文神味,毫厘不失。余于新小说中,叹观止矣。

《孤星泪》一书,叙一巨盗改行,结构之佳,状物之妙,有目共赏。嚣俄氏善作悲哀文字,是书尤沉痛不忍读。余读是书,三舍三读,未终篇也。书末未署译者姓氏,余颇以为歉。

林先生所译《神枢鬼藏录》出版,某报讥之。实则该书虽非先生杰作,详状案情,形容尽致,有足多者。惟近译《贝克侦探谭二编》,事实、译笔,均无可取。转思某报所言,似对是书而发者。贝克、贝克,误林先生不浅也。

余不通日文,不知日本小说何若。以译就者论,《一捻红》《银行之贼》《母夜叉》诸书,均非上驷。前年购得小说多种,中有《不如归》一书,余因为日人原著,意未必佳,最后始阅及之。及阅终,觉是书之佳,为诸书冠(指同购者言),恨开卷晚也。友人言:"是书在日本,无人不读。书中之浪子,确有其人,武男片冈,至今尚在。"又曰:"林先生译是书,译自英文,故无日文习气,视原书尤佳。"

《天囚忏悔录》一书,亦林先生所译,事实奇幻不测,布局亦各得其当。惟关节过多,以载诸日报为宜。今印为单行本,似嫌刺目。且书中四十章及四十五章,间有小错,再版时能少改订,可成完璧。

《雌蝶影》,时报馆出版,前年悬赏所得者也。书中所叙事物,虽似迻译,然合全书省之,是书必为吾国人杜撰无疑。书中有一二处,颇碍于理,且结果过于美满,不免书生识见。惟末章收束处,能于水尽山穷之时,异峰忽现,新小说结局之佳,无过此者。友人言此书为李涵秋作,署包某名,另有他故。

《新蝶梦》,前半颇可观,惟结局过远事理。冷血所著小说,多有蛇尾之讥,此书尤甚。

《双泪碑》,亦时报馆出版,篇幅甚短,寓意却深。时报馆诸小说,此为第一。《双冒丝》与此书,为一人所著,远逊此书。前人谓文字有一日之短长,观此二书而益信。

《新法螺》一书,以滑稽家言,为众生说法,用意良苦,文笔亦足达其意,滑稽小说中上乘也。末附《法螺先生谭》,亦有可取。

《埃及金塔剖尸记》一书,半言鬼神,有吴道子绘地狱之妙。其叙儿女私情处,亦能曲绘入微。

英人哈葛德,工于言情,尽人皆晓。然守钱虏之丑态,武夫之慷慨,一经哈氏笔墨追摹,亦能惟妙惟肖。《玉雪留痕》中之书贾,《玑司刺虎记》中之大尉,形容如生,可歌可泣。《洪罕女郎传》,兼武夫、钱虏而有之,宜见特长;然其中著墨处,反逊二书。似哈氏状物最工,今遇其善状之人,不应如是。再三思之,中有一理:哈氏身为小说家,书贾之性质,哈氏所最晓;《玑司刺虎记》中之大尉,身在兵间,其事足为国人范,想亦哈氏所乐述。一切于身,一关于国,言之较详,理也。《洪罕女郎传》之大尉,固属赋闲,且于本书无绝大之关系,故不能偏重;书中之小人,为哈氏所唾骂者,又不仅一钱虏,势不能少分墨瀋,以状余人。以是故不能如二书之详尽。

侦探小说,最受欢迎,近年出版最多,不乏佳作,如《夺嫡奇冤》《福耳摩斯侦探案》《降妖记》等书,其最著者也。

《孽海花》,为中国近著小说,友人谓此书与《文明小史》《老残游记》《恨海》,为四大杰作。顾《孽海花》能包罗数十年中外事实为一书,其线络有非三书所及者;其笔之诙谐,词之瑰丽,又能力敌三书而有余。惜印行未半,忽然中止。天笑生承其意,为《碧血幕》一书,文笔优美,与《孽海花》伯仲,未数回亦止。神龙一现,全豹难窥,见者当有同慨也。

《新茶花》一书,既多袭《茶花女》原意,且袭其辞,毫无足取。余尝谓中国能有东方亚猛,复有东方茶花,独无东方小仲马。于是东方茶花之外史,不能不转乞于西方。尤幸《茶花女》一书,先出于七八年前,更省迻译之苦,于是《新茶花》竟出现于今日。

《小说月报》第二年第三期(1911年)

小说新语

(狄平子)

余尝于《新小说》之《小说丛话》中,论吾国小说有为旧社会女子教科书者,如《天雨花》《笔生花》《再生缘》等类。实则吾国旧时男子,何尝不以小说为教科书?今时一般社会所有种种思想及希望,大都皆发源于旧时各小说中者,居其十之七八。然则欲求社会之改良,不能不于小说加意焉。

旧时小说,士人之希望,非作才子,即点状元,才子、状元之外,无他思想矣。武士之希望,非作强盗,即作捕快(此新近流行之《彭公案》《施公案》等书之教育也),强盗、捕快之外,无他思想矣。然近时偶有一二新作,又往往去旧作远甚。于是不能不从事于翻译,而又不加别择,实足为社会之大害。即如欧美小说颇多注意于金钱,其书结尾,往往得一美妻,而父即死,父死而家产乃归其手,若视为美满者。此种小说,已译出者甚夥,吾甚愿后之译者,少留意焉。

吾国旧时小说,如《水浒》,如《西厢》,如《红楼》,如《金瓶》,皆极著名之作。或谓《金瓶》有何佳处,而亦与《水浒》《红楼》并列? 不知《金瓶》一书,不妙在用意,而妙在语句。吾谓《西厢》者,乃文字小说,《水浒》《红楼》,乃文字兼语言之小说,至《金瓶》则纯乎语言之小说,文字积习,荡除净尽。读其文者,如见其人,如聆其语,不知此时为看小说,几疑身入其中矣。此其故,则在每句中无丝毫文字痕迹也。

《孽海花》一书,重印至六七板,已在二万部左右,在中国新小说中,可谓销行最多者矣。但其中隐托之人名,阅者多不甚了了。兹将其中人名概行标出,列表如下:

金雯青	即洪文卿	龚和甫	即翁同和
潘八瀛	即潘伯寅	黎石农	即李芍农
李纯客(治民)	即李莼客(慈铭)	庄小燕	即张樵野
庄崙樵(佑培)	即张佩纶(幼樵)	陆奉如(仁祥)	即陆凤石(润庠)
钱唐卿(端敏)	即汪柳门(鸣銮)	何珏斋(太真)	即吴清卿(大澂)
唐常肃	即康长素	王子度(恭)	即黄公度
过肇廷	即顾辑庭	吕莘芳	即李经芳
匡次芳	即汪芝房	谢山芝	即谢绥之
许镜瀓	即许景澄	云仁甫	即容纯甫
贝效亭	即费幼亭	李台霞	即李丹崖
潘胜芝(曾奇)	即潘曾祁	徐忠华	即徐仲虎
庄寿香(芝栋)	即张香涛(之洞)	马美菽	即马眉叔
吕顺斋	即黎莼斋	薛淑云	即薛叔耘
李任叔	即李壬叔	米筱亭	即费屺怀
姜剑云	即江建霞	王忆莪(仙屺)	即王益吾(先谦)
祝宝廷(溥)	即宝竹坡	黄叔兰(礼方)	即黄漱兰(体芳)
黄仲涛	即黄仲弢	袁尚秋	即袁爽秋
缪寄坪	即廖季平	连 沅(苓仙)	即联 元
成伯怡	即盛伯熙	段扈桥	即端午桥
闻韵高	即文芸阁	荀子佩	即沈子培
汪莲孙	即王廉生	冯景亭	即冯桂芬

《孽海花》之前,小说佳者为《海上花列传》,其中人名大都均有所

指。今略举数人,列表于后:

齐韵叟	为沈仲馥	史天然	为李木斋
赖头鼋	为勒元侠	方蓬壶	为袁翔甫 (一云为王紫铨)
李实夫	为盛朴人	李鹤汀	为盛杏孙
黎义鸿	为胡雪岩	王莲生	为马眉叔
小柳儿	为杨猴子	高亚白	为李芋仙

《野叟曝言》中之匡无外乃王姓,余双人乃徐姓,皆作者之至友也。

法国小说家,最享重名于世者,为大仲马与嚣俄二人。大仲马著作颇富,大都将法国史事,参以己意编成者居多。其文浩荡广博,能令阅者眉飞色舞。嚣俄生平著述只三部,无一不由千锤百炼而出,用意深刻,实应居世界小说家之第一席。其三书一痛社会之恶劣,一愤法律之无当,一诋宗教之腐败。其书名一为《钟楼守》,一为《噫无情》,一为《噫有情》。《噫有情》一书,即本报所登载者。其中大旨,甚不满意于欧洲宗教,察其用意,却颇与佛旨相合。惜其未得一读释氏之书,不然,必能有所发明,为欧洲之广长舌也。

《小说时报》第九期(1911年)

(原文未署名,但对勘刊于《新小说》之
《小说丛话》,可断为狄平子所作)

创办大声小说社缘起

小说之力,足以左右风俗,鼓吹社会,敦进国民之品性,催促政治之改良,不仅茶余酒后供人谈笑已也。欧美各国知其然,故奖励小说,不遗余力,而国势亦蒸蒸日上。试翻各国文学史,其中占大部分者,何莫非小说家言?此可证也。迩来,吾国亦颇知小说之足重,新小说社风起水涌,新小说家云合雾集,顾所出不及千种,而大半均系译本,甚不合现今之社会,其无补助匡救之功也,又奚足怪!同人慨焉,爰特纠资创设大声小说社,延请小说大家青浦陆士谔先生为总编辑员,分聘名流,共襄撰述,陆续出版,以飨邦人。是举也,于诸君子进德修业,或有万一之助乎?是则同人所默祷者也。

1911年大声小说社版《女界风流史》

1912 年

《古小说钩沉》序

周作人

小说者,班固以为"出于稗官","闾里小知者之所及,亦使缀而不忘,如或一言可采,此亦刍荛狂夫之议"。是则稗官职志,将同古"采诗之官,王者所以观风俗知得失"矣。顾其条最诸子,判列十家,复以为"可观者九",而小说不与;所录十五家,今又散失。惟《大戴礼》引有青史氏之记,《庄子》举宋钘之言,孤文断句,更不能推见其旨。去古既远,流裔弥繁,然论者尚墨守故言,此其持萌芽以度柯叶乎!余少喜披览古说,或见讹敚,则取证类书,偶会逸文,辄亦写出。虽丛残多失次第,而涯略故在。大共贶语支言,史官末学,神鬼精物,数术波流;真人福地,神仙之中驷,幽验冥征,释氏之下乘。人间小书,致远恐泥,而洪笔晚起,此其权舆。况乃录自里巷,为国人所白心;出于造作,则思士之结想。心行曼衍,自生此品,其在文林,有如舜华,足以丽尔文明,点缀幽独,盖不第为广视听之具而止。然论者尚墨守故言。惜此旧籍,弥益零落,又虑后此闲暇者鲜,爰更比辑,并校定昔人集本,合得如干种,名曰《古小说钩沉》。归魂故书,即以自求说释,而为谈大道者言,乃曰:稗官职志,将同古"采诗之官,王者所以观风俗知得失"矣。

《越社丛刊》第一集(1912年)

(此文实为鲁迅所作)

《血花一幕——革命外史之一》后记

焦 木

小说之文,寓言八九,蜃楼海市,不必实事,钩心斗角,全凭匠心。俾读者可以坐忘,可以卧游,而劝惩即寓乎其间也。今此文据事直书,失其旨矣。故吾草是篇,属稿及半,辄欲弃去。虽然,儿女爱情,私人恩怨,苟可以资炯戒者,犹且不可无记,况关乎国家社会者哉!又吾所记者,皆猥鄙纤细事,治乱之故,盛衰之微,当世不乏马、迁、班、范其人。若此琐琐屑屑,或未必入二十世纪中国史,则尤不可无记矣。本现在之事实,留真相于将来,一孔之见,以为无取乎凭虚架空也。是以不避不文之诮而卒成之。继此以往,续有所闻,且续有所记,第二第三,以至哀然成轶,亦未可知。或曰:若所为者,既不正史,又不小说,非驴非马,纵欲为今日存信史,其如言之无文,行之不远何?余笑曰:扬子《太玄》,或覆酱瓿;李白诗集,且盖酒翁。他日之事,吾安知之?鄙人不肖,诚不自知谫劣,率尔濡笔,妄欲灾祸梨枣,聊以自娱尔。

《小说月报》第三年第四号(1912年)

说小说

管达如

小说之意义

　　耳有闻,目有见,身有所触,则心有所知;有所知,则有所同异,有所欣厌,是之谓世界。世界者,事实界也。有所同异,则有所谓是非;有所欣厌,则有所欲去就,是之谓法界。法界者,理想界也。理想界之理想,其后恒成为事实界之事实。且自广义言之,理想者,亦事实界中之一种事实;事实者,亦理想界中之一种理想耳。故理想与事实不可分。

　　今欲问所谓世界者,果存在于吾人理想中之一物,除却吾人之理想,实际遂无所谓世界耶?抑所谓世界者,实有其物,而吾人之理想,曾不能出于此世界之外者邪?此则非吾人之所能知。吾人之所能知者,谓就吾人认识力之所及,确有所谓世界,而吾人之思想又确有时能超出于此世界之外而已。

　　人类之活动,有时受支配于天然者;又有时能以自主之力,自营活动,支配天然者。此等能支配天然之活动,谓之自由活动。自广义言之,则自由活动,亦一种受支配于天然之活动而已。然其以受支配于天然故而活动,及其以支配天然为目的故而活动,其活动终不能不谓之有别也。动物之所以高于植物,人类之所以高于他种动物者,即以此等活动之有无多寡为断。盖植物无自由活动,而动物有之;动物之自由活动,其范围狭,人类之自由活动,其范围广也。夫同一运动也,何以区别其为自由与否?则以其有无自由思想为断。所谓自由思想者,即谓吾人于认识现世界以外,更能超出于现世界而为思想之精神之力也,若是则自由思想者,乃自由活动之前驱,而亦即人类高于他动物之根本的原因矣。

何谓超出于现世界之外而为思想?如人类之形质,不能离地心吸力也,而理想界则有所谓仙,居于空虚之中;人类之耳目除实物有形质者外,不能有所闻见也,而理想界则有所谓鬼神,界于若有形质若无形质之间;事物界不能有绝对之快乐也,而理想界可以有之;事实界不能有绝对之苦痛也,而理想界亦可以有之。要之,凡有一事实,即有一超乎事实之外之理想与之俱存,如响随声,如形有影,常相伴随,无或差忒。夫事实之所以能成为事实者,以其存于众人意识区域内者皆同故也;而理想之为理想,其存于众人意识区域内者亦皆同。然则虽欲指理想为空虚无据之物焉,不可得已。

人类既有此理想,则必有所以发表之者;其所以发表之具,则小说是已。盖如前所云,则自然界之事实有二:一事实界之事实,一理想界之事实。事实界之事实,人类形体之所触接者是已;理想界之事实,人类精神之所构造者是已。一切书籍皆所以记载事实界之事实,小说则所以记载理想界之事实者也。

小说之分类

(甲) 文学上之分类:

一、文言体　此体道源最古。周秦诸子,即时有之;汉魏六朝,绵延勿绝;迄唐而大盛。盖唐代科举,尚无糊名易书之法。主司鉴衡,得于文字之外,兼采誉望。其时公车士子,旅食京华,往往因寄意寓言之作,名噪都下,转相仿效,述作遂多。凡意有所托,或于时事有所知而不敢显言者,往往借小说以达之矣。故此体可谓萌芽于周秦,发达于汉魏六朝之间,而大成于唐代者也。此体之中,又分为二派:一唐小说,主词华;一宋小说,主说理。近世著述中,若《聊斋志异》,则唐小说之代表也;若《阅微草堂笔记》,则宋小说之代表也。此体虽无逮下之功,而亦无诲盗诲淫之习,由其托体高故也。故于社会无大势力,而亦无大害。

一、白话体　此体可谓小说之正宗。盖小说固以通俗逮下为功,而欲通俗逮下,则非白话不能也。且小说之妙,在于描写入微,形容尽致,而欲描写入微、形容尽致,则有韵之文,恒不如无韵之文为便。故虽如传奇之优美,弹词之浅显,亦不能居小说文体正宗之名,而不得不让之白话体矣。此派多用章回体,犹之文言派多用笔记体也。用此种文字之小说,于中国社会上势力最大。中国普通社会,所以人人脑筋中有一种小说思想者,皆此种小说为之也。故中国社会而受小说之福也,此种小说实尸其功;中国社会而蒙小说之祸也,此种小说实尸其咎。

一、韵文体　此体中复可分为两种:一传奇体,一弹词体是也。传奇体者,盖沿唐宋时之倚声,而变为元代之南北曲,自元迄清,于戏剧界中,占重要之位置者也。此体所长,在文学优美,感情高尚,足以引起社会上爱美之性质。惜文人所填词,不尽可歌,而经伶工删改,用以演剧者,又往往词句恶劣,甚至不通,为可憾耳。弹词体者,其初盖亦用以资弹唱。及于今日,则亦不复用为歌词,而仅以之供阅览矣。

近今京调秦腔,日盛一日,其剧本,初多鄙俚不通,近则亦有倩文人为之,从顺可读者。然其文字,既不能如昆曲之高尚优美,又不能如弹词之纯以七字成句,音调圆熟,便于吟诵。故此等戏剧,纵使日盛,而欲求此等剧本,以蔚小说界中一大国,则戛戛乎其难之矣(传奇在诗歌中,最适于叙事之用。西人叙事诗,往往有长至数百千言者,在中国惟传奇可以当之。故传奇之体制,虽沿词而变,而其性质,实与词不同。昆剧虽衰,传奇必不能废也)。

(乙)体制上之分类:

一、笔记体　此体之特质,在于据事直书,各事自为起讫。有一书仅述一事者,亦有合数十数百事而成一书者,多寡初无一定也。此体之所长,在其文字甚自由,不必构思组织,搜集多数之材料。意有所得,纵笔疾书,即可成篇,合刻单行,均无不可。虽其趣味之浓深,不及章回体,然在著作上,实有无限之便利也。

一、章回体　此体之所以异于笔记体者,以其篇幅甚长,书中所叙之事实,极多,亦极复杂,而均须首尾联贯,合成一事,故其著作之难,实倍蓰于笔记体。然其趣味之浓深,感人之力之伟大,亦倍蓰之而未有已焉。盖小说之所以感人者在详,必于纤悉细故,描绘靡遗,然后能使其所叙之事,跃然纸上,而读者且身入其中而与之俱化。而描写之能否入微,则于其所用之体制,重有关系焉。此章回体之小说,所以在小说界中占主要之位置也。凡用白话及弹词体之小说,多属此种。即传奇,实亦属于此类。

(丙) 性质上之分类:

一、武力的　亦可名为英雄的,若《水浒传》其代表也。此派所长,在能描写武健侠烈之人物,以振作社会尚武之精神。然为之者或不知正义与法律为何物,专描写一粗卤武健之人,其极遂变为强盗主义,则其流弊亦不免矣。

一、写情的　亦可名为儿女的,若《红楼梦》其代表也。夫世界本由爱情而成。男女之爱情,实为爱情之最真挚者。由此描绘,诏人以家庭压制之流毒,告人以社会制裁之非正义,且导人以贞信纯洁之死不相背弃之美风,亦未始于风俗无益。但为之者多不知道德为何物,且亦绝无高尚之感情,非描写一佻佻无行之人,号为才子,则提倡淫乐主义,描写富贵之家,一夫多妻之恶习,使社会风俗,日趋卑污,罪不可胜诛矣。

一、神怪的　此派小说,以迎合社会好奇心为主义,专捏造荒诞支离不可究诘之事实,若《封神传》其代表也。于社会无丝毫之益,而有邱山之损,盖习俗迷信之深,此派小说与有力焉矣(如关羽有何价值,而举世奉为明神,非《三国演义》使之然乎)。而其撰述亦最易,盖可随笔捏造,不必根于事实也。

英雄、儿女、鬼神,为中国小说三大原素。凡作小说者,其思想大抵不能外乎此。且有一篇之中,三者错见,不能判别其性质者;又有其宗旨虽注重于一端,而亦不能偏废其他之二种者。此由社会心理使然,不能以此衡作者之短长也。

一、社会的　此派小说,以描写社会恶浊风俗,使人读之而知所警为主义,若《儒林外史》其代表也。最为有利无弊,但佳作不数觏。不善者为之,往往口角笔锋,流于尖薄,无当惩劝,只成笑谈,为可惜耳。故欲作此种小说者,道德心必不可缺。道德心缺乏,而能为良好之社会小说者,未之前闻也。斯言似迂,其理实信,愿为小说者一深思之。

一、历史的　此派小说,其所叙述事实之大体,以历史为根据,而又以己意,捏造种种之事实,以辅佐其趣味者也。其所述之事实,大抵真者一而伪者九,若《三国演义》其代表也。小说之作,所以发表理想。叙述历史,本非正旨。然一事实之详细情形,史家往往以格于文体故,不能备载,即载之亦终不能如小说之详;苟得身历其事者,本所闻见,著为一书,则不特情景逼真,在文学上易成佳构,并可作野史读矣。又历代正史,多有仅据官书,反不如私家记载之得实者;苟得好读杂史之人,刺取一时代之遗闻轶事,经纬组织,著成一书,使览者读此一编,如毕读多种之野史,则于学问亦未始无益。而惜乎能符此两种宗旨者,绝不可得见,而徒造为荒诞不经之言,以淆乱史实,是则有损而无益也。

一、科学的　此种小说,中国旧时无之,近来译事勃兴,始出见于社会,盖由吾国科学思想不发达故也。夫小说之性质,贵于凌虚;科学之性质,贵于征实。二者似不相容。然近来科学进步,一日千里,其事虽庸,其理则奇。事奇斯文奇。苟有深通科学兼长文学之士,覃精著述,未始不足于小说界中,别开一生面矣。

一、侦探的　此种小说,亦中国所无,近来译事盛行,始出见于社会者也。中国人之作小说也,有一大病焉,曰不合情理。其书中所叙之事,读之未尝不新奇可喜,而按之实际,则无一能合者。不独说鬼谈神处为然,即叙述人事处,亦强半如是也。侦探小说,为心思最细密,又须处处按切实际之作,其不能出现于中国,无足怪矣。

一、冒险的　此种小说,亦得之移译,若《鲁滨孙飘流记》之类是也,最足激发人民冒险进取之思想。中国近日,民之委靡,尤须以此种小说药之。

一、军事的　中国旧时之小说,叙述战事者甚多。历史小说,尤大半属于此类。然与实际绝不相合,故不能冒军事小说之名。近来国际竞争,日益激烈,非提倡军国民主义,不足自存。若得深通军学之士,多著此等小说,于社会必大有裨益也。

第三章　小说之势力及其风行于社会理由

今试一游乎通都大邑之书肆,则所陈列者,十之六七,皆小说矣。又试入穷乡僻壤,则除小说外,他项书籍,殆不可得见焉。与村夫野老妇人孺子谈,彼其除小说以外无所知,无足怪也。即学士大夫,号为通知古今者,其于小说,亦复津津乐道。小说果以何因缘,而使人爱读若此?

抑不仅爱读已也,凡爱读小说者,其人无时不有一小说之思想,存于心目之间。其始以为小说也而读之。及其后,则身入其中而浸与之合,以小说上之事实,为世界上可真有之事实,以小说上之人物,为世界上可实现之人物。遇一事也,往往以读小说之眼光批评之;处置一事也,亦往往以小说上之手段出之矣。夫读圣贤之经传者,不必遂能成为圣贤;读豪杰之传记者,亦不必遂能成为豪杰;而小说则独能使人身入其中,习而与之俱化。又以何因缘,而能具有魔力若此?

今试一观乎吾国之社会,则各种人所具有之心理,殆无一非小说之反映也。彼士人之孜孜矻矻,穷年不倦者,何为乎?由有十年窗下,一举成名等状元宰相之小说,以为之诱导也。彼深于迷信者,所以甘掷无量数之资财,以献媚于神佛者,何为乎?由有为善获福,为恶获祸,天堂地狱诸小说,为之诱导也。彼绿林豪客,市井武夫,所以好勇斗狠,一言不合,白刃相仇,杀人越货,恬不为怪者,何为乎?由有《水浒传》《施公案》《七侠五义》等小说为之诱导也。青年男女,缠绵床笫,春花秋月,消磨豪气,甚至为窬墙穿穴之行,而曾不以为耻者,何故乎?由其有《红楼梦》《西厢记》诸书,以为之诱导也。凡若此者,悉数难终,举其一二,可以类推矣。夫小说者,社会心理之反映也。使社会上无此等人物,此等事实,则小说诚无由成。然社会者,又小说之反映也。因有小说,而此等心理,益绵延于社会。然则社会也,小说也,殆又一而二,二而一者矣。

小说之所以能具有若是魔力者,何也?曰:吾固言之矣,小说者,社会心理之反映也。天下惟本为其心理所造成之物,则其契合也,愈易而亦愈深。小说之所以能具有魔力,即是道也。夫人类之心理,不甚相远者也。一人所以为苦痛者,必众人同以为苦痛;一人所以为快乐者,必众人同以为快乐。虽各人之主观观察,不能尽同,然必有其一部分相同者。又此等号为主观观察不同之人,苟就其所谓不同者而更推之,亦必有其相同之一点。夫如是,则人类之喜怒哀乐,初不甚相异。夫人类之性质,向上者也。惟其向上也,故无论何时,均不能以其现在所处之境为满足,必求一更上之境,以满足其欲望。而社会上之组织,则又时时足以阻碍人类之进行,使之不能满足其欲望者也。故人类之对于社会,必不能无觖望不平之时。不平则鸣,而著述之事兴焉。小说者,亦著述中之一种也。如专制之淫威,人所同恶者也,虽恶之而无知之何,然其恶之之情,固未尝或忘也。于斯时也,而有若《水浒传》者出,助阸塞不平之英雄以张目,而排斥社会上种种有权力之人,则其为社会所欢迎,无待言矣。又如婚姻之不自由,亦人所同恶者也,虽恶之而无可如何,然其恶之之心,亦未尝或忘也。于斯时也,而有若《红楼梦》者出,助一般之痴男怨女以张目,而排斥阻碍其爱情者之非,则其为社会所欢迎,又无待言矣。夫人类之性质,乐群者也。唯其乐群也,故必时时求同情之人于社会。此同情之人,不必其能助我也,但使其与我同乐,与我同患,即欣然引为同调,把臂入林矣。小说者,社会上之一人,自鸣其所苦痛,自述其所希望,以求同情于社会者也。读小说之人,则同具此等之心理,欲求同情之人于社会,而尚未能得者也。一朝相遇,欣然如旧相识,而其关系遂永久固结而不可离,宜矣。

抑小说之作用,又有一焉,曰:坚人之自信力。夫人类者,乐群之动物也。惟其乐群也,故苟有所怀,必不敢轻于自信,必环顾同群,求有一人焉,其所怀抱,与吾相同者,然后敢自信其所见之不误。孔子曰:"德不孤,必有邻。"盖谓此也。夫小说之所倡道,大抵与现社会之是非相反者也。惟其与现社会之是非相反也,故同具此理想者,必不敢轻于自信,必环顾同群,求有一人焉,其所怀抱,与吾相同者,然后敢自信其所见之不误。而其素所怀抱之理想,乃能见之于行事。小说者,即对于社会上此等之人,而与之以援助之力者也。夫人孰敢为杀人御〔越〕货之事,以干犯社会之秩序者?然有一《水浒传》以援助之,则俨然以鲁智深、武二哥自居矣。人孰敢为窬墙穿穴之行,以干犯名教者?然有一《红楼梦》以援助之,则俨然以贾宝玉、林黛玉自居矣。不惟借此为口实以抵抗世人之讥评,抑其心亦不以其所行者为非矣。又不惟行之者不以为非,即世人之讥评者,亦从而宥恕之矣。盖个人之对于社会也,常有一种之责任心;而社会之对于个人也,亦常有一种之制裁力。此责任心与制裁力,所附之以行者,为社会上所号称之"正义"。正义非一成不变者也。时时发见其不便,则亦时时可以修改之。而修改之先,必有一二人焉,大声疾呼,以发见其不便。发见之而为众所赞成焉,则旧日之所谓正义者,因之而废;发见之而为众所不赞成焉,则其说废,而旧日之正义,仍通行于社会。而此等新说,能得众人之赞成焉否,则于其说出见以后,社会上之人。能否默认此说,而其行为评论,随之而生变化与否觇之。然人类之性情,既不甚相远,则一人之所以为苦痛者,必众人同以之为苦痛;一人之所以为快乐者,必众人同以之为快乐,则此等新说又十之九能得社会之赞成者也。此小说之所以能深入人心,使其人之行为性质,随之而生变化者也。

如右所述,则小说之势力,殆如水银泻地,无孔不入。而其功用,则虽至严密之法律,至精微之宗教,殆不足以胜之,亦可谓伟大矣。夫天下万事万物,无不可利用者。小说之势力,伟大如此,利用之则可以得福,不能利用之,则将以召祸,又可断言矣。

第四章　小说在文学上之位置

文学者,美术之一种也。小说者,又文学之一种也。人莫不有爱美之性质,故莫不爱文学,即莫不爱小说。斯言是矣。然文学之美者亦多矣,而何必斤斤焉惟小说之是好也?夫物之不可偏废者,必其具有一种之特别性质者也。惟然,则小说在文学上之位置,可以研究矣。

今请列举小说与他种文学之异点:

一、小说者,通俗的而非文言的也。一国之文字,大抵可分为三种:一古文,如三代两汉之书、唐宋八家之文是也。其句法字法,与今日之语言，全不相同。故非有甚深之学力者，不能晓解。一普通文，如社会上通行之公牍信札之类是已。其句法字法，虽不能必尽符乎古，而亦不能尽合乎今，故亦非普通人所能知。一通俗文，如向来通行之白话小说，及近人所演之白话书报是已。其语法字法，全与今日之语言相同，直不啻举今日之语言，记载之以一种符号而已，故了解之甚为容易。读此等书籍者，较之听人谈话者，不过多一识字之劳而已。夫社会上不能尽人而为文学家，亦不能尽人皆通知文学，而文学之思想，则人人有之。人未有不欲扩其见闻，且未有绝无爱美之感者，此即文学思想也。今吾国能通上古文与普通文之人，不过一小部分而已，其一大部分之人，皆仅用通俗文者也。而各种书籍，殆无不用上古文与普通文者，试问此一大部分之人，何由而满足其文学之欲望乎？其竞趋而读通俗文之小说，盖势使然矣。且古文与通俗文，各有所长，不能相掩：句法高简，字法古雅，能道人以美妙高尚之感情，此古文之所长也；叙述眼前事物，曲折详尽，纤悉不遗，此通俗文之所长也。文字之用，不外说理、叙事、表情三者。古文所说之理，所叙之事，所表之情，固非通俗文所能有；通俗文所叙之事，所说之理，所表之情，又岂古文所能有乎？惟如是也，故虽文人学士，深通古文者，而其好读小说，亦与常人无异矣。

　　一、小说者，事实的而非空言的也。凡事空谈玄理则难明，举例以示之则易晓。此读哲学书者所以难于读历史也。孔子曰："我欲垂之空言，不如见之行事之深切著明。"亦谓此也。凡著小说者，固各有其所主张。然使为空言以发表之，则一篇论说文字耳，必不能为社会所欢迎。今设为事实以明之，而其所假设者，又系眼前事物，则不特浅近易明，抑且饶有趣味，其足以引人入胜宜矣。且法语难从，巽言易入。为空言以发表意见者，侃侃直陈，排斥他人之所主张，以伸张我之所主张，法语之类也。借实事以动人者，初不必直陈其是非，但叙述事实，使读者之喜怒哀乐，自然随之为转移，巽语之类也。其在文学上占一特别位置，不亦宜乎。

　　一、小说者，理想的而非事实的也。小说虽为事实的，然其事实，乃理想的事实，而非事实的事实，此其所以易于恢奇也。夫人情于眼前习见之事物，恒不乐道；独至罕见之物，难逢之事，则津津乐道之。昼夜寒暑,更代迭推,水火阴阳,相生相灭,莫或措意;妖异灾祥,历数百数千年而一见,则农夫野老,传之口碑,学士文人,笔之载籍,皆是道矣。他种书籍,多记载事实界之事实者,故不能十分恢奇。小说则记载理想界之事实者。理想界之事实,无奇不有,斯小说亦无奇不有。其所以易擅胜场者,非著者才力使然,实材料使然也。

一、小说者,抽象的而非具体的也。理想界之事实,皆抽象的而非具体的,此其所以美于天然之事实也。夫观自然之景物者,有时转不如读图书之乐;实际之事物,断不能如戏剧之足以动人:一抽象的,一具体的也。小说所述之事实,皆为抽象的,故其意味,较之自然之事,常加一倍之浓深。叙善人则愈觉其善,叙恶人则愈觉其恶,叙可爱之物,则愈觉其可爱,状可憎之态,则愈觉其可憎,其使读者悲喜无端,涕流交集,宜矣。

一、小说者,复杂的而非简单的也。凡事详切言之则易晓,浑括述之则难明。老僧谈禅,听者欲卧;偶过村间茶肆,有执鼓板,踞高座,说故事者,则流连忘返矣。社会上人之心理,大抵简单者多,复杂者少。对思想简单之人,而以浑括之词,说高尚之理,其不掩耳疾走者鲜矣。他种文字,无论如何委婉曲折,终不能如小说之详明,此一般思想简单之人所以欢迎小说也。若谓他种书籍,所以不为一般社会所欢迎者,徒以文字艰深故,则试以四子五经译成白话,又试以小说上之事实,仍用白话,而以简括之史笔出之,人之欢迎之,能与小说等乎?

凡此五者,皆小说与他种文学之异点,其所以能在文学界中独树一帜者,即以此也。乌乎,美哉!

第五章

近十年来,我国译学界,风起云涌,东西各国之名著,经翻译而接触于吾人之眼帘者,殆不下数百千种。顾率多科学书,文学书则绝少,良由我国民竞注意于实学,无暇驰骛空想,亦由此种书籍之移译,倍难于他种也。其中惟小说一种,译述者颇多,是乌可不一论其得失?

译本小说之善,在能以他国文学之所长,补我国文学之所短。盖各国民之理想,互有不同;斯其文学,亦互有不同。既有同异。即有短长。

此无从讳,亦无庸讳也。中国小说之所短,第一事即在不合实际。无论何事,读其纸上所述,一若著者曾经身历,情景逼真者然,然按之实际,则无一能合者。此由吾国社会,缺于核实之思想,凡事皆不重实验致之也。西洋则不然。彼其国之科学,已极发达,又其国民崇尚实际,凡事皆重实验,故决无容著述家向壁虚造之余地。著小说者,于社会上之一事一物,皆不能不留心观察,其关涉各种科学处,亦不能作外行语焉。夫小说者,社会之反映也。若凡事皆可向壁虚造,则与社会实际之情形,全不相合,失其本旨矣。敬告我国小说家,于此点不可不再三注意也。

译本小说之所长,又在能以他国社会之情形,报告于我国国民。各国之社会,其组织皆互有不同,因之其内容亦极差异。以此国之人,适彼国之社会,睹其所为,竟有茫然不解者。语曰:"知己知彼,百战百胜。"生于今日,而无世界之智识,其将何以自存哉?欲求世界之智识,其道多端,而多读译本小说,使外国社会之情状,不知不觉,而映入于吾人之意识区域中,实最便之方法也。盖小说者,本社会之反映,而其叙事又极详,故多读译本小说者,于外国社会之情状,必多有所知。因可以比校其异同,评论其得失,下至日用行习之间,一名一物之细,为他种书籍所万不能及者,亦可借此而得之。则译本小说,不徒可输入他国之文学思想,抑可为觇国之资矣。

译本小说不及自著之点亦有二:

一、矫正社会恶习之功力校小也。小说之所以能矫正社会之恶习者,以其感人之深。其感人之所以深,以其所叙述之事实,所陈说之利害,与读者相切近也。译本小说,所叙述之事实,皆外国之事实,所陈说之利害,亦皆外国之利害。此等观念,吾辈对之,平时既少体会,临时读之,亦必漠然,而感动人之功效,不可得见矣。夫人类之阙点,各国诚多相同者。箴规外国人之小说,亦未始不可移之以箴规本国人。然一人也,其往往有待于箴规之事同,而其所以箴规之之术当异。语曰:"沉潜刚克,高明柔克。"此教育之所以贵因人而施。而箴规国民之阙失者,亦不可不随其社会之性质而异焉者也。外国小说,本非为我国人而作,虽未必无感动我国人之力,然校之我国人所著,则其功用必不可同日而语矣。

一、趣味不如自著者之浓深也。各国国民之好尚,互有不同。外国人所以为乐者,未必我国人亦以为乐,此无可如何也。自著之小说,本为吾国社会之产物,且多以投合社会之心理而作者。外国小说则不然,故不免有格不相入之处。此中虽无优劣然否可论,然欲吾国人好读外国人所著之小说,亦如中国人自著之小说,则必不能矣。

中国旧有之小说,汗牛充栋,然佳者实不及千分之一。除十余种著名之作外,皆绝无意识,不堪卒读者也。然此等我辈所视为不堪卒读之小说,正下流社会所嗜之若命者,而小说之毒遂由此深中于社会矣。故今日欲借小说之力以牖民,第一步即须与此等恶小说战。必能摧陷廓清之,然后新小说之力,可以普及于社会。否则虽有新小说,仍为此等恶小说所中梗,无丝毫利益也。而欲奏此等功效,则必新出之小说,能与国民之嗜好相投。故在今日,译本小说,无论为若何之名著,吾终谓其功力不及国人自著者。然中国今日,正在渴望良小说之时,则无论其为自著,为移译,苟其佳者,实多多益善也。

第六章　中国旧小说之缺点及今日改良之方针

小说与社会之关系,吾前既屡言之矣。平心论之,则中国社会,受小说之害者深,而蒙小说之赐者少。此皆由撰著小说者,无道德,无知识,贸然以迎合社会为宗旨,有以致之也。请得而备言其害:

一曰诲盗。语曰:"勇则犯上,不登于明堂。"中国国民,勇于私斗,怯于公战,皆由小说家之提倡强盗主义,有以致之也。夫中国近数百年来,始则受辱于契丹,□□□则受辱于蒙古,终又受侮于满洲,创巨痛深,可谓至矣。作小说者,何难描写一异族侵凌之状,同胞受侮之情形,以振作国民之敌忾心。即不然,教之以尊君亲上,谨守秩序,亦不失为专制时代,导民于轨物之良著。今也不然。一繙其书,凡恃武力以求逞者,莫不以个人为之动机,曾未闻有以保护国家社会之公益为念者,纵不能为《水浒传》,并不能为《荡寇志》邪?噫!

一曰诲淫。社会之腐败,其原因甚多,而淫其尤甚焉者也。盖淫则必怠于工作,习于奢侈,而种种之恶德缘是以生矣。旷观历代亡国之时,宫廷多有女谒之祸,而其时之王公大臣,亦必淫于声色,溺于货利,下至闾阎细民,亦复桑间濮上,廉耻荡然,其故大可思矣。中国婚姻不自由之制,诚非社会之所宜。然向之著写情小说者,初未尝有见于此也,徒教人以挟妓饮酒、窬墙穿穴、一夫多妻,诸不道德之事而已。使人人心目中有一才子佳人之思想,视寡廉鲜耻之事,恬然不以为非。而青年男女,一读此等书,则颓然丧其所守,且以戕贼其生命健康者,皆此等书为之也。乌乎!其害烈矣!

一曰长迷信倚赖之习。人贵自立。中国之旧小说则动丧人自立之性者也。其故有二:一曰教人以依赖鬼神,如为善获福、为恶获祸,主张因果诸小说是也。此犹不失劝惩之义。其甚者,乃教人以依赖命运,依赖社会上有声势权力之人,如当山穷水尽之时,并不教人以自力战胜天然及社会之危难,而徒撰一绝处逢生,不衷情理之事实以斡旋之,则使读之者,人人贱人为之功,而冀获天然不可知之福矣。又如富者之救济贫者,贵者之援引贱者,亦无不极口称誉。夫富济贫、贵援贱,亦孰得而议其非?然使社会上贫贱之人,日视此等事为当然,日望人之救济援引,而不复求自立之道。望之而不得,则怨恨之心生焉,遂招破坏秩序之危险。此非吾之故甚其词也。何一次地方上土匪之乱,其中不含有一种之小说思想邪?以视西人之撰探险小说、立志小说,导人以自营自助之道者,何如?然此犹可曰著者疾富者之不仁,贵臣之蔽贤,有激而言也。其更甚者,乃至阳借劝善惩恶之名,阴行诲盗诲淫之实。著者之意既在彼而不在此,读者之意亦惩一而劝百,则罪不可胜诛矣。

一曰造作荒诞无稽之语以坏国民之智识也。小说者,文学的,而非科学的、历史的也,诚不能责之以叙述实事。然书中所叙述之事,出于意造可也,而必不能不衷于情理。如欲述一贫儿骤致富厚,谓其掘地得金可也,谓其得点石成金之术,不可也。又如叙夫妇破镜重圆,谓其间关万里,抵死求而得之可也,谓其两相流转,忽然相值可也;谓其求神礼佛,因而有一观音大士、金甲神人,携之御空乘云而行,一夕而致其身于万里之外,不可也。中国小说,类此者十七八,故与之习者,不特不明事理之真,亦且无研究之思,遂至以愚陋闭塞闻于天下。

如右所述,不过举其弊之尤大者,其他贻害于社会之点,书不胜书,一言以蔽之:著作者无道德心,且无普通智识而已。今也社会改良之声,与文学进步之论,双方并进。译著小说者,非复借是以牟私利,而将借以瀹发民智,启迪愚蒙,则如左所列诸端,诚不可不注意也。

一、道德心宜充足也。稽古说《诗》曰"不得已",作《易》曰"其有忧患"。凡著书立说者,未有不具悲天悯人之衷,而其书能有益于社会者也。中国向者之小说,所以贻害于社会者,即由作者专以牟利为主义,而不以觉世为主义,故只知迎合社会,而不能矫正社会。今也国民之旧习有待于刷新者亦多矣。苟无热诚,必不敢独抒己见,与社会宣战;即勉强为之,亦必不足以动人也。此其二〔一〕。

一、智识宜求完备也。有道德心矣,能自主张其所见矣,然智识或不完备,则其所主张者先已陷于误谬,其贻害于社会者亦必非浅鲜。庸医何尝欲杀人,而卒至于杀人者,术使之然也。又小说之作,材料极为复杂,无论何种事实,殆无不与小说有关系者。当此等处,作者亦须有普通之智识,措语方不至谬误。否则一言之差,贻害社会者非细矣。

一、阅历宜求广博也。小说者所以描写社会之情状者也。以其文体主于详悉,故描写一现状,又必有种种之现状以辅佐之。且有时必须借反对之现状以资比较,而后其精神乃益显。故作小说者,其宗旨虽可专主于描写一种社会,然于他种社会之情形,亦不可不知者也。如叙述通都大邑,必更写一穷乡僻壤以资对照;叙述富贵家豪侈之状,则必更写一贫贱之家,穷窭之态,以资烘托。使著者知其一而不知其二,则应用将有所穷,而所作即因之减色矣。

一、文学宜求高尚也。道德心充足矣,智识完备矣,阅历充足矣,然无文学以运用之,则此等材料,悉成废物矣。同一事实也,长于文学者叙之,则精神活现,可泣可歌;使不能文学者叙之,则生气索然矣。彼《水浒》《红楼》等之所以有名于社会者,非徒以其宗旨之正大,理想之高尚,亦以其文学之优美也。故作小说犹筑室焉,道德心其基础,阅历知识其材料,文学则运斧斤之匠人也。"言之无文,行而不远",信哉!

抑予犹有一言,欲贡献于今日之小说界者:则作小说,当多用白话体是也。吾国今日小说,当以改良社会为宗旨,而改良社会,则其首要在启迪愚蒙,若高等人,则彼固别有可求智识之方,而无俟于小说矣。今之撰译小说者,似为上等人说法者多,为下等人说法者少,愿小说家一思之。

《小说月报》第三卷第五、第七至十一号(1912年)

1913 年

《离恨天》译余剩语(节录)

林 纾

畏庐曰:余自辛亥九月,侨寓析津,长日闻见,均悲愕之事。西兵吹角伐鼓过余门外,自疑身沦异域。八月以前,译得《保种英雄传》,为某报取去,自是遂不复译。壬子九月,移家入都,译得《遗金记》二卷,授之《庸言报》;又译得《情窝》二卷,授之《平报》;又自著得《剑腥录》二卷,授之曾云沛;又译得《义黑》一卷、《残蝉曳声录》一卷、《罗刹雌风》一卷,均授之商务印书馆。兹复译得是篇,自谓较前数种胜也。

著是书者,为森彼得,卢骚友也。其人能友卢骚,则其学术可知矣。及门王石孙庆骥,留学法国数年,人既聪睿,于法国文理复精深,一字一句,皆出之以伶牙俐齿。余倾听而行以中国之文字,颇能阐发哲理。因忆二十年前,与石孙季父王子仁译《茶花女遗事》,伤心极矣。而此书复多伤心之语,而又皆出诸王氏。然则法国文字之名家,均有待于王氏父子而传耶!

书本为怨女旷夫而言。其不幸处,如蒋藏园之《香祖楼传奇》。顾香祖楼之美人,侍姬也,为顽嚚之父母所梗,至于身死落叶之庵。殆其夫仲氏,即而相见,立奄忽以死,词中所谓"才待欢娱病来矣,细思量浮生无味"者。今书中葳晴之死,则为祖姑所厄,历千辛万苦而归,几与其夫相见,而浪高船破,仅得其尸。至于家人楚痛葳晴之死,举室亦尽死,并其臧获亦从殉焉。文字设想之奇,殆哲学家唤醒梦梦,殊足令人悟透情禅矣。

凡小说家立局,多前苦而后甘,此书反之。然叙述岛中天然之乐,一花一草,皆涵无怀、葛天时之雨露。又两少无猜,往来游衍于其中,无一语涉及纤亵者。用心之细,用笔之洁,可断其为名家。中间著入一祖姑,即为文字反正之枢纽。余尝论《左传·楚文王伐随》,前半写一"张"字,后半落一"惧"字。"张"与"惧"反,万不能咄嗟间撤去"张"

字,转入"惧"字。幸中间插入"季梁在"三字,其下轻轻将"张"字洗净,落到"随侯惧而修政,楚不敢伐"。今此书写葳晴在岛之娱乐,其势万不能归法,忽插入祖姑一笔,则彼此之关窍已通,用意同于左氏。可知天下文人之脑力,虽欧亚之隔,亦未有不同者。

读此书者,当知森彼得之意,不为男女爱情言也;实将发宣其胸中无数之哲理,特借人间至悲至痛之事,以聪明与之抵敌,以理胜数,以道力胜患难,以人胜天,味之实增无穷阅历。……

癸丑三月三日,畏庐林纾记。

1913年商务印书馆版《离恨天》

《践卓翁小说》自序

践卓翁

翁年六十以外,万事皆视若传舍。幸自少至老,不曾为官,自谓无益于民国,而亦未尝有害。屏居穷巷,日以卖文为生。然不喜论政,故着意为小说。计小说一道,自唐迄宋,百家辈出,而翁特重唐之段柯古。柯古为文昌子,文笔奇古,乃过其父,浅学者几不能句读其书,斯诚小说之翘楚矣。宋人如江邻几,为欧公所赏识者,其书乃似古而非古,胶沓绵覆,不审何以有名于时。宛陵梅叟,诗笔为余服膺。而《碧云騢》一书,至毁诋名辈,大不类圣俞之为人,吾恒与《邻几杂志》,疑为伪作。盖小说一道,虽别于史传,然间有纪实之作,转可备史家之采撷。如段氏之《玉格》《天咫》,唐书多有取者。余伏匿穷巷,即有闻见,或且出诸传讹,然皆笔而藏之。能否中于史官,则不敢知。然畅所欲言,亦足为敝帚之飨。书成,吾友臧翩秋先生趣余为序,乃草此数语归之。至于流传与否,不惟不之计,且欲急急拉杂摧烧之也。民国二年十月践卓翁识。

1913年北京都门印刷局版《践卓翁小说》第一辑

《剑腥录》序

冷红生

夫妖幸不熄,必骧政符;翼轸同占,多兆女变。虽老父请饮,征异于泗上之田;而才人入宫,蕴祸在感业之寺。矫诐甚于魏元,孽眚深乎齐季。位综禁要,即土崩鱼烂而勿恤;风兆暴逆,乃弯弓缠弰之幸逃。长颇之使无闻,范叔之言不验。于是权纲坠紊,始峻掊而亟敛;宰辅昏瞀,乃就瞑而引妖。边服无幸谧之时,国屯有浸播之势。灌弛既甚,骚携日众。亡下阳而不惧,惟淫刑之是逞。浅中浮表,谓荣宗足以尽敌;翼虚驾伪,奉郭京赖其降神。赤刏比干之心,碧化苌弘之血。然而万骑南来,六飞西狩矣。拓御路以过禄山,撤长围而燕侯景。祸异尔朱,群凶幸脱于河阴;人释杨钊,脔割不闻乎蜀道。马矢平填于飨殿,龙种莫哀乎王孙。或蓬藋荒扉,作俯偭偷生之计;或珊瑚宝玦,闻苍凉哭庙之声。京畿因而斗变者二年,客兵为之摄录者六国。呜呼!唯当轴多亏风挏政之人,故江表有归暖避寒之举矣。邴生者,南州秀少,东越淳人。有顾著作之鲜荣,兼房景伯之通赡。得剑欧冶,求师少林。方欲遍历名胜,周量世局。超山五里,逐步梅花;漳湖九道,弥望葭菼。腰舆出没,收竹色以染衣;僧房孤危,抱钟声而入梦。然初念特在寻山,奇缘无关访美也。一自宓姬见神于洛浦,云英惊艳于蓝桥,物外见其贞娴,女中寡此韶淑。用不疑还金之义,遂叔鸾相婿之谋。时则刘翁方坐曹于秋官,邴生将读书于国子。仓卒值天宝之变,乘舆有奉天之行。据势不惟宦官,召戎乃出王子。洒尸暴雨,宿血溅为红泥;毗屋凝尘,坏墙浸彼苦月。然而美人遇乱,非挟小忽雷而行;侠客解围,竟获大铁椎之助。实则伯弼威名,咸知时有秦士;韦郎武技,先已试之汝州矣。时则灌穴发墙,方且拼求魁蠹;埋戈爨盾,无复啸引凶愚。宗臣来取节之人,翰苑备迎銮之赋。生乃一帆烟月,直指杭州;满地江湖,掉头魏阙。产资桑柘,门深薜萝。塔影遮楼,网轩碍月。花片入户,粉盏增香。注鸡碑雀录以怡情,仰蛤港螺田而供馔。岂惟栖隐,亦曰达生。嗟夫!桃花描扇,云亭自写风怀;桂林陨霜,藏园兼贻史料。作者之意,其在斯乎?虽然阎浮世界,固有种民;而摩诘因缘,但归法喜。终以茶毗一炬,脱众生于三劫之轮;从兹面壁十年,求样本作无缝之塔。壬子长至,冷红生叙。

附记:

及门济宁王生孟,其尊甫镜航先生,精于史学者也。庚子,在围城中,目击惨变,著《庚辛之际月表》一册,赠冷红生。表中月日厘然,生遂据此书为稿本,意在表彰修伯荷之忠。其云邴、刘夫妇者,特假之为贯串耳。书成,不敢攘先生之美,故表而出之。间亦有取于太常袁公行略。事颇纪实,不敢为讹讪之谈,读者谅之。冷红生识。

1913年北京都门印刷局版《剑腥录》

《新说书》序例

孙毓修

市集之中,人庞语杂,吾人过之,绝无赏心娱目之事也。墙角空地之中,破屋荒场之内,有携一桌一鼓一醒木,而指手画脚,以演讲《三国志》《水浒》等书者,谓之露天说书。说书之事古矣,考之于书,谓始于北宋之宫禁中,后之《三国志》《水浒》,所由作也。今乃愈推愈广,有说之于露天者,亦可见社会相需之殷矣。其时板凳七八条,围而坐者,倾耳敬听,扬扬然若有得意之色。而普通人胸中,一番论古之识,一段愤世之念,皆缘此而发生。譬之教育,演义小说,其课本也;露天说书之人,其教师也。然说书者之感人之速,有甚于学校之教育矣。近自共和成立,宣讲之员,著于典章,通俗之教,集成盛会。诸君子将灌输新智识,改铸新国民之故,采用说书之旧方。莘莘学人,不惜摹仿柳敬亭之口吻,是诚得其道矣。顾说书之方虽良,而其所挟以为佐使之旧小说,则必不能适用。犹之方可用古,而药品则不能陈腐也。仆也不敏,窃以佣笔余渖,仍仿《童话》《少年杂志》诸书之体,别成此书,陆续编纂,质诸同好。意不徒备新说书者之采纳,即粗知文义之公民,负书包出入于小学校之少年,手此一编,亦必有如刘更生所云,皆可喜可观者焉。既发其志趣,并粗述其例如左:

一、《新说书》之材料,取于科学、实业、历史之类,其文体则演义的,其构造则故事的。

一、《新说书》之作,原为浅人说法,当如编小学教科书,选字撰句,悉心体贴,期不费解而得其趣。

一、《新说书》之词调,多比喻,多插科,虽迁就社会之心理,仍不害教育之本旨。

一、《新说书》每一回终,附《释义》数则,发挥未尽之蕴,用浅显明快之文言,可作教科书观。

1913年商务印书馆版《新说书》(第一集)

《九十三年》评语

东亚病夫

嚣俄著书,从不空作,一部书有一部书的大主意,主意都为着世界。如《钟屡〔楼〕守》为宗教,《噫无情》为法律,《海国劳人记》(即《小说时报》所载《噫有情》)为生活,《笑面人》为阶级。然则《九十三年》何为?曰"为人道"。《九十三年》千言万语,其实只写得一句话曰"不失其赤子之心"。

人说《九十三年》是纪事文,我说《九十三年》是无韵诗。何以故?以处处都用比兴故。只看卷一第五、六章叙炮祸,卷四第一、二章述三童戏嬉,意何所指,不要被作者瞒过。《百科全书》评《九十三年》,谓为诗体之散文,是搔着痒处语。

无宗教思想者,不能读我《九十三年》;无政治智识者,不欲读我《九十三年》;无文学观念者,直不敢读我《九十三年》。盖作者固大文学家,而实亦宗教家、政治家也。

《九十三年》,当头棒也,当代伟人,不可不读。《九十三年》,亦导火线也,未来英雄,尤不可不读。译者识。

1913 年上海有正书局版《九十三年》

《小说月报》特别广告

小说月报社

本社所出《小说月报》,已阅三载。发行以来,颇蒙各界欢迎。迩来销数日增,每期达一万以上。同人欣幸之余,益加奋勉。兹从四卷一号起,凡长篇小说,每四期作一结束;短篇每期四篇以上。情节则择其最离奇而最有趣味者,材料则特别丰富,文字力求妩媚,文言、白话,兼擅其长。读者鉴之。

本社谨启。

《小说月报》第三卷第十二号(1913 年)

征求短篇小说

小说月报社

本社现在需用短篇,倘蒙海内文坛惠教,曷胜欣幸。谨拟章程如下:

一、每篇字数,一千至八千为率。

二、誊写稿纸,每半页十六行,每行四十二字。

三、稿尾请注明姓名、住址。

四、酬赠照普通投稿章程,格外从优。

五、投稿如不合用,即行寄还。合用之稿,由本社酌定酬赠,通告投稿人。如不见允,原稿奉璧。

本社谨启。

《小说月报》第三卷第十二号(1913 年)

《怀旧》附志

焦 木

实处可致力,空处不能致力。然初步不误,灵机人所固有,非难事也。曾见青年才解握管,便讲词章,卒致满纸饾饤,无有是处。亟宜以此等文字药之。

《小说月报》第四卷第一号(1913年)

《小说丛考》序言

琐尾生

余友泖东一蟹者,积学士也。性诙谐,善谈笑,每当宾朋杂坐,议论风生。君间发一语,辄解人颐。谑而不虐,有淳于子之遗风。家富藏书,自"十三经""二十四史",以至诸子百家,稗官小说,无不搜储架上。君寝馈其中,穷探秘奥,故下笔为诗文歌曲,无不登峰造极,卓然成家。而于撰述小说,尤擅胜场,盖其嗜好有独至也。今秋小驻沪渎,于顾曲评茶之暇,纂成《小说丛考》一书,从《开辟演义》至近时之各种小说,搜索殆尽。余受而读之,不意其便便大腹中,经笥外,乃更有《说郛》也。夫说部浩如烟海,作者无虑数万家,虽间有散佚,而存者亦不下数千种。况义多附会,事半假托,纵采辑遗闻,不无述者,而争年郑市,本自两非;议瓜骊山,难定一是。其能本鸿都之旧说,订豕亥之讹文者,殊不多觏。推其流弊,又有数端。沿流失源,数典忘祖,夜郎来自浮竹,伊尹生于空桑,此引书而不言所自者,其病一。指鹿为马,以目混珠,认虎贲为中郎,奉阳货为尼父,此引据似是而非者,其病二。蘦宸靡箴,逸鼎代证,异子正之索隐,同通德之解经,此信作者而巧为附会者,其病三。就树移堂,诵赋易韵,点窜尧典舜典字,涂改清庙明堂诗,此就原书而妄为损益者,其病四。能离此诸蔽,方为信史。钩元撮要,括垢磨光,剖析毫厘,甄别原委,如阅吕览无一字可增减,读杜诗无一字无来历。盖网罗百余种之奇书,乃始能成此数万言之钜制。虽功止于述,而实较诂经注诗为难。洵古训之所式,多识之所资也。凡文学家、历史家以及弹词演剧者流,欲得考镜而助谈资者,知必有取于是矣。余无以名之,名之曰著述界破天荒之杰作。时在民国元年七月,琐尾生撰。

《小说月报》第四卷第一号(1913年)

《小说丛考》赘言

(恽铁樵)

著者原有《弁言》数则,今为赘录于左:

一、文学家不可不阅

援引旧闻,易为世俗所误,名贤不免。有此书印证,则真赝显然,所撰文词,自然典则。

一、历史家不可不阅

喜阅稗乘,喜观戏剧,为儿童第二天性。历史教习苟得是书,旁征曲引,则足以鼓其兴味。

一、演剧弹词家不可不阅

优伶脚本,往往与事实相反,如曹彬害贤铫期见杀等事,不一而足。急宜人购此书,互相考证,庶几饮水知源,且可曲引旁征,令听者寻味。

一、商界不可不阅

商界中人,阅稗史多,阅正史鲜,往往认假为真,将差就错,甚有以小说奉为典故,点缀信札。急宜购阅此书,以增学识。

一、女界不可不阅

闺中女伴,针线余闲,往往喜观小说,然因是而涉于痴情者有之,涉于迷信者亦有之。惟以此书日置案头,则真赝立辨,而无误入歧途之患。

按:吾国社会之优点为孝,为义侠,为慈善;劣点为淫,为凶顽,为迷信,为诈。凡此种种,于何造因? 其最大之潜势力,即旧小说。根深蒂固,不可猝拔。然而功不补患,误人实多。居今日而言社会教育,非举种种谬说详为订正不可。树珏不学,不足语此;而世之文豪,又以稗乘小之,不屑为也。然则是编之出,谓非破天荒之杰作,不可得矣!

《小说月报》第四卷第一号(1913年)

(原作未署名,但文中有"树珏不学,不足语此"之语,可断为恽铁樵所作。恽铁樵,名树珏)。

英国十七世纪间之小说家

孙毓修

英文 Story 一字,为纪事书之总称,不徒概说部也。其事则乌有,其文则甚长者,谓之 Novel,如《红楼梦》一类之书是矣。为此书者,皆古之伤心人,别有怀抱,乃虚造一古来所未有、人力所不能之境,以畅其志。江阴老儒作《野叟曝言》,奇则奇矣,而中无所托,故不见重于世。盖 Novel 者,出乎人之意外,又入乎人之意中者也。英国近世小说,以迭更司 Charles Dickens、司各脱 Sir Walter Scott 为至矣,而椎轮大辂,则第十七八世纪间之作者,不可不知其为人与其遗书。

自有人类,即有故事。在文字未兴以前,则编成韵语,沿街弹唱,以晓俗情,此荷马 Homer、福吉儿 Virgil、卑丸尔 Beawulf 诸人,所以不朽于希腊、罗马、盎格罗撒克生之史也。吾国之有章回小说也,风始于宋至今存者,有《五代史平话》《宣和遗事》等书。英国之有作故事者 Storyteller,昉于清之中叶,其第一部不刊之作,即第福氏 Daniel Defoe 之《鲁敏孙漂流记》Robinson Cruso 也,出版于一千七百十九年。当第福十七岁时,有倍福尔 Bedford 之教师,方沉幽于铁窗缧绁之中,而孤愤著书,与第福之所托,如吴越之不相谋,而其书与《鲁敏孙漂流记》并有千古者,则彭宁氏 John Bunyan 之《天路历程》Pilgrim's Progress 是矣(此书教会中人已译,即名《天路历程》)。此本箴俗说理之书,而托以比喻,杂以诙谐,劝一讽百,实小说之正宗。其文又平易简直,妇孺皆知,英人尊之,至目之为《圣经》之注脚。然彭宁之遭际,亦可怜矣。穷愁著书,中外一例,殆亦天地间一种之公例耶?

彭宁以一千六百二十六年生,少习补锅匠。十六岁以后,弃其旧业,投袂从军。留营数年,即复退伍。年二十,迎娶某氏。其妻之才否,今不可知,所可知者,死于一千六百六十五年耳。彭宁于百无聊赖之中,复有悼亡之戚,鳏鱼不暝,牛衣增悲,遇亦穷矣。而一线之生机,亦于此时得之。盖其妻固贫家之女,于归之日,一身之外,别无所谓催妆之品携归彭宁,有之,则惟《圣经》一部。彭宁念粉渍之犹新,感灵响之不沫,人穷反本,宗教之言尤易感动,乃尽去其平日之思虑,而愿身为教师,以宣福音 Gospel。其时正当清教徒 Puritans 与国教争,而英国共和 Commonwealth 之日也。未几,却而斯二世 Charles II 复位,凡不奉国教者罪之,彭宁遂以一千六百年,幽囚于倍福尔之狱,在此暗无天日之中,断送十二年之光阴。然犹不废著述。而《天路历程》,世界不朽之奇作,即成于此时,至今凡有文字之国无不翻译者,其尊崇亚于《新旧约》等。

出身之卑贱,亦如彭宁,而使其名重于九鼎大吕者,即《鲁敏孙》之作者第福氏也。第福之父,一伦敦之屠夫耳。第福少时,思成一牧师,以光大其门闾。十四岁在纽温登 Newington 肄习拉丁、希腊、法兰西、西班牙、意大利诸国宗教之书,学业精进。后忽违其夙愿,惟求执一业以糊口,此外别无奢望。乃为织袜之工,日坐伦敦之市,纷纷与佣保为伍,然犹时时著书。时则新旧两教,此一是非,彼一是非,互相水火。国家右旧教,第福日造一文,以攻政府。一千七百二年,被囚于纽格脱 Newgate 之狱。而危言核论与政府为敌之文,未尝绝笔也。《鲁敏孙漂流记》即著于是时。此书事本子虚,而惊心动魄,不啻身受,更以激人独立自治之心,故各国争译之。第福怀抱直道,郁郁不得志于宗邦,乃思辟一新天地于不可知之乡。其后百有二人航海至美洲,争信仰之自由,开殖民之风气,溯其渊源,实基于此。第福之理想竟得实行。其书之有功于人心世道如此。第福年七十岁卒,一千七百三十一年四月二十四日也,葬于彭赫儿非而士 Bunhill Fields,后彭宁四十三年云(彭宁之墓亦在彭赫儿非而士)。第福墓石前年为风雨所剥蚀,伦敦新闻偶采入时事栏中,募财重建。一时小学生闻之,皆欣然出资。为取埃及之文石,大书深刻,树于墓道,称为韵事。

仿第福之书而作者,有瑞士人惠士 Johann Rudolf Wyss 之《瑞士人之鲁敏孙》The Swiss family Robinson,始以一千八百十三年用德文刊布,英人译之。迈力耶 Captain Frederick Marryat 之《太平洋坏船》Wreck of the Pacific, or Masterman Ready,其结构亦同第福,而实以续惠士之书者。两书亦风行至今。

与彭宁同时,而门阀华贵,生享幸福者,有斯惠福 Jonathan Swift 焉。造一小说,托名于吉利甫 Gulliver 者,穷游大人、小人二国,即译本之《海外轩渠录》,原名《吉利甫之游记》Gulliver's Travels 者也。斯惠福之政见尽于此书,而其诙谐之资料,惝恍之奇情,实令人一读一赞赏。斯惠福,都伯林 Dublin 人也。一千六百十七年生,毕业于牛津大学 University of Oxford,以一千七百四十五年卒。《轩渠录》之外,行世者尚有《书之战争》The Battle of the Books,《德伯之谈》Tale of a Tub,要皆不若《轩渠录》之能令天下笑,而与日月争光也。

文字不高,而著名于文学史者,有如彭宁。其所著之《天路历程》,虽追摹古调,刻意求工,而终不掩其浅陋之本色。乃有文既不逮彭宁,而所造之小说又出其下,其名且永不废于文学史者,则有立却特孙 Samuel Richardson 焉。立却特孙生于一千六百八十九年。其父固木工也,立却特孙幼年之教育,仅足记姓名而已。十七岁,习印书业于伦敦。此为书籍造作之府,假读甚易。白昼无暇,每于夜间口诵心维,以烧烛一条为度。主人既痛惜其烛,又虑立却特孙精神过劳,荒于本业,则夺其烛而去。久之,终得主人之欢,娶其女,承其业。勤劳之余,得自由读书,无虑夺烛之人伺其后矣。自以辛苦成业,常以此勉其工人。相传立却特孙恒置钱于字模之下,早赴工排字者得之,后至者自恨向隅,则早至矣。竞争不已,寝至未及鸡鸣,已来赴工。贪夫殉财,立却特孙又顾而叹之。立却特孙年五十,始有意著述,刊行小说甚多。其体似一长笺,有闭户构造八年之久始脱稿者。事皆平平,读之不终卷而令人倦矣。顾在当日，颇极风行一世之概，而大陆诸国之小说家，亦倾慕其格调，奉立却特孙为巨子，法兰西尤甚。缘古时庶业未剧，人多暇豫，而街谈巷议可资唱酬，以为茶后酒余之消遣者，其书实无多。立却特孙之作，适承其乏，故亦具左右世界之力焉。"虽有智慧，不如乘势。"其此之谓乎！一千七百六十一年卒。立却特孙生平常从容游燕于圣伯来 St. Bride 寺，每曰"吾魂魄犹乐此也"，家人卒埋其遗蜕于寺场。

汲汲顾影，卖文为活之生涯，实滥觞于非尔汀 Henry Fielding。此等生涯，英文谓之文学之苦工 Literary hack。非尔汀生于一千七百七年，塞木尔绥省 Somersthotire 人也。家本素丰。壮岁出游大陆，遍谒名都，轻裘宝带，骏马美人，意气甚豪。及还伦敦，就职大律师，起居愈奢。其父不能给，不得已乃卖文于市。专著意于小说，名作甚多，而以《汤琼历史》The History of Tom Jones 为第一。奇情诡理，加以词条丰蔚，逸趣横生，英国沸克兴 Fiction 之极规也。沸克兴者，即近所译称奇情小说。往往有英人极脍炙之书，我辈视之，味同嚼蜡。中西人嗜好各异如此。由此观之，非尔汀之书，只见誉于少数；立却特孙之书，仅驰誉于一时；惟有莎士比亚 Shakespeare，则永远的 of all ages，世界的 of all nations，此所以赠之以玉、谥之为圣。虽未知与屈原、杜甫何如，欧美两洲，要无有抗颜行者矣。

古德密斯 Oliver Goldsmith，爱尔兰人也，生于一千七百二十七年。君子观于古德密斯，知侥幸成名者，世岂少其人哉！古德密斯二十一岁，得学位于都伯林大学。彼固未尝苦学也，一时意气如云，视天下无不可者，益习于放纵，爱之者皆为忧之。尝思为教中之一职员，又尝思至美洲冒险，幸皆未达其目的。不然，则益放于礼法之外，并一文学之苦工亦不可得矣。当时有金五十镑，即可习法学而毕其业。古德密斯怀金将赴伦敦，博于都伯林，一夕输之，乃习医于爱丁堡。时荷兰有来屯大学 University Lyden 者，一入其中，如登龙门。古德密斯亦将往焉，以旅资与人博，又尽失之。当此时也，英国上流社会中人必渡海峡，至大陆上诸名都勾留数月，然后归，则声价陡高，时人尊之曰"大旅行" Grand tour。有意大利贵爵某，古德密斯之同学也，悯其丧资，无以成行，乃挈之与俱。既至罗马，古德密斯忽与之有违言，乃孑身赴巴黎，囊中实不名一钱也。夙善吹笛,恃此得乞食而归。英国自有大旅行以来,未有若此君之狼狈者也。此行也,未知其得于观察者何如,而尘容俗状,则加多矣。然微论其体势之陋俗,衣饰之不美,而其性情固极平易,以是人皆爱之。思悬壶于伦敦之市,而医术甚浅,未敢冒昧。乃入立却特孙之印书厂,为一校对者,兼为人作应酬文字。见者称赏,文誉日高,得倚此为生活。约翰生博士 D. Samuel Johnson 其至友也,尝曰:"当古德密斯手中无笔之时,则愚莫如之矣;有笔之时,则智又莫如之。No man was more foolish when he had not a pen in his hand, or more wise when he had." 古德密斯之小说,以《威克非尔牧师传》The Vicar of Wake Field 为最传,即近人译本之《姊妹花》也。此书属稿方就,约翰生偶过其居,则见古德密斯为欠赁屋资五十镑,大为女主人所窘,声势汹汹,欲鸣诸官。此江河不废之《姊妹花》一束杂于乱书堆中。约翰生读之,急语主妇毋躁,驰示坊肆,出六十镑市其稿,付主妇外,尚赢十镑也。然《姊妹花》中,错语颇多,古德密斯强自解曰:"无错不成话,作小说者之常语也。小说之妙,妙于有错;且吾书之错,甚有次序,以是亦可谓错到恰好之地位焉。"以一千七百四十四年化于旅次,别无长物,惟遗债二千镑云。

原刊《小说月报》第四卷第二号(1913年),
录自1916年商务印书馆版《欧美小说丛谈》

司各德、迭更斯二家之批评

孙毓修

十九世纪之间,英之大小说家联翩而起,要以司各德、迭更斯为著,非独著于一国,抑亦闻于世界。司各德之书主于历史,迭更司之书主于社会,各造其极,未易轩轾也。先古德密斯死之三年,爱丁堡隘巷之中,有小儿堕地。问其时日,则一千七百七十一年八月十五日也。此为司各德入世之初虽在十八世纪,而其小说皆作于十九世纪,故论世者不以属于十八世纪中也。司各德幼时,即跛一足。年十四,已尽读其父之藏书,于古时苏格兰流传之神话及诸名家之小说,嗜之若命。此时虽不遽下笔著书,要其蕴酿,固已深矣。法兰西、意大利风土清嘉,文字流利,以善造小说闻于世界。司各德尽学其方言,纵览妙作,以极其趣。复返求诸本国之历史,上下七百年贯穿驰骤,发为文章。昔太史公遭腐刑,荟萃先秦之纪载而成《史记》;司各德以亏其形体,归而著书,犹此志也。谓司各德为"西方之太史公",谁曰拟于不伦乎?

司各德所著诗文之外,其说部总名 Waverley Novels。虽密行小字之刊本,犹分装二十五册,皆从一千八百十四年至一千八百三十一年间所作也。卖其版权,得钱无算。自有作者以来,书之多而价之高,盖未有及之者。不幸变生意外,半生佣笔,几至贫无立锥。盖司各德尝合股设一书肆,至一千八百二十六年,书业大败,司各德折阅无算;又遭其爱妻之丧。破产之后,重以悼亡之惨,乃拼命著书,既以遣愁,亦以救穷也。当司各德居爱丁堡之日,有望衡而居者,能自隔窗见此大小说家之书案,举头辄见一人埋头于乱书堆中,一手据案疾书,少停,掷下一纸,又易新者。无论如何,此不厌不倦之健腕,无时不在眼中。是即司各德苦造其小说时之实况也。久之,迁居亚拔士福特 Abbatsford。司各德绞其脑,胼其手,如在爱丁堡时,在此积六年之苦工,成等身之纸堆,竟尽了其逋负,而精力亦竭矣。一千八百三十二年卒。司各德一生挥其秃笔,凡得十四万镑,合银一百四十万圆也,可谓豪矣。虽然,亦已惫。

司各德之书,以事实言之,则包罗七百年之历史,然非如史家之以年系日,而顺序以叙之也。第一部刊行者为《六十年》It is Sixty Years Since,一名 Waverley,此 Waverley Noveles 之名所由来也。《六十年》者,述一千七百四十五年英国保皇党之事,距司各德生平六十年前。而一千八百三十一年,第二部之《巴黎罗布德子爵传》Count Robert of Paris 则上溯第十一世纪第一次十字军之事矣。

"偶然题作木居士,便有无穷求福人。"此讥世俗之迷信也。作小说者,以无为有,随笔点染,妙造自然,其足以颠倒读者,惹起迷信,亦有此境。世之阅《三国志演义》《水浒传》《西游记》《红楼梦》者,孰不如见关云长之显圣、忠义堂之大会、孙行者之神通、贾宝玉之多情?此小说之极则也。司各德小说虽原本于史,而大半皆逞其臆见,向壁虚造。后之读者,几疑司各德家有娜嬛二酉闳帙奇书,多人世所未窥,司各德独得畅怀肆志,读而传之,无有知其为杜撰者。甚矣!其欺也。司各德至今称为"妖怪之小说家",其以此夫。

吾国之人一言小说,则以为言不必雅训,文不必高深。盖自《三国志演义》诸书行,而人人心目中以为凡小说者,皆如宋元语录之调,妇人稚子之所能解,而非通人之事也。其实《山经》《穆传》,先秦间之高文典册,目录家亦入之于小说。演义白话,体虽不古,然亦天地间一种奇文。予别有辨:欧美各国,文言一致,故无此例耳。其小说文字,皆非浅陋者,而司各德之文,尤多僻字奥句。今译本仅有二书,即《十字军英雄记》Talisman、《萨克逊劫后英雄略》Ivanho 也。

百年以前,英国政治之不公、风俗之龌龊为欧洲最。帝王之力不能整,宗教之力不能挽,转恃绘影绘声之小说,使读者人人自愧,相戒毋作此小说中之主人翁。政治风俗渐渐向善,国富兵强,称为雄邦。是则迭更司 Charles Dickens 之所为也。

迭更司,英之扑脱西 Portsea 人也,生于一千八百十二年二月。幼年受书于其母,皆能自读,即发其父之藏书。最爱小说,常冥然默坐,仰层城之逝影,数月影之下窗,不知者以为骏,而不知迭更司正遐想其所读之小说,而不觉其神往也。既而迭更司之父负人债不能偿,债主讼之,发官符系其父于伦敦狱。吏至迭更司家,鸡犬不宁,举家愁苦,乃至床帷釜甑之属,一一为吏抄掠去。迭更司顾之,皆不甚惜。最后则并及其百回不厌读之小说亦入吏之囊橐,迭更司始愀然不怡,然又无可奈何也。此时英国法律,凡以钱债系狱者,得举家移居狱旁,而仰食于官。迭更司与其母、弟随父至伦敦,奉狱官之命,入一酒肆,糊瓶上之招纸。一星期中,可得数先令,以给家用。久之狱解,迭更司从傅受读,学乃大进。年十四,即辍学。其父出狱后,在报馆任访事。迭更司慕之,思继其业。又甚愿登场为优人,恒与其同侪游于通衢,别操一种言语,谓之林古 Lingo,以假作外国旅客,而博市人之一笑。年二十二,竟成报馆访事焉。一千八百三十六年,本其二十年中之见闻,刊行一书,题曰《鲍氏笔记》Sketches by Boz。迭更司以己未有远名,故假托诸鲍氏,亦子虚乌有之例也。以其稿售与坊主,得一百五十镑。后迭更司既成著作家,声名著于海内外,乃向坊主收回笔记之版权,竟重出一千六百五十镑云。

迭更司少更患难,熟知闾阎情伪,故其小说,善摹劳人嫠妇之幽思,孤臣孽子之痛苦,虽穿窬乞丐者流,读之亦不啻其自叙。此辈终岁营营,断无自著一书,以鸣其不平于天壤之理。迭更司乃于明窗净几之中,伸纸吮笔,为之载之,如禹鼎之铸形,如秦镜之照胆,喜笑怒骂,一任读者之自择。迭更司第逞其笔锋之所至,而无容心焉。大凡朱门酒肉中人见之,每不怿,曰:"此伧无赖,又为我写照矣。"其实凡在此社会上者,迭更司无不取之,以作资料,固不暇专为富贵人作传也。富贵人自问无状,故读之而怒。贫贱人屈伏于泥涂之中,虽百其喙以诉困苦,犹恐不给。迭更司适如其意而为之刊布之,乃大得若辈之欢心,其书不胫而行于天下矣。

《块肉余生述》译本,即 David Copperfield 也。司各德少年境遇,虽不至如大卫之酷,然亦可怜矣,故于《块肉余生》,聊寄其慨。范蔚宗自鼓琵琶,动伤苓落;叶天寥曲叙年谱,辄唤奈何。每至愁绝之处,辄有迭更司之影子隐约行间,呼之欲出。悲哀者易为工,此《块肉余生记》之所以不朽也。

迭更司每一摇笔,则一时社会上之人物之魂魄自奔赴腕下,如符箓之役使鬼物焉。尝有画师,写迭更司著书之画。于其背面,作云烟蓊蔚之状,中有种种之男女,老者少者,俊者丑者,容则醉饱者饥寒者,冠则大冠者小冠者,衣则新者旧者,其状则各忧其所忧,喜其所喜,得意于其所得意,失望于其所失望,是皆迭更司小说中之主人也,是即世界众生之行乐图。无古无今,悉为此老写尽矣。呜呼!

迭更司卒于一千八百七十年之六月。生平著书,不如司各德之勇,故卷帙不如彼之多。文中好用方言谰语,以博其趣。今已译者,《块肉余生》外,有《冰雪因缘》Dombey and Son、《滑稽外史》Nicholas Nickleby、《孝女耐儿传》Old Curiosty Shop、《贼史》Oliver Twsit。其未译者尚不少也。

林纾《译〈孝女耐儿传〉叙》曰:"天下文章,莫过于叙悲,其次叙战,又次则宣述男女之情。等而上之,若忠臣孝子,义夫节妇,决胆溅血,生气凛然,苟以雄深雅健之笔施之,亦尚有其人。从未有刻画市井卑污龌龊之事,至于二三十万言之多,不重复,不支厉,如张明镜于空际,收纳五虫万怪,物物皆涵涤清光而出,见者如凭阑之视鱼鳖虾蟹焉。则迭更司者,盖以至清之灵府,叙至浊之社会,令我增无数阅历,生无穷感喟矣。"林氏虽不审西文,未能窥迭更司之奥妙,而此数言,颇能中肯。

一千九百十二年为迭更司百年之期,英美之人,以其后裔西华葛衣,沦于皂隶,乃集会刊行迭更司纪念券,如邮票之式,以所得之钱,赠其后人。一时王公缙绅,莫不争购,而坊间亦乘此时机翻刻迭更司之全集,莫不利市三倍。凡此固见名人之遗泽,而欧美社会之活泼,亦迥非东方人士所能及也。

英人常谓:虽英国之乞丐,但能读莎士比亚、司各德、迭更司三人之书乎,则可以上傲别国之帝王。以别国文学史,无能与此三人并对之人物。其辞骄矣,然世界之人已公认之。

原刊《小说月报》第四卷第三号(1913年),
录自1916年商务印书馆版《欧美小说丛谈》

霍桑(节录)

孙毓修

霍桑 Nathaniel Hawthorne 小说之才,于美为第二等作家,而其名顾反出于欧文 Washington Irving、考伯尔 Cooper 之上,吾求其故,则知通俗喻情,固小说之正轨。人欲自显其名,至于村童牧竖,皆知有罗贯中、施耐庵,则莫如为浅俗之小说矣。霍桑之书,专为普通人作豆棚闲话者,如《祖父之座》Grandfather's Chair、《有名之古人》Famous Old People、《自由树》Liberty Tree、《怪书》Wonderful Book,理想虽不高,而爱读者甚多焉。

原刊《小说月报》第四卷第五号(1913年),
录自1916年商务印书馆版《欧美小说丛谈》

神怪小说之著者及其杰作(节录)

孙毓修

　　神怪小说 Fairy Tales 者,其小说之祖乎? 生民之初,智识愚昧,见禽兽亦有知觉,而不能与人接音词、通款曲也,遂疑此中有大秘密存,而牛鬼蛇神之说起焉。山川险阻,风云雷雨,并足限制人之活动,心疑冥漠之中,必有一种杰出之人类,足以挥斥八极、宰制万物者,而神仙妖怪之说起焉。后世科学发达,先民臆度之见既已辞而辟之,宜乎神怪小说可以不作。藉曰有之,亦只宜于豆棚架侧,见悦于里巷之人与无知之小儿而已。不知小说本于文学,而神怪小说又文学之原素也。天下之事,因易而创难。神怪小说则皆创而非因,且此创之一字,仅上古无名之人足以当之,而今日文学史上赫赫之巨子,惟掇拾古人之唾余,附于述而不作之列,尚无术以自创也。由此言之,神怪小说岂易言哉! 岂易言哉!

　　神怪小说与神话 Mythology 不同。神话者,未有文学以前之历史,各国皆有之。我国一部路史,大足为此类之代表。后人觉其荒唐,斥为不典,当时视之,则固金匮石室之秘史。即今日粤若稽古,亦不能尽废其书。神怪小说起于輓近,尽知其寓言八九而已。神话,史谓之有小说滋味则可,竟隶之于小说则不可也。

原刊《小说月报》第四卷第六号(1913 年),
录自 1916 年商务印书馆版《欧美小说丛谈》

1914 年

二万镑之奇赌(节录)

孙毓修

吾国小说亦多矣,综其流别,不外三例:女子怀春,吉士诱之,是为诲淫之书;牛鬼蛇神,善恶果报,是为迷信之书;忠义堂上,替天行道,是为诲盗之书。近五百年,作者如鲫,而其范围,不逾此数者,亦已陋矣。自来天下事,不如意者常八九。文人恃其狡狯之笔,称心结撰,弥人世之缺憾,此理想小说 Imaginative Tales 之所由来也。吾国文人极其理想,不过尔尔,此进化之所以不闻也。第十八世纪之间,正欧西科学萌芽之代,而为科学之先导者,乃在区区之理想小说,其意境之奇辟,寄托之高深,实有卢牟六合、驰骋古今之概。发明家读之,因得开拓心胸,暗室之中,孤灯远照,依此曙光,终达彼岸。其文甚趣,其功更伟。……

原刊《小说月报》第五卷第九号(1914年),
录自1916年商务印书馆版《欧美小说丛谈》

小说丛话(选录)

梦 生

读小说不如评小说,以欲评小说方肯用心细细读,方有趣味。不然,任他读了若干遍,未得一点好处。

小说最好用白话体,以用白话方能描写得尽情尽致,"之乎也哉"一些也用不着。

或谓小说不必全用白话,白话不足发挥文学特长,为此说者,必是不曾读过小说者,必是不曾领略得小说兴味者。

小说难作处,全在白话。白话小说作得佳者,便是小说中圣手。

小说之为好小说,全在结构严密,描写逼真。能如此者,虽白话亦是天造地设之佳文。

中国小说最佳者,曰《金瓶梅》,曰《水浒传》,曰《红楼梦》三部,皆用白话体,皆不易读。

《水浒传》写豪杰义气,《红楼梦》写儿女私情,《金瓶梅》则写奸盗邪淫之事。故《水浒》《红楼》难读,《金瓶梅》尤难读。能读此三书而能大彻大悟者,便是真能读小说书人,便是真能读一切书人。

《金瓶梅》是异样妙文,《水浒》《红楼》亦是异样妙文,吾无从轩轾,而吾亦不必强为轩轾。

吾所谓能读小说者,非粗识几字,了解其中事实如何如何也。善读小说者,赏其文;不善读小说者,记其事。善读小说者是一副眼光,不善读小说者又是一副眼光。

《水浒》评的好,《金瓶》评的亦好,圣叹以真能读小说之眼光,指示天下读者不少。

圣叹评小说得法处,全在能识破作者用意用笔的所在,故能一一指出其篇法章法句法,使读者翕然有味。评《红楼》者即远不如。

与其作小说,不如评小说。盖以我之作者,不知费几许经营筹画,尚远不能如前人所作,不如举前人所已经营筹画成就者,由我评之,使我评而佳,则通身快乐,当与作书相等。

与其评寻常小说,不如评最佳最美之小说。盖评寻常小说,既需我多少思量,且感得一身不快,不如评最美最佳之小说,头头是道,不觉舞之蹈之也。

世间最美最佳之小说,能有几部,则前人亦必如我之不肯放松,一一评过。前人既经评过,又何劳我之再评?不知人生百年有如一场春梦,我既引为乐事,前人虽先我为之,我又何必不为?我之所评者,自我心中扒剔而出,我既不认我抄袭前人,又不认前人与我暗合,我自与我排忧解闷耳。

……

《雅言》第一卷第七期(1914年)

《中华小说界》发刊词

瓶庵

《中华小说界》第一期,编辑既成,校印方毕,客有造予而问者曰:"方今国家多故,外患日逼,民穷财尽,岌岌不可终日。而子乃研墨调朱,糜宝贵之光阴,损有用之精力,矻矻孳孳,日从事于小说,毋乃急其所缓,而缓其所急,是亦不可以已乎?"予曰:"客不言,予亦怀欲陈之久矣。请假前席,以毕吾词。夫蒙叟成书,半是寓言之体;虞初著目,始垂小说之名。厥后五总发函,《十洲》作纪,《搜神》志怪,流衍遂繁。顾言不齿于缙绅,名不列于四部,斥同鸩毒,视等俳优。下笔误征,每贻讥于博雅;背人偷阅,辄见责于明师。凡诸滑稽游戏之谈,绳以诲盗诱淫之罪。洎于輓近,西籍东输,海内文豪,从事译述,遂乃绍介新著,裨贩短章,小说一科,顿辟异境。然而言情、侦探,花样日新;科学、哲理,骨董罗列。一编假我,半日偷闲;无非瓜架豆棚,供野老闲谈之料,茶余酒后,备个人消遣之资。聊寄闲情,无关宏旨。此由吾国人士,积习相沿,未明小说之体裁,遂致失小说之效用也。夫荟萃旧闻,羽翼正史,运一家之杼轴,割前古之膏腴:则小说者,可称之曰已过世界之陈列所。影拓都之现状,笔代然犀,贡殊域之隐情,文成集锦;支渠兼纳,跬步不遗:则小说者,可称之曰现在世界之调查录。地心海底,涌奇境于灵台,磁电声光,寄遐想于哲理;精华宣泄,知末日之必届,文物发展,冀瀛海之大同:则小说者,可称之曰未来世界之试验品。包括三界,奄有众长,聚鬼谈而不嫌,食仙字而自喜。诙谐嘲讽,本乎自然;熏、刺、浸、提(见饮冰所辑《新小说》一号),极其能事:以言效用,伟矣多矣。兹编之作,尤抱有三大主义,以贡献于社会:一曰作个人之志气也。小说界于教育中为特别队,于文学中为娱乐品。促文明之增进,深性情之戟刺。抗心义侠,要离之断胫何辞;矢志国雠,汪锜之童殇奚恤?有远大之经营,得前事以作师资,而精神自奋;有高尚之理想,见古人已先著手,而诣力益坚。无形之鞭策,胜于有形之督责矣。一曰祛社会之习染也。穿耳缠足,有妨体育;迎神赛会,浪掷金钱;谈星相则妄邀天幸,虐奴婢则惨无人理;尔虞我诈,信誓皆虚;积垢丛污,卫生不讲:凡兹恶点,相习成风。《小说界》以罕譬曲喻之文,作默化潜移之具,冀以挽回末俗,输荡新机。一曰救说部之流弊也。凡事不能有利而无害。自说部发达,其势力遍于社会。于是北人以强毅之性,濡染于《三国》《水浒》诸书;南人以优柔之质,寝馈于《西厢》《红楼》等籍。极其所至,狭邪倾心接席,辄自托于宝玉、张生;屠沽攘臂登台,亦比迹于李逵、许褚。摹仿泰西形式,花冠雪服,结婚竟可自由;崇拜虚无党员,炸弹手枪,广座居然暗杀。慕隐形易容之术,肚箧何妨;信祭宝斗法之谈,揭竿遽起。艳情本以醒世,而恋爱益深;神怪本属寓言,而迷信增剧。《小说界》务循正轨,取鉴前车,力矫往昔之非,稍尽一分之责。虽然,见仁见知,视乎其人;为毁为誉,期于定论;亦何敢妄自夸诞,见诮于大方哉?"客称善而退。爰笔其说,以志简端。

《中华小说界》第一年一期(1914 年)

小说丛话

成　之

今试游五都之市、十室之邑,观其书肆,其所陈列者,十之六七,皆小说矣。又试接负耒之农、运斤之工、操奇计赢之商,聆其言论,观其行事,十之八九,皆小说思想所充塞矣。不独农工商也,即号为知识最高之士人,其思想,其行事,亦未尝不受小说之感化。若是乎,小说之势力,弥漫渐渍于社会之中。吾国今日之社会,其强半,直可谓小说所造成也。小说之势力亦大矣!

小说之势力,所以能若是其盛者,其故何欤?曰:小说者,近世的文学,而非古代的文学也。此小说所以有势力之总原因,而其他皆其分原因也。何谓近世文学?近世文学者,近世人之美术思想,而又以近世之语言达之者也。凡人类莫不有爱美之思想,即莫不有爱文学之思想。然古今人之好尚不同,古人所以为美者,未必今人皆以为美也;即以为美矣,而因所操之言语不同,古人所怀抱之美感,无由传之今人,则不得不以今文学承其乏。今文学则小说其代表也,且其位置之全部,几为小说所独占(吾国向以白话著书者,小说外,殆无之。即有之,亦非美术,性质不得称为文学)。全国之中,有能通小说而不能读他种书籍者,无能读他种书籍而不能读小说者。其大多数不识字不能读书之人,则其性质亦与近世文学为近,语之以小说则易入,语之以他种书籍则难明,此小说势力弥漫社会之所由也。

近世文学之特质有三:一曰切近。古代文学之所述,多古人之感想,与今人之感想,或格格不相入。近世文学,则所述者多今人之感想,切近而易明。传所谓法后王,为其近古而俗变相类,论卑而易行也。一曰详悉。凡言语愈进化则愈详明,故古文必简,今文必繁。小说者,极端之近世文学也,故其叙事之精详,议论之明爽,迥非他种书籍所及。一曰皆事实而非空言。此非谓近世文学不可以载理想也,特习惯上,凡空漠之理想,均以古文达之耳(以今文载理想,诚有不如古文之处。此由古文为思想高尚之人所使用,今文则为一般普通人所使用也。此其理甚长,当别论)。凡读书者,求事实则易明,论空理则难晓,此又尽人之所同矣。凡此三者,皆近世文学之特质,而惟小说实备具之。此其所以风行社会,共势力殆如水银泻地,无孔不入也。

小说势力之盛大,既如此矣。其与社会之关系果若何?近今论之者甚多,吾以为亦皆枝叶之谈,而非根本之论也。欲知小说与社会之关系,必先审小说之性质。明于小说之性质,然后其所谓与社会之关系,乃真为小说之所独,而非小说与他种文学之所同也。

小说之性质,果何如邪?为之说者曰:"小说者,社会现象之反映也",曰"人间生活状态之描写也",此其说固未尝不含一面之真理;然一考诸文学之性质,而有以知其说之不完也。何则?凡号称美术者,决无专以摹拟为能事者也。专以摹拟为能事者,极其技,不过能与实物等耳。世界上亦既有实物矣,而何取乎更造为?即真能肖之,尚不足取,况摹造者之决不能果肖原物乎(如蜡人之于人是已。亦有一种美术专以摹拟肖物为能者,如宋人之刻楮叶是也。此别是一理)？夫美术者,人类之美的性质之表现于实际者也。美的性质之表现于实际者,谓之美的制作。凡一美的制作,必经四种阶级而后成。所谓四种阶级者,一曰模仿。模仿者,见物之美而思效其美之谓也。凡人皆能有辨美恶之性。物接于我,而以吾之感情辨其妍媸。其所谓美者,则思效之;其所谓不美者,则思去之(美不美为相对之现象,效其美即所以去其不美也)。丑若无盐,亦欲效西施之颦笑;生居僻陋,偏好袭上国之衣冠,其适例也。二曰选择。选择者,去物之不美之点而存其美点之谓也。接于目者不止一色,接于耳者不止一音。色与色相较而优劣见焉,音与音相较而高下殊焉。美者存之,恶者去之,此选择之说也。能模仿矣,能选择矣,则能进而为想化。想化者不必与实物相触接,而吾脑海中自能浮现一美的现象之谓也。艳质云遥,闭目犹存遐想;八音既致,倾耳若有余音:皆离乎实物之想象也。人既能离乎实物而为想象,则亦能综错增删实物而为想象。姝丽当前,四支百体,尽态极妍。惟稍嫌其长,则吾能减之一分;稍病其短,则吾能增之一寸。凡此既经增减之美人,浮现于脑海之际者,已非复原有之美人,而为吾所综错增删之美人矣。此所谓想化也。能想化矣,而又能以吾脑海中之所想象者,表现之于实际,则所谓创造也。合是四者,而美的制作乃成。故美的制作者,非摹拟外物之谓,而表现吾人所想象之美之谓也。吾人所想象之美的现象之表现,则吾人之美的性质之表现也。盖人之欲无穷,而又生而有能辨别妍媸之性。惟生而有能辨别妍媸之性也,故遇物辄有一美不美之观念存乎其间;惟其欲无穷也,故遇一美的现象,辄思求其更美者,而想化之力生焉。想化既极,而创造之能出焉。如徒以摹拟而已,则是人类能想象物之美,而不能离乎物而为想象也,非人之性也。

美术之性质既明,则小说之性质,亦于焉可识已。小说者,第二人间之创造也。第二人间之创造者,人类能离乎现社会之外而为想象,因能以想化之力,造出第二之社会之谓也。明乎此,而小说与社会之关系,亦从可知矣。

凡人类之所为营营逐逐者,其果以现社会为满足邪？抑将于现社会之外,别求一更上之境邪？此不待言而可知也。夫人类既不能以现社会为满足,而将别求一更上之境,则其所作为,必有超出乎现社会之外而为活动者,此社会变动不居之所由也。此等作为,必非无意识之举动,必有其所蕲向之目的。而其所蕲向之目的,必有为之左右者,则感情是。能左右感情者,则文学是。夫人类之所谓善恶者,果以何标准而定之?曰:感情而已矣。感情之好者善也,感情之所恶者恶也。虽或有时指感情之所恶者为善,好者为恶,此特一时之所好,有害将来之所好,或个体之所好,有害于群体之所好,因而名之。究其极,仍不外以好恶为善恶之标准也。然则人类之活动,亦就其所好、违其所恶而已矣。人类之好恶,不能一成而不变。其变也,导之以情易,喻之以理难。能感人之情者,文学也。小说者,文学之一种,以其具备近世文学之特质,故在中国社会中,最为广行者也。则其有诱导社会,使之改变之力,使中国今日之社会,几若为小说所铸造也,不亦宜乎!

小说之分类,可自种种方面观察之。第一从文学上观察,可分为如左之区分:

$$
\text{小说}\begin{cases}\text{散文}\begin{cases}\text{文言}\\\text{俗语}\end{cases}\\\text{韵文}\begin{cases}\text{传奇}\\\text{弹词}\end{cases}\end{cases}
$$

凡文学,有以目治者,有以耳治者,有界乎二者之间者。以耳治者,如歌谣是(徒歌曰谣,谓不必与乐器相联合也),必聆其声,然后能领略其美者也。如近世所歌之昆曲,词句已多鄙俚,京调无论矣,近人所撰俚俗无味之风琴歌,更无论矣。然而人好听之者,其所谓美,固在耳而不在目也。设使此等歌词,均不能播之弦管,而徒使人读之,恐除一二著名之曲本外,人皆弃之如土苴矣。此所谓文之美以耳治者也。以目治者,凡无韵之文皆属之,不论其为文言与俗语也。小说中如《聊斋志异》,如《阅微草堂笔记》,则文言也;如《水浒》,如《红楼梦》,则俗语也;而皆属于文学中散文之一类,即皆属于目治之一类。盖不必领略其文字之声音,但目存而心识之,即可以领略其美者也。兼以耳目治之者,则为有韵之文,如诗赋,如词曲,如小说中之弹词,皆是也。此等文字之美,兼在其意义及声音。故必目观之,心识之,以知其意义之美;亦必口诵之,耳听之,而后能知文字相次之间,有音调协和之义存焉。二者缺其一,必不能窥其美之全也。此所谓兼以耳目治之者也。此种文学,所以异于纯以耳治之文学者:彼则以声音为主,文词为附,所谓按谱填词,必求协律,虽去其词,其律固在,而徒诵其词,必不能知其声音之美;此则声调之美,即存乎文字之中,诵其词,即可得其音,去其词,而其声音之妙,亦无复存焉者矣。盖一则先有声音之美,而后附益之以文词;一则为文词之中之一种尔。凡文,必别有律以歌之而后能见其美者,在西文谓之 Declamation,日本人译曰朗读。但如其文字之音诵之,而即可见其美者,在西文曰 Recitation,日本人译为吟诵。其不需歌诵,但目识而心会之,即可知其美者,在西文曰 Reading,日本人译曰读解。

小说之美,在于意义,而不在于声音,故以有韵、无韵二体较之,宁以无韵为正格。而小说者,近世的文学也。盖小说之主旨,为第二人生之创造。人之意造一世界也,必不能无所据而云然,必先有物焉以供其想化。而吾人之所能想化者,则皆近世之事物也。近世之事物,惟近世之言语,乃能建之,古代之言语,必不足用矣(文字之所以历世渐变,今必不能与古同者,理亦同此)。故以文言、俗语二体比较之,又无宁以俗语为正格。吾国小说之势力,所以弥漫于社会者,皆此种小说之为之也。若去此体,则小说殆无势力可言矣。

小说自其所叙事实之繁简观察之,可分为:

复杂小说

单独小说

二者。复杂小说,即西文之 Novel。单独小说,即西文之 Romance 也。

单独小说,以描写一人一事为主;复杂小说则反之。单独小说,可用自叙式;复杂小说,多用他叙式。盖一则只须述一方面之感情理想,一则须兼包多方面之感情理想也。复杂小说,篇幅多长;单独小说,篇幅多短。复杂小说,同时叙述多方面之情形,而又须设法,使此各个独立之事实,互相联结,成一大事,故材料须弘富,组织须精密,撰著较难。单独小说,只述一人一事,偶有所触,便可振笔疾书。其措语,只一方面之情形须详,若他方面,则多以简括出之。即于实际之情形,不甚了了,亦不至不能成篇。二者撰述之难易,实有天渊之隔也。

单独小说,宜于文言。复杂小说,宜于俗语。盖文言之性质为简括的,俗语之性质为繁复的也。观复杂小说与单独小说撰述之难易,而文言与俗语,在小说中位置之高下可知矣。

今更举复杂小说与单独小说明切之区别如下:

单独小说者,书中惟有一主人翁,其余之人物,皆副人物也。副人物之情形,其有关于主人翁者,则叙述之;其无关于主人翁者,则不叙也。故副人物者,为主人翁而设焉者也。虽有此人物,而其意并不在描写此人物,仍在于描写主人翁也。故单独小说者,以描写一人一事为主义者也。凡西洋小说,多为单独小说,若《茶花女》《鲁滨孙漂流记》等,其适例也。中国之短篇小说,亦多属此类,如《聊斋志异》,其适例也。

复杂小说者,自结构上言之,虽亦有一主人翁,然特因作者欲组织许多独立之事实,使合成一事,故借此人以为之线索耳。其立意,则不在单描写此一人也。故其主人翁,一书中可有许多。如《红楼梦》,十二金钗,皆主人翁也。柳三郎、尤小妹,亦主人翁也。即刘老老、焦大,亦为主人翁。断不能指宝玉或黛玉为主人翁,而其余之人,皆为副人物也。何也?以著书者于此等人物,固皆各各独立加以描写,而未尝单描写其关于主人翁之一方面也。欲明此例,以《儒林外史》证之,最为适切。读此书者,虽或强指虞博士或杜少卿为主人翁,然其非显而易见矣。盖作者之意,固在于一书中描写多种人物也。

要之单独小说,主人翁只有一个;复杂小说,则同时可有许多。而欲判别书中之人物,孰为主人翁,孰非主人翁,则以著书者于其人物,曾否加以独立之描写为断。盖一则为撰述主义上之主要人物,一则为其结构线索上之主要人物也。

然则复杂小说之不得不用俗语,单独小说之不得不用文言,其故可不烦言而解矣。盖复杂小说,同时须描写多方面之情形,其主义在详,详则非俗语不能达。单独小说,其主义只在描写一个人物,端绪既简,文体自易简洁,于文言较为相宜也。而复杂小说之多为长篇,单独小说之多为短篇,其故又可知矣。盖一则内容之繁简使然,一则文体之繁简使然也。

复杂小说,感人之深,百倍于单独小说,盖凡事愈复杂则愈妙,美的方面类然,固不独文学,亦不独小说也。即以知的方面论,人亦恒为求知之心所左右,如遇奇异之事,常好探究其底蕴是也。所以好探究其底蕴者,以欲窥见此事物之全面,而不欲囿于一部分耳。应于人类此两种欲望,而求所以满足之,则复杂小说,实较单独小说为适当。何者？复杂小说,自知的方面论之,则能描写一事实之全体(复杂小说其主意虽在描写各个独立之事实,于一书中备载各方面之情形,然于文字组织上,必将各种事实,联结穿贯,恰如合众小事成一大事者然。故自其目的上言之,可谓为同时描写各方面之情形；自其文字组织上言之,又可谓备写一事之全体也),使人类如观一事而备见其里面、侧面者然。如写一恶人,多方设计,以陷害善人,在复杂小说,则可自善人、恶人两面兼写之,使此二人之性情行为,历历如绘。单独小说,则只能写恶人陷害善人时之行为,而其背后种种图谋设计之情形,不能备举矣(如兼写之,便成复杂小说)。是不啻观一事,但见其正面,而未见其反面、侧面也。其不足餍人求知之心,无俟言矣。至情的方面,则愈复杂而愈见其美,单独之不如复杂,更无待论也。

　　欧美小说,较之中国小说,多为单独的,此其所以不如中国小说之受人欢迎也。

　　小说之叙事,有主、客观之殊。主观的者,书中所叙之事,均作为主人翁所述,著书者即书中之主人翁；或虽系旁观,而特为此书中之主人翁作记录者也。西洋小说,多属此种(近年译出之小说,亦大半属于此种)。客观的者,主人翁置身书外,从旁观察书中人之行为,而加之以记述者也。中国小说,多属此种。要之主观的,著书之人,恒在书中；客观的,则著书之人,恒在书外,故亦可谓之自叙式(Auto-biographic)及他叙式(Biographic)也。

　　自叙式小说,宜于抒情,宜于说理。他叙式小说,则宜于叙事。小说以创造一境界为目的,以叙事为主,故他叙式胜于自叙式。又他叙式小说,多为复杂的,自叙式多为单独的,其理由前文已详,兹不赘。

　　小说自其所载事迹之虚实言之,可别为写实主义及理想主义二者。写实主义者,事本实有,不借虚构,笔之于书,以传其真,或略加以润饰考订,遂成绝妙之小说者也。小说为美的制作,义主创造,不尚传述。然所谓制作云者,不过以天然之美的现象,未能尽符吾人之美的欲望,因而选择之,变化之,去其不美之部分,而增益之以他之美点,以成一纯美之物耳。夫天然之物,尽合乎吾人之美感者,固属甚鲜,然亦不能谓为绝无,且有时转为意造之境所不能到者。苟有此等现象,则吾人但能记述抄录之,而亦足成其为美的制作矣。此写实主义之由来也。此种著录,以其事出天然,竟可作历史读,较之意造之小说,实更为可贵。但必实有其事而后可作,不能强为耳。如近人所作短篇记事小说甚多,往往随手拈来,绝无小说的之文学组织,读之亦绝无趣味,此直是一篇记事文耳,何小说之云!此即无此材料而妄欲作记实小说之弊也。又有事出臆造,或十之八九,出于缘饰者,亦妄称实事小说以欺人,此则造作事实,以乱历史也。要之小说者,文学也。天然事实,在文学上,有小说之价值者,即可记述之而成小说。此种虽非正宗,恰如周鼎商彝,殊堪宝贵。若无此材料,即不必妄作也。

小说发达之次序,本写实先而理想后,此文学进化之序也。大抵理想小说始于唐,自唐以前,无纯结撰事实为小说者。古之所谓小说者,若《穆天子传》,若《吴越春秋》,正取其事之恢奇,而为史氏记录之所不及者耳。若寓言,则反不以之为小说。吾谓今之小说,实即古之寓言;今所谓野史杂史者,乃古小说耳。然则今有记实小说,竟以之作野史读可矣。其可宝贵为何如!然此非纯文学也。自文学上论之,终以理想小说为正格。

记实小说,多为短篇,以天然事实,有可为小说之价值者(从文学上论),往往限于一部分故也。即其事不限于一部分,而已非著者观察之力所及,只得以概括出之矣,此实事之无可如何者也。

又有一种小说,介乎理想与写实之间者,如《儒林外史》是。《儒林外史》中之人物,皆实有其人,但作者不便揭出其姓名,则别撰一姓名以代之;书中所载之事实,不必悉与其人之行事相符,然实足以代表其人之性行者也。要之此种小说,不徒以叙述我理想中所创造之境界为目的,而兼以描写一时代社会上之情状为目的,不啻为某时代之社会作写真。然其人物之名,皆出于虚造;其事实,亦不必与原有之实事相符。

正如画工绘物,遗貌取神,欲谓为某物而不得,欲谓非某物而又不得也。此种小说,既可借以考见某时代社会上之情状,有记实小说之长,而其文学上之价值,亦较记实小说为优,实最可宝贵者也。今之所谓社会小说者,多属此种。但作者须有道德心,且须有识力。必有道德心,有识力,然后其所指为社会上之污点者,方确为社会上之污点,足资读者之鉴戒,而贻后人以考镜之资。非如世之妄作社会小说者,绝无悲天悯人之衷,亦无忧深虑远之识,随意拈著社会上一种现象,辄以嬉笑怒骂施之,贻社会以恶名,博一己之名利,所言皆无责任之言,无病之呻,绝未知社会之病根何在,既不能使闻者有戒警恐惧之益,复不能贻来者以研求考镜之资也。

《儒林外史》,篇幅虽长,其中所包含之事实虽多,然其事实,殆于个个独立,并无结构之可言(非合众小事成一大事)。与向来通行之长篇小说,体例不合,实仍短篇小说之体裁耳。此亦足以证吾记事小说多为短篇之说矣。

凡小说,必有其所根据之材料。其材料,必非能臆造者,特取天然之事实,而加之以选择变化耳。取天然之事物,而加之以选择变化,而别造成一新物,斯谓之创造矣。然其所谓选择变化者,又非如以盐投水,一经化合,遂泯然尽亡其迹象也。往往有一部分,仍与原来之形质状态,丝毫无异者,特去其他部分,而别取他一体之他部分,或臆造一部分以配之耳。质而言之,则混合物,而非化合物也。夫如是,故无论何种小说,皆有几分写实之主义存。特其宗旨,不在描写当时之社会现状,而在发表自己所创造之境界者,皆当认之为理想小说。由此界说观之,则见今所有之小说中,百分之九十九,皆理想小说也。此无足怪,盖自文学上论之,此体本小说中之正格也。

西人论戏剧,分喜剧与悲剧二种。吾谓小说亦可作此分类。而二者之中,又各可分为纯粹的与不纯粹的二者。试分论之如下。

绝对的悲情小说　书中所述之事实,以缺憾终者也。"缺憾"二字,为悲情小说之特质。凡事之绝无缺憾者,皆无哀情小说之价值者也。特事之缺憾,有绝对的与非绝对的之分。何谓绝对的?其事不能于其本人之生前解决之者是也。如《三国演义》所写之"陨大星汉丞相归天",《红楼梦》所写之"焚遗稿黛玉断痴情",其适例也。此等事实,其特质,在其人所遭之缺憾,不能弥补之于生前,而徒以诉之于后世之人。要而言之,则屈于势,伸于理,陃于当日之命运,而伸于后日之人心而已。直不啻告人以强权之不可恃,公理之不可蔑弃,从举世滔滔,竞尚争斗之际,而引起其反省之良心也。故其感人为最深,而于世道人心,为最有益也。

相对的悲情小说　绝对的悲情小说,善矣。然读此等小说太多,易使人之气郁而不舒,其心怫逆而不平,故亦有害。论戏剧者,谓绝对的悲壮之剧,不宜多演,职是故也。欲调剂于是而使适其宜,则莫如相对的悲情小说矣。相对的悲情小说者,虽亦有多少之缺憾,而其结果,大抵以圆满终者也。此等戏剧,西人谓之 Reconciliation(译言和解)。我中国之《西厢记》,若但观其原文,则为绝对的悲情小说。若合《续西厢》观之,则相对的悲情小说也。《红楼梦》与《后红楼梦》亦此例。弹词中之《来生福》,尤其显焉者也。人生世界中,奋微力以与运命抵抗,与恶社会宣战,果其无所为而为之者,能有几人?其大多数,皆希望今世之成功者也。若一国中之小说,而皆为绝对的悲情小说,是不啻诏人以成功之终不可期,现世之终无可望也,其不因而灰颓失望者寡矣。故必有相对的悲情小说以救之,告以现世非不可期,而必先冒险犯难,而后可期目的之达,成功非无可望,亦必先历尽艰苦,而后知成功之乐,则其所以鼓励人之勇气,而坚其自信之力者,其功大矣。"十年窗下无人问,一举成名天下知。"此穷儒之所以蹭蹬场屋,历数十年,终不肯弃其青毡也。"但教心似金钿坚,天上人间会相见。"此痴儿怨女,所以明知所望之必无成理,而海枯石烂,矢志不渝也。然则此种小说,其于诏人以纯守公理不计利害,固不如绝对的悲情小说之优,而于激人勇往之气,开人希望之途,则其功之伟,亦不可没矣。

绝对的喜情小说　悲情小说与喜情小说之最大区别,则悲情小说,诉之于情的方面,而喜情小说,则诉之于知的方面也。何谓诉之于知的方面?则其事自感情一方面言之,本无所谓满足与缺憾,毫不足以动喜怒哀乐之情;特自知的方面观之,则其事甚为可笑而有趣,因以引动其愉快之情耳。如《齐谐》志怪之书,本于人生无何等之关系,读之殊不足以动人喜怒哀乐之情;但其事自知的方面言之,甚为恢奇,故足以厌人好奇之心,而人亦喜读之。如《封神传》《西游记》等,皆此类也(《封神传》《西游记》,或谓作者别有用意,然读此二书之人,其所以激赏之者,皆在知的方面也)。又有其事自知的方面论之,甚为可笑者,亦足以引起人之兴味,如近译之《哑旅行》,其适例也。此种小说,专以供人娱乐为目的,无甚深意,然其通行颇广,而其为事亦不可废。盖自社会之活动论之,娱乐固亦其一方面也。

凡小说,无纯属于情的方面者,亦无纯属于知的方面者。盖纯属于知的方面,则其书太浅薄而不足观,故亦必有所以激刺人感情之处。如《封神传》,人之激赏之,以其事之恢奇也,知的方面也;而其写"费仲计废姜皇后"一段,极写皇后之忠贞英烈,费仲、褒姒等设计之惨毒,读之使人泪涔涔下,则为悲情,而属于情的方面矣。又如《西游记》,人之好之,亦以其事之恢奇也,知的方面也;然其写"圣僧恨逐美猴王"一段,极写孙行者之惓惓忠爱,猪八戒之进谗,唐僧之固执偏听,读之使人感慨欷歔,不能自已,则为哀情,而属于情的方面矣。若纯属于情的方面,则其事实之全体,固足以哀顽感艳,而其情节,绝不能离奇变幻,引人入胜,则缺文学上之组织,而不成其为小说矣。故凡悲情小说,其宗旨虽在感人之情,而其事实,亦无有曲折入妙,使人读之而不能自已者。此则凡小说皆如此,欲举其例,实不胜枚举也。然则悲情小说与喜情小说,孰从而判别之乎?曰:此则当观其全书之宗旨。全书之宗旨,在动人之感情者,悲情小说也;以供人娱乐为目的者,则喜情小说也。

相对的喜情小说　此种小说,在知的方面,见为可笑;而在情的方面,又见为可哀。如《水浒传》中之武大,其绝无所知,一任潘金莲之播弄,则可笑;及观其为潘金莲、西门庆所谋毙,则可哀。又如《红楼梦》中之迎春,其漫无分晓可笑;及观其为孙绍祖所凌虐,则可哀。贾政,其漫无分晓时可笑;及观其查抄家产后,几乎家破人亡,束手无可为计,亦可哀。又如近今戏剧中之《戏迷传》《算学迷》等,亦此例也。此种小说,恰与相对的悲情小说相对。盖一则于悲苦已极,无可发泄之时,而忽与之以满足之境,使之破涕为笑;一则于言笑方酣之际,微动之以可悲之情,不啻诏人以乐不可极、极之而衰之理,实热闹场中一服清凉散也,故其有益于人亦颇大。

今试更举此四种小说,对于心理上之作用如次:

一、使人苦者:绝对的悲情小说;

二、使人乐者:绝对的喜情小说;

三、使人先苦而后乐者:相对的悲情小说;

四、使人先乐而后苦者:相对的喜情小说。

大抵乐极则苦,苦极则乐,苦乐之情,相为循环。故读悲情小说者,其愉快之情,恒在终卷之后;读喜情小说者,其厌倦之情亦然。观悲剧者,能存留胸中数日;而观喜剧者,往往过目即忘,亦此故也。而悲剧及悲情小说,感人较深,喜剧及喜情小说,感人较浅,亦由此。

小说有有主义与无主义之殊。有主义之小说,或欲借此以牖启人之道德,或欲借此以输入智识,除美的方面外,又有特殊之目的者也,故亦可谓之杂文学的小说。无主义之小说,专以表现著者之美的意象为宗旨,为美的制作物,而除此以外,别无目的者也,故亦可谓之纯文学的小说。纯文学的小说,专感人以情;杂文学的小说,则兼诉之知一方面。中国旧时之小说,大抵为纯文学的小说(如《镜花缘》之广搜异闻,如《西游记》之暗谭医理,似可谓之杂文学的小说矣。然其宗旨以供人娱乐为目的,则仍纯文学的小说也)。近顷竞言通俗教育,始有欲借小说、戏剧等,为开通风气、输入智识之资者。于是杂文学的小说,要求之声大高,社会上亦几视此种小说,为贵于纯文学小说矣。夫文学与智识,自心理上言之,各别其途;即其为物也,亦各殊其用。开通风气,贯输知识,诚要务矣,何必牵入于文学之问题?必欲以二者相牵混,是于知识一方面未收其功,而于文学一方面,先被破坏也。近今有一等人,于文学及智识之本质,全未明晓,而专好创开通风气、输入智识等空论。于是论小说,则必主张科学小说、家庭小说,而排斥神怪小说、写情小说等;言戏剧,则必崇尚新剧,而排斥旧时之歌剧。而一考其所著之小说,所编之戏剧,则支离灭裂,干燥无味,毫无文学上之价值,非唯不美,恶又甚焉。此等戏剧,此等小说,即使著者自观之,亦必如魏文侯之听古乐,为睡魔所缠扰也。而必竭力提倡之,吾无以名之,名之曰头巾气,曰煞风景而已矣。而犹有人从而附和之,吾无以名之,名之曰好恶拂人之性而已矣。

有主义与无主义小说之优劣,吾请举一适切之例为证:《荡寇志》,有主义之小说也;《水浒》,无主义之小说也。请问读者,二书之优劣若何?对于社会上,势力孰大?是亦足以见好恶之同矣。

吾请更举一事,以资读者诸君之一笑。吾尝于一日间并观新旧二剧。其旧剧,则《牡丹亭》中之《游园》也。夫《游园》,以道德主义论之,则淫剧也。开场时,旦脚所诵者为:"梦回莺啭,乱煞年光遍,人立小庭深院。炷尽沈烟,抛残绣线,怎今春关情似去年!"抚时序之迁流,念芳春之不再,而因以动摽梅迨吉之思,正与下文之"可知我一生儿爱好是天然,恰三春好处无人见"同意,为"没乱里春情难遣,蓦地里怀人幽怨。只为俺生小婵娟,拣名门一例一例的神仙眷,甚良缘,把青春抛的远"作引子,《红楼梦》所谓意淫者也。从智识一方面论之,则此等戏剧,徒使青年男女观之,诱起其卑劣之感情耳。然吾观是剧竟,只觉有高尚优美之感情,而绝无劣情发生焉。及观新剧,系以一家庭小说编成者。剧中之主要人物,为一小旦,至高尚纯洁之女道德家也。而其出场也,高领、浓妆、堕马髻、窄袖短衣,口操苏白,饧眉倦眼而言曰:"今朝天气热来西。"("来西",甚之之词,犹北语言"热得狠")反使吾觉其人格不甚高尚纯洁,而劣情几乎发生也。夫小说、戏剧,皆欲以动人也,使人观之而其胸中之感情,适与作者所期望者相反,又何取乎其为之?而其功效之何在也?

纯文学的小说,与不纯文学的小说,其优劣之原,果何自判乎?曰:一诉之于情的方面,而一诉之于知的方面也。子曰:"法语之言,能无从乎!巽语之言,能无说乎!"法语之言,智的方面之事也,非文学的也;巽语之言,情的方面之事也,文学的也。夫孰谓智的方面之不当牖启者?然径以法语之言牖启之可矣。必于情的方面之中,行智的方面之教育,牵文学的与非文学的为一问题,是俳优而忽欲效大臣之直谏也,其不见疏于其君,鲜矣!夫欲牖启人之道德者,与告以事之不可为,宁使之自羞恶焉而不肯为。知其不可为而不为,是犹利害问题也,一旦利胜于害,则悍然为之矣。自羞恶焉而不肯为,则虽动之以千驷之利,怵之以杀身之祸,而或不肯为也。然则即以道德论,不纯文学小说与纯文学小说之功,其相去亦不知其道里也!

如右所述,皆自理论上为抽象的分类者也。而今人所锡小说种种名目,则皆按其书所述之事实,而一一为之定名者。质而言之,则因材料之异同,而为具体的分类也。此种分类,名目甚多,而耳界说甚难确定。往往有一种小说,所包含之材料甚多,归入此类既可,归入他种,亦无不可者。自理论上言之,实不完全之分类法也。然人之爱读小说者,其嗜好亦往往因其材料而殊。是则按其所载之事实,而锡之以特殊之名称,于理论上虽无足取,而于实际亦殊不容已也。今试更就通俗习见之名,一论列之如下。此种名目,既无理论上一定之根样,删并增设,无所不可,不佞不过就通俗习见之名,陈述意见而已。挂一漏万之讥,知所不免,亦非谓此等名目,必能成立也。读者谅之。

一、武事小说　此种小说,可称为英雄的。"英雄"二字,固为不词,然欲代表中国小说之旧思想,则惟此二字较确。除此之外,几欲求一较功之名词而不得矣。"武事"二字,亦殊不安也。儿女英雄,为小说之二大原素,实亦人类天生性质之正负二面也。此种小说,其最著者为《水浒传》。此外则《七侠五义》等,亦当属之,然无宗旨,无条理,自郐不足论矣。凡历史小说,如《三国演义》《东周列国志》等,其大部分亦带此种性质。盖历史上之事实,自文学一方面言之,有小说的价值者颇少,欲求动目,不得不偏重于此也。

此种小说,可以振起国人强健尚武之风。中国今日之风气,柔靡已极。一部分人尚武之性质,尚未尽销亡者,未始非此等小说维持之也。然其缺点亦有二:一曰蛮横不讲理,而专恃武力。下流社会之人,任遇何事,皆有一前打后商量之气概,其明证也。一曰不适切于时势。如持枪刀弓箭,而欲以御枪炮;谈奇门遁甲,则群诧为兵谋;其明证也。此由误以《水浒传》之鲁智深、李逵、《三国演义》之诸葛孔明等为模范而失之者也。

凡英雄的小说,虽不必尽符合乎公理,而其性质,必有几分与正义相连。盗亦有道,其明证也。此等处暗中维持人心风俗之功,亦不可没。但此后之作小说者,当存其质而变其形,移而用之于有益之方面耳(如改忠君为爱国,移奖励私斗者以激劝公战是也。但此等思想,为社会所本无,冀其相投合甚难,故欲作此等小说者,其文字不可不极高尚也。质而言之,则目的虽在致用,而仍不失其文学上之价值而已)。

二、写情小说　此种小说,亦可谓之儿女的,与英雄的小说,同占小说中最大多数。人类正负两面性质之代表,固应如是也。此种小说,其劣者足以伤风败俗,导人沉溺于肉欲,而无复高尚之感情,害莫大焉;然其佳者,却有涵养人德性之功,能使之日入于高尚,日趋于敦厚,其功亦决不可没。此非吾之謷言也。养成人之德性者,不在教而在感。教者利害的关系也。而人之德性,实与利害的关系不相容,利害愈明,德性愈薄。惟善感之以情,则使读者如身入书中,而躬历其悲愉欣戚之境。睹其事之善者,则欢喜欣慕而效为之;睹其事之不善者,则深恶痛绝,虽劫之以威,诱之以利,而不肯为焉。读此等小说愈多,则此等观念,养之愈深厚,而其人格遂日入于高尚,所谓读书变化气质也。今试问此等作用,有过于写情小说者乎?又善与美常相一致,爱美即爱善也。以善诱人,恒不如以美诱人之易。及其欢喜欣爱于美,则亦固结不解于善矣。而以美诱人者,亦莫写情小说若也。

一孔之士,每病写情小说为诲淫,谓青年子弟,不宜阅看,此真拘墟之论也。予谓青年子弟,不惟不必禁阅写情小说,并宜有高尚之写情小说以牖之。何也?男女之爱,人性自然。及其年,则自知之,奚待于诲?知慕少艾矣,而无高尚纯洁之写情小说以牖之,则易流为卑陋之肉欲之奴隶耳。高尚之写情小说,正可以救正此弊,其力非父诏兄勉之所能及也。深明心理之士,或不以予言为河汉乎!

中国旧有之写情小说,卑劣者十居八九,无益有损,亟宜改良。其卑劣之点云何?曰写男女之爱慕,往往与世俗富贵利达声色货利等卑陋之嗜好相联带也;曰一夫多妻也。凡此皆其最大之劣点也。盖写情小说,非欲诏人以男女相恋爱之事也,以欲作人温柔敦厚之性,而使之日进于慈良,则不可不有以牖启其仁爱笃厚之性。而欲牖人仁爱笃厚之性,则借资于男女之相恋爱,为最易矣。故以是为达其目的之一手段也。惟其然也,故其感情不可以不高尚。纯洁斯高尚矣。男女纯洁之爱情,中间决不容杂以他物。一夫多妻,富贵利禄,皆有害于纯洁之甚者也。

三、神怪小说　英雄儿女之外,当推神怪为小说之第三原素。盖人莫不有好奇之性,他种奇异之事,其奇异皆为限界的,惟神怪则为超绝的;而餍人好奇之性,则超绝的恒胜于限界的故也。此等小说,似与人事不相近,并无涵养性情之功,只有增益迷信之害。然能引人之心思,使入于恢奇之域。恢奇亦一种之美也。美即善也。人之心思,苦其日囿于卑近耳。苟能高瞻千古,远瞩八方,许多卑劣凡近之行为,亦必消灭于无形矣。则此种小说,亦不能谓其绝无功效也。

此种小说之美恶,与他种小说,恰成一反比例。他种小说,愈近情理愈妙;此种小说,则愈远于情理愈妙。盖愈远于情理,则愈恢奇;愈恢奇则愈善,且不致道人以迷信也。

中国社会之迷信,强半与小说相关,人遂谓迷信为此种小说所造,此亦过苛之论也。小说者,社会之产物也。谓有此种小说,而社会上此种势力,乃愈深厚,则有之矣;径谓社会为此种小说所造,则不可也。张角、孙恩,徒党半天下,其时小说安在？最近如洪、杨,亦借迷信以惑人,然中国小说中,亦岂尝有天父天兄之说乎？

四、传奇小说　此种小说,亦以餍人好奇之心为主。所以异于神怪小说者,彼所述奇异之事,为超绝的,而此则限界的也。此等小说,不必纪实。凡杜撰之事,属于恢奇,而其事又为情理中所可有者,皆属之。如写武人则极其武,写美人则极其美是也。其大多数常以传一特别有趣味之事为主,如《西厢记》其适例也。

五、社会小说　此种小说,以描写社会上腐败情形为主,使人读之而知所警戒,于趣味之中,兼具教训之目的。如《儒林外史》及近出之《官场现形记》等,其适例也。近出之小说,属于此类者颇多。此种小说,自其主义上论之,诚为有利无弊。但其佳否,当以(一)作者道德心及观察力之高低;(二)有无文学上之价值为断。说俱见前,兹不赘。

六、历史小说　如《东周列国志》《三国演义》等,全部皆根据于历史者是也。此种小说,谓可当历史读,增益智识耶？则语多荒诞,不惟不足以增长智识,反足以疑误下等社会之人,使误认小说为历史也。谓足餍人好奇之心,感动人情耶？则其文学上之价值,何如经想化而后创作者。实两无足取也。质而言之,作此等小说者,直是无主义而已矣。

此种小说中,惟有一种为可贵,则吾前所举之写实主义是也。作历史小说者,若能广搜某时代之遗闻轶事,而以小说之体裁组织之,寓考订论议之意,于怡情适性之中,虽不能称为纯文学,在杂文学中,自不失为杰构也。然殊不易为矣。

七、科学小说　此为近年之新产物,借小说以输进科学智识,亦杂文学也。较之纯文学,趣味诚少;然较之读科学书,则趣味浓深多矣。亦未始非输入智识之一种趣味教育也。惜国人科学程度太低,自著者甚少。

八、冒险小说　此种小说,中国向来无之,西人则甚好读之。如《鲁滨孙飘流记》等,其适例也。此种小说,所以西有而中无者,自缘西人注意于航海,而中国人则否。故一则感其趣味,一则不感其趣味也。今既出现于译界,可借以鼓励国民勇往之性质,而引起其世界之观念,自杂文学之目的上论之,未为无益。而此等小说,所载事实,大都恢奇,颇足餍人好奇之念,自纯文学上论之,亦颇合于传奇主义也。

九、侦探小说　此种小说,亦中国所无,近年始出现于译界者也。中国人之著述,有一大病焉,曰:凡事皆凌虚,而不能征实。如《水浒传》,写武松打虎,乃按虎于地而打之。夫虎为软骨动物,与猫同,岂有按之于地,爪足遂不能动,只能掘地成坎之理?诸如此类,不合情理之事,殆于无书不然,欲举之,亦不胜枚举也。夫文学之美,诚在创造而不在描写。然天然之美,足供吾人之记述者亦多矣,不能细心观察,则眼前所失之好资料已多,况于事物之本体尚不能明,又乌足以言想化乎!此真中国小说之大病也。欲药此病,莫如进之以侦探小说。盖侦探小说,事事须著实,处处须周密,断不容向壁虚造也(如述暗杀案,凶手如何杀人,尸体情形如何,皆须合于情理,不能向壁虚造。侦探后来破获此案,亦须专恃人事,不能如《西游记》到无可如何时,即请出如来观音来解难也)。此等小说,事多恢奇,亦以餍人好奇之性为目的。

如右所述,不过举见今最流行之名目,略一评论之而已。若欲悉举之,则诚有所不暇,且亦可以不必也。昔有人,谓小说可分为英雄、儿女、鬼神三大类,此说吾极赞成之。盖从心理上具体的分之,不过如此。英雄一类,所以描写人之壮志;儿女一类,所以描写人之柔情,属于情的方面;鬼神一类,所以餍人好奇之性,属于智的方面。其余子目虽多,皆可隶属于此三类中也。

小说之篇幅,有长短之殊,人因分之为长篇小说、短篇小说。然究竟满若干字,则可为长篇?在若干字以下,则当为短篇乎?苦难得其标准也。但此种形式的分类,殊非必要,竟从俗称之可矣。自实际言之,则长篇小说,趣味较深,感人之力亦较大,短篇小说则反是,由一为单纯小说,一为复杂小说故也。

小说所描写之社会,校之实际之社会,其差有二:一曰小,一曰深。何谓小?谓凡描写一种人物,必取其浅而易见者为代表;描写一种事实,必取其小而易明者为代表也。如写壮健侠烈之气,则写三军之帅可也,写匹夫之勇亦可也。而在小说,则宁取匹夫之勇。写缠绵悱恻之情,则写忠臣义士、忧国爱君如屈灵均、贾长沙之徒可也;写儿女生死相恋爱,如贾宝玉、林黛玉亦可也。而在小说,则宁写一贾宝玉或林黛玉。何者?前者事大而难见,后者事小而易明;前者或令人难于想象,后者则多属于直观的故也。何谓深?凡写一事实,描一人物,必较实际加重数层是也。如写善人,则必极其善;写恶人,则必极其恶;写壮健侠烈之英雄,则必一于壮健侠烈,而无复丝毫之柔情焉;写缠绵悱恻之儿女,则必极其缠绵悱恻,而无复他念以为之杂焉。要之小说所写之人物恒单纯,实际社会之人物恒复杂。惟单纯也,对于他种事项皆一不错意,然后对于其特所注意之事项,其力量乃宏。如酿酒然,水分愈少,则力愈厚。此则社会上之人物,本来如是,而小说特其尤甚焉者也,特能使此种人物现于实焉者也。尝谓天下事惟不平者可以描写,平者必不能写。英雄、儿女,皆情有所偏至者也,不平者也,故可描写之而成妙文。圣人,情之至中正者也,最平者也,故无论如何善作小说之人,必不能以小说体裁,为圣人作传记,亦必不能于小说中臆撰一圣人也。此犹山川可画,而绝无草木之平原不可画;日月云雨皆可画,而单绘一幅无片云之青天,必不成其为画也。夫何以不平者可为文,而平者不能成文?此则人之心理使然。盖至平则纯为一物,与他物无以为别,而人之心思,亦无从想象矣。古人云:错画谓之文。夫必交错而后成文,不交错则不成文,此即不平者成文,平者即不成文之说也。不平者成文,而平者不成文,此即复杂者成文,单纯者不成文之说也。盖有无生于同异,人之能知天下之物也,以其异也。若盈天下之物而皆同,则其所以为别者亡,而人亦无从知其有矣。此则凡事皆如此,而文学亦不能外也。小说亦文学之一,故亦不能外此公例也。

小说所描写之人物,有以复杂而愈见其单纯者。如写一赤心爱国之人,彼其心惟知有国耳,固不必杂以儿女之情也。然设此人因爱国故,备尝艰苦,而忽有一女子,怜而抚之,则此人之柔情,必为所牵引矣。终之则此两人者,或相将尽力国事,国事既定,此二人亦结婚为夫妇焉;或遭运迍蹇,国终不可得救,而此二人者,亦憔悴困陑以死焉;或国虽遇救,而此二人者,竟丧其一,公私不能两尽,为人间世留一缺憾焉。凡此皆小说中所数见不鲜之事实也。又如写情小说,写一缠绵悱恻之儿女,则一于缠绵悱恻可矣,似无所用其武健侠烈之风矣。然或有勇侠少年,慷慨仗义,冒万苦,排万难,拯救一弱女子,而出之于险焉。或贞姬烈女,矢节不移,百死不顾,卒全其贞,其慷慨侠烈,虽烈丈夫视之,犹有愧色焉。此又小说中所数见不鲜之事实也。夫此似与单纯之主义相背矣,然惟其复杂,正所以成其为单纯也。盖男女因互相敬为爱国之人故而相爱,则其爱国之深可知。贞姬烈女,以抗强暴怫逆故而宁杀其身,则其于所亲爱者,其情之深可知。事以反观而益明。无培塿,不知太山之高;无沟浍,不知江河之广。写灯之明,愈见夜之黑;写虹之见,即知雨之霁。凡此皆画家所谓烘托法也。若专从正面写之,则天下尚有何事可写者乎?

凡文学,必经选择及想化二阶段。小说所举之代表人物,必缩小其范围者,以小则便于想象,大则不便于想象,作者读者,皆如此也。所以必加重几层者,则基于选择之作用。盖有所加重于此,必有所割弃于彼,正所谓去其不美之点,而存其美点也。观此益知吾前说之确矣。

小说所描写之事实在小;非小也,欲人之即小以见大也。小说之描写之事实贵深;非故甚其词也,以深则易入,欲人之观念先明确于一事,而因以例其余也。然则小说所假设之事实,所描写之人物,可谓之代表主义而已,其本意固不徒在此也。欲证吾说之确实,请举《红楼梦》以明之。

《红楼梦》之为书,可谓为消极主义之小说,可谓为厌世主义之小说,而亦可谓为积极的乐观的之小说。盖天下无纯粹之积极主义,亦无纯粹之消极主义。积极之甚者,表十分之满足于此,必有所深恶痛绝于彼;消极之甚者,表极端之厌恶于此,即有所欣喜欢爱于彼。自一端言之,主义固有积极、消极之分;合全局而观之,犹此好恶,犹此欣厌,只有于此于彼之别,断无忽消忽长之事也。明乎此,乃可以读《红楼梦》。

　　《红楼梦》中之人物,为十二金钗。所谓十二金钗者,乃作者取以代表世界上十二种人物者也;十二金钗所受之苦痛,则此十二种人物在世界上所受之苦痛也。此其旨,具于第五回之《红楼梦曲》。此曲之第一节,为总合诸种之苦痛而释其原因;其末一节,述其解免之方法;其中十二节则历述诸种人物所受之苦痛,亦即吾人生于世界上所受之种种苦痛也。今试释其旨如下:

　　　　开辟鸿濛,谁为情种?都只为风月情浓。奈何天,伤怀日,寂寥时,试遣愚衷:因此上演出这悲金悼玉的《红楼梦》。

　　此第一节,述种种苦痛之原因也。《红楼梦》一书,以历举人世种种苦痛,研究其原因,而求其解免之方法为宗旨。而全书大意,悉包括于此十四折《红楼梦曲》之中,实不啻全书之概论也。此折又为十四折曲之总冒,述人世总总苦痛之总原因,兼自述作书之意也。

　　人生世上,总总苦痛,其总原因果何在乎?作《红楼梦》者,以为此原于人有知苦乐之性故也。盖境无苦乐,固有甲所处之境,甲以为苦,易一人以处之,则觉其乐者矣。又有今日所处之境,在今日视之以为苦,而明日视之,则以为乐者矣。同一事也,在此遇之则为苦,而在彼遇之则为乐矣。足见苦乐非实境,所谓苦乐者,实人心所自造也。然则所谓种种苦痛者,吾人身受之,不能视为四周环境之罪,而当自归咎于其心矣。此折曲为本书开宗明义第一章,为下十三折曲之总冒,实不啻全书之总冒,故特揭明其义也。曰"情种","缺憾"二字之代表也;曰"风月情浓"之"情"字,人心之代表也。言自有世界以来,人生在世,何以有此种种之苦痛乎?皆由人有知苦乐之性故也。"奈何天,伤怀日,寂寥时"九字,代表作者所处之境界。言作者身处此世界,亦有其所遭遇种种之缺憾,亦有其求免缺憾之情,并欲求凡具此缺憾者,同免其缺憾,因作此书也。自"奈何天"以下凡二十七字,为作者自述著书本旨之言。

《红楼梦》第一回云:"女娲氏炼石补天之时,于大荒山无稽崖炼成高十二丈、方二十四丈顽石三万六千五百零一块,只用了三万六千五百块,剩下一块未用,弃在青埂山下。谁知此石,自经锻炼,灵性已通,因见众石俱得补天,独己无材,不堪入选,遂自怨自叹,日夜悲啼惭愧。一日,正当嗟悼之际,有一僧一道,远远而来,至石下,席地而坐。见一块鲜明莹洁美玉,且又缩成扇坠大小,可佩可拿。那僧托于掌上,笑道:'形体到也是个宝物了,还只没有实在好处。须得再镌上数字,使人一见,便知是奇物方妙。然后好携你到隆盛昌明之邦,诗礼簪缨之族,花柳繁华之地,温柔富贵之乡,去安身乐业。'石头听了,喜之不尽,问道:'不知赐了弟子那几件奇处,又不知携了弟子到何地方,望乞明示。'那僧笑道:'你且莫问,日后自然明白的。'说著,便袖笼了这石,同那道人飘然而去。"又云:"西方灵河岸上,三生石畔,有绛珠草一株,赤瑕宫神瑛使者,日以甘露灌溉,始得久延岁月。后来既受天地精华,复得雨露滋养,遂脱草胎木质,得换人形,仅成女体,终日游于离恨天外,饥则食蜜青菓为膳,渴则饮灌愁海水为汤。只因尚未酬报灌溉之德,故其五内,便郁结成一段缠绵不舒之意,常说我无此水还他,他若下世为人,我也同去走一遭,但把我一生所有的眼泪还他,也偿还的过了。"此两段文字,与此折曲同意。女娲氏,乃开辟以来之代表,曰女娲氏所造石,言人性原于自然,与有生以俱来也。曰"自怨自叹,日夜悲啼惭愧",言人之生,系自愿入世使然,设不愿入世,本无人得而强之也。一僧一道,父母之喻。佛说人之生也,由本身业力,与父母业力,相合而成。灵石之自怨自叹,日夜悲啼惭愧,则自造之业力也;僧与道忽欲镌以数字,携之入世,则父母所造之业力也。自造之业力与父母所造之业力相合而后成人,二者缺一,即不能成其为人。如此石不自怨自艾,人孰得而携之?抑此僧道,不忽动其携之之心,此石虽日日自怨自叹,亦焉得而入世哉?此为推究吾人之所自来,实不啻读一则精妙之原人论也。绛珠草,喻人,绛红色珠为泪之代名词,绛珠,犹言红泪也。神瑛使者,喻地,亦即以为世界之代表。绛珠草借神瑛使者之灌溉而后长成,言人借世界而后能生存,无世界则无人也。还泪,言人既居于此世界之上,则有种种之情欲,种种之苦痛,不能漠然无情。夫绛珠草之泪,何自来乎?即神瑛使者所灌溉之水也。水也,泪也,一而二、二而一者也。人之情何自来乎?世界之培养使之也。设无世界,则无人;无人,则亦无情矣。犹之无神瑛使者之培养,则无绛珠草;无绛珠草,则无泪也。然而泪也,即甘露也;人情,即苦痛也。欲去泪,除非去甘露而后可;欲去苦痛,亦除非除去其爱恋之情而后可。设绛珠能以所受于神瑛之甘露反还之,则亦无泪;人能视世界上种种之快乐如无物,则亦无所谓苦痛矣。此言苦乐同原,欲去苦当先去乐也,所谓大解脱,于后十四折再说之。

都道是金玉良缘,俺只念木石前盟。空对着山中高士晶莹雪,终不忘世外仙姝寂寞林。叹人间,美中不足今方信:虽然是,齐眉举案,到底意难平。

此节言入世之苦,终不如出世之乐也。金玉良缘,喻入世;木石前盟,喻出世。山中世外,几于显言其意;叹人间美中不足,情见乎词矣。

此节言人与人群之苦也。人生于世,不能离群而独立,近之则有父母兄弟妻子朋友,远之则有社会上直接间接与我为构之人。要而言之,人生于世,无论何人,皆不能与人无关系,而世界之上又无论何人皆与我有关系者也。然而此等与我有关系之人,必不能尽如吾意可知也。岂但不能尽如我意,必一一皆有不如我意之处可知也。然则吾人与之并处,复何法以解免苦痛哉?夫使人之相处也,只有彼此相顺悦之情,而绝无互相拂逆之意,岂不大乐?世界又岂不大善?而无如其不能也。而其所以不能然者,又非出于人为,而实出于天然,与人之有生以俱来,欲解除之而不得者也。然则不能解脱,复何法以免除苦痛乎?夫人与人相处之不能纯然相愿欲也,此实世界上一切苦之总根原也,故此章首言之。夫妇为人伦之始,故借以为喻。"叹人间美中不足今方信,纵然是,齐眉举案,到底意难平",言人既入世,则其与人相处也,必不能纯乎彼此相愿乐,实无可如何之事也。

一个是阆苑仙葩,一个是美玉无瑕。若说没奇缘,今生偏又遇着他;若说有奇缘,如何心事终虚话?一个枉自嗟呀,一个空劳牵挂。一个是水中月,一个是镜中花。想眼中能有多少泪珠儿,怎经得秋流到冬,春流到夏。

此言人生世界,所处之境,不能满足,亦出于天然,而无可如何也。人生环境,可分为二:一为有情的,彼亦有知识情感如吾者也;一为无情的,我有知而彼无知,我有情而彼无情,如草木土石、风云雨露是也。有情的之环境,不能尽如吾意,上节既言之;此节则言无情的之环境,亦不能尽如吾意也。

阆苑仙葩,即绛珠草,喻人;美玉,即神瑛使者,喻地,亦以喻一切无情之环境也。人生世上,四围无情之物,若天地,若日月,若风云雨露,若土石草木,与我相遇,不为无缘,其如终不能尽如吾意何!所谓天地之大,人犹有所憾也,故曰,"若说没奇缘,今生偏又遇着他;若说有奇缘,如何心事终虚话"也。"枉自嗟呀","空劳牵挂",言徒感苦痛,终无补于事。"水中月,镜中花",言无论如何,吾所希望于四周之环境者,其目的必不能达也。"眼中能有多少泪珠儿,怎禁得秋流到冬,春流到夏",言人生在世,受此种种之苦痛,其何以堪乎?此即言人生在世,对于四周之无情物,必不能尽如吾意之苦痛。男女为爱情中之最绵密者,故借以为喻也。本书写宝玉、黛玉,处处难合易离,亦即此意。

本折下云:"宝玉听了此曲,散漫无稽,不见得好处。"言此二折为指人生在世,对于一般之苦楚而言之,非专指一人一事也。

喜荣华正好,恨无常又到。眼睁睁把万事全抛,荡悠悠芳魂消耗。望家乡路远山高,故此向爹娘梦里相寻告:儿命已入黄泉,天伦呵,须要退步抽身早!

第四折,悼人命之不常也。人生在世,有生必有死,人人好生而恶死,而人人不得不死,此实事之无可如何者也。人生在世,有种种乐事,死则随之以俱尽矣。本书写荣国府一切繁华富贵,及元妃死,则一败涂地,澌灭以尽,喻此意也。荣国府一切繁华富贵,即人生在世种种乐事之代表,此曲之所谓"天伦"也。凡人生在世,一切乐境,不能久长之苦,亦俱包括于内。

一帆风雨路三千,把骨肉家园,齐来抛闪。恐哭损残年,告爷娘休把儿悬念:自古穷通皆有命,离合岂无缘?从今分两地,各自保平安。奴去也,莫牵连。

第五折,悼生离之苦也。人生在世,莫不有爱恋之情。为爱恋之情之反对者,则分离也。分离有二种:一为生离,一为死别。生离之苦,去死别一间耳。上章言死别之苦,此章则言生离之苦也。"穷通皆有命,离合岂无缘",言其事出于自然而无如何。曰"命",曰"缘",皆事之本体之代表也。

爱恋之情,不独对于有情物有之,即对于无情物亦有之。曰"骨肉",有情物之代表也。曰"家园",无情物之代表也。

襁褓中父母叹双亡,纵居那绮罗中,谁知娇养?幸生来英豪阔大宽宏量,从未将儿女私情,略萦心上。好一似霁月光风耀玉堂,厮配得才貌仙郎,博得个地久天长,准折得幼年时坎坷情状。终久是云散高唐,水涸湘江;这是尘寰中消长数应当,何必枉悲伤!

第六折,言人生在世,自然与苦痛以俱来,除大解脱,决无解免之方,破养生达观之论也。人之持达观养生之论者,谓人生在世,一切境界,惟吾所名,吾名之为苦则苦,名之为乐则乐,彼憔悴忧伤以自残其生者,实不善寻乐耳。信如是,则人之生也,不必与忧患以俱来,而除大解脱外,亦可有解除忧患之法矣。然实不然也。故本书特写一湘云,与黛玉境遇相同,而其所以自处者不同,然其结果,亦卒无不同,以晓之。夫黛玉之所以自残其生者,以其无"英豪阔大宽宏量"也,以其"儿女私情萦于心上"也。设其所以自处者,一如湘云,则虽处逆境,固亦可以求福而免祸矣。谓黛玉所处之境遇,不如湘云,因而不能自解免耶?则湘云所处之境,固亦与黛玉同也,所谓"襁褓中父母叹双亡,纵居那绮罗中,谁知娇养"也,而一则憔悴忧伤以死,一则"厮配得才貌仙郎,博得个地久天长,准折得幼年时坎坷情状",宁非一则有"英豪阔大宽宏量",而一则无之之故乎!然则若湘云者,可谓自求多福;若黛玉,是自求祸也。此持达观养生之论者之说也。然其说果然乎?使湘云而果得福,黛玉而果得祸,则其说诚然矣。今观湘云,虽"厮配得才貌仙郎",

而终久是"云散高唐,水涸湘江","地久天长",仍未"博"得,"幼年时坎坷",亦未必"折"得也。然则若黛玉者,亦未必为求祸之道,而若湘云者,亦未必为求福之道也。要之人生在世,一切忧患,实与有生而俱来,欲解免之,除大解脱外,决无他法。若恃一切弥缝补苴之术以救之,则除却此方面之忧患,而他方面之忧患又来矣,所谓"尘寰中销长数应当"也。盖既在尘寰之中,则必不能免于此祸也。

　　气质美如兰,才华馥比仙。天生成孤僻人皆罕。你道是啖肉食腥膻,视绮罗俗厌;却不知太高人愈妒,过洁世同嫌。堪叹那青灯古殿人将老,孤负了红粉朱楼春色阑。到头来依旧是风尘肮脏违心愿,好一似无瑕白璧遭泥陷,又何须王孙公子叹无缘。

　　第七节,叹正直之不容也。民生而有欲;欲者,乱之源也。然使人人共知纵欲为致乱之源,而特立一法以预防之;法既立,则谨守而莫之违,则虽不能去乱之源,而亦未始不可以弭乱之迹。而无如人之性,往往好逞一己之欲,虽因此而召大乱,贻害于人,贻害于天下后世,勿恤也。盈天下之人皆如此,而忽有一人焉,知纵欲为致乱之道,特倡一救乱之法,躬行之,而欲率天下之人以共由焉,岂惟不为人所欢迎,反将以为此人之所为,于我之纵欲之行,实大不便,举天下而皆如是人之所为,则我之欲,将无复可以纵恣之机会也,必排斥之,毁谤之,戮辱之,使之无地自容而后已。此从古以来,圣贤豪杰,所以苦心救世,而世卒莫之谅也。孔子之伐檀削迹,耶稣之钉死于十字架,摩诃末之遁逃奔走,不得安其居,皆是道也。"盗憎主人,民怨其上",其谓此矣。此开辟以来,贤圣虽多,迄于今日,天下卒不治也。然而此等贤圣之人,则真可悲矣,立妙玉为之写照也。

　　肉食绮罗,纵欲之代表也。盈天下之人皆好纵欲,然亦有秉性独厚,知此等事为致乱之道,而深恶之者。男女居室,人之大欲存焉,而佛说视横陈时味同嚼蜡,盖为此也。使天下此等人日多,人人慕而效之,天下宁不大治?而无知其不能。岂惟不能,又必排斥之,毁谤之,戮辱之,使之无地自容而后已。夫人生于世,但使无害于人,其好与人从同,抑好与人立异,此本属于各人之自由。虽使其所好者果为误谬焉,而彼亦一是非,此亦一是非,尚不便以我之所谓是者,强彼以为是,我之所谓非者,强彼以为非也。况明知彼之所为者为善,我之所为者为恶,特以其不便于我故,必欲强彼与我从同,否则排斥之,毁谤之,戮辱之,使之不能自立,此真豺虎之所不为,而人独为之者也。然茫茫世界,此等人实居多数,贤人君子,复何地以自处哉?"太高人愈妒,过洁世同嫌"十字,盖深悲之也。

仁人君子,既不能行其道以救世,并欲独善其身而亦不可得,其可悲为何如!而以前之修己立行,备尝诸苦,果何为也哉?宁非徒劳,徒自苦乎?说到此,不免联想而及于厌世主义,故曰:"堪叹那青灯大殿人将老,孤负了红粉珠楼春色阑。到头来依旧是风尘肮脏违心愿,好一似无瑕白璧遭泥陷,又何须王孙公子叹无缘。"言早知在此等恶浊社会中,终无贤人君子独善其身之地步,则前此之立名砥行,备尝诸苦,割弃诸乐,又何为乎?尚不如及时行乐之为得计也,所谓早知如此何必如此也。其意悲矣!

此节言凡修入世之法者,欲率其道以救天下,而卒无补于事,徒苦其身,以见欲救天下者,非修出世法,尽除众苦之根源不可也(由此意观之,则尧舜汤武与盗跖同耳,庄周所由有《齐物》之论也)。

> 中山狼,无情兽,全不念当日根由。一味的骄奢淫逸贪欢媾,觑着那侯门艳质同蒲柳,作践的公府千金似下流。叹芳魂艳魄,一载荡悠悠。

第八节,伤弱肉强食也。欲为乱源,然徒有欲而无力以济之,天下犹未至于乱也。而无如天之生人也,既赋之以好乱之性,复畀之以济乱之力,而又不能使人人所有之力皆相等,于是强者可凌暴弱者,以逞其欲,弱者则哀号宛转而无可如何,此实天下最不平之事也。本书的写一迎春,以为之代表也。

"骄奢淫佚贪欢媾",言强者之纵欲也。其下二句,言强者之蹂躏弱者也;末二句,叹弱者之无所依恃也。"中山狼,无情兽",痛诋强者之词。盖此等人,实为召乱之罪魁。夫人之所以异于禽兽者,以其知有礼义也。徒纵欲而杀人,试问与禽兽何异?则虽称之为兽,亦不为过也。"全不念当日根由"者,从举世昏蒙无识之中,而特提醒其本性之词。盖恃强凌弱,实为致乱之道。天下乱,强者亦有不利焉,而苦于其徒纵目前之欲,莫肯念乱也。使知深观治乱之源,稍计远大之利,则必知吾之所为者为召乱之道,害人即所以自害,而戢其欲矣。而苦于其莫肯远观深计也,此则本性之昧使之然也,故特提醒之。

  将那三春看破,桃红柳绿待如何?把这韶华打灭,觅那清淡天和。说甚么天上夭桃盛,云中杏蕊多?到头来谁见把秋捱过?只见那白杨村里人呜咽,青枫林下鬼吟哦。更兼的连天衰草遮坟墓,这的是昨贫今富人劳碌,春荣秋谢花折磨。似这般生关死劫谁能躲?闻说道西方宝树唤婆娑,上结着长生果。

第九折,伤有知识者之苦,而破自谓深识者之谬也。一切现象,皆由心造,无所谓有,亦无所谓无,无所谓苦,亦无所谓乐。自执著者言之,以无为有,然后有所谓苦乐矣。其执著不同者,其所谓苦乐亦不同,而其不离苦乐之见,则一也。夫既不离苦乐之见,而又不能以众人之所苦者为苦,所乐者为乐,则他人之处世也,为一甘苦哀乐更起迭陈之境,而是人则无所往而不苦耳。何则?是人之知识,既高出于众人,则众所见为乐者,彼未必能见为乐。然既未能跳出于苦乐之境,则人之见为苦者,彼仍不能不以为苦也。是有苦而无乐也。古今来忧深虑远之贤君相,伤时感遇之文人,多血多泪之畸士,多愁多怨之少女,皆属此类。本书特写一惜春,以为之代表也。

此等人之误谬,在误认世界一切现象为实有,与众人同;而其观察此现象也,则众人之所见在此面者,彼之所见,必适在彼面。如见一花也,人方赏其春荣,彼则预伤其秋谢;见一人也,人方欣其昨贫今富,而彼则但伤其劳碌。夫见为春荣,而秋谢之即,则春荣固非真;然凡世间秋谢之物,无一不经春荣而来,春荣既非真,秋谢又安知非假?昨贫今富诚为可欣,劳碌亦诚可伤,与劳碌以求富,毋宁不富也,是富无可欣也;然富无可欣,劳碌又何可伤乎?凡此皆所谓以子之矛陷子之盾者也。要之此等人之所见,实亦与众人同,不过一在此面,一在彼面耳。以此而笑众人,真所谓以五十步笑百步也。

此曲全文,皆比较此等人所见与众人之异同,末二句则指出此等人之误谬。盖众人惟误认世界为实有,故有所谓苦乐,此等人亦误认世界为实有,故亦有所谓苦乐;特众人所谓苦乐者,皆在世界之中,而此等人则认世界为苦,而欲求乐于世界之外耳。犹之一则厌昨贫而求今富,恶秋谢而乐春荣;一则视贫富荣谢,皆为苦境,而别欲西方之长生宝树也。

机关算尽太聪明,反算了卿卿性命!生前心已碎,死后性空灵。家富人宁,终有个家亡人散各奔腾。枉费了意悬悬半世心,好一似荡悠悠三更梦。忽喇喇似大厦倾,昏惨惨似灯将烬。一场欢喜忽悲辛,叹人世终难定。

第十折,叹权力执著之苦。人之执著,有种种之不同,而权力亦为执著之一,质而言之,则好胜而已矣。《史记·律书》:"自含血戴角之兽,见犯则校,而况于人。怀好恶喜怒之气,喜则爱心生,怒则毒螫加,情性之理也。"实能道出权力执著之起原。盖人之好争斗好胜,乐为优强者,实亦出于天性也。此等性质,所以与争夺相攘有别者,彼则因有其所欲之物,不与人争夺,则不能得,故与人争。争夺其手段也,所争夺之物,则其目也。此则并无所求之目的物,不过欲显我之权力,优强于人,使人服从于我而已。盖一为物质上之欲望,一为精神上之欲望也。此等欲望,不徒对于人有之,对于物亦有焉;不徒对于有知之物有之,对于无知之物亦有焉。如吾人对于自然之花木竹石,辄好移易其位置,变更其形状是也。质而言之,则欲使吾身以外之物,服从于吾之意思而已,所谓权力执著也。此等执著,人人有之,而其大小,则相去不可以道里计。欲为圣贤豪杰,传其名于后世,为万人所钦仰,权力执著之最大者也;次之则欲为帝王将相,伸权力于一时,使天下之事,事事皆如吾意以处置之,若亚力山大、成吉思、拿坡仑,其最著也;又次之,则凡欲炫荣名于一时,张权势于一方,睚眦杀人,蓄谋抱怨,亦皆是也;下至匹夫匹妇,无才无德,犹欲闭门自豪,雄长婢仆焉。嗟乎!权力执著之害大矣。人而无此执著,则苟有菽粟如水火,含哺而嬉,鼓腹而游,未始不可致极隆盛之治也。而无如人于物质的欲望之外,又有其精神的权力之欲望,既遂生存,又求发达,而其所谓发达者,即包含一"我为优强者,欲使人服从于我之条件"于其中。夫我欲为优强者,谁甘为劣弱者?我欲使人服从于我,人亦欲使我服从于彼,而争夺起矣。虽有圣人,能给人之求,养人之欲,使人人物质上之欲望,无不满足,而天下亦无太平之望矣。此真无可如何之事也。然此等人,日执著于权力,终其身唯权力之趋,而究其归宿,何所得乎?试问权力加于人,使我身外之物,无不服从于我之意思,究亦何所得乎?试一反诘之,未有不哑然自笑者也。此等人,于己一无所得,而徒放任其性,以蕴酿天下之乱源,不亦愚乎!本书特写一王熙凤,以为之代表也。曰"机关算尽太聪明,反算了卿卿性命",深闵其愚,而反复戒警之也。

　　权力执著之人,不徒欲伸张自己之权力也,亦有时执著于事,谓此事必如此则可,如彼则否,因出全力以争之,必欲使之如此。而夷考其实,则此事如此本与如彼同,或反不及如彼之善,又或如此虽善于如彼,而因吾出强力以使之如此故,如此即变为不善,而如彼反变为善者有之矣,而当其执著于事,不暇计及也。此等性质,其最小而易见者,即吾人好移花木竹石等之位置,而变更其形状,足以代表之矣;其大者,若圣贤豪杰之必欲治国平天下,亦此执著之性之误也。本文云:"家富人宁,终有个家亡人散各奔腾。枉费了意悬悬半世心,好一似荡悠悠三更梦。"言事之如彼如此,初无所别,执著焉而必欲使之如此者,其目的必不能达也。

　　执著于事之人,其人格不可谓之不高尚。设使天下之人,皆漫无主张,事如此则听之,如彼则听之,则凡事皆无改良进步之希望,而人生之痛苦,将永不能除矣。惟有此等人,强指事实之此面为善,彼面为不善,硬将此一面之不善,移之于彼一面,其究也,虽于其不善之本体,毫无所损,而人类究亦因之以抒一时之苦痛焉,或避大害而趋小害焉。如医者睹人痛苦至极时,则以麻醉剂施之。麻醉剂于病之本体,毫无所损也,然而人类因此而得以轻减其痛苦之负担,以徐俟病之恢复,亦不啻增长其对于病之抵抗力也。但此等疗法,视为对证疗法则可,径视为原因疗法则误矣。彼执著于事者,睹国政之苛暴,则欲易之以和平,伤风俗之颓敝,则欲矫之以廉隅,其所图亦何尝不是!然以是为一时之计则可,以是为永久之图则误也。盖苛暴有苛暴之弊,和平有和平之弊,颓靡有颓靡之弊,廉隅亦有廉隅之弊。以和平与廉隅为矫正苛暴颓靡之手段可也;必谓和平与廉隅为绝对之善,苛暴与颓靡为绝对之恶,不可也。此所谓执著也。有此执著,故凡能治国安民之人,同时亦必有其所及于社会之恶影响,犹药物之能治病者,同时亦必有其对于身体之恶影响也。其故由执著于事,不知事实之本相,而误以其一端为至善,一端为至恶故也。此由未知大道故也。故本文结笔,特为之明揭其旨以晓之,曰"叹人世终难定"者,言人世无绝对之善,亦无绝对之恶。既言世法,则只有补偏救弊之方,决无止于至善之道。执著于一端,而倾全力以赴之者,其目的必不能达;即达之,亦必有意外之恶结果,为吾人所不及料者,来相侵袭也。

  留余庆,留余庆,忽遇恩人;幸娘亲,幸娘亲,积得阴功。劝人生济困扶穷,休似俺那爱银钱忘骨肉的狠舅奸兄。真是乘除加减,上有苍穹。

  第十一支,叹福善祸淫之说之不足恃也。因果之理,最为精深,顾其说与世俗福善祸淫之说,绝不相同。福善祸淫之说,谓人之善不善,天必报之于其身,或于其子孙,或于其来生,顾其事不能与人以共见也。夫造善因,得善果,造恶因,得恶果,毫发不爽,如响应声,其理岂容或忒!顾其理太深,非人人所能共喻。仁人君子,欲借是以防民之为非,而苦于其理之深而难晓也,则稍变其说,以期人人之共晓,是即世俗所传福善祸淫之说也。顾其说既变,即其理实非真,而其事遂不能尽验。世之桀黠者,以其无有左证,知其说之出于伪托也,遂悍然决破其藩篱,而仁人君子恃以防民为非之术又穷矣。夫使天然因果之理,能如世俗所造福善祸淫之说,一一实见于眼前,使人有所畏而不敢为非,其事岂不甚善!而无如天然因果之理,又不能如此。使仁人君子,欲利用之而且穷于术也,此又事之无可如何者也。本节即慨叹世俗福善祸淫之说之不验,而仁人君子防民之术之穷,通篇皆反言以明之。曰"乘除加减,上有苍穹",正是叹实际之世界,不能有一苍穹,监临其上,为之乘除加减耳!故巧姐之名曰"巧",言此等事可偶一遇之而不能视为常然,欲以是为救世之术,冀免除人生之苦痛,终不能也。

镜里恩情,更那堪梦里功名!那美韶华去之何迅,再休提绣帐鸳衾。只这戴珠冠,披凤袄,也抵不了无常性命。虽说是人生莫受老来贫,也须要阴骘积儿孙。气昂昂头戴簪缨,光粲粲胸悬金印,威赫赫爵禄高登,昏惨惨黄泉路近。问古来将相可还存?也只是虚名儿,与后人钦敬。

第十二支,叹执著于富贵利禄者之苦也。人之执著不一端,而执著于富贵利禄,凡人世之所谓快乐者,为最多数。夫富贵利禄,则何快乐之有?然而耳好淫声,目迷美色,身体乐放佚,而心思即慆淫,凡世俗之所谓快乐者,非富贵利达,则不能得之也,此人之所以惟富贵利禄之求也。且求富贵利禄者,岂特谓是为快乐之所在,吾欲快乐,故求之云耳,甚且视为人生之本务焉。如彼读书之人,穷年矻矻,以应科举,岂特歆其"食前方丈,侍妾数百,堂高数仞,榱题数尺"之乐,亦谓苟因科举,博得一官,则可以耀祖荣宗,封妻荫子,为宗族交游光宠,人生之本务,固当如是也。此则欲望的执著,与道德的执著,合而为一,执著之上,又加执著矣。其执著愈深,其迷而不复,乃愈甚也,若李纨则其人也。夫人之所以有此执著者何也?究其原,亦曰以心灵为肉体之徇而已矣。夫使举心灵以徇肉体,而其结果,果可以得快乐焉,亦复何惜?而无如其终不能也。其不能若之何,则此曲之本文言之矣。曰"只这戴珠冠,披凤袄,也抵不了无常性命",言肉体之所谓快乐者多端,举心灵以徇之,竭全力以赴之,终不能尽得也。夫使得其一端,而其余之苦痛,即可以因之而销弭焉,则亦何尝非计?而无如其不能也。得其一端,则又有他种之快乐,诱吾于前焉,吾更竭全力以赴之,而未能必得也;即得之,而他种快乐之诱吾于前者又如故,则是竭吾生之力以求快乐,而终无尽得之日也。快乐终无尽得之日,即苦痛终无尽免之时,而罄吾之全力以求之,反忘当下可得之快乐,不亦愚乎!曰"气昂昂头戴簪缨,光粲粲胸悬金印,威赫赫爵禄高登,昏惨惨黄泉路近",言无论何种快乐,皆有苦痛乘乎其后也。夫有苦痛乘乎其后,则非真快乐也,而倾全力以求之,不尤愚乎!曰"问古来将相可还存?也只是虚名儿,与后人钦敬",言此等快乐,绝非实体,罄全力以求之,到头来必一无所得,劝其不知来,视诸往也。曰"虽说是人生莫受老来贫,也须要阴骘积儿孙",言吾人之灵魂为永久之体,躯壳特暂时寄顿之所,举灵魂以徇躯壳,实为不值也。曰"老来贫",躯壳之所谓苦痛之代表也;曰"儿孙",永久之灵魂之代表也。本节悯世人沉溺于肉体之所谓快乐,而举灵魂以徇之,久之且忘灵魂与俗体之别,大声疾呼,以警醒之也。

  画梁春尽落香尘。擅风情,秉月貌,便是败家的根本。箕裘颓堕皆从敬,家事消亡首罪宁。宿孽总因情。

  第十三折,破世俗是非之论,齐物之意也。人世上之事,无所谓善,亦无所谓恶。如杀人,恶也,杀杀人之人,则谓之善矣;淫,恶也,淫而施之于夫妇,则为善矣。然杀人与杀杀人之人,不得不同谓之杀也;淫于外与淫于夫妇之间,不得不同谓之淫也。今禁杀人,而特设士师以杀杀人之人,则杀人之本性犹未去也;禁人淫,特防遏之,使但行于夫妇之间耳,则淫之本性亦未除也。杀人之本性未去,则亦可移之以杀法律所保护之人;淫之本性未除,则亦可移而行之于夫妇之外。谓杀杀人之人,较善于杀非杀人之人,则可矣,径谓杀人为善,则不可也;谓淫于夫妇之间,较善于淫于夫妇之外,则可矣,径谓淫于夫妇之间为善,则不可也。且杀杀人之人之性,与杀人之性同原,则杀人恶,杀杀人之人亦恶也;淫于夫妇之间之性,与淫于夫妇之外之性同原,则淫于夫妇之外恶,淫于夫妇之间亦恶也。而世俗必指其一为善,其一为恶,则执著焉,而其性之本体弥不去矣。其性之本体不去,则有时用之于此一端,有时必用之于彼一端矣。故杀人之祸,士师召之也;淫风之盛,婚姻之制为之也。果有一邦焉,无杀人之祸,则其邦亦必无士师矣;孩提之童,不知淫于夫妇之外,又宁知淫于夫妇之间乎? 及其既知淫于夫妇之间,又宁能禁之,使不知淫于夫妇之外乎? 故曰"圣人不死,大盗不止","剖斗执衡,而民不争"也。世俗必指其一端为善,一端为恶,而不知两端之同因中心而得名,是犹谓刀为善,而谓其杀人为恶也,是保存其物之体,而欲其作用之不显也,是置水于日光之下,而欲其毋化汽也,其可得乎? 故本节深晓之也。曰"画梁春尽落香尘",喻自然;"春尽香尘落",物理之自然,非人之所能为也。曰"风情",曰"月貌",曰"情",皆人性之代表也。曰"败家",曰"箕裘颓堕",曰"家事销亡",皆世俗所指为罪恶之代表也。曰"宿孽",人之所以为恶之原因也。言人之所以为恶者,其原因亦出于本性。欲拔除为恶之根原,非空诸所有,得大解脱不可;否则为恶之本体尚存,虽能移而用之于他一端,于其本体实无丝毫之损,不得谓之真善也。

  为官的家业凋零,富贵的金银散尽,有恩的死里逃生,无情的分明报应,欠命的命已还,欠泪的泪已尽,冤冤相报岂非轻,分离聚合皆前定。欲知命短问前生,老来富贵也真侥幸。看破的遁入空门,痴迷的枉送了性命。好一似食尽鸟投林,落了片白茫茫大地真干净。

  第十四节,总结,教人以免除苦痛之法也。因果之理,如响应声,毫发不爽,故本节极言之。"为官的家业凋零,富贵的金银散尽",言人与躯壳,关系甚暂,终有脱离之时。"有恩的死里逃生,无情的分明报应","冤冤相报岂非轻,分离聚合皆前定。欲知命短问前生,老来富贵也真侥幸",极言因果之不爽。"老来富贵也真侥幸",言人有以因果之理论之,应得恶果,而忽得善果者,此非真果,尚有恶果在其后。盖因果之来,恒为曲线而非直线,故人不能觉其验,而因果之毫发不爽,亦正于此见之。盖世人所谓某人应得善果,某人应得恶果者,往往非精确之论;使因果而悉如人意以予之,则不足以昭其正当矣。曰"欠命的命已还,欠泪的泪已尽",言以前所造之因,终有历尽其果之日,但当慎造今后之因也。曰"看破的遁入空门,痴迷的枉送了性命",言能大解脱者,即能免除一切苦痛;而不然者,徒造恶因,自受其恶果尔。曰"好一似食尽鸟投林,落了片白茫茫大地真干净",言万法皆空,劝人之勿有所执著也。

  《红楼梦》一书,几于无人不读,亦几于无人不知其美者,顾特知其美耳,未必能知其所以美也。不知其所以美,而必强为之说,此谬论之所由日出也。以前评《红楼梦》者甚多,予认为无一能解《红楼梦》者,而又自信为深知《红楼梦》之人,故借征小说所撰之人物为代表主义,一诠释之。深明哲理之君子,必不以予言为穿凿也。

  或谓:"子之说《红楼梦》则然矣。然《红楼梦》,为最高尚之书,书中自无一无谓之语,其所撰之人物,皆有所代表,宜也;彼庸恶陋劣之小说,安能与《红楼梦》相提并论,即安得谓其所撰之人物皆有所代表乎?"曰:"否。其所代表之人物有善恶,其主义有高低,则有之矣;谓其非代表主义则不可也。如戏剧然,饰一最高尚之人,固为代表主义;饰一最卑陋之人,亦为代表主义也。"

然则必欲考《红楼梦》所隐者为何事,其书中之人物为何人,宁非笨伯乎!岂惟《红楼梦》,一切小说皆如此矣。

或问曰:"小说所描写之人物,为代表主义,而其妙处,则在小在深,既闻命矣。然盈天下皆事实也,任何一种事实,皆足以为一种理想之代表者也。吾人苟怀抱一种理想,将从何处捉一事实来,以为之代表,且焉知此种事实,实为此种理想最适之代表乎?得毋选择事实,亦自有法,而其适否,即为小说之良否所由判乎?"应之曰:"凡人之悟道,恒从小处入,恒从深处入。如吾前言,《红楼梦》之写一林黛玉、一贾宝玉,所以代表人生世间,无论何事,不能满意也。故其言曰,'叹人间美中不足今方信',情见乎词矣。夫人生世上,不能满足,实凡事皆然,不独男女之际也。然终不若男女之际,其情为人人所共喻,且沉挚足以感人。故选择一贾宝玉、一林黛玉以为之代表,实此种理想最适之代表也。然必谓作《红楼梦》者,游心四表,纵目八荒,于诸种现象,博观而审取之,然后得此一现象以为之代表,则亦断非事实。夫人之情,不甚相远也。大抵读者以为易明之事,著书者亦以为易明;读书者对之易受感触之事,著书者对之亦易受感触。所异者,情感有厚薄,智力有浅深。常人知其一不知其二,贤知之人,则能因此而推之彼,合众现象而观其会通耳,此所谓悟道也。然其后,虽于各种现象,无所不通,而其初固亦自事之小而易见者、感人最深者悟入,则欲举此种理想以诏人,而求一事实焉以为之代表,固无待于他求,即举吾向所从悟入之事实,以为之材料可矣。此其理并通于诗。作诗者因物生感,即咏物以志其感,初不闻于所感之物之外,又别求一物焉,以代表其感想也。故吾尝谓善读小说者,初不必如今之人,屑屑效考据家之所为,探索书中之某人即为某人,某事即隐某事,以其所重者本不在此也。即如《红楼梦》,今之考据之者亦多矣,其探索书中之某人即为某人,某事即为某事,亦云勤矣。究之其所说者,仍在若明若昧之间。予于此书,仅读一过,亦绝未尝加以考据,然敢断言:"所谓十二金钗者,必实有其人;且其人,必与书中所描写者,不甚相远。"何也?使十二金钗而无其人,则是无事实也。无事实,虽文学家,何所资以生其想象?无想象,则选择变化,皆无所施,而美的制作,又曷由成哉?使其真人物而与书中所述之人物大相远也,则是著者于所从悟入之事实之外,又别求一事实,以为其理想之代表也,此亦决无之事也。然则小说所载之事实,谓为真亦可,谓为伪亦可。何也?以其虽为事实,而无一不经作者之想象变化;虽经作者之想象变化,而仍无一不以事实为之基也。然则屑屑考据某人之为某人、某事之为某事何为?彼未经作者选择变化以前之某人某事,皆世间一事实而已矣。世间一事实,何处不可逢之,而必于小说中求之乎?是见雀炙而求弹、闻鸡之时夜而求卵也,可谓智乎?

　　孔子曰:"我欲托之空言,不如见之行事之深切著明也。"斯言也,可为小说作一佳赞。何也?小说固不离乎事实者也。夫文学有主客观之分。主观主抒情,客观主叙事。抒情者,抒发我胸中所有之感情也。叙事者,叙述我所从感触之事物也。以二者比较之,则客观的文学,较主观的文学为高尚。何也?主观的文学,易流于直率;而客观的则多婉曲(如睹物思人,对月思家,直述其思人及思家之情,主观的文学也;但叙述其物及吾所睹月下之形状景色,客观的文学也。二者一直一曲。曲者婉而直者彰。而感人之情,直率恒不如婉曲。文学为情的方面之物,故以婉曲为贵也)。主观的文学,每失之简单;而客观的则多复杂也(前论复杂小说、简单小说之说,可以参观。复杂者美于简单。文学者,美的制作也,故贵复杂)。然偏于客观,亦易流于干燥无味之弊,使人读之,一若天然之事实,未经作者之想象变化者然。故其最妙者,莫如合主、客观而一之,使人读之,既有以知自然繁复之事实,而又有以知著者对之感情,且著者对此事物之感情,恰可为此等事物天然之线索,而免于散无条理之消,真文学中之最精妙者矣。然他种文学,仅能于客观一方面之事物,详加叙述,而于主观一方面,则不能不发为空言,惟小说与戏剧,则以其体例之特殊故,乃能将主观一方面之理想,亦化之为事实。凡小说与戏剧,必有主人翁。此主人翁所以代表著者之感想者也,主观的也。其余之人物,皆谓之副人物,所以代表此主人翁四周之事物者也,客观的也。夫如是,故小说与戏剧,可谓客观其形式,而主客观其精神。持是以与他种文学较,则他种文学,可谓为主观的形式之主客观文学;而小说与戏剧,则可谓为客观的形式之主客观文学也。此真复杂之中又复杂,婉曲之中又婉曲者也。小说戏剧之势力,驾他种文学而上之,谁曰不宜(小说戏剧之特质,在以事实发表理想,故凡大发议论以及非自叙式之小说,而著者忽跳入书中,又或当演剧之时忽作置身剧外之语,均非所宜)?

或问曰:"小说但能使事实表现于精神界耳,而戏剧,则兼能使之表现于空间。如是,则戏剧不更优于小说乎?"应之曰:"人之乐与美的现象相接触也。其接触之途本有二:一为诉之于官能者,一为诉之于空想者。物之但表现于时间者,其诉之空想者也;其兼表现于空间者,其诉之官能者也。人之官能与空想,各有其美的欲望,即各思所以满足之。二者本不可偏废,即无从轩轾也。且戏剧能使美的现象实现于空间,固非小说所能逮,然戏剧正以受此制限故,而其尽善尽美之处,遂有不能尽如小说者。此戏剧与小说,所以并行不悖也。"试陈其事如左。

一、为场所所限制。小说不占空间的位置,故其书中所叙述之事实,所占之地位,可以大至无限。戏剧则为剧场所限制,剧场之幅员,为人之视力所限制,能同时活动于舞台上者,至多不过三四十人而已。如数十万人大战于广野,小说能叙述之,戏剧不能演之也。此戏剧之不如小说者一也。

一、为时间所制限。小说但诉之于空想,故其经过也速;戏剧兼诉之于官能,故其经过也迟。惟经过速也,故能于仅少之时间,叙述多数之事实,经过迟者不能也。今设有小说一册,三时间之内,可以读毕。试以此小说中之所载者,一一搬演之而成戏剧,恐非三十时间不能毕事矣。然则是读小说者,于同一时间之内,所感触之美的现象,十倍于戏剧也。是小说复杂,而戏剧单纯也。复杂则美矣。此戏剧之不如小说者二也。

一、为实物所制限。客观的文学之特质,在其能叙述事物,使一切美的现象,浮现于人之脑际,使人接触之而若以为真也。此等作用,时曰象真。象真之作用,诉之于人之精神较易,而诉之于人之官能则难,盖空想之转换速,官能之移易迟也。如叙述一地方之风景也,忽而严冬,忽而盛夏;叙述一人之形貌也,忽而翩翩年少,忽而衰老龙钟;在小说随笔转移,读者初不觉其痕迹,在戏剧则无论布景如何美妙,艺员表情之术如何高尚,尚不能令人泯然无疑也(如《红楼梦》中巧姐暴长,读者初不觉为疵累,若演之戏剧,则观者必大骇矣)。此戏剧之不如小说者三也。

然则戏剧其可废乎?曰:不可。夫戏剧与小说,固各有所长者也。何以谓之各有所长也?曰:吾固言之矣,小说者,专诉之于人之空想;而戏剧者,兼诉之于人之官能者也。今试列表以明之:

$$
戏剧\begin{cases}官能的\begin{cases}视觉(剧场之设置)\\听觉(音乐)\\视听觉(表情术)\end{cases}\\空想的……歌诗\end{cases}
$$

夫人之欲望无穷,空想与官能,既各有其欲,往往同时并思所以满之。瞑想江南之佳丽,辄思选色于花丛;遐思燕赵之悲歌,便欲听音于酒后,其实例也。惟其如是也,故其事苟可以官能与空想,同时触接之者,则必不肯以想象其美为已足,而更欲触接之以官能,此演剧之所由昉也。不宁惟是,人有所感于中,必有以发表之于外。其所以发表之者,则一为动作,而一为音声。发之于音声则为歌,动之于形体则为舞,故曰"喜斯陶,陶斯咏;咏斯犹,犹斯舞;愠斯戚,戚斯叹;叹斯擗,擗斯踊"矣。

戏剧者,不惟能以角本造出第二之人间,而同时又能以歌、舞二技,刺击人之感官,以发挥其感情,而消耗其有余势力者也。惟其然也,故戏剧于象真之点,不及小说,于同一时间之内,所能演之事实,不若小说之多,其所演之事实,范围亦不及小说之广,然其刺激人感情之力,却较小说为强;盖一专诉之于空想,而一兼诉之于感官也。惟其然也,故戏剧可谓有小说及歌舞两元素。其以剧本造出第二之人间,则小说的元素也;其歌词、表白、做工,别成为一种语言动作,与人类实际之语言动作,终不能无多少之差殊,则歌舞的元素也(此不徒旧剧然,即新剧亦然。如戏中说白,较通常之语言发声不得不较高,音调不得不较缓是也)。惟其然也,故歌剧在戏剧中为本支,而演剧则反在侧生旁挺之列。今人之彼此易置者,实未知戏剧之性质者也。歌诗,以言乎音节,则足以刺击人之听官,而满足其美感,以言乎所载之事实,则能以作者之理想,造出第二之人生,其作用与小说同。而其诉诸人之理想界者,又有一种伟力,为小说之所不能及,则文词之美是也。盖歌词实语言中之至美者也,如"欲乘秦凤共翱翔,又恐巫山还是梦乡",翻成白话只可云:"我狠想同你结婚,不知能否如愿?"成何语言乎? 又如京调,人孰不知其鄙俚,然如"走青山望白云家乡何在",其意义,亦岂能以表白代之乎? 吾尝谓中国人本有两种语言,同时并行于国中:一为高等人所使用,文言是也;一为普通人所使用,俗语是也。文言多沿袭古代,有不能曲达今世人之感想之憾,故白话乘之而兴。小说利用之,能曲达今世人之感想,以餍足社会上爱美之欲望,遂于著述界中蔚为大国焉。然以其为普通人所用之语言,故较之高等人所用之语言,思想恒觉其简单,意义亦嫌于浅薄。吾人所怀高等之感想,往往有能以文言达之,而不能以俗语达之者,如右所举二例是也。职是故,戏剧遂能于小说之外,别树一帜。盖以其所叙之事实,虽较小说为简单,其于描写现今社会之情状,亦不如小说之适切,然其所用之语言,却较小说为高尚,故能叙述比较的高等之感想,以餍人爱美之心也。即戏剧于同一时间之内,与人以刺激之分量较少,而其刺激之力却强也。然则戏剧所以能独立于小说之外者,其故可知,而歌舞剧之当为正宗,纯粹科白之剧之实为旁支,亦可见矣。

吾论小说至此,已累三万言,可以休矣。今请略论作小说之法,以结此小说丛话之局。

第一理想要高尚。小说者,以理想造出第二之人间者也。惟其然也,故作者之理想,必不可以不高尚。使作者之理想而不高尚,则其所造出之第二人间,必无足观,而人亦不乐观之矣。《荡寇志》组织之精密,材料之丰富,何遂逊于《水浒》? 或且过之;然其价值终不逮者,理想之高尚不逮也。中国旧小说,汗牛充栋,然除著名之十数种外,率无足观者,缺于此条件故也。理想者,小说之质也。质不立,犹人而无骨干,全体皆无所附丽矣。然则理想如何而能高尚乎?曰是则视人之道德为进退。凡人之道德心富者,理想亦必高;道德心缺乏者,理想亦必低。所谓善与美相一致也。稽古说《诗》,曰"不得已",岂必雅颂,皆由穷愁。不得已者,有其悲天闵人之衷,自有其移易天下之志;有其移易天下之志,自有其芳芬悱恻不能自言之情;发之咏歌,遂能独绝千古。惟其真也,惟其善也,惟其美也,作小说亦犹是也。无悲天闵人之衷,决不能作《红楼梦》;无愤世嫉俗之心,决不能作《水浒传》。胸无所有,而漫然为之,无论形式如何佳妙,而精神不存焉。犹泥塑之神,决不足以威人;木雕之美女,终不能以动人之情也。此作小说之根本条件也。

第二材料要丰富。理想高尚矣,然无材料以敷佐之,犹无益也。盖小说者,以其体例之特殊故,凡理想皆须以事实达之,故不能作一空语。又以其为近世的文学故,其书中所述之事物,皆须为现社会之所有。而非如作古文者,以严洁不用三代两汉以后语为贵;又非如作骈文者,但胪列典故,以为证佐,可求之于类书而已足。故作者于现社会之情形必不可以不知,而其知之又不可不极广。盖小说为美的制作,贵乎复杂,而不贵乎简单;既贵乎复杂,则其所描写之事实,当兼赅乎各方面,而决不能偏乎一方面故也(如作《红楼梦》者,但能描写贾母、贾政而不能描写刘老老、焦大,即无味矣)。然则他种文学,其材料皆可于纸上求之,独小说则其材料,当于空间求之(如《水浒》为元人所作,其时社会之情形即多与今日不同,设作一小说以描写今日之社会,而其所述之情形多与《水浒》相类,即成笑柄矣)。此作者之阅历,所以不可不极广也。此亦作小说最要之条件也。

第三组织要精密。所谓组织精密者有二义:第一事实要联贯。组织许多复杂之事实而成一大事实,其中须有一线索,不能有互相冲突之处。如两人在书中初见时为同年,至后文决不能其一尚在中年,其一已迫暮景也。此等处看似极易,然其实极难,作长篇复杂小说者,往往有束湿不及之处,遂为全体之累。如《荡寇志》与《水浒》相衔接者也,书中之事实,即不能有与《水浒》相冲突之处。然扈三娘在《水浒传》中,仅与林冲战二十合,即为冲所擒,至《荡寇志》中,陈丽卿之武艺,与林冲相等，而扈三娘忽能与之大战至数百合无胜负。又如《三国演义》，关公斩颜良时，徐晃与颜良战二十合，即败回本阵，及关公败走麦城之时，徐晃忽能与关公战八十合，无胜负。诸如此类，虽云小节，究之自相矛盾，未免有欠精密矣。一主从要分明。书中之人物，孰为主人翁，代表作者之理想，孰为副人物，代表四周之境遇，不可不极为明确，使人一望而知，然后读者知作者主意之所在，乃能读之，而有所感动。若模糊影响，无当也。《儒林外史》所描写之人物，极为复杂，而组织上不能指出孰为主人翁，事实亦首尾不完具，不能合众小事为一大事，究属欠点。

如右所述，寥寥三项，然小说之佳否，自理论上判决之，不过此三者而已。三者兼具，未有不为良小说者；具其一二项，则美犹有憾；若三者皆不具，未有不为恶小说者也。中国向者视小说为无足重轻之业，皆毫无学识之人为之，于此三条件，往往皆付阙如，故小说虽多，而恶者殆居百分之九十九。今风气一变，知小说为文学上最高等之制作，且为辅世长民之利器，文人学士，皆将殚精竭虑而为之，自兹以往，良小说或日出不穷，恶小说将居于天然淘汰之列乎？予曰望之已。

或问译述之小说与自著之小说孰良，曰："小说者，美的制作也。美之观念，因民俗而有殊。异国人所感其美者，未必我国人亦感其美也。以言乎感人，译本小说之力，自不若著者之伟大。然文学贵取精用宏，吸收异己者之所长，益足以增加其固有之美，则译本小说，亦不可偏废也。"

《中华小说界》第一年第三至第八期（1914年）

论艳情小说

程公达

君子立身处世，不以文章眩俗，不以笔墨惑人。凡一文一字，发于心而著于书，必求有益于风化，有利于人民，有功于世道人心，而后垂诸千载不朽焉。不然，徒逞纤巧之语、淫秽之词，虽锦章耀目，华文悦耳，有蔑礼义伤廉耻而已。书不善不如无书，是何取乎尔。近来中国之文士,多从事于艳情小说,加意描写,尽相穷形,以放荡为风流,以佻达为名士,言之者亹亹,味之者津津,一编脱稿,纸贵洛阳。即有一二束身自好者,以子虚乌有目之,弃而不顾,然青年子弟,大半血气未定,慕而购阅,争先恐后。开卷则目眩神移,荡魂失魄,毁心易性,不能自主。举幻梦泡影不可思议之诞辞,为绝无或有之事;设才子佳人不可或遇之奇境,作当前即是之观。倾慕之深,则想像之;想像之切,则仿效之。每当薄暮,三五成群,奔走于风月之场,出入于歌舞之地。宴于酒食,溺于脂粉,且轻掷缠头,自以为文人韵事,而要皆艳情小说之祸阶之厉也。况今之青年,诚笃者十居二三,轻薄者十居七八,是孰使之然哉?岂一朝一夕所致耶!呜呼哀哉!吾因之有感矣。古之圣人,惟恐人不善,特为道德之言,流传于后世。欲以一己之善,推及于人,使人人得为善之利。今之文人,惟恐人善,故为秽亵之书,传播天下,欲以一己之恶,推及于人,使人人得为恶之害,何与圣人用心相反若是耶!岂以此为卖弄文墨,足以自豪耶?抑以此败坏风俗,惟恐不速耶?呜呼!若而人者,诚为我辈青年之罪人,我海内青年同胞其慎之哉!

《学生杂志》第一卷第六期(1914年)

《小说旬报》宣言

羽 白

甲寅仲秋之月,集数同人,编辑《小说旬报》于沪上。时当大陆风云,千变万化;神州妖雾,惨淡迷漫。本同人哀国土之丧沦,痛人心之坠落;恨乏缚鸡之力,挽救狂澜,愧无诸葛之才,振兹危局;整顿乾坤,且让贤者,品评花月,遮莫我侪;清谈误国,甘尸其咎,结缘秃友,编集稗乘;步武苏公,妄谈鬼籍,聊遣斋房寂寞,免教岁月蹉跎。倘海内外文人雅士,淑媛名闺,不弃愚谬,辱赐教言,匡我不逮,不胜幸甚。

羽白书于歇浦客次。

《小说旬报》第一期(1914年)

小说与社会

启 明

世界小说皆起源于诗歌。上古之时,文字未兴,故艺文草创,诗先于文,以其节句调整,取整记诵。其最古者为史诗,综其国之神话。世说古英雄事迹编为歌吟,随歌人之踪,流行遍于国中,此实小说之祖也。及后,几经变迁,乃有散文、小说,复渐以进化,其范围亦转隘,由普遍而为单一,由通俗而化正雅。著作之的,不依社会嗜好之所在,而以个人艺术之趣味为准,故近世小说,不复尽人可解,而凡众之所赏,又于文史为无值。人知不齐,上下殊绝,正无可如何,抑亦谓非进化之惠,益不可也。

中国小说,其源流乃无可考。《诗经》中《国风》正犹他国之民歌,而不闻有史诗,即神人传说亦复希有,则小说之萌芽且尽焉。《汉·艺文志》虽列"小说"一项,而其言曰小说家者流,盖出于稗官,又曰街谈巷语道听涂说者所造,其流乃迥别。唐时所作小说,多述鬼神儿女事,审其趣向,颇近西方小说,而目为一变,顾与近世说部,如元明以来章回体小说,犹大有径庭,不可骤相联接。元时,说部忽起,其体例文词,皆前此所未有。推测源流,当在异地,非中国文学之产物也。英人迦耳斯著《支那文学史》,谓源当出中央亚细亚,其地说书之业最盛,元时兵力曾及其处,故流衍入中土。其言颇近理。观中国小说,皆用俗语,着重事实,章回之末,陡然而止。以此数例,而知说部之兴,与说书同源,盖无可疑也。

如上所言,中国小说之异,可以见矣。西方小说已多历更革,进于醇文。而中国则犹在元始时代,仍犹市井平话,以凡众知识为标准,故其书多芜秽。盖社会之中不肖者,恒多于贤,使务为悦俗,以一般趣味为主,则自降而愈下。流弊所至,有不可免者,因以害及人心,斯亦其所也。或欲利用其力,以辅益群治,虑其效,亦未可期。盖欲改革人心,指教以道德,不若陶熔其性情。文学之益,即在于此。第通俗小说缺限至多，未能尽其能事。往昔之作存之，足备研究。若在方来，当别辟道涂，以雅正为归，易俗语而为文言，勿复执著社会，使艺术之境萧然独立。斯则其文虽离社会，而其有益于人间甚多。浅鲜此为言，改良小说者所宜知者也。

《绍兴县教育会月刊》第 5 号(1914 年)

《炭画》序

周作人

显克微支名罕理克，以一千八百四十五年生于奥大利属之波兰，所撰历史小说数种皆有名于世，其小品尤佳，哀艳动人，而《炭画》一篇为最。《炭画》云者，谊取简略图形，如稿本也。丹麦评骘家勃兰兑思作《波兰文章论》，称之曰，"其人才情美富，为文悱恻而深刻，如《炭画》一篇，实其上乘，书言有农妇欲救其夫于军役，遂至自卖，盖杰作也。"又美国人寇丁言，此文作于一千八百七十八年，时著者方客美洲加厘福尼，自云所记多本实事，托名"羊头村"，以志故乡之情况者也。民生颛愚，上下离析，一村大势，操之凶顽，而农女遂以不免，人为之亦政为之耳。古人有言，庶民所以安其田里，而亡叹息愁恨之心者，政平讼理也，观于"羊头村"之事，其亦可以鉴矣。己酉二月，译者记。

1914 年文明书局版《炭画》

《礼拜六》出版赘言

钝 根

或问："子为小说周刊，何以不名礼拜一、礼拜二、礼拜三、礼拜四、礼拜五，而必名礼拜六也？"余曰："礼拜一、礼拜二、礼拜三、礼拜四、礼拜五，人皆从事于职业，惟礼拜六与礼拜日，乃得休暇而读小说也。"

"然则何以不名礼拜日,而必名礼拜六也?"余曰:"礼拜日多停止交易,故以礼拜六下午发行之,使人先睹为快也。"或又曰:"礼拜六下午之乐事多矣,人岂不欲往戏园顾曲,往酒楼觅醉,往平康买笑,而宁寂寞寡欢,踽踽然来购读汝之小说耶?"余曰:"不然!买笑耗金钱,觅醉碍卫生,顾曲苦喧嚣,不若读小说之省俭而安乐也。且买笑、觅醉、顾曲,其为乐转瞬即逝,不能继续以至明日也。读小说则以小银元一枚,换得新奇小说数十篇,游倦归斋,挑灯展卷,或与良友抵掌评论,或伴爱妻并肩互读,意兴稍阑,则以其余留于明日读之。晴曦照窗,花香入坐,一编在手,万虑都忘,劳瘁一周,安闲此日,不亦快哉!故人有不爱买笑,不爱觅醉,不爱顾曲,而未有不爱读小说者。况小说之轻便有趣如《礼拜六》者乎?《礼拜六》名作如林,皆承诸小说家之惠。诸小说家夙负盛名于社会,《礼拜六》之风行,可操券也。若余则滥竽编辑,为读者诸君传书递简而已。"读者诸君勿因传书递简者之粗鄙,遂屏绝妙之书简而失之,则幸甚!

中华民国三年六月六日礼拜六,钝根书于编辑部。

《礼拜六》第一期(1914 年)

《金陵秋》缘起

冷红生

冷红生者,世之顽固守旧人也。革命时,居天津,乱定复归京师,杜门不出,以卖文卖画自给。不求于人,人亦以是厌薄之。一日忽有投刺于门者,称曰林述庆,请受业门下。生曰:"将军非血战得天保城,长驱入石头者耶?"林曰:'不如先生所言,幸胜耳。"生曰:"野老不识贵人,将军之来,何取于老朽?"将军曰:"请受古文。"生曰:"如老朽之文,名为文耶?若将军不以为劣者,自今日始,但论文章不论时事。"如是累月,将军每数日必一至听讲。已而忽言将军以暴疾卒矣。生奔哭其家,幼子甫二岁,夫人缟素出拜,以将军军中日记四卷见授,言亡夫生平战迹,悉在其中。读之文字甚简朴。生告夫人,此书恐不足以传后,老朽当即日记中所有者,编为小说,或足行诸海内,以老朽固以小说得名也。既送将军之丧南归,夫人于铁路之次,尚鸣咽请速葳事。生以经月之功,成为此书。其中以女学生胡秋光为纬,命曰《金陵秋》。至秋光与王仲英有无其人,读者但揣其神情,果神情逼肖者,即谓有其人可也。嗟夫!将军之礼我,较诸邢恕及耶稣门之犹大,相去万里矣。冷红生识。

1914年商务印书馆版《金陵秋》

《匕首》弁言

半

侦探小说,来自西洋,类皆勾心斗角,奇巧惊人。惟中西社会之状态不同,故阅者每多隔阂。数年前,见某书局出版之《中国侦探谈》,搜集中国古今类于侦探之故实,以及父老之传闻,汇为一编,都百数十则,则仅一二百言,长者亦不过千言。虽其间不无可取,而浮泛者太多,事涉迷信者,更不一而足,未足与言侦探也。后又见阳湖吕侠所著之《中国女侦探》,内容三案均怪诞离奇,得未曾有。顾吕本书生,于社会之真相,初不甚了了,故其书奇诚奇矣,而实与社会之实况左。用供文人学士之赏玩,未尝不可,若言侦探,则犹未也。故谓中国无侦探小说,不可谓过当语。半不学,小说尚不足言,遑论侦探?特天性好奇,举凡西洋各侦探小说,每思所以涉猎之,无事恒手一编;而对于我国中流以下之社会之心理及举动,考察尤力,即通人达士之斥为三教九流而不屑与交者,亦无不待之以礼,惟不为其同化而已。故知我者谓为入虎穴以探其子,不知我者且斥我为自侪于下流。我固莫之或恤也。癸丑之夏,日长无事,因就数年来之所知,笔而出之。其中或属耳闻,或为目睹,且有躬自尝试者,故实事居其大半,即略加点缀,亦以不背我国之社会为旨。研究侦探者,其亦引为同调乎?

《中华小说界》第一年第三期(1914年)

《小说丛报》发刊词

徐枕亚

嗟嗟！江山献媚，狮梦重酣；笔墨劳形，蚕丝自绕。冷雨凄风之夜，鬼唱新声；落花飞絮之天，人温旧泪。如意事何来八九，春梦无痕；伤心人还有二三，劫灰共话。多难平生，难得又逢海上；不祥名字，何妨再落人间。马生太践，他日应无买骨之人；豹死诚甘，此时且作留皮之计。此《小说丛报》所由刊也。原夫小说者，俳优下技，难言经世文章；茶酒余闲，只供清谈资料。滑稽讽刺，徒托寓言；说鬼谈神，更滋迷信。人家儿女，何劳替诉相思；海国春秋，毕竟干卿底事？至若诗篇投赠，寄美人香草之思；剧本翻新，学依样葫芦之画。嬉笑成文，莲开舌底；见闻随录，珠散盘中。凡兹入选篇章，尽是蹈虚文字。吾辈佯狂自喜，本非热心励志之徒；兹编错杂纷陈，难免游手好闲之诮。天胡此醉，斯人竟负苍生；客到穷愁，知己惟留斑管。有口不谈家国，任他鹦鹉前头；寄情只在风花，寻我蠹鱼生活。缪莲仙辑《梦笔生花》，无聊极矣；王季任著《余音击筑》，有慨言之。即令文章有价，亦何小补明时；最怜歌哭无端，预怯大难来日。劫后残生，且自消磨于故纸；个中同志，或有感于斯文。

甲寅春暮，徐枕亚撰于春申客次。

《小说丛报》第一期(1914年)

《红楼梦》索隐提要（节录）

王梦阮

《红楼梦》一书，海内风行，久已脍炙人口。诸家评者，前赓后续，然从无言其何为而发者。盖尝求之，其书大抵为纪事之作，非言情之作，特其事为时忌讳，作者有所不敢言，亦有所不忍言，不得已乃以变例出之。假设家庭,托言儿女,借言情以书其事,是纯用借宾定主法也。

全书以纪事为主,以言情为宾,而书中纪事不十之三,言情反十之七,宾主得毋倒置? 不知作者正以有不敢言不忍言之隐,故于其人其事,一念唯恐人不知,又一念唯恐人易知,于是故作离奇,好为狡猾,广布疑阵,多设闲文,俾阅者用心,全注于女儿罗绮之中,不复暇顾及它事。作者乃敢乘人不觉,抽毫放胆,振笔一书,是又善用喧宾夺主法者。明修暗渡,非寻常文家之能事已也。

开卷第一回中,即明言将真事隐去,用假语村言云云,可见铺叙之语,无非假语,隐含之事,自是真事。儿女风流,闺帏纤琐,大都皆假语之类;情节构造,人物升沉,大都皆真事之类。不求其真,无以见是书包孕之大;不玩其假,无以见是书结构之精。

作者虽意在书事,而笔下则重在言情。若不从情字看去,便无趣味。况无论为真为假,其事皆由一"情"字发生,故阅者又当以情为经,以事为纬。

全书百二十回,处处为写真事,却处处专说假语。其正事正文,或反借闲笔衬笔中带出,或从闲杂各色人口中道出。是书本为宝、黛诸人作传,其铺陈家事,安插外人,不过视为余情点缀,岂知所谓正事正文者,大半即流露于此。例如秦可卿之丧仪,刘老老之入府,贾元春之归省,与宝、黛诸人无涉,而当时之遗闻逸事在焉,所谓借闲笔衬笔中带出者是也;又如倪二之醉言,焦大之嫚骂,贾琏乳母赵嬷嬷之絮语,又与儿女风情无涉,而当时之盛衰时况见焉,所谓借闲杂各色人口中道出者是也。

……

书中所隐之事,所隐之人,有为故老所不传,载记所不道者,《索隐》亦无能为役。然为存一代史事,故为苦心穿插,逐卷证明,其斗笋交关,均已一一吻合。神龙固难见尾,而全豹实露一斑,以例推之,余蕴亦复有限。后来者更加搜访,似不难完全证出,成为有价值之历史专书,千万世仅有之奇闻,数百年不宣之雅谜。彼虽善隐,我却索而得之、宣而出之,以赠后人,亦大快事。譬之松之纪异于陈志,谊何让焉;若以裴骃索隐于龙门,则吾岂敢!

《中华小说界》第一年第六、七期(1914年)

《孽冤镜》序

徐枕亚

尝谓文人狡狯之笔,有夺天地感鬼神之能力:其中人焉甚于疾病,其毒人也甚于蛇蝎。有笔如刀,杀人更利于刀;有才如海,造孽亦深于海。多情乃聪明之误,识字为忧患之媒。文人者,造成此情世界之主人翁,而亦作俑之流也。夫既为人类,畴则无情,怵惕恻隐之心,人所固有,况事涉于男女之大欲乎!造物不仁,对待情界众生,恒用惨酷手段。为文人者,更以三寸毛锥,助天为虐。以缠绵凄苦之音,写离合悲欢之事,或布疑阵以惑人,或嘘蜃楼以欺世。江郎之笔,惯放泪花;李贺之笺,尽成血草。作者呕尽心肝,阅者縈其魂梦。将无作有,认假为真,即令事非无稽,讵免言多失实?人谓文人为情种,吾谓文人直情魔之伥耳!虽然,"情之所钟,正在吾辈"。文人多情,文人之不幸也。文人言情,又文人之本能也。文人多慧,慧根即情根也。文人多穷,境穷则情挚也。大抵文人一生,方寸灵台,无一足以萦扰,惟与此"情"之一字,有息息相通之关系。既不得于世,此情无着处矣,不得已托之美人香草以自遣。其心苦矣,欲言之不哀,不可得也。言之哀矣,欲人之不泪,又不可得也。然世之自命为文人者众矣,文人所著之哀艳文章亦多矣,未必人尽读之而下泪也。其下泪者,必其人有极穷之遇,极深之思,极奇之笔。兼此三者,而为极妙之文,乃足动人以极端之感想。阅者纸上千行泪,乃著者笔头一滴血所换得者也。质言之,非文人之笔墨足以感人,实文人之至情足以感人耳。乳臭小子,外无雅骨,内无灵心,读得一部《红楼梦》,便自胡思乱想,自负多情,掉弄笔尖,贻灾梨枣,其意非不欲赚人眼泪也。亦思他人眼泪,夫岂轻易可以赚得者哉!吾于此知哀情小说之价值矣。吴子双热,鬼才也。为人豪放而善滑稽,似趋于乐观一派者。顾其谈吐与文章,乃不相符,长于言情,必极其哀。吾与之相交最谂,而知其人盖伤心人也,能以至情发为妙文以赚人眼泪者也。一册《兰娘哀史》,赚得之泪已不少矣。而双热犹以为未足,更有《孽冤镜》之刊焉。吾知是书一出,阅者必尽移其哭兰娘之泪而哭环娘也。虽然,一弹再鼓,文字之孽深矣,吾望双热之有以自忏也。是为序。琴川徐枕亚识于海上。

1914年民权出版部版《孽冤镜》

《孽冤镜》自序

吴双热

嗟乎!《孽冤镜》胡为乎作哉?予无他,欲普救普天下之多情儿女耳;欲为普天下之多情儿女,向其父母之前乞怜请命耳;欲鼓吹真确的自由结婚,从而淘汰情世界种种之痛苦,消释男女间种种之罪恶耳。孟子曰:"不从父母之命,媒妁之言,钻穴隙相窥,窬墙相从,则父母国人皆贱之。"此数语,界说未清也。后之人未尝清其界说,而遽丑诋今日之自由婚,真笨伯矣。夫"不从父母之命,媒妁之言",此结婚之自由权也。至于"钻穴隙相窥,窬墙相从",则于男谓之奸诱,于女谓之淫奔,不得谓之自由婚也。今人读《孟子》,宜于"不从父母之命"二句下,加入"可也"二字,则界说清矣。此予自以为确论者也,而更有说焉。上古之世,儿女对于结婚问题,正不妨从父母之命媒妁之言。盖上古之人,少机械心。为人父母者,其对于子女之婚嫁,亦能尚德尚才尚貌,而攀龙附凤慕富贵之思想,正未十分发达,故择妇未必不宜其子,择婿未必不宜其女。而为人之媒妁者,不过传言达意,必不至于翻莲舌底添花锦上,以诈语撮合婚姻也。至于今日,人心不古,以故婚嫁问题,万不可从父母之命媒妁之言。盖父母眼底,惟知富贵耳;媒妁口头,无非造谎耳。十父母,八九如是;十媒妁,八九如是。此予又自以为确论者也。吾见夫今之小儿女,结婚而从父母之命、媒妁之言者矣,然夫妻反目者若而人,夫离妻而他顾者若而人,妻背夫而他好者若而人。其故何哉?其故何哉?由于结婚不自由,夫妇双方不能满意,却又不能制欲,于是而奸淫之风盛矣。其能制欲者,则女为怨女,夫为旷夫,于是而伦常之乐亡矣。奸淫之风盛,而种种之罪恶以胎;伦常之乐亡,而种种之痛苦以联。欲矫其弊,非自由结婚不可。自由婚之真谛,须根乎道德,依乎规则,乐而不淫,发乎情而止乎义。否则淫奔耳,奸诱耳,桑间濮上之行为耳。此则予之所深恶痛绝者也,曾是而敢推波助澜,为之鼓吹者哉?阿侬一片心,愿普天下为人父母者,对于子女之婚嫁,打消"富贵"两字,打消"专制"两字。苟人之父,无有如王可青之父者,人之母,无不如薛环娘之母者,则情世界中,顿造无量幸福,当无复有王可青、薛环娘如是等等之情鬼矣。世人其尚梦梦耶?盍对此惨淡凄凉之《孽冤镜》,大家忏悔来?

民国二年十二月既望,古吴吴双热自序。

1914年民权出版部版《孽冤镜》

《茜窗泪影》序

徐枕亚

欢娱之词难工,愁苦之音易好。诗文如是,小说亦然。余读李子定夷所为书夥矣,如《贾玉怨》,如《鸳湖潮》,如《湘娥泪》,如《红粉劫》:或声闻狮吼,惊飞并命鸳鸯;或血尽鹃啼,染遍同心松柏;或无独有双,撒南国相思之豆;或由中及外,写西方薄命之花。率皆哀感缠绵,情词悱恻,呕心作字,濡血成篇。彩毫在手,操情天生杀之权;孽镜悬胸,摄男女悲欢之影。令读者疑幻疑真,不能自已;斯人斯世,为唤奈何。今诸书已风行矣。而李子文思正酣,余勇可贾,因复有《茜窗泪影》之刊。是书也,画英雄面目,则赫弈如生;镂儿女肝肠,则徘徊欲绝。千辛万苦,共羁魔窟之身;九死一生,竟作他乡之鬼。尸遗马革,人不双还;梦冷鸳帏,愿甘独活。黄土无情,不长夫妇之蕙;白头有约,尚荣姊妹之花。岂为情场花月之惨闻,抑亦革命风云之实录。例以前书,是异曲同工之作;质之当世,为有目共赏之文。自然众口皆碑,何待一辞多赘。

惟是书成煞尾,总留未了之缘;事诉从头,都作无聊之话。虽然纸上空谈,弥足动人感想;毕竟人间缺恨,何时保得完全。君有三升墨渖,写不完万种伤心;我只一领青衫,禁得起连番湿泪耶?

1914 年上海国华书局版《茜窗泪影》

《茜窗泪影》序

徐天啸

女子之美德之最难能而可贵者,其惟节乎?然节亦常事耳。人生不幸为女子,女子更不幸为嫠妇。使嫠妇而失节也,则为不名誉为无人格,是等人将为亲属乡党所不齿。故稍知自爱之女子,莫不抱从一而终之主义,视若第二之生命。古往今来名节完全之女子,何可胜数?此吾国女界之特色,亦国家之光荣也。执是以言,则粤东沈女士琇侠之为夫守节,亦不幸女子之分内事,当然如是耳,何足奇?更何足传?虽然,自有可传者在。夫琇侠之于长龄,仅订有婚约,尚未正式结婚也。夫死当守,固为吾国女子之美德,而未婚妻之不幸而抱离鸾之痛,得以父母之命改适他姓,乃吾国普通之惯例,于国家法律上既无何等之限制,于个人道德上亦无何等之损失。而琇侠乃不然。长龄既以爱其国之故,忍舍弃其亲爱之未婚妻以去,是长龄之爱其妻,不若爱其国之挚。琇侠则以爱其国之故,宁牺牲其毕生之幸福,以殉此为国捐躯之未婚夫,是直接所以爱其夫,间接即所以爱其国。此所以难能而可贵也。嗟嗟!吾因之有感矣。吾国为文化早启之邦,首重礼义,而于女子之道德,尤提倡不遗余力。自欧化东渐以来,一般少年女子,定力未坚,往往误解自由之真义,鄙夷其固有之道德,任情纵性,荡检逾规,即不至人尽可夫,而离婚再醮,视为正当之行为,恬然不以为怪,更不知名节为何物矣。《茜窗泪影》之作,定夷其有隐忧乎?嗟嗟!人心不古,风俗日偷。女界道德之堕落,大有江河日下之势,安得有千万琇侠其人者,出而现身说法,以挽救此颓风欤?更安得有千万定夷其人者出,不惜其至宝至贵之笔墨,演此亦香亦艳之历史,写为可歌可泣之文章,为女界之警钟,作道德之保障乎?吁!可慨也。古虞徐天啸序。

1914年上海国华书局版《茜窗泪影》

《铁冷碎墨》序

徐枕亚

枕亚校《碎墨》竟,问于铁冷曰:"前有《丛谈》,后有《碎墨》,纸劳笔瘁,为是仆仆,子何所求?殆作千秋想耶?"铁冷曰:"恶是何言!我忘世矣,胡一名之未忘?我忘名矣,胡千秋之是望?天既靳我以不朽之事业,更何有此无谓之文章?虽然,人之生于世也,营营扰扰,皆有荣趣可寻。彼之所谓乐者,我之所谓苦也。我虽无求于世,不能不有求于己。不为无益之事,何以遣有涯之生?举世之所谓富贵利达、金钱权势尽人皆好者,胥不足以娱我,则我所借以自娱者,舍此无谓之文章,更少可为之生活。尝谓美人之镜,侠士之剑,伶人之琵琶,以及文人之一枝秃管,在失意无聊时得之,亦可抵得一知己。故文王被囚而作《周易》,屈原见放而著《离骚》,马迁受刑而成《史记》,陶靖节罢官归去,亦云著文章以自娱。夫诸人之志,初岂在此区区文字哉!古之著作家,殆无一非伤心人。文人而以文自见,已为末路之生涯矣。我不敢企夫贤圣之发愤著书,而穷慕夫渊明之淡泊明志。《碎墨》之作亦聊以自娱而已。"余曰:"著以自娱可矣,留姓氏于人间,是又奚为?"铁冷笑曰:"《碎墨》出世,人言不谅,必尚有目余为好名者。夫余果好名,亦当潜心著作,为政学经世之书,以投时而弋誉。而顾托之于美人香草之思,极之于竞头木屑之细,庄谐歌哭,杂糅无伦,徒供人之嗢噱,以是自传,计亦左矣。呜呼!茫茫大地,愁云包之;芸芸众生,愁丝牵之。余固天生愁种,无可为欢,借笔墨以自祛烦恼。而世之文人,潦倒如余,思著文章自娱者,亦复不少。以余书赠之,亦可省却旁人几许笔墨。自娱娱人,余意不过如是,而无所歆夫名,更非所冀夫传也。闻之欧文氏之言曰:余欲为他书,古今册籍,浩如烟海,之余书入之,直尘埃之不若。不如以我之所得,著为杂文。值此物竞剧烈之世,世人必多愁苦。苟读吾书而额上皱纹为之一舒,则吾之造福亦已不浅。夫我意亦犹是焉耳。"余作而言曰:"善哉子言!子之书仍欲为世人造福,是忘世而终未忘世也。子之心苦矣。"因记其言以告世之阅是编者。

1914 年小说丛报社版《铁冷碎墨》

《铁冷碎墨》序

陈梅溪

说部夥矣,说部中之小说,至今日而尤夥。海禁大开,华洋杂逻,载更民国,气象一新。抱奇之士,不得展其骥足,往往借见闻所及,一托之于笔墨,以抒其抑郁无聊,此小说出版之所由日夥也。吾友铁冷,生平无他好,惟孜孜于著述。灯红酒绿,文思泉涌,汩汩其来。凡见诸从前《民权》各报,与今《小说丛报》者,固已价重连城矣。兹乃裒集其旧著,附以近作,颜曰"碎墨",刊以行世。所载多感触时事,英雄儿女,风土人情,寰海奇闻,偏隅琐记,一一绘声绘影,兴味动人,所谓"嬉笑怒骂,悉成文章"者此也。或曰:文字为造物所忌,况小说家漱涤万物,牢笼百态,抉发天地之奇秘,搜剔鬼神之遁藏,抵触日深,穷愁日甚,岂计之得者乎?余曰不然。士生今日,正避秦无地之日也。得一书城坐拥,兴之所至,千言立就,墨花洒其缤纷,一字定衡,词锋被其荣辱,问心无愧,与天为徒,斯境斯情,南面王不与易也。使铁冷舍其所好,将学识时务之俊杰,出而射策金门,博斗大一城之知事乎?抑拜恩私室,谋总长一席之秘书乎?事未可必,而蝇营狗苟,风节扫地矣。是固铁冷之不屑,抑岂余之所赞成也?抱奇之士,其以余言为然否,试质之。

民国三年十月二十八日,云间懒叟陈梅溪序。

1914 年小说丛报社版《铁冷碎墨》

《红粉劫》序

顾靖夷

呜呼！情天莫补，矧乏娲皇；恨海难填，谁哀精卫？余读《红粉劫》，余不禁有无穷之感焉。《红粉劫》者，英人司达渥博士 Dr. Don Startward 所著，余友定夷译之也，是书原名 A Fair in Peril。方定夷发轫之始，犹在南洋公学与余同砚。夜雨敲窗，昏灯照影，辄见定夷低头伏案，振笔疾书。余劝之寝，且规之曰："小说家言，雕虫小技。君以有用之精神，译无为之著作，不亦愚乎？"定夷曰："兹事虽小，效用实大。遍读吾国旧小说，不为诲淫，即为诲盗；不讲狐鬼，即讲神怪。传播数百年间，社会实被其祸。欲求移风易俗之道，惟在默化潜易之文，则编译新小说以救其弊，庸可缓耶？且小说与文学，实有固结不解之缘。若《莎士比集》《鲁滨逊飘流记》等名作，彼邦人士，奉为文范，庸非小说耶？"余时颇为心折。壬子之夏，同卒业于南洋高等预科。定夷就馆沪江，余则旋里任路事，不相见者一年，而《红粉劫》告成矣，逐日刊诸报端，大受社会欢迎。追维前言，益信不谬。乃刊载未竣，《民报》运尽，海内人士之读是书者，佥以重付梨枣为请。出版有日矣，定夷征序于余。余既不敢以不文辞，又不知所以为序，即以定夷之言弁其端。

民国三年夏，梁溪顾靖夷筼谷氏序。

1914 年上海国华书局版《红粉劫》

《红粉劫》评语

釁红女史

近来小说发达，译本日多。咭叻咕噜，地名人名，累四五字，至不能句读。读者病之，宜其然矣。

中外风俗不同,习惯各别,译笔最忌率直。鄙意以为应取长弃短,译其意不必译其辞。此不仅因风俗习惯之关系,即读者心理亦异。如彼邦人士所可笑者,中国人未必以为可笑;彼邦人士所有味者,中国人未必以为有味。凡曾读过外国文者,类能体此意也。

《红粉劫》所译地名人名,皆用中国习见之字眼,可省读者许多脑力。此非失真。小说重关目,不用名词也。

此书以血案起,即无平铺直叙之嫌。外国小说,多怪异离奇之作,此书其尤也。

书中主人,自是玛逊氏双珠。黛瑛历尽艰辛,卒死非命,固属薄命,即霞碧甫遂吉士之思,便作昙花之谢,亦非薄命而何?是犹怡红、潇湘,木石无缘,诚为可怜。蘅芜君虽圆好梦,然于归赋罢,通灵返真,公子长往,不寡之寡,可怜更倍于无知觉无性灵之长眠人也。

此书结构可分为两期:自第一章至第十三章,所以传黛瑛也;自第十四章自第二十六章,所以传霞碧也。然传霞碧,实为黛瑛了不了之缘,竟未竟之志。虽谓霞碧系影射,亦无不可。

邓脱自是十恶不赦之贼,临死供词,犹无悛悔之心。然侃侃而谈,旁若无人,颇有一二独到语。读者毋以人废言。

马尼士为人,无一足取,万不足以俪癯影。癯影方自悲命薄,余则以为与马绝交,实可为癯影庆耳。

书中无主无宾,各人俱有结局,结局又各不同。黛瑛身死不明,霞碧既嫁而夭。马尼士与漪侬,情人互杀,固邓脱之想入非非,亦著者运思之巧也。邓脱罪大恶极,卒置身断头之台。留一司达渥,撰述其事,同梦情深,双栖缘短,结局亦至可伤。所未明叙结局者,惟癯影耳。然癯影自司达渥拒婚后,固不必再明叙其结局。癯影,孝女也,亦多情人也,断不他婚,其必步北宫婴儿之后矣。

第二十一章"可怜之众生"一篇,余爱读之。苍苍世界,问何处真是欢场?芸芸众生,知几辈终成美眷?令人那得不作厌世想!然而余夫妇唱随方乐,余夫及余,常抱遁世观念。此等心理,殆受外物之激刺而然欤?

第二十六章以悼亡歌作结,余音袅袅,绕梁三周,从容自然,不现一毫枯意。此原著所无，读者当不以蛇足为病。著长篇小说，一起一结，最难着手。此种笔法，足为来者则效也。

1914年上海国华书局版《红粉劫》

《玉梨魂》序

双 热

嗟嗟！情种都成眷属，问阿谁如愿以偿？孽冤浪说风流，知几辈同声相应？愧我攀登恨海，爱潮随心血俱平；怜君坐困愁城，急泪与情灰共热。怪春风燕鸟，闲窥失意之人；看明月梨花，悄作可怜之色。天涯沦落，举目无亲；客况萧条，只身有影。托幽兰以写恨，可泣可歌；挑咏絮之吟才，且惊且喜。从此春光漏泄，赠来及第之花；诗思蒙茸，抽尽相思之草。快向词场树帜，战蛾眉不惜才华；更从香国望尘，印鸿爪都成艳迹。忽陷爱魔之窟，暗暗无光；且登孽债之台，摇摇欲坠。两地多愁多病，不药春心；大家宜笑宜嗔，难为人面。嗟嗟！撮合山功亏一篑，欲罢不能；如意珠价值千金，何修而得？毕竟羞为薄幸，敢始乱之终弃之乎？居然强作庄严，期发乎情止乎礼耳。未许文君志夺，调红粉而重整恩情；宁教司马魂销，抚青衫以徒捐涕泪。无可奈何，报知己除非一死；必不得已，续良缘誓以来生。好事销磨，美人憔悴；至于此极，夫复何言！何幸移花接木，了其未了之情；那知云散风流，空作太空之梦。薄命花双枝递萎，可怜虫百足皆僵。尔乃马勒悬崖，不堕英雄之气；鹏抟大野，忽攀定远之风。是七尺奇男，死当为国；作千秋雄鬼，生不还家。岂不壮哉！亦可哀矣。从此玉梨成卅章之史，有心人替雪不平；火枣炙一味之哀，普天下同声一哭。

1914年上海民权出版部版《玉梨魂》

《小说丛刊》序

钝　根

予尝谓作小说难于笔记，以笔记根据事实，而小说凭空结撰也。乃今之所谓小说家者反是。识得几个俗字，看得几本盲词，便贸贸然援笔作小说。文学非所长也，地理非所知也，掌故非所悉也，方言非所习也，年不满二十，足不出百里，目未经名山大川，耳未闻人情世故，仅仅以小儿女之见解，衍为村词俚语，美其名曰"言情小说"。呜呼！其真能言情耶？试一究其内容，则自一痴男一怨女外无他人也，一花园一香闺外无他处也，一年届破瓜一芳龄二八外无他时代也，一携手花前一并肩月下（外）无他节候也。如是者一部不已，必且二部；二部不已，必且三部四部五部以至数十部。作者沾沾自喜，读者津津有味，胥不知小说为何物。或曰茶余酒后之消遣品而已，若夫补救人心，启发知识之巨任，非所责于小说也。呜呼噫嘻！然则世何必有小说，又何必重小说家？"小说家"三字，在今几成为通称矣。报纸之广告，曰某甲小说大家也；书肆之传单，曰某乙小说大家也。然则予尝读其小说，鲜卒卷者。舍是以求，间或幸得一册，情文兼至，足以当小说之称而无愧，则其作者虽非广告所揄扬，世欲所轰赏，予必欢喜赞叹，爱之重之，以为凤毛麟角也。去年冬，予辑《游戏杂志》，征求名著，程君善之慨以所著《忏因笔记》见寄，博闻殚述，议论风生，而于盛衰兴亡之故，尤俯仰嗟叹，三致意焉。盖程君者，怀抱非常之才，郁郁不得志，乃本其生平所阅历名山大川人情世故，一一托于文章，激昂慷慨，褒贬惩劝，以抒写其胸中蕴积之气，而补救人心启发知识之功，亦于是乎收焉。是岂寻常所谓小说家者所能望其功业哉！予乃叹笔记之可贵，十百倍于肤浅浮薄之小说，而犹惜程君之不作小说也。今年夏，程君之门人徐伯陶君欣然告予，谓程君旧著短篇小说数十首，为门下乞得付铅行世矣。予闻之喜曰：美哉此举！第不知所谓小说家者读之当何如。一千九百十四年八月三日,钝根王晦甫识。

1914年江南印刷厂版《小说丛刊》

编辑余谈

(铁　樵)

或者谓我编小说过分认真,有似"大说"。此语甚谑,未为不知我,要亦非真知我。天地之间,万有不齐,用道家的眼光看起来,大鹏莺鸠,各适其适,何者为小?就在儒家的眼光看来,天下虽大,登泰山而小之,又何者为大?但此等话头,却像打皮壳儿,说不出所以然来,不妨权且搁下一边。单就小说而论,鄙人亦自有说。"新小说"何以名?为有"旧小说"也。"宋小说"何以名?为有"唐小说"也。宋小说近俗,唐小说近雅。就文学上言之,似乎唐小说较为认真。然不闻认《水浒》《西厢》为小说,而名《说郛》《说海》为"大说"。何以故?新小说类记一人一事,旧小说则多至数十万言,具种种方面,有似正史。似旧小说较为认真,然亦不闻有"大说"之名。又何以故?且进而求诸西洋,西文小说有两种,其一为 Novel,寻常六辨士之价值者是也。一为 Classic,名人著作是也。按 Novel 之意义,为新闻为故事,述之而足以娱人者。Classic 之意义,则为古文。若就或人的意思论之,此真可当"大说"之称矣。但林译的《拊掌录》《双鸳侣》《吟边燕语》等书,虽译笔雅似《史》《汉》,恐怕不能强名"大说"。然原本则固 Classic 也。又何以故?通人著书,好谈体例。小说的体例,倒有的难说,无已概括言之,苟能博社会欢迎,又能于社会有益,斯不妨自我作古。呼"牛"呼"马",一概听便。西哲之言曰:有一点钟之书,有永久之书。敝报不避"大说"之消,认真做去,永久不敢望,若一点钟,吾知免矣。

《小说月报》第五卷第一号(1914年)

列《石头记》于子部说

陈蜕庵

《石头记》一书,虽为小说,然其涵义,乃具有大政治家、大哲学家、大理想家之学说,而合于大同之旨。谓为东方《民约论》,犹未知卢梭能无愧色否也。其意多借宝玉行为谈论而见,而喻以补天石,谓非此则世不治也;胎中带来,谓非此则人性不灵也。

见于行为者,事顽父嚚母而不怨,得祖母偏怜而不骄,更视谗弟而不忮,趋王侯而不谄,友贫贱而能爱,处群郁之中而不淫,临悍婢骎童而不怒,脱羁富贵而不恋。综观始终,可以为共和国民,可以为共和国务员,可以为共和议员,可以为共和大总统矣。惟诮贞姬为尤物,嗔慧婢以蠢才,为可訾处。但此是作者微旨,纯粹至此,不免受居养之移,足见率性为道,须臾不离之难也。

其于谈论,则更举数千年政治、学说、风俗之弊,悉抉无遗。不及悉数,取足证吾说而止。论文臣死谏、武将死战一节,骂尽无爱国心之一家奴隶;论甄宝玉一节,骂尽无真道德之同流合污;论禄蠹,则恨人心龌龊也;论八股,则恨邪说充塞也;论雨村请见,则恨交际浮伪也;于秦钟则曰"恨我生于公侯之家,不得早与为友",恨社会不平也;于贾环则曰"一般兄弟,何必要他怕我",恨家庭不平也;于宝琴则曰"原该多疼女孩儿些",恨男女不平也;接回迎春之论,恨夫妇不平也;与袭人论红衣女子事,恨奴主不平也;闻潇湘鬼哭,则曰"父母作主,你休恨我",叹婚姻不自由;贾政督做时艺,则曰"我又不敢驳回",恨言论不自由。至其处处推重女子,亲近女子,则更本意全揭,见得生今之世,保存大德,庶几在此。故曰:"怎么一嫁男人,就变的比男子更可杀!"又曰:"我生不幸,琼闺绣阁之中,亦染此风。"真有遗世独立之概。

其旨如此,而托之父母不喜、亲宾寡洽者之口中,又自斥以天下无能第一、古今不肖无双,意若曰:天下古今无能肖此玉者;有之,则亦父母不喜、亲宾寡洽耳。

无论其于哲理、心理学之抉幽阐微,此篇未及举也。即此行为谈论,岂他小说所有?抗手老庄、突驾董杨足矣。至浅见者,谓其文不雅驯;不知今日正宜备此一格也。又谓全书除宝玉外,无非名利声色之辈,争攘倾轧之事,骄谄邪诈之行,何足传世;不知蓬生麻中,遗麻何以见蓬?孔、孟书中,尚有就时发言之处,何独苛责《石头记》!其体本为纪载,以其遗形取影,不能列之史部,故就其纲要,挹其枢机而子之,谁曰不宜哉?惟必有为之评注者,如李善之于《文选》,刘孝标之于《世说》,而后可。

1914 年刊本《陈蜕庵文集》

《鸳湖潮》序

澹 盦

大丈夫负魁闳瑰玮之器,怀经纬济变之才,丁危急存亡之秋,是宜慷慨投袂拔剑奋起,出其身以任大事,临大难,捍大患,龙骧凤峙,图盖世之功,立名不朽。不此之务,而徒咕哔牖下,舞文弄墨,以著述自闻,何耶?纵欲退而以文章见,亦当持大义,明正道,阐公理,庶足以辟邪慝而警凶顽,正人心而维风教,无背乎先圣立言之旨。不此之事,而徒沾沾于稗官野史,以小说自娱,且其所记载,又不出乎闺阁琐屑之语,儿女子离合悲欢之情,其又何耶?信是说也,则将何以解于李子定夷《鸳湖潮》一书?今夫李子之器,不可谓不大也,其才不可谓不伟也,所处之时,不可谓不殆也,而李子者,方规规然藻文饰句,出其金玉锦绣之文,作为《鸳湖潮》其书,将以小说名天下。其于匹夫兴亡之责,若无所容心于其间者,岂非以当今之世,风俗日颓,人心不古:自由之风行,而女奔濮上;平权之说起,而狮吼河东。有心人目击其变,怒焉伤之,是以出文章著述之绪余,以香艳绮丽之文,寓移风易俗之意耶?予于是见李子之志矣。若夫词华之美,情事之善,则人各有目,固不待予之称誉也。

李子见此,倘亦欣然浮白曰:"澹盦知我心乎!"是为序。

甲寅夏五月,澹盦序于沪东寄庐。

1914 年上海国华书局版《鸳湖潮》

《鸳湖潮》评语(选录)

鬘红女史

比来言情小说,如恒河沙数之多。言情之中,尤以哀情最受社会欢迎。惟其欢迎也,故多率尔操觚者,欲求一推陈出新之作,殊不易得。

定夷此著之为事实、为杜撰,与我批评无甚关系,我且不问。

著书以结构为第一要著,次则布置一切人物。如一室然,先建筑,后装饰。然建筑不佳,装饰虽美,譬如乡下婆涂脂抹粉,适见其丑。反之,只究建筑,不问装饰,亦足损其美观。必也二者兼到,乃臻完备。

寻常小说体裁,除译本而外,大都从叙述身世开端。以序次论,自然不错,特平铺直叙,千篇一律之文字,易使读者生厌。此书从吴彤瑛一绝命书起始,实为惊人夺目之笔。彤瑛身世,后来从剑庐口里轻轻带出,便省却许多闲废笔墨。

第一回一绝命书,将以前事实夹写在内,是变化的叙事法,读者勿仅以绝命书目之。

1914 年上海国华书局版《鸳湖潮》

《贾玉怨》序

海绮楼主人

呜呼!情天迷离,恨海惝恍。彼苍苍者,何使人之多怨耶?自古好事多磨,凤愿难偿。有情人情挚,则怨不期而生焉。其怨之发于得失荣辱者,以予视之,皆卑卑不足道。长沙赋鹏,昌黎送穷,人徒以其文之幽愤沉郁,遂谓有深怨存乎其衷;予独谓其自嗟不遇而已,非怨之真且挚者也。其怨之真且挚者,则有蛾眉见嫉,白雪寡和;求偶不谐,怀情未遂:其怨也,几于孤愤。亦有佳人已属,而见夺于豪强;同心甫盟,而受制于严父:则其怨也,沉痛而哀。关山万里,两地飘零,红豆春肥,青苔秋老,望美人兮,梦魂萦绕:则其怨也,以生离。缘悭命薄,人随秋萎;玉陨珠沉,形向梦寻;歌成黄鹄,莫招夫婿之魂;镜掩青鸾,空怀倩女之影:则其怨也,以死别。虽所怨各殊,而要皆发乎情之至者。至若墨客所歌,骚士所咏,遗音在耳,寝兴存目,则有悼亡之怨;空帏自怜,抚衾太息,则有遗鳌之怨。推之兰秀菊芳,怀人不忘,汉帝之怨也;离秋已两,聚日无双,天孙之怨也;真情深怨,鳏寡孤独无论矣。即贵为天子,达称仙人,且不免焉,其他可胜道哉!至小说家言,半皆怨史。《石头记》一书,尤为写怨而作。茜纱窗下,焚稿断情,潇湘之怨,其最深挚也。太虚重梦,大荒问禅,则李代桃僵,宝玉亦有深怨乎?迨夫通灵返真,公子云往,孤衾独抱,空帏谁怜,生离之惨,尤甚死别,为宝钗者,怨何如耶!予尝推作是记者,有深怨而无可泄,托焉而为之,亦以鸣其孤愤而已,岂借兔颖为儿女写艳史、公子证痴情哉!其然乎?其不然乎?吾友健卿,著作等身,近出所撰《賈玉怨》示予。予以其书情之挚而怨之深也,弗忍卒读。然其书所述,与予所见若合符节。书中主人,始则相见有素,遇合无缘,吾所谓孤愤之怨也;继则慈母云亡,妖姬工谗,父也不谅,强婚腹贾,吾所谓沉痛之怨也;既而阳关骊歌,征衫肠断,陌头柳色,少妇销魂,吾所谓生离之怨也;终且噩耗横飞,芳心寸断,舍身以殉,魂归恨天,则死别之怨始焉。予喜天壤间有与予说同者,因为之序。至其曷为而作,则著者自能言之。若以向者推作《石头记》者之意例之,则著者为何如人,而独无所托乎?壬子季春,梁溪海绮楼主人序。

1914年上海国华书局版《賈玉怨》

《賈玉怨》评语(选录)

蔓红女史

我爱读小说,我尤爱读哀情小说。哀情小说写到关着痛痒处,可以歌,可以泣,非至性人不能作哀情小说。就使勉强写成,门外汉之言,究竟人各有目,无从掩饰也。

我持此论,读遍各种哀情小说,哀感动人者固有之,索然无味者亦复不少。如《賈玉怨》者,我读一过,恰如江州司马,泪湿青衫矣。

谚有之:"红粉佳人,桃花命薄。"此语几成铁案。余确不然其说。美人何尝无福寿并隆者,特文人好事,舍此就彼,凭吊之,歌咏之,一笔抹杀,遂谓凡是佳人皆桃花命。

我尝询作者:"《賈玉怨》是否纪实?抑为空中楼阁?"定夷谓确有其事,不过编成小说,不免加油添酱耳。

本书为何而作?其为才子佳人写怨欤?是恐不然。者指为一部儿女怨史,确浅视之。

著书当拿定宗旨,宗旨当正大光明。我闻诸作者,本书有两大主张:第一,力辟中国蓄妾之风。一夫多妻,实野蛮时代陋俗。此风不革,大而言之,种族日趋羸弱;小而言之,家庭定然黑暗。余谓凡娶妾者,皆人伦之贼,人道之贼。第二,排斥嫁女择聘之谬。择婿择才,娶妻娶德,自是不易之论。乃世风浇薄,惟利是从,投明珠于深渊,掷良玉于污泥,遇人不淑,是用痛心。本书所以大声疾呼,作当头之棒喝,实救世之慈航。

1914年上海国华书局版《賈玉怨》

《旧小说》叙

吴曾祺

自余居沪上五年,四方有志之士,间有就商古文之业者。余因取秦汉以来,迄于近代,凡得文七百余篇,名之曰《古今文范》。中多以意谬言昔人悉心营构之迹,一一为疏别其异同而比附其得失,为说甚具;然犹虑人多苦其难,而不肯竟学。大凡立教之道,要于使人从。欲从之便,莫若使人心歆其趣。夫口说三古之书,手摹"六经"之旨,作为文章,垂示后世,意非不美也;然而听者或惛然,不可终日。试与述委巷之丛谈,道故家之轶事,方四座欣然,惟恐其词之毕也。则夫论文之要,其不欲抗之太高者,道亦如此矣。窃以说部之书,托体较卑,上不得跻于经、史之列,又其中出于寓言者十之八九,故为考据家之所不及。至于张皇鬼神之状,婉娈儿女之私,彼夫道学先生相戒不以寓目,而余窃以窥古文之秘者,莫此为近。徒观其叙事之妙,控颠引末,首尾毕具,而间及一二可歌可泣之事,神情意态,落楮文生,使读者悽然以悲,欢然以喜,其感人之捷,有不知其所以然者。虽以左、马复生,亦当引为入室弟子。至如选词卿、云之室,检字《苍》《雅》之林,使人味之而腴,嗅之而芳,按之而泽,睨之而华。彼媕陋之夫,固不能道其一字,其不可以小道而忽之也,亦已明矣。使由此而上友周、秦之通人,下揖汉、唐之作者,其取径以行,而其收效固甚捷也。只以自古及今,多至不可胜数,遂使兰艾丛生,玉石杂糅,识者病焉。余以暇日无事,辄取说部诸书,伏而读之,凡得千有余种。择其词义兼善者,合为一书;其不足观者,汰而去之。大抵存者十之一二,而弃者十之七八,然犹裒然巨帙也。盖将以是为学文之助云尔。夫古文之异于小说者,析理必从其精,述故务求其实;而至于引人入胜,卒之不谬于道者,则一而已矣。余故备论之。世有讥余老不自逸,而终日用心于无益之举者,余惟有婉词以谢之已耳。庚戌十月,侯官吴曾祺翊亭叙于沪上之涵芬楼。

1914年商务印书馆版《旧小说》甲集

1915 年

《小说海》发刊词

宇 澄

尝谓文字入人深者，莫甚于小说，其势力视经史信蓰也。而小说之俚且俗者，尤无远勿届，无微不入。《三笑姻缘》《孟姜女》《花名宝卷》等，缙绅先生所不道，而负贩力人，阛阓中夥计，普通社会之妇女，或且食古而化，脑筋中充塞此种小说之知识，略经扣诘，其答若响，如村塾儿童背诵《大学》焉。是故社会有种种无谓之习惯，与夫愚夫愚妇，目不识丁字，而忽有节孝行为，其事皆索解人不得，即而按之，无非间接受此等小说之影响，彼圣经贤传无与也。是社会风俗，俚俗之小说造成之矣。不佞能小力薄，踌躇满志，觉能为社会尽力者盖寡，无已，其治小说，庶几不贤志小乎？此《小说海》所以刊也。《小说海》非海也，杂志而已，窃取《古今说海》名以为名耳。杂说、谐文、丛译，汇而录之，月刊一册，非片段文字，抑无取乎高深，此所以杂也。海从水从每，每训盛，于文为会意，故举以名汪洋巨浸，浮天无岸者。假借以名吾杂志，是必吐辞滂沛，含意绵邈，与彼泱莽澹泞者，得其近似，庶几名副其实。然而今兹所为，卷不过七十页，文不足十万言，纸幅广袤，才五寸许，置之衣囊中，如无物也。此一勺水之多耳，恶在其为海哉？虽然，《逍遥游》曰：覆杯水于坳堂之上，则芥为之舟。芥为舟，斯坳堂为海矣。非敢以吾说方海，特比之《说海》，犹坳堂云耳。故袭《说海》名又从而小之，此《小说海》所以名也。夫文字〔学〕随时代为转移，今世科学盛行，国文之用，日趋简便，绮靡诡谲，无所用之，浸假治小说而从事饾饤獭祭，甚无谓也。然所谓俚俗者，要当所言有隽味有至理，不然，酒店帐簿，街头市招，皆可以充篇幅，其不覆瓿者几希。《传》曰："言之无文，行之不远。"所谓文，非藻绘之谓，能达人所不能达之谓。故曰"辞达而已矣"。吾侪执笔为文，非深之难，而浅之难；非雅之难，而俗之难。知此中甘苦者，当不以吾为失言。蕲能以深入显出之笔墨，竟小说之作用，如是而已。今兹未能,悬此语以为进行之鹄耳。此《小说海》之宗旨也。

《小说海》第一卷第一号(1915年)

告小说家

梁启超

小说家者流,自昔未尝为重于国也。《汉志》论之曰:"小道可观,致远恐泥。"扬子云有言:"雕虫小技,壮夫不为。"凡文皆小技矣,矧于文之支与流裔如小说者?然自元明以降,小说势力入人之深,渐为识者所共认。盖全国大多数人之思想业识,强半出自小说,言英雄则《三国》《水浒》《说唐》《征西》,言哲理则《封神》《西游》,言情绪则《红楼》《西厢》,自余无量数之长章短帙,樊然杂陈,而各皆分占势力之一部分。此种势力,蟠结于人人之脑识中,因而发为言论行事,虽具有过人之智慧、过人之才力者,欲其思想尽脱离小说之束缚,殆为绝对不可能之事。夫小说之力,曷为能雄长他力?此无异故,盖人之脑海,如熏笼然,其所感受外界之业识如烟。每烟之过,则熏笼必留其痕,虽拂拭洗涤之,而终有不能去者存。其烟之霏袭也愈数,则其熏痕愈深固;其烟质愈浓,则其熏痕愈明显。夫熏笼则一孤立之死物耳,与他物不相联属也;人之脑海,则能以所受之熏还以熏人,且自熏其前此所受者而扩大之,而继演于无穷。虽其人已死,而薪尽火传,犹蜕其一部分以遗其子孙,且集合焉以成为未来之群众心理。盖业之熏习,其可畏如是也。而小说也者,恒浅易而为尽人所能解,虽富于学力者,亦常贪其不费脑力也而借以消遣。故其霏袭之数,既有以加于他书矣,而其所叙述,恒必予人以一种特殊之刺激,譬之则最浓之烟也,故其熏染感化力之伟大,凡一切圣贤经传诗古文辞皆莫能拟。然则小说在社会教育界所占之位置,略可识矣。畴昔贤士大夫,不甚知措意于是,故听其迁流波靡,而影响于人心风俗者则既若彼。质言之,则十年前之旧社会,大半由旧小说之势力所铸成也。忧世之士,睹其险状,乃思执柯伐柯为补救之计,于是提倡小说之译著以跻诸文学之林,岂不曰移风易俗之手段莫捷于是耶? 今也其效不虚。所谓小说文学者,亦既蔚为大国,自余凡百述作之业,殆为所侵蚀以尽。试一流览书肆,其出版物,除教科书外,什九皆小说也。手报纸而读之,除芜杂猥屑之记事外,皆小说及游戏文也。举国士大夫不悦学之结果,《三传》束阁,《论语》当薪,欧美新学,仅浅尝焉为口耳之具,其偶有执卷,舍小说外殆无良伴。故今日小说之势力,视十年前增加倍蓰什百,此事实之无能为讳者也。然则今后社会之命脉,操于小说家之手者泰半,抑章章明甚也。而还观今之所谓小说文学者何如? 呜呼! 吾安忍言! 吾安忍言! 其什九则诲盗与诲淫而已,或则尖酸轻薄毫无取义之游戏文也,于以煽诱举国青年子弟,使其桀黠者濡染于险诐钩距作奸犯科,而摹拟某种侦探小说中之节目。其柔靡者浸淫于目成魂与窬墙钻穴,而自比于某种艳情小说之主人者。于是其思想习于污贱龌龊,其行谊习于邪曲放荡,其言论习于诡随尖刻。近十年来,社会风习,一落千丈,何一非所谓新小说者阶之厉? 循此横流,更阅数年,中国殆不陆沉焉不止也。呜呼! 世之自命小说家者乎,吾无以语公等,惟公等须知因果报应,为万古不磨之真理。吾侪操笔弄舌者,造福殊艰,造孽乃至易。公等若犹是好作为妖言以迎合社会,直接坑陷全国青年子弟使堕无间地狱,而间接戕贼吾国性使万劫不复,则天地无私,其必将有以报公等:不报诸其身,必报诸其子孙;不报诸今世,必报诸来世。呜呼! 吾多言何益? 吾惟愿公等各还诉诸其天良而已。若有闻吾言而惕然戒惧者,则吾将更有所言也。

《中华小说界》第二卷第一期(1915年)

《劫外昙花》序

林 纾

余既罢讲席,益不与人延接,长日闭户,浇花作画,用消闲居清况。然海内欲得吾译稿者,时以书来,言林译何久不出。得书怃然。计余自辛丑入都,所译书过百种矣,其自著小说,如《剑腥录》《金陵秋》《虎牙余息录》,亦渐次出版。年垂古稀,而又嗜画,日必作山水半幅,遂无暇及此。昨吾友戴懋斋信来,征余近作。余适观《赵勇略传》,心念勇略当日战绩烂然,乃为纳兰所遏,而蔡毓荣彰泰,又不直公,至于抑抑以卒,心颇怜之。遂拾取当时战局,纬以美人壮士,一以伸赵勇略之冤抑,一以写陈畹芬之知机。十日成书,检视颇有首尾。时清史馆方征予为名誉纂修,余笑曰:畏庐野史耳,不能参正史之局,敬谢却之。此书特野史之一,果得暇者,当续续为之,以贡诸海内识我之君子。甲寅八月,畏庐识于宣南春觉斋。

《中华小说界》第二卷第一期(1915年)

《小说大观》宣言短引

天笑生

时彦之论小说也,其言亦夥矣。任公之四种力,曰熏、曰浸、曰刺、曰提,谓可以卢牟一世,亭毒群伦。平子之五对待,曰繁简、曰古今、曰蓄泄、曰雅俗、曰虚实,谓得百司马子长、班孟坚,不如得一施耐庵、金圣叹,得百李太白、杜少陵,不如得一汤临川、孔云亭。其推崇小说家也,曰大豪杰,曰大圣贤,曰大教育家,其位置之高,将升诸九天以上。今竟何如乎?则曰群治腐败之病根,将借小说以药之,是盖有起死回生之功也;而孰知憔悴萎病、惨死堕落,乃益加甚焉!是则惟恐其死之不骤,而以秽恶之空气、腐毒之流质,日日供养之、食息之,以至于此乎?群哗然曰:"庸医之误人也。"夫固然矣。抑知社会何故产出此无量庸医,日操不律以杀人哉?我固谓:欲治病,先培医。今之医者,自溷于秽恶空气、腐毒流质之中,救死不暇,奚暇救人哉?呜乎!向之期望过高者,以为小说之力至伟,莫可伦比,乃其结果至于如此,宁不可悲也耶!客曰:"否。子将以小说能转移人心风俗耶?抑知人心风俗亦足以转移小说。有此卑劣浮薄、纤佻媟荡之社会,安得而不产出卑劣浮薄、纤佻媟荡之小说？供求有相需之道也。"则将应之曰："如子所言，殆如患传染病者，不能防护扑灭之，而反为之传播菌毒，势必至于蔓延大地，不可救药，人种灭绝而后止。人即冥顽，何至自毒以毒人哉！"兹以《小说大观》之初出版也，敢贡其愚于读者，用以自勉。天笑生识。

《小说大观》第一集(1915年)

《小说大观》例言

(包天笑)

一、此为季刊杂志，每季发行一集，年分四集。每集字数在三十万以上，年合百万余言。

一、每集所登小说，均首尾完全，除篇幅极长至十余万字，或二十余万字，分上、下卷，或上、中、下卷。

一、所载小说，均选择精严，宗旨纯正，有益于社会，有功于道德之作，无时下浮薄狂荡、诲盗导淫之风。

一、所载小说，均当世有名文家。所有撰译，皆负责任，决无东钞西袭、改头换面之弊。

一、无论文言俗语，一以兴味为主，凡枯燥无味及冗长拖沓者皆不采。

一、每集用大本，均用四号字排印，不伤目力。纸张洁白，以各种小说中均有图画，或用锌版，或用铜版，无不鲜明可喜。不惜重资，均请名手绘成。

一、每集之首，有种种插画，如近世之美人，各地之风俗，佳胜之风景，珍秘之名画，搜罗咸备，洵称大观。

一、每集短篇小说，约登十篇以上，长篇小说，约登三四种以上，支配适宜，无重赘复沓之习。其他种种有兴味之杂录，亦无美不备。

《小说大观》第一集(1915年)

《小说新报》发刊词

李定夷

《小说新报》编辑竟,国华主任以发刊词属余,爰弁其端曰:慨夫齐谐诡诞,不厕四库之皮;郢说荒唐,群訾十洲之记。谈狐谈鬼,神话难稽;诲盗诲淫,邪辞可耻。一曲春灯之扇,百回野叟之言,在作者虽游戏逢场,而议者等俳优误世。驯至卑雅调于么弦,抑丽辞为簸弄,徒见滥觞末季,语出非伦;不知嚆矢先声,理归正则。况采风问俗,偏九百之书;品翠题红,夸六朝之艳;纤不伤雅,易索解人;辞则传情,何醒酣梦?纵豆棚瓜架,小儿女闲话之资;实警世觉民,有心人寄情之作也。嗟嗟!文章未老,竹素有情。逞笔端之褒贬,作皮里之阳秋;借乐府之新声,写古人之面目。东方曼倩,说来开笑口胡卢;西土文章,绎出少蟹行鹘突。重翻趣史,吹皱春池。画蝴蝶于罗裙,认鸳鸯于坠瓦。使竹林游歇,尚识黄公之垆;山阳室空,犹听邻家之笛。看来图画,道在个中,劫后须眉,毫添颊上。着意于村讴俗唱,求老妪之诗解白公;用心于索隐猜谜,仿幼妇之碑传黄绢。爱情读新装简册,伦理讽旧日文章。借古鉴今,漫等妄言妄听;玩华丧实,是在见智见仁。发刊日,是为词。

民国四年二月,毗陵李定夷撰。

《小说新报》第一卷第一期(1915 年)

人人必读之小说《雪鸿泪史》

一、爱阅《玉梨魂》者不可不读。

《玉梨魂》一书,为枕亚君最初著作。书中所载,实非海市蜃楼。惟因属稿仓卒,尚有许多情事及诗词函牍若干首均未编入。特另撰此书,以补前书缺憾,俾阅者得知此事真相。《玉梨魂》中含糊不明之处,

《泪史》悉尽情写出。至其文笔之哀怨缠绵,凄清悱恻,较之前书尤臻绝诣,洵艺林名著,亦说部荣光也。

一、爱阅高尚文字者不可不读。

比来小说风靡,言情之作尤夥。而布局遣词,千篇一律,翻阅一过,味同嚼蜡。其上者亦徒以风云月露之词装点而成,与"言情"二字相去实远。本书特辟蹊径,纯用白描,力趋于高尚纯洁一派。虽所叙只一二人之事,情节极其淡漠,而洋洋十余万言,令人百读不厌。其深刻之处,直是呕心作字,濡血成篇,不徒以词华见长。

一、爱阅言情尺牍者不可不读。

书中主人梦霞与梨影,自始至终,见面不过数次。其中传情之处,悉以函札达之,前后不下数十首。哀感顽艳,可泣可歌,《玉梨魂》未载入者尤多。

一、爱阅哀艳诗词者不可不读。

书中所载诗词共二百余首,较《玉梨魂》增加一倍,悉系书中人真迹。缠绵情绪,尽于书中吐露,非他种凭空结撰之小说以杂作填塞者可比。阅过《玉梨魂》者自能辨之。"春蚕互织同功茧,纵有金刀剖不分"二句,可以移赠。研究诗学者,尤不可不人手一编也。

《小说丛报》第十三期(1915年)

谈瀛室随笔·《官场现形记》之著作者

《官场现形记》为常州李伯元先生撰,其体裁仿《儒林外史》,每一人演述完竣,即递入他人,全书以此蝉联而下,盖章回小说之变体也。刻画宦途恶劣处,颇有入木三分之妙,与云间颠公之《满清官场百怪录》,结构不同,而为官场之照妖镜、燃渚犀,则固异曲同工也。李君自号南亭亭长,曾创《游戏报》于沪上,方朔诙谐,淳于嘲谑,实开后来各小报之先声。其为人尤风流蕴藉,无丝毫尘俗气。尝为余言,未作《官场现形记》之先,觉胸中有无限蕴蓄,可以借此发抒;迨一涉笔,又觉描绘世情,不能尽肖,颇自愧阅历未广,倘再阅十年而有所撰述,或可免此弊矣。李君之不自满假,良可钦敬。惜成书未久,遽患瘵疾卒,天不假年,使社会失一小说家,伤哉!

转录自颠公《小说丛谈》,《文艺杂志》第五期(1915年)

《枕亚浪墨》序

吴双热

予尝谓文人之著作,文人之心血也,亦文人之生命也,故文人必自爱其著作。吾友徐子枕亚之文,当世多见之,亦多爱之。然枕亚虽著作等身,初不自宝。曩执笔于上海《民权日报》者一年,其文既付梨枣,往往一任其东鳞西爪,不自收拾。苟集三百六十五日之著作而汇订之,当成一巨帙,不诚洋洋大观哉!枕亚惟不自宝也,故十弃其九,斑豹不全。惟所著《玉梨魂》小说,成集而行世,今已行销达万部以上矣。枕亚语予曰:"惭愧惭愧,人乃宝予之文若是之甚耶!"予曰:"呜呼!文人一落笔,即呕出无数心血,人即不以为宝,然不当自以为宝,而保存之耶?且华年易逝,一旦老至,文潮涸矣,回首当年,笔酣墨饱,著作等身,欲摩挲老眼,披而览焉,而乃残缺不全,虽苦忆而腹无剩稿,其恼恨当何如也?惟其然,故吾人著作,宜自珍拾,寿诸梨枣。其传诵当世与否固不必计,而留此手泽,以遗子孙,是亦一绝妙之纪念品,不愈于满奁之金耶?呜呼!吾与汝,皆一介布衣,文字而外无他长,若并此而弃之,所谓'殁世而名不称'者也。"枕亚曰:"唯唯。"乃相与征集旧文字,择尤而存之,而部署之,附以新著,汇为一书,故同时有《双热嚼墨》《枕亚浪墨》之行世。或曰:双热为文,多嘻笑怒骂,长于滑稽,名之曰"嚼墨"宜也;枕亚之文,何所谓"浪"也?予曰:嘻!吾知之。枕亚固当世之多情人,而亦伤心人也。心声抑郁,外宣而成文章,其文多有裨于世道人心,不皆小道。然而言者谆谆,听者藐藐,人心已死,文字无灵。枕亚以"浪墨"名其书者,殆寓浪费笔墨之隐痛欤?是为序。

中华民国四年二月二十四日,同盟兄吴双热序于海虞寄庐。

1915年清华书局版《枕亚浪墨》初集

《广陵潮》弁言

老 谈

扬州风景,千古艳称。绮丽繁华,今虽稍杀,而流风余韵,仍可为大江以北第一名区也。至其习俗好尚,别饶一种兴趣。仆本生小其间,故能知之最稔。《广陵潮》一书,为李君涵秋所著,结构穿插,固能尽小说之能事,而于扬州社会情状,曲曲传来,矫正习俗,庄谐杂见,洵有功社会之作,非寻常小说比也。故虽眼前极寻常事,而以灵活之笔,变换写之,便能使阅者欣赏不置,写生妙手,吾无间。然夫社会小说,不难在写景写情,而难在使人人均能了解。盖一地有一地之习惯,语言动作,自为风气,不为传出,未免失真;仅能传出,则又非他处人所共晓。亦视乎著者之笔,足以达之否矣。此书所写者扬州,扬州人之称许固不待言;然非扬州人,亦靡弗称道其佳处,则其价值可知矣。盖是书借扬州以立言,其贤不肖为全国社会写照,初非仅为扬州而作也。原稿初登《大共和日报》,久为阅者所欢迎,今将出单行本,爰就意见所及,为缀数言于卷端,以质诸世之阅是书者。甲寅中秋老谈识。

1915年国学书室版《广陵潮》

答刘幼新论言情小说书

铁 樵

幼新先生台鉴:

顷复竞夫先生一函才发,惠书适来。尊论真搔着痒处,爱情小说所以不为识者所欢迎,因出版太多,陈陈相因,遂无足观也。去年敝报中几于屏弃不用,即是此意。然即而案之,毕竟何以以至美之情言而取厌于人,其故当别有在。盖吾侪识阈中之情,决不因看几篇小说,遂荡涤无余也。则其病在译此等小说,多用风云月露花鸟绮罗等字样,须知此种字样有时而穷。试取清乾嘉时骈文大家如北江、瓯北诸集为精密之分析,其所引典故,亦不过洋装两厚册而止。今之小说,层出不穷,即尽以两厚册所有装置胸中,以有涯应无涯,犹且涸可立待。何况僻典非小说所宜,雅言不能状琐屑事物。宜乎换汤不换药,如一桶水倾入一桶水,而读者欲睡也。藉曰:不然,何以外国小说,言情者且日出不已?仅言欧美,现时所有,一年何止千万种,而彼邦人士欢迎自若,著者号称言情小说家自若耶?此无他,以意胜耳。文章惟意胜者无穷,盖事变万有,意象亦万有。譬诸科学,无论声光电化,必蕴有极深邃之理供人探索,然后其学成立,决非以数千百个科学名词颠来倒去可以言学。言情小说,心理学之一部耳。今不言其理,徒讲藻饰,此与搬弄新名词者何异?宜其味同嚼蜡也。再譬诸吾国之诗。诗之自为者,曰陶写性灵;为人者,曰微言婉讽。境界最高者,曰陶曰杜,然都不尚词藻。试取彭泽、少陵两集,寻其浓妆艳抹之句,不可得也。犹忆杜集中有"狐狸眠石竹,鹦鹉啄金桃"二语,为全集最艳之词,然亦不过用以自娱,偶一为之,非谓必如此始为文也。若李义山虽有"艳体"之名,然彼乃取香草美人之旨,以自托于刺讥,后世乃有"香奁体"之名词,奉义山为不祧之祖,其格律弥卑,通人不许。则词胜究不如意胜也,今奈何治小说而专趋此一途乎?至淟涊不鲜,为世诟病,遂归咎于言情小说,言情小说岂任咎哉!尝戏谓中国善学,西洋人所有者,吾无不有,且变迁较速。小说亦然。或谓西洋所谓小说即文学,于是以骈体当之,虽不能真骈,亦必多买胭脂,盖以为如此,庶几文学也,而不知相去弥远。推而论之,苟去年复古竟达目的,则科举必复;科举复,而科学之《佩文韵府》可以出版矣。非不知骈文为中国文学上之一部分国粹,然断不可施之小说。人各有能有不能,吾侪虽不必强作解人,正不必以此自少。且此后语言文字以及形上形下之科学,待治者正繁,人生脑力有限,何必不急是务!吾有意思而欲达之以笔,古文洵不可不治,固不必小说为然(散文中亦有必须骈句之处,即报纸文字亦有必须四六之处,然皆借以达婉曲之意,必非堆砌涂抹之谓)。若夫词章之专以雕琢为工,而连篇累牍无甚命意者,吾敢昌言曰:就适者生存之公例言之,必归淘汰;且淘汰而后,于中国文学上丝毫无损。吾知天下人将无以难吾言也。

足下于中西文俱有根底,自具世界眼光,当无俟鄙人喋喋。惟吾欲为言情小说辩护,遂不自知其剌剌不休。其莞尔笑之?抑更进而有以教之耶?

《小说月报》第六卷第四号(1915年)

小说家言

吴曰法

《南华经》有言:以天下为沉浊,不可与庄语。以卮言为曼衍,以重言为真,以寓言为广。卮言、重言、寓言,乃蒙庄行文妙诀,所挟以颠倒古今文人者。而小说之家数,实胚胎于三言。

寓言十九,借外论之,谓托事以论此事。欲泄磅礴不平之气,则咄咄吐英雄气者有之;欲写缠绵不已之情,则喁喁作儿女语者有之。甚至厌作人间语,而秋坟鬼唱,篝火狐鸣,亦引为同声之应,而笔之于书,期知我于青林黑塞间。斯亦无可奈何,而自鸣天籁者矣。虽然,此寓言也。琵琶王四,乃吠声吠影之疑,即汤若士地下之牡丹亭,施耐庵之三世哑,亦其然岂其然乎?大抵文人之作小说,类皆援庄子寓言之体,以自驰骋其才华。至于存心刻薄者流,借小说以抱怨,含沙射影,山膏骂人,其文必不能工,秦火不烧,终必自烧之。含血噀人,适以自污其口,固不得滥竽于小说之林,而以小说目之也。要皆未明寓言之旨,故哓哓无已时。即随园袁老,醉心于花月因缘,谓随园即大观园,抑亦凿矣。

重言十七,所以已言也,谓引重一人以止辩者。周秦诸子之征古史,议儒之抱师傅,皆由是道。而小说家之缘起,亦或托始于石室藏书,天府秘册;又或幻为杳邈迷离之境,托始以梦,托始以仙,借重言之体以自实。寸心千古,惟识远者能烛之。更推其意而引重一事,以作全书之骨。如梁山泊百八列星,而引重《宋史》之"宋江三十六人,横行河朔";泣红亭百花仙子,而引重《唐书》之武后,女主中华。波谲云奇,异常变幻,事本无足信,亦不亿人之不信,以必其信,特借重言之例,征之正史以信之。以信动人听闻,以信广其游说,即以信工其作小说之文。虽然,此已有作小说之意,横亘胸中,而后依附重言以宣说。若夫处升平之世,则以小说醒尘梦之繁华,当多难之秋,则以小说哭苍生之荼毒:类皆就现象而点缀其辞,援实事而引申其说,是皆蒙庄重言之例所必收也。至于因其重言,而遂以考据之学读之,锦衣卫为有明职官,乃谓《西游记》非元人作。确则确矣,于作者之心,或犹有未契欤?

卮言日出,和以天倪。卮言者,随器摹写,如水在卮;和以天倪,谓随天理普博所有,因物写形,不以己喻也。古今纪事之文,群推迁史;而《史记》百三十篇中,以《项羽本纪》为最;《项羽本纪》中,又以钜鹿之战、鸿门之宴、垓下之会为最。此数节皆以摹写入神,独有千古。小说家之神品,大都得力于读《史记》者为多。如摹写儿女之情,则问暖量寒,举动都牵情思;摹写英雄之概,则头颅杯酒,行间字挟风雷。至于悲欢之态,离合之境,皆以传神之笔出之,如禹鼎象物,如秦镜留影。昔施耐庵之作《水浒》,先绘百八人之像于壁,朝夕对之,久之而百八人之面目如生,久之而百八人之性情乃见,因摹写以成书。卮言之体,造其极者,非耐庵谁与归? 其他虽未能夺席,然亦穷年曼衍,自依附于卮言。

小说之流派,衍自三言,而小说之体裁,则尤有别。短篇之小说,取法于《史记》之列传;长篇之小说,取法于《通鉴》之编年。短篇之体,断章取义,则所谓笔记是也;长篇之体,探原竟委,则所谓演义是也。至于传奇一种,亦小说之家数,而异曲同工。昔阮芸台《揅经室文集》,有《文言说》一篇,其言曰:"古人以简策治事者少,以口舌传事者多;以目治事者少,以口舌治事者多。故同为一言,转相告语,必致愆误;是必寡其辞,协其音,以文其言,易于记诵,无能增改。"此诗词之渊源。而传奇之托始,借古人面目,移天下性情,于风俗人情,较之谠论正言,尤觉易于兴起。盖天籁发之人心,凡在含齿戴发之伦,有自然感触于不觉者。降而至弹词等派,乃曲高和寡,致教雅乐沦胥,而于文言之体,尚未甚远。

小说之宗派体例既明,而文之正、变格,要不可以不辨。自吾论之,以俗言道俗情者,正格也;以文言道俗情者,变格也。盖文人之笔,牛鬼蛇神,浮云苍狗,其变幻不可测,其奥妙亦不易明。而小说者,则夫妇之愚,可以与知者也。况古人文字,与语言合;今人文字,与言语离。玩"说"字之义,而即名核实,则语言、文字,断断乎可合而不可离,方为名副其实。宋儒语录,满纸"怎地""这个",匪特扫去浮辞,独标真谛,抑亦有微意存乎其间,欲其易于推行,家喻而户晓也。审如是则小说之正格、变格,奚待烦言!小说之正、变格既定,则抉小说之藩篱,峙小说之山斗者,其以《水浒》《红楼》,为中天之日月乎?《水浒》《红楼》,全书皆是语言,全书皆为文字,如布帛菽粟之利天下,匹夫匹妇,莫不知之。问圣经贤传,有如是之发明乎?曰:无有也。问丰功伟业,有如是之记念乎?曰:无有也。何以故?则以小说之平易近人故。或者曰:《水浒》诲盗,《红楼》诲淫,二书者,实世道之蟊,而小说中之莠也。虽然,诲盗诲淫,吾不能为《水浒》《红楼》讳,且不能为小说中之流弊讳,而以之归罪于作者,作者岂任受哉?是盖有其原因在。

文字至两汉以后,学者专务文宋,而弃实学,谁复弄此浅近之笔墨?即有作者,亦且群非之,姗笑之,唾骂之,而指之为降志辱身,疑是中人以上,有可读之书,中人以下,遂无可读之书。夫若而人者,虽无可读之书,志未尝忘书也。一旦得小说之书而读之,但喜书之为我读,遑计理之曲直,事之是非。且人生天性,人欲即杂天理之中。雄飞则志在竞争,雌伏则滞情声色,亦人之常,无足怪者。盗与淫,乃人生之大欲存焉。自道学之名出,箝其口使不敢言,于是压力积而动力生。一二有才之士,借小说而游戏恣肆以出之,动力乃回环薄击,不能自已,此诲盗诲淫之小说,所以风行海内,乘吾道之废缺而来。噫!不能取小说之长,去小说之短,立为抵制之法,而徒斤斤然禁人之读小说,吾恐唇焦舌敝,笔秃手僵,多见其不知分量耳。

且小说一家,见于《艺文志》《四库全书》,收之于子集。其《四库全书提要》,子部总叙曰:"稗官所述,其事末矣,用广见闻,愈于博奕。"可见小说家言,古今来莫之或废,端赖世之有志者,明其流派,正其体裁,用其利而去其害,则新会梁氏所谓"上之可以阐发圣教,下之可以杂述史事,近之可以激发国耻,远之可以旁及外情",于世道陵夷之际,或未必无小补云。

《小说月报》第六卷第六号(1915年)

《小说家言》编辑后记

铁 樵

　　此文先得我心，意吾当奉为圭臬，凡治小说者当奉为圭臬。小说之正格为白话，此言固颠扑不破，然必如《水浒》《红楼》之白话，乃可为白话。换言之必能为真正之文言，然后可为白话；必能读得《庄子》《史记》，然后可为白话。若仅仅读《水浒》《红楼》，不能为白话也。阅者疑吾言乎？夫有取乎白话者，为其感人之普。无古书为之基础，则文法不具；文法不具，不知所谓提挈顿挫，烹炼垫泄，不明语气之扬抑抗坠，轻重疾徐，则其能感人者几何矣！至于取小说之长，去小说之短，必使收陶情淑性之功，绝诲盗诲淫之弊，则其事甚难。文学，小说家所有事也；常识，小说家所当知也。经传之信条，先贤之学说，西来之新知识，又小说家所当知也。甚至愚夫愚妇之心理，世态人情之变幻，又无不当知之也。积理既深，斯持之有故，言之成理，不必言强盗美人，自能引人入胜；即言强盗美人，亦必不轨于正。安在其为淫盗之媒哉！然而如上所云应读书阅历者几何？以我之愚，虽至齿危发秃，犹惧百不逮一。世固不乏其人，其人肯为小说否乎？吾国社会劣分子之多，教育不普及，通俗教育盖若是其需要，当〔尝〕有三数通人执笔为小说否乎？以社会趋势揆之，小说而占真正之势力，终必循此轨道，使此事酿成风气。鸿博君子皆乐为之，则其效力当远过于宋明儒者之讲学，非细故也。

　　　　　　　　　　　《小说月报》第六卷第六号(1915年)

月刊小说平议

新 庼

　　新庼君来稿，分停版、现行二种。鄙意现行各报，不宜加以毁誉,故仅采登停版者,免贻阿私之诮也。

编者志

(《新小说》)创始于梁任公,为小说报之最先出现者。中多吴趼人、周桂笙二君之作。内容丰富,雅俗共赏。惜乎寿命不长,仅出二十四期而止,颇多未完之稿。余所最惜者,为红溪生所译之《海底旅行》,实为科学小说中空前之作。自此报绝版后,即未见其结束。而任公自著之《新中国未来记》,亦未成全璧也。余如《二十年目睹之怪现状》《痛史》《九命奇冤》《宜春院》《毒蛇圈》《电术奇谈》等,均有单行本发行。原书为友人假去,兹仅记其大略耳。

(《月月小说》)为吴趼人、周桂笙二君所组织,以继《新小说》之后者。八期而后,忽然中止。后得许伏民、沈济宣二君赓续出版,亦二十四期而止,与《新小说》同其寿命焉。内容虽丰富,而未免失之过滥。短篇中佳作颇多,长篇如历史之《两晋演义》《云南野乘》,社会之《后官场现形记》等均佳,惜均不全。其余有刊一二章者,三四回者,无评论之价值。惟天僇生所译之《玉环外史》,译笔、叙事,并皆入妙,惜仅登七章。最特别者,为名《柳非烟》之一种。体例则章回不成章回,笔记不成笔记;词句则文言不文言,白话不白话;事迹则既非科学,又非理想,非言情、非侦探、支离妄诞、阅之不知其命意何在。译本之最劣者,为《紫罗兰》,叙事、译笔,两无可取,阅之令人作三日恶。传奇以玉泉樵子之《风云会》为杰作,风流、豪爽、兼而有之。其余门类虽多,无甚特色。惟吴趼人之谐著《俏皮话》,近人窃取甚多,各报不察,屡有刊登,如《猪之别号顽固党》《鼻涕不怕冷》等是也。附志于此,以警当世之抄袭大家。

报中所登小说,略志于下:

《劫余灰》书叙陈公儒之子耕伯,方与朱小翁之女婉贞订婚,忽以赴考失踪。而婉贞又以随父至外祖家,中途被叔仲晦计卖与妓院,转辗数处,历尽艰险,终得完璧返家。后误传耕伯已死,婉贞乃奔丧守志焉。既二十年矣,会公儒九秩生辰,不意耕伯忽归,乃知考毕出场,亦为仲晦诱入猪仔馆,而贩至南洋者,至是始得完聚云。全书布局甚佳,诠解情字,多未经人道语。描写小翁之古道,仲晦之奸狡,婉贞之贞烈,李知县之贤明,黄学农与老尼妙悟之义侠,各极其妙,洵佳著也。

《上海骖骖录》叙一士人被诬为革命党,抱家破人亡之痛,而亡命于沪上者。叙事、用笔,均入情入理。描写上海之假革命志士,可谓穷形尽致。惟议论时事处,间有不符之语耳。

《发财秘诀》此书所记之人,皆旧时商界中大名鼎鼎者,如陶庆云之为唐景星,近今之为太古等(此仅意测而已,确否不知也)。事之虚实,吾姑不论,而笔墨则固雅俗共赏者也。末回"知微子喝破发财诀"一段尤妙(近见某报有抄袭此段文字充一短篇者,惜其名已忘却,俟后查得,再行宣布。)

以上三种,均吴趼人著。吴君所著者,有《南方报》之《新石头记》,《新小说》之《痛史》《怪现状》,本报之《两晋演义》《云南野乘》,《竞立小说月报》之《剖心记》,及单行本之《恨海》等。以一人之笔力,成书至十余种,无一字取材于舶来之品,而又各极其妙,无一事之雷同,近世小说家中,洵当首屈一指矣。

《后官场现形记》为署名白眼者继南亭《官场现形记》而作也。自云南亭之作,均述官场丑态,兹作一反其意,均述贤吏良政焉。笔墨甚佳,未刊毕。

《新泪珠缘》天虚我生著。叙事甚佳,笔法亦雅秀。余谓作白话体,宜简洁而明画,句法须圆活,一人有一人之声口,使阅者如见其人,不宜如《未来世界》(此书亦刊于本报者,笔墨庸俗,无评论之价值)之嵌用骈骊语,令人欲呕。本书之可爱,即在无以上诸病耳。《泪珠缘》六十回余未见过,不知是一人手笔否。

《新镜花缘》书中隐指时事,不脱寻常俗套。十二回之后,作者自云,当另编有味之书以供青目,其亦自知无味矣乎?

《新封神传》此书叙事、用笔,一无可取。余谓小说虽小道,然作者终须有一宗旨,或网罗历史,或描写社会,或发表理想,如是则笔墨虽不甚佳,亦不致遭人厌恶。然近时作者大率持以稿易金主义,是故昔有某书者,今必亦有某书,能与原书并存否,何尝想及!

故斯类小说,皆无可观之处,惟吴著之《新石头记》为例外耳。

《醋海波》此书即《小说时报》之《秋风纨扇谈》,译笔互见详略,似此本较为简切,删去首尾数节甚是。《纨扇谈》词句虽稍典雅,而首尾所赘,似为蛇足,于斯可见译事之难。然非二本比较观之,何从判其高下?故译本之重复者,余不弃也。

《海底沉珠》《左右敌》二书,均周桂笙译。布局、译笔均佳,但情迹简短,一览之后,即无余味。

《刺国敌》是书资料甚佳,为欧洲故事之一,惜译笔太俗,不能以激昂慷慨出之,故毫无精彩。

《三玻璃眼》《盗侦探》二书均无味,阅之令人欲睡。余如《柳非烟》《含冤花》《红宝石指环》等,皆恶劣。

综观《月月小说》之佳处,在以新著见长,不似今日各报,专以译本充篇幅也。使刊行至今,当成书不少矣。

(《小说林》)小说林社出版,东海觉我编辑。内容颇为美备,《孽海花》第三即续登于此,天笑生之《碧血幕》,亦曾如昙花之一现焉。至十一期,而觉我逝世,十二期勉强刊出,厥后《小说林》,遂与徐君同归销灭矣。故首尾完全者,只寥寥三四种耳。短篇以李涵秋之《穷丐》为最佳,余数读而不厌也。他若吴灵鹓之《曲话》,某君之《小说小话》,一论曲,一论小说,均为笔记中特色,惜皆不全。附录之《新书绍介》(专记小说)及《小说调查表》,均为便利阅者而作。近日小说报中,未见有此也。所登长篇如下:

《亲鉴》老骥氏撰,共十回。志在改良家庭,破除迷信。书中叙述,尚能不失本旨。

《第一百十三案》陈鸿璧女士译。述一法国银行失窃案。全书分上、中、下三卷,报中未刊毕,后有单行本发行。结构曲折,情事离奇,侦探中杰作也。

《电冠》译者同上。叙一科学家名高德士者,制一电冠,诱其情敌叶乐生,因于密室为试验品,以此冠加于其首,则高于试验室中,即可见其脑中之思想,盖能变成文字图画,而如影戏之现于屏上也。设想甚奇,亦一佳本。

《苏格兰独立记》译者同前。此书与《月月小说》之《美国独立史》相伯仲,笔法太板,无多趣味。

《新舞台》日本押川春浪著,觉我译。此书风行已久,内容之佳,毋烦赘述。惟第一编所布置者,至第三编仍未结束,故原书或有四编,亦不可知。

《黑蛇奇谈》此书与《三玻璃眼》《盗侦探》相等,而译笔更俗。

(竞立社《小说月报》)亚东破佛编辑。内容颇可观,如我佛山人之《剖心记》,为述嘉庆时即墨李毓昌事者,自叙云:不敢有一字杜撰,无一字无来历。惜仅登二回。译本以大妙评译之《窃图案》最为新奇可喜。《博浪椎》后改名《棠花怨》,仅此一种,今有单行本发行。册后所刊之《彭氏保国粹书》及《竹泉亭文集》,则皆道学之语,不在小说范围之内矣。劄记之《竹泉生异闻传》,文笔古茂,别成一格。其余名目虽多,然仅出二期,即成绝响,故无一书完成者。

《小说新报》第一卷第五期(1915年)

《作者七人》序

铁　樵

欧美现代小说名家,最著者为柯南达利,其次却尔司佳维。兹二人者,著作风行一时,多文为富,掷地成金,彼都人士咸乐道之。小说之为物,不出幻想;若记事实,即是别裁。然虽幻想,而作用弥大。盖能现世界于一粟,不徒造楼阁于空中。故其佳者纸价贵于一时,重译至于数国。吾国新小说之破天荒,为《茶花女遗事》《茄因小传》;若其寝昌寝炽之时代,则本馆所译《福尔摩斯侦探案》是也。《侦探案》有为林琴南先生笔述者,又有蒋竹庄先生润辞者,故为迻译小说中最善本。士大夫多喜阅之,诧为得未曾有。而此钩心斗角之杰作,则柯南达利之宏文也。吾国最初有小说杂志,为梁卓如先生所办《新小说》。其后《小说林》《月月小说》等,皆不久即止。其出版稍后,而崭然露头角者,为《小说时报》。其中有拙译《豆蔻葩》《波痕荑因》等六十万言,颇蒙阅者过奖,许其厕于译林。爱读诸君,于译文容或嗜痂;至其原本,则却尔司佳维之新著也。欧人以小说与文学并为一谈,故小说家颇为社会所注意。而为此者,真学问亦迥不犹人。国文既须深造,又必通晓各国语言,于希腊腊丁文字,且于各种科学咸窥门径,社会世情洞烛无遗。非如吾国人仅粗解涂鸦,便侈谈著述(鄙人自谓,若云骂人,则吾岂敢)。兹于《海滨杂志》中得彼邦小说名家之自述,与其初次出版书之大略,自柯南达利以下凡七人,汇而译之,以充篇幅。倘亦嗜读小说诸君所乐闻乎(兹所译为第二篇,尚有第一篇,俟觅得再译)?

《小说月报》第六卷第七号(1915年)

按:此七人为柯南达利、却尔司传维、希康剌司女士、杰可孛、佩儿、发诺尔、披拖立其。

论言情小说撰不如译

铁 樵

年来爱读《月报》者,尝损书相勖,谓言情之作,宜淘汰净尽。陈君铁生有警策语曰:"今青年子弟,多半误于不良小说。学校百日教修身,不敌言情小说数百字。"此言可谓沉痛。旧时父兄恒禁子弟阅小说,即是此意。自印刷维新,译事渐盛,欧人嗜小说之风,随此潮流,广被东亚。其所言又可以广见闻,新耳目,无海盗海淫之弊。于是老师宿儒,亦令其弟子口译而己笔述之,其势力遂扶舆磅礴,不可复遏。年来出版益盛,物以稀而见贵,迻译稗贩,或不如自出机杼之受人欢迎,且译本不必尽合吾人心理也。于是风气所趋,文必己出者又无虑数十百种。夫自撰则范围较宽泛,意思较自由,谈言微中,是其特长。然流弊亦正在是。约略言之,厥有数端。西人之为小说,虽无专书定其程限,要以不背政教为宗旨。社会求之,文人供之,授受之间,若有无形规律为之遵循。作者与读者不谋而合，无肯自外此规律者。若吾中国则何有？将自附于经训乎？则忠也孝也，或非今日所宜昌言。将取法于泰西乎？则泰西人人各有其信仰中心点，不如吾国之杌陧无定也。譬之结婚，自由乎？父母命乎？或曰自由，或曰否，皆言之成理，吾将若何主张？譬之嫠妇，守节乎？改嫁乎？或曰改嫁，或曰否，亦皆言之成理，吾将孰为彰瘅？吾其揆之情理，就吾心所安者为言乎？然吾之所谓安，果天下人所谓安耶？藉曰其然，果可自信焉否耶？昔在定、哀之际，举世失其信仰中心点，孔子乃作《春秋》。或褒或贬，为世标准，天下翕然用以折衷，此孔子所以为圣。小说虽细，要不能无是非之心。安得今世之《春秋》为吾侪标准耶？惝恍失据，终不可欤。此撰不如译者一也。口之于味，有同嗜也；耳目之于声色，有同感也。惟其皆同，故善善恶恶之心理，亦无不同。今试扬言曰："窬墙搂处子，不可也。"闻者将应曰"不可不可"。此言放诸四海而准，不以欧亚隔绝而有异，不以黄白殊种而有异。是故英人之为小说，小说而言情者，佥曰不可；德法人之为小说，小说而言情者，佥曰不可。独吾中国为其例外。中国人而为小说，小说而言情者，有时不可，有时而可。金圣叹批《西厢》，大书特书曰："惟真正才子佳人，而后可以有风流韵事。"吾诚笨伯，不知"风流韵事"之界说若何。若金氏此语，吾请易之曰："惟真才子可以窬（墙），惟真佳人可被搂。"则亦复成何话说？《西厢》为北曲，金氏不知，妄肆讥评，吴君瞿安谓是妄人（见本报《顾曲麈谈》）。由此言之，金氏不独于词曲妄，于事理亦妄也。其他类此之书，不胜枚举，大约满纸野田草露；复于《诗经》《左传》诸书，断章取义，拾一二语以为口实。我国新小说之初期，绝无此弊，近来则不敢谓绝无。有之，即非社会之福。而此种逾越范围之语调，在中国旧小说中，实习见不鲜。振笔疾书时，偶一不检，未免失入。此撰不如译者二也。外国言情小说，层出不穷，推原其故，则以彼邦有男女交际可言。吾国无之。彼以自由结婚为法，我国尚在新旧嬗蜕之时。是故欧洲女子，笄年而入社会。灯红酒绿之场，珊珊而来迟者，一髻一冠，一裙一屐，皆报纸之资料。某也贤，某也不肖，某也美，某也貌寝，求婚者或借以案图索骥焉。吾国岂竟得无交际，且亦岂得无记男女交际之报纸？然吾见其所记者，某也阔，某也滑，某也善酬应挥霍，其效果则狭邪买淫者用以案图索骥焉。夫此亦岂秉笔者之不善,形格势禁,有以使其然也。是故欧洲言情小说,取之社会而有余;我国言情小说,搜索枯肠而不足。且欧美小说家娓娓谈儿女,不虞为长者所呵叱;我国小说家勉强言床笫,类不免为识者所诟病。夫此亦岂中西小说家才识不相若哉!此撰不如译者三也。或曰:西方习惯,多与吾国不同。吾寻绎其旨,当指婚嫁生死而言。社会大事,无过于婚嫁生死,而言情小说,实包此四者。婚嫁生死之制度,国本之所寄也。是故结婚不自由也,重男轻女也,财产世及也,义务教育之不知也,皆吾国与泰西特异之点。问何以异?宗法为之障也。宗法不变,则四者不革。不能举国皆兵,亦无望教育普及,社会之组织,终无由进步。学者创种种学说,其目的无非思变此四者;政治家设种种计划,其目的无非思变此四者。学说、政治,法与之言;小说则巽与之言。学说、政治输入的,小说则反审的也。欲知西国社会此四事之真相,且知与此四者连类而及之琐琐屑屑,又欲使吾国中人以下之人而能知之,则其道舍小说无由。夫使中人以下之人知,则他日推行征兵制、强迫教育制,减杀阻力之张本也。不此之务,仅以八股技俩搬弄情言,果能有若何效力乎?此撰不如译者四也。今之撰小说者,类于文学上略有经验;译小说者多青年,下笔苦不腴润。大多数如此,实为阅者不欢迎译本之最大原因。虽然,谓大多数之撰本不如译本不可也,就辞句言之,有腴润不腴润之辨;就结构意趣言之,则译本出于彼邦文士之手,未必吾国撰者能驾而上之。修辞学之原则有三:曰理,曰力,曰美。头头是道,有条不紊,是之谓理,吾国古文家所谓提挈剪裁近之。深入显出,神气跳动,是之谓力,吾国画家绉、瘦、透三字诀近之。盖顿挫之,垫泄之,则文字有凹凸,一篇之主人翁,自能跳掷而出,故曰力也。色、香、味俱足,是之谓美。理为第一步,力为第二步,美为第三步。有其一无其二与三,不过程度问题;舍其一用其二与三,则皮之不存,毛将安附?此固非言小说,然小说不能离文学独立,宁得背修辞之公例?然则据西文原本而译之,苟其人国文能文从字顺,则可以原著者之理与力为己之理与力,所缺者美耳。吾国二十年前之童子,学为文者,初无一定程序,因师傅而各异;有从八股入手者,有从辞章入手者,有从散文入手者,即相沿称为古文者也。治八股者近理,治辞章者近美。然八股家多不能为他种文字,则所谓理或非理。辞章家或专事堆砌,则美亦非美。惟古文颇循修辞公例,其有未至,则所谓程度问题。世固有先治八股、辞章,后治古文,而成大家者,但此为其例外。若普通一般苟中八股、辞章之毒,终身不能文可也。今之小说,责以通俗教育,诚谦让未遑;若谓初学借小说以通文理,则为世所公认。故小说可谓作文辅助教科书。今以词藻自炫,是背修辞公例,安在能补助哉?吾见有童子,文字楚楚可观,更阅数年,见其所作,则饾饤满纸,不可救药。盖其人酷好言情小说之富于词藻者,刻意摹之,遂至于此。教育之目的,非期尽人为文士;即欲为文士,亦绘事后素,下笔不腴润,奚足病哉?此事不尽关言情小说之撰与译。然或者揣摩青年心理,以情言绮语饷之,则其文且不胫而走,不知其于文字上流弊已如此也。此撰不如译者五也。综以上五者观之,则言情小说,实非现时代中国之产品。赡才华者偶作狡狯,昧者不察,拾其唾余,递演递下,至于今日。此敝报爱读者,所以有言情小说淘汰净尽之说也。通俗常以侦探、科学、言情、社会等名词,为小说之种类。盖小说必有其主旨,就主旨定名,为醒目计,自无不可。然此中非有界说可言。所记不问何事,辄以爱情与非爱情互为经纬,此实小说家之惯技,是任何种,皆可谓之言情。言情不能不言社会,是言情亦可谓为社会。且世界者,人类之世界,即男女之世界。因男女有爱力,而有夫妇。夫妇,最亲者也。爱不能无差等,以亲亲之义推之,夫妇之情厚者,于爱国、爱群之情亦厚。如其不然,是于所厚者薄,而所薄者厚乎?是故言夫妇,可以敦风俗,正人心。何以故?曰:夫妇之间行之以恕,则放僻邪侈,不可为也;维之以任,则廉顽立懦,可操券也。恕与任,即爱群与自立。社会有惰性,吾将利用爱情以鞭策之。然则言情小说,又安可少哉?小说之言侦探、科学者,为吾国所无,非译不可;言掌故、遗闻者,非撰不可。言情在两可之间,而其流弊如此,故特表而出之。吾言非乎?则责难之书当纷沓而至,行将择尤刊之,以与读者一商榷也。

《小说月报》第六卷第七号(1915年)

致《小说月报》编者书(节录)

许与澄

关于《小说月报》之一得

一曰宜择短篇小说之优者略附评注　小说能转移社会,而《月报》之短篇小说,尤能为学校国文之助手。以莘莘学子,每舍正当之教科书弗观,而喜研究小说,又仅识其事,弗究其文,此则徒费精神,获利甚鲜。彼非不欲研究文法也,程度有未至焉耳。今择简短而有味者,加之评以解其文,为之注以明其义,其获益必胜教科书十倍。

二曰宜增设狭义的言情小说也　贵社不载言情小说,未尝不是;然正惟言情小说之足以娱人,故宜创设别体之言情小说,务在救正流行诸本之弊。如西俗有接吻之礼,宜特别为之点破,说明不宜中俗之故。诸如此类,以矛制盾,有益人心,必当不浅。

三曰宜注重国学的科学小说也　科学小说最有益于学子。然近世所传科学小说,大都限于医、理各科,无涉及国学者。宜按照游记体裁,作为地理小说;按照笔记体裁,作为历史、经学等小说。要以滑稽为主,不如此则不能引人兴味也。

四曰宜增设滑稽史也　近时各报馆类有滑稽文墨,俚俗可哂,然此为小说报中必不可少者,以能助阅者兴味,并能供谈话之助,虽小道有未可偏废者。宜择遗闻轶事之堪以喷饭者,月附数千言。忆前时坊间有《笑史》一册,类系历代滑稽家韵话,今弗知有无售处,是可仿行也(忆著者名曰子犹,其姓则忘之矣)。

五曰宜扩充篇幅也　常谓现今小说惟贵报最有价值,而字数特少,颇为不满意。后询之同嗜《月报》者,皆有此意,可知人同此心。敢以个人之名义,要求增加若干,若价格则亦不妨加倍,或另出一册亦好。先生其有意乎?

六曰编辑宗旨贵有实益,弗矫枉而过正　现今小说,日见发达,大率借教育之名,行牟利之法。而贵报则又矫其枉而不免稍过,致令程度浅薄者,阅之索然无味。盖彼等只究事实,弗知文墨,无怪其格格不入也。窃意能采拙见一二三四肆条,试行,必较完善。贵报非牟利者,予亦不肯为贵报代谋利益,然社会需要,则确有如是也。

关于《小说月报》之意见

鄙人为崇拜《小说月报》之一人,对于《月报》前途,有无穷之希望。略有所得,不敢不言,谨录数则,聊备采纳:

一、掌故小说须取真实主义　似真非真之掌故小说,最易误人。除确系臆造,意寓劝惩者外,苟有所本,宜特别标明"记事""实事"等字样,并将出于何书,参考何书,一一附诸篇末,既不致起人疑虑,且使阅者多识一件故实,是亦《月报》之功也。

一、短篇小说宜兼收并蓄,弗宜专持一体　例如骈俪之文,虽属小道,抑亦文体之一,苟有佳著,不妨略及一二。特不可如现今盛行不骈不散,不求对偶,不论平仄之胡调文字,则误人弗浅耳。自余各体亦然。

一、译本宜采用各国文字　贵报所采小说,撰、译得半。所译小说,出之何国,阅者无从知之。窃意风俗习尚,各国不同,苟能广采各国小说,译成华文,并于该国之风俗、政治,其特异他国者,略为注明,俾阅者了然于世界社会之情形,是又《月报》之赐也。

一、分门别类宜有定则,尤不宜过多　近时各小说杂志,每喜多分门类,每类仅三四千言,乃至一二千言,夸多斗靡,自诩丰富,最易令人生厌。《月报》分类较少,病在忽登忽辍,归束无期,且无一定规则,忽而增设一门,忽而减去一门。此虽无伤大体,然以人人信仰之身价,而内容不免糟杂,此则乌乎可者? 窃谓此后宜规定若干类,定期登完;除长篇小说外,自余种种,一篇未完,切弗再登他篇。便利阅者,殊非浅鲜。

一、短篇小说有一二三四数则者,不如列入长篇栏内,理由较为充分(此层不敢自信,望示知)。

一、无论何种门类,须注明"已完""未完"字样;并须另作一页,弗连张接下,为便于阅者分类拆订计,亦为至要之条件。

以后如有所得,当随时寄奉。惟善人能受尽言,窃以此私望于先生。

(题目代拟)

《小说月报》第六卷第十二号(1915年)

《松冈小史》序

吴 虞

吾国历史之学,原于《尚书》《春秋》,袭专制之陈迹,昧进化之秩序,有事实而无理想,能因袭而罕创作。二十四史,徒为帝王之家谱、官吏之行述,陈陈相因,一丘之貉。其稍稍立异者,亦无非明正闰之分,严僭逆之辨,特标道学,重贬二臣而已。知有君主而不知有国家,知有个人而不知有群体,恢张君权,崇阐儒教;于人民权利之得失,社会文化之消长,概非所问。历史既为朝廷所专有,于是舍朝廷之事,殆别无可记。

而《汉艺文志》之论小说,亦称小说家出于稗官(如淳曰:王者欲知闾巷风俗,故立稗官,使称说之。街谈巷说,细碎之言也),街谈巷语、道听途说者之所造,闾里小知所及,刍荛狂夫之议,以备人君采择。视小说为细碎小道,极为微末;未尝认其于社会国家有重要之关系,仅为瞽诗工谏之附庸而已。故周、秦、西汉之小说,如《青史子》《虞初周说》《西京杂记》等,与近世杂史相类(司马光《通鉴》,采杂史至三百二十二种之多);《伊尹说》《鬻子说》,言兼黄老,而《庄子·天下》篇举宋钘、尹文之术,列为一家;《宋子》《汉艺文志》亦入小说。诸家虽有意于社会,有益于民俗,而其效弗著,则以为当世所轻故也。《笑林》以后,刍荛之旨益衰。《宋史·艺文志》,载小说类一千八百六十六卷,卢文弨《宋史·艺文志补》,又载小说类三百三十八类,而存于今者,寥寥可数,非无因也。

然小说撰自民间,非若正史之出于钦定,其笔削自由,无忌讳拘挛之累。虽或有肆恩怨之私,淆是非之实者,然据以考一代之风尚、一事之真相,往往较读帝王之家谱、官吏之行述,所得者为亲切而有味。

纪晓岚于《四库提要》,谓《晋书》直是稗官之体(语本朱熹),略实行而奖浮华,忽正典而取小说;举马敦立功孤城,死于非罪,后加祭赠,及郭琦为武帝吏不为赵王伦吏,《晋书》皆不为立传,为其根本之病。不知晋人讲老庄之学,其对于君臣之观念,与纪晓岚讲儒家之学者迥殊。纪晓岚所认为正典者,以近世眼光观之,则正堕于专制之毒雾中也。且《晋书》亦非全不取旧时代之忠节。章太炎曰:世谓晋人清谈废事,必忘大节。此实不然。乐广、卫玠,清言之令。愍怀故臣,冒禁拜辞,为司隶收缚,广解遣之。卫玠语兄曰:"在三之义,人之所重,今日忠臣致身之道,可不勉乎?"不得谓忘大节也。南朝疵点,专在帝室。唐乃延及士民。《太平广记》所引南朝小说,奇而近雅,怪不至缪,又无淫佚之言。唐人小说,文既无法,半皆妖蛊,歆羡荣遇之情,骄淫矜夸之态,溢于楮墨;人心险薄,从是可知。然则《晋书》之采小说,于当时社会情形,士夫习尚,犹可藉以见其真。《唐书》撰于宋祁、欧阳修,诵法孔子,是非不谬于圣人,而欲识有唐一代社会情形,士夫习尚,转非借小说不足以见其实。此十八家《晋书》之所以并亡,而当时之人,所以竞从新撰欤!

李肇《国史补序》曰:"言报应,叙鬼神,述梦卜,近怪异,悉去之。记事实,探物理,辨疑惑,示劝戒,采风俗,助谈笑,则书之。"使吾国小说,悉本是为宗旨,则"相斫书"之外,如小说者,亦何可厚非乎!

西人谓小说为文学与美术之菁华,必社会进步,而后小说进步。欧美小说,最近以来,渐离虚构,而趋实写。万变之人事,当代之文明,小说家皆一一沉思默索,取各种之材料,钩心斗角,作为文章,发挥而指示之,以潜移世人之思想,纳诸进化之途,易俗移风,此小说之功用,所以为伟也。

吾国后来小说,多宗袭唐人,竦权慕势,奖盗诲淫,学术浅薄,思想陋劣,社会智识,弥弗周遍。满清一代,如蒲松龄、林纾,虽皆以小说擅名,而章太炎乃比之"大全""讲章"之傅于"六艺",其菲薄酷烈矣!

年来沪渎小说,千卷万帙,汗牛充栋,求其可比《青史》《虞初》者,正复难得。晁公武曰:"为王安石之学者,以'赠之以芍药'为男淫女,'贻我握椒'为女淫男,鄙亵不典,前辈以为嗤笑,而黄朝英独爱重之。王铚纂《侍女小名录》,凡稗官小说所记,采之且尽,独正史所载,反多脱略。子弟之学,其弊如此。"然则吾人今日而为小说,非远取稗官之意,近师欧美之长,将不免蹈晁氏所诃,而于国家社会奚益矣?

富顺刘君长述,名父之子,学有家法,智术该〔赅〕博,溢为论著,雕刻锤凿,陶冶万象,发挥旁通,洋洋洒洒。新撰《松冈小史》一书,抒其理想,本其经历,自教育、军事、法律、政治、社会现象、家庭习惯,靡不折衷箴砭,兼宗新旧,独条所得,枝叶扶疏,十余万言,书可缮写。谣诼作序,余乃谬贡管窥,聊资抚掌。他日读是书者,即视为黄梨洲之《明夷待访录》、王而农之《噩梦》,固无不可。小说之在社会,其势力远过于六经,又恶有所谓"君子不为"者乎?

1915 年成都昌福公司版《松冈小史》

读《松冈小史》所感

安 素

十五年前,余见觉奴于京师,彼时皆尚童稚。日惟讽诵典籍,一身之外,几不知有天地,遑论世情?志情所向,但觉读书乐耳。不谓河山犹是,而觉奴已非旧觉奴。今读其所著《松冈小史》,可以察世变,可以观觉奴矣。觉奴经世学家也,负性不能同流俗,为文则慷爽悱恻,冷艳雄诡。年来著述富于小说,已为人所传诵,然其杰作则允推《松冈小史》。夫经世学家而为小说,诚小说与读者之幸;而天之所以遇经世学家,不亦大可异哉!读竟辄抒所感于左。

《松冈小史》不可以小说论;然即以小说论,述叙人事十余万言,一气呵成,是一篇大块文字,不可多得者也。

《松冈小史》之构造,似极费苦心,又似极不经意,随便描写出来,却写山水,写禽兽,写忠,写孝,写英雄,写才子,写烈女,写荡妇,写鄙夫,写市侩,写战争,写教育,写良家庭,写恶社会,无不淋漓尽致。书中无奇不有,无一事不活跃纸上,的是妙文字。

《松冈小史》前段淡淡平叙,看来似觉无味,不知是即布种之时,只见新土,不见萌芽。看到后来开花结果,方知前段没一句是空话。种瓜得瓜,是书中极大主义。

《松冈小史》于事以人举,事自微末始,三复意焉。观松冈地方种种施治,而主持仅一人,是有帝国主义意味。

《松冈小史》是实行使民不饥不寒,及教民而战之义,其他所行一切,实地方自治之模范,良善国家之雏形,是最妙之政治小说。

《松冈小史》所发议论,皆精透持正,于立身处世之道,言之尤详。子弟读之,自然志气清壮,不合流俗,是最妙之立志小说。

《松冈小史》妇女读之可以除迷信,爱国治家,相夫教子,知大义,明责任,是最妙之家庭小说。

《松冈小史》叙述战事军姿,最为详密。军人读之,必乐于从军,勇于公战,对于国家他日征兵,裨益不浅,是最妙之军事小说。

《松冈小史》办学人读之,必不办无生气之学校,教学相融,教育何待相迫?是最妙之教育小说。

《松冈小史》写奇奇怪怪之人事,非刻薄,实讽劝也。是最妙讽劝社会之小说。

《松冈小史》写儿女离合悲欢生死之态,令人可歌可泣,要皆合于义理,为纯洁之爱,是最妙之言情小说。

《松冈小史》写蚕桑鱼兔,牛羊林木诸事,切实易行,是最妙之实业小说。

《松冈小史》含写前四年之乱事,抉隐发微,是最妙之历史小说。

吾不料觉奴胸中竟有此种种事实,觉奴笔下竟能件件描写出来。问松冈何地,书中某某何人,觉奴则笑曰:理想耳。见仁见智,是在读者。余于是亦恍然若在松冈间为凿井耕田之民,而陶然自足也已。乙卯秋八月,成都安素。

1915年成都昌福公司版《松冈小史》
《小说月报》第六卷第十一号(1915年)

《绛纱记》序

独 秀

烂柯山人前造《双枰记》,予与昙鸾皆叙之。今昙鸾造《绛纱记》,亦令烂柯山人及予作叙。予性懒惰,每日靧面进食,且以为多事,视执笔为文,宁担大粪。乃以吾三人文字之缘,受书及序而读之,不禁泫然而言曰:嗟乎!人生最难解之问题有二,曰死,曰爱。死与爱皆有生必然之事。佛说十二因缘,约其义曰:老死缘生,生缘爱,爱缘无明。夫众生无尽,无明无始而讵有终耶?阿赖耶含藏万有,无明亦在其中,岂突起可灭之物耶?一心具真如生灭二用,果能助甲而绝乙耶?其理为常识所难通,则绝死弃爱为妄想。而生人之善恶悲欢,遂纷然杂呈,不可说其究竟。耶氏言万物造于神复归于神,其说与印度婆罗门言梵天也相类。而其相异之点,则在耶教不否定现世界,且主张神爱人类,人类亦应相爱以称神意。审此耶氏之解释死与爱二问题,视佛说为妥帖而易施矣。然可怜之人类,果绝无能动之力如耶氏之说耶?或万能之神体,为主张万物自然化生者所否定,则亦未见其为安身立命之教也。然则人生之真果如何耶?予盖以为尔时人智尚浅,与其强信而自蔽,不若怀疑以俟明。昙鸾此书,殆亦怀疑之义欤?昙鸾与其友梦珠行事绝相类。庄周梦蝴蝶,蝴蝶化庄周,予亦不暇别其名实。昙鸾存而五姑殁,梦珠殁而秋云存,一殁一存,而肉薄夫死与爱也各造其极。五姑临终,且有他生之约;梦珠方了彻生死大事,宜脱然无所顾恋矣,然半角绛纱,犹见于灰烬。死也爱也,果孰为究竟也耶?爱尔兰剧家王尔德(Oscar Wilde)之传犹太王女萨乐美(Salome)也,有预言者以忤王及后系之地窖,萨乐美悦其美,私出之;赞叹其声音,赞叹其肤发,求与之近而弗获;终乃赞叹其唇,坚欲亲之,而为预言者所峻拒。王悦萨乐美之舞,弗睹其舞,则废寝食。萨乐美以此诡要王,取预言者之首,力亲其唇,狂喜欲绝。继悟其死,又悲不自胜,以此触王怒见杀。王尔德以自然派文学驰声今世,其书写死与爱,可谓淋漓尽致矣。法人柯姆特(Comte)有言曰:"爱情者,生活之本源也。"斯义也,无悖于佛,无悖于耶,萨乐美知之,岳丽艳知之,何靡施知之,麦五姑知之,薛梦珠知之,罗霏玉知之。若王尔德,若昙鸾,若烂柯山人,若予,皆强不知以为知者欤?乙卯六月,独秀叙于春申江上。

《甲寅》第一卷第七号(1915年)

《游侠外史》叙言

蔡 达

叙曰:小说之道,其盛于诸子乎?故庄子曰:寓言十九。大抵荒眇奇诞,自明其清高之意。及后世以委巷之谈,传之楮墨,足以觇风俗政教之盛衰,或寓斧钺于微言,是《诗》《春秋》之遗意也。故小说之分,厥有两派,一名写想,一名写事。而皆文艺之旁流,以增人之趣味为主,以美为归。其文章大抵随时迁变,而其邱壑、采绘,悉有条理。自古及今,益以繁琐体洪而思精,则进化之明验也。迄乎海通以后,重译之国,宝书易求,而其小说固荒怪矣。又以民风绝异,彼言之至庸,吾闻之则大愕,遂覃然有至味,乃风行乎宇内。然按其规矩、准则,其字句之法,起伏映带之方,展拓蓄势之则,针线之迹,与吾古之作者,若合一契。但其用笔刻露,变动如岩崿回合,剑芒刺天,其视吾国之书,深沉浑融,如大海推澜,举重如轻,使人穆然远思,其味绵邈,欲绝复益,殆不侔矣。方今学绝道丧,庶士沉埋。有心之士,寄意野史,以消其日力,而冀补救人心于万一;社会之中,亦沉溺欢乐,无复忧思发愤之人,于是小说乃盛于一时。然而万流杂沓,其精心结撰,上挹古初,旁抗邻国者希矣。乃至羌无柱意,举凡邱壑、采绘、规矩、准绳,茫无所睹,而亦操觚力作,其高等身,不亦怪乎?昔人得名于世,必积以半生之勤,鉴定于耆宿;而今则作者如云,少知句读,皆足自呈社会。此乃小说之浩劫,亦文章之大忧也。夫为文章者,殆莫难于小说。盖于雕词饰句而外,必有高远之宗旨、诡幻之事迹;而尤莫难于穿插事迹,有骨节之连络、血脉之贯通。如是而小说始可观也。虽然,此非万卷已破,洞澈人事,兼明哲理,苦思精虑,孰能臻之?由是言之,真专门之大业也。吾尝见时贤以文明国中,其为小说,宜其佳矣。乃或作史,或作论,皆不似小说,则贤者自作其史与论,特冒小说之名耳。盖史直而简,正容而道之;小说曲而繁细,诙谐杂作以述之者也。此一异也。论与叙事,判若云天。论议言理,所以瀹智;小说博趣,所以动心。此二异也。今搀官书于小说,则躁者读之必裂;杂政谈于小说,昏者读之必抛:无味故也。以此推之,艺不穷极,勿轻创作,明矣。吾沉酣小说有年,间一为之,以公同好。此语所谓"非曰能之,愿学焉"者。若当世即以吾之论相督过,则吾知惧矣,吾知愧矣。

中华民国四年十月,东台蔡达叙于淮阴县北之农圃。

《小说大观》第四集(1915年)

《红楼梦》新评(节录)

季　新

……

此书是中国之家庭小说。中国之家庭组织,蟠天际地,绵亘数千年,支配人心,为中国国家组织之标本。国家即是一大家庭,家庭即是一小国家。西国政治家有言,国家者家庭之放影也,家庭者国家之缩影也。此语真真不错。此书描摹中国之家庭,穷形尽相,足与二十四史方驾。而其吐糟粕,涵精华,微言大义,孤怀闳识,则非寻常史家可及。此本书之特色也。

中国之国家组织,全是专制的;故中国之家庭组织,亦全是专制的。其所演种种现象,无非专制之流毒。想曹雪芹于此,有无数痛哭流涕,故言之不足,又长言之,长言之不足,又嗟叹之。可惜雪芹虽知此制度之流毒,却未知改良之方法,以为天下之家庭,终是如此,遂起了厌世的心,故全书以逃禅为归宿。此亦无怪其然。

中国之国家组织,向来是专制的,若无民权与之相形,岂不以为天下古今之国家,终是如此。然则受家庭组织之流毒而不知悟,又何足怪?余今批此书,欲以科学的真理为鹄,将中国家庭种种之症结,一一指出,庶不负曹雪芹作此书之苦心。

……

《小说海》第一卷第一号(1915年)

1916 年

《石头记》索隐（节录）

蔡元培

《石头记》者，清康熙朝政治小说也。作者持民族主义甚挚。书中本事，在吊明之亡，揭清之失，而尤于汉族名士仕清者，寓痛惜之意。当时既虑触文网，又欲别开生面，特于本事以上，加以数层障幂，使读者有"横看成岭侧成峰"之状况。最表面一层，谈家政而斥风怀，尊妇德而薄文艺，其写宝钗也，几为完人，而写黛玉、妙玉，则乖痴不近人情，是学究所喜也，故有王雪香评本。进一层，则纯乎言情之作，为文士所喜，故普通评本，多着眼于此点。再进一层，则言情之中，善用曲笔，如宝玉中觉，在秦氏房中，布种种疑阵，宝钗金锁为笼络宝玉之作用，而终未道破。又于书中主要人物，设种种影子以畅写之，如晴雯、小红等均为黛玉影子，袭人为宝钗影子是也。此等曲笔，惟太平闲人评本，能尽揭之。太平闲人评本之缺点，在误以前人读《西游记》之眼光读此书，乃以《大学》《中庸》"明明德"等为作者本意所在，遂有种种可笑之傅会，如以吃饭为诚意之类，而于阐证本事一方面，遂不免未达一间矣。阐证本事，以《郎潜纪闻》所述徐柳泉之说为最合，所谓"宝钗影高淡人、妙玉影姜西溟"是也。近人《乘光舍笔记》，谓"书中女人皆指汉人、男人皆指满人，以宝玉曾云男人是土做的、女人是水做的也"，尤与鄙见相合。左之札记，专以阐证本事，于所不知，则阙之。

……

右所证明，虽不及百之一二，然《石头记》之为政治小说，决非牵强傅会，已可概见。触类旁通，以意逆志，一切怡红快绿之文，春恨秋悲之迹，皆作二百年前之《因话录》《旧闻记》读可也。民国四年十一月著者识。

《小说月报》第七卷第一至六号（1916年）

《福尔摩斯侦探案全集》跋

半侬

丙辰之春,同人合译《福尔摩斯侦探案全集》既竟,以校雠之事属余。余因得尽取前后四十四案细读一过,略志所见如左。

天下事顺而言之,有始必有终,有因必有果。逆而言之,则有终必有始,有果必有因。即始以推终,即因以求果,此略具思想者类能之。若欲反其道而行,则其事即属于侦探范围。是以侦探之为事,非如射覆之茫无把握,实有一定之轨辙可寻。唯轨辙有隐有显,有正有反,有似是而非,有似非而是,有近在案内,有远在案外。有轨辙甚繁,而其发端极简;有轨辙甚简,而发端极繁。千变万化,各极其妙。从事侦探者,既不能如法学家之死认刻板文书,更不能如算学家之专据公式,则唯有以脑力为先锋,以经验为后盾,神而明之,贯而彻之,始能奏厥肤功。彼柯南道尔抱启发民智之宏愿,欲使侦探界上大放光明。而所著之书,乃不为侦探教科书,而为侦探小说者,即因天下无论何种学问,多有一定系统,虽学理高深至于极顶,亦唯一部详尽的教科书足以了之。独至侦探事业,则其定也,如山岳之不移;其变也,如风云之莫测;其大也,足比四宇之辽敻;其细也,足穿秋毫而过。夫以如是不可捉摸之奇怪事业,而欲强编之为教科书,曰侦探之定义如何,侦探之法则如何,其势必有所不能。势有不能,而此种书籍,又为社会与世界之所必需,决不可以"不能"二字了之,则唯有改变其法,化死为活。以至精微至玄妙之学理,托诸小说家言,俾心有所得,即笔而出之,于是乎美具难并,启发民智之宏愿乃得大伸。此是柯南道尔最初宗旨之所在,不得不首先提出,以为读者告也。

柯氏此书,虽非正式的教科书,实隐隐有教科书的编法。其写福尔摩斯,一模范的侦探也;写华生,一模范的侦探助理也。血书一案中,尽举福尔摩斯学识上之盈缺以告人,言其无文学、哲学及天文学之知识,即言凡为侦探者,不必有此种知识也。言其弱于政治上之知识,即言凡为侦探者,对于政治上之知识,可弱而不可尽无也。言其于植物学则精于辨别各种毒性之植物,于地质学则精于辨别各种泥土之颜色,于化学则精邃,于解剖学则缜密,于纪载罪恶之学则博赅,于本国法律则纯熟。即言凡此种种知识,无一非为侦探者所可或缺也。言其为舞棒弄拳使剑之专家,即言凡为侦探者,于知识之外,不得不有体力以自卫也。言其善奏四弦琴,则导为侦探者以正当之娱乐,不任其以余暇委之于酒食之征逐,或他种之淫乐也。此十一种知识,柯南道尔必述于第一案中,且必述于福尔摩斯与华生相识之始,尚未协力探案之前者,何哉?亦正如教科书之有界说,开宗明义,便以侦探之真面目示人,庶读者得恍然于侦探之事业,乃集合种种科学而成之一种混合科学,决非贩夫走卒,市井流氓,所得妄假其名义,以为啖饭之地者也。

　　一案既出,侦探其事者,第一步工夫是一个"索"字,第二步工夫是一个"剔"字,第三步工夫即是一个"结"字。何谓"索"?即案发之后,无论其表面呈若何之现象,里面有若何之假设,事前有若何之表示,事后有若何之行动,无论巨细,无论隐显,均当搜索靡遗,一一储之脑海,以为进行之资。若或见其巨而遗其细,知其显而忽其隐,则万一全案之真相,不在其巨者显者而在其细者隐者,不其偾事也邪?而且案情顷刻万变,已呈之迹象又易于消灭,苟不于著手侦探之始,精心极意以求之,则正如西谚所谓"机会如鸟,一去不来"。既去而不来矣,案情尚有水落石出之一日邪?故书中于每案开场辄言,他人之所不留意者,福尔摩斯独硁硁然注意之;他人之所未及见者,福尔摩斯独能见之。此无他,不过写一个"索"字,示人以不可粗忽而已。何谓"剔"?即根据搜索所得,使侦探范围缩小之谓。譬如一案既出,所得之疑点有十,此十疑点中,若一一信为确实,则案情必陷于迷离恍惚之途,使从事侦探者疲于奔命,而其真相仍不可得。故当此之时,当运其心灵,合全盘而统计之,综前后而贯彻之,去其不近理者,就其近理者,庶乎糟粕见汰,而精华独留,于以收事半功倍之效。故书中于"凡事去其不近理者则近理者自见",及"缩小侦探范围"二语,不惮再三言之者,亦以此二语为探案之骨子。人无骨则不立。探案无骨,则决不能成事。而此二语简要言之,惟有一个"剔"字而已。至于最后一个"结"字,则初无高深之理想足言。凡能于"索"字用得功夫,于"剔"字见得真切者,殆无不能之。然而苟非布置周密,备卫严而手眼快,则凶徒险诈,九仞一篑,不可不慎也。

或问:福尔摩斯何以能成其为福尔摩斯?余曰:以其有道德故,以其不爱名不爱钱故。如其无道德,则培克街必为挟嫌诬陷之罪薮;如其爱名爱钱,则争功争利之念,时时回旋于方寸之中,尚何暇抒其脑筋以为社会尽力,又何能受社会之信任?故以福尔摩斯之人格,使为侦探,名探也;使为吏,良吏也;使为士,端士也。不具此种人格,万事均不能为也。柯南道尔于福尔摩斯则揄扬之,于莱斯屈莱特之流则痛掊之,其提倡道德与人格之功,自不可没。吾人读是书者,见"福尔摩斯"四字,无不立起景仰之心,而一念及吾国之侦探,殊令人惊骇惶汗,盖求其与莱斯屈莱特相类者,尚不可得也。柯氏苟闻其事,不知亦能挥其如椽之笔,为吾人一痛掊之否?

全书四十四案中,结构最佳者,首推罪薮一案。情节最奇者,首推獒崇一案;思想最高者,首推红发会、佣书受绐、兰宝石、剖腹藏珠四案;其余血书、弑父案、翡翠冠、希腊舌人、海军密约、壁上奇书、情天决死、窃图案诸案,亦不失为侦探小说中之杰作。唯怪新郎一案,似属太嫌牵强,以比较的言之,不得不视为诸案中之下乘。而丐者许彭一案,虽属游戏笔墨,不近情理,实有无限感慨、无限牢骚蓄乎其中。盖柯南道尔一生,自学生时代以至于今日,咸恃秃笔以为活。虽近来文名鼎盛,文价极高,又由英政府锡以勋位,有年金以为事畜之资,于生计问题,不复如前此之拮据,而回思昔年为人佣书,以四千字易一先令之时,亦不禁为之长叹。故特撰是篇,以为普天下卖文为活之人放声一哭,且欲使普天下人咸知笔墨生涯,远不逮乞食生涯之心安意适也。

以文学言,此书亦不失为二十世纪纪事文中唯一之杰构。凡大部纪事之文,其难处有二:一曰难在其同;一曰难在其不同。全书四十四案,撰述时期,前后亘二十年,而书中重要人物之言语态度,前后如出一辙,绝无丝毫牵强,绝无丝毫混杂。如福尔摩斯之言,以之移诸华生口中,神气便即不合;以之移诸莱斯屈莱特口中,愈觉不合。反之,华生之言,不能移诸福尔摩斯与莱斯屈莱特;莱斯屈莱特之言,亦不能移诸福尔摩斯与华生。唯其如是,各人之真相乃能毕现,读者乃觉天地间果有此数人,一见其书,即觉此数人栩栩欲活,呼之欲出矣。此即所谓难在其同也。其不同者,则全书所见人物,数以百计,然而大别之,不过三类:有所苦痛,登门求教者一类也;大憨巨恶,与福尔摩斯对抗者又一类也;其余则车夫、阍者、行人之属,相接而不相系者,又为一类。此三类之人,虽有男女老少、贵贱善恶之别,而欲一一为其写照,使言语举动一一适合其分际,而无重复之病,亦属不易。且以章法言,兰宝石与剖腹藏珠,情节相若也,而结构不同。红发会与佣书受绐,情节亦相若也,而结构又不同。此外如佛国宝之类,于破案后,追溯十数年以前之事凡三数见,而情景各自不同。又如红圜会之类,与秘密会党有关系之案,前后十数见,而情景亦各自不同。此种穿插变化之本领,实非他人所能及。

侦探固难,作侦探小说亦大不易易。以比较的言之,侦探之事业,应变在于俄顷之间,较之作小说者静坐以思,其难不啻百倍。然精擅小说如柯南道尔,所撰亦尚有不能尽符事理处,是以知坐而言者未必即能起而行。余前此曾发微愿,欲一一校正之,以见闻极少,学力复弱,惭而中止。然反观吾国之起而行者又何如?城坚社固,爪利牙长,社会有此,但能付之一叹而已。因校阅竣事,谨附数语于后。民国五年五月十二日,半侬识。

1916年中华书局版《福尔摩斯侦探案全集》

《鹰梯小豪杰》叙

林　纾

此书为日耳曼往古之轶事。其所言,均孝弟之言;所行,均孝弟之行。余译时,泪泚者再矣。天下安有豪杰能根于孝弟而发为事业者,始谓之真豪杰?爱得罗司忒尔一姓,蟄然如禽兽也。然其嗣胤,能爱护其女弟,不叛其父母,已萌孝弟之根荄。自屈雷斯替娜以地寒望劣之弱女,本其家庭教育,入化其哮噬残龁之风,即挽其夫,复匡其子。子为母氏所感,彬彬孝友,操行过于中朝之士夫,何其盛也!惟事往年湮,在日耳曼中尚为封建时代,诸侯各据藩服,互相戕杀,目无朝廷。而鹰梯尤处化外,与乌鲁木城密迩,风尚迥殊,则与辇毂愈形隔阂矣。自屈雷斯替娜至,力劝内附。果唐时藩镇,有内助导其尊王者,则魏博、成德诸军,何至有封狼生貙之患耶?虽然,日耳曼一族侵蚀罗马以后,尚未臻于文明。讵在狉獉中能敦忠孝友悌之行,亦后来作者救世之心酰,不期以文明之事为野蛮文饰耳。余笃老无事,日以译著自娱;而又不解西文,则觅二三同志取西文口述,余为之笔译。或喜或愕,一时颜色无定,似书中之人,即吾亲切之戚畹。遇难为悲,得志为喜,则吾身真一傀儡,而著书者为我牵丝矣。计自辛丑入都,至今十五年,所译稿已逾百种。然非正大光明之行,及彰善瘅恶之言,余未尝著笔也。本非小说家,而海内知交咸目我以此,余只能安之而已。此书无甚奇幻,亦不近于艳情。但蔼然孝弟之言,读之令人感动。想于风俗,不为无补,因草数言弁诸简端。乙卯六月六日,闽县林纾叙。

1916年商务印书馆版《鹰梯小豪杰》

践卓翁曰(节录)

林　纾

洪嫣篁

践卓翁曰:为小说者,惟艳情最难述。英之司各得,尊美人如天帝;法之大仲马,写美人如流娼,两皆失之。惟迭更先生,于布帛粟米中述情,而情中有文,语语自肺腑中流出,读者几以为确有其事。翁少更患难,于人情洞之了了,又心折迭更先生之文思,故所撰小说,亦附人情而生。或得新近之人言,或忆诸童时之旧闻,每于月夕灯前,坐而索之,得即命笔,不期成篇。词或臆造,然终不远于人情,较诸《齐谐》志怪,或少胜乎?

窦绿波

践卓翁曰:此翁说梦话邪?抑真有其事邪?然读吾小说者,恒以为真。呜呼！纯言非真,则翁成为说谎之叟矣;实则其中固有真者在,且付读者猜之。翁作小说时,脑中有时,初无稿本,用二百四十钱狼毫之笔,一蘸浓墨,而小说已汩汩而来,或千旋百转,若织女机丝,抽之不穷。逾日问之践卓翁,仍茫然不记,转乐听他人之道吾小说,津津有味,若非出诸吾笔者。怪哉！怪哉！老妾言余笔尖中有小鬼,如英人小说中,所谓"拍克"者。果真有小鬼者,除夕已近,余将以祠长恩与如愿者祠之,俾常得钱买撒拿吐瑾也。

1916年都门印书局版《践卓翁小说第二辑》

《雪鸿泪史》自序

徐枕亚

《雪鸿泪史》出世后,余知阅者将分为两派:爱余者为一派,訾余者又为一派。爱余者之言曰:"此枕亚之伤心著作也。"訾余者之言曰:"此枕亚之写真影片也。"爱余者之言,余不能不感;訾余者之言,余亦不敢不承。何也？无论其为爱为訾,皆认余为有情种子也。余之果为有情种子与否,余未敢自认,而人代余认之,则余复何辞？輓近小说潮流,风靡宇内,言情之书,作者夥矣,或艳或哀,各极其致。以余书参观之,果有一毫相似否？艳情不能言,而言哀情;普通之哀情不能言,而言此想入非非、索寞无味之哀情。然则余岂真能言情者哉？抑余岂真肯剪绿裁红,摇笔弄墨,追随当世诸小说家后,为此旖旎风流、悱恻缠绵之文字,耸动一时庸众之耳目哉？余所言之情,实为当世兴高采烈之诸小说家,所吐弃而不屑道者。此可以证余心之孤,而余书之所以不愿以言情小说名也。余著是书,意别有在,脑筋中实并未有"小说"二字,深愿阅者勿以小说眼光误余之书。使以小说视此书,则余仅为无聊可怜、随波逐流之小说家,则余能不掷笔长吁,椎心痛哭？昔有苦吟者之诗曰:"二句三年得,一吟双泪流。知音如不赏,归卧故山秋。"余愿即借此二十字以题余书,并质阅者。

乙卯十二月二十日,东海三郎自序于沪滨之望鸿楼。

1916 年清华书局版《雪鸿泪史》

《雪鸿泪史》例言

徐枕亚

一、是书主旨,在矫正《玉梨魂》之误,就其事而易其文,一为小说,一为日记,作法截然不同。

一、书中人物,悉仍《玉梨魂》原本,间有加入者。情节较《玉梨魂》增加十之三四,诗词书札,较《玉梨魂》增加十之五六。两书牴牾处,附注评语,以清眉目。

一、是书初登入《小说丛报》时,章复分节,嗣以太嫌割裂,故仅分章。以书非小说体裁,故每章不无疏密不同之处。

一、书中称谓,间有错乱,如"余""吾""尔""汝"等字,未遑悉数校正,以归一律。阅者谅之。

一、小说家言,多半空中楼阁。此书情节较奇,著者即以寓言自解,阅者未必肯信,顾即为事实,亦未必遂是真相。阅者可毋事深求。

一、是书属稿虽久,或仍不免有失检之处,深望阅者不吝赐教,俾便改正。如能于每章之后,另加评语见惠,尤所欢迎。

1916 年清华书局版《雪鸿泪史》

《雪鸿泪史》序

徐天啸

言情小说者,情种之写真也。天生情种固不易,而为此情种之写真更大难。而世之自命为小说家者有言曰:"小说为文人遣兴之作,非历史也,非纪传也。有其文不必有其事,凭虚构造之可也;有其事不必求其实,穿凿附会之可也。"噫!此大谬也。此小说之所以仅成其为小说也。今之世小说多矣,言情小说尤汗牛充栋。后生小子,读得几册书,识得几个字,遽东涂西抹,摇笔弄唇,诩诩然号于人曰:"吾能为情种写真也。"实则情种之所以为情种,彼固何尝梦见之。盖情种有情种之真相,情种有情种之特性。此真相,此特性,惟情种能知之,惟情种能自知之,断非彼东涂西抹、摇笔弄唇之小说家,所得而凭虚构造、穿凿附会者也。余尝谓作言情小说为情种写真,欲求其于情种之真相,能惟妙惟肖,于情种之特性,能绘声绘影,无假饰,无虚伪,非以情种现身说法自道之不能。否则,必其人之亦为情种,斯能设身处地,以己身作影,为他人写照也。是说也,余尝以质余弟枕亚。今以《雪鸿泪史》与《玉梨魂》参观之,不啻为余说作一根据也。夫梦霞,情种也。世惟情种能知情种之所以为情种,能知之斯能道之,此《玉梨魂》之所以作也;亦惟情种能自知其所以为情种,能自知之斯能自道之,此《玉梨魂》后所以又有《泪史》之作也。《泪史》与《玉梨魂》,同为言情之作,惟《玉梨魂》为枕亚之作,而《泪史》则为梦霞之自道。枕亚之作,为设身处地;而梦霞之自道,则为现身说法。然梦霞与枕亚,固同一情种;而《泪史》与《玉梨魂》,虽互有出入,可互相引证,乃同一情种之写真也。然则谓枕亚为梦霞之知己也可,谓梦霞为枕亚之影子也亦无不可;谓《玉梨魂》为此情种之写真也可,谓《泪史》为彼情种之摄影也亦无不可。枕亚自谓有《泪史》而《玉梨魂》可以尽毁,余则谓有枕亚而梦霞可以不死。世之阅过《玉梨魂》而再读《泪史》者,当韪余言。至其文词之哀感顽艳,与《玉梨魂》如出一手,而枕亚又自谓有崔灏上头之感,则余又何言。

四年十一月,海虞徐天啸序于粤西浔州旅次。

1916年清华书局版《雪鸿泪史》

《双鬟记》小序

俞天愤

评者曰:小说胡为而作也?作小说者,见于天下之事事物物,有足伤心,有足惨目,有足摧肝,有足折肠,有足裂眦扼腕,有足镌骨堕泪,以为如是种种,天下后世,必有人与吾同具此伤心,同具此惨目,同具此摧肝,同具此折肠,同具此裂眦扼腕,镌骨堕泪。吾欲天下后世之人,与吾同具此怀抱,吾必不能强天下后世之人,生于今日今时,以证明其同具之怀抱;吾又不能与造物抵抗,保此金刚不坏身,历千百劫,以与天下后世之人,证明此怀抱。若是则作小说者苦矣,抑亦知作小说者,未尝有所谓苦也。吾作此小说,以为伤心,以为惨目,以为摧肝,以为折肠,以为裂眦扼腕,以为镌骨堕泪,吾知天下后世之人,读吾小说,亦必伤心,亦必惨目,亦必摧肝,亦必折肠,亦必裂眦扼腕,亦必镌骨堕泪,与吾作小说者,同具怀抱。所苦者,吾作小说,天下后世,付与不知谁何之手,吾所为伤心者,彼心未尝伤也;吾所为惨目者,彼目未尝惨也;吾所为摧肝者,彼肝未尝摧也;吾所为折肠者,彼肠未尝折也;吾所为裂眦扼腕镌骨堕泪者,彼之眦,彼之腕,彼之骨与泪,固未尝裂、未尝扼、未尝镌与堕也。吾既作小说,吾不能禁天下后世,不付于不知谁何之手;吾又不能自绝我,自锢我,自戒我,不作此小说;吾更不能辟除荡涤天下之事物,无所为伤心,无所为惨目,无所为摧肝,无所为折肠,无所为裂眦扼腕,无所为镌骨堕泪。有是事,有是物,有是事物之变幻,吾之小说以是而成。小说既成于吾矣,吾将自呈其罪耶?抑将自诩其功耶?在作小说者,固未尝有是念也。何也?盖作小说者,不过欲天下后世之人,同具怀抱而已。其于行文过脉伏线,作小说者,能作小说,而不能自评其行文过脉伏线。不能自评,则天下后世之人,又乌从知其行文,乌从知其过脉,乌从知其伏线,又乌从知作小说者,于作小说时,作者己所不能体会而体会之?若是乎作小说者,既作小说,不得不加之以评。加之以评,则作小说者,所谓伤心,评者抉而出之,天下后世之人,同具此伤心矣;作小说者,所谓惨目,评者指而示之,天下后世之人,同具此惨目矣;作小说者,所谓摧肝,所谓折肠,所谓裂眦扼腕,所谓镌骨堕泪,评者表而章之,辨而伸之,天下后世之人,同具此摧肝、折肠、裂眦扼腕、镌骨堕泪矣。夫然后小说之能事毕矣。所不可知者,评小说者,与作小说者,意或相左,词或相背,吾以为是,彼以为非,吾虽自承与作小说者,同具此伤心、惨目、摧肝、折肠、裂眦扼腕、镌骨堕泪矣,而作小说者,不以为然也。不以为然,则吾费吾辞,吾劳吾力,终不能得作小说者之同意,且足污损作小说者之初旨。则较之作小说者,以小说付于天下后世不知谁何之手,其伤心、惨目、摧肝、折肠、裂眦扼腕、镌骨堕泪,将增加千万倍也。呜呼!天下事物之变幻,固未易推测,而仁者见仁,智者见智,虽以天下事物变幻之能力,亦不能淆混其公理。然则评小说者,亦自有定评也。评者志。

1916年上海中国图书公司版《双鬟记》

《双鬟记》跋

姚民哀

今夏自里来,访枕亚于枕霞阁,见其汗涔涔下,而犹笔不停挥。余性憨直,慨然曰:"人生如朝霞,百年一刹那。精血有限,光阴逝波。当哥入《民权》时代,编纂之余,著九万言之《玉梨魂》,已耗费心血不少。既因《玉梨魂》之事实不详,复创别体,以成《何梦霞日记》。前后岁逾三周,恐心血之消去,不止一千零八十滴矣。何以如此溽暑,尚埋头书案,牢把秃笔,于字里行间,自寻烦恼耶?"枕亚默然,俄顷谓余曰:"我生不辰,入世多艰。幼年困厄于家庭,长复乖张于命运,不得已恣情小说,以一泻此衷肠积闷。汝苟劝我焚笔毁砚,捐弃此道,则出仕不善钻营,为商不善经计,而一腔孤愤,无从发洩,恐常潆回于脏腑间,倍受精神痛苦,其消耗精血,更甚于斯。余著《玉梨魂》后,脑经中自觉非常愉快;《何梦霞日记》告竣,又觉撤开一重心事。今所著者,为《双鬟记》,已将次终煞。余正借此以消遣,汝毋以我为虑。"呜呼!枕亚之言,岂本意焉!伤心人语,比比如此,发刊之日,爰述其言以代跋。

丙辰九月八日,同邑姻教弟姚民哀志于海上筝声琴韵楼。

1916年上海中国图书公司版《双鬟记》

《新华春梦记》序

吴敬恒

　　西方小说家之祖为蔡诺芬氏,布〔希〕腊之雅典人,苏格拉第弟子之一,生当我周考王之世,战国初期人也。存于今之一书,乃叙述野心家波斯王薛鲁士。我国古小说之见于《汉志》者,《虞初周说》之先,又有《伊尹说》《天乙》篇之属,虽各称依托,然必有周秦之作者。大抵小说之兴,亦在春秋战国之间。其叙述托诸黄帝、天乙,号称周纪、周说,亦无非称述古野心家,有若波斯王薛鲁士其人者,记其琐节轶闻,为史传所不及载者耳。班氏云:"小说家者流,出于稗官。"稗官者,必为史官之贰,其所职掌,采取街谈巷说,记存当时著称者之逸事,俾与史篇同传。街谈巷说,似不为古世所重者,因记载之器,漆文竹简削治甚难,故繁细之事,不能不多从弃捐。然彼时亦未尝不有所觉触,知街巷所谈说,颇富实事,胜于文书之藻缘,因亦不忘猎所重要,使掌于稗官。至于今日,研究社会真相之学,重于政制,则一社会中饮食日用之寻常,更足取验人群进化之迹。以之证合今古,益密益精。且书写印刷之事,极于轻便,几取一日间盈世界兆亿街巷所谈说,留迹于纸墨,亦非所难。而报章之一部,即小说之支流。然则今日之小说家者,综记载之掌,而史官将反为之贰,仰其余沥,成记志耳。但古世小说,虞初辈之所作,今虽不传;而出汉魏作者之手,若《燕丹子》《十洲纪》等之轶文,皆纪以文言,至隋唐而无改,与今之报章相似,决非为当时古语,犹夫报章用今之时文。其有记以语言,尤取肖于街巷之谈说者,盖兴于赵宋章回之体。如小说诚以记载街谈巷说为惟一本职,则章回之体,亦当为其主祧之宗子。今世西方小说,虽面目不必恰肖于我国之章回,其精神固亦趋而近似。是又时会既至,东西趋势,无不同耳。我国小说,执晚近数百年来之牛耳,其影响深入于社会之心理,而受其普及之感应者,莫如《三国演义》。彼即以章回之体,记述一时期街巷谈说中之十百著称者,以一时期社会之形形色色,十八九注入读者脑中之故耳。此外可以比附《三国演义》之力量者,虽又有二三,而论其尤,则《石头记》。《石头记》别存一种街巷谈说之社会。此皆述作于二百年以前。近世以来之章回小说,则类多伧荒,故自海外小说迻译之风寖盛,虽稗库出版之数量,日月增多,要皆藻饰以文言,编述简要数卷,为词林之润品。求以章回大记述,连续百回,真袭世语,概括一时期街巷所谈说,足以感变异日普及之心理者,自今日以前,犹未发生此物。或兰陵李氏之《官场现形记》,得其近似。惜模略粗具,不及增删凿磨,竟成名著,顾已足为清末章回小说一返光。民国肇建,雄著与奇变相胚胎,遂得杨子之《新华春梦记》,庶几绍继《石头记》与《三国演义》,可作为定论。其书亦以《石头记》绵邈之笔墨,记载三国操懿歆充之行为,合二书之奇而参一格,实足以竞二书者也。袁世凯以视黄帝、天乙、波斯王薛鲁士,自非其伦;然抱野心而演功罪,能变易一时期之社会,使街巷之谈说,无奇不有,皆足存为民国前世大戒者,为古稗官之所必为。《三国演义》能穷极操懿歆充之真相,至今社会饮其休,反对袁氏及其徒党之心理,即发生于反对操懿歆充之习惯。《石头记》者,其实犹此志也。因摄于文网之密,故托为儿女,致大费后人索隐之苦心。即《官场现形记》,亦未敢暴露真姓名。《新华春梦记》,乃得言论自由之新保障,直记今日街巷谈说之人物,可一无所讳,如《三国演义》之述作于异世。此又开近世章回小说一新纪元矣。于其出版之日,例有弁语,遂杂次前说以充数,不成文也。民国五年十二月吴敬恒。

1916年上海泰东书局版《新华春梦记》

《双枒记》叙

燕子山僧

燕子山僧案:烂柯山人此著来意,实纪亡友何靡施性情遭际,从头至尾,无一生砌之笔,所谓无限伤心,却不作态,而微词正义,又岂甘为何子一人造狎语邪？夫士君子惟恐修名不立，顾为婴婴婉婉者损其天年，奚独何子，殆亦言者一往情深，劝惩垂诫焉耳。若夫东家之子，三五之年，飘香曳裾之姿，掩袖回眸之艳，罗带银钩，绡巾红泪，帘外芭蕉之雨，陌头杨柳之烟，人生好梦，尽逐春风，是亦难言者矣。乃书记翩翩，镇翡翠以为床，拗珊瑚而作笔，宝鼎香消，写流魂于异域，月华如水，听堕叶于行宫，故宅江山，梨花云梦，燕子庵中，泪眼更谁愁似我？小夽山下，手持寒锡吊才人，欲结同心，天涯何许？不独秋风鸣鸟，闻者生哀也已。甲寅七月七日。

1916 年上海亚东图书馆版《双枰记》

《双枰记》识语

烂柯山人

烂柯山人曰：余记此事，乃不能详其究竟。书中要人，或中道暴折，或莫知所终。今所得刺取入吾书者，仅于身历耳闻而止。然小说者，人生之镜也。使其镜忠于写照，则即留人间一片影，此片影要有真价。吾书所记，直吾国婚制新旧交接之一片影耳。至得为忠实之镜与否，一任读者评之。

1916 年上海亚东图书馆版《双枰记》

《小说名画大观》序

周瘦鹃

小说亦名画也：凡写风景，无不历历如绘，或为山林，或为闺阁，或风或雨，或春或夏，但十数字，即能引人入胜，仿佛置身其间；写人物则声容笑貌，各各不同，或美或丑，或善良或奸慝，无不跃跃纸面，如活动写真，而描写心曲，一言一语，不啻若自其口出，则又为名画家所不能者。然名画亦可作小说观也。纤山曲水,着一扁舟,雕阑绣槛,凭一美人,忘形相对,亦足令人栩栩然神游于中。图画为无字之书,而所含意味,则无穷尽。设为画中人体贴心理,演为小说,则同一幅画,又著不同之小说十百篇,良以仁者见仁,智者见智,非若有文字表示之物,其神情事实,即尽显于文字中也。故吾以为小说有胜于名画之处,而名画亦有胜于小说之处。小说家必具画家心理,始能握管着纸,写之逼真;画家必具小说家心理,乃能布景构局,含蓄无尽。小说与名画,其成绩虽各不同,而其用心则一也。王摩诘诗中有画,画中有诗,吾谓小说亦然。然必以名画为之衬托,始益觉其可观。试观曩时同文、点石所印说部,吴友如辈类能体贴著者心理,摹想神情,绘为精美之图画,使读者如身历其境,亲见其人,是小说之得名画而益彰者也。画家写仕女之图,每作浣纱、拜月、出塞、醉酒等四大美人,而不加以补景,设无小说预为说明,则所画者亦不过如雕刻石像,徒见其具体之美观而已,又安足耐人寻味哉!是故名画必赖小说文字而传,而小说文字亦必赖名画而增其兴趣。名画为小说之功臣,而小说亦为名画之良师也。《小说名画》之辑,正以兼两美而并二难。画材取自小说,小说亦各具画意;画凡数百幅,小说亦二百余种;聚关、荆于一室,萃班、马于一编,宁非泱泱大观哉?故乐为之序。岁在柔兆执徐秋九月,吴门周瘦鹃。

1916年上海文明书局版《小说名画大观》

关于小说文体的通信(节录)

陈光辉　树珏

铁樵先生足下:

……窃谓小说有异乎文学,盖亦通俗教育之一种,断非精微奥妙之文学所可并论也。《小说月报》自先生主持笔政后,文调忽然一变。窥先生之意,似欲引观者渐有高尚文学之思想,以救垂倒之文风于小说之中。意弥苦矣,不知其大谬也。中华文学之颓败,至今已达极点,鼓吹之,提倡之,亦当代士夫之责。然中下社会,则不足以言此。小说者,所以供中下社会者也。如曰中下社会既不足以言文学,则小说又何必斤斤于字句中求去取哉?且既已富于文学之士,必不借此区区说部;而求说部者,又未必稍有文学思想之人(指普通者言)。然则小说者,但求其用意正当,能足引人兴味者为上。盖观者之心理,本以消闲助兴为主;不然,庄子《逍遥游》之鹍鹏一跃而数千万里者,亦甚似今之滑稽小说,何不受中下社会之欢迎?由此观之,凡百小说,以有兴味而用意正当者为上,其余均不足取也。即以泰西论之,Irving,Scott,Hawthorne 等诸巨子之著作,均不似 Bacon's Essays 之高深而无味于中下社会也。然 Sketch Book,Scott's Ivanhoe,Wonder Book 诸书均轰动世界者,亦以用意奇离,文字优美,原以文字不以高古与否而异其值。能为世人所共赏者,斯为美矣。更有进者,小说为通俗教育之一,已为世人所公认。数十年来,中华士夫亦渐有着手于斯道者,以欧美为先进也,于是译本尚焉。颇有以彼土民情风俗之有异于我也,或不适以供我邦人士之赏阅,窃以为无伤也。因其民情风俗之有异于我,今以小说输入,使我民阅之,渐有世界智识,诚盛举也。惟有数事颇为我民苦(指未读外国文字者),亦为辉所不满意者,曰人名、地名之不易辨别也,曰称谓之无意义也。译本中人名、地名之不易读,久有异议。历史、地理以及各科之专名,年来渐有统一之象。小说与各科专门之学异,既非事实,又无出处。一书之中,往往数十人,一人多至六七字,少亦三四(地名亦然),读者稍不留意,几如学童之初读《列国志》。辉以为小说之译本,惟取其事迹而已。既如此,名字尽可从简,或则竟以中名代之。如欲完备,亦可另印对照表于卷末。至于称谓,尤属易易。乃近见各译本中常有"密斯脱""密三斯"等字样杂于中。人名、地名之译其音者,存其真也,今以称谓而亦译以音,则全文均可译其音矣(非我言之过也,实则五十步百步而已),岂不大谬哉?凡小说总以使观者明白为要,人名、地名以其难读,方欲思以易之,乃称谓反译其音,可笑亦可恶也("君"与"女士"以代"密司脱"及"密三司",岂不雅而且便乎?)。此两事者,辉所欲言于先生者也。尚祈先生图之。

陈光辉上言

光辉先生左右：

……夫足以淘写性灵者,第一为诗歌,第二为小说。以故试问今之硕学通儒诸君子,其幼稚时代第一步通文理,小说与有力否? 则首肯者将十人而七。藉曰不然,是必矫情,不以诚意相答也。以故小说之为物,其力量大于学校课程奚啻十倍。青年脑筋对于国文有如素丝,而小说力量伟大又如此,则某等滥竽小说界中者,执笔为文,宜如何审慎将事乎! 尝谓谓小说仅所以消遣,未足尽小说之量;谓小说仅所以语低等社会,犹之未尽小说之量;谓撰小说宜多用艳词绮语,于是以雕辞琢句当之,吾期期以为不可;谓撰小说宜浅俗,浅则可,俗则吾尤期期以为不可。吾国文之为物至奇,字之构造为最有条理,若句之构造,则无一定成法。有之,上焉者为摹仿《诗》《书》六艺,下焉者为依据社会通用语言。语言因地而异,故白话难期尽人皆喻。正当之文字,以摹仿《诗》《书》古籍为必要。古籍之字,有现时不常用者,用之将无从索解,则去之,是之为浅;有现时所有古籍中不能求相当之字以写之者,参用新造名词,是之为新;若学力未至摹仿古籍,不足达意,以通用语言当之,是之为俗。浅为最佳之国文,以解者众也;新须必不得已时用之,要不失其为国文;若俗,则不足当国文之称矣。外国言文一致则可,吾国独不可。或曰:此拘墟之见,何妨沟通? 然而失其国文性质,且此事在千百年以后则或可,今日骤强言文一致,必不可。盖凡事蝉蜕,循自然之趋势。藉曰可以免强,则是《诗》《书》可燔也。故曰国文之为物甚奇也。就以上所言观之,小说不止及于低等社会,实及于青年学子。青年于国文为素丝,而小说之力大于教科,实能染此素丝。而国文之特性,俗语必不可入文字,则来函所云云,吾敢以诚实由衷之言答曰:吾不敢苟同也。

来教论欧美文家,谓 Irving, Scott, Hawthorne 诸巨子不如 Bacon's Essays 之高深,故能轰动世界云云。以弟谫陋,英文何敢强作解人? 然 Sketch Book 尝肄业及之,Wonder Book 亦尝迻译,二书实不可谓浅,Ivanhoe 则尤不易了解。若以较之近人 Conan Doyle,仅用字稍平正;若文法,则难易相去颇多。欧美所以妇孺欢迎者,盖以彼国社会程度较高，读书者多，又言文一致也。且欧文之文以较彼国现在通行之杂志，情节果孰奇？意味果孰多？吾则谓现在之杂志，意味多，情节胜。何故？欧文之文以淡远胜，较之中文，略似欧阳文忠；现在之杂志，则大红大绿，浅人较易领会也。敝报虽不敏，就中一二篇较胜者，如林琴南、诸贞长、孟心史诸先生之文，其高尚淡远，亦几几步 Irving 之后。不能全国欢迎者，实社会不如西方，吾何不慊焉？又译名之统一与否，此为大问题，为教育部所当有事，敝社何足言此？至于"密司"等字，鄙人尝就行文之便，偶一为之。既蒙箴砭，不胜感谢，嗣后请得注意改之可也。至来教谓小说中人名、地名可以简之又简，此则极端赞成者也。

树珏顿首

（题目代拟）

《小说月报》第七卷第一号（1916 年）

再答某君书（节录）

树　珏

……中国小说如《红楼梦》《儒林外史》《七侠五义》《聊斋》《水浒》等，皆无上上品，以作者胸罗万有，且言下有物也。然同为世人崇拜之《西厢》，弟则甚不谓然。《西厢》之文字甚佳，《西厢》之命意则极恶。文人喜之，喜其文也；弟则深恶其文之佳之足以济恶。村学究或亦恶之，然彼仅拾道学家吐余，为沽名自高计，非如弟之有真知灼见，知其有可恶者在，而诚心恶之也。夫言情小说者，非专言男女之欲也。天生男女，异其体格之构造，而付之欲，此事实章章，不可讳也。言无欲，非也。然天之所以为此，欲人之繁殖其种类，此事理不可诬也。于以知天之付人以欲，不过宾笔，其目的则繁殖人类。先哲制婚嫁之礼，又设兵、农、礼、乐，以养、以教、以诛罚，谓之大道。其实道之骨子，不过繁殖人类。婚嫁之礼，夫妇之伦，皆其宾笔。小说家懂得此意，然后可以著笔。天壤间千头万绪之事,只有一事。一事为何?先觉觉后觉而已。小说亦何能外此例!故吾侪为小说,不能不写情欲,却不可专写情欲。岂但不可专写情欲,且当于不得已时偶一写之,以引起正文。何以言之?以情欲为物,既由天赋,不必吾侪写得;写之,所以为正文也。正文伊何?曰先哲以兵、农、礼、乐为繁殖人类之手段,其手段有不及之处,吾侪从而补助之而已。其所言类皆甚细,非政治、学术之大,故曰小说。于是吾得言小说之界限曰:小说之体,记社会间一人一事之微者也。小说之用,有惩有劝,视政治教化具体而微,而为之补助者也。既曰记一人一事,又曰补助政教,则凡言情欲者皆宾,言其他事实者皆主。《红楼梦》写情欲于表面,写盛衰兴亡于里面,《儒林外史》侧重社会,《水浒》痛骂政治,皆与繁殖人类之宗旨不背,故曰无上上品也。《西厢》仅仅言男女,而无归束以后之事,此可谓有宾而无主,故弟不谓然。然犹未便是恶。最可恶者,《西厢》之文字,足为小说家模范,于是并其有宾无主之体裁,而亦为小说模范。继《西厢》而作者,无虑数十百种。该括言之:其学《西厢》之上焉者,形容男女爱慕,千回百折,至遂愿而止;下焉者变本加厉,从男女遂愿起,亦即至遂愿止。后者不登大雅之堂,亦无讨论余地。其前一种则流行于上、中、下社会,冥冥之中,成一公例,谓言情小说,至男女遂愿而止,既成夫妇,即无可说。得此公例之所自来,即《西厢》至"草桥惊梦"而止,金圣叹又从而批之。其所本也,言论为事实之母。嗜小说者,不知不觉养成一种根性,以为既成夫妇,即无所谓情,于是喜新厌故之惯性驱迫之,使之舍旧谋新,于是稍知自爱者纳妾,等而下之者窬墙钻穴。三十年前,尚有客气方面之名节为之保障。无端欧风东渐,旧制处于劣败地位,于是明目张胆,恣所欲为,而风俗遂不可问矣。然而今之为小说者,犹挟其《西厢》的公例,鼓唇弄舌,为恶风俗助长,是可哀也。吾既不能归咎于欧风,则安得不归咎《西厢》?吾既痛恶《西厢》,自无从尤而效之。且欧化岂特不任咎,欧西小说之足以祛《西厢》派之蛊毒者又不胜更仆数。彼西国小说之言历史、科学、侦探,无不参有爱情,亦无不以爱情为宾笔;至其专言爱情之作,无有不以家庭、社会、德性、宗教为标准。求如中国《西厢》派之公子、小姐、丫环云云,虽百千万本中,不能得一。换言之,即多少必使读者得繁殖人类之益。而读吾报者,每每不喜译本,此令人徒唤奈何者也。

尊意以为浇漓之俗,难与庄论,宜先之以诱导;小说非讲学,最忌头巾气。弟所主张,本与公同。然譬之开戏园,招致声容并茂之花旦,以为招徕可也;必男女合演,或专演《翠屏山》《海潮珠》等剧以歆动座客,不可也。敝报小说,言爱情处甚多,即而按之,言男女者已十篇而八。方之花旦,虽非声容并茂,冬烘先生之机,似尚可免。于此必欲贬一格,以求之脱,枉尺不能直寻,谓当奈何。

……

树 珏

《小说月报》第七卷第三号(1916年)

《梼杌萃编》序

忏绮词人

罗两峰先生画《鬼趣图》,世人赏其工。然所绘者,固具鬼之形状,居鬼之名称。人人知其为鬼者,狼头毛面,赤发蛇身,曲尽其光怪陆离之态,工固无难也。若使绘貌为人而心为鬼,与夫名为人而实为鬼者,觌面见之,俨然人也,而欲别之为鬼,恐两峰先生,亦几无从著笔矣。说部中之工于摹写世俗情状者,莫如《儒林外史》。近世规仿之者,若《官场现形记》,若《海上花列传》,若《九尾龟》等,亦可谓穷形尽相,无态不搜矣。然所摹写者,仍不外乎具鬼之形状,居鬼之名称者,与两峰先生之《鬼趣图》,殆无以异。若夫能写貌为人而心为鬼,名为人而实为鬼者,则惟施耐庵之《水浒传》曹雪芹之《红楼梦》而已。耐庵之写高俅、西门庆,雪芹之写薛蟠、贾瑞辈,犹是具鬼之形状,居鬼之名称者。至其写宋江,写吴用,写宝钗,写妙玉,则固明明一完好之人也,而有识者一见而知其为鬼。作者未尝著一贬词,而纸上之声音笑貌,如揭其肺肝,如窥其秘奥,画皮画骨,绘影绘声,神乎技矣。吾友诞叟所著之《梼杌萃编》,仿佛近之。诞叟落魄江湖,致身卿佐,朝披绣绂,夕著烟蓑,或鸣堂上之琴,或筹帷幄之笔,遍览六朝金粉,饱餐七徵冰霜,所谓"民之情伪,尽知之矣"。而又平理近情,虚怀体物,故能举其生平之所闻见,一一摹写其真,不假雕凿,不事抑扬,以存三代直道之公,董狐、史鱼,其在斯乎! 至其倚伏之精密,结构之谨严,有蛛丝马迹之奇,无泻水散珠之弊,犹其行文之余事也。闻是书成于光绪乙巳,正诞叟驰驱戎马之际也。磨盾余闲,而得此喜笑怒骂之文章,其不以尘世之成败荣辱萦扰其胸臆,尤可见矣。岁丙辰仲春,忏绮词人叙于汉上花好月圆之室。

1916年汉口中亚书局版《梼杌萃编》

附　录

《昕夕闲谈》小叙

蠡勺居士

小说之起,由来久矣。《虞初》九百,杂说之权舆;《唐代丛书》,琐记之滥觞。降及元、明,聿有平话。无稽之语,演之以神奇;浅近之言,出之以情理。于是人竞乐闻,趋之若鹜焉。推原其意,本以取快人之耳目而已,本以存昔日之遗闻琐事,以附于稗官野史,使避世者亦可考见世事而已。

予则谓小说者,当以怡神悦魄为主,使人之碌碌此世者,咸弃其焦思繁虑,而暂迁其心于恬适之境者也。又令人之闻义侠之风,则激其慷慨之气;闻忧愁之事,则动其凄宛之情;闻恶则深恶,闻善则深善,斯则又古人启发良心惩创逸志之微旨,且又为明于庶物、察于人伦之大助也。

且夫圣经贤传,诸子百家之书,国史古鉴之纪载,其为训于后世,固深切著明矣,而中材则闻之而辄思卧,或并不欲闻。无他,其文笔简当,无繁缛之观也;其词意严重,无谈谑之趣也。

若夫小说,则妆点雕饰,遂成奇观;嘻笑怒骂,无非至文;使人注目视之,倾耳听之,而不觉其津津甚有味,孳孳然而不厌也,则其感人也必易,而其入人也必深矣。谁谓小说为小道哉!

虽然,执笔者于此,则不可视为笔墨烟云,可以惟吾所欲言也。邪正之辨不可混,善恶之鉴不可淆,使徒作风花雪月之词,记儿女缠绵之事,则未免近于导淫,其蔽一也;使徒作豪侠失路之谈,纪山林行劫之事,则未免近于诲盗,其蔽二也;使徒写奸邪倾轧之心,为机械变诈之事,则未免近于纵奸,其蔽三也;使徒记干戈满地之事,逞将帅用武之谋,则未免近于好乱,其蔽四也。去此四蔽,而小说乃可传矣。

今西国名士,撰成此书,务使富者不得沽名,善者不必钓誉,真君子神采如生,伪君子神情毕露,此则所谓铸鼎像物者也,此则所谓照渚然犀者也。因逐节翻译之,成为华字小说,书名《昕夕闲谈》,陆续附刊,其所以广中土之见闻,所以记欧洲之风俗者,犹其浅焉者也。诸君子之阅是书者,尚勿等诸寻常之平话、无益之小说也可。

壬申腊月八日,蠡勺居士偶笔于海上寓斋之小吉罗庵。

《瀛寰琐记》第三期(1872年)

忘山庐日记(节录)

孙宝瑄

壬寅(光绪二十八年 1902)

十月十九日

经甫虽不能西语,颇通西文,能流览泰西说部,谓其文章之佳妙,如我国《石头记》者不少。今观时人以汉文译者,往往减色,可见译才之难。今人长于译学者有二人:一严又陵,一林琴南。严长于论理,林长于叙事,皆驰名海内者也。

十二月八日

晚,观《经国美谈》,夜深终卷。

是书写希腊齐武国中巴比陀、威波能等一时豪杰,能歼除奸党,修内政,振国威,声震九州,名播青史,可敬可服可羡,为我国小说中所无。

书中分别民政党与无政府党之差异,盖相似而相反者也。民政党如巴比陀、李志诸人是也,无政府党如黑搓诸人是也。巴比陀以其法兴齐武,黑搓以其法乱雅典,利害皎然。中又极论均贫富之非,直可作一部政治书读。

癸卯(光绪二十九年 1903)

闰五月二十八日

观《新中国未来记》。

今日旧党之顽固无论矣,即号称新人者亦无人不顽固。盖执一不化,即是顽固。旧党之顽固者,不知法之当变也;新党之顽固者,不知法之不能变也。始也,旧党以顽固而主排外;今也,新党以顽固而主革命。同一不度德,不量力也。或曰:梁任公,新党之领袖也,其人为顽固否乎?曰:任公非顽固者,但处众顽固之中,又欲借笔舌以自存,不肯直作不顽固之语,然其心曷尝不知变法之程度太早也,革命之无成也,破坏之无益也。顾直言之,则使人心灰意消,且不免众顽固之讥诽,是以毅然作《新中国未来记》。然于黄、李二人辩驳之中有微意焉,其论今日之时势,正如燃犀照怪,无微不见,且说得虚空粉碎,而中国之必亡,黄种之必灭,虽有拿破仑、俾士麦、格朗忔、华盛顿复生于中国,亦不能救其万一,何况现今之政府与现今之志士耶?故《新中国未来记》者,乌托邦之别名也,不能不作此想,而断无此事也。其书所出,不过五六回,方在黄、李自西伯里亚回国之时,吾不知其此后若何下笔也。吾恐其从此阁笔矣。何也?凡撰书,如演剧然,必密合于情理,然后读之有味。演中国之未来,不能不以今日为过渡时代。盖今日时势为未来时势之母也。然是母之断不能生是子,梁任公知之矣,而何能强其生乎?其生则出乎情理之外矣。是书何必作乎?何也?子可伪也,母不可伪也。梁任公,天资踔绝者也,岂肯为无情无理之著作乎?故吾料是书之必不成也。或曰:然则任公何必强下笔乎?曰:任公,新党中最狡狯者也。彼岂不知是书之难成乎?然不得不以是媚诸新顽固者,而又恐被有识者之讪笑,故其书处处自为矛盾,且笔墨闪烁,使人不测。观所撰《李鸿章》一书可知矣。

六月一日

西人小说每处处作惊人之笔,使人不可猜测,而又不肯明言,须待人终卷而后了悟,此实叙事之常例也。即中国小说何独不然?但中国人喜言妖邪鬼怪,任意捏造,往往不合情理;西人亦往往说怪说奇,使人惊愕不定,及审观之,皆于人情物理无不密合者,此其所以胜我国也。

观西人政治小说,可以悟政治原理;观科学小说,可以通种种格物原理;观包探小说,可以觇西国人情土俗及其居心之险诈诡变,有非我国所能及者。故观我国小说,不过排遣而已;观西人小说,大有助于学问也。

八月二十四日

西人文字与言语不分,聆其言语,即可觇其文学。如《鹅腹蓝宝石案》内,亨利培克往见福尔摩斯时,吞吐风雅,用字犹谨,足证为饱学之士是也。我国人多不治小学,每于文字间尚用字不谨,无论言语。

余最喜观西人包探笔记,其情节往往离奇椒诡,使人无思索处,而包探家穷究之能力有出意外者,然一说破,亦合情理之常,人自不察耳。

丙午(光绪三十二年 1906)

十一月四日

我国小说之叙人一事也,往往先离而后合,先苦而后乐。外国小说亦然。惟我国人叙述笔墨,每至水穷山尽处,辄借神妖怪妄,以为转捩之机轴。西人则不然,彼惟善用科学之真理,以斡旋之。如《电术奇谈》所述喜仲达之感电而反其脑,后复遇电而正之,《秘密使者》所述苏朗笏之目,瞽而复明,皆借科学实理以证之,使读者反悲为喜,而略无缥缈难信之谈,所以可贵。

《催眠术》(《电术奇谈》之别名)一书,别无佳妙处,独写天香楼上,兄妹二人谋害林凤美一节,最可喜可快。盖是晚陈酒设肴,三人入坐,良久妹以他事先去,凤美往壁间鼓琴,自镜中见其兄袖出药注凤美酒中,凤美阳不知。俄还坐举杯交让,故坠指环于地,兄仓皇伏而代拾之,凤美潜易其酒,兄不知也。又劝饮,各尽一杯。凤美复往鼓琴,久之回视,兄已昏迷仰卧,不省人事矣。凤美乃获脱身而逸。观此事,大有橹摇背指菊花开之妙。

丁未(光绪三十三年 1907)

九月十四日

译外国书最难,盖西人文字与我国绝不相侔,在彼以为佳者,我则谓劣。今不善译书者,往往就彼之文法次序出之,一入我文,遂觉冗赘不堪,此译者之大病也。是故余阅小说,不为少矣,自林、魏所制以外,未见有佳者,职是之故。

上海古籍出版社1983年版《忘山庐日记》

致饮冰主人手札（节录）

（1902年12月10日）

布袋和尚

……《新小说》报,初八日已见之(仅二旬余,得报以此为最速,缘汕头之洋务局中,每有专人飞递故也),果然大佳,其感人处,竟越《新民报》而上之矣。仆所最赏者,为公之《关系群治论》及《世界末日记》。读至"'爱'之花尚开"一语,如闻海上琴声,叹先生之移我情也。《新中国未来记》表明政见,与我同者十之六七,他日再细评之,与公往覆。此卷所短者,小说中之神采(必以透切为佳)之趣味耳(必以曲折为佳)。俟陆续见书,乃能言之,刻未能妄测也。仆意小说所以难作者,非举今日社会中所有情态一一饱尝烂熟,出于纸上,而又将方言谚语一一驱遣,无不如意,未足以称绝妙之文。前者须富阅历,后者须积材料。阅历不能袭而取之,若材料则分属一人,将《水浒》《石头记》《醒世姻缘》,以及泰西小说,至于通行俗谚,所有譬喻语、形容语、解颐语分别抄出,以供驱使,亦一法也。公谓何如？《东欧女豪杰》笔墨极为优胜,于体裁最合。总之,努力为之,空前绝构之评,必受之无愧色。

(原件存北京图书馆)

1897—1916 年中国小说理论资料编目

（已收入或部分收入本书者加 *）

陈平原　夏晓虹　编

1897 年

* 本馆附印说部缘起	《国闻报》1897 年 11 月 10 日至 12 月 11 日
* 变法通议·论幼学	
梁启超	《时务报》18 册 1897 年
*《日本书目志》识语	
康有为	1897 年上海大同译书局版《日本书目志》
论《游戏报》之本意	
	《游戏报》63 号 1897 年
论本报之不合时宜	
	《游戏报》149 号 1897 年
* 小说	
邱炜萲	1897 年刊本《菽园赘谈》
《水浒传》	
邱炜萲	同上
* 梁山泊	
邱炜萲	同上
梁山泊辨	
邱炜萲	同上
小说闲评	
邱炜萲	同上
说部不必妄续	
邱炜萲	同上
* 金圣叹批小说说	
邱炜萲	同上
续小说闲评	
邱炜萲	同上

1898 年

*译印政治小说序
  任　公　　　　　　　　　　　　　《清议报》1 册 1898 年

《海上名妓四大金刚奇书》弁言
  抽丝主人　　　1898 年上海书局版《海上名妓四大金刚奇书》

1899 年

*《巴黎茶花女遗事》小引
  冷红生　　　　　　1899 年畏庐藏板《巴黎茶花女遗事》

*饮冰室自由书(一则)
  任　公　　　　　　　　　　　　《清议报》26 册 1899 年

《金瓶梅》
  邱炜蔉　　　1899 年闽漳邱氏刊本《五百石洞天挥麈》

小说三种
  邱炜蔉　　　　　　　　　　　　　　　　　　同上

《红楼梦》分咏
  邱炜蔉　　　　　　　　　　　　　　　　　　同上

传奇小说
  邱炜蔉　　　　　　　　　　　　　　　　　　同上

东西学书录·小说
  徐维则　　　　　　　　　　1899 年刊本《东西学书录》

《游戏报》告白
  　　　　　　　　　　　　　　1899 年重印本《游戏报》

《康圣人显圣记》评语
  却邪居士　　　　　1899 年北京文盛堂版《康圣人显圣记》

1900 年

*《中东大战演义》自序
  洪兴全　　　1900 年香港中华印务总局版《中东大战演义》

闻菽园欲为政变小说诗以速之
  更　生　　　　　　　　　　　　《清议报》63 册 1900 年

《羊石园演义》序
  侬影小郎　　　1900 年广州东华报馆版《羊石园演义》

《泪珠缘》弁言一
　　何春旭　　　　　　　　1900 年杭州大观报馆版《泪珠缘》
《泪珠缘》弁言二
　　何春旭　　　　　　　　同上

1901 年

《黑奴吁天录》序
　　林　纾　　　　　　　　1901 年武林魏氏藏板《黑奴吁天录》
*《黑奴吁天录》例言
　　林　纾　　　　　　　　同上
《黑奴吁天录》序
　　魏　易　　　　　　　　同上
*《黑奴吁天录》跋
　　林　纾　　　　　　　　同上
*《茶花女遗事》
　　邱炜萲　　　　　　　　1901 年刊本《挥麈拾遗》
日人论《水浒》
　　邱炜萲　　　　　　　　同上
《花月痕》题诗
　　邱炜萲　　　　　　　　同上
* 小说与民智关系
　　邱炜萲　　　　　　　　同上
《聊斋志异》题后
　　邱炜萲　　　　　　　　同上
《迦因小传》引言
　　蟠溪子　　　　　　　　《励学译编》1 册 1901 年
*《译林》序
　　林　纾　　　　　　　　《译林》1 期 1901 年
《日本维新英雄儿女奇遇记》译者自序
　　逸人后裔　　　1901 年广智书局版《日本维新英雄儿女奇遇记》
《日本维新英雄儿女奇遇记》凡例
　　逸人后裔　　　　　　　同上
* 小说之势力
　　衡南劫火仙　　　　　　《清议报》68 册 1901 年

1902 年

*论小说与群治之关系

            《新小说》1 卷 1 号 1902 年

*《新中国未来记》绪言
  饮冰室主人   同上

*《新中国未来记》第三回总批
  平等阁主人   《新小说》1 卷 2 号 1902 年

*《世界末日记》译后语
  饮 冰   《新小说》1 卷 1 号 1902 年

《露漱格兰小传》序
  冷红生   1902 年普通学书室版《露漱格兰小传》

*中国唯一之文学报《新小说》
  新小说报社   《新民丛报》14 号 1902 年

*《十五小豪杰》译后语
  少年中国之少年   《新民丛报》2—4 号、6 号 1902 年

《经国美谈》书后
  周雪樵   《选报》20 期 1902 年

*《新小说》第一号
            《新民丛报》20 号 1902 年

与同年黄蔽臣孝廉论政治小说书
  邱菽园   《鹭江报》9 册 1902 年

莫看小说
            《女报》3 期 1902 年

*金陵卖书记（卷上）
  公 奴   1902 年开明书店版《金陵卖书记》

《绝岛飘流记》译者志
  跛少年   1902 年上海开明书店版《绝岛飘流记》

*《鲁宾孙漂流记》译者识语
            《大陆报》1 卷 1 号 1902 年

《一千一夜》序
            《大陆报》1 卷 6 号 1902 年

《俄皇宫中之人鬼》译者识语
  曼殊室主人   《新小说》1 卷 2 号 1902 年

1903 年

卢骚传略及《爱美耳》评论
                《教育世界》57 号 1903 年

政治小说《雪中梅》
                《新民丛报》40—41 号 1903 年

小说改良会叙例
  邓毓怡   《经济丛编》29 册 1903 年

小说改良会公启
  籍亮侪   《经济丛编》30 册 1903 年

*《月界旅行》辨言
              1903 年东京进化社版《月界旅行》

*本馆编印《绣像小说》缘起
  商务印书馆主人   《绣像小说》1 期 1903 年

《海上繁华梦》序（二篇）
  警梦痴仙、拜颠生   1903 年笑林报馆版《海上繁华梦》初集

《伊索寓言》序
  林 纾   1903 年商务印书馆版《伊索寓言》

《布匿第二次战纪》序
  林 纾   1903 年京师大学堂官书局版《布匿第二次战纪》

《文明小史》评语
  自在山民   《绣像小说》1—56 期 1903—1905 年

《活地狱》评语
  愿雨楼   《绣像小说》1—72 期 1903—1906 年

*小说原理
  别 士   《绣像小说》3 期 1903 年

《邻女语》评语
  蝶 隐   《绣像小说》6—20 期 1903—1905 年

《老残游记》1—13 回评语 《绣像小说》9—24 期 1903—1905 年

《新中国未来记》第四回总批
  扪虱谈虎客   《新小说》1 卷 3 号 1903 年

*论文学上小说之位置
  楚卿   《新小说》1 卷 7 号 1903 年

*《小说丛话》序
  饮冰   同上

* 小说丛话
　　饮冰、慧庵、平子、蜕庵、璪斋、曼殊、浴血生、
　　侠人、定一、趼、知新主人、昭琴
　　　　　　　　　　《新小说》1 卷 7 号—2 卷 12 号 1903—1906 年
《电术奇谈》评语
　　知新室主人　　　　《新小说》1 卷 8 号—2 卷 6 号 1903—1905 年
《二十年目睹之怪现状》1—45 回评语
　　　　　　　　　　《新小说》1 卷 8 号—2 卷 12 号 1903—1906 年
*《毒蛇圈》译者识语
　　知新室主人　　　　　　　　　《新小说》1 卷 8 号 1903 年
《新庵谐译初编》序
　　吴沃尧　　　　1903 年上海清华书局版《新庵谐译初编》
《新庵谐译初编》自序
　　周桂笙　　　　　　　　　　　　　　　　同上
*《自由结婚》弁言
　　自由花　　　　　　　　1903 年自由社版《自由结婚》
《自由结婚》附志
　　自由社　　　　　　　　　　　　　　　　同上
《瑞西独立警史》序
　　荣骥生　　　　1903 年译书汇编社版《瑞西独立警史》
《瑞西独立警史》序
　　盛时培　　　　　　　　　　　　　　　　同上
*《万国演义》序
　　高尚缙　　　　　　　　1903 年作新社版《万国演义》
*《万国演义》序
　　沈惟贤　　　　　　　　　　　　　　　　同上
*《官场现形记》叙
　　　　　　　　　　1903 年世界繁华报馆版《官场现形记》
*《官场现形记》叙
　　茂苑惜秋生　　　　　　　　　　　　　　同上
《胡雪岩外传》叙
　　渐东市隐　　　　　　1903 年爱善社版《胡雪岩外传》
谈《胡雪岩外传》价值
　　西湖冷眼叟　　　　　　　　　　　　　　同上
《伊娑菩喻言》叙
　　博文居士　　　　　1903 年香港文裕堂版《伊娑菩喻言》

《伊娑菩喻言》小引
  博文居士   同上
《俄国情史斯密士玛斯传》序
  黄和南   1903 年大宣书局版《俄国情史斯密士玛斯传》
《未来战国志》凡例
  南支那老骥氏   1903 年广智书局版《未来战国志》
《瓜分惨祸预言记》例言
  轩辕正裔   1903 年上海独社版《瓜分惨祸预言记》
*《空中飞艇》弁言
  海天独啸子   1903 年明权社版《空中飞艇》
《破裂不全的小说》小引
                《江苏》1—2 期 1903 年
《明日之战争》译者前言
  冷　血   《江苏》4 期 1903 年
《明日之战争》译后记
  冷　血   《江苏》5—6 期 1903 年
《明日之瓜分》小引
  瓜　子   《江苏》7 期 1903 年
世界小说出版数
               《湖北学生界》2 期 1903 年
《洗耻记》前言
  苦学社主人   1903 年湖南苦学社版《洗耻记》
《少年军》弁言
  喋血生   《浙江潮》1 期 1903 年
《少年军》译者语
  喋血生   《浙江潮》1、7、9 期 1903 年
《专制虎》弁言
               《浙江潮》1 期 1903 年
*《斯巴达之魂》弁言
  自　树   《浙江潮》5 期 1903 年
《返魂香》弁言
  喋血生   《浙江潮》8 期 1903 年
《哀尘》译者附记
  庚　辰   《浙江潮》5 期 1903 年
《支那儿女英雄遗事》序
  竹西外史   1903 年上海弘文馆版《支那儿女英雄遗事》

《海外天》评语
  立　生　　　　　　　　　　　1903 年海虞图书馆版《海外天》

1904 年

*《红楼梦》评论
  王国维　　　　　　　　《教育世界》76—78 号、80—81 号 1904 年
*读《黑奴吁天录》
  灵　石　　　　　　　　　　　　　《觉民》8 期 1904 年
 白衣秀士——《警世奇话》之一
 　　　　　　　　　　　　　　　　　《大陆》2 卷 1 号 1904 年

《海天鸿雪记》小引
  二春居士　　　　　　1904 年世界繁华报馆版《海天鸿雪记》
《海天鸿雪记》序
  茂苑惜秋生　　　　　　　　　　　　　　　　同上
《海天鸿雪记》评语
  南亭亭长　　　　　　　　　　　　　　　　　同上
《新笑林广记》序
  我佛山人　　　　　　　　　《新小说》1 卷 10 号 1904 年
*《中国现在记》楔子
 　　　　　　　　　　　　　　　　1904 年 6 月 12 日《时报》
*《小仙源》凡例
 　　　　　　　　　　　　　　　　《绣像小说》16 期 1904 年
*《歇洛克复生侦探案》弁言
  周桂生　　　　　　　　　　《新民丛报》55 号 1904 年
《孽海花》广告
 　　　　　　　　　　　　　　　　1904 年刊本《自由血》
*《新新小说》特白
 　　　　　　　　　　　　　　　　《新新小说》3 号 1904 年
*《黄绣球》1—12 回评语
  二　我　　　　　《新小说》2 卷 3 号—2 卷 6 号 1904—1905 年
 托尔斯泰传略及其思想
  闽中寒泉子　　　　　　　　《万国公报》190 册 1904 年
《埃司兰情侠传》序
  林　纾　　　　　　　　　1904 年刊本《埃司兰情侠传》
*《埃司兰情侠传》叙
  涛园居士　　　　　　　　　　　　　　　　　同上

《女狱花》序		
	叶墨君	1904年泉唐罗氏藏本《女狱花》
*《女狱花》叙		
	俞佩兰	同上
《女狱花》跋		
	罗景仁	同上
*《利俾瑟战血余腥记》叙		
	林　纾	1904年上海文明书局版《利俾瑟战血余腥记》
《滑铁庐战血余腥记》序		
	林　纾	1904年上海文明书局版《滑铁庐战血余腥记》
*《英国诗人吟边燕语》序		
	林　纾	1904年商务印书馆版《英国诗人吟边燕语》
《官场现形记》序		
	迟　云	《游戏报》2317—2318号 1904年
*《新新小说》叙例		
	侠　民	《大陆报》2卷5号 1904年
*《中国兴亡梦》自叙		
	侠　民	《新新小说》1号 1904年
*《侠客谈》叙言		
	冷　血	同上
《中国兴亡梦》评语		
	无　悔	《新新小说》1—2、4—5号 1904年
《刀余生传》批语		
	冷　血	《新新小说》1号 1904年
*《菲猎滨外史》自叙		
	侠　民	同上
*《世界奇谈》叙言		
	冷　血	同上
《世界奇谈·食人会》译者批语		
	冷　血	同上
《圣人欤盗贼欤》批语		
	冷　血	同上
《新党现形记》批语		
	公　奴	《新新小说》2号 1904年
《巴黎之秘密》译者自叙		
	冷　血	《新新小说》2号 1904年

《虚无党》叙
　　冷　血　　　　　　　　　　　　　1904年开明书店版《虚无党》
*《女娲石》叙
　　卧虎浪士　　　　　　　　　　　　1904年东亚编辑局版《女娲石》
*《女娲石》凡例
　　海天独啸子　　　　　　　　　　　同上
《女娲石》批语
　　卧虎浪士　　　　　　　　　　　　同上
新著小说奇绝壮绝《女娲石》
　　　　　　　　　　　　　　　　　　《新小说》1卷9号 1904年
*《毒蛇圈》评语
　　趼廛主人　　　　《新小说》1卷9号—2卷5号 1904—1905年
重译外国小说序
　　藜床卧读生　　　　　　　　　　　1904年文宝书局版《昕夕闲谈》
《海上尘天影》序
　　王　韬　　　　　1904年上海亚非尔丹督理监印版《海上尘天影》

1905年

*论白话小说
　　姚鹏图　　　　　　　　　　　　　《广益丛报》65号 1905年
*《苦社会》序
　　漱石生　　　　　　　　　　　　　1905年申报馆版《苦社会》
*《仇史》凡例八条
　　痛哭生第二　　　　　　　　　　　《醒狮》1期 1905年
《女猎人》约言
　　萍云女士　　　　　　　　　　　　《女子世界》13期 1905年
*《迦茵小传》小引
　　林　纾　　　　　　　　　　　　　1905年商务印书馆版《迦茵小传》
《埃及金塔剖尸记》译余剩语
　　林　纾　　　　　　　　　　　　　1905年商务印书馆版《埃及金塔剖尸记》
*《英孝子火山报仇录》序
　　林　纾　　　　　　　　　　　　　1905年商务印书馆版《英孝子火山报仇录》
《英孝子火山报仇录》译余剩语
　　林　纾　　　　　　　　　　　　　同上
《拿破仑本纪》序
　　林　纾　　　　　　　　　　　　　1905年京师学务处官书局版《拿破仑本纪》

*《鬼山狼侠传》叙
  林　纾　　　　　　　　　　　1905 年商务印书馆版《鬼山狼侠传》
*《撒克逊劫后英雄略》序
  林　纾　　　　　　　　　　　1905 年商务印书馆版《撒克逊劫后英雄略》
*《美洲童子万里寻亲记》序
  林　纾　　　　　　　　　　　1905 年商务印书馆版《美洲童子万里寻亲记》
*《斐洲烟水愁城录》序
  林　纾　　　　　　　　　　　1905 年商务印书馆版《斐洲烟水愁城录》
《玉雪留痕》序
  林　纾　　　　　　　　　　　1905 年商务印书馆版《玉雪留痕》
*《鲁滨孙漂流记》序
  林　纾　　　　　　　　　　　1905 年商务印书馆版《鲁滨孙漂流记》
《迦因小传》序
  天笑生　　　　　　　　　　　《政艺通报》9 期 1905 年
《电术奇谈》总评
  知新室主人　　　　　　　　　《新小说》2 卷 6 号 1905 年
*《电术奇谈》附记
  我佛山人　　　　　　　　　　同上
《新石头记》第一回
  老少年　　　　　　　　　　　1905 年 8 月 21 日《南方报》
*《神女再世奇缘》自序
  周树奎　　　　　　　　　　　《新小说》2 卷 10 号 1905 年
《神女再世奇缘》著者解佳传略
  周树奎　　　　　　　　　　　《新小说》2 卷 11 号 1905 年
《孽海花》广告
  　　　　　　　　　　　　　　1905 年小说林社版《孽海花》
*《京华艳史》第一回
  中原浪子　　　　　　　　　　《新新小说》5 号 1905 年
《菲猎滨外史》评语
  侠　民　　　　　　　　　　　《新新小说》6 号 1905 年
《新新小说》本报特白
  　　　　　　　　　　　　　　《新新小说》7 号 1905 年
《旅顺落难记》批评
  　　　　　　　　　　　　　　同上
《旅顺落难记》评语
  　　　　　　　　　　　　　　《新新小说》7、9 号 1905 年

《女侠客》评语
  侠民　　　　　　　　　　　　　　　　《新新小说》8 号 1905 年
小说丛话　　　　　　　　　　　　　　　　　　　　　　　同上
《玉虫缘》译者识语
  碧罗女士　　　　　　　　　　　　　1905 年翔鸾社版《玉虫缘》
《侠女奴》例言
  萍云女士　　　　　　　　　　　　1905 年女子世界社版《侠女奴》
《云中燕》叙言
  大陆少年　　　　　　　　　　　　1905 年文明书局版《云中燕》
* 论小说与社会之关系(上)、(下)　　　　　　《东方杂志》2 卷 8 号 1905 年
《白云塔》约言
  冷　血　　　　　　　　　　　　　1905 年时报馆版《白云塔》
《白云塔》投书(三篇)
  静观、汉精、杜任子　　　　　　　　　　　　　　　同上
* 论写情小说于新社会之关系
  松　岑　　　　　　　　　　　　　　《新小说》2 卷 5 号 1905 年
《知新室新译丛》弁言
  知新室主人　　　　　　　　　　　　《新小说》2 卷 8 号 1905 年
《上海之维新党》序
  浪荡男儿　　　　　　　　　1905 年新世界小说社版《上海之维新党》
维新小说《神洲欢梦记》　　　　　　　　　　《二十世纪之支那》1 期 1905 年
《狓童》序
  顽　石　　　　　　　　　　　　　　1905 年科学会社版《狓童》
《新法螺先生谭》小引
  东海觉我　　　　　　　　　　　　1905 年小说林社版《新法螺》
《法螺先生谭》小引
  天笑生　　　　　　　　　　　　　　　　　　　　同上
*《母夜叉》闲评八则
　　　　　　　　　　　　　　　　　　　　1905 年小说林社版《母夜叉》
* 谨告小说林社最近之趣意
　　　　　　　　　　　　　　　　　　　1905 年小说林社版《车中美人》

1906 年

*《孤儿记》绪言
  平 云   1906 年小说林社版《孤儿记》

*《孤儿记》凡例
  平 云   同上

*《孤儿记》缘起
  平 云   同上

*《孤儿记》识语
  平 云   同上

《孤儿记》谭余剩义
  平 云   同上

*《洪罕女郎传》序
  林 纾   1906 年商务印书馆版《洪罕女郎传》

*《洪罕女郎传》跋语
  林 纾   同上

《蛮荒志异》跋
  林 纾   1906 年商务印书馆版《蛮荒志异》

《海外轩渠录》序
  林 纾   1906 年商务印书馆版《海外轩渠录》

*《红礁画桨录》序
  林 纾   1906 年商务印书馆版《红礁画桨录》

*《红礁画桨录》译余剩语
  林 纾   同上

《橡湖仙影》序
  林 纾   1906 年商务印书馆版《橡湖仙影》

*《雾中人》叙
  林 纾   1906 年商务印书馆版《雾中人》

*《月月小说》序
              《月月小说》1 卷 1 期 1906 年

*历史小说总序
  吴沃尧   同上

*《两晋演义》序
  我佛山人   同上

《两晋演义》评语
            《月月小说》1 卷 1—2 期 1906 年

《月月小说》出版祝词
  延陵公子   《月月小说》1 卷 1 期 1906 年
《俏皮话》序
  趼　人   同上
《上海之秘密》评语
  讷　夫   同上
索拉
  知新室主人   同上
《译书交通公会试办简章》序
  周桂笙等   同上
《弱女救兄记》评语
  我佛山人   《月月小说》1 卷 2 期 1906 年
＊《预备立宪》弁言
  偈   同上
＊《月月小说》叙
  罗輏重   《月月小说》1 卷 3 期 1906 年
＊《月月小说》发刊词
  陆绍明   同上
＊说小说·《恨海》
  新　庵   同上
《大除夕》附言
  新   同上
《生生袋》评语
  韫　梅   《绣像小说》49—52 期 1906 年
＊《小说闲评》叙
  寅半生   《游戏世界》1 期 1906 年
小说闲评
  寅半生   《游戏世界》1—18 期 1906—1907 年
读《水浒传》书后
            《游戏世界》8 期 1906 年
＊《新世界小说社报》发刊辞
          《新世界小说社报》1 期 1906 年
＊论科学之发达可以辟旧小说之荒谬思想
          《新世界小说社报》2 期 1906 年
＊论小说之教育
          《新世界小说社报》4 期 1906 年

*《小说七日报》发刊辞

　　　　　　　　　　　　　　　　　　　　《小说七日报》1 期 1906 年

《天方夜谭》叙

　　　　　　　　　　　　　　　　　　　　1906 年商务印书馆版《天方夜谭》

《糊涂世界》序
　　　　茂苑惜秋生　　　　　　　　　　1906 年世界繁华报馆版《糊涂世界》

《恨海》第一回
　　　　吴趼人　　　　　　　　　　　　1906 年上海广智书局版《恨海》

李伯元传

　　　　　　　　　　　　　　　　　　　　《月月小说》1 卷 3 期 1906 年

*《中国侦探案》凡例
　　　　吴趼人　　　　　　　　　　　　1906 年上海广智书局版《中国侦探案》

*《中国侦探案》弁言
　　　　中国老少年　　　　　　　　　　　　　　　　　　　　　　　同上

《中国侦探案》评语
　　　　野史氏　　　　　　　　　　　　　　　　　　　　　　　　　同上

《血之花》序
　　　　猿、虫　　　　　　　　　　　《新新小说》9 号 1906 年

《身毒叛乱记》序
　　　　天笑生　　　　　　　　　　　1906 年小说林社版《身毒叛乱记》

谨告小说林社创设宏文馆之趣意

　　　　　　　　　　　　　　　　　　　　1906 年小说林社版《少年侦探》

谨告最新发行小本小说之趣旨

　　　　　　　　　　　　　　　　　　　　　　　　　　　　　　　　　同上

《一束缘》叙
　　　　江东老钝　　　　　　　　　　1906 年商务印书馆版《一束缘》

*《天足引》白话小说序例
　　　　程宗启　　　　　　　　　　　1906 年上海鸿文书局版《天足引》

*《泡影录》弁言
　　　　儒冠和尚　　　　　　　　　　1906 年小说林社版《泡影录》

《泡影录》评语
　　　　儒冠和尚　　　　　　　　　　　　　　　　　　　　　　　同上

《泡影录》附论
　　　　荫庵　　　　　　　　　　　　　　　　　　　　　　　　　同上

*《闺中剑》弁言
　　　　亚东破佛　　　　　　　　　　1906 年小说林社版《闺中剑》

*《闺中剑》评语
  荫庵   同上
*读《闺中剑》书后
  儒冠和尚   同上
《闺中剑》跋（二篇）
  沪滨散人、盲道人   同上
*《刺客谈》叙
  新中国之废物   1906 年灌文新书社版《刺客谈》
*校正《刺客谈》小说引言
  南营蛮子   同上
《辽天一劫记》广告
             1906 年小说林社版《哑旅行》
《炼才炉》序
  金 为   1906 年商务印书馆版《炼才炉》
*《补译华生包探案》序
  商务印书馆主人   1906 年商务印书馆版《补译华生包探案》
《大除夕》小引
  卓 呆   1906 年小说林社版《大除夕》
《立宪镜》评论
  谢亭亭长   1906 年新世界小说社版《立宪镜》
《立宪镜》作意问答
  杭州戍公   同上
《新世界小说社报》介绍
             1906 年上海鸿文书局版《天足引》
《艮狱峰》序
  蛰 园   1906 年新世界小说社版《艮狱峰》
《枯树花》序
  山外山人   1906 年小说新书社版《枯树花》
《毒蛇牙》弁言
  冷   1906 年上海时报馆版《毒蛇牙》
*《老残游记》自叙
  鸿都百炼生   1906 年（？）天津日日新闻版《老残游记》

1907 年

《二十年目睹之怪现状》46—65 回评语
    1907 年上海广智书局版《二十年目睹之怪现状》丁卷、戊卷

英国小说家斯提逢孙传
《教育世界》149—150 号 1907 年

*《(中外)小说林》之趣旨
《中外小说林》1 卷 1 期 1907 年

*文风之变迁与小说将来之位置
老　棣　　　　　　　　　《中外小说林》1 卷 6 期 1907 年

*义侠小说与艳情小说具输灌社会感情之速力
伯　　　　　　　　　　　《中外小说林》1 卷 7 期 1907 年

*学校教育当以小说为钥智之利导
耀　　　　　　　　　　　《中外小说林》1 卷 8 期 1907 年

*中国小说家向多托言鬼神最阻人群慧力之进步
棠　　　　　　　　　　　《中外小说林》1 卷 9 期 1907 年

社会小说《荡寇志》之乖谬
警　庵　　　　　　　　　《中外小说林》1 卷 10 期 1907 年

*小说之功用比报纸之影响为更普及
亚　荛　　　　　　　　　《中外小说林》1 卷 11 期 1907 年

探险小说最足为中国现象社会增进勇敢之慧力
耀　公　　　　　　　　　《中外小说林》1 卷 12 期 1907 年

*小说种类之区别实足移易社会之灵魂
棣　　　　　　　　　　　《中外小说林》1 卷 13 期 1907 年

*小说之支配于世界上纯以情理之真趣为观感
伯　耀　　　　　　　　　《中外小说林》1 卷 15 期 1907 年

论二十世纪系小说发达的时代
计　伯　　　　　　　　　《广东戒烟新小说》1 期 1907 年

*竞立社刊行《小说月报》宗旨说
竹泉生　　　　　　　　　《竞立社小说月报》1 期 1907 年

本报章回小说序
热　　　　　　　　　　　《神州女报》1 号 1907 年

*读《迦因小传》两译本书后
寅半生　　　　　　　　　《游戏世界》11 期 1907 年

*论小说之势力及其影响
陶祐曾　　　　　　　　　《游戏世界》10 期 1907 年

宋公明大起梁山寇打无为军复仇论
遇　圆　　　　　　　　　《游戏世界》12 期 1907 年

*《红星佚史》序
周　逴　　　　　　　　　1907 年商务印书馆版《红星佚史》

*《小说林》发刊词		
	摩　西	《小说林》1 期 1907 年
*《小说林》缘起		
	觉　我	同上
*募集小说		
	小说林社	同上
*小说小话		
	蛮	《小说林》1—4、6、8—9 期 1907—1908 年
*《第一百十三案》赘语		
	觉　我	《小说林》1—12 期 1907—1908 年
《苏格兰独立记》赘语		
	觉　我	《小说林》1—12 期 1907—1908 年
《电冠》赘语		
	觉　我	《小说林》2—8 期 1907—1908 年
大仲马传		
	东亚病夫	《小说林》5 期 1907 年
*觚庵漫笔		
	觚　庵	《小说林》5、7、10—11 期 1907—1908 年
*天笑启事		
	天　笑	《小说林》7 期 1907 年
《亲鉴》楔子		
	南支那老骥氏	《小说林》5 期 1907 年
《月月小说》题词		
	蒋智由	《月月小说》1 卷 4 期 1907 年
小说管窥录		
	小说林记者	《小说林》1 卷 1907—1908 年
《月月小说》题辞		
	报　癖	《月月小说》1 卷 5 期 1907 年
*说小说·《新庵谐译》		
	紫　英	同上
*说小说·《胡宝玉》		
	新　庵	同上
说小说·《雪中梅》		
	缦　卿	同上
*绍介新书《福尔摩斯再生后之探案第十一、十二、十三》		
		同上

说小说·《西游记》(二篇)		
	阿阁老人、微厂	《月月小说》1卷6期 1907年
说小说·《恨史》		
	文 癖	同上
说小说·《新石头记》		
	报 癖	同上
说小说·《恨海》		
	报 癖	同上
*说小说·《海底漫游记》		
	新 庵	《月月小说》1卷7期 1907年
说小说·奇情小说《佛罗纱》		
	新 庵	同上
*《解颐语》叙言		
	采 庵	同上
《恨史》著余剩语		
	报 癖	《月月小说》1卷8期 1907年
*《上海游骖录》识语		
	我佛山人	同上
*说小说·杂说		
	趼	同上
*论小说与改良社会之关系		
	天僇生	《月月小说》1卷9期 1907年
《月月小说》祝词		
	李泰来	同上
*《劫余灰》第一回		
	我佛山人	《月月小说》1卷10期 1907年
《月月小说》告白		
		同上
《月月小说》祝词		
	樱花庵主	同上
《乞食女儿》译后语		
	冷	同上
*中国历代小说史论		
	天僇生	《月月小说》1卷11期 1907年
*《云南野乘》附白		
	趼	同上

《发财秘诀》评语		《月月小说》1卷11期—2卷2期 1907—1908年
《拊掌录》评语	林 纾	1907年商务印书馆版《拊掌录》
《神枢鬼藏录》序	林 纾	1907年商务印书馆版《神枢鬼藏录》
《金风铁雨录》序	林 纾	1907年商务印书馆版《金风铁雨录》
《大食故宫余载》序	林 纾	1907年商务印书馆版《大食故宫余载》
《旅行述异》序	林 纾	1907年商务印书馆版《旅行述异》
《旅行述异·画征》识语	林 纾	同上
《滑稽外史》评语	林 纾	1907年商务印书馆版《滑稽外史》
《花因》序	林 纾	1907年商务印书馆版《花因》
《双孝子喋血酬恩记》评语	林 纾	1907年商务印书馆版《双孝子喋血酬恩记》
*《爱国二童子传》达旨	林 纾	1907年商务印书馆版《爱国二童子传》
*《剑底鸳鸯》序	林 纾	1907年商务印书馆版《剑底鸳鸯》
*《孝女耐儿传》序	林 纾	1907年商务印书馆版《孝女耐儿传》
《十字军英雄记》叙	陈希彭	1907年商务印书馆版《十字军英雄记》
*《剖心记》凡例	我佛山人	《竞立社小说月报》2期 1907年
*读新小说法		《新世界小说社报》6—7期 1907年
*中国小说大家施耐庵传		《新世界小说社报》8期 1907年
《双花记》弁言	吴应丙	1907年小说林社版《双花记》

读《双花记》赘言		
	蟫庵	同上
《双花记》叙		
	于渐逵	同上
《双花记》碎谈		
	朱广寿	同上
《双花记》之六大可惜		
	剑影楼主	同上
《宪之魂》广告		1907年新世界小说社版《宪之魂》
《热血痕》发凡		
	李亮丞	1907年作新社版《热血痕》
《亡国余痛书》小引		
	旧 民	《汉帜》1期 1907年
《清快丸》后记		
	苹湖客	《汉帜》1期 1907年
《太虚幻境》序		
	惜花主人	1907年上海活版部版《太虚幻境》
《廿载繁华梦》序		
	华亭过客	1907年汉口东亚印刷局版《廿载繁华梦》
*《廿载繁华梦》序		
	曼殊庵主	同上
*《老残游记》二集自叙		
	鸿都百炼生	1907年天津日日新闻版《老残游记》
《泪珠缘》弁言		
	何春旭	1907年杭州萃利公司版《泪珠缘》
《泪珠缘》跋（三篇）		
	金振铎、华亭一鹤、汪大可	同上
《泪珠缘》自跋		
	天虚我生	同上
新增月刊社报《小说林》		
		1907年小说林社版《弃儿奇冤》
《托氏宗教小说》序（二篇）		
	王炳堃、叶道胜	1907年香港礼贤会《托氏宗教小说》
《苦海余生录》译者序		
	江东旧酒徒	1907年上海商务印书馆版《苦海余生录》

《新官场现形记》序
  琅琊独憨氏   1907年上海小说进步社版《新官场现形记》
《新官场现形记》弁言
  虎林真小人   同上
《新官场现形记》评语
  泉唐布衣   同上
《新水浒》序
  谢亭亭长   1907年新世界小说社版《新水浒》
《新水浒》平话
  谢亭亭长   同上
《家庭现形记》弁言
  仙源苍园   1907年文振学社版《家庭现形记》
《家庭现形记》评语
  三门少年老   同上

1908年

*淫词惑世与艳情感人之界线
  光 翟   《中外小说林》1卷17期1908年
*学堂宜推广以小说为教书
  老 棣   《中外小说林》1卷18期1908年
*小说发达足以增长人群学问之进步
  耀 公   《中外小说林》2卷1期1908年
*改良剧本与改良小说关系于社会之重轻
  棣   《中外小说林》2卷2期1908年
*普及乡间教化宜倡办演讲小说会
  耀 公   《中外小说林》2卷3期1908年
*小说风尚之进步以翻译说部为风气之先
  世   《中外小说林》2卷4期1908年
*小说与风俗之关系
  耀 公   《中外小说林》2卷5期1908年
烟界嫖界两大魔鬼与人群之关系
  公   《中外小说林》2卷7期1908年
*著《水浒传》之施耐庵与施耐庵之著《水浒传》
       《中外小说林》2卷8期1908年
*曲本小说与白话小说之宜于普通社会
  老 伯   《中外小说林》2卷10期1908年

＊余之小说观
   觉　我   《小说林》9—10 期 1908 年
＊《丁未年小说界发行书目调查表》引言
   觉　我   《小说林》9 期 1908 年
丁未年小说界发行书目调查表
   觉　我   同上
《临镜妆》卷首
   铁　汉   同上
《马哥王后佚史》赘语
   觉　我   《小说林》11—12 期 1908 年
《猫日记》译后附语
   知新子   《月月小说》1 卷 12 期 1908 年
＊《月月小说》跋
   邯郸道人   同上
＊论看《月月小说》的益处
   报　癖   《月月小说》2 卷 1 期 1908 年
《月月小说》祝词
   倪承灿   《月月小说》2 卷 2 期 1908 年
＊中国三大家小说论赞
   天僇生   同上
《自由结婚》评语
   趼　人   同上
＊征文广告
   月月小说编译部   《月月小说》2 卷 3 期 1908 年
《匈奴奇士录》小引
   周　逵   1908 年商务印书馆版《匈奴奇士录》
＊《块肉余生述》前编序
   林　纾   1908 年商务印书馆版《块肉余生述》前编
＊《块肉余生述》续编识语
   林　纾   1908 年商务印书馆版《块肉余生述》后编
＊《歇洛克奇案开场》叙
   陈熙绩   1908 年商务印书馆版《歇洛克奇案开场》
＊《歇洛克奇案开场》序
   林　纾   同上
＊《髯刺客传》序
   林　纾   1908 年商务印书馆版《髯刺客传》

《恨绮愁罗记》序	
林　纾	1908 年商务印书馆版《恨绮愁罗记》
*《贼史》序	
林　纾	1908 年商务印书馆版《贼史》
《电影楼台》序	
林　纾	1908 年商务印书馆版《电影楼台》
*《西利亚郡主别传》附记	
林　纾	1908 年商务印书馆版《西利亚郡主别传》
《英国大侠红蘩露传》序	
林　纾	1908 年商务印书馆版《英国大侠红蘩露传》
《钟乳骷髅》跋	
林　纾	1908 年商务印书馆版《钟乳骷髅》
《蛇女士传》序	
林　纾	1908 年商务印书馆版《蛇女士传》
*《不如归》序	
林　纾	1908 年商务印书馆版《不如归》
《玉楼花劫》前编序	
林　纾	1908 年商务印书馆版《玉楼花劫》前编
*《新评水浒传》叙	
燕南尚生	1908 年保定直隶官书局版《新评水浒传》
《新评水浒传》新或问	
燕南尚生	同上
《新评水浒传》命名释义	
燕南尚生	同上
*铁瓮烬余	
铁	《小说林》12 期 1908 年
*《新小说丛》祝词	
林文骢	《新小说丛》1 期 1908 年
《新小说丛》序	
黄恩煦	同上
新小说品	
菽　园	同上
*《客云庐小说话》序	
邱菽园	《新小说丛》2 期 1908 年
客云庐小说话	
邱菽园	《新小说丛》2—3 期 1908 年

《爆烈弹》译后记
　　　　冷　　　　　　　　　　　　《月月小说》2卷4期1908年
《杀人公司》后记
　　　　冷　　　　　　　　　　　　《月月小说》2卷5期1908年
《放河灯》弁言
　　　非非国手　　　　　　　　　　《月月小说》2卷7期1908年
《俄国皇帝》评语
　　　　冷　　　　　　　　　　　　《月月小说》2卷7—8期1908年
英美二小说家
　　　周桂笙　　　　　　　　　　　《月月小说》2卷7期1908年
《新鼠史》弁言
　　　柚　斧　　　　　　　　　　　《月月小说》2卷10期1908年
《两头蛇》弁言
　　　张其讱　　　　　　　　　　　同上
《两头蛇》后记
　　　　原　　　　　　　　　　　　同上
＊《后官场现形记》序
　　　冷泉亭长　　　　　　1908年小说保存会版《后官场现形记》
说小说
　　　　　　　　　　　　　　　　　《笑林报》3492号1908年
＊《小额》序
　　　杨曼青　　　　　　　1908年北京和记排印书局版《小额》
＊《小额》序
　　　德　洵　　　　　　　　　　　同上
＊《九尾狐》序
　　　灵岩山樵　　　　　　1908年社会小说林社版《九尾狐》初集
《九尾狐》广告
　　　　　　　　　　　　　1908年社会小说林社版《九尾狐》二集
《博徒别传》序
　　　陈家麟、陈大灯　　　1908年商务印书馆版《博徒别传》
《扬州梦》序
　　　天一生　　　　　　　1908年集成图书公司版《扬州梦》
《扬州梦》附记
　　　天一生　　　　　　　　　　　同上
《大马扁》序
　　　吾庐主人梭功氏　　　1908年东京三光堂版《大马扁》

《宦海潮》序
　　林筑琴　　　　　　　　　　　　1908年香港世界公益报版《宦海潮》
《宦海潮》自序
　　黄小配　　　　　　　　　　　　同上
《宦海潮》凡例
　　黄小配　　　　　　　　　　　　同上
*《洪秀全演义》序
　　章炳麟　　　　　　　　　　　　1908年香港中国日报社版《洪秀全演义》
*《洪秀全演义》自序
　　黄小配　　　　　　　　　　　　同上
*《洪秀全演义》例言
　　黄小配　　　　　　　　　　　　同上
《新石头记》第一回
　　吴沃尧　　　　　　　　　　　　1908年改良小说社版《新石头记》
《剑胆琴心录》读法
　　斯　人　　　　　　　　　　　　1908年小说林社版《剑胆琴心录》
《蜗触蛮三国争地记》叙（二篇）
　　牛角挂书客、蜗庐寄居生　　　　1908年蝇须馆版《蜗触蛮三国争地记》
《蜗触蛮三国争地记》跋
　　倮虫长民　　　　　　　　　　　同上
樽边录
　　栩　园　　　　　　　　　　　　《著作林》17期（1908年）
《断肠草》弁言
　　陈痴云　　　　　　　　　　　　1908年改良小说社版《断肠草》
《蓝桥别墅》序
　　王幼泉　　　　　　　　　　　　1908年近世小说社版《蓝桥别墅》
《新列国志》序
　　　　　　　　　　　　　　　　　1908年改良小说社版《新列国志》
《女侠传》评语
　　温故子　　　　　　　　　　　　1908年改良小说社版《女侠传》

1909年

读欧美名家小说札记
　　孙毓修　　　　　　　　　　　　《东方杂志》6卷1期 1909年
*《彗星夺婿录》序
　　林　纾　　　　　　　　　　　　1909年商务印书馆版《彗星夺婿录》

*《冰雪因缘》序
  林　纾　　　　　　　　　　　1909 年商务印书馆版《冰雪因缘》
《玑司刺虎记》序
  林　纾　　　　　　　　　　　1909 年商务印书馆版《玑司刺虎记》
《黑太子南征录》序
  林　纾　　　　　　　　　　　1909 年商务印书馆版《黑太子南征录》
《脂粉议员》序
  林　纾　　　　　　　　　　　1909 年商务印书馆版《脂粉议员》
*《扬子江小说报》发刊辞
  报　癖　　　　　　　　　　　《扬子江小说报》1 期 1909 年
忏悫观室随笔
  石　庵　　　　　　　　　　　《扬子江小说报》4—5 期 1909 年
《二十年目睹之怪现状》66—80 回评语
  　　　　1909 年上海广智书局版《二十年目睹之怪现状》己卷
*《域外小说集》序言
  周氏兄弟　　　　　　　　　　1909 年日本东京版《域外小说集》第一册
*《域外小说集》略例
  周氏兄弟　　　　　　　　　　　　　　　　　　　　同上
*《域外小说集》杂识
  周氏兄弟　　　　　　　1909 年日本东京版《域外小说集》第一册、第二册
《宦海》第一回
  张春帆　　　　　　　　　　　1909 年环球社版《宦海》
说今之小说家
  莞　尔　　　　　　　　　　　《竞业旬报》41 期 1909 年
中国元明清大小说家一览表
  报　　　　　　　　　　　　　《扬子江小说报》5 期 1909 年
*《红泪影》序
  披发生　　　　　　　　　　　1909 年广智书局版《红泪影》
《小说时报》通告
  　　　　　　　　　　　　　　《小说时报》1 期 1909 年
《天上大审判》评语
  儒冠和尚　　　　　　　　　　1909 年上海均益图书公司版《天上大审判》
*《新纪元》第一回
  碧荷馆主人　　　　　　　　　1909 年小说林社版《新纪元》
《新孽海花》序
  李友琴　　　　　　　　　　　1909 年上海改良小说社版《新孽海花》

《官场笑话》弁言	
傀儡山人	1909年上海改良小说社版《官场笑话》
《最近女界现形记》赘言	
慧　珠	1909年新新小说社版《最近女界现形记》初集
《东京梦》序	
汜澜阁主人	1909年作新社版《东京梦》
《新儿女英雄》评语	
	1909年改良小说社版《新儿女英雄》
《双灵魂》评语	
儒冠和尚	1909年均益图书公司版《双灵魂》
《双泪碑》后记	
南　梦	1909年时报馆版《双泪碑》
《新西游记》序	
明心子	1909年小说进步社版《新西游记》
《新西游记》杂记	
病　禅	同上
《新官场现形记》序	
咏秋樵子	1909年文明小说社版《新官场现形记》
《新野叟曝言》评语	
黄摩西	1909年小说进步社版《新野叟曝言》
《新官场现形记》评语	
心冷血热人	1909年小说进步社版《新官场现形记》三编
《新三国》序	
孟叔任	1909年改良小说社版《新三国》一册
《新三国》开端	
陆士谔	同上
《学界风流案》自序	
天　梦	1909年改良小说社版《学界风流案》
《学界风流案》序	
嗜　痴	同上
《春泥花》自序	
拈花微笑尊者	1909年派报社版《春泥花》
《春泥花》评注	
亚韩大郎	同上
《春泥花》批评	
侬　影	同上

《新水浒》序
  陆士谔   1909年上海改良小说社版《新水浒》一册
《新水浒》总评
  友琴女士   1909年上海改良小说社版《新水浒》二册
《夜花园之历史》序
  龙门经天略   1909年上海鸿文书局版《夜花园之历史》
《迷龙阵》第一回
  八宝王郎   1909年改良小说社版《迷龙阵》
《乌龟变相》自序
  天梦天生   1909年改良小说社版《乌龟变相》

1910年

古希腊之小说
  起 孟   1910年7月31日、8月1日《绍兴公报》
《三千年艳尸记》跋
  林 纾   1910年商务印书馆版《三千年艳尸记》
我佛山人传
  李葭荣   《天铎报》1910年10月
《二十年目睹之怪现状》81—94回评语
          1910年上海广智书局版《二十年目睹之怪现状》庚卷
*《最近社会龌龊史》序
  我佛山人   1910年上海广智书局版《最近社会龌龊史》
《情变》楔子
  趼 人   1910年5月16日《舆论时事报》
《心》译者前言
  冷   《小说时报》6期1910年
《碎琴楼》自序
  何 诹   1910年上海环球书局版《碎琴楼》
*《新上海》自序
  陆士谔   1910年改良小说社版《新上海》一册
*《新上海》序
  李友琴   同上
*《新上海》评语
  李友琴   同上
《女界烂污史》序
  八宝王郎   1910年自强轩书药局版《女界烂污史》

《骖游记》序
  崇川冷癖　　　　　　　　　　　　1910 年集成图书公司版《骖游记》
《骖游记》评语
  三门少年老　　　　　　　　　　　　同上
《最近官场秘密史》序
  顾德明　　　　　　　　　　　1910 年新新小说社版《最近官场秘密史》前编
《最近官场秘密史》前言
  天　公　　　　　　　　　　　　　　同上

1911 年

《二十年目睹之怪现状》95—108 回评语
　　　　　　　　　　　　　1911 年上海广智书局版《二十年目睹之怪现状》辛卷
*《二十年目睹之怪现状》总评
　　　　　　　　　　　　　1911 年上海广智书局版《二十年目睹之怪现状》辛卷
* 小说丛话
  侗　生　　　　　　　　　　　　《小说月报》2 卷 3 期 1911 年
《虎国游记》小序
  宣　　　　　　　　　　　　　　《小说时报》10 期 1911 年
* 小说新语
　　　　　　　　　　　　　　　　　《小说时报》9 期 1911 年
募集小说杂谭章程
　　　　　　　　　　　　　　　　　《小说时报》12 期 1911 年
《李觉出身传》序
  邱菽园　　　　　　　　　　　　1911 年刊本《李觉出身传》
《李觉出身传》评语
  遥　游　　　　　　　　　　　　同上
《血泪黄花》介绍
　　　　　　　　　　　　　　　　1911 年新小说林社版《血泪黄花》
《商界现形记》识语
  云间天赘生　　　　　　　　　　1911 年商业会社版《商界现形记》
《归来燕》序
  悲观郑三郎　　　　　　　　　　1911 年香港实报馆版《归来燕》
* 创办大声小说社缘起
　　　　　　　　　　　　　　　　1911 年大声小说社版《女界风流史》
伦敦之大文豪
　　　　　　　　　　　　　　　　《小说月报》2 卷 2 期 1911 年

《土窟余生》后记
  朱树人　　　　　　　　　　　　　　《小说月报》2卷9期1911年

1912年

*《古小说钩沉》序
  周作人　　　　　　　　　　　　　　《越社丛刊》1集1912年
希腊以小说童话课幼儿而不教以文辞是否合于儿童心理发达之次
 序（二篇）
  朱玉芝、张琼华　　　　　　　　　　《云南教育杂志》1卷1号1912年
《古鬼遗金记》序
  林　纾　　　　　　　　　　　1912年上海广益书局版《古鬼遗金记》
《贾玉怨》（二篇）
  苕水、狂生　　　　　　　　　　　　《小说时报》13期1912年
《带印奇冤郭公传》叙文
  也是道人　　　　　　　　　　1912年上海书局版《带印奇冤郭公传》
《带印奇冤郭公传》凡例
  也是道人　　　　　　　　　　　　　　　　　　　　　　同上
《带印奇冤郭公传》后序
  亦禅子　　　　　　　　　　　　　　　　　　　　　　　同上
《女虚无党》序言
  天津路钓　　　　　　　　　　　　　《小说时报》14期1912年
《鹭莲债券》译者绪言
  世界畸零人　　　　　　　　　　　　《小说月报》3卷2期1912年
*《血花一幕——革命外史之一》后记
  焦　木　　　　　　　　　　　　　　《小说月报》3卷4期1912年
 附录之附录
  　　　　　　　　　　　　　　　　　　　　　　　　　　同上
《鞠有黄花——革命外史之二》后记
  焦　木　　　　　　　　　　　　　　《小说月报》3卷5期1912年
*说小说
  管达如　　　　　　　　　　　　《小说月报》3卷5、7—11期1912年
《洞庭客话》后记
  焦　木　　　　　　　　　　　　　　《小说月报》3卷6期1912年
《劫花惨史》后记
  指　严　　　　　　　　　　　　　　　　　　　　　　　同上

《糖果中之炸弹》译后语
  步 云   《小说月报》3 卷 7 期 1912 年
《残蝉曳声录》序
  林 纾   同上
《七十五里》后记
  铁 樵   《小说月报》3 卷 8 期 1912 年
《猪仔还国记》附志
  本社记者   《小说月报》3 卷 9 期 1912 年

1913 年

小说杂评
  眷 秋   《雅言》1 期 1913 年
*《离恨天》译余剩语
  林 纾   1913 年商务印书馆版《离恨天》
*《践卓翁小说》自序
  践卓翁   1913 年北京都门印刷局版《践卓翁小说》第一辑
*《剑腥录》序
  冷红生   1913 年北京都门印刷局版《剑腥录》
《剑腥录》32 章、39 章
  冷红生   同上
《兰娘哀史》序(七篇)
  徐枕亚、孙家树、卷庵、王无闷、庄纫秋、何宗唐、吴兆烈
            1913 年民权出版部版《兰娘哀史》
《兰娘哀史》书后
  吴双热   同上
*《新说书》序例
  孙毓修   1913 年商务印书馆版《新说书》第一集
《新说书》第一集编者识语
  孙毓修   同上
《新说书》第一集释义
  孙毓修   同上
介绍《新说书》第一集
          1913 年 10 月 10 日上海《时事新报》
介绍《新说书》第一集
          1913 年 12 月 14 日上海《演说报》

*《小说月报》本社特别广告

《小说月报》3 卷 12 期 1913 年

* 征求短篇小说

同上

《露西旅客》译者语
　　　铁　樵

同上

《科西嘉童子》附志
　　　本社记者

同上

*《怀旧》附志
　　　焦　木

《小说月报》4 卷 1 期 1913 年

*《九十三年》评语
　　　东亚病夫

1913 年上海有正书局版《九十三年》

《罗刹雌风》序
　　　林　纾

《小说月报》4 卷 1 期 1913 年

*《小说丛考》序言
　　　琐尾生

同上

《小说丛考》初集
　　　泖东一蟹

《小说月报》4 卷 1—4 期 1913 年

*《小说丛考》赘言

《小说丛考》4 卷 1 期 1913 年

《欧美小说丛谈》序
　　　孙毓修

同上

欧美小说丛谈·希腊拉丁三大奇书
　　　孙毓修

同上

欧美小说丛谈·孝素之名作
　　　孙毓修

同上

小说考证拾遗

《小说月报》4 卷 2 期 1913 年

*欧美小说丛谈·英国十七世纪间之小说家
　　　孙毓修

同上

*欧美小说丛谈·司各德迭更斯二家之批评
　　　孙毓修

《小说月报》4 卷 3 期 1913 年

《可怜侬》附志
　　　铁　樵

《小说月报》4 卷 4 期 1913 年

欧美小说丛谈·英国奇人约翰生
　　　孙毓修

同上

欧美小说丛谈·神怪小说
    孙毓修   同上

《小说丛考》二集
    渤东一蟹   《小说月报》4卷5—7、10期 1913—1914年

欧美小说丛谈·斯托活夫人
    孙毓修   《小说月报》4卷5期 1913年

欧美小说丛谈·德林郡主
    孙毓修   同上

*欧美小说丛谈·霍桑
    孙毓修   同上

欧美小说丛谈·欧文
    孙毓修   同上

欧美小说丛谈·沙罗
    孙毓修   同上

许指严启事
    许指严   《小说月报》4卷6期 1913年

*欧美小说丛谈·神怪小说之著者及其杰作
    孙毓修   同上

欧美小说丛谈·寓言小说之著者及其杰作
    孙毓修   同上

《菩萨谭》后记
    铁 樵   《小说月报》4卷7期 1913年

《印度婚嫁志异》跋
    指 严   同上

《爱筏》附志
    铁 樵   同上

《秋坟断韵》后记
    铁 樵   同上

1914 年

托氏宗教小说
                                       《绍兴县教育会月刊》9号 1914年

*小说丛话
    梦 生   《雅言》7期 1914年

*《中华小说界》发刊词
    瓶 庵   《中华小说界》1卷1期 1914年

《新侠客》序		
	冷	《中华小说界》1卷2期 1914年
艺文杂话		
	周作人	同上
*小说丛话		
	成　之	《中华小说界》1卷3—8期 1914年
*论艳情小说		
	程公达	《学生杂志》1卷6期 1914年
*《小说旬报》宣言		
	羽　白	《小说旬报》1期 1914年
《小说旬报》序		
	剪　瀛	同上
*小说与社会		
	启　明	《绍兴县教育会月刊》5号 1914年
*《炭画》序		
	周作人	1914年文明书局版《炭画》
《荒唐言》跋		
	林　纾	1914年商务印书馆版《荒唐言》
《深谷美人》序		
	林　纾	1914年北京宣元阁版《深谷美人》
*《礼拜六》出版赘言		
	钝　根	《礼拜六》1期 1914年
*《金陵秋》缘起		
	冷红生	1914年商务印书馆版《金陵秋》
小说丛谈		
	颠　公	《文艺杂志》1—2、4—7期 1914—1915年
吴趼人		
	周桂笙	1914年上海古今图书局版《新庵笔记》
我佛山人遗事		
	胡寄尘	1914年上海广益书局版《黛痕剑影录》
答友索说部书		
	包柚斧	《游戏杂志》第5期 1914年
《情仇》序		
	君　牧	1914年上海国学书室版《情仇》
《新庵译屑》序		
	吴沃尧	1914年上海古今图书局版《新庵译屑》

《新庵译屑》评语
　　　　趼　人　　　　　　　　　　　　　　　　　同上
*《匕首》弁言
　　　　半　　　　　　　　　　　　　　《中华小说界》1卷3期1914年
《顽童日记》前言
　　　　半　侬　　　　　　　　　　　　《中华小说界》1卷6期1914年
《伦敦之质肆》译后语
　　　　半　侬　　　　　　　　　　　　《中华小说界》1卷8期1914年
《银十字架》附语
　　　　瓶　庵　　　　　　　　　　　　《中华小说界》1卷9期1914年
《默然》译后记
　　　　半　侬　　　　　　　　　　　　《中华小说界》1卷10期1914年
《壁侠》序
　　　　汉　章　　　　　　　　　　　　　　　　　同上
《此何故耶》译余赘言
　　　　半　侬　　　　　　　　　　　　《中华小说界》1卷12期1914年
《辣女儿》总评
　　　　李定夷　　　　　　　　　1914年上海国华书局版《辣女儿》
《娜兰小传》叙
　　　　红兰馆主　　　　　　　1914年上海商务印书馆版《娜兰小传》
《小说丛报》序
　　　　东　讷　　　　　　　　　　　　《小说丛报》1卷1期1914年
*《小说丛报》发刊词
　　　　徐枕亚　　　　　　　　　　　　　　　　　同上
《小说丛报》发刊词
　　　　刘铁冷　　　　　　　　　　　　　　　　　同上
《小说丛报》序
　　　　倦　鹤　　　　　　　　　　　　《小说丛报》1卷2期1914年
*《红楼梦》索隐提要
　　　　王梦阮　　　　　　　　　　　《中华小说界》1卷6—7期1914年
*《孽冤镜》自序
　　　　吴双热　　　　　　　　　　1914年民权出版部版《孽冤镜》
*《孽冤镜》序
　　　　徐枕亚　　　　　　　　　　　　　　　　　同上
《孽冤镜》序（五篇）
　　　　刘铁冷、陈志群、沈肝若、金汉霄、黄耀卿　　　　同上

*《茜窗泪影》序
  徐枕亚   1914年上海国华书局版《茜窗泪影》
*《茜窗泪影》序
  徐天啸   同上
《茜窗泪影》序
  包醒独   同上
*《铁冷碎墨》序
  徐枕亚   1914年小说丛报社版《铁冷碎墨》
*《铁冷碎墨》序
  陈梅溪   同上
《铁冷碎墨》序（三篇）
  徐吁公、卢文虎、寓湖老人   同上
《红粉劫》序（三篇）
  徐枕亚、铁冷、杨南村   1914年上海国华书局版《红粉劫》
*《红粉劫》序
  顾靖夷   同上
*《红粉劫》评语
  罋红女史   同上
《湘娥泪》序（二篇）
  包醒独、南村   1914年上海国华书局版《湘娥泪》
《湘娥泪》评语
  罋红女史   同上
*《玉梨魂》序
  双 热   1914年上海民权素出版部版《玉梨魂》
答函索《玉梨魂》者
  枕 亚   《民权素》2集 1914年
小说谈
  新旧废物   《香艳杂志》2期 1914年
*《小说丛刊》序
  王钝根   1914年江南印刷厂版《小说丛刊》
《新说书》第二集识语
  孙毓修   1914年商务印书馆版《新说书》二集
《新说书》第二集释义
  孙毓修   同上
介绍《新说书》第二集
                1914年6月17日上海《演说报》

《新世界游记》序
  夸　父　　　　　　　　　　　　　　1914年新世界书社版《新世界游记》初集
《技击余闻补》前言
  钱基博　　　　　　　　　　　　　　《小说月报》5卷1期 1914年
《悲欢人影》后记
  铁　樵　　　　　　　　　　　　　　同上
* 编辑余谈
  铁　樵　　　　　　　　　　　　　　同上
《弱女救兄记》附志
  铁　樵　　　　　　　　　　　　　　《小说月报》5卷2期 1914年
《铁樵小说汇稿》序
  钱基博　　　　　　　　　　　　　　同上
《夜阑人语》后记
  君　复　　　　　　　　　　　　　　《小说月报》5卷4期 1914年
《辽东戍》后记
  赵绂章　　　　　　　　　　　　　　同上
《妙莲艳谛》附志
  铁　樵　　　　　　　　　　　　　　《小说月报》5卷5期 1914年
* 欧美小说丛谈・二万镑之奇赌
  孙毓修　　　　　　　　　　　　　　《小说月报》5卷9期 1914年
《缃云惨史》后记
  铁　冷　　　　　　　　　　　　　　《小说丛报》1期 1914年
《石人流血》后记
  枕　亚　　　　　　　　　　　　　　同上
《苦旅行》识语
  枕　亚　　　　　　　　　　　　　　同上
《雪鸿泪史》前言
  枕　亚　　　　　　　　　　　　　　同上
《近人说荟》叙
  铁　冷　　　　　　　　　　　　　　同上
《僧侠》前言
  枕　亚　　　　　　　　　　　　　　《小说丛报》2期 1914年
《忆香别传》前言、后记
  铁　冷　　　　　　　　　　　　　　同上
《胡屠》前言
  芜　城　　　　　　　　　　　　　　同上

读《玉梨魂》书后	
海　潮	《小说丛报》3 期 1914 年
《兰娘哀史》跋	
泊　庐	同上
《攀特庐轶史》译后记	
水心、古月	《小说丛报》4 期 1914 年
*列《石头记》于子部说	
陈蜕庵	1914 年刊本《陈蜕庵文集》
听雨楼《石头记》总评	
陈蜕庵	同上
*《賈玉怨》序	
海绮楼主人	1914 年上海国华书局版《賈玉怨》
《賈玉怨》序(二篇)	
刘铁冷、沈章	同上
*《賈玉怨》评语	
鏊红女史	同上
《賈玉怨》跋	
李定夷	同上
*《旧小说》叙	
吴曾祺	1914 年商务印书馆版《旧小说》甲集
《旧小说》例言	
吴曾祺	同上
《红楼梦》解提要	
崔怀琴	《香艳杂志》1 期 1914 年
《桃李鸳鸯记》译者语	
觉　民	1914 年商务印书馆版《说林》一集
《鸳湖潮》序(二篇)	
刘铁冷、胡仪鄢	1914 年国华书局版《鸳湖潮》
*《鸳湖潮》序	
澹庵	同上
*《鸳湖潮》评语	
鏊红女史	同上
《自由女》自序	
漱六山房	1914 年三省轩版《自由女》

1915 年

通俗教育会审核小说之标准		《湖南教育杂志》4 卷 11 期 1915 年
教育部改良小说杂志之通告		《教育周报》(杭州)72 期 1915 年
教育部咨禁荒唐小说清单		《教育周报》(杭州)93 期 1915 年
*《小说海》发刊词	宇　澄	《小说海》1 卷 1 号 1915 年
*告小说家	梁启超	《中华小说界》2 卷 1 期 1915 年
*《小说大观》宣言短引	天笑生	《小说大观》1 集 1915 年
*《小说大观》例言		同上
《小说新报》发刊词(二篇)	东园、轶池	《小说新报》1 卷 1 期 1915 年
*《小说新报》发刊词	李定夷	同上
《鱼雁抉微》序	林　纾	《东方杂志》12 卷 9 号 1915 年
*《劫外昙花》序	林　纾	《中华小说界》2 卷 1 期 1915 年
《婴宁第二》小引	瞻　庐	《中华小说界》2 卷 2 期 1915 年
《帐中说法》译者识	瓣　秾	《中华小说界》2 卷 3 期 1915 年
《滕半仙传》小引	寄　尘	同上
《回首百年》译者识	汉声、亚星	《中华小说界》2 卷 6 期 1915 年
《杜瑾讷夫之名著》译者识	半　侬	《中华小说界》2 卷 7 期 1915 年
《英王查理一世喋血记》译者识	半　侬	《中华小说界》2 卷 8 期 1915 年

《俄国之红狐》译后记
  冷　血　　　　　　　　　　　　《中华小说界》2卷9期 1915年
《我佛山人笔记四种》序
  汪维甫　　　　　　　　　　　1915年上海瑞和书局版《我佛山人笔记四种》
*月刊小说平议
  新　麘　　　　　　　　　　　　《小说新报》1卷5期 1915年
《剩水残山录》自序
  嵇逸如　　　　　　　　　　　　《小说丛报》1卷8期 1915年
贺丛报周年序
  陈医隐　　　　　　　　　　　　《小说丛报》周年增刊 1915年
*《红楼梦》新评
  季　新　　　　　　　　　　　　《小说海》1卷1—2期 1915年
红楼谈屑
  王西神　　　　　　　　　　　　《小说海》1卷2期 1915年
希腊之小说(一)(二)
  周作人　　　　　　　　　　　1915年墨润堂书坊版《异域文谈》
*人人必读之小说《雪鸿泪史》
  　　　　　　　　　　　　　　　　《小说丛报》13期 1915年
星海著《换巢鸾凤》　　　　　　　　《小说丛报》16期 1915年
小奢摩馆脞录·魏子安
  汪国垣　　　　　　　　　　　　《小说海》1卷1期 1915年
榛梗杂话·《鲁滨孙漂流记》
  乐　水　　　　　　　　　　　　《小说海》1卷3期 1915年
榛梗杂话·《双鸳侣》
  乐　水　　　　　　　　　　　　　　　　　　　　　　同上
榛梗杂话·《老残游记》
  乐　水　　　　　　　　　　　　《小说海》1卷6期 1915年
谈瀛室随笔·《繁华梦》之著作者
  　　　　　　　　　　　　　　　　《文艺杂志》5期 1915年
谈瀛室随笔·《九尾龟》之著作者
  　　　　　　　　　　　　　　　　　　　　　　　　　　同上
*谭瀛室随笔·《官场现形记》之著作者
  　　　　　　　　　　　　　　　　　　　　　　　　　　同上
*《枕亚浪墨》序
  吴双热　　　　　　　　　　　1915年清华书局版《枕亚浪墨》

《枕亚浪墨》序(六篇)
胡仪鄹、倪轶池、姚鹓雏、徐吁公、章水心、陈惜誓
同上

《双热嚼墨》序
包醒独 1915 年小说丛报出版部版《双热嚼墨》

《广陵潮》发刊缘起
须　弥 1915 年国学书室版《广陵潮》

《广陵潮》弁言
老　谈 同上

《广陵潮》序(二篇)
纫秋、紫瑚 同上

《昙花梦》译者语
1915 年商务印书馆版《昙花梦》

《新说书》第三集识语
孙毓修 1915 年商务印书馆版《新说书》三集

欧美小说丛谈·金刚钻带
孙毓修 《小说月报》5 卷 10 期 1915 年

欧美小说丛谈·耶稣诞日赋
孙毓修 同上

欧美小说丛谈·旁卑之末日
孙毓修 同上

欧美小说丛谈·红种之人杰
孙毓修 同上

欧美小说丛谈·无声之革命
孙毓修 同上

欧美小说丛谈·生鸳死鸯
孙毓修 《小说月报》5 卷 11 期 1915 年

欧美小说丛谈·覆水记
孙毓修 同上

欧美小说丛谈·海底漫游记
孙毓修 同上

欧美小说丛谈·猎帽记
孙毓修 《小说月报》5 卷 12 期 1915 年

欧美小说丛谈·汉第自传
孙毓修 同上

《潜艇制胜记》译者附识
  作　霖　　　　　　　　　　　　　　《小说月报》6 卷 1 期 1915 年
答陈通甫君书
  钱基博　　　　　　　　　　　　　　《小说月报》6 卷 3 期 1915 年
《情量》译后记
  铁　樵　　　　　　　　　　　　　　同上
《小说丛考》三集
  泖东一蟹　　　　　　　　　　　　　《小说月报》6 卷 3—6 期 1915 年
《演义丛书》序
  孙毓修　　　　　　　　　　　　　　《小说月报》6 卷 4 期 1915 年
*答刘幼新论言情小说书
  铁　樵　　　　　　　　　　　　　　同上
《心碎》译者识语
  浮　梅　　　　　　　　　　　　　　《小说月报》6 卷 5 期 1915 年
《浮生四幻》前言
  赵绂章　　　　　　　　　　　　　　同上
《云破月来缘》序
  林　纾　　　　　　　　　　　　　　同上
答翰甫君书
  树　珏　　　　　　　　　　　　　　同上
《兄弟寻亲记》后记
  铁　樵　　　　　　　　　　　　　　《小说月报》6 卷 6 期 1915 年
《为之犹贤》后记
  铁　樵　　　　　　　　　　　　　　同上
《欲不可纵》后记
  铁　樵　　　　　　　　　　　　　　同上
*小说家言
  吴曰法　　　　　　　　　　　　　　同上
*《小说家言》编辑后记
  铁　樵　　　　　　　　　　　　　　同上
《某三》后记
  铁　樵　　　　　　　　　　　　　　《小说月报》6 卷 7 期 1915 年
《铁中铮铮》后记
  铁　樵　　　　　　　　　　　　　　同上
《小说丛考》四集
  泖东一蟹　　　　　　　　　　　　　《小说月报》6 卷 7、11 期 1915 年

﹡《作者七人》序
  铁 樵   《小说月报》6 卷 7 期 1915 年
﹡论言情小说撰不如译
  铁 樵   同上
《巴里门之女郎》附识
  王善余   《小说月报》6 卷 11 期 1915 年
﹡《松冈小史》序
  吴 虞   同上
《敌国缘》评语
  铁 樵   《小说月报》6 卷 12 期 1915 年
﹡致《小说月报》编者书
  许与澄   同上
《绛纱记》序
  烂柯山人   《甲寅》1 卷 7 号 1915 年
﹡《绛纱记》序
  独 秀   同上
马克·吐温小传
  瘦 鹃   《小说大观》1 集 1915 年
《美国之第一纪念日》译后记
  绿衣女士   《小说大观》2 集 1915 年
《乔装之半夜》译后记
  绿衣女士   《小说大观》3 集 1915 年
海尔小传
  瘦 鹃   同上
﹡《游侠外史》叙言
  蔡 达   《小说大观》4 集 1915 年
阿尔芳斯桃苔氏小传
  瘦 鹃   同上
忆梦楼《石头记》泛论
  陈蜕庵   1915 年刊本《陈蜕庵文续集》
《昙花影》序(三篇)
  倪承灿、陈秋水、黄花奴   1915 年国华书局版《昙花影》
《昙花影》评语
  刘裴邨   同上
最有价值有趣味之杂志《小说新报》
               同上

《蠢众生》提要

                1915 年震亚图书局版《蠢众生》初集

《松冈小史》序(三篇)

  爱智、壮悔、杨明礼   1915 年成都昌福公司版《松冈小史》

*读《松冈小史》所感

  安 素   同上

《松冈小史》自序

  觉 奴   同上

《松冈小史》跋

  觉 奴   同上

1916 年

小说丛话

  纳 川   《中华小说界》3 卷 6 期 1916 年

《福尔摩斯侦探案全集》序(三篇)

  天笑、冷血、独鹤 1916 年上海中华书局版《福尔摩斯侦探案全集》第一册

英国勋士柯南道尔先生小传

  刘半侬   同上

*《福尔摩斯侦探案全集》跋

  半 侬   1916 年上海中华书局版《福尔摩斯侦探案全集》第十二册

*《鹰梯小豪杰》叙

  林 纾   1916 年商务印书馆版《鹰梯小豪杰》

《践卓翁小说》第二辑序

  臧荫松   1916 年北京都门印书局版《践卓翁小说》第二辑

*践卓翁曰

  林 纾   同上

《铁笛亭琐记》序

  臧荫松   1916 年北京都门印书局版《铁笛亭琐记》

《〈红楼梦〉发微》绪言

  弁山樵子   《香艳杂志》11 期 1916 年

《红楼梦》发微

  弁山樵子   《香艳杂志》11—12 期 1916 年

小说杂考

  林 纾   1916 年都门印书局版《铁笛亭琐记》

《孽海花》人名索隐表

                 1916 年望云山房版《孽海花》

《孽海花》人物故事考证

　　　　　　　　　　　　　　　　　　　　同上

《孽海花》二十四回中人物故事考证续
　　强作解人　　　　　　　　　　　　同上

《廿年苦节记》弁言
　　李定夷　　　　　　《小说新报》2 卷 1 期 1916 年

铁冷著《求婚小史》
　　　　　　　　　　　　《小说丛报》19 期 1916 年

别体小说《冷红日记》
　　　　　　　　　　　　《小说丛报》3 卷 2 期 1916 年

＊《雪鸿泪史》自序
　　徐枕亚　　　　　1916 年清华书局版《雪鸿泪史》

＊《雪鸿泪史》例言
　　徐枕亚　　　　　　　　　　　　同上

＊《雪鸿泪史》序
　　徐天啸　　　　　　　　　　　　同上

《雪鸿泪史》序（九篇）
　　**秦蛩秋、顾柘村、韦秋梦、倪轶池、冯常、周亮夫、
　　沈凤览、俞长源、冯雒泉**　　　　　同上

《雪鸿泪史》跋（三篇）
　　陈卜勋、姚夫宣、海潮　　　　　同上

《双鬟记》序（三篇）
　　吴双热、陈医隐、吴绮缘　1916 年上海中国图书公司版《双鬟记》

《双鬟记》小序
　　徐枕亚　　　　　　　　　　　　同上

＊《双鬟记》小序
　　俞天愤　　　　　　　　　　　　同上

＊《双鬟记》跋
　　姚民哀　　　　　　　　　　　　同上

《冷红日记》自序
　　吴绮缘　　　　1916 年小说丛报社版《冷红日记》

《冷红日记》序言（二篇）
　　徐枕亚、吴双热　　　　　　　　同上

读《冷红日记》琐言
　　惜霞女史　　　　　　　　　　　同上

《冷红日记》跋

  姚民哀   同上

*《新华春梦记》序

  吴敬恒   1916年泰东书局版《新华春梦记》

《新华春梦记》序(四篇)

  陈荣广、张冥飞、张苕、汪文鼎   同上

《新华春梦记》评语

  张冥飞   同上

*《双枰记》序

  燕子山僧   1916年上海亚东图书馆版《双枰记》

《双枰记》序

  陈独秀   同上

*《双枰记》识语

  烂柯山人   同上

《小说名画大观》序

  天笑生   1916年上海文明书局版《小说名画大观》

*《小说名画大观》序

  周瘦鹃   同上

《小说名画大观》编者识语

  胡寄尘   同上

《黄鹄新歌》后记

  《小说月报》7卷1期 1916年

*《石头记》索隐

  蔡元培   《小说月报》7卷1—6期 1916年

《〈石头记〉索隐》跋

  蔡元培   《小说月报》7卷6期 1916年

*关于小说文体的通信

  陈光辉、恽铁樵   《小说月报》7卷1期 1916年

《与子同仇》后记

  铁 樵   《小说月报》7卷2期 1916年

《苏家市》评语

  同上

答某君书

  编 者   同上

征求单行长篇小说稿启事

  小说月报社   《小说月报》7卷3期 1916年

《误国》译者语

　　林伯远　　　　　　　　　　　　　　　　同上

《献身君国》编后语

　　铁　樵　　　　　　　　　　　　　　　　同上

＊再答某君书

　　树　珏　　　　　　　　　　　　　　　　同上

《血华鸳鸯枕》小引

　　林　纾　　　　　　　　　　《小说月报》7卷7期1916年

《英雌镜》附白

　　冷　风　　　　　　　　　　《小说月报》7卷9期1916年

《堕落》译后记

　　铁　樵　　　　　　　　　　《小说月报》7卷11期1916年

《塾师》小引

　　半　侬　　　　　　　　　　《小说大观》6集1916年

《韩卢忆语》小引

　　半　侬　　　　　　　　　　　　　　　　同上

《看护妇》小引

　　半　侬　　　　　　　　　　《小说大观》7集1916年

《孤雏泪史》缀言

　　无　愁　　　　　　　　　　　　　　　　同上

《小说画报》六大特色

　　　　　　　　　　　　　　　　　　　　　同上

《车窗幻影》小引

　　天虚我生　　　　　　　　　《小说大观》8集1916年

《留声机》小引

　　天笑生　　　　　1916年上海文明书局版《小说名画大观》一集

《蔷薇花》小引

　　天笑、毅汉　　　　　　　　　　　　　　同上

《绿城歌谷》小引

　　马君武　　　　　1916年文明书局版《小说名画大观》三集

《妻之心》小引

　　瘦　鹃　　　　　1916年文明书局版《小说名画大观》四集

《清宫窃宝记》译者前记

　　独　鹤　　　　　1916年文明书局版《小说名画大观》五集

《笑将军》小引

　　天笑生　　　　　1916年文明书局版《小说名画大观》七集

《断肠花》后记
  天僇生   1916年文明书局版《小说名画大观》十三集
*《梼杌萃编》序
  忏绮词人   1916年汉口中亚书局版《梼杌萃编》
稗乘谈隽
  鹓 雏   《春声》第1集(1916年)
《冰蘖余生记》译者跋
  魏 易   1916年上海商务印书馆版《冰蘖余生记》
《女虚无党》序
  路 钧   1916年上海有正书局版《女虚无党》